TANIEC ZE SMOKAMI

Cykl
PIEŚŃ LODU I OGNIA

GRA O TRON

STARCIE KRÓLÓW

NAWAŁNICA MIECZY

Tom I. Stal i śnieg
Tom II. Krew i złoto

UCZTA DLA WRON

Tom I. Cienie śmierci
Tom II. Sieć spisków

TANIEC ZE SMOKAMI

Część I
Część II

George R.R. Martin

TANIEC ZE SMOKAMI

Część II

Przełożył Michał Jakuszewski

ZYSK I S-KA
WYDAWNICTWO

Tytuł oryginału *A Dance with Dragons* vol. 2

Redaktor prowadzący
Dariusz Wojtczak

Redaktor
Mirosław Jarosz

Wydanie I

ISBN 978-83-7506-898-6

Zysk i S-ka Wydawnictwo
ul. Wielka 10, 61-774 Poznań
tel. 61 853 27 51, 853 27 67, faks 61 852 63 26
Dział handlowy, tel./faks 61 855 06 90
sklep@zysk.com.pl
www.zysk.com.pl

Tę książkę poświęcam swym fanom

takim jak Lodey, Trebla, Stego, Pod
Caress, Yags, X-Ray i Mr. X,
Kate, Chataya, Mormont, Mich,
Jamie, Vanessa, Ro,
Stubby, Louise, Agravaine,
Wert, Malt, Jo,
Mouse, Telisiane, Blackfyre,
Bronn Stone, Coyote's Daughter
i cała reszta szaleńców ze stowarzyszenia
Brotherhood Without Banners,

twórcom fanowskich stron internetowych:
Eliowi i Lindzie, lordom Westeros,
Winterowi i Fabiowi z WIC
oraz Gibbsowi z Dragonstone,
który dał początek temu wszystkiemu,

ludziom z Asshai w Hiszpanii,
którzy zaśpiewali nam o niedźwiedziu i dziewicy cud,
cudownym fanom z Włoch,
którzy dali mi tak wiele wina,
czytelnikom z Finlandii, Niemiec,
Brazylii, Portugalii, Francji, Holandii
i wszystkich innych odległych krajów,
w których czekaliście na ten taniec,

a także wszystkim przyjaciołom i fanom,
których jeszcze nie spotkałem.

Dziękuję za cierpliwość.

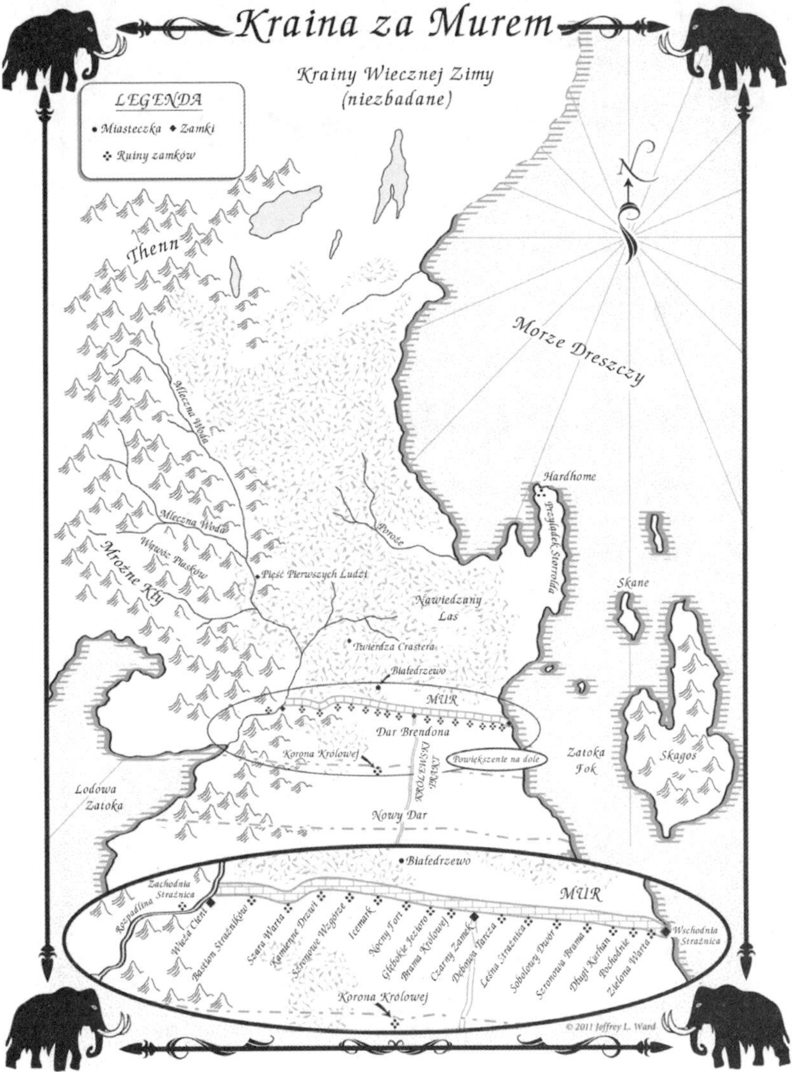
Kraina za Murem
Krainy Wiecznej Zimy
(niezbadane)
LEGENDA
Miasteczka
Zamki
Ruiny zamków
N
Thenn
Morze Dreszczy
Mleczna Woda
Mleczna Woda
Wąwóz Piasków
Mroźne Kły
Poroże
Hardhome
Przylądek Storrolda
Pięść Pierwszych Ludzi
Nawiedzany Las
Skane
Twierdza Crastera
Białedrzewo
MUR
Dar Brendona
Korona Królowej
KRÓLEWSKI TRAKT
Powiększenie na dole
Zatoka Fok
Skagos
Lodowa Zatoka
Nowy Dar
Białedrzewo
MUR
Zachodnia Strażnica
Rozpadlina
Wieża Cieni
Bastion Strażników
Szara Warta
Kamienne Drzwi
Szronowe Wzgórze
Icemark
Nocny Fort
Głębokie Jezioro
Brama Królowej
Czarny Zamek
Dębowa Tarcza
Leśna Strażnica
Sobolowy Dwór
Szronowa Brama
Długi Kurhan
Pochodnie
Zielona Warta
Wschodnia Strażnica
Korona Królowej
© 2011 Jeffrey L. Ward

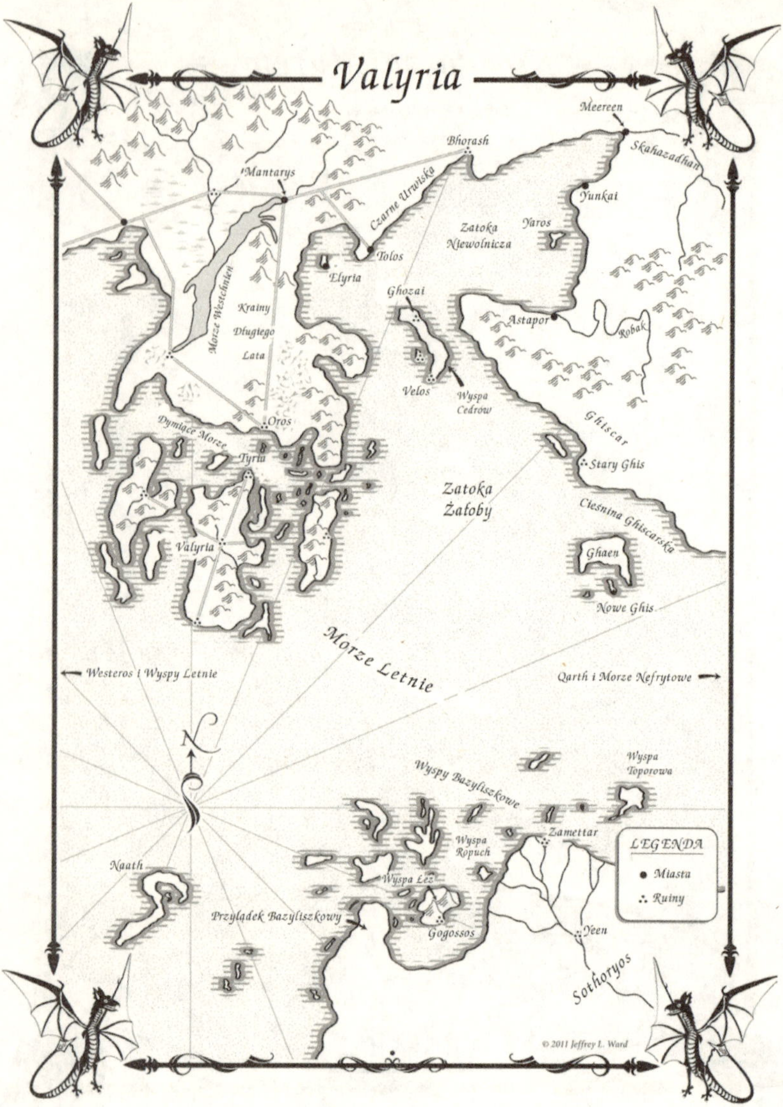
Valyria
Meereen
Bhorash
Mantarys
Skahazadhan
Yunkai
Czarne Urwiska
Zatoka Niewolnicza
Yaros
Tolos
Elyria
Morze Westchnień
Krainy Długiego Lata
Ghozai
Astapor
Robak
Velos
Wyspa Cedrów
Oros
Dymiące Morze
Tyria
Ghiscar
Stary Ghis
Zatoka Żałoby
Cieśnina Ghiscarska
Valyria
Ghaen
Nowe Ghis
Morze Letnie
Westeros i Wyspy Letnie
Qarth i Morze Nefrytowe
N
Wyspy Bazyliszkowe
Wyspa Toporowa
Zamettar
Wyspa Ropuch
Naath
Wyspa Łez
Przylądek Bazyliszkowy
Gogossos
Yeen
Sothoryos
LEGENDA
Miasta
Ruiny
© 2011 Jeffrey L. Ward

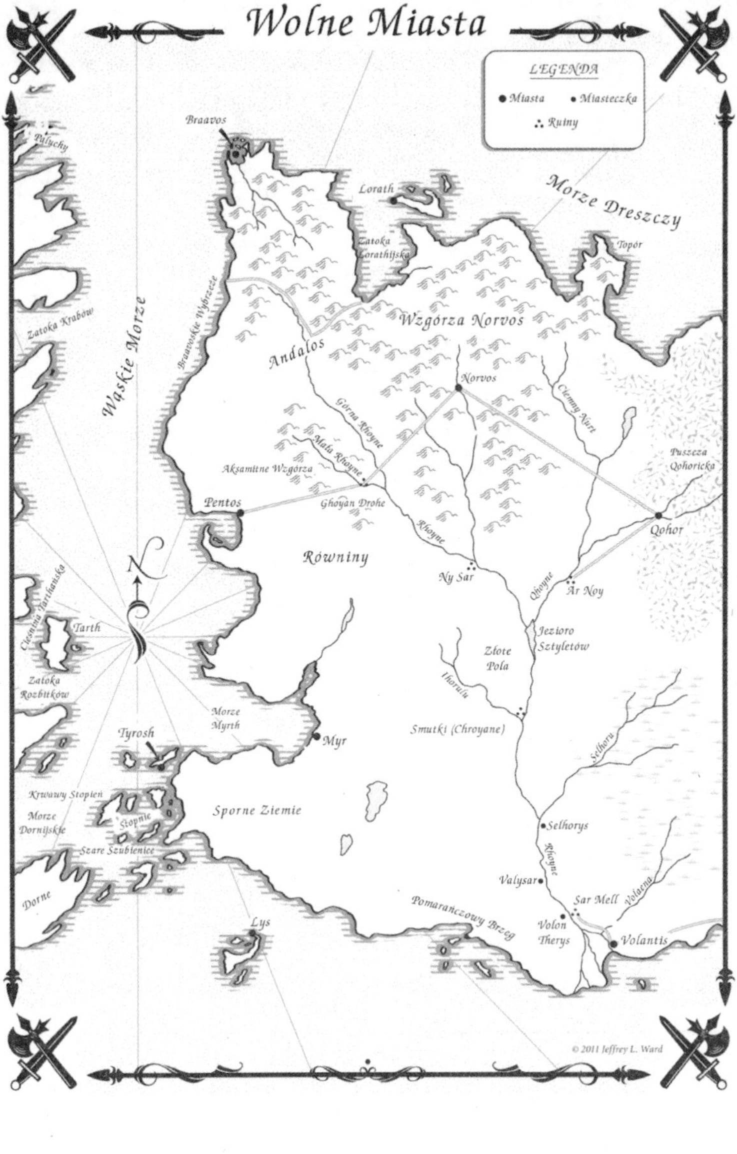
Wolne Miasta
LEGENDA
Miasta
Miasteczka
Ruiny
Braavos
Pałuchy
Lorath
Zatoka Lorathijska
Morze Dreszczy
Topór
Zatoka Krabów
Wąskie Morze
Braavoskie Wybrzeże
Wzgórza Norvos
Andalos
Norvos
Górna Rhoyne
Mała Rhoyne
Clemny Nurt
Aksamitne Wzgórza
Ghoyan Drohe
Pentos
Puszcza Qohoricka
Qohor
Rhoyne
Równiny
Ny Sar
Qhoyne
Ar Noy
Cieśnina Tarthańska
Tarth
Jezioro Sztyletów
Złote Pola
Zatoka Rozbitków
Ihoruiu
Morze Myrth
Smutki (Chroyane)
Tyrosh
Myr
Selhoru
Krwawy Stopień
Morze Dornijskie
Stopnie
Sporne Ziemie
Selhorys
Szare Szubienice
Valysar
Dorne
Sar Mell
Volaena
Pomarańczowy Brzeg
Volon Therys
Volantis
Lys
© 2011 Jeffrey L. Ward

KSIĄŻĘ WINTERFELL

Kominek wypełniał zimny czarny popiół, komnatę ogrzewały wyłącznie świece. Gdy tylko ktoś otworzył drzwi, ich płomienie kołysały się i drżały. Panna młoda również dygotała. Ubrali ją w białą wełnianą suknię ozdobioną koronkami. Rękawy i gorsecik obszyto słodkowodnymi perłami, a na nogach miała pantofelki z jeleniej skóry, ładne, ale niezbyt ciepłe. Twarz dziewczyny była blada i bezkrwista.

Lico wyrzeźbione z lodu — pomyślał Theon Greyjoy, narzucając jej na ramiona obszyty futrem płaszcz. *Trup zagrzebany w śniegu.*

— Pani. Już czas.

Za drzwiami grała muzyka, lutnia, dudy i bęben.

Panna młoda uniosła wzrok. Jej brązowe oczy lśniły w blasku świec.

— Będę dla niego dobrą i w... wierną żoną. S... sprawię mu przyjemność i urodzę synów. Zobaczy, że będę dla niego lepszą żoną niż prawdziwa Arya.

Takie słowa mogą cię kosztować życie albo nawet więcej. Tę lekcję przyswoił sobie jako Fetor.

— Jesteś prawdziwą Aryą, pani. Aryą z rodu Starków, córką lorda Eddarda, dziedziczką Winterfell. — Jej imię, musiała się dowiedzieć, jak ma na imię. — Aryą Wszędobylską. Siostra zwała cię Aryą o Końskim Pysku.

— To ja wymyśliłam to przezwisko. Miała długą końską twarz. Nie taką jak moja. Ja byłam ładna. — Z jej oczu wreszcie popłynęły łzy. — Nigdy nie byłam piękna jak Sansa, ale wszyscy mówili, że jestem ładna. Czy lord Ramsay też tak myśli?

— Tak — skłamał. — Tak mi powiedział.

— Ale on wie, kim jestem. Kim naprawdę jestem. Widzę to, kiedy na mnie patrzy. Widzę w nim mnóstwo gniewu, nawet gdy się uśmiecha, ale to nie moja wina. Mówią, że on lubi zadawać ból.

— Pani, nie powinnaś słuchać takich… kłamstw.

— Mówią, że cię okaleczył. Twoje ręce i…

Zaschło mu w ustach.

— Za… zasłużyłem na to. Rozgniewałem go. Nigdy nie wolno ci go rozgniewać. Lord Ramsay to… słodki i dobry człowiek. Jeśli go zadowolisz, będzie dla ciebie miły. Musisz być dobrą żoną.

— Pomóż mi. — Złapała się go kurczowo. — Proszę. Patrzyłam na ciebie, jak bawiłeś się mieczem na dziedzińcu. Byłeś taki przystojny. — Gdybyśmy uciekli, mogłabym zostać twoją żoną albo… albo twoją… twoją kurwą… co tylko byś zechciał. Byłbyś moim mężczyzną.

Theon wyrwał rękę z uścisku.

— Nie… nie jestem mężczyzną. — Mężczyzna by jej pomógł. — Po prostu… po prostu bądź Aryą, bądź jego żoną. — *Jeyne. Nazywa się Jeyne Poole i musi czuć ból.* Muzyka stawała się coraz bardziej natarczywa. — Już czas. Otrzyj łzy z oczu. — *Ma brązowe oczy. Powinny być szare. Ktoś to zauważy. Ktoś sobie przypomni.* — Świetnie. A teraz się uśmiechnij.

Dziewczyna spróbowała to zrobić. Jej drżąca warga uniosła się i znieruchomiała, odsłaniając zęby. *Są białe i ładne* — pomyślał. *Ale jeśli go rozgniewa, to wkrótce się zmieni.* Kiedy otworzył drzwi, trzy z czterech świec zgasły. Poprowadził pannę młodą we mgłę, gdzie czekali weselni goście.

— Dlaczego ja? — zapytał, gdy lady Dustin poinformowała go, że musi poprowadzić pannę młodą do ślubu.

— Jej ojciec nie żyje i wszyscy bracia też. Matka poległa w Bliźniakach. Stryjowie i wujowie zaginęli, nie żyją albo są w niewoli.

— Nadal ma brata. — *Nadal ma trzech braci.* — Jon Snow służy w Nocnej Straży.

— To przyrodni brat z nieprawego łoża, w dodatku związany przysięgą z Murem. Byłeś podopiecznym jej ojca, kimś najbliższym żyjącego kuzyna. Wypada, byś to ty poprowadził ją do ślubu.

Kimś najbliższym żyjącego kuzyna. Theon Greyjoy wychowywał się z dziećmi lorda Eddarda. Rozpoznałby fałszywą Aryę. Jeśli potwierdzi tożsamość podstawionej przez Boltonów dziewczyny, północni lordowie, którzy zgromadzili się w Winterfell, by być świadkami ślubu, nie będą mieli podstaw, aby kwestionować jej prawowitość. Stoutowie i Slate'owie, Kurwistrach Umber, swarliwi Ryswellowie, ludzie Hornwoodów i kuzyni Cerwynów, gruby lord Wyman Manderly... żaden z nich nie znał córek Neda Starka nawet w połowie tak dobrze jak on. Nawet jeśli niektórzy mieli jakieś wątpliwości, z pewnością okażą wystarczająco wiele rozsądku, by zachować je dla siebie.

Wykorzystują mnie jako zasłonę dla oszustwa, nadają swemu kłamstwu moją twarz. Roose Bolton kazał mu znowu ubrać się jak lord po to, by mógł odegrać swą rolę w tej komedianckiej farsie. Gdy już będzie po wszystkim, gdy odbędą się ślub i pokładziny fałszywej Aryi, Bolton nie będzie więcej potrzebował Theona Sprzedawczyka.

— Jeśli dobrze się nam przysłużysz w tej sprawie, po pokonaniu Stannisa zastanowimy się, jak najlepiej przywrócić ci siedzibę twojego pana ojca — obiecał jego lordowska mość swym cichym głosem, stworzonym do kłamstw i szeptów. Theon nie wierzył w ani jedno jego słowo. Zatańczy dla nich ten taniec, ponieważ nie ma wyboru, ale potem... *Potem odda mnie Ramsayowi* — pomyślał. *A on zabierze mi jeszcze kilka palców i znowu zrobi ze mnie Fetora.* Chyba że bogowie będą łaskawi, Stannis Baratheon uderzy na Winterfell i wyrżnie wszystkich, wliczając jego. To najlepsze, na co mógł liczyć.

O dziwo, w bożym gaju było cieplej. Poza jego granicami Winterfell pokrywała twarda biała skorupa. Na zdradzieckich ścieżkach zalegała gołoledź, a pokrywający fragmenty wybitych szyb Szklanych Ogrodów szron lśnił w blasku księżyca. Pod murami nagromadziły się zaspy brudnego śniegu wypełniające wszystkie nisze i zagłębienia. Niektóre były tak wysokie, że całkowicie zasłaniały ukryte za nimi drzwi. Pod śniegiem krył się szary popiół i zwęglone fragmenty, a tu i ówdzie również poczerniała belka albo sterta kości nadal ozdobiona strzępkami skóry i włosów. Sople długie jak kopie zwisały z blanków i otaczały wieże na kształt sztywnej białej brody. W bożym gaju ziemi nie skuł jednak lód, a z gorących stawów buchała para, ciepła niczym oddech niemowlęcia.

Pannę młodą obleczono w biało-szary strój. Te same kolory nosiłaby prawdziwa Arya, gdyby pożyła wystarczająco długo, by wyjść za mąż. Theon wdział czarno-złoty płaszcz, spięty na ramieniu prostym żelaznym krakenem, wykutym dla niego przez kowala z Barrowton. Pod kapturem kryły się jednak rzadkie białe włosy, a cerę miał szarawą jak starzec. *Wreszcie zostałem Starkiem* — pomyślał. Przeszedł przez kamienny łuk drzwi, prowadząc pod rękę pannę młodą. Wokół ich nóg tańczyły kosmyki mgły. Drżący werbel bębna brzmiał jak bicie serca dziewicy, a dudy wabiły ich wysokimi, słodkimi tonami. Na ciemnym niebie unosił się sierp księżyca, przypominający oko spoglądające przez jedwabną zasłonę.

Theon Greyjoy znał ten boży gaj. W dzieciństwie puszczał tu kaczki na zimnym czarnym stawie pod czardrzewem, ukrywał swe skarby w dziupli starego dębu i polował na wiewiórki z łukiem własnej roboty. Gdy był już większy, moczył w gorących źródłach siniaki, których się nabawił, ćwicząc na dziedzińcu z Robbem, Jorym i Jonem Snow. Wśród kasztanowców, wiązów i żołnierskich sosen znajdował miejsca, w których mógł się ukryć, gdy chciał być sam. Tam właśnie po raz pierwszy pocałował dziewczynę. Później inna dziewczyna zrobiła z niego mężczyznę na podartej kołdrze w cieniu wysokiego szarozielonego drzewa strażniczego.

Nigdy jednak nie widział bożego gaju takiego, jaki był teraz, szarego i upiornego, wypełnionego ciepłą mgłą, unoszącymi się w powietrzu światłami oraz szeptami dobiegającymi zewsząd i znikąd. Z gorących źródeł buchała para. Ciepłe opary wydobywające się z ziemi spowijały pnie drzew swym wilgotnym tchnieniem i wspinały się po murach, zaciągając szare zasłony na wychodzących na boży gaj oknach.

Było tu coś w rodzaju ścieżki, kręta wąska dróżka wyłożona spękanymi omszałymi kamieniami, ledwie widoczna pod naniesioną przez wiatr ziemią i spadłymi z drzew liśćmi. Grube brązowe korzenie wyłażące spod nich czyniły ją zdradziecką. Poprowadził tą ścieżką pannę młodą. *Jeyne. Nazywa się Jeyne Poole i musi czuć ból.* Nie wolno mu tak myśleć. Gdyby to imię wyrwało mu się z ust, mogłoby to go kosztować palec albo ucho. Szedł powoli, uważając na każdy krok. Brakowało mu kilku palców u nóg i potykał się przez to, kiedy się śpieszył. Nie mógł sobie na to pozwolić. Gdyby zakłócił w ten sposób wesele lorda Ramsaya, lord Ramsay mógłby go ukarać za niezgrabność, obdzierając winną jej stopę ze skóry.

Mgła była tak gęsta, że widział tylko najbliższe drzewa. Za nimi majaczyły wysokie cienie i słabe światła. Przy krętej ścieżce i między drzewami paliły się świece przypominające blade świetliki unoszące się w gęstej szarej zupie. Wszystko wyglądało tu jak w jakimś niezwykłym podziemnym królestwie, ponadczasowym miejscu między światami, gdzie potępieńcy wędrowali smętnie przez pewien czas, nim w końcu znaleźli drogę na dół, do tego z piekieł, na które zasłużyli swymi grzechami. *Czy wszyscy umarliśmy? Czy Stannis przybył i zabił nas we śnie? Czy bitwa dopiero nadejdzie, czy już ją stoczono i przegrano?*

Tu i ówdzie jasno płonęły pochodnie. Ich czerwonawy blask padał na twarze weselnych gości. W rozproszonym przez mgłę świetle ich oblicza wydawały się zwierzęce, nie do końca ludzkie, wypaczone. Lord Stout stał się mastifem, stary lord Locke sępem, Kurwistrach Umber chimerą, Duży Walder Frey lisem, a Mały Walder czerwonym bykiem. Brakowało mu tylko kółka w nosie. Twarz Roose'a Boltona była jasnoszarą maską z dwoma kawałkami brudnego lodu zamiast oczu. Na drzewach siedziało mnóstwo kruków. Przycupnięte na nagich brązowych konarach ptaszyska stroszyły pióra, spoglądając na widowisko na dole. *Ptaki maestera Luwina.* Luwin nie żył, a wieżę maestera spalono, ale kruki nie odleciały. *To jest ich dom.* Theon zadał sobie pytanie, jak by to było mieć dom.

Wtem mgły się rozstąpiły, jak kurtyna na komedianckim przedstawieniu, gdy nadejdzie pora, by pokazać nową scenę. Ujrzeli przed sobą drzewo serce szeroko rozpościerające białe jak kość konary. Pod grubym białym pniem leżały sterty czerwonych i brązowych liści. Na czardrzewie siedziało najwięcej kruków, mamroczących do siebie w sekretnym języku swego stada. Na dole stał Ramsay Bolton. Miał na sobie buty z cholewami, wykonane z miękkiej szarej skóry, oraz wams z czarnego aksamitu przepasany szarfą z różowego jedwabiu i błyszczący od małych granacików. Na jego twarzy tańczył uśmiech.

— Kto idzie? — Usta miał wilgotne, a szyję nad kołnierzem czerwoną. — Kto przychodzi przed oblicze boga?

— Arya z rodu Starków przybywa, by wziąć ślub — odpowiedział Theon. — Kobieta, która już dorosła i zakwitła, szlachetnie urodzona i z prawego łoża, błaga o błogosławieństwo bogów. Kto po nią przyszedł?

— Ja — odpowiedział Ramsay. — Ramsay z rodu Boltonów, lord Hornwood i dziedzic Dreadfort. Ja po nią przychodzę. Kto ją przyprowadził?

— Theon z rodu Greyjoyów, który był podopiecznym jej ojca. — Zwrócił się ku pannie młodej. — Lady Aryo, czy przyjmiesz tego mężczyznę?

Uniosła spojrzenie. *Ma brązowe oczy, nie szare. Czy wszyscy tu są ślepi?* Nie odzywała się przez długą chwilę, ale jej oczy błagały. *To twoja szansa. Powiedz im. Powiedz im to teraz. Wykrzycz przy wszystkich swoje imię, powiedz im, że nie jesteś Aryą Stark, niech cała północ usłyszy, że zmuszono cię do odegrania tej roli.* Rzecz jasna, skończyłoby się to dla niej śmiercią i dla niego również, ale rozgniewany Ramsay mógłby ich zabić szybko. Niewykluczone, że starzy bogowie północy przyznaliby im tę drobną łaskę.

— Przyjmuję tego mężczyznę — wyszeptała dziewczyna.

W otaczającej ich mgle migotało sto świec, bladych jak spowite całunem gwiazdy. Theon odsunął się na bok. Ramsay i panna młoda wzięli się za ręce i uklękli przed drzewem sercem, pochylając głowy na znak poddania. Czerwone oczy wyrzeźbione w czardrzewie spoglądały na nich z góry, a wielkie usta tego samego koloru otwierały się, jakby zaraz miały się zaśmiać. *Quork* — odezwał się jeden z siedzących na gałęziach kruków.

Po chwili bezgłośnej modlitwy mężczyzna i kobieta wstali. Ramsay rozpiął płaszcz nałożony przed chwilą pannie młodej przez Theona, gruby ubiór z białej wełny obszyty szarym futrem i ozdobiony wilkorem rodu Starków. Na jego miejsce nałożył jej różowy, upstrzony czerwonymi granatami, podobnymi do tych, które miał na wamsie. Na plecach umieszczono herb Dreadfort ze sztywnej czerwonej skóry, złowrogi i obrzydliwy.

W jednej chwili było po wszystkim. Na północy śluby trwały krócej. Theon pomyślał, że to dzięki brakowi kapłanów. Tak czy inaczej, to była dla niego łaska. Ramsay Bolton uniósł żonę w ramionach i ruszył przez mgłę. Lord Bolton i jego lady Walda podążyli za nim. Dalej szła cała reszta. Znowu zabrzmiała muzyka. Bard Abel zaczął śpiewać „Dwa serca, które biją jak jedno". Dwie z jego kobiet dołączyły swe głosy do jego głosu, tworząc słodką harmonię.

Theon zadał sobie pytanie, czy powinien odmówić modlitwę. *Czy starzy bogowie mnie usłyszą, jeśli to zrobię?* Nie byli jego bogami, nigdy nimi nie byli. Był żelaznym człowiekiem, synem Pyke, i oddawał cześć Utopionemu Bogu z wysp... ale Winterfell leżało bardzo wiele mil od morza. Minęło tyle lat, odkąd jakiś bóg go usłyszał. Nie wiedział, kim jest, kim był, czym się stał, dlaczego jeszcze żyje i po co w ogóle się urodził.

— Theon — rozległ się szept.

— Kto to powiedział? — zapytał, unosząc nagle głowę. Widział tylko drzewa i spowijającą je mgłę. Głos był słaby niczym szelest liści i zimny jak nienawiść. *Głos boga albo ducha.* Ilu ludzi zginęło dnia, gdy zdobył Winterfell? A ilu więcej dnia, gdy je stracił? *Dnia, w którym Theon Greyjoy zginął, by narodzić się na nowo jako Fetor. Nazywam się Fetor, muszę wrzeszczeć przeto.*

Nagle poczuł, że nie chce tu być.

Gdy tylko opuścił boży gaj, zimno zacisnęło na nim kły niczym zgłodniały wilk. Pochylił głowę pod wiatr, zmierzając pośpiesznie do Wielkiej Komnaty w ślad za długim szeregiem świec i pochodni. Lód chrzęścił mu pod butami. Nagły powiew zerwał mu kaptur, jakby duch wyciągnął ku niemu lodowate palce, pragnąc ujrzeć jego twarz.

Dla Theona Greyjoya Winterfell było pełne duchów.

To nie był zamek, który pamiętał z czasów lata swej młodości. Zraniono go i zdruzgotano, przerodził się z reduty w ruiny, pełne wron i trupów. Potężny podwójny mur kurtynowy nadal stał, jako że granit niełatwo poddaje się ogniowi, ale większość wież i donżonów wewnątrz nie miała dachów. Kilka nawet się zawaliło. Strzechy i drewno pochłonął pożar, częściowo albo w całości, a pod wybitymi szybami Szklanego Ogrodu owoce i jarzyny, które wykarmiłyby zimą cały zamek, zwiędły, poczerniały i zmarzły. Na dziedzińcu stały namioty, na wpół zagrzebane w śniegu. Roose Bolton wprowadził do środka swój zastęp, razem z wojskami swych przyjaciół

Freyów. Tysiące ludzi gnieździły się wśród ruin, tłoczyły na wszystkich dziedzińcach, spały w piwnicach, pod pozbawionymi dachów wieżami i w opuszczonych od stuleci budynkach.

Z odbudowanych kuchni i nakrytej nowym dachem wieży koszar buchały kłęby szarego dymu. Z ukoronowanych śniegiem blanków zwisały sople. Z Winterfell odpłynęły wszelkie barwy, pozostawiając tylko szarość i biel. *Kolory Starków.* Theon nie wiedział, czy powinien to uznać za złowróżbny, czy za pocieszający znak. Nawet niebo było szare. *Szarość, szarość i jeszcze większa szarość. Na co by nie spojrzeć, wszystko jest szare, poza tylko oczyma panny młodej.* One były brązowe. *Wielkie, brązowe i pełne strachu.* To było niesprawiedliwe, że szukała ratunku u niego. Czy miał jej zdaniem gwizdnąć, wyczarować skrzydlatego konia i zabrać ją stąd, jak jakiś bohater z historii, które tak z Sansą kochały? Nie potrafił pomóc nawet samemu sobie. *Nazywam się Fetor, jestem tchórzem przeto.*

Na dziedzińcu kołysali się na konopnych sznurach wisielcy o twarzach białych od szronu. Gdy straż przednia Boltona dotarła do Winterfell, w zamku pełno było nielegalnych osadników. Ponad dwa tuziny ludzi wygnano pod groźbą włóczni z gniazd, które zrobili sobie w na wpół zburzonych wieżach i donżonach. Najśmielszych i najbardziej wojowniczych powieszono, a resztę zagoniono do pracy. Lord Bolton oznajmił im, że jeśli będą mu dobrze służyć, okaże im łaskę. W pobliskim wilczym lesie było pod dostatkiem drewna i kamieni. Najpierw zbudowano nowe solidne bramy, na miejsce tych, które spalono. Potem usunięto zawalony dach Wielkiej Komnaty i pośpiesznie zastąpiono go nowym. Po ukończeniu prac lord Bolton powiesił robotników. Dotrzymał słowa i okazał im łaskę. Ani jednego nie obdarł ze skóry.

Do tego czasu na miejsce dotarła już reszta armii Boltona. Gdy nad Winterfell zawodził dmący z północy wicher, rozwiesili nad murami chorągiew króla Tommena z jeleniem i lwem, a poniżej drugą, z obdartym ze skóry człowiekiem Dreadfort. Theon przybył tu z taborami Barbrey Dustin, towarzysząc samej pani, pospolitemu ruszeniu z Barrowton oraz narzeczonej. Lady Dustin uparła się, że to ona powinna się opiekować lady Aryą do chwili zawarcia ślubu, ale ten czas już się skończył. *Teraz należy do Ramsaya. Powiedziała słowa.* Ślub uczynił jej męża lordem Winterfell. Dopóki Jeyne będzie uważała, by go nie rozgniewać, nie powinien mieć powodu jej krzywdzić. *Arya. Nazywa się Arya.*

Choć Theon nosił obszyte futrem rękawice, wkrótce poczuł w dłoniach intensywny ból. Często to właśnie ręce bolały go najbardziej, zwłaszcza brakujące palce. Czy jednak naprawdę były czasy, gdy kobiety pragnęły jego dotyku? *Ogłosiłem się księciem Winterfell i oto, co z tego wynikło.* Myślał, że jeszcze za sto lat ludzie będą śpiewać o nim pieśni i opowiadać o jego odwadze. Ale jeśli ktoś teraz o nim wspominał, zwał go Theonem Sprzedawczykiem, a opowieści mówiły o jego zdradzie. *To nigdy nie był mój dom. Byłem tu zakładnikiem.* Lord Stark nie traktował go okrutnie, ale zawsze dzielił ich od siebie długi cień jego stalowego miecza. *Był dla mnie dobry, ale nigdy nie okazywał mi ciepła. Wiedział, że pewnego dnia może być zmuszony skazać mnie na śmierć.*

Theon kluczył między namiotami z opuszczonym wzrokiem. *Na tym dziedzińcu nauczyłem się walczyć* — pomyślał, wspominając ciepłe letnie dni spędzane na ćwiczebnych walkach z Robbem i Jonem Snow, pod czujnym spojrzeniem starego ser Rodrika. Był jeszcze wtedy kompletny, potrafił ująć rękojeść miecza równie dobrze jak inni. Z dziedzińcem wiązały się jednak również mroczniejsze wspomnienia. Tu właśnie zwołał ludzi Starków nocą, gdy Bran i Rickon uciekli z zamku. Ramsay był wtedy Fetorem i stał u jego boku, szepcząc mu do ucha, że powinien obedrzeć ze skóry paru jeńców, by mu powiedzieli, gdzie się ukryli chłopcy. *Dopóki ja jestem księciem Winterfell, nikogo tu nie obedrze się ze skóry*

— odpowiedział wtedy Theon, nie mając pojęcia, jak krótko potrwają jego rządy. *Nikt z nich nie chciał mi pomóc. Znałem wszystkich pół życia, ale nikt z nich nie chciał mi pomóc.* Mimo to zrobił, co tylko mógł, by zapewnić im ochronę, ale gdy Ramsay zdjął maskę Fetora, zabił wszystkich, podobnie jak żelaznych ludzi Theona. *Podpalił mój dom.* To było ostatnie, co zobaczył w dzień upadku zamku. Płonący Śmieszek stanął dęba, kwicząc i młócąc kopytami. Ogień ogarnął jego grzywę, a oczy były białe z przerażenia. *Tutaj, na tym dziedzińcu.*

Majaczyły przed nim drzwi Wielkiej Komnaty. W porównaniu z tymi, które się spaliły, wydawały się brzydkie i prymitywne. Ich niewygładzone deski połączono pośpiesznie. Na straży pod nimi stało dwóch włóczników. Okryci grubymi futrami mężczyźni garbili się i drżeli z zimna. Ich brody pokrywała warstewka lodu. Spoglądali z niechęcią na Theona, który, utykając, wszedł na schody, popchnął prawe skrzydło drzwi i wśliznął się do środka.

W komnacie było cudownie ciepło. Oświetlały ją pochodnie. Theon nigdy nie widział w niej takiego tłoku. Pozwolił, by ogarnęła go fala ciepła, a potem ruszył w głąb sali. Ludzie siedzieli na ławach, ściśnięci tak ciasno, że służba musiała się przeciskać między nimi. Nawet rycerze i lordowie siedzący powyżej sali mieli mniej miejsca niż zwykle.

Blisko podwyższenia stał Abel, brzdąkający na lutni i śpiewający „Piękne dziewice lata". *Każe się zwać bardem, ale w rzeczywistości jest raczej stręczycielem.* Lord Manderly przywiózł z Białego Portu muzyków, ale żaden z nich nie był minstrelem. Dlatego gdy Abel zjawił się u bram z lutnią i sześcioma kobietami, przywitano go z radością.

— Dwie siostry, dwie córki, jedna żona i moja stara matka — przedstawił je śpiewak, mimo że żadna z kobiet nie była do niego podobna. — Niektóre tańczą, niektóre śpiewają, jedna gra na dudach, a jedna na bębnie. Są też z nich dobre praczki.

Bard czy stręczyciel, Abel miał niezły głos i radził też sobie z grą na lutni. Tutaj, wśród ruin, nie można było liczyć na nic lepszego.

Na ścianach rozwieszono chorągwie: końskie głowy Ryswellów, złota, brązowa, szara i czarna, ryczący olbrzym rodu Umberów, kamienna dłoń rodu Flintów z Palca Flinta, łoś Hornwoodów, tryton Manderlych, czarny topór Cerwynów i sosny Tallhartów. Ich jaskrawe kolory nie w pełni jednak zasłaniały poczerniałe ściany ani deski, którymi zabito dziury po oknach. Nawet dach nie wyglądał jak trzeba. Nowe belki były jasne i lekkie, podczas gdy stare krokwie poczerniały przez stulecia od dymu.

Największe chorągwie umieszczono za podwyższeniem. Za panną młodą i panem młodym wisiały wilkor Winterfell i obdarty ze skóry człowiek Dreadfort. Widok chorągwi Starków wstrząsnął Theonem bardziej, niż się tego spodziewał. *To się nie zgadza, tak samo jak jej oczy.* Herbem rodu Poole'ów był niebieski talerz na białym tle, z szarym otokiem. Taką chorągiew powinni zawiesić.

— Theon Sprzedawczyk — mruknął ktoś, gdy przechodził. Inni odwracali wzrok na jego widok. Ktoś splunął. *Czemu by nie?* Był zdrajcą, który zdobył Winterfell podstępem, zamordował przybranych braci, wydał swych rodaków na obdarcie ze skóry w Fosie Cailin i zaprowadził przybraną siostrę do łoża lorda Ramsaya. Dla Roose'a Boltona mógł być użyteczny, ale prawdziwi ludzie z północy z pewnością nim gardzili.

Brak palców u lewej stopy skazywał go na niezgrabny, pokraczny krok, który wyglądał komicznie. Usłyszał za plecami kobiecy śmiech. Nawet tutaj, w tym zamku, który przerodził się w na wpół zamarznięty cmentarz, otoczony ze wszystkich stron przez śnieg, lód i śmierć, były kobiety. *Praczki.* To był eufemizm zastępujący słowo „markietanka", będące z kolei bardziej uprzejmym określeniem kurwy.

Theon nie miał pojęcia, skąd się brały. Po prostu zjawiały się w pewnej chwili, jak czerwie na trupie albo kruki po bitwie. Przyciągały je wszystkie armie. Niektóre były zatwardziałymi kurwami, zdolnymi w jedną noc przyjąć dwudziestu mężczyzn i upić wszystkich do nieprzytomności. Inne wyglądały jak niewinne dziewice, ale to była tylko ich zawodowa sztuczka. Jeszcze inne były obozowymi żonami. Żołnierze wiązali się z nimi słowami wyszeptanymi przed takim czy innym bogiem, ale gdy wojna się kończyła, zawsze o nich zapominali. Grzały nocą łoże mężczyzny, rankiem łatały mu buty, wieczorem gotowały kolację, a po bitwie ograbiały jego trupa. Niektóre nawet czasami prały. Często towarzyszyły im bękarty, nieszczęsne brudne stworzenia zrodzone w takim czy innym obozie. Nawet takie kobiety drwiły z Theona Sprzedawczyka. *Niech się śmieją.* Jego duma umarła tutaj, w Winterfell. W lochach Dreadfort nie było na nią miejsca. Gdy człowiek zazna pocałunków obdzierającego ze skóry noża, śmiech nie może mu już sprawić bólu.

Krew i urodzenie dały mu miejsce na podwyższeniu, na końcu stołu, tuż pod ścianą. Po jego lewej stronie siedziała lady Dustin, jak zwykle odziana w strój z czarnej wełny, prosto skrojony i pozbawiony ozdób. Po prawej nie było nikogo. *Boją się, by nie spłynęła na nich hańba.* Roześmiałby się, gdyby się ośmielił.

Pannie młodej przydzielono najbardziej honorowe miejsce między Ramsayem a jego ojcem. Siedziała ze spuszczonymi oczyma, gdy Roose Bolton wzniósł toast na cześć lady Aryi.

— W ich dzieciach dwa nasze starożytne rody połączą się w jedno, a długotrwała wrogość między Starkami a Boltonami wreszcie się zakończy. — Mówił tak cicho, że wszyscy w komnacie umilkli, wytężając słuch. — Przykro mi, że nasz dobry przyjaciel Stannis nie uznał dotąd za stosowne się do nich przyłączyć — ciągnął przy akompaniamencie śmiechów. — Wiem, że Ramsay miał nadzieję sprezentować lady Aryi jego głowę w ślubnym darze. — Śmiechy stały się jeszcze głośniejsze. — Gdy w końcu się zjawi, urządzimy mu wspaniałe powitanie, godne prawdziwych ludzi z północy. Do tej chwili jedzmy, pijmy i radujmy się… bo zima już prawie nadeszła, przyjaciele, i wielu z nas nie doczeka wiosny.

Lord Białego Portu dostarczył jadła i napojów. Piwo, mocne i ciemne albo jasne, a także wino, czerwone, złote i purpurowe, przywiezione z dalekiego południa w statkach o grubych kadłubach i leżakujące w jego głębokich piwnicach. Goście weselni zajadali się krokietami z dorsza i zimową dynią, stertami rzep i wielkimi kołami sera, dymiącymi kotletami baranimi i wołowymi żeberkami spalonymi prawie na węgiel, a na koniec trzema pasztetami weselnymi, wielkimi jak koła wozu. Ich kruche wierzchy do przesytu wypełniono marchewką, cebulą, rzepą, pasternakiem i grzybami, a potem polano smakowitym brązowym sosem, w którym pływały kawałki mocno przyprawionej wieprzowiny. Ramsay odcinał kawałki falchionem, a Wyman Manderly osobiście podawał parujący jeszcze pasztet gościom, zaczynając od Roose'a Boltona i jego grubej żony z rodu Freyów. Potem przeszedł do ser Hosteena i ser Aenysa, synów Waldera Freya.

— Najlepszy pasztet, jaki w życiu jedliście, panowie — zapewnił gruby lord. — Popijcie go złotym arborskim, radując się każdym kęsem. Ja z pewnością tak zrobię.

Manderly dotrzymał słowa. Pożarł sześć porcji, po dwie z każdego z trzech pasztetów. Oblizywał wargi i klepał się po brzuchu, jedząc tak łapczywie, że aż przód jego bluzy zrobił się brązowy od sosu, a brodę upstrzyły okruchy pasztetu. Nawet gruba Walda Frey nie mogła dorównać jego żarłoczności, choć zdołała pochłonąć trzy kawałki. Ramsay również jadł ze smakiem, ale jego blada żona tylko się gapiła na leżącą na talerzu porcję. Gdy uniosła głowę i spojrzała na Theona, widział w jej wielkich brązowych oczach jedynie strach.

Do komnaty nie pozwalano wchodzić z mieczami, ale każdy mężczyzna miał sztylet, nawet Theon Greyjoy. Jak inaczej mógłby kroić mięso? Gdy tylko spojrzał na dziewczynę, która kiedyś była Jeyne Poole, czuł stal u swego pasa. *Nie zdołam jej uratować, ale z łatwością mógłbym ją zabić* — pomyślał. *Nikt by się tego nie spodziewał. Poproszę, by zaszczyciła mnie tańcem, a potem poderżnę jej gardło. To byłby akt łaski, czyż nie? A jeśli starzy bogowie słyszeli moją modlitwę, Ramsay może mnie zabić w gniewie.* Theon nie bał się śmierci. W lochach Dreadfort dowiedział się, że są znacznie gorsze rzeczy. Ramsay nauczył go tego, palec po palcu, a on z pewnością nigdy nie zapomni tej lekcji.

— Nic nie jesz — zauważyła lady Dustin.

— To prawda.

Jedzenie nie było dla niego łatwe. Ramsay połamał mu tyle zębów, że żucie sprawiało mu ból. Picie było łatwiejsze, choć musiał ściskać kielich w dwóch dłoniach, żeby go nie wypuścić.

— Nie lubisz wieprzowego pasztetu, panie? Nasz tłusty przyjaciel próbuje nas przekonać, że to najlepszy pasztet, jaki jedliśmy w życiu. — Wskazała kielichem na lorda Manderly'ego. — Widziałeś kiedyś równie szczęśliwego tłuściocha? Prawie tańczy. Własnoręcznie podaje ludziom pasztet.

Lady Dustin miała rację. Lord Białego Portu był żywym obrazem wesołego grubasa. Śmiał się i uśmiechał, żartował z innymi lordami i klepał ich po plecach, wołał do muzyków, domagając się to tej, to tamtej melodii.

— Zaśpiewaj nam „Noc, która się skończyła", minstrelu — ryknął. — Wiem, że pannie młodej to się spodoba. Albo zaśpiewaj nam o młodym dzielnym Dannym Flincie, żeby nas skłonić do łez.

Patrząc na niego, można by pomyśleć, że to on jest nowożeńcem.

— Jest pijany — stwierdził Theon.

— Zalewa własny strach. Jest tchórzem do szpiku kości.

Czyżby? Theon nie był tego pewien. Synowie lorda Wymana również byli grubi, ale nigdy nie okryli się w bitwie hańbą.

— Żelaźni ludzie ucztują również przed bitwą. Ostatni smak życia, gdyby czekała ich śmierć. Jeśli Stannis nadejdzie…

— Nadejdzie. Musi. — Lady Dustin zachichotała. — A gdy to się stanie, grubas zleje się ze strachu. Jego syn zginął na Krwawych Godach, a on dzielił się z Freyami chlebem i solą, przywitał ich pod swoim dachem i obiecał jednemu z nich swą wnuczkę. A teraz podaje im pasztet. Manderly'owie uciekli kiedyś z południa, wygnani przez wrogów ze swych włości i twierdz. Krew się nie zmienia. Nie wątpię, że grubas z radością zabiłby nas wszystkich, ale brak mu odwagi. W tym spoconym cielsku bije serce równie tchórzliwe i podłe, jak… hm… twoje.

Jej ostatnie słowo było jak uderzenie bicza, ale Theon nie śmiał odwdzięczyć się tym samym. Wszelka bezczelność mogła go kosztować kolejny kawałek skóry.

— Pani, jeśli sądzisz, że lord Manderly pragnie nas zdradzić, to lordowi Boltonowi powinnaś o tym powiedzieć.

— Myślisz, że Roose o tym nie wie? Głupi z ciebie chłopak. Przyjrzyj się mu. Zauważ, jak uważnie obserwuje Manderly'ego. Nawet nie dotknie ustami żadnego dania, dopóki nie zobaczy, że lord Wyman go skosztował. Nie wypije ani jednego łyczka wina, dopóki nie ujrzy, że grubas pije z tej samej beczki. Myślę, że ucieszyłby się, gdyby tłuścioch spróbował jakiejś zdrady. To by go rozweseliło. No wiesz, Roose nie ma uczuć. Te pijawki, które tak bardzo lubi, już przed wielu laty wyssały zeń wszelkie pasje. Nie kocha, nie nienawidzi ani nie rozpacza. Wszystko to dla niego gra, umiarkowanie interesująca rozrywka. Niektórzy zajmują się polowaniem, sokolnictwem albo grą w kości. Roose bawi się ludźmi. Ty i ja, ci Freyowie, lord Manderly, nowa tłusta żona, a nawet jego bękart, wszyscy jesteśmy dla niego tylko zabawkami. — Obok przeszedł sługa. Lady Dustin podsunęła mu kielich do napełnienia, a potem skinęła nań, rozkazując, by nalał również Theonowi. — Prawdę mówiąc — ciągnęła — lord Bolton aspiruje do czegoś więcej niż zwykły tytuł lordowski. Czemu nie miałby zostać królem północy? Lord Tywin nie żyje, królobójca został kaleką, a Krasnal uciekł. Lannisterowie już się nie liczą, a ty byłeś tak uprzejmy, że uwolniłeś go od Starków. Stary Walder Frey nie będzie miał nic przeciwko temu, by jego mała gruba Walda została królową. Biały Port może sprawić mu kłopoty, jeśli lord Wyman przeżyje nadchodzącą bitwę... ale jestem dziwnie pewna, że jej nie przeżyje. Stannis również nie. Roose pozbędzie się obu, tak samo, jak pozbył się Młodego Wilka. Któż jeszcze mógłby mu zagrozić?

— Ty — odparł Theon. — Pani Barrowton, lady Dustin przez małżeństwo i lady Ryswell z urodzenia.

Te słowa sprawiły jej przyjemność. Pociągnęła łyk wina z błyskiem w ciemnych oczach.

— Wdowa z Barrowton — poprawiła go. — Ale, tak, gdybym zechciała, mogłabym sprawić mu trudności. Oczywiście Roose też to widzi i dlatego stara się mnie zadowolić.

Mogłaby powiedzieć coś więcej, ale nagle zobaczyła maesterów. Było ich trzech. Weszli do komnaty przez lordowskie drzwi za podwyższeniem. Jeden był tłusty, a drugi bardzo młody, ale w swych szarych strojach i łańcuchach wyglądali jak trzy szare groszki z jednej czarnej łupiny. Przed wojną Medrick służył lordowi Hornwoodowi, Rhodry lordowi Cerwynowi, a młody Henly lordowi Slate'owi. Roose Bolton sprowadził wszystkich trzech do Winterfell, każąc im zająć się krukami Luwina, by znowu można było wysyłać i odbierać wiadomości.

Gdy maester Medrick opadł na jedno kolano, by wyszeptać coś do ucha Boltona, lady Dustin wykrzywiła usta z niesmaku.

— Gdybym była królową, w pierwszej kolejności zabiłabym wszystkie te szare szczury. Kręcą się wszędzie, żywią się resztkami z lordowskich stołów, gadają coś do siebie i szepczą do uszu swych panów. Ale kto jest panem, a kto sługą? Każdy wielki lord ma maestera, a każdy pomniejszy lord pragnie go mieć. Jeśli ktoś go nie ma, ludzie mówią, że niewiele znaczy. Szare szczury czytają i piszą nasze listy, nawet tym lordom, którzy sami nie umieją czytać, a kto może mieć pewność, że nie wypaczają ich słów dla własnych celów? Powiedz mi, jaki z nich pożytek?

— Umieją uzdrawiać — odpowiedział Theon. Miał wrażenie, że lady Dustin tego od niego oczekuje.

— To prawda, umieją uzdrawiać. Nie powiedziałam, że brak im subtelności. Opiekują się nami, kiedy jesteśmy chorzy, ranni albo zrozpaczeni chorobą rodziców lub dzieci. Gdy tylko jesteśmy słabi i bezbronni, natychmiast się zjawiają. Kiedy nas uzdrowią, okazujemy im stosowną wdzięczność. A jeśli im się nie uda, pocieszają nas w naszej żałobie i za to również jesteśmy wdzięczni. Z tej wdzięczności dajemy im miejsce pod naszym dachem i wtajemniczamy ich w swe wstydliwe sekrety. Zasiadają we wszystkich naszych radach. Tak oto władca wkrótce zmienia się w poddanego. Tak właśnie stało się z lordem Rickardem Starkiem. Jego szarym szczurem był maester Walys. Czyż to nie sprytne, że maesterzy używają tylko jednego imienia, nawet ci, którzy mają nazwiska, gdy przybędą do Cytadeli? Dlatego nie wiemy, kim są i skąd przychodzą… ale jeśli ktoś się uprze, może się tego dowiedzieć. Nim maester Walys wykuł swój łańcuch, był znany jako Walys Flowers. Flowers, Hill, Rivers, Snow… takie nazwiska nadajemy swym bękartom, by wszyscy wiedzieli kim są, ale oni zawsze starają się jak najszybciej ich pozbyć. Matką Walysa Flowersa była dziewczyna z rodu Hightowerów… a ojcem ponoć arcymaester z Cytadeli. Szare szczury nie są tak cnotliwe, jak chciałyby nas przekonać, a maesterzy ze Starego Miasta są najgorsi ze wszystkich. Gdy Walys wykuł swój łańcuch, ukryty ojciec i jego przyjaciele pośpiesznie wysłali go do Winterfell, by wypełniał uszy lorda Rickarda zatrutymi słowami słodkimi jak miód. Małżeństwo z córką Tullych było jego pomysłem, nie wątp w to, i…

Przerwała nagle, gdy Roose Bolton wstał. Jego jasne oczy lśniły w blasku pochodni.

— Przyjaciele — zaczął i w komnacie zapadła cisza tak głęboka, że Theon słyszał wiatr szarpiący deskami w dziurach okiennych. — Stannis i jego rycerze wymaszerowali z Deepwood Motte pod sztandarem swego nowego czerwonego boga. Towarzyszą mu klany z północnych wzgórz na swych kudłatych karłowatych konikach. Jeśli pogoda się utrzyma, powinni tu dotrzeć za dwa tygodnie. Wronojad Umber maszeruje królewskim traktem, a od wschodu nadciągają Karstarkowie. Zamierzają dołączyć do lorda Stannisa i odebrać nam ten zamek.

Ser Hosteen zerwał się na nogi.

— Powinniśmy ruszyć im naprzeciw! Dlaczego mielibyśmy im pozwolić połączyć siły?

Dlatego, że Arnolf Karstark czeka tylko na znak od lorda Boltona, by zdradzić Stannisa — pomyślał Theon, gdy inni lordowie zaczęli wykrzykiwać swe rady. Lord Bolton uniósł rękę, nakazując im się uciszyć.

— Wielka Komnata to nie miejsce na takie dyskusje, szlachetni panowie. Przejdźmy do samotni, podczas gdy mój syn skonsumuje małżeństwo. Reszta może zostać w komnacie, ciesząc się jadłem i napojami.

Lord Dreadfort opuścił salę razem z trzema maesterami. Inni lordowie i dowódcy wstali, by podążyć za nim. Hother Umber, stary wychudzony mężczyzna zwany Kurwistrachem, miał zasępioną, złowrogą minę. Lord Manderly był tak pijany, że z komnaty musieli go wyprowadzać czterej silni mężczyźni.

— Musimy wysłuchać pieśni o Szczurzym Kucharzu — mamrotał, gdy przechodził obok Theona, wsparty na swych rycerzach. — Minstrelu, zaśpiewaj ją nam.

Lady Dustin podniosła się jako jedna z ostatnich. Kiedy wyszła, Theon nagle poczuł, że w sali zrobiło się duszno. Dopiero gdy wstał, uświadomił sobie, jak dużo wypił. Oddalając się chwiejnym krokiem od stołu, wytrącił dzban z rąk służącej. Wino spłynęło mu na buty i spodnie ciemnoczerwoną falą.

Wtem czyjaś dłoń złapała go za bark. Pięć twardych jak żelazo palców wbiło się w jego ciało.

— Wzywają cię, Fetor — oznajmił Skwaszony Alyn, owiewając go oddechem cuchnącym z powodu zepsutych zębów. Towarzyszyli mu Żółta Kuśka i Damon Zatańcz ze Mną. — Ramsay mówi, że masz zaprowadzić pannę młodą do łoża.

Przeszył go dreszcz strachu. *Odegrałem swą rolę* — pomyślał. *Dlaczego ja?* Wiedział jednak, że lepiej się nie sprzeciwiać.

Lord Ramsay opuścił już komnatę. Jego żona, zrozpaczona i z pozoru zapomniana, siedziała pochylona i milcząca pod chorągwią rodu Starków, ściskając w obu dłoniach srebrny puchar. Sądząc po tym, jak spojrzała na zbliżającego się Theona, wychyliła już niejeden kielich. Być może miała nadzieję, że jeśli się upije, ominie ją noc poślubna. Theon jednak wiedział, że tak się nie stanie.

— Lady Aryo — rzekł. — Chodź. Pora już, byś spełniła swój obowiązek.

Theon wyprowadził dziewczynę tylnym wejściem i ruszył z nią przez pokryty śniegiem dziedziniec do Wielkiej Wieży. Towarzyszyło im sześciu Chłopaków Bękarta. Do sypialni lorda Ramsaya wiodły trzy biegi kamiennych schodów. Urządzono ją w jednej z komnat, które pożar dotknął tylko lekko. Gdy szli na górę, Damon Zatańcz ze Mną gwizdał, a Obdzieracz przechwalał się, że lord Ramsay obiecał mu kawałek zakrwawionego prześcieradła w dowód szczególnego uznania.

Sypialnię dobrze przygotowano do skonsumowania małżeństwa. Wszystkie meble były nowe, sprowadzono je w taborach z Barrowton. Łoże z baldachimem miało wypełniony pierzem materac oraz zasłony z krwawoczerwonego aksamitu. Na kamiennej podłodze rozrzucono wilcze skóry. Na kominku palił się ogień, a na stoliku przy łożu świeca. Na kredensie stał dzban wina i dwa kielichy. Obok leżało pół koła białego sera z żyłkami.

Było tu również krzesło z czarnej dębiny o czerwonym skórzanym siedzisku. Lord Ramsay spoczywał na nim, gdy weszli do środka. Na jego ustach błyszczała ślina.

— Ach, moja słodka dziewica. Dobrze się spisaliście, chłopaki. Możecie odejść. Nie ty, Fetor. Ty zostań.

Nazywam się Fetor i podglądam przeto. Poczuł kurcz w brakujących palcach, dwóch w lewej dłoni i jednym w prawej. U pasa miał sztylet, ukryty w skórzanej pochwie, ale ciężki, tak bardzo ciężki. *U prawej dłoni brakuje mi tylko małego palca* — przypominał sobie Theon. *Mogę w nią ująć nóż.*

— Czym mogę ci służyć, panie?

— Przyprowadziłeś mi dziewkę. To znaczy, że powinieneś też odpakować podarunek. Przyjrzyjmy się młodej córce Neda Starka.

Ona nie jest spokrewniona z lordem Eddardem — omal nie powiedział Theon. *Ramsay o tym wie, musi wiedzieć. Cóż to za nowa okrutna gra?* Dziewczyna stała przy słupku łoża, drżąc jak sarenka.

— Lady Aryo, zechciej się odwrócić. Muszę rozwiązać sznurówki sukni.

— Nie. — Lord Ramsay nalał sobie wina. — To by za długo trwało. Przetnij suknię.

Theon wyciągnął sztylet. *Muszę się tylko odwrócić i go pchnąć.* Wiedział już, na czym polega gra. *To kolejna pułapka* — powiedział sobie, wspominając Kyrę i jej klucze. *Chce, żebym spróbował go zabić. A gdy mi się nie uda, zedrze skórę z dłoni, w której trzymałem sztylet.* Złapał w rękę garść tkaniny.

— Stój spokojnie, pani. — Poniżej pasa suknia była luźna, tam więc wbił sztylet, a potem przesuwał go powoli ku górze, uważając, by nie zranić dziewczyny. Stal przecinała wełnę i jedwab ze słabym, cichym dźwiękiem. Panna młoda drżała. Theon złapał ją za ramię i unieruchomił. *Nazywa się Jeyne Poole i musi czuć ból.* Wzmocnił uścisk, na ile pozwalała mu na to okaleczona lewa dłoń. – Stój spokojnie.

Wreszcie suknia spadła do stóp dziewczyny.

— Bieliznę też — rozkazał Ramsay. Fetor go posłuchał.

Kiedy skończył, panna młoda była naga, a piękny ślubny strój zamienił się w stertę szarych i białych łachmanów leżących u jej stóp. Piersi miała małe i ostro zakończone, biodra wąskie i dziewczęce, a nogi chude jak u ptaszka. *To dziecko.* Theon zapomniał, że jest taka młoda. *W tym samym wieku co Sansa. Arya byłaby jeszcze młodsza.* Mimo że na kominku palił się ogień, w sypialni było zimno. Bladą skórę Jeyne pokryła gęsia skórka. W pewnej chwili dziewczyna uniosła ręce, jakby chciała zakryć piersi, ale Theon poruszył ustami, wypowiadając bezgłośnie: *Nie*. Zobaczyła to i natychmiast się powstrzymała.

— I co o niej sądzisz, Fetor? — zapytał lord Ramsay.

— Jest… — *Jakiej odpowiedzi pragnie?* Co mu powiedziała przed pójściem do bożego gaju? *Wszyscy mówili, że jestem ładna.* Teraz taka nie była. Widział siatkę delikatnych blizn na plecach. Ktoś ją wychłostał. — …piękna, taka… taka piękna.

Ramsay rozciągnął usta w wilgotnym uśmiechu.

— Czy kutas ci twardnieje na jej widok, Fetor? Czy rozrywa ci sznurówki? Chciałbyś wyruchać ją pierwszy? — Roześmiał się. — Księciu Winterfell powinno przysługiwać to prawo, jak wszystkim lordom w dawnych czasach. Prawo pierwszej nocy. Ale ty nie jesteś lordem, prawda? Tylko Fetorem. Prawdę mówiąc, nie jesteś nawet mężczyzną. — Wypił kolejny łyk wina, a potem cisnął kielichem o ścianę, rozbijając go. Po kamieniach spłynęły czerwone rzeczułki. — Lady Aryo, właź na łoże. Tak jest, oprzyj się o poduszki, jak przystało żonie. A teraz rozłóż nogi i pokaż nam pizdę.

Dziewczyna posłuchała go bez słowa. Theon postąpił krok ku drzwiom. Lord Ramsay usiadł obok żony, położył dłoń na wewnętrznej powierzchni jej uda, a potem wepchnął dwa palce do środka. Westchnęła z bólu.

— Jesteś sucha jak stara kość. — Ramsay wyciągnął rękę i uderzył dziewczynę w twarz. — Powiedziano mi, że wiesz, jak sprawić przyjemność mężczyźnie. Czy to było kłamstwo?

— N... nie, panie. W... wyszkolono mnie.

Ramsay wstał. Jego twarz lśniła w blasku ognia.

— Fetor, chodź tu. Przygotuj ją dla mnie.

Przez moment nie potrafił go zrozumieć.

— J... jak to, panie? Nie mam... nie...

— Ustami — wyjaśnił lord Ramsay. — I pośpiesz się. Jeśli nie będzie wilgotna, gdy skończę się rozbierać, utnę ci język i przybiję go do ściany.

Usłyszał wrzeszczącego w bożym gaju kruka. W dłoni nadal ściskał sztylet.

Schował go.

Nazywam się Fetor, jestem słaby przeto.

Pochylił się i zabrał do roboty.

OBSERWATOR

— Pokażcie nam tę głowę — rozkazał książę.

Areo Hotah przesunął dłoń po długim drzewcu halabardy, swej żony z jesionowego drewna i żelaza. Przez cały czas z uwagą obserwował białego rycerza, ser Balona Swanna, i tych, którzy z nim przyszli. Obserwował Żmijowe Bękarcice, każdą siedzącą przy innym stole. Obserwował lordów i damy, służących, starego ślepego seneszala oraz młodego maestera Mylesa o jedwabistej brodzie i służalczym uśmiechu. Stał w połowie w świetle, a w połowie w cieniu, i widział wszystkich. *Służ. Słuchaj. Broń.* To było jego zadanie.

Wszyscy poza nim patrzyli tylko na skrzynkę. Wyrzeźbiono ją z hebanu i wyposażono w srebrne zameczki oraz zawiasy. Z pewnością wyglądała pięknie, ale wielu z tych, którzy zgromadzili się w Starym Pałacu w Słonecznej Włóczni, mogło wkrótce zginąć z powodu jej zawartości.

Maester Caleotte ruszył w stronę ser Balona Swanna, szurając pantoflami o podłogę. Niski pękaty człowieczek prezentował się wspaniale w swych szatach w szerokie pasy barwy brunatnej i szarego orzecha oraz wąskie czerwone prążki. Pokłonił się, przyjął szkatułkę z rąk białego rycerza i zaniósł ją na podwyższenie, gdzie Doran Martell siedział w fotelu na kółkach między swą córką Arianne a ukochaną faworytą swego nieżyjącego brata, Ellarią. Setka wonnych świec wypełniała komnatę przyjemnymi zapachami. Na palcach lordów lśniły pierścienie, a pasy na sukniach i stroiki na włosach zdobiły damy. Areo Hotah wypolerował na wysoki połysk swą koszulę z miedzianych łusek, by również błyszczeć w świetle świec.

W komnacie zapadła cisza. *Dorne wstrzymało oddech.* Maester Caleotte postawił szkatułkę na podłodze, obok fotela księcia Dorana. Jego palce, zwykle tak zręczne i pewne, nagle zrobiły się niezgrabne. Po chwili otworzył zameczek i uniósł pokrywę, odsłaniając ukrytą wewnątrz czaszkę. Hotah usłyszał, że ktoś odchrząknął. Jedna z bliźniaczek lorda Fowlera wyszeptała coś do drugiej. Ellaria Sand zamknęła oczy i szeptała modlitwę.

Kapitan straży zauważył, że ser Balon Swann stoi sztywno jak napięta cięciwa. Nowy biały rycerz nie był tak wysoki i przystojny jak poprzedni, ale miał potężniejszą klatkę piersiową i muskularne ramiona. Śnieżnobiały płaszcz zapiął sobie pod szyją srebrną broszą ozdobioną dwoma łabędziami, jednym z kości słoniowej, a drugim z onyksu. Areo Hotah odnosił wrażenie, że ptaki walczą ze sobą. Noszący je mężczyzna również wyglądał na wojownika. *Nie zginie tak łatwo jak tamten. Nie rzuci się prosto na moją halabardę, jak zrobił ser Arys. Schowa się za tarczą i zmusi mnie do ataku.* Gdyby do tego doszło, Hotah będzie gotowy. Jego halabarda była tak ostra, że mógłby się nią golić.

Pozwolił sobie na krótkie spojrzenie na szkatułkę. Uśmiechnięta czaszka spoczywała na łożu z czarnego filcu. Wszystkie czaszki się uśmiechały, ale ta była bardziej zadowolona niż inne. *I większa.* Kapitan straży nigdy w życiu nie widział tak wielkiej czaszki. Jej kość czołowa była gruba i ciężka, a żuchwa masywna. Czaszka lśniła w blasku świec, biała jak płaszcz ser Balona.

— Umieśćcie ją na piedestale — rozkazał książę. W oczach lśniły mu łzy. — Piedestał był kolumną z czarnego marmuru, trzy stopy wyższą od maestera Caleotte'a. Niski grubasek wspiął się na palce, ale i tak nie zdołał sięgnąć szczytu. Areo Hotah chciał już mu pomóc, ale Obara Sand była szybsza. Brak bicza i tarczy nie pozbawił jej gniewnego męskiego wyglądu. Zamiast sukni nosiła męskie spodnie i opadającą do połowy łydki lnianą tunikę, podtrzymywaną w talii pasem z miedzianych słońc. Brązowe włosy związała sobie w węzeł. Wyjęła czaszkę z miękkich różowych dłoni maestera i umieściła ją na szczycie kolumny. — Góra już nie jeździ — oznajmił z powagą książę.

— Czy jego śmierć była długa i bolesna, ser Balonie? — zapytała Tyene Sand tonem dziewczyny pragnącej się dowiedzieć, czy ładnie wygląda w swej sukni.

— Krzyczał przez wiele dni, pani — odpowiedział biały rycerz, choć było oczywiste, że mówi to z niechęcią. — Słyszeliśmy go w całej Czerwonej Twierdzy.

— Czy to cię martwi, ser? — zapytała lady Nym. Miała na sobie suknię z żółtego jedwabiu, tak cienkiego i delikatnego, że blask świec przebijał się przez nią, ujawniając złote nici i klejnoty kryjące się pod spodem. Strój był tak nieprzyzwoity, że biały rycerz patrzył na nią z wyraźnym skrępowaniem, ale Hotahowi się podobał. Nymeria prawie naga była najmniej niebezpieczna. Gdyby nie to, z pewnością ukryłaby pod ubraniem kilkanaście noży. — Wszyscy się zgadzają, że ser Gregor był krwiożerczą bestią. Jeśli jakikolwiek człowiek zasłużył na takie cierpienia, to z pewnością on.

— Może i tak, pani — odparł Balon Swann — ale ser Gregor był rycerzem, a rycerz powinien zginąć z mieczem w dłoni. Trucizna to podła i niegodziwa metoda pozbawiania życia.

Lady Tyene uśmiechnęła się na te słowa. Wdziała dziś kremowo-zieloną suknię o długich koronkowych rękawach, tak skromną i niewinną, że każdy mężczyzna, który by na nią spojrzał, mógłby ją uznać za najcnotliwszą z panien. Areo Hotah wiedział lepiej. Jej białe miękkie dłonie zadawały śmierć być może nawet skuteczniej niż pokryte stwardnieniami ręce Obary. Obserwował ją pilnie, uważając na każdy ruch palców.

Książę Doran zmarszczył brwi.

— Zapewne, ser Balonie, ale lady Nym ma rację. Jeśli ktokolwiek zasłużył na to, by umrzeć z krzykiem na ustach, to z pewnością Gregor Clegane. Zamordował moją miłą siostrę i roztrzaskał głowę jej synka o ścianę. Modlę się tylko o to, by płonął teraz w jakimś piekle, a Elia i jej dzieci odnalazły spokój. Dorne pragnęło sprawiedliwości i cieszę się, że pożyłem wystarczająco długo, by poczuć jej smak. Lannisterowie w końcu dowiedli prawdziwości swego zawołania i spłacili ten stary dług.

Książę pozostawił zadanie wstania i wzniesienia toastu Ricassowi, swemu ślepemu seneszalowi.

— Panowie i panie, wypijmy wszyscy za Tommena, Pierwszego Tego Imienia, króla Andalów, Rhoynarów i Pierwszych Ludzi, władcę Siedmiu Królestw.

Gdy seneszal mówił, służący zaczęli krążyć pośród gości, napełniając im kielichy z trzymanych w rękach dzbanów. To było dornijskie wzmocnione wino, ciemne jak krew i słodkie jak zemsta. Kapitan nie pił. Nigdy tego nie robił na ucztach. Książę również nie skosztował trunku. Miał własne wino, przygotowane przez maestera Mylesa, wzbogacone w makowy sok łagodzący ból w obrzękłych stawach.

Biały rycerz wypił wino, zgodnie z wymogami uprzejmości. Jego towarzysze również, podobnie jak księżniczka Arianne, lady Jordayne, lord Bożejłaski, rycerz z Cytrynowego Lasu, pani Wzgórza Duchów… a nawet Ellaria Sand, umiłowana faworyta księcia Oberyna, która była z nim w Królewskiej Przystani, kiedy zginął. Uwagę Hotaha przyciągali przede wszystkim ci, którzy nie pili: ser Daemon Sand, lord Tremond Gargalen, bliźniaczki Fowlera, Dagos Manwoody, Ullerowie z Hellholtu i Wylowie ze Szlaku Kości. *Jeśli będą kłopoty, mogą się zacząć od któregoś z nich.* Dorne było podzielonym krajem, rozdartym przez gniew, i panowanie księcia Dorana nie było takie pewne, jakby należało. Wielu zaprzysiężonych mu lordów uważało go za słabeusza i ucieszyłoby się z otwartej wojny z Lannisterami oraz chłopcem zasiadającym na Żelaznym Tronie.

Najważniejsze wśród niezadowolonych były Żmijowe Bękarcice, nieślubne córki nieżyjącego brata księcia, Oberyna. Trzy z nich były obecne na uczcie. Doran Martell był najmądrzejszym z książąt i kapitan straży nie miał prawa kwestionować jego decyzji, Areo Hotah zadawał sobie jednak pytanie, dlaczego Doran postanowił uwolnić Obarę, Nymerię i Tyene z jednoosobowych cel w Wieży Włóczni.

Tyene odmówiła spełnienia wzniesionego przez Ricassa toastu szeptem, a lady Nym skinieniem dłoni. Obara pozwoliła, by wypełniono jej puchar aż po brzegi, a potem wylała czerwone wino na posadzkę. Dziewka służebna uklękła, by wytrzeć kałużę, a Obara opuściła komnatę. Po chwili księżniczka Arianne pod jakimś pretekstem podążyła za nią. *Obara nigdy nie zwróciłaby swego gniewu przeciwko małej księżniczce* — pomyślał Hotah. *Są kuzynkami i bardzo się kochają.*

Uczta trwała do późnej nocy, pod przewodnictwem uśmiechniętej czaszki spoczywającej na kolumnie z czarnego marmuru. Podano siedem dań, ku czci siedmiu bogów i siedmiu braci z Gwardii Królewskiej. Zupę z jajami i cytrynami, długą zieloną paprykę faszerowaną serem i cebulą. Pasztet z minoga, kapłony w miodzie i suma złowionego w Zielonej Krwi, tak wielkiego, że musiało go przynieść czterech służących. Potem przyszła kolej na smakowity gulasz z węży. Kawałki siedmiu różnych gatunków tych gadów duszono ze smoczą papryką, malinowymi pomarańczami oraz odrobiną jadu dla zaostrzenia smaku. Hotah wiedział, że gulasz jest piekielnie ostry, choć sam go nie próbował. Następnie podano sorbet, dla ochłodzenia języka, a na deser każdy z gości otrzymał cukrową czaszkę. Gdy już rozbili skorupę i dostali się do środka, znaleźli tam słodki sos oraz kawałki śliwek i wiśni.

Księżniczka Arianne wróciła akurat na faszerowaną paprykę. *Moja mała księżniczka* — pomyślał Hotah, ale Arianne była już dorosłą kobietą. Szkarłatny jedwabny strój, który wdziała, nie pozwalał w to wątpić. Ostatnio jednak zmieniła się również pod innymi względami. Jej spisek mający na celu ukoronowanie Myrcelli zdradzono i rozbito, życie jej rycerza zakończył krwawy cios halabardy Areo Hotaha, a ją samą uwięziono w samotności i ciszy Wieży Włóczni. Wszystko to ją utemperowało. Było też jednak coś jeszcze, jakiś sekret, w który wtajemniczył ją ojciec przed uwolnieniem z więzienia. Kapitan nie wiedział, co to mógł być za sekret.

Książę posadził córkę na honorowym miejscu, między sobą a białym rycerzem. Arianne z uśmiechem wróciła na miejsce i wyszeptała coś do ucha ser Balona. Rycerz nie raczył jej odpowiedzieć. Hotah zauważył, że zjadł bardzo niewiele; łyżkę zupy, kąsek papryki, nogę kapłona, odrobinę ryby. Odmówił pasztetu z minogów i zjadł tylko małą łyżkę gulaszu. To jednak wystarczyło, by na czoło wystąpiły mu kropelki potu. Hotah go rozumiał. Po przybyciu do Dorne od ostrych dań dręczyły go skurcze w trzewiach i piekł język. To jednak było przed wielu laty. Teraz miał białe włosy i mógł jeść wszystko, co jedli rodowici Dornijczycy.

Gdy podano cukrowe czaszki, ser Balon zacisnął usta i obrzucił księcia przeciągłym spojrzeniem, by sprawdzić, czy z niego nie zadrwiono. Doran Martell nie zwrócił na to uwagi, ale jego córka tak.

— Kucharz pozwolił sobie na mały żarcik, ser Balonie — wyjaśniła Arianne. — Dla Dornijczyków nic nie jest święte, nawet śmierć. Nie będziesz się na nas gniewał, prawda? — Musnęła palcami grzbiet dłoni białego rycerza. — Mam nadzieję, że podoba ci się w Dorne.

— Wszyscy są bardzo gościnni, pani.

Arianne dotknęła broszy z kłócącymi się ptakami spinającej jego płaszcz.

— Zawsze lubiłam łabędzie. Poza Wyspami Letnimi nie ma żadnych ptaków, które byłyby choć w połowie tak piękne.

— Twoje pawie mogłyby być innego zdania — zauważył ser Balon.

— Mogłyby — przyznała Arianne — ale pawie to próżne, pełne pychy stworzenia. Ciągle się popisują tymi swoimi kolorami. Wolę łabędzie z ich surową bielą albo piękną czernią.

Ser Balon pokiwał głową i pozwolił sobie na łyk wina. *Ten nie da się uwieść tak łatwo, jak jego zaprzysiężony brat* — pomyślał Hotah. *Ser Arys był chłopcem, pomimo dorosłego wieku. Ser Balon to mężczyzna i w dodatku ostrożny.* Kapitan na pierwszy rzut oka widział, że biały rycerz czuje się skrępowany. *To miejsce jest dla niego niezwykłe i nie lubi go.* To również Hotah potrafił zrozumieć. Jemu także Dorne wydawało się dziwaczne, gdy przed laty przybył tu z własną księżniczką. Brodaci kapłani nauczyli go języka powszechnego Westeros przed wysłaniem w drogę, ale wszyscy Dornijczycy mówili za szybko, by mógł ich zrozumieć. Dornijskie kobiety były rozwiązłe, wino kwaśne, a potrawy pełne osobliwych ostrych przypraw. Tutejsze słońce było zaś gorętsze od bladego słońca Norvos i codziennie gorzało bezlitośnie na błękitnym niebie.

Podróż ser Balona była krótsza, ale kapitan wiedział, że królewski gwardzista miał po drodze trudności. Z Królewskiej Przystani wyruszyło z nim trzech rycerzy, ośmiu giermków i dwudziestu zbrojnych, a także liczni służący i stajenni, ale odkąd przekroczyli góry i znaleźli się w Dorne, ich wędrówkę spowalniały niezliczone uczty, polowania i uroczystości, urządzane na ich cześć w każdym zamku, który odwiedzali. A teraz, gdy już dotarli do Królewskiej Włóczni, nie spotkali ich tu ani księżniczka Myrcella, ani ser Arys Oakheart. *Biały rycerz wie, że coś jest nie w porządku* — pomyślał Hotah. *Ale na tym jeszcze nie koniec.* Być może niepokoiła go też obecność Żmijowych Bękarcic. Jeśli tak, powrót Obary do komnaty z pewnością był dla niego jak ocet wylany na ranę. Córka księcia Oberyna wróciła na miejsce bez słowa i siedziała tam teraz z naburmuszoną miną, nie uśmiechając się ani nic nie mówiąc.

Zbliżała się już północ, gdy książę Doran wreszcie zwrócił się ku białemu rycerzowi.

— Ser Balonie, czytałem list od naszej łaskawej królowej, który mi oddałeś — oznajmił. — Czy mogę przyjąć założenie, że znasz jego treść?

Hotah zauważył, że rycerz nagle się zaniepokoił.

— Znam, panie. Jej Miłość poinformowała mnie, że może mi przypaść zadanie eskortowania jej córki z powrotem do Królewskiej Przystani. Król Tommen stęsknił się za siostrą i chciałby, by księżniczka Myrcella przybyła na dwór z krótką wizytą.

Księżniczka Arianne zrobiła smutną minę.

— Och, ale wszyscy tak bardzo polubiliśmy Myrcellę, ser. Ona i mój brat Trystane stali się nierozłączni.

— Książę Trystane również będzie w Królewskiej Przystani mile widzianym gościem — zapewnił Balon Swann. — Jestem pewien, że król Tommen chciałby go poznać. Jego Miłość ma bardzo niewielu towarzyszy w zbliżonym wieku.

— Więzy powstałe w latach chłopięcych mogą połączyć mężczyzn na całe życie — przyznał książę Doran. — Gdy Trystane i Myrcella się pobiorą, on i Tommen będą jak bracia. Królowa Cersei ma rację. Chłopcy powinni się poznać i zaprzyjaźnić. Z pewnością będzie nam w Dorne brakowało Trystane'a, ale pora już, by chłopak liznął świata położonego poza murami Słonecznej Włóczni.

— Wiem, że w Królewskiej Przystani czeka go bardzo ciepłe przyjęcie.

Dlaczego teraz się poci? — zastanawiał się kapitan, przyglądając mu się z uwagą. *W komnacie jest chłodno, a gulaszu prawie nie jadł.*

— Jeśli zaś chodzi o inne sprawy, które porusza królowa Cersei — ciągnął książę Doran — to prawda, że przysługujące Dorne miejsce w małej radzie pozostaje puste od chwili śmierci mojego brata i już najwyższy czas obsadzić je ponownie. Czuję się zaszczycony, że Jej Miłość uważa, iż moje rady mogą być dla niej cenne, ale zadaję sobie pytanie, czy starczy mi sił na taką podróż. Może, gdybyśmy wybrali drogę morską...?

— Popłynąć statkiem? — Ser Balon sprawiał wrażenie nieprzyjemnie zaskoczonego. — To... czy to byłoby bezpieczne, mój książę? Słyszałem, że jesienią jest mnóstwo niebezpiecznych sztormów, a do tego... piraci na Stopniach...

— Piraci. Oczywiście. Może i masz rację, ser. Bezpieczniej będzie wrócić tą samą drogą, którą tu przybyłeś. — Książę Doran uśmiechnął się miło. — Porozmawiamy o tym jutro. Gdy dotrzemy do Wodnych Ogrodów, zawiadomimy Myrcellę. Na pewno bardzo ją to podekscytuje. Nie wątpię, że ona również tęskni za bratem.

— Gorąco pragnę znowu ją ujrzeć — oświadczył ser Balon. — Chciałbym też odwiedzić wasze Wodne Ogrody. Słyszałem, że są bardzo piękne.

— Piękne i spokojne — zapewnił książę. — Chłodne powiewy, lśniąca w słońcu woda i śmiech dzieci. Wodne Ogrody to moje ulubione miejsce na tym świecie, ser. Zbudował je jeden z moich przodków, by sprawić przyjemność swej świeżo poślubionej żonie z rodu Targaryenów. Znalazła w nich azyl przed pyłem i upałem Słonecznej Włóczni. Miała na imię Daenerys. Była siostrą króla Daerona Dobrego i to jej małżeństwo uczyniło Dorne częścią Siedmiu Królestw. Wszyscy wiedzieli, że dziewczyna kochała bękarciego brata Daerona, Daemona Blackfyre'a, i to z wzajemnością, ale król był mądry i rozumiał, że dobro tysięcy musi być ważniejsze niż pragnienia dwojga, nawet jeśli byli mu bliscy. To Daenerys wypełniła ogrody roześmianymi dziećmi. Z początku własnymi, lecz później również synami i córkami lordów oraz rycerzy na włościach, których sprowadzano tu, by dotrzymywali towarzystwa chłopcom i dziewczętom książęcej krwi. A pewnego letniego dnia, gdy upał był piekielny, ulitowała się również nad dziećmi stajennych, kucharzy oraz innej służby i im także pozwoliła się kąpać w basenach i fontannach. Ta tradycja przetrwała po dziś dzień. — Książę złapał za koła fotela i odsunął się od stołu. — Musisz mi już wybaczyć, ser. Zmęczyła mnie długa rozmowa, a o świcie musimy wyruszyć w drogę. Obaro, czy będziesz tak uprzejma i odwieziesz mnie do łoża? Nymerio, Tyene, wy również chodźcie, by życzyć staremu stryjkowi dobrej nocy.

Obara Sand wytoczyła fotel księcia z komnaty gościnnej Słonecznej Włóczni i ruszyła długą galerią do jego samotni. Areo Hotah szedł z tyłu, razem z jej siostrą, księżniczką Arianne i Ellarią Sand. Za nimi śpieszył maester Caleotte w swych pantoflach. Ściskał czaszkę Góry, jakby była niemowlęciem.

— Chyba nie zamierzasz naprawdę wysłać Trystane'a i Myrcelli do Królewskiej Przystani? — zapytała Obara, pchając fotel. Długie, gniewne kroki sprawiały, że szła stanowczo za szybko i drewniane koła fotela podskakiwały na nieociosanych kamieniach podłoża. – Jeśli to zrobisz, nigdy już nie zobaczymy dziewczyny, a twój syn przez całe życie pozostanie zakładnikiem Żelaznego Tronu.

— Masz mnie za głupca, Obaro? — Książę westchnął. — Nie wiesz o bardzo wielu rzeczach. Rzeczach, o których lepiej nie rozmawiać tutaj, gdzie wszyscy mogą nas usłyszeć. Jeśli będziesz trzymała język za zębami, mogę cię oświecić. — Skrzywił się boleśnie. — Wolniej, na miłość, jaką mnie darzysz. Od tego ostatniego wstrząsu ból przeszył moje kolano jak nożem.

Obara zwolniła o połowę.

— Co więc zamierzasz zrobić? — zapytała.

— To samo, co zawsze — mruknęła jej siostra Tyene. — Będzie zwlekał, wykręcał się i opóźniał sprawę. Nikt nie radzi sobie z tym lepiej niż nasz dzielny stryjek.

— Krzywdzisz go — odezwała się księżniczka Arianne.

— Uciszcie się wszystkie — rozkazał książę.

Dopiero gdy drzwi samotni zamknęły się za nimi bezpiecznie, zawrócił fotel i spojrzał na towarzyszące mu kobiety. Ten wysiłek wystarczył, żeby dostał zadyszki. Co więcej, myrijski koc przykrywający mu nogi zaczepił o szprychy i musiał go złapać w rękę, żeby się w nie nie wkręcił. Jego odsłonięte kończyny wyglądały okropnie. Były blade i miękkie. Obrzękłe kolana zrobiły się czerwone, a prawie fioletowe palce u nóg były dwa razy większe niżby należało. Areo Hotah widział je już tysiąc razy i wciąż trudno mu było na nie patrzeć.

Księżniczka Arianne podeszła bliżej.

— Pomogę ci, ojcze.

Książę zdołał uwolnić narzutę.

— Jeszcze potrafię sobie poradzić z własnym kocem. Zostało mi przynajmniej tyle.

Nie było to wiele. Jego nogi już od trzech lat były całkowicie bezużyteczne, ale w rękach i ramionach zachował jeszcze trochę siły.

— Czy mam przynieść mojemu księciu naparstek makowego mleka? — zapytał maester Caleotte.

— Ból jest tak wielki, że potrzebowałbym całego wiadra. Dziękuję, ale nie. Muszę mieć przytomny umysł. Nie będziesz już mi dziś potrzebny.

— Jak sobie życzysz, mój książę.

Maester Caleotte pokłonił się. W miękkich różowych dłoniach nadal ściskał czaszkę ser Gregora.

— Wezmę to. — Obara Sand wyrwała mu czaszkę i uniosła ją w wyciągniętej ręce. — Jak wyglądał Góra? Skąd wiemy, że to on? Mogli zanurzyć głowę w smole. Po co obdarli ją aż do kości?

— Smoła zniszczyłaby szkatułkę — zasugerowała lady Nym, gdy maester Caleotte opuścił samotnię. — Nikt nie widział śmierci Góry i nikt nie był świadkiem ucięcia mu głowy. Przyznaję, że to mnie niepokoi, ale co mogłaby dać tej suce, królowej, próba oszustwa? Jeśli Gregor Clegane żyje, prawda prędzej czy później wyjdzie na jaw. On miał osiem stóp wzrostu. W całym Westeros nie ma drugiego takiego jak on. Jeśli ktoś taki pojawi się znowu, kłamstwo Cersei Lannister zostanie zdemaskowane przed całymi Siedmioma Królestwami. Musiałaby być koszmarnie głupia, by podjąć takie ryzyko. Co mogłaby w ten sposób zyskać?

— Czaszka z pewnością jest wielka — przyznał książę. —

Wiemy też, że Oberyn zadał Gregorowi straszliwe rany. Wszystkie relacje, jakie do nas dotarły, potwierdzają, że Clegane skonał powoli, cierpiąc straszliwy ból.

— Tak, jak pragnął ojciec — dodała Tyene. — Siostry, zaprawdę znam truciznę, której użył. Jeśli jego włócznia choć raz przebiła skórę Góry, Clegane nie żyje. Nie obchodzi mnie, jaki był wielki. Nie wierzcie młodszej siostrze, jeśli chcecie, ale nigdy nie wątpcie w naszego ojca.

— Nigdy w niego nie wątpiłam i nigdy nie zwątpię — obruszyła się Obara. Pocałowała drwiącą czaszkę. — Przyznaję, że to niezły początek.

— Początek? — powtórzyła z niedowierzaniem Ellaria Sand. — Bogowie brońcie. Oby to już był koniec. Tywin Lannister nie żyje, podobnie jak Robert Baratheon, Amory Lorch, a teraz również Gregor Clegane. Wszyscy, którzy przyłożyli rękę do zamordowania Elii i jej dzieci. Nawet Joffrey, który nie przyszedł jeszcze na świat, gdy zginęła. Widziałam jego śmierć. Łapał się za gardło, próbując zaczerpnąć oddechu. Kogo jeszcze moglibyśmy zabić? Czy Myrcella i Tommen muszą zginąć, by cienie Rhaenys i Aegona mogły spoczywać w pokoju? Kiedy to się skończy?

— Skończy się krwią, tak samo, jak się zaczęło — odparła lady Nym. — Skończy się, gdy mury Casterly Rock pękną, a na kryjące się wewnątrz robaki i czerwie padną promienie słońca. Skończy się całkowitą zagładą Tywina Lannistera i wszystkiego, co stworzył.

— Tywin zginął z ręki własnego syna — warknęła Ellaria. — Czegóż więcej mogłabyś pragnąć?

— Wolałabym, żeby zginął z mojej. — Lady Nym usiadła na krześle. Czarny długi warkocz opadał jej na kolana. Miała zakola na czole, jak ojciec, oraz wielkie, błyszczące oczy. Czerwone jak wino usta rozciągała w niewinnym uśmiechu. — Wtedy jego śmierć nie byłaby tak łatwa.

— Ser Gregor robi wrażenie bardzo samotnego — dodała

Tyene słodkim głosem septy. — Jestem pewna, że ucieszyłby się z towarzystwa.

Po policzkach Ellarii spływały łzy, jej ciemne oczy błyszczały. *Nawet kiedy płacze, ma w sobie siłę* — pomyślał kapitan.

— Oberyn pragnął zemsty za Elię. Teraz wy trzy pragniecie pomścić jego. Przypominam wam, że mam cztery córki. Wasze siostry. Moja Elia ma czternaście lat i jest już prawie kobietą. Obella ma dwanaście, stoi na granicy panieństwa. Uwielbiają was, a Dorea i Loreza z kolei ubóstwiają je. Gdybyście zginęły, czy El i Obella będą musiały szukać zemsty za was, a potem Dorea i Loree za nie? Czy tak to ma się toczyć aż po kres wieków? Pytam jeszcze raz, kiedy to się skończy? — Ellaria Sand położyła dłoń na czaszce Góry. — Widziałam, jak wasz ojciec zginął. To jest jego zabójca. Czy mam zabrać jego czaszkę do łoża, żeby pocieszała mnie nocą? Czy będzie mnie rozśmieszała, pisała dla mnie pieśni, czy zaopiekuje się mną, gdy będę stara i chora?

— Co twoim zdaniem powinnyśmy uczynić, pani? — zapytała lady Nym. — Czy mamy odłożyć z uśmiechem włócznie i zapomnieć o wszystkich krzywdach, które nam wyrządzono?

— Wojna nadejdzie, czy tego chcemy, czy nie — dodała Obara. — Na Żelaznym Tronie zasiada chłopiec. Lord Stannis siedzi na Murze i zwołuje ludzi z północy pod swe chorągwie. Dwie królowe walczą o Tommena jak suki żrące się o mięsistą kość. Żelaźni ludzie zdobyli Tarcze i wyprawiają się w górę Manderu, docierając do samego serca Reach. To znaczy, że Wysogród również musi się czuć zagrożony. Naszych wrogów ogarnął chaos. Nadszedł czas.

— Czas na co? Na zdobycie kolejnych czaszek? — Ellaria Sand spojrzała na księcia. — One nic nie rozumieją. Nie mogę już dłużej tego słuchać.

— Wracaj do córek, Ellario — odrzekł książę. — Przysięgam, że nie stanie się im żadna krzywda.

— Mój książę.

Ellaria pocałowała go w czoło i wyszła. Zasmuciło to Areo Hotaha. *To dobra kobieta.*

— Wiem, że kochała naszego ojca, ale to oczywiste, że nigdy go nie rozumiała — stwierdziła lady Nym, gdy Ellaria opuściła komnatę.

Książę obrzucił ją osobliwym spojrzeniem.

— Rozumie więcej, niż ty kiedykolwiek pojmiesz, Nymerio. Dała twojemu ojcu szczęście. W ostatecznym rozrachunku czułe serce może być warte więcej niż duma czy odwaga. Tak czy inaczej, są sprawy, o których Ellaria nie wie i nie powinna się o nich dowiedzieć. Ta wojna już się zaczęła.

Obara roześmiała się w głos.

— Tak jest. Nasza słodka Arianne postarała się o to.

Księżniczka poczerwieniała. Hotah zauważył, że twarzą jej ojca targnął spazm gniewu.

— To co uczyniła, uczyniła w równym stopniu dla was, co dla siebie. Nie byłbym taki skory z niej drwić.

— To była pochwała — zapewniła Obara Sand. — Możesz zwlekać, przeciągać sprawę, mącić wodę, unikać odpowiedzi i wykręcać kota ogonem, jak długo zechcesz, stryjku, ale ser Balon prędzej czy później będzie musiał się spotkać z Myrcellą w Wodnych Ogrodach, a gdy to się to stanie, zapewne zauważy, że brakuje jej ucha. A kiedy dziewczynka mu opowie, że nasz kapitan rozciął Arysa Oakhearta od szyi aż po pachwinę tą swoją stalową żoną, no cóż…

— Nie. — Księżniczka Arianne wstała z poduszki, na której usiadła, i dotknęła dłonią ramienia Hotaha. — To nie tak było, kuzynko. Ser Arysa zabił Gerold Dayne.

Żmijowe Bękarcice popatrzyły na siebie nawzajem.

— Ciemna Gwiazda?

— Nie kto inny — potwierdziła mała księżniczka. — Próbował też zamordować Myrcellę. Tak właśnie powie ser Balonowi.

— To przynajmniej jest prawdą — stwierdziła z uśmiechem Nym.

— Wszystko w tym jest prawdą — rzekł książę, krzywiąc się z bólu. *Czy to podagra mu dolega, czy raczej kłamstwo?* — A teraz ser Gerold uciekł do Wysokiego Azylu, gdzie nie możemy go dosięgnąć.

— Ciemna Gwiazda — wyszeptała Tyene. — Czemu by nie? — dodała z chichotem. — To wszystko jego robota. Ale czy ser Balon w to uwierzy?

— Uwierzy, jeśli usłyszy to od Myrcelli — zapewniła Arianne.

Obara prychnęła z niedowierzaniem.

— Dziewczynka może skłamać dzisiaj i jutro, ale prędzej czy później powie prawdę. Jeśli ser Balon wróci z tą opowieścią do Królewskiej Przystani, zabrzmią bębny i popłynie krew. Nie powinniśmy pozwolić mu wyjechać.

— Moglibyśmy go zabić, z pewnością — zgodziła się Tyene. — Ale wtedy musielibyśmy pozbawić życia również resztę jego orszaku, w tym również tych słodkich młodych giermków, a to byłoby… hm, nieprzyjemne.

Książę Doran zamknął oczy, a potem znowu je otworzył. Hotah zauważył, że jego noga drży pod kocem.

— Gdybyście nie były córkami mojego brata, wysłałbym wszystkie trzy z powrotem do cel i trzymał was tam, dopóki wasze kości nie poszarzeją. Ale zamiast tego zabiorę was ze sobą do Wodnych Ogrodów. Można tam znaleźć pewną mądrość, jeśli macie dość rozumu, by ją pojąć.

— Mądrość? — powtórzyła Obara. — Ja widzę tylko gołe dzieci.

— Tak — rzekł książę. — Opowiedziałem ser Balonowi historię ogrodów, ale nie w całości. Obserwując zza drzewek pomarańczowych pluskające się w basenach dzieci, Daenerys nagle sobie uświadomiła, że nie potrafi odróżnić wysoko od nisko urodzonych. Nagie, wszystkie były dziećmi. Wszystkie były niewinne i bezbronne, wszystkie zasługiwały na długie życie, miłość i opiekę. Rzekła swemu synowi i dziedzicowi: „Oto twoje królestwo. Pamiętaj o nich we wszystkim, co robisz”. Mnie matka powiedziała te same słowa, gdy już byłem na tyle duży, by opuścić baseny. Księciu łatwo przychodzi zwołać włócznie, ale w ostatecznym rozrachunku cenę płacą dzieci. Ze względu na nie mądry książę nie będzie wszczynał wojny bez poważnego powodu, ani żadnej wojny, w której nie ma szans na zwycięstwo. Nie jestem ślepy ani głuchy. Wiem, że wszystkie uważacie mnie za słabego, przerażonego i niezdecydowanego. Wasz ojciec znał mnie lepiej. Oberyn zawsze był żmiją. Śmiertelnie groźną i nieprzewidywalną. Ja byłem trawą. Miłą, uległą trawą o słodkim zapachu, kołyszącą się przy każdym podmuchu wiatru. Któż bałby się stąpać po trawie? Ale to w trawie żmija kryje się przed swymi wrogami, czekając na chwilę, gdy będzie mogła uderzyć. Ja i wasz ojciec współpracowaliśmy ze sobą bliżej, niż wam się zdaje... ale teraz on nie żyje. Pytanie brzmi, czy mogę ufać, że jego córki zajmą po nim miejsce u mego boku?

Hotah przyjrzał się kolejno wszystkim trzem. Obara o gniewnych, blisko osadzonych oczach i myszowatych brązowawych włosach wdziała utwardzaną skórę połączoną zardzewiałymi ćwiekami. Nymeria smagła i elegancka, o leniwych ruchach, związała długi czarny warkocz czerwonozłotym drutem. Tyene, niebieskooka blondynka, chichocząca cichutko kobieta-dziecko o miękkich dłoniach.

Tyene odpowiedziała w imieniu wszystkich trzech.

— To nierobienie niczego jest trudne, stryjku. Wyznacz nam zadanie, jakiekolwiek zadanie, a przekonasz się, że jesteśmy tak posłuszne i wierne, jak tylko mógłby sobie życzyć książę.

— Słyszę to z radością — odparł Doran — ale słowa to wiatr. Jesteście córkami mojego brata i kocham was, ale przekonałem się, że nie mogę wam ufać. Pragnę od was przysięgi. Czy przysięgniecie mi służyć i robić, co wam każę?

— Jeśli musimy — zgodziła się lady Nym.

— W takim razie przysięgnijcie teraz, na grób ojca.

Twarz Obary pociemniała.

— Gdybyś nie był moim stryjem…

— Jestem twoim stryjem. I twoim księciem. Przysięgnij albo odejdź.

— Przysięgam — rzekła Tyene. — Na grób ojca.

— Przysięgam — powtórzyła lady Nym. — Na Oberyna Martella, Czerwoną Żmiję z Dorne, który był więcej wartym mężczyzną od ciebie.

— Zaiste — zgodziła się Obara. — I ja również. Na ojca. Przysięgam.

Hotah zauważył, że książę uspokoił się nieco i zapadł głębiej w fotel. Uniósł rękę i księżniczka Arianne podeszła bliżej, żeby ją ująć.

— Powiedz im, ojcze.

Książę Doran zaczerpnął z wysiłkiem tchu.

— Dorne nadal ma przyjaciół na dworze i ci przyjaciele informują nas o sprawach, o których nie mieliśmy się dowiedzieć. Zaproszenie przysłane przez Cersei to fortel. Trystane nie ma dotrzeć do Królewskiej Przystani. Podczas drogi powrotnej, gdzieś w królewskim lesie, grupę ser Balona zaatakują banici i mój syn zginie. Zaproszono mnie na dwór tylko po to, bym ujrzał tę śmierć na własne oczy i uwolnił królową od wszelkiej winy. Aha, a ci banici? Podczas ataku będą krzyczeli: „Półmężczyzna, Półmężczyzna”. Ser Balon może nawet przelotnie dostrzec Krasnala, choć nikomu innemu to się nie uda.

Areo Hotah nie uwierzyłby, że cokolwiek może przyprawić Żmijowe Bękarcice o szok. Byłby w błędzie.

— Siedmiu, miejcie nas w swojej opiece — wyszeptała Tyene. — Trystane? Dlaczego?

— Ta kobieta jest szalona — dodała Obara. — To tylko chłopiec.

— To potworne — rzekła lady Nym. — Nigdy nie spodziewałabym się czegoś takiego po rycerzu Gwardii Królewskiej.

— Oni przysięgają posłuszeństwo, tak samo jak mój kapitan — wyjaśnił książę. — Ja również miałem wątpliwości, ale wszystkie widziałyście, jak ser Balon się wystraszył, gdy zasugerowałem podróż drogą morską. To zakłóciłoby wszystkie plany królowej.

Twarz Obary poczerwieniała.

— Oddaj mi włócznię, stryjku. Cersei przysłała nam głowę. My odeślemy jej cały worek głów.

Książę Doran uniósł rękę. Kostki dłoni miał czerwone jak wiśnie i prawie tak samo duże.

— Ser Balon jest gościem pod moim dachem. Jadł mój chleb i sól. Nie wyrządzę mu krzywdy. Nie, wyruszymy do Wodnych Ogrodów, gdzie wysłucha opowieści Myrcelli i wyśle kruka do swej królowej. Dziewczynka poprosi go, by dopadł człowieka, który ją skrzywdził. Jeśli Swann jest mężczyzną, za jakiego go uważam, nie będzie mógł odmówić. Obaro, powiedziesz go do Wysokiego Azylu, by osaczyć Ciemną Gwiazdę w jego legowisku. Nie nadszedł jeszcze czas, by Dorne otwarcie wystąpiło przeciwko Żelaznemu Tronowi. Dlatego musimy zwrócić Myrcellę matce. Ale ja nie będę jej towarzyszył. To zadanie przypadnie tobie, Nymerio. Lannisterom to się nie spodoba tak samo, jak nie spodobało im się, kiedy przysłałem im Oberyna, ale nie śmią odmówić. Potrzebujemy głosu w radzie i ucha na dworze. Ale bądź ostrożna. Królewska Przystań to dół pełen węży.

— Ależ stryjku, ja kocham węże — odparła z uśmiechem lady Nym.

— A co ze mną? — zapytała Tyene.

— Twoja matka była septą. Oberyn opowiadał mi kiedyś,

że gdy leżałaś w kołysce, czytała ci ustępy z *Siedmioramiennej gwiazdy*. Ciebie również wyślę do Królewskiej Przystani, ale na to drugie wzgórze. Miecze i Gwiazdy zreformowano, a ten nowy wielki septon nie jest marionetką, jak jego poprzednicy. Spróbuj się do niego zbliżyć.

— Czemu by nie? W białym mi do twarzy. Wyglądam tak... czysto.

— Dobrze — rzekł książę. — Dobrze... — zawahał się. — Jeśli... jeśli wydarzą się pewne rzeczy, zawiadomię każdą z was. W grze o tron sytuacja potrafi się zmieniać szybko.

— Wiem, że nas nie zawiedziecie, kuzynki. — Arianne podeszła kolejno do wszystkich trzech, ujęła ich dłonie i pocałowała je w usta. — Wojownicza Obaro. Nymerio, moja siostro. Słodziutka Tyene. Kocham was wszystkie. Niech słońce Dorne wam towarzyszy.

— Niezachwiani, nieugięci, niezłomni — odpowiedziały chórem Żmijowe Bękarcice.

Księżniczka Arianne została w samotni po odejściu kuzynek. Areo Hotah również. Na tym polegała jego służba.

— To nieodrodne córki swego ojca — stwierdził książę.

— Trzech Oberynów z cyckami — potwierdziła z uśmiechem mała księżniczka.

Książę Doran roześmiał się w głos. Hotah nie słyszał jego śmiechu już od tak dawna, że prawie zapomniał, jak on brzmi.

— Nadal uważam, że to ja powinnam pojechać do Królewskiej Przystani, nie lady Nym — oznajmiła Arianne.

— To zbyt niebezpieczne. Jesteś moją dziedziczką, przyszłością Dorne. Twoje miejsce jest u mego boku. Wkrótce czeka cię inne zadanie.

— Te twoje ostatnie słowa, o rzeczach, które się wydarzą. Dostałeś jakąś wiadomość?

Książę Doran obdarzył ją swym tajemniczym uśmiechem.

— Z Lys. Wielka flota zawinęła tam, by uzupełnić zapasy wody. To głównie volanteńskie okręty, transportują armię.

Nikt nie wie, co to za żołnierze ani dokąd zmierzają. Mówi się o słoniach.

— Nie o smokach?

— O słoniach. Ale w ładowni wielkiej kogi łatwo by było ukryć młodego smoka. Największe niebezpieczeństwo grozi Daenerys na morzu. Na jej miejscu starałbym się jak najdłużej ukrywać siebie i swoje zamiary, by móc zaskoczyć Królewską Przystań.

— Myślisz, że Quentyn będzie z nimi?

— Może będzie. A może nie. Wiele wyjaśni to, gdzie wylądują, jeśli rzeczywiście zmierzają do Westeros. Quentyn poprowadzi flotę w górę Zielonej Krwi, jeśli tylko będzie mógł. Ale lepiej na razie o tym nie mówić. Pocałuj mnie. Z pierwszym brzaskiem ruszamy do Wodnych Ogrodów.

To znaczy, że może uda się wyjechać w południe — pomyślał Hotah.

Później, gdy Arianne już poszła, odstawił halabardę i położył księcia na łożu.

— Do chwili gdy Góra rozbił czaszkę mojemu bratu, w całej wojnie pięciu królów nie zginął ani jeden Dornijczyk — wyszeptał Doran, gdy Hotah przykrywał go kocem. — Powiedz mi, kapitanie, czy to powód do wstydu, czy do chwały?

— Nie mnie to oceniać, mój książę.

Służ. Słuchaj. Broń. Proste śluby dla prostych ludzi. To było wszystko, co znał.

JON

Val czekała przy bramie w poprzedzającym świt mrozie, odziana w niedźwiedzie futro tak wielkie, że mogłoby pasować na Sama. Obok stał kudłaty siwy konik o jednym oku pokrytym bielmem. Osiodłano go i założono mu uzdę. Dziewczynie towarzyszyli Mully i Edd Cierpiętnik, tworzący osobliwą parę strażników.

— Daliście jej ślepego konia? — zapytał z niedowierzaniem Jon.

— Jest ślepy tylko na jedno oko, panie — odparł Mully. — Poza tym wszystko z nim w porządku.

Poklepał zwierzę po szyi.

— Koń może być ślepy na jedno oko, ale ja widzę dobrze — odezwała się Val. — Wiem, dokąd muszę pojechać.

— Pani, nie musisz tego robić. Ryzyko…

— Ja je podejmuję, lordzie Snow. Nie jestem damą z południa, tylko kobietą wolnych ludzi. Znam las lepiej niż wszyscy twoi zwiadowcy w czarnych płaszczach razem wzięci. Dla mnie nie ma w nim duchów.

Obyś miała rację. Jon liczył na to, miał nadzieję, że Val uda się to, co nie powiodło się Czarnemu Jackowi Bulwerowi i jego towarzyszom. Wierzył, że dziewczyna nie musi się obawiać dzikich… ale oboje świetnie wiedzieli, że w lesie czekają nie tylko oni.

— Wystarczy ci żywności?

— Mam suchary, twardy ser, placki owsiane, solonego dorsza, soloną wołowinę, soloną baraninę i bukłak słodkiego wina, żeby wypłukać z ust całą tę sól. Nie umrę z głodu.

— W takim razie pora, byś odjechała.

— Masz moje słowo, lordzie Snow. Wrócę, z Tormundem albo bez niego. — Zerknęła na niebo. Księżyc był w kwadrze. — Spodziewaj się mnie pierwszego dnia pełni.

— Będę czekał. — *Nie zawiedź mnie, bo Stannis skróci mnie o głowę.* „Czy mam twoje słowo, że będziesz pilnie strzegł naszej księżniczki?" — zapytał go król, a Jon mu to obiecał. *Val nie jest księżniczką. Powtarzałem mu to pół setki razy.* To był mało przekonujący wykręt, smętna szmata owinięta wokół zranionego słowa. Jego ojciec z pewnością by tego nie zaaprobował. *Jestem mieczem, który osłania krainę człowieka* — powiedział sobie Jon. *W ostatecznym rozrachunku to musi znaczyć więcej niż osobisty honor.*

Tunel pod Murem wił się niczym wąż. Było w nim ciemno i zimno jak w brzuchu lodowego smoka. Edd Cierpiętnik szedł przodem, trzymając w ręce pochodnię. Mully miał klucze do trzech zamykających przejście bram o żelaznych kratach dorównujących grubością ramieniu mężczyzny. Pełniący przy nich straż włócznicy salutowali na widok Jona Snow, ale otwarcie gapili się na Val i jej wierzchowca.

Gdy wyszli z tunelu na północną stronę Muru, otwierając grube drzwi niedawno zrobione ze świeżo zrąbanego drewna, księżniczka dzikich zatrzymała się na chwilę, by popatrzeć na pokryte śniegiem pole, na którym król Stannis odniósł zwycięstwo w bitwie. Dalej czekał nawiedzany las, mroczny i cichy. Jasne włosy Val lśniły w świetle księżyca bladosrebrnym blaskiem, a policzki wydawały się białe jak śnieg. Dziewczyna zaczerpnęła głęboki oddech.

— Powietrze ma słodki smak — stwierdziła.

— Język za bardzo mi zdrętwiał, bym mógł to ocenić. Czuję tylko smak zimna.

— Zimna? — Val roześmiała się cicho. — Nie. Kiedy jest naprawdę zimno, oddychanie sprawia ból. Gdy nadchodzą Inni…

To była niepokojąca myśl. Sześciu wysłanych przez Jona zwiadowców nadal nie wróciło. *Jest za wcześnie. Mogą się jeszcze zjawić.* Inna część jego jaźni nie zgadzała się jednak z tą opinią. *Zginęli. Wszyscy zginęli. Wysłałeś ich na śmierć, a teraz robisz to samo z Val.*

— Powtórz Tormundowi, co ci powiedziałem.

— Może nie posłuchać twoich słów, ale je usłyszy. — Val pocałowała go lekko w policzek. — Dziękuję, lordzie Snow. Za konia ślepego na jedno oko, solonego dorsza i świeże powietrze. Za nadzieję.

Biała para ich oddechów mieszała się ze sobą. Jon Snow odsunął się nieco.

— Nie pragnę żadnych dowodów wdzięczności poza...

— Tormundem Zabójcą Olbrzyma. Rozumiem. — Val postawiła kaptur. Brązowe futro gęsto upstrzyła siwizna. — Zanim odjadę, chciałabym ci zadać jedno pytanie. Czy ty zabiłeś Jarla, wasza lordowska mość?

— Mur go zabił.

— Tak też słyszałam. Ale musiałam się upewnić.

— Masz moje słowo. Nie zabiłem go.

Ale gdyby sprawy potoczyły się inaczej, mógłbym to zrobić.

— Nadeszła pora pożegnania — rzekła niemal figlarnym tonem.

Jon nie miał nastroju na takie gierki. *Jest na to za ciemno i za zimno, a do tego robi się późno.*

— Tylko na pewien czas. Wrócisz. Dla chłopca, jeśli nawet nie z innego powodu.

— Dla syna Crastera? — Val wzruszyła ramionami. — Nie jest ze mną spokrewniony.

— Słyszałem, jak mu śpiewałaś.

— Śpiewałam dla siebie. Czy to moja wina, że mnie słucha? — Na jej wargach pojawił się blady uśmieszek. — To go rozśmiesza. No dobra. Jest z niego słodki mały Potwór.

— Potwór?

— To jego mleczne imię. Musiałam go jakoś nazwać. Pamiętaj dbać o jego bezpieczeństwo i żeby było mu ciepło. Dla jego matki i dla mnie. I trzymaj go z dala od kobiety w czerwieni. Ona wie, kim on jest. Widzi w swoich płomieniach różne rzeczy.

Aryę — pomyślał, mając nadzieję, że to prawda.

— Popioły i węgielki.

— Królów i smoki.

Znowu smoki. Przez chwilę Jon również niemalże je widział oczyma wyobraźni. Ich ciała wiły się w mroku, a ciemne skrzydła rysowały się na tle płomieni.

— Gdyby wiedziała, zabrałaby nam chłopca. Chłopca Dalli, nie twojego Potwora. Słówko do ucha króla i byłoby po wszystkim. — *I po mnie też. Stannis uznałby to za zdradę.* — Jeśli wiedziała, dlaczego na to pozwoliła?

— Dlatego, że to jej odpowiadało. Ogień jest kapryśny. Nikt nie wie, w którą stronę się zwróci. — Val postawiła stopę w strzemieniu, przerzuciła nogę przez koński grzbiet i spojrzała z siodła na Jona. — Pamiętasz, co ci powiedziała moja siostra.

— Tak.

Miecz bez rękojeści, nie da się go bezpiecznie chwycić. Ale Melisandre miała rację. Gdy ze wszystkich stron otaczają cię wrogowie, nawet miecz bez rękojeści jest lepszy niż pusta ręka.

— To dobrze. — Val zawróciła konika na północ. — Do zobaczenia w pierwszą noc pełni.

Jon odprowadzał ją wzrokiem, zastanawiając się, czy jeszcze kiedyś zobaczy jej twarz. *Nie jestem damą z południa, tylko kobietą wolnych ludzi* — usłyszał w myślach jej głos.

— Nie dbam o to, co ona mówi — mruknął Edd Cierpiętnik, gdy Val zniknęła za żołnierskimi sosnami. — Powietrze już jest tak zimne, że oddychanie boli. Spróbowałbym przestać, ale to bolałoby jeszcze bardziej. — Zatarł dłonie. — To się źle skończy.

— Zawsze tak mówisz.

— To prawda, panie. I z reguły mam rację.

Mully odchrząknął.

— Panie, pozwoliłeś księżniczce dzikich odjechać. Ludzie powiedzą…

— Że sam jestem w połowie dzikim, sprzedawczykiem, który chce wydać królestwo łupieżcom, kanibalom i olbrzymom. — Jon nie musiał patrzeć w płomienie, by wiedzieć, co mówią o nim ludzie. Najgorsza była świadomość, że się nie mylą. Nie do końca. — Słowa to wiatr, a na Murze wiatr wieje zawsze. Chodźmy.

Gdy Jon wrócił do swych pokojów pod zbrojownią, było jeszcze ciemno. Ducha nadal nie było. *Poluje.* Wielki biały wilkor często go ostatnio opuszczał, wyprawiając się coraz dalej w poszukiwaniu zwierzyny. Ludzie ze Straży i dzicy z Mole's Town wybili całą zwierzynę na wzgórzach i polach wokół Czarnego Zamku. Zresztą nigdy nie było jej tu zbyt wiele. *Nadchodzi zima* — pomyślał. *Szybko, za szybko.* Zadał sobie pytanie, czy zobaczą jeszcze wiosnę.

Edd Cierpiętnik wybrał się do kuchni i wkrótce wrócił z kuflem brązowego *ale* oraz nakrytym talerzem. Pod pokrywką Jon odkrył trzy kacze jaja smażone na tłuszczu z pieczonego mięsa, kawałek boczku, dwie kiełbasy, krwawy pudding oraz pół bochna świeżo upieczonego, jeszcze ciepłego chleba. Zjadł chleb i pół jajka. Zjadłby też boczek, ale kruk z nim odleciał, nim miał szansę to zrobić.

— Złodziej — poskarżył się Jon, gdy ptaszysko przysiadło na nadprożu drzwi, by pożreć łup.

— *Złodziej* — zgodził się kruk.

Jon spróbował kawałka kiełbasy. Gdy starał się zmyć jej smak z ust łykiem *ale*, wrócił Edd, by go zawiadomić, że na zewnątrz czeka Bowen Marsh.

— Towarzyszy mu Othell i septon Cellador.

Szybko się zjawili. Zadał sobie pytanie, kto im o wszystkim opowiedział i czy to była więcej niż jedna osoba.

— Wpuść ich.

— Tak jest, panie. Ale lepiej uważaj na swoją kiełbasę. Wyglądają mi na zgłodniałych.

„Zgłodniali" to nie było słowo, którego użyłby Jon. Septon Cellador był podpity, skołowany i sprawiał wrażenie, że pilnie potrzebuje łuski smoka, który go poparzył, natomiast pierwszy budowniczy Othell Yarwyck wyglądał, jakby połknął coś, czego nie mógł do końca strawić. Bowen Marsh się gniewał. Jon widział to w jego oczach, w grymasie zaciśniętych ust i w rumieńcu pokrywającym nazbyt zaczerwienione policzki. *Ta czerwień nie wzięła się z zimna.*

— Siadajcie, proszę — rzekł. — Mogę wam zaproponować coś do jedzenia albo picia?

— Zjedliśmy śniadanie we wspólnej sali — odparł Marsh.

— Przydałoby mi się coś więcej — oznajmił Yarwyck, siadając na krześle. — Miło, że proponujesz.

— Masz może trochę wina? — zapytał septon Cellador.

— *Ziarno* — wrzasnął siedzący na nadprożu kruk. — *Ziarno, ziarno.*

— Wino dla septona i talerz dla pierwszego budowniczego — rozkazał Eddowi Cierpiętnikowi Jon. — A dla ptaka nic. — Spojrzał na gości. — Chodzi wam o Val.

— I o inne sprawy — dodał Bowen Marsh. — Ludzie się niepokoją, wasza lordowska mość.

A kto cię mianował ich rzecznikiem?

— Ja również. Othellu, jak idą prace w Nocnym Forcie? Otrzymałem list od ser Axella Florenta, tytułującego się namiestnikiem królowej. Mówi mi, że królowa Selyse nie jest zadowolona ze swej kwatery we Wschodniej Strażnicy i pragnie natychmiast się przenieść do nowej siedziby męża. Czy to będzie możliwe?

Yarwyck wzruszył ramionami.

— Odnowiliśmy większą część donżonu i nakryliśmy kuchnie dachem. Królowa potrzebowałaby prowiantu, mebli i drewna na opał, ale powinna sobie poradzić. Z pewnością Jej Miłość nie znajdzie tam tylu wygód, co we Wschodniej Strażnicy, będzie też miała daleko do statków, gdyby zapragnęła nas opuścić, ale… tak, mogłaby tam zamieszkać, choć miną lata, nim Nocny Fort będzie wyglądał jak prawdziwy zamek. Poszłoby szybciej, gdybym miał więcej budowniczych.

— Mogę ci dać olbrzyma.

Othell poderwał się nagle.

— Tego potwora z dziedzińca?

— Ma na imię Wun Weg Wun Dar Wun. Tak mi powiedział Skóra. Można sobie na tym połamać język, więc mówi na niego po prostu Wun Wun i to wystarcza. — Wun Wun w ogóle nie przypominał olbrzymów z opowieści Starej Niani, ogromnych straszliwych stworów, które dodawały krwi do owsianki na śniadanie i pożerały byki w całości, z włosami, skórą i rogami. Ten olbrzym w ogóle nie jadł mięsa, ale przeradzał się w nienasycone monstrum, kiedy podano mu kosz jarzyn. Miażdżył cebulę, rzepy i nawet twardą surową brukiew między potężnymi kwadratowymi zębami. — Jest skory do pracy, choć nie zawsze łatwo można mu wytłumaczyć, czego od niego chcesz. Mówi trochę w starym języku, ale języka powszechnego nie zna w ogóle. Niemniej jest niestrudzony i straszliwie silny. Mógłby wykonać pracę dwunastu ludzi.

— Ja… wasza lordowska mość… ludzie nigdy… olbrzymy jedzą ludzkie mięso… myślę, że… nie, wasza lordowska mość, dziękuję, ale nie mam ludzi do pilnowania podobnego stworzenia, on…

To nie zaskoczyło Jona Snow.

— Jak sobie życzysz. Zatrzymamy olbrzyma tutaj.

Prawdę mówiąc, bardzo niechętnie rozstałby się z Wun Wunem. *Nic nie wiesz, Jonie Snow.* Tak powiedziałaby Ygritte, ale on rozmawiał z olbrzymem, gdy tylko miał okazję, za pośrednictwem Skóry albo któregoś z wolnych ludzi, których sprowadził tu z gaju, i dzięki temu dowiedział się bardzo wiele o tym ludzie i jego dziejach. Żałował tylko, że nie ma z nim Sama, który spisałby te wszystkie opowieści.

To jednak nie znaczyło, że jest ślepy na niebezpieczeństwo, jakie stanowił Wun Wun. Olbrzym odpowiadał gwałtownym atakiem, gdy ktoś mu zagroził, a jego wielkie łapska były tak potężne, że mógłby nimi rozszarpać człowieka na strzępy. Przypominał Jonowi Hodora. *Jest jak Hodor, tylko dwa razy większy, dwa razy silniejszy i dwa razy głupszy. Ta myśl otrzeźwiłaby nawet septona Celladora. Ale jeśli Tormund przyprowadzi ze sobą olbrzymów, Wun Wed Wun Dar Wun może nam pomóc w porozumieniu z nimi.*

Kruk Mormonta zamamrotał z irytacją, gdy drzwi pod nim się otworzyły, zwiastując powrót Edda Cierpiętnika z dzbankiem wina oraz talerzem z jajami i kiełbasą. Bowen Marsh czekał z widoczną irytacją, aż Edd skończy nalewać.

— Tollett to wartościowy człowiek i wszyscy go lubią — podjął po jego wyjściu — a Żelazny Emmett jest dobrym nauczycielem szermierki. Mimo to ludzie mówią, że chcesz ich odesłać.

— Potrzebujemy dobrych ludzi w Długim Kurhanie.

— Ludzie zaczęli go nazywać Kurwim Dołkiem — zauważył Marsh — ale niech i tak będzie. Czy to prawda, że chcesz zastąpić Emmetta tym dzikusem Skórą? Ta pozycja zwykle była zarezerwowana dla rycerzy, a przynajmniej dla zwiadowców.

— Skóra faktycznie jest dzikusem — zgodził się ze spokojem Jon. — Mogę to potwierdzić. Próbowałem się z nim na placu ćwiczebnym. Jest równie groźny z kamiennym toporem w dłoni, jak większość rycerzy z wykutą w zamku stalą. Przyznaję, że nie jest tak cierpliwy, jak bym tego chciał, i niektórzy z chłopaków panicznie się go boją… ale to nie musi być złe. Pewnego dnia będą zmuszeni walczyć naprawdę i przyda im się odrobina zaznajomienia ze strachem.

— To dziki.

— Był dzikim, nim powiedział słowa. Teraz jest naszym bratem. I może nauczyć chłopaków czegoś więcej niż tylko władania mieczem. Nie zaszkodzi im, jak poznają kilka słów starego języka i dowiedzą się czegoś o zwyczajach wolnych ludzi.

— *Wolnych* — mruknął kruk. — *Ziarno. Król.*

— Ludzie mu nie ufają.

Którzy ludzie? — mógłby zapytać Jon. *Ilu ich jest?* To jednak zaprowadziłoby go na drogę, na którą nie chciał wkraczać.

— Słyszę to z przykrością. Czy jest coś jeszcze?

— Ten chłopak, Atłas — odezwał się septon Cellador. — Słyszałem, że chcesz go zrobić swym zarządcą i giermkiem, na miejsce Tolletta. Wasza lordowska mość, to męska kurwa... hm... jeśli mogę tak powiedzieć... wypacykowana ciota z burdeli Starego Miasta.

A ty jesteś moczymordą.

— To, co działo się w Starym Mieście, nie powinno nas obchodzić. Szybko się uczy i jest bardzo bystry. Inni rekruci z początku nim gardzili, ale pozyskał ich sobie i teraz wszyscy są jego przyjaciółmi. Jest nieustraszony w walce i nawet umie trochę czytać i pisać. Powinien sobie poradzić z przynoszeniem mi posiłków i siodłaniem mojego konia, nie sądzicie?

— Zapewne — zgodził się Bowen Marsh z kamienną twarzą — ale ludziom to się nie podoba. Tradycyjnie giermkami lorda dowódcy zostają szlachetnie urodzeni młodzieńcy, przygotowywani do objęcia dowództwa. Czy wasza lordowska mość wierzy, że ludzie z Nocnej Straży zechcą słuchać rozkazów kurwy?

— Słuchali gorszych — warknął rozgniewany Jon. — Stary Niedźwiedź spisał dla swego następcy ostrzeżenia dotyczące kilku braci. W Wieży Cieni mamy kucharza, który lubił gwałcić septy. Na pamiątkę każdej, którą dopadł, wypalał sobie w ciele siedmioramienną gwiazdę. Jego lewe przedramię gwiazdy pokrywają od nadgarstka aż po łokieć i ma też ich trochę na łydkach. A we Wschodniej Strażnicy mamy człowieka, który podpalił dom własnego ojca i zaryglował drzwi. Spłonęła cała rodzina, dziewięć osób. Cokolwiek Atłas mógł robić w Starym Mieście, jest teraz naszym bratem i zostanie moim giermkiem.

Septon Cellador wypił łyk wina. Othell Yarwyck dźgnął

kiełbasę sztyletem. Bowen Marsh siedział nieruchomo z poczerwieniałą twarzą.

— *Ziarno, ziarno, zabij* — wrzasnął kruk, machając skrzydłami. Wreszcie lord zarządca odchrząknął.

— Jestem pewien, że wasza lordowska mość wie najlepiej. A czy mogę zapytać o te trupy w lodowych celach? Ludzie są zaniepokojeni. I po co straże? Z pewnością to marnotrawienie dobrych ludzi, chyba, że boisz się…

— …że ożyją? Modlę się, by tak się stało.

Septon Cellador pobladł.

— Siedmiu miejcie nas w swej opiece. — Wino spłynęło mu po podbródku czerwoną strużką. — Lordzie dowódco, upiory to potworne, nienaturalne stworzenia. Ohyda w oczach bogów. Chyba… chyba nie zamierzasz z nimi rozmawiać?

— A czy one w ogóle potrafią mówić? — zapytał Jon Snow. — Nie sądzę, ale nie mogę twierdzić, że to wiem. Może i są potworami, ale przed śmiercią były ludźmi. Ile z tego w nich pozostało? Ten, którego pokonałem, był zdeterminowany zabić lorda dowódcę Mormonta. Najwyraźniej pamiętał, kim on jest i gdzie można go znaleźć. — Jon nie wątpił, że maester Aemon zrozumiałby, o co mu chodzi. Sam Tarly byłby przerażony, ale również by to pojął. — Pan ojciec zawsze mi mówił, że trzeba poznać swych nieprzyjaciół. Wiemy bardzo niewiele o upiorach i jeszcze mniej o Innych. Musimy się dowiedzieć więcej.

Ta odpowiedź nie przypadła im do gustu.

— Uważam, że to bardzo nierozsądne, lordzie Snow — oznajmił septon Cellador, dotykając zawieszonego na szyi kryształu. — Będę się modlił o to, by Starucha uniosła swą złotą lampę i poprowadziła cię ścieżką mądrości.

Cierpliwość Jona Snow w końcu się wyczerpała.

— Jestem pewien, że wszystkim nam przydałoby się trochę więcej mądrości. — *Nic nie wiesz, Jonie Snow.* — Czy teraz pomówimy o Val?

— A więc to prawda? — zapytał Marsh. — Uwolniłeś ją?

— Za Murem.

Septon Cellador wessał powietrze przez zęby.

— Królewską zakładniczkę. Jego Miłość bardzo się rozgniewa, gdy się o tym dowie.

— Val wróci.

Przed Stannisem, jeśli bogowie są łaskawi.

— Skąd wiesz?

— Tak mi powiedziała.

— A jeśli skłamała? Albo stanie się jej coś złego?

— Być może będziecie mieli szansę wybrać lorda dowódcę, który bardziej przypadnie wam do gustu. Obawiam się, że do tej chwili jesteście skazani na mnie. — Jon popił łyk *ale*. — Kazałem jej odnaleźć Tormunda Zabójcę Olbrzyma i przekazać mu moją ofertę.

— A czy możemy się dowiedzieć, jak brzmi ta oferta?

— Tak samo jak ta, którą złożyłem w Mole's Town. Żywność, schronienie i pokój, jeśli połączą swe siły z naszymi, będą walczyć z naszym wspólnym wrogiem i pomogą nam bronić Muru.

Bowen Marsh nie sprawiał wrażenia zaskoczonego.

— Chcesz go przepuścić. — Ton jego głosu sugerował, że wiedział o tym, od samego początku. — Otworzyć bramy przed nim i jego ludźmi. Setkami, tysiącami ludzi.

— Jeśli rzeczywiście tylu mu zostało.

Septon Cellador nakreślił znak gwiazdy. Othell Yarwyck odchrząknął.

— Niektórzy mogą nazwać to zdradą — stwierdził Bowen Marsh. — To są dzicy. Barbarzyńcy, łupieżcy i gwałciciele, podobniejsi bestiom niż ludziom.

— Tormund z pewnością taki nie jest — sprzeciwił się Jon. — I Mance Rayder też nie był. Ale nawet gdyby wszystko, co powiedziałeś, było prawdą, to nadal są ludzie, Bowenie. Nadchodzi zima, panowie, a gdy już nadejdzie, żywi będą musieli wspólnie stanąć przeciwko umarłym.

— *Snow* — wrzasnął kruk lorda Mormonta. — *Snow, Snow.*

Jon zignorował ptaka.

— Wypytaliśmy dzikich, którzy wrócili z nami z gaju. Kilku z nich opowiedziało interesującą historię o leśnej wiedźmie zwanej Matką Kret.

— Matką Kret? — zdziwił się Bowen Marsh. — To nie brzmi jak prawdziwe imię.

— Ponoć mieszkała w jamie pod spróchniałym drzewem. Tak czy inaczej, ujrzała wizję floty, która przybyła, by zanieść wolnych ludzi w bezpieczne miejsce za wąskim morzem. Tysiące tych, którzy uciekli po bitwie, były tak zdesperowane, że jej uwierzyły. Matka Kret zaprowadziła wszystkich do Hardhome, by tam modlili się i czekali na ratunek zza morza.

Othell Yarwyck skrzywił się z niezadowoleniem.

— Nie jestem zwiadowcą, ale... Hardhome to ponoć niesamowite miejsce. Przeklęte. Nawet twój stryj tak mawiał, lordzie Snow. Czemu mieliby iść akurat tam?

Na stole przed Jonem leżała mapa. Odwrócił ją ku gościom.

— Hardhome znajduje się w osłoniętej zatoce. To naturalny port, tak głęboki, że mogą doń zawijać nawet największe statki. W pobliżu jest pod dostatkiem drewna i kamienia. W wodach roi się od ryb, a w pobliżu można też znaleźć kolonie fok i krów morskich.

— Nie wątpię, że wszystko to prawda — rzekł Yarwyck — ale to nie jest miejsce, w którym chciałbym spędzić noc. Wiesz, co o nim opowiadają.

Jon wiedział. Hardhome było bliskie stania się miasteczkiem, jedynym prawdziwym miasteczkiem na północy, gdy pewnej nocy, sześćset lat temu, rozpętało się w nim piekło.

Mieszkańców porwano w niewolę albo zarżnięto na mięso, zależnie od tego, której wersji opowieści wierzyć, a ich domostwa pochłonął pożar tak gorący, że obserwatorzy stojący na położonym daleko na południe Murze myśleli, że słońce wstaje na północy. Potem przez prawie pół roku na nawiedzany las i na Morze Dreszczy padał deszcz popiołu. Kupcy opowiadali, że tam, gdzie było Hardhome, znaleźli jedynie koszmarne zniszczenia. Okolicę pokrywały zwęglone drzewa i spalone kości, w wodzie unosiło się mnóstwo gnijących trupów, a z wylotów jaskiń, które upstrzyły ścianę potężnego klifu górującego nad osadą, dobiegały mrożące krew w żyłach krzyki.

Choć minęło sześć stuleci, ludzie nadal unikali Hardhome. Jon słyszał, że cała okolica przerodziła się w odludzie, ale zwiadowcy zapewniali też, że w porośniętych zielskiem ruinach straszą ghule, demony i płonące duchy o niezdrowym apetycie na krew.

— Ja również nie wybrałbym go na azyl — przyznał Jon — ale Matka Kret ponoć głosi, że wolni ludzie odnajdą zbawienie tam, gdzie kiedyś spadło na nich potępienie.

Septon Cellador wydął wargi.

— Zbawienie można odnaleźć tylko poprzez Siedmiu. Ta wiedźma zgubiła ich wszystkich.

— I być może uratowała Mur — dodał Bowen Marsh. — Mówimy o naszych wrogach. Niech się modlą wśród ruin, a jeśli ich bogowie przyślą statki, które zabiorą ich do lepszego świata, to tym lepiej. W tym świecie nie mam ich czym wykarmić.

Jon zgiął palce prawej dłoni.

— Galery Cottera Pyke'a od czasu do czasu przepływają obok Hardhome. Dowiedziałem się od niego, że nie ma tam żadnego schronienia poza jaskiniami. Wrzeszczącymi jaskiniami, jak zwą je jego ludzie. Matka Kret i ci, którzy za nią poszli, zginą tam z zimna i pragnienia. Są ich setki. Tysiące.

— Tysiące wrogów. Tysiące dzikich.

Tysiące ludzi — pomyślał Jon. *Mężczyzn, kobiet i dzieci.*

Wezbrał w nim gniew, lecz gdy przemówił, jego głos był cichy i zimny.

— Jesteście ślepi, czy po prostu nie chcecie zobaczyć? Jak wam się zdaje, co się zdarzy, gdy wszyscy ci wrogowie umrą?

— *Umrą, umrą, umrą* — wymamrotał kruk.

— Powiem wam, co się zdarzy — ciągnął Jon. — Umarli wstaną. Setki, tysiące umarłych. Wstaną jako upiory o czarnych dłoniach i jasnoniebieskich oczach, a potem przyjdą po nas. — Podniósł się z wysiłkiem, otwierając i zamykając prawą dłoń. — Możecie odejść.

Wszyscy się podnieśli. Septon Cellador miał szarą, zlaną potem twarz, Othell Yarwyck trzymał się sztywno, a Bowen Marsh pobladł i zacisnął mocno usta.

— Dziękuję, że raczyłeś poświęcić nam czas, lordzie Snow — rzekł. Potem wszyscy wyszli, nie odzywając się już ani słowem.

TYRION

Maciora miała łagodniejsze usposobienie niż niejeden z koni, na których zdarzyło mu się jeździć.

Była cierpliwa i pewnie trzymała się na nogach, a gdy Tyrion wgramolił się na jej grzbiet, zaakceptowała go tylko z cichym kwiknięciem. Potem znieruchomiała, pozwalając mu sięgnąć po tarczę i kopię, a kiedy złapał za wodze i wcisnął stopy w jej boki, natychmiast ruszyła naprzód. Nazywała się Śliczna, co było skrótem od Śliczna Świnia, i odkąd była prosięciem, uczono ją znosić siodło i uzdę.

Gdy Śliczna ruszyła truchtem przez pokład, malowana drewniana zbroja zastukała głośno. Tyriona swędziało pod pachami od potu, a po bliźnie, poniżej za dużego hełmu, spływały jego kropelki. Mimo to przez absurdalną chwilę poczuł się prawie jak Jaime. Wyobraził sobie, że staje w szranki z kopią w dłoni, a jego złota zbroja lśni w blasku słońca.

Gdy zabrzmiały śmiechy, marzenie prysło. Nie był rycerzem, a tylko karłem na świni, ściskającym kij. Wygłupiał się dla rozrywki znudzonych, opitych rumem marynarzy, licząc na to, że poprawi ich nastrój. Gdzieś w piekle na dole jego ojciec się wściekał, a Joffrey chichotał. Tyrion czuł spojrzenia ich zimnych martwych oczu. Gapili się na tę komediancką farsę z takim samym zapałem jak załoga „Selaesori Qhoran".

Pojawiła się jego przeciwniczka. Grosik dosiadała wielkiego szarego psa, jej pasiasta kopia chwiała się jak pijak, gdy zwierzę pędziło po pokładzie. Tarczę i zbroję karlicy pomalowano na czerwono, ale farba obłaziła już i wyblakła. Zbroja Tyriona była niebieska. *Nie moja. Miedziaka. Modlę się, by nigdy nie stała się moja.*

Tyrion kopnął Śliczną w zad, by skłonić ją do szarży. Marynarze pokrzykiwali i pohukiwali radośnie. Nie był pewien, czy próbują go zachęcać, czy z niego drwią, żywił jednak pewne podejrzenia. *Dlaczego dałem się namówić na tę farsę?*

Znał jednak odpowiedź. Statek już od dwunastu dni kołysał się bezwładnie na falach, unieruchomiony przez ciszę w Zatoce Żałoby. Nastrój załogi był paskudny, a wkrótce mógł się jeszcze pogorszyć, gdyż kończyły się zapasy rumu. Człowiek może poświęcić na naprawę żagli, zatykanie dziur w kadłubie i łowienie ryb tylko ograniczoną liczbę godzin każdego dnia. Jorah Mormont słyszał, jak ludzie mamrotali pod nosami, że karle szczęście ich zawiodło. Choć kucharz nadal od czasu do czasu próbował pogłaskać Tyriona po głowie, pozostali marynarze obrzucali go jadowitymi spojrzeniami, gdy tylko ich drogi się krzyżowały. Grosik była w jeszcze gorszym położeniu, ponieważ kucharz doszedł do wniosku, że uszczypnięcie piersi karlicy może przywrócić im szczęście.

Zaczął też nazywać Śliczną Świnię „Boczkiem". Ten żart brzmiał znacznie zabawniej w ustach Tyriona.

— Musimy ich rozśmieszyć — błagała go Grosik. — Wtedy nas polubią. Jeśli urządzimy dla nich przedstawienie, to im pomoże zapomnieć. Proszę, panie.

W jakiejś chwili, z jakiegoś powodu, zgodził się na to. *To na pewno przez rum.* Kapitańskie zapasy wina skończyły się najpierw, ale Tyrion Lannister przekonał się, że rumem można się upić szybciej.

Tak oto wdział malowaną drewnianą zbroję odziedziczoną po Miedziaku, dosiadł należącej ongiś do niego świni, a siostra nieżyjącego karła nauczyła go niektórych elementów komediancкiego pojedynku, dzięki któremu rodzeństwo zarabiało na chleb i sól. Kryła się w tym swego rodzaju rozkoszna ironia, biorąc pod uwagę fakt, że Tyrion omal nie stracił głowy, nie chcąc dosiąść psa dla rozrywki swego wypaczonego siostrzeńca. Niemniej trudno mu było docenić humor owej sytuacji, gdy siedział na grzbiecie świni.

Grosik pochyliła kopię akurat na czas, by jej tępy koniec musnął jego ramię. Jego kopia zakołysała się, gdy ją opuścił, i odbiła się z głośnym stukiem od rogu jej tarczy. Grosik utrzymała się w siodle. On spadł. Ale przecież tak właśnie miało się stać.

Łatwo jak spaść ze świni... tyle że upadek ze Ślicznej był trudniejszy, niżby się zdawało. Tyrion zwinął się ciasno, pamiętając, czego uczyła go Grosik, ale i tak zwalił się na pokład z głośnym łoskotem i ugryzł się w język tak mocno, że poczuł smak krwi. Czuł się, jakby znowu miał dwanaście lat i kręcił fikołki na kolacyjnym stole w wielkiej komnacie Casterly Rock. Wtedy jednak jego poczynania podziwiał stryjek Gerion, a nie gburowaci marynarze. Ich śmiechy wydawały się słabe i wymuszone w porównaniu z donośnym rykiem wesołości, jakim witano wygłupy Grosik i Miedziaka na uczcie weselnej Joffreya. Niektórzy wręcz syczeli nań gniewnie.

— Beznosy, jesteś brzydki i jeździsz też paskudnie — zawołał jakiś mężczyzna stojący na kasztelu rufowym. — Chyba nie masz jaj, skoro dałeś się pokonać dziewczynie!

Postawił na mnie pieniądze — zdecydował Tyrion i pozwolił, by obelgi po nim spłynęły. W swoim czasie słyszał gorsze.

Trudno mu było się podnieść w drewnianej zbroi. Miotał się jak przewrócony na grzbiet żółw. To przynajmniej ubawiło niektórych marynarzy. *Szkoda, że nie złamałem nogi. Wtedy wyliby ze śmiechu. A gdyby byli w tym wychodku, kiedy postrzeliłem ojca w brzuch, mogliby rechotać tak potężnie, że zesraliby się razem z nim. Trudno, trzeba zrobić wszystko, by te cholerne skurwysyny nas polubiły.*

Jorah Mormont w końcu ulitował się nad Tyrionem i pomógł mu się podnieść.

— Wyglądałeś jak głupiec.

O to chodziło.

— Trudno wyglądać jak bohater, kiedy się jedzie na świni.

— Pewnie właśnie dlatego unikam świń.

Tyrion zdjął hełm i splunął na pokład różową od krwi flegmą.

— Czuję się, jakbym prawie odgryzł sobie język.

— Następnym razem ugryź mocniej. — Ser Jorah wzruszył ramionami. — Prawdę mówiąc, widywałem w szrankach gorszych jeźdźców.

Czy to miała być pochwała?

— Zleciałem z cholernej świni i ugryzłem się w język. Co mogłoby być gorsze?

— Gdybyś oberwał drzazgą w oko i zginął.

Grosik zeskoczyła z psa, wielkiej szarej bestii zwanej Zgryzem.

— Nie chodzi o to, żeby walczyć dobrze, Hugorze. — Zawsze pamiętała, by nazywać go tym imieniem, gdy ktoś mógł ich usłyszeć. – Chodzi o to, żeby się śmiali i rzucali monety.

Kiepska zapłata za krew i siniaki — pomyślał Tyrion, ale zachował tę opinię dla siebie.

— To również nie wyszło. Nikt nam nic nie rzucił.

Ani grosika, ani miedziaka.

— Będą rzucać, kiedy zrobimy się lepsi. — Grosik zdjęła hełm. Myszowate włosy opadły jej na oczy. Oczy miała orzechowe, czoło guzowate, a policzki gładkie i zaczerwienione. Wyjęła ze skórzanego worka trochę żołędzi dla Ślicznej Świni. Maciora zjadła je z ręki, kwicząc radośnie. — Kiedy wystąpimy przed królową Daenerys, posypie się na nas deszcz srebra. Zobaczysz.

Niektórzy z marynarzy krzyczeli i tupali o pokład, domagając się powtórki. Jak zwykle, najgłośniej darł się kucharz. Tyrion serdecznie go nie znosił, mimo że on jeden na statku w miarę nieźle grał w *cyvasse*.

— Widzisz, podobaliśmy im się — rzekła z pełnym nadziei uśmieszkiem. — Pojedziemy jeszcze raz, Hugorze?

Chciał odmówić, ale krzyk jednego z oficerów oszczędził mu tej konieczności. Był już późny poranek i kapitan chciał, by raz jeszcze spuszczono szalupy. Wielki pasiasty żagiel kogi już od wielu dni zwisał bezwładnie na maszcie, ale kapitan miał nadzieję, że gdzieś na północy znajdą wiatr. To znaczyło, że trzeba wiosłować. Szalupy były jednak małe, a koga wielka. Holowanie jej było męczącą pracą. Ludzie pocili się w upale, na dłoniach robiły się im pęcherze, plecy ich bolały i nic z tego nie wynikało. Marynarze nienawidzili tej roboty i Tyrion nie miał do nich o to pretensji.

— Wdowa powinna była wsadzić nas na galerę — mruknął z niezadowoleniem. — Dobrze by było, gdyby ktoś pomógł mi uwolnić się od tego cholernego drewna. Czuję się, jakbym oberwał drzazgą w pachwinę.

Mormont zabrał się do tego zadania, z wyraźną jednak niechęcią. Grosik sprowadziła świnię i psa pod pokład.

— Powinieneś ostrzec swoją panią, by ryglowała drzwi

od środka, kiedy siedzi w kajucie — rzekł ser Jorah, rozpinając sprzączki pasów łączących drewniany napierśnik z naplecznikiem. — Za często ostatnio słyszę o żeberkach, szynkach i boczku.

— Ta świnia to połowa jej środków utrzymania.

— Ghiscarscy marynarze zjedliby też psa. — Mormont wreszcie oddzielił napierśnik od naplecznika. — Ostrzeż ją.

— Jak sobie życzysz.

Bluza przesiąknęła potem i lepiła mu się do piersi. Tyrion złapał za nią, marząc o odrobinie wiatru. Drewniana zbroja była ciężka, niewygodna i szybko się nagrzewała. Pomalowano ją chyba ze sto razy i warstwy starej farby stanowiły połowę jej grubości. Przypomniał sobie, że na weselu Joffreya jeden jeździec wystąpił z wilkorem Robba Starka, drugi zaś nosił godło i barwy Stannisa Baratheona.

— Będziemy potrzebowali obu zwierząt, jeśli mamy wystąpić przed królową Daenerys — stwierdził. Gdyby marynarzom przyszło do łba, żeby zarżnąć Śliczną Świnię, ani on, ani Grosik nie zdołaliby ich powstrzymać… ale miecz ser Joraha mógłby ich przynajmniej skłonić do zastanowienia.

— Czy tak właśnie zamierzasz ocalić głowę, Krasnalu?

— Ser Krasnalu, jeśli łaska. W rzeczy samej, tak. Gdy tylko Jej Miłość pozna moją prawdziwą wartość, będzie mną zachwycona. W końcu jest ze mnie uroczy mały człowieczek i wiem wiele użytecznych rzeczy o swej rodzinie. Ale nim do tego dojdziemy, będę musiał ją rozśmieszyć.

— Harcuj sobie do woli. To i tak nie zmyje twoich zbrodni. Daenerys Targaryen nie jest głupiutkim dzieckiem, które da się nabrać na twoje wygłupy i fikołki. Potraktuje cię sprawiedliwie.

Och, mam nadzieję, że nie. Tyrion wlepił w Mormonta spojrzenie różnobarwnych oczu.

— A jak ciebie przywita ta sprawiedliwa królowa? Ciepłym objęciem, dziewczęcym chichotem czy katowskim toporem? — Uśmiechnął się do wyraźnie zmieszanego rycerza. — Naprawdę spodziewałeś się, że uwierzę, iż odwiedziłeś ten burdel w służbie królowej? Broniłeś jej na drugim końcu świata? A może raczej uciekałeś, może twoja smocza królowa cię wygnała? Ale dlaczego miałaby to zrobić… ach, chwileczkę, przecież ją szpiegowałeś. – Tyrion cmoknął. – Zamierzasz z powrotem wkupić się w łaski Daenerys, prezentując jej mnie. Powiedziałbym, że to niezbyt rozsądny plan. Można by go nawet nazwać zrodzonym z pijackiej desperacji. Może gdybym był Jaimem… ale on zabił jej ojca, a ja zamordowałem tylko własnego. Myślisz, że Daenerys mnie straci, a ciebie ułaskawi, ale równie dobrze może się stać na odwrót. Może to ty powinieneś wskoczyć na tę świnię, ser Jorahu. Włożyć żelazny błazeński strój jak Florian… – Po ciosie wysokiego rycerza głowa Tyriona odskoczyła do tyłu. Karzeł zwalił się na bok tak gwałtownie, że jego skroń odbiła się od pokładu. Krew wypełniła mu usta. Podźwignął się na jedno kolano i wypluł złamany ząb. *Z każdym dniem staję się coraz ładniejszy. Chyba podrażniłem starą ranę.* — Czyżby karzeł powiedział coś, co cię uraziło, ser? — zapytał niewinnym głosem, ocierając grzbietem dłoni pęcherzyki krwi z rozbitej wargi.

— Mam już dość twojego gadania, Krasnalu — oznajmił Mormont. — Masz jeszcze kilka zębów. Jeśli chcesz je zachować, nie wchodź mi w drogę przez resztę rejsu.

— To może być trudne. Dzielimy ze sobą kajutę.

— Znajdź sobie jakieś inne miejsce do spania. W ładowni, na pokładzie, wszystko mi jedno. Tylko nie pokazuj mi się na oczy.

Tyrion wstał.

— Jak sobie życzysz — odparł, mając usta pełne krwi, ale rycerz już sobie poszedł, tupiąc głośno buciorami o pokład.

Zszedł do kambuza i przepłukał usta rozwodnionymi rumem, krzywiąc się przy tym z bólu. Tam znalazła go Grosik.

— Słyszałam, co się stało. Och, krwawisz?

Wzruszył ramionami.

— To tylko odrobina krwi i wybity ząb. — *Jestem przekonany, że ja zadałem mu więcej bólu.* — A podobno jest rycerzem. Mówię to z przykrością, ale nie liczyłbym na ser Joraha, gdybyśmy potrzebowali obrony.

— Co zrobiłeś? Och, warga ci krwawi. — Wyjęła chusteczkę z rękawa i otarła Tyrionowi usta. — Co mu powiedziałeś?

— Kilka prawd, których ser Bezoar nie chciał usłyszeć.

— Nie wolno ci z niego drwić. Czy nic nie wiesz? Nie można tak rozmawiać z dużymi osobami. One mogą cię skrzywdzić. Ser Jorah mógłby cię wrzucić do morza i marynarze tylko by się śmiali, kiedy byś tonął. Z dużymi osobami trzeba być ostrożnym. Bądź przy nich wesoły i zabawny, staraj się, żeby się uśmiechały, rozśmieszaj je. Tak zawsze mawiał mój ojciec. Czy twój nigdy cię nie uczył, jak postępować z dużymi osobami?

— Dla mojego ojca wszyscy byli mali — odparł Tyrion. — Nie zaliczał się do wesołych ludzi. — Pociągnął kolejny łyk rozcieńczonego rumu, przepłukał nim usta i wypluł go. — Ale rozumiem, o co ci chodzi. Muszę się bardzo wiele nauczyć, gdy chodzi o to, jak być karłem. Czy mogłabyś udzielić mi kilku lekcji w przerwach między stawaniem w szranki i jeżdżeniem na świni?

— Z chęcią, panie. Ale… co to były za prawdy? Dlaczego ser Jorah uderzył cię tak mocno?

— Ależ z miłości. Z tego samego powodu ja zrobiłem gulasz z minstrela. — Pomyślał o Shae, o wyrazie oczu dziewczyny w chwili, gdy zaciskał łańcuch na jej gardle, trzymając go w pięści. *Bo od złotych dłoni zawsze chłodem wionie, a dotyk kobiety jest ciepły.* — Jesteś dziewicą, Grosik?

Zaczerwieniła się.

— Tak. Oczywiście. Kto chciałby…

— Postaraj się, by tak zostało. Miłość to szaleństwo, a żądza to trucizna. Zachowaj dziewictwo. Będziesz szczęśliwsza i raczej nie wylądujesz w jakimś obskurnym burdelu nad Rhoyne w towarzystwie dziwki wyglądającej jak twoja utracona miłość. *Ani nie będziesz gnała przez pół świata, licząc na to, że trafisz tam, dokąd odsyła się kurwy.* — Ser Jorah marzy o tym, że uratuje swą smoczą królową i będzie się mógł napawać jej wdzięcznością, ale ja wiem to i owo o wdzięczności królów. Wolałbym już pałac w Valyrii... — przerwał nagle. — Poczułaś to? Statek się poruszył.

— Rzeczywiście. — Twarz Grosik rozpromieniała radością. — Znowu płyniemy. Wiatr... — Podbiegła do drzwi. — Chcę to zobaczyć. Chodź, pościgamy się.

Wypadła z kambuza.

Jest jeszcze młoda — musiał sobie powtarzać Tyrion, gdy Grosik gramoliła się na górę po stromych drewnianych schodach tak szybko, jak tylko pozwalały jej krótkie nogi. *To prawie dziecko.* Niemniej radowało go jej podniecenie. Podążył za nią na pokład.

Żagiel znowu ożył. Wydymał się, prostował, a potem znowu wydymał. Czerwone pasy na płótnie tańczyły niczym węże. Marynarze biegali po pokładzie, łapiąc za liny, a oficerowie wykrzykiwali rozkazy w języku Starego Volantis. Wioślarze w łodziach poluzowali liny holownicze i zawrócili ku kodze, wiosłując ile sił w rękach. Porywisty wiatr dął z zachodu, szarpiąc olinowaniem i płaszczami niby psotne dziecko. „Selaesori Qhoran" ruszył przed siebie.

Może jednak dotrzemy do Meereen — pomyślał Tyrion.

Gdy jednak wdrapał się po drabince na pokład rufowy i spojrzał na morze za nimi, uśmiech zniknął z jego twarzy. *Tutaj niebo i woda są błękitne, ale na zachodzie... Nigdy nie widziałem nieba takiego koloru.* Nad horyzontem unosiła się gruba warstwa chmur.

— Horyzont uszczerbiony — rzekł, pokazując to palcem Grosik.

— A co to znaczy? — zapytała.

— Że ściga nas jakiś pierońsko wielki bękart.

Z zaskoczeniem zauważył, że Moqorro dołączył do nich na pokładzie rufowym w towarzystwie dwóch swych ognistych palców. Było dopiero południe, a czerwony kapłan i jego ludzie zwykle nie wychodzili na pokład przed zmierzchem. Moqorro przywitał ich poważnym skinieniem głowy.

— Spójrz, Hugorze Hill. Oto znak gniewu. Z Pana Światła nie wolno drwić.

Tyrion miał złe przeczucia.

— Wdowa powiedziała, że ten statek nie dotrze do celu. Myślałem, że miała na myśli, że gdy tylko znajdziemy się na morzu, poza zasięgiem triarchów, kapitan zmieni kurs na Meereen. Albo może opanujesz statek ze swoją Ognistą Dłonią i zabierzesz nas do Daenerys. Ale wcale nie to widział wielki kapłan, prawda?

— Prawda. — Niski głos Moqorra brzmiał dźwięcznie jak dzwon pogrzebowy. — Widział to.

Czerwony kapłan uniósł laskę i wskazał głową na zachód.

Grosik poczuła się zagubiona.

— Nie rozumiem. Co to znaczy?

— To znaczy, że powinniśmy zejść pod pokład. Ser Jorah wygnał mnie z naszej kajuty. Czy mogę ukryć się w twojej, gdy nadejdzie czas?

— Tak — zgodziła się. — To będzie… hm…

Mknęli z wiatrem przez prawie trzy godziny. Sztorm zbliżał się z każdą chwilą. Niebo na zachodzie zrobiło się zielone, potem szare, a wreszcie czarne. Majaczyła za nimi ściana mrocznych chmur, kipiąca jak mleko za długo pozostawione na ogniu. Tyrion i Grosik obserwowali je z kasztelu dziobowego. Trzymali się za ręce, skuliwszy się pod galionem, by nie wchodzić w drogę kapitanowi i załodze.

Poprzedni sztorm był ekscytujący i oszałamiający. Po nagłym szkwale Tyrion poczuł się czysty i odświeżony. Ta burza od samego początku wyglądała inaczej. Kapitan również to wyczuł. Zmienił kurs na północ ku wschodowi, by spróbować zejść z drogi sztormu.

Nic to nie dało. Burza szalała na zbyt wielkim obszarze. Fale na morzu robiły się coraz większe. Wicher zawodził przeraźliwie. „Śmierdzący Zarządca" wznosił się i opadał, a fale tłukły o jego pokład. Za nimi rozbłysła błyskawica. Jej oślepiający fioletowy blask zatańczył nad wodami, tworząc pajęczyny światła. Po chwili usłyszeli grom.

— Pora się schować.

Tyrion wziął Grosik za rękę i poprowadził pod pokład, na wpół szalony ze strachu. Pies nie przestawał ujadać. Gdy weszli do środka, zbił karła z nóg. Świnia obsrała całą kajutę. Tyrion posprzątał odchody, najlepiej jak potrafił, podczas gdy dziewczyna próbowała uspokoić zwierzęta. Potem przywiązali wszystko, co jeszcze było luźne.

— Boję się — wyznała Grosik. Pokład w kajucie zaczął się przechylać i podskakiwać w rytm uderzających o kadłub fal.

Są gorsze rodzaje śmierci niż utonięcie. Twój brat przekonał się o tym na własnej skórze, podobnie jak mój pan ojciec. I Shae, ta zakłamana pizda. Bo od złotych dłoni zawsze chłodem wionie, a dotyk kobiety jest ciepły.

— Powinniśmy w coś zagrać — zasugerował Tyrion. — To pomoże nam zapomnieć o sztormie.

— Byle nie w *cyvasse* — sprzeciwiła się natychmiast.

— Nie w *cyvasse* — zgodził się Tyrion. Pokład pod jego nogami uniósł się gwałtownie. Figury posypałyby się gwałtownie na wszystkie strony, spadając na świnię i psa. — Czy grałaś w zdobądź mój zamek, kiedy byłaś mała?

— Nie. Mógłbyś mnie nauczyć?

Czy mógłby? Tyrion się zawahał. *Ty głupi karle. Pewnie, że nigdy nie grała w zdobądź mój zamek. Nigdy nie miała zamku.* To była gra dla szlachetnie urodzonych dzieci, mająca ich nauczyć dwornego zachowania, heraldyki, a także tego i owego o sojusznikach i wrogach ich pana ojca.

— To nie... — zaczął. Pokład znowu podskoczył gwałtownie i oboje wpadli na siebie. — Ta gra się nie nadaje — odparł Tyrion, zgrzytając zębami. — Przepraszam. Nie wiem, jaka gra byłaby dobra...

— Ja wiem.

Grosik go pocałowała.

To był niewprawny pocałunek, niezgrabny i pośpieszny. Mimo to całkowicie zaskoczył Tyriona. Uniósł ręce i złapał karlicę za barki, chcąc ją odepchnąć. Zawahał się jednak, a potem przyciągnął ją do siebie i przytulił mocno. Jej usta były suche i twarde, zaciśnięte szczelniej niż sakiewka skąpca. *Niewielka pociecha* — pomyślał. Nie pragnął tego. Lubił Grosik, litował się nad nią, a nawet w pewnym sensie ją podziwiał, ale jej nie pragnął. Nie chciał jednak jej skrzywdzić. Bogowie i jego słodka siostra zadali jej już wystarczająco wiele bólu. Dlatego przeciągał pocałunek, delikatnie trzymając ją za ramiona. Jego usta również pozostawały szczelnie zamknięte. „Selaesori Qhoran" drżał i kołysał się pod ich stopami.

W końcu Grosik odsunęła się od niego na cal albo dwa. Tyrion dostrzegał swe odbicie w jej błyszczących oczach. *To piękne oczy* – pomyślał. Widział w nich jednak też co innego. *Mnóstwo strachu, odrobinę nadziei... ale ani śladu żądzy. Nie pragnie mnie, podobnie jak ja jej.*

Gdy opuściła głowę, ujął ją za brodę i znowu uniósł.

— W to nie możemy grać, pani.

— Nie chciałam... nigdy nie całowałam się z chłopakiem, ale pomyślałam tylko, że jeśli się utopimy... to... to...

— To było słodkie — skłamał. — Ale jestem żonaty. Żona była ze mną na uczcie, może ją pamiętasz? Lady Sansa.

— To twoja żona? Jest... jest bardzo piękna...

I zdradziecka. Sansa, Shae, wszystkie moje kobiety... Tylko Tysha naprawdę mnie kochała. Dokąd odsyła się kurwy?

— To śliczna dziewczyna — przyznał Tyrion. — I połączono nas węzłem w oczach bogów i ludzi. Niewykluczone, że straciłem ją na zawsze, ale dopóki nie zdobędę pewności, muszę pozostać jej wierny.

— Rozumiem.

Odwróciła od niego twarz.

Idealna kobieta dla mnie — pomyślał z goryczą. *Jest taka młoda, że nadal wierzy w równie bezczelne kłamstwa.*

Kadłub skrzypiał, pokład się poruszał, a Śliczna piszczała z przerażenia. Grosik na czworakach podeszła do świni, objęła jej głowę i zaczęła szeptać uspokajające słowa. Patrząc na nie, trudno było określić, kto pociesza kogo. Wyglądało to tak groteskowo, że powinno być śmieszne, ale Tyrion nie potrafił się zdobyć nawet na uśmiech. *Zasługuje na coś lepszego niż świnia* — pomyślał. *Na szczery pocałunek, odrobinę czułości. Wszyscy na to zasługują, duzi i mali.* Rozejrzał się w poszukiwaniu kubka, ale okazało się, że cały rum się wylał. *Utonięcie samo w sobie jest nieprzyjemne* — pomyślał z goryczą. *Ale utopić się na smutno i trzeźwo to stanowczo zbyt okrutny los.*

W końcu statek jednak nie zatonął... choć były chwile, gdy perspektywa miłej, spokojnej śmierci w odmętach wydawała się Tyrionowi całkiem atrakcyjna. Sztorm szalał przez cały dzień i większą część nocy. Wokół zawodziły mokre wichry, a fale uderzały o pokład niczym pięści utopionych olbrzymów. Później się dowiedzieli, że jeden oficer i dwóch majtków wypadli za burtę, kucharz oślepł, gdy garnek z gorącym tłuszczem poleciał mu na twarz, a kapitan spadł z kasztelu rufowego na główny pokład i złamał sobie obie nogi. Pod pokładem Zgryz wył, szczekał i kłapał zębami na Grosik, a Śliczna Świnia znowu zaczęła srać, zmieniając ciasną wilgotną kajutę w chlew. Tyrion zdołał się jednak nie porzygać przez cały ten czas, głównie dzięki brakowi wina. Grosik miała mniej szczęścia, ale i tak nie przestał jej tulić, choć kadłub skrzypiał i jęczał niepokojąco wokół nich, jak bliska pęknięcia beczka.

Około północy wiatr wreszcie ucichł i morze uspokoiło się na tyle, że Tyrion mógł wyjść na pokład. To, co tam zobaczył, raczej go nie uspokoiło. Koga unosiła się na morzu ze smoczego szkła pod rozgwieżdżoną misą nieba, ale wszędzie wokół nich sztorm nie przestawał szaleć. Na wschodzie i zachodzie, na północy i południu, gdziekolwiek by nie spojrzał, chmury piętrzyły się niczym czarne szczyty gór, a ich skłębione zbocza oraz kolosalne klify rozświetlały niebieskie i fioletowe błyskawice. Nie padał deszcz, ale pokład był wilgotny i śliski.

Tyrion słyszał czyjś dobiegający spod pokładu krzyk, wysoki piskliwy głos pełen histerycznego strachu. Słyszał też Moqorra. Czerwony kapłan stał na kasztelu dziobowym i wpatrywał się w sztorm. Uniósł laskę wysoko nad głowę, wykrzykując grzmiącym głosem słowa modlitwy. Na śródokręciu kilkunastu marynarzy oraz dwa ogniste palce szarpały się ze splątanymi linami i przemoczonym żaglem, karzeł nie miał jednak pojęcia, czy próbują go zwinąć, czy znowu postawić. Tak czy inaczej, miał wrażenie, że to bardzo zły pomysł. Okazało się, że miał rację.

Wiatr powrócił jako wyszeptana groźba. Zimny i wilgotny, pogłaskał policzek Tyriona, załopotał mokrym żaglem, zatańczył wokół Moqorra, szarpiąc jego szkarłatnymi szatami. Karzeł instynktownie złapał się najbliższego relingu, akurat na czas. W ciągu trzech uderzeń serca leciutka bryza przerodziła się w wyjącą nawałnicę. Moqorro wykrzyknął jakieś słowa i z paszczy smoka wieńczącej jego laskę trysnął zielony płomień, znikając w nocy. Potem nadszedł deszcz, czarny i oślepiający. Oba kasztele zniknęły za ścianą wody. Na górze załopotało coś ogromnego. Tyrion uniósł wzrok i zobaczył, że żagiel odleciał. Dwóch marynarzy nadal trzymało się jego lin. Potem rozległ się trzask. *Niech to szlag* — zdążył pomyśleć karzeł. *To na pewno maszt.*

Znalazł linę i zaczął się posuwać wzdłuż niej, chcąc dotrzeć do luku i skryć się pod pokładem, ale podmuch zbił go z nóg, a drugi walnął nim o reling. Tyrion zawisł na nim. Deszcz siekł mu twarz, oślepiając go. W ustach znowu miał pełno krwi. Statek pojękiwał i warczał jak cierpiący na zaparcie grubas próbujący się wysrać.

Potem maszt pękł.

Tyrion nie zobaczył tego, ale znowu usłyszał ten trzask, a potem zgrzyt udręczonego drewna. W powietrzu nagle zaroiło się od drzazg i odłamków. Jeden przemknął zaledwie pół cala od jego oka, drugi trafił go w szyję, a trzeci w łydkę, przebijając but i spodnie. Karzeł krzyknął z bólu. Trzymał się jednak liny ze zrodzoną z desperacji siłą, o jaką nigdy by siebie nie podejrzewał. *Wdowa powiedziała, że ten statek nie dotrze do celu* — przypomniał sobie i zaniósł się szalonym, histerycznym śmiechem. Gromy dudniły, deski skrzypiały, a fale załamywały się z hukiem.

Gdy sztorm wreszcie się uspokoił i ocalali pasażerowie oraz członkowie załogi wrócili na pokład niczym jasnoróżowe robaki wyłażące z ziemi po deszczu, „Selaesori Qhoran" był wrakiem. Zanurzał się głęboko, przechylony o dziesięć stopni na lewą burtę, jego kadłub przeciekał w kilkudziesięciu miejscach, w ładowni było pełno wody, a z masztu pozostał wyszczerbiony kikut, nie wyższy od karła. Nawet galion nie uniknął zniszczeń. Jedna z rąk się ułamała, ta ze zwojami. Stracili dziewięciu ludzi, w tym oficera, dwa ogniste palce i samego Moqorra.

Czy Benerro zobaczył to w swych płomieniach? — zadał sobie pytanie Tyrion, gdy sobie uświadomił, że potężnie zbudowany czerwony kapłan zniknął. *A Moqorro?*

— Proroctwo jest jak kiepsko wyszkolony muł — poskarżył się Jorahowi Mormontowi. — Z początku wydaje się, że może się na coś przydać, ale gdy człowiek zaczyna mu ufać, dostaje kopniaka w głowę. Ta cholerna wdowa wiedziała, że statek nie dotrze do celu, ostrzegała nas, mówiła, że Benerro widział to w płomieniach, ale ja pomyślałem, że to znaczy... nieważne, co pomyślałem. – Wykrzywił usta. – A naprawdę chodziło o to, że cholernie wielki sztorm zamieni nasz maszt w drewno na podpałkę i będziemy dryfować bezwładnie po Zatoce Żałoby, aż wreszcie zabraknie nam prowiantu i zaczniemy się zjadać nawzajem. Jak myślisz, kogo zarżną najpierw... świnię, psa czy mnie?

— Tego, kto będzie robił najwięcej hałasu.

Kapitan zmarł następnego dnia, a kucharz trzy noce później. Reszta załogi tylko najwyższym wysiłkiem utrzymywała wrak na powierzchni. Według obliczeń oficera, który przejął dowództwo, znajdowali się nieopodal południowego przylądka Wyspy Cedrów. Gdy jednak rozkazał opuścić szalupy, by zaholowały ich do najbliższego lądu, jedna zatonęła, a ludzie w drugiej przecięli linę i powiosłowali na północ, porzucając kogę wraz ze wszystkimi towarzyszami.

— Niewolnicy — stwierdził z pogardą Jorah Mormont.

Wysoki rycerz zapewniał, że przespał cały sztorm. Tyrion nieszczególnie w to wierzył, ale zachował te wątpliwości dla siebie. Pewnego dnia może zapragnąć ugryźć kogoś w nogę, a do tego potrzeba zębów. Mormont ani słowem nie wspominał o ich sporze, to i Tyrion udawał, że nic się nie wydarzyło.

Dryfowali po morzu przez dziewiętnaście dni. Zapasy żywności i wody topniały z każdą chwilą. Słońce prażyło nieubłaganie. Grosik siedziała w kajucie z psem i świnią. Tyrion przynosił im jedzenie, utykając na zranioną nogę. Udo miał zabandażowane i co noc obwąchiwał ranę. Gdy nie miał nic innego do roboty, kłuł się też w palce u rąk i nóg. Ser Jorah codziennie ostrzył miecz, pracując nad sztychem, dopóki nie zaczął błyszczeć. Gdy słońce zachodziło, trzy ocalałe ogniste palce zapalały nocny ogień, ale, odprawiając modły z załogą, miały na sobie zdobne zbroje, a ich włócznie stały w pobliżu.

Żaden marynarz nie próbował już też głaskać któregoś z karłów po głowie.

— Czy powinniśmy urządzić dla nich walkę? — zapytała któregoś dnia Grosik.

— Lepiej nie — sprzeciwił się Tyrion. — To by im przypomniało, że mamy ładną tłustą świnię.

Choć tak naprawdę Śliczna z każdym dniem stawała się chudsza, a ze Zgryza zostały tylko futro i kości.

Tej nocy Tyrionowi śniło się, że wrócił do Królewskiej Przystani i trzyma w ręce kuszę. „Tam, dokąd odsyła się kurwy" — powiedział lord Tywin, ale gdy Tyrion poruszył palcem i cięciwa brzęknęła, okazało się, że to Grosik postrzelił w brzuch.

Obudziły go krzyki.

Pokład poruszał się pod nim. Przez pół uderzenia serca czuł się tak zbity z tropu, że wydawało mu się, iż wrócił na „Nieśmiałą Pannę". Smród świńskiego gówna przywrócił mu orientację. Smutki były daleko stąd, na drugim końcu świata, a wraz z nimi radości owego czasu. Przypomniał sobie, jak słodko wyglądała Lemore po porannej kąpieli w rzece, gdy na jej nagiej skórze lśniły kropelki wody. Tu jednak nie było żadnej dziewczyny poza Grosik, nieszczęsną, wypaczoną karlicą.

Coś z pewnością się działo. Tyrion wylazł z hamaka, ziewnął i rozejrzał się w poszukiwaniu butów. Choć było to szaleństwo, poszukał wzrokiem również kuszy, lecz oczywiście żadnej nie znalazł. *Szkoda* — pomyślał. *Mogłaby się przydać, gdy duzi ludzie przyjdą mnie zjeść.* Wciągnął buty i wyszedł na pokład, by sprawdzić, co spowodowało te wszystkie krzyki. Grosik dotarła na górę przed nim. Otwierała szeroko oczy z zachwytu.

— Żagiel — zawołała. — Tam. Widzisz? Żagiel. Zauważyli nas, zauważyli. Żagiel.

Tym razem ją pocałował… w oba policzki, w czoło, a na koniec w usta. Przy tym ostatnim pocałunku zaczerwieniła się ze śmiechem. Znowu zrobiła się nieśmiała, ale to nie miało znaczenia. Drugi statek zbliżał się z każdą chwilą. To była wielka galera. Jej wiosła zostawiały na wodzie długi biały ślad.

— Co to za statek? — zapytał ser Joraha Mormonta. — Potrafisz przeczytać jego nazwę?

— Nie muszę tego robić. Jesteśmy pod wiatr od niego. Czuję smród. — Mormont wyciągnął miecz. — To handlarze niewolników.

SPRZEDAWCZYK

Gdy słońce skłaniało się ku zachodowi, z nieba spadły pierwsze płatki. O północy śnieg sypał już tak gęsto, że księżyc zniknął za białą zasłoną.

— Bogowie północy zesłali swój gniew na lorda Stannisa — oznajmił rano Roose Bolton, gdy ludzie zebrali się w Wielkiej Komnacie Winterfell na śniadanie. — Jest tu obcy i starzy bogowie nie pozwolą mu żyć.

Jego ludzie wyrazili rykiem zgodę, waląc pięściami w długie stoły z desek. Winterfell mogło być ruiną, ale jego granitowe mury nadal zapewniały niezłą ochronę przed wiatrem i chłodem. Mieli spore zapasy jadła i napojów, ogień, przy którym mogli się ogrzać, gdy nie pełnili służby, a także miejsca do suszenia ubrań. Mieli też wygodne kąty, w których mogli spać. Lord Bolton dostarczył tyle drewna, że ognie na kominkach będą mogły się palić przez pół roku, w Wielkiej Komnacie zawsze więc było ciepło i przytulnie. Stannis nie dysponował żadną z tych rzeczy.

Theon Greyjoy nie przyłączył się do krzyków. Nie umknęło jego uwadze, że ludzie z rodu Freyów postąpili tak samo.

Oni również są tu obcy — pomyślał, obserwując ser Aenysa Freya i jego przyrodniego brata, ser Hosteena. Urodzeni i wychowani w dorzeczu Freyowie nigdy w życiu nie widzieli takiego śniegu. *Północ zabrała już trzech ludzi z ich krwi* — przypomniał sobie. Zaginęli gdzieś między Białym Portem a Barrowton i Ramsay szukał ich nadaremnie.

Gruby lord Wyman Manderly siedział na podwyższeniu między dwoma swymi rycerzami, pochłaniając owsiankę. Nie smakowała mu nawet w przybliżeniu tak dobrze, jak pasztet wieprzowy na uczcie weselnej. W innym miejscu jednoręki Harwood Stout rozmawiał cicho z chudym jak szkielet Kurwistrachem Umberem.

Theon ustawił się w kolejce po owsiankę nakładaną chochlami z szeregu miedzianych kotłów do drewnianych misek. Zauważył, że lordowie i rycerze dostawali do niej mleko i miód, a nawet odrobinę masła, on jednak nie mógł liczyć na podobne luksusy. Jego panowanie jako księcia Winterfell trwało krótko. Odegrał swą rolę w komedianckiej farsie, prowadząc do ślubu fałszywą Aryę, i Roose Bolton już go więcej nie potrzebował.

— Podczas pierwszej zimy, jaką pamiętam, śnieg sięgał mi powyżej głowy — oznajmił człowiek Hornwoodów stojący przed nim w kolejce.

— Jasne, ale miałeś wtedy tylko trzy stopy wzrostu — odparł jeździec ze Strumieniska.

Nocą, nie mogąc zasnąć, Theon zaczął rozmyślać o ucieczce, o tym, że mógłby się wymknąć niepostrzeżenie w chwili, gdy Ramsay i jego pan ojciec skierują uwagę gdzie indziej. Wszystkie bramy były zamknięte, zaryglowane i pilnie strzeżone. Nikogo nie wpuszczano do zamku ani nie wypuszczano z niego bez pozwolenia lorda Boltona. Nawet gdyby Theon zdołał znaleźć jakąś sekretną drogę wyjścia, nie odważyłby się uwierzyć w swą szansę. Nie zapomniał o Kyrze i jej kluczach. Zresztą nawet gdyby wydostał się z zamku, dokąd mógłby pójść? Jego ojciec nie żył, a stryjom nie był potrzebny. Pyke było dla niego stracone. Jedyny dom, jaki mu pozostał, znajdował się tutaj, pośród kości Winterfell.

Ruina człowieka w ruinach zamku. To odpowiednie miejsce dla mnie.

Nadal czekał na owsiankę, gdy do komnaty wpadł Ramsay z Chłopakami Bękarta, domagając się krzykiem muzyki. Abel potarł zaspane powieki, złapał za lutnię i zaczął śpiewać „Żonę Dornijczyka". Jedna z jego praczek wybijała rytm na bębnie. Bard zmienił jednak słowa. Nie śpiewał o żonie Dornijczyka, lecz o córce człowieka z północy.

Może za to stracić język — pomyślał Theon, gdy napełniano mu miskę. *To tylko bard. Lord Ramsay mógłby mu zedrzeć skórę z obu dłoni i nikt nie sprzeciwiłby się ani słowem.* Lord Bolton uśmiechnął się jednak, słysząc słowa. A Ramsay roześmiał się w głos. Pozostali zrozumieli, że również mogą bezpiecznie się śmiać. Żółtą Kuśkę piosenka rozbawiła tak bardzo, że aż wino trysnęło mu z nosa.

Lady Arya nie była obecna i nie mogła się śmiać razem z nimi. Od nocy poślubnej nie widziano dziewczyny poza jej komnatami. Skwaszony Alyn mówił, że Ramsay trzyma ją nagą i przykutą do słupka łoża, ale Theon wiedział, że to tylko gadanie. Nie było żadnych łańcuchów, przynajmniej widocznych dla ludzkich oczu. Jedynie dwóch strażników pod drzwiami, by nigdzie nie wychodziła. *I jest naga wyłącznie wtedy, gdy się kąpie.*

Ale robiła to niemal co noc. Lord Ramsay chciał, by jego żona była czysta.

— Biedactwo nie ma służek — oznajmił Theonowi. — To zadanie spadnie na ciebie, Fetor. Czy mam cię przebrać w suknię? — Roześmiał się. — Być może to zrobię, jeśli będziesz mnie błagał. Na razie wystarczy, że zostaniesz jej łaziebną. Nie chcę, żeby śmierdziała jak ty.

Dlatego gdy tylko Ramsay zapragnął pójść z żoną do łoża,

Theon musiał pożyczać kilka kobiet od lady Waldy lub lady Dustin i przynosić gorącą wodę z kuchni. Arya nigdy nie odzywała się do nikogo z nich, nie mógł jednak nie zauważyć jej siniaków. *To jej wina. Nie sprawiła mu przyjemności.*

— Bądź Aryą — powiedział kiedyś dziewczynie, pomagając jej wejść do wody. — Lord Ramsay nie chce zadawać ci bólu. Robi to tylko wtedy, gdy… gdy zapominamy. Nigdy nie skaleczył mnie bez powodu.

— Theonie — wyszeptała ze łzami.

— Fetorze. — Złapał dziewczynę za ramię i potrząsnął nią. — Musisz pamiętać, Aryo.

Ona jednak nie była prawdziwą Starkówną, a tylko bachorem zarządcy. *Jeyne, nazywa się Jeyne Poole. Nie powinna prosić mnie o ratunek.* Theon Greyjoy mógłby jej pomóc. On jednak był żelaznym człowiekiem, odważniejszym niż Fetor. *Nazywam się Fetor, jestem słaby przeto.*

Ramsay miał nową zabawkę, z cyckami i cipą… ale wkrótce łzy Jeyne utracą dla niego smak i wróci do swego Fetora. *Obedrze mnie ze skóry cal po calu. Kiedy palce się skończą, zabierze mi dłonie i stopy. Ale dopiero wtedy, gdy będę o to błagał, gdy ból stanie się tak straszliwy, że będę skomlał o odrobinę ulgi.* Dla Fetora nie będzie gorących kąpieli. Znowu będzie się tarzał w gównie i nie pozwolą mu się myć. Jego ubranie zamieni się w szmaty, wstrętne i cuchnące, i będzie je musiał nosić, dopóki nie zgnije. Najlepsze, na co mógł liczyć, to powrót do psiarni, do towarzystwa dziewczyn Ramsaya. *Kyra* – przypomniał sobie. *Nową sukę nazwał Kyrą.*

Przeszedł z miską do tylnej części komnaty i znalazł sobie miejsce na pustej ławie, kilka dobrych jardów od najbliższej pochodni. We dnie czy w nocy ławy poniżej soli zawsze były wypełnione co najmniej w połowie. Ludzie pili, grali w kości, rozmawiali albo spali w ubraniu w jakimś cichym kącie. Sierżanci budzili ich kopniakami, gdy przychodziła na nich pora, by wdziać płaszcze i ruszyć na mury. Żaden z nich nie życzył sobie jednak towarzystwa Theona Sprzedawczyka i on również nie przepadał za ich towarzystwem.

Owsianka była szara i wodnista. Odsunął ją już po trzeciej łyżce, pozwalając, by zastygła w misce. Przy sąsiednim stole ludzie kłócili się o śnieżycę, spierając się głośno, jak długo może potrwać.

— Cały dzień i całą noc, a może nawet dłużej — zapewniał masywny, czarnobrody łucznik z toporem Cerwynów wyszytym na piersi. Kilku starszych mężczyzn wspominało dawne zamiecie, zapewniając, że to tylko lekki śnieżek w porównaniu z zimami ich młodości. Ludzie z dorzecza byli przerażeni. *Południowcy nie kochają śniegu i zimna.* Ludzie wchodzący do komnaty kulili się przy ogniu albo grzali dłonie nad piecykami koksowymi. Ociekające wodą płaszcze wieszali na kołkach przy drzwiach.

W powietrzu unosiło się pełno dymu, a powierzchnia owsianki zdążyła się już zestalić.

— Theonie Greyjoy — odezwała się nagle jakaś kobieta.

Nazywam się Fetor. Omal nie powiedział tego na głos.

— Czego chcesz?

Usiadła okrakiem na ławie obok niego i odgarnęła z oczu rozczochrane, rudokasztanowe kędziory.

— Dlaczego jesz sam, panie? Wstań i przyłącz się do tańca.

Wrócił do owsianki.

— Nie tańczę. — Książę Winterfell tańczył znakomicie, ale Fetorowi brakowało palców u nóg i taniec w jego wykonaniu wyglądałby groteskowo. — Zostaw mnie. Nie mam pieniędzy.

Kobieta uśmiechnęła się z przekąsem.

— Masz mnie za kurwę? — To była jedna z praczek śpiewaka, ta wysoka i szczupła, zbyt chuda i żylasta, by zwać ją ładną... choć był czas, gdy Theon i tak by ją wychędożył, tylko po to, by się przekonać, jak się poczuje, gdy jej długie nogi owiną się wokół niego. — Po co mi tutaj pieniądze? Co mogłabym za nie kupić? Śnieg? — Roześmiała się. — Mógłbyś mi zapłacić uśmiechem. Nigdy nie widziałam, byś się uśmiechał, nawet na weselu siostry.

— Lady Arya nie jest moją siostrą. — *Nie tańczę ani się nie uśmiecham* — mógłby jej powiedzieć. *Lord Ramsay nie znosił, kiedy to robiłem, więc potraktował moje zęby młotkiem. Ledwie mogę jeść.* — Nigdy nią nie była.

— Ale to ładna dziewczyna.

Nigdy nie byłam piękna jak Sansa, ale wszyscy mówili, że jestem ładna. Słowa Jeyne niosły się echem w jego głowie w rytm bębnów, w które tłukły dwie inne dziewczyny Abla. Trzecia wciągnęła Małego Waldera Freya na stół, by nauczyć go tańczyć. Wszyscy się śmiali.

— Zostaw mnie — powtórzył.

— Nie podobam ci się, panie? Mogę ci podesłać Mirt. Albo Ostrokrzew, może ona bardziej przypadnie ci do gustu. Wszyscy mężczyźni ją lubią. To nie są moje siostry, ale i tak są słodkie. — Pochyliła się ku niemu. Jej oddech pachniał winem. — Jeśli nie masz dla mnie uśmiechu, powiedz mi, jak zdobyłeś Winterfell. Abel ułoży o tym pieśń i będziesz żył wiecznie.

— Jako zdrajca. Jako Theon Sprzedawczyk.

— Czemu nie Theon Sprytny? To był śmiały czyn, sądząc z tego, co słyszeliśmy. Ilu miałeś ludzi? Stu? Pięćdziesięciu?

Mniej.

— To było szaleństwo.

— Chwalebne szaleństwo. Stannis ponoć ma pięć tysięcy, ale Abel mówi, że nawet dziesięć razy więcej ludzi nie zdołałoby skruszyć tych murów. Jak się dostałeś do środka, panie? Znasz jakieś tajne wejście?

Miałem liny — pomyślał Theon. *Miałem haki. Sprzyjała mi też ciemność oraz zaskoczenie. Zamek miał bardzo nieliczną załogę i nikt się mnie nie spodziewał.* Nie powiedział jednak tego na głos. Gdyby Abel ułożył o nim pieśń, Ramsay zapewne przekłułby Theonowi bębenki, by się upewnić, że nigdy jej nie usłyszy.

— Możesz mi zaufać, panie. Abel mi ufa. — Praczka położyła rękę na ręce Theona. Jego dłonie kryły się w rękawicach z wełny i skóry, jej zaś były nagie. Miała długie szorstkie palce o obgryzionych do cna paznokciach. — Nawet nie zapytałeś, jak mam na imię. Jestem Jarzębina.

Wyszarpnął rękę. To był podstęp, z pewnością. *Ramsay ją tu przysłał. To kolejna z jego drwin, tak samo jak Kyra i jej klucze. To tylko żart, nic więcej. Chce, żebym spróbował ucieczki, bo wtedy będzie mógł mnie ukarać.*

Miał ochotę uderzyć kobietę, zetrzeć z jej twarzy ten drwiący uśmieszek. Pragnął też jednak ją pocałować, wyruchać tu, na ławie, i usłyszeć, jak krzyczy jego imię. Wiedział jednak, że nie śmie jej dotknąć, w gniewie ani w żądzy. *Fetor. Nazywam się Fetor. Nie mogę zapominać, jak mam na imię.* Podniósł się z wysiłkiem i ruszył bez słowa ku drzwiom, utykając na okaleczoną nogę.

Na dworze nadal padał śnieg, wilgotny, ciężki i cichy. Zasypywał już ślady pozostawione przez ludzi przychodzących do komnaty i opuszczających ją. Sięgał prawie do szczytów cholew jego butów. *W wilczym lesie na pewno leży go więcej... podobnie jak na królewskim trakcie, gdzie wieje wiatr i nie ma przed nim osłony.* Na dziedzińcu trwała bitwa. Ryswellowie zasypywali śnieżkami chłopaków z Barrowton. Widział też giermków lepiących bałwany na murach. Uzbrajali je we włócznie i tarcze, a na głowy nakładali półhełmy. Na wewnętrznym murze stał już szereg śnieżnych strażników.

— Lord Zima przyłączył się do nas ze swym pospolitym ruszeniem — zażartował jeden z wartowników stojących pod Wielką Komnatą... ale nagle spojrzał w twarz Theona i uświadomił sobie, z kim rozmawia. Odwrócił głowę i splunął.

Za namiotami przywiązano wielkie rumaki należące do rycerzy z Białego Portu i Bliźniaków. Wszystkie drżały z zimna.

Ramsay spalił stajnie, kiedy zdobył Winterfell, a teraz jego ojciec musiał zbudować nowe, dwa razy większe od poprzednich, by pomieścić wierzchowce swych lordów chorążych i rycerzy. Resztę koni umieszczono na dziedzińcach. Krążyli wśród nich zakapturzeni stajenni, okrywający zwierzęta derkami dla ochrony przed zimnem.

Theon zapuścił się głębiej w zburzoną część zamku. Gdy mijał kamienne rumowisko, będące ongiś wieżyczką maestera Luwina, kruki spoglądały na niego ze szczeliny w murze, mamrocząc coś do siebie. Od czasu do czasu któryś rozdzierał się ochrypłym wrzaskiem. Theon zatrzymał się w drzwiach sypialni, która ongiś należała do niego — na podłodze leżał sięgający kostek śnieg, naniesiony wiatrem przez wybite okno — odwiedził ruiny kuźni Mikkena oraz sept lady Catelyn. Pod Spaloną Wieżą minął Rickarda Ryswella całującego szyję innej praczki Abla, tej o rumianych jak jabłka policzkach i płaskim nosie. Pomyślał, że pod płaszczem pewnie jest naga. Ujrzawszy go, powiedziała coś Ryswellowi, który roześmiał się na głos.

Theon oddalił się od nich. Za starą stajnią były rzadko używane schody i nogi zaprowadziły go w ich kierunku. Stopnie były strome i zdradzieckie. Wspinał się na nie ostrożnie, aż wreszcie znalazł się sam na szczycie wewnętrznego muru, daleko od giermków i ich bałwanów. Nikt nie dał mu wolności w obrębie zamku, ale też nikt mu jej nie odmówił. Jeśli pozostanie wewnątrz murów, może chodzić, dokąd chce.

Wewnętrzny mur Winterfell był wyższy i starszy od zewnętrznego. Jego starożytne szare blanki sięgały sto stóp nad ziemię, a w każdym rogu ulokowano kwadratową basztę. Zewnętrzny mur, zbudowany wiele stuleci później, był dwadzieścia stóp niższy, ale za to grubszy. Był też w lepszym stanie i miał ośmiokątne baszty zamiast kwadratowych. Między dwoma murami znajdowała się fosa, szeroka, głęboka i zamarznięta. Na powierzchni lodu tworzyły się śnieżne zaspy. Śnieg gromadził się również na murach, wypełniając luki między blankami i nakrywając baszty białymi czapami.

Za murami, tak daleko, jak okiem sięgnąć, świat stawał się biały. Lasy, pola, królewski trakt — śnieg pokrywał to wszystko puchowym płaszczem, zasypując resztki zimowego miasta i ukrywając poczerniałe ściany, które ludzie Ramsaya pozostawili za sobą, gdy podpalili domostwa. *Snow zadał te rany, a śnieg je ukryje.* To jednak nie była prawda. Ramsay był teraz Boltonem, nie Snowem, w żadnym wypadku nie Snowem.

Dalej zaczynał się zryty koleinami królewski trakt, niknący pośród pól i falistych wzgórz. Wszystko to przerodziło się w bezkresny biały przestwór, ale śnieg nie przestawał padać, sypiąc bezgłośnie z bezwietrznego nieba. *Gdzieś tam zamarza Stannis Baratheon.* Czy lord Stannis spróbuje zdobyć Winterfell szturmem? *Jeśli tak, jego sprawa jest zgubiona.* Zamek był zbyt potężny. Choć fosa zamarzła, umocnienia Winterfell nadal były imponujące. Theon zdobył zamek podstępem. Kazał swym najlepszym ludziom wspiąć się na mury i przepłynąć fosę od osłoną ciemności. Nim obrońcy zdążyli się zorientować, że ich zaatakowano, było już za późno. Stannis nie miał szans na podobny fortel.

Mógłby spróbować odciąć zamek od świata i wziąć go głodem. Magazyny i spichrze Winterfell były puste. Za Boltonem i jego przyjaciółmi Freyami przybyły zza Przesmyku długie tabory, lady Dustin zabrała zapasy żywności i paszy z Barrowton, a lord Manderly przybył z Białego Portu świetnie zaopatrzony… ale zastęp był liczny. Mieli mnóstwo gąb do wykarmienia i zapasy nie wystarczą im na długo. *Ale lord Stannis i jego ludzie również będą głodować. Będą im też dokuczały chłód i ból nóg. Trudno walczyć w takim stanie... ale śnieżyca sprawi, że rozpaczliwie zapragną wedrzeć się do zamku.*

Śnieg sypał się również na boży gaj, topniejąc, gdy tylko spadł na ziemię. Pod obleczonymi w biel drzewami ziemia zmieniła się w błoto. Smużki mgły unosiły się nad ziemią niczym upiorne wstążki. *Po co tu przyszedłem? To nie są moi bogowie.* Drzewo serce stało przed nim, blady olbrzym o wyrzeźbionej twarzy i liściach przypominających zakrwawione dłonie.

Powierzchnię stawu u stóp drzewa pokrywała cieniutka warstewka lodu. Theon osunął się na kolana na brzegu.

— Proszę — wyszeptał przez połamane zęby. — Nie chciałem... — słowa uwięzły mu w gardle. — Ocalcie mnie — zdołał wreszcie wykrztusić. — Dajcie mi...

Co? Siłę? Odwagę? Łaskę? Biały śnieg padał cicho na ziemię, głuchy na jego błagania. Theon nie słyszał nic poza cichym szlochem. *Jeyne* — pomyślał. *To ona. Płacze w małżeńskim łożu. Któż inny mógłby to być?* Bogowie nie płaczą. *A może płaczą?*

Dźwięk sprawiał mu tyle bólu, że nie był w stanie dłużej tego znosić. Theon Greyjoy złapał się za gałąź i podźwignął, a potem strzepnął śnieg z nóg i pokuśtykał z powrotem ku światłom. *W Winterfell są duchy* — pomyślał. *A ja jestem jednym z nich.*

Gdy wrócił na dziedziniec, pojawiło się na nim więcej bałwanów. Śnieżnymi strażnikami stojącymi na murach dowodziło dwunastu śnieżnych lordów. Jedna z figur z pewnością miała reprezentować lorda Manderly'ego. To był najgrubszy bałwan, jakiego Theon widział w życiu. Jednoręki lord niewątpliwie miał być Harwoodem Stoutem, a śnieżna dama lady Dustin. A najbliżej drzwi, z brodą zrobioną z sopli, stał stary Kurwistrach Umber.

W środku kucharze nakładali ludziom gulasz z wołowiny z kaszą jęczmienną, pełen marchewki i cebuli. Podawano go w wydrążonych bochnach wczorajszego chleba. Resztki rzucano na podłogę dla dziewczyn Ramsaya i innych psów.

Dziewczyny ucieszyły się na jego widok. Poznały go po smrodzie. Ruda Jeyne podbiegła bliżej i polizała go po dłoni, a Helicent wśliznęła się pod stół i ułożyła obok jego stóp, ogryzając kość. To były dobre psy. Łatwo było zapomnieć, że każdemu z nich nadano imię na pamiątkę dziewczyny upolowanej i zabitej przez Ramsaya.

Choć Theon czuł się bardzo zmęczony, miał jeszcze apetyt na odrobinę gulaszu popitego *ale*. Ludzie w komnacie robili coraz więcej hałasu. Dwaj zwiadowcy Roose'a Boltona dotarli do zamku przez Bramę Myśliwego i zameldowali, że lord Stannis posuwa się naprzód bardzo powoli. Wielkie rumaki jego rycerzy grzęzły w śniegu. Małe, pewnie stąpające koniki ludzi z górskich klanów radziły sobie lepiej, ale górale nie odważyli się zbytnio oddalać, by cały zastęp nie rozpadł się na dwie części. Lord Ramsay rozkazał Ablowi zaśpiewać pieśń marszową ku czci Stannisa przedzierającego się przez zaspy. Bard znowu złapał za lutnię, a jedna z jego praczek wyprosiła od Skwaszonego Alyna miecz i zaczęła nim wymachiwać, udając, że atakuje płatki śniegu.

Gdy Theon wpatrywał się w męty na dnie trzeciego kufla, do sali wpadła lady Barbrey Dustin. Kazała dwóm swym zaprzysiężonym ludziom przyprowadzić go do siebie, a gdy stanął pod podwyższeniem, obejrzała go od stóp do głów, pociągając nosem.

— To jest to samo ubranie, które nosiłeś na weselu.

— Tak, pani. To ubranie mi dano.

To była jedna z rzeczy, których się nauczył w Dreadfort: Brać, co ci dają, i nigdy nie prosić o więcej.

Lady Dustin jak zawsze była odziana w czerń, choć rękawy miała obszyte futrem popielic. Jej suknia miała sztywny wysoki kołnierz, sięgający policzków.

— Znasz ten zamek.

— Kiedyś go znałem.

— Gdzieś na dole są krypty. W mroku siedzą tam dawni królowie z rodu Starków. Moi ludzie nie zdołali odnaleźć drogi zejścia. Sprawdzili wszystkie podziemia i piwnice, a nawet lochy, ale…

— Do krypt nie można dojść z lochów, pani.

— Czy możesz wskazać mi drogę?

— Nie ma tam nic, oprócz…

— Martwych Starków? To prawda. A tak się składa, że wszyscy moi ulubieni Starkowie są martwi. Znasz drogę, czy nie?

— Znam.

Nie lubił krypt, nigdy ich nie lubił, ale potrafił do nich trafić.

— Wskaż mi drogę. Sierżancie, przynieś lampę.

— Lepiej włóż ciepły płaszcz, pani — ostrzegł ją Theon. — Będziemy musieli zejść na dół.

Wyszli z komnaty w śnieg sypiący jeszcze gęściej niż przedtem. Lady Dustin wdziała sobolowe futro. Opatuleni w płaszcze z kapturami wartownicy stojący pod bramą prawie niczym się już nie różnili od bałwanów. Tylko bijąca z ust para dowodziła, że jeszcze żyją. Na murach zapalono ogniska w daremnej próbie odegnania ciemności. Mała grupka musiała brnąć przez gładki, niczym nienaruszony śnieg sięgający im do połowy łydek. Namioty na dziedzińcu były ledwie widoczne, zapadały się pod nagromadzoną na nich białą masą.

Wejście do krypt znajdowało się w najstarszej części zamku, nieopodal podstawy Pierwszej Wieży, opuszczonej od stuleci. Ramsay podpalił ją, zdobywszy Winterfell, i znaczna część tego, co nie spłonęło, zawaliła się. Została tylko pusta skorupa, z jednej strony otwarta i wypełniająca się śniegiem. Wszędzie walało się mnóstwo gruzu; wielkie fragmenty rozbitych murów, zwęglone belki, strącone chimery. Śnieg pokrył prawie wszystko, ale część jednej z chimer nadal sterczała ze śniegu. Jej ślepe, groteskowe oblicze szczerzyło zęby ku niebu.

Tu właśnie znaleźli Brana, kiedy spadł. Theon wyruszył owego dnia na polowanie z lordem Eddardem i królem Robertem. Nie spodziewali się, że w zamku czekają na nich straszliwe wieści. Pamiętał twarz Robba w chwili, gdy mu o tym powiedziano. Nikt nie liczył na to, że połamany chłopiec wyżyje. *Bogowie nie zdołali go zabić i ja również nie.* To była dziwna myśl, a jeszcze dziwniej poczuł się, uświadomiwszy sobie, że Bran może nadal żyć.

— Tam. — Theon wskazał na zaspę nagromadzoną pod murem donżonu. — Pod nią. Uwaga na fragmenty kamieni.

Ludzie lady Dustin potrzebowali prawie pół godziny, by odsłonić wejście. Kopali śnieg łopatami i przenosili gruz. Gdy już się z tym uporali, okazało się, że drzwi pokrywa skorupa lodu. Sierżant musiał pójść po topór, by ją skruszyć. Wreszcie drzwi otworzyły się ze zgrzytem zawiasów, odsłaniając kręte kamienne schody opadające w ciemność.

— Droga na dół jest daleka, pani — ostrzegł Theon.

Lady Dustin nie dała się zastraszyć.

— Beronie, światło.

Schody były wąskie i kręte, a stopnie wytarte pośrodku przez stulecia użytku. Szli gęsiego; sierżant z lampą, Theon, lady Dustin, a na końcu jej drugi człowiek. Theon zawsze uważał, że w kryptach jest zimno i latem rzeczywiście tak było, ale teraz w miarę, jak schodzili w dół, robiło się coraz cieplej. Nie ciepło, z pewnością nie ciepło, ale cieplej niż na górze. Najwyraźniej pod ziemią zawsze utrzymywał się niezmienny chłód.

— Panna młoda płacze — odezwała się lady Dustin, gdy szli ostrożnie w dół, stopień po stopniu. — Nasza mała lady Arya.

Uważaj teraz. Bardzo uważaj. Dotknął dłonią ściany. W migotliwym blasku pochodni odnosił wrażenie, że stopnie poruszają się pod jego stopami.

— Skoro… skoro tak mówisz, pani.

— Roose nie jest zadowolony. Powiedz to swojemu bękartowi.

To nie jest mój bękart — pragnął odpowiedzieć, ale inny głos w jego wnętrzu temu zaprzeczył. *Ależ twój, twój. Fetor należy do Ramsaya, a Ramsay do Fetora. Nie możesz zapominać, jak masz na imię.*

— Ubieranie jej na szaro i biało nic nie da, jeśli pozwoli się jej płakać. Freyom może być wszystko jedno, lecz ludzie z północy… boją się Dreadfort, ale Starków kochają.

— Ty ich nie kochasz — zauważył Theon.

— Nie kocham — przyznała pani Barrowton — ale reszta to co innego. Stary Kurwistrach jest tu tylko dlatego, że Freyowie trzymają w niewoli jego Greatjona. I czy sądzisz, że ludzie Hornwoodów zapomnieli o poprzednim małżeństwie Bękarta i o tym, że jego pani żona zjadła przed głodową śmiercią własne palce? Co twoim zdaniem myślą, gdy słyszą płacz nowej panny młodej? Kochanej córeczki dzielnego Neda?

Nie — pomyślał. *Ona nie pochodzi z krwi lorda Eddarda. Ma na imię Jeyne. To tylko córka zarządcy.*

Nie wątpił, że lady Dustin podejrzewa prawdę, ale mimo to…

— Łzy lady Aryi przynoszą nam więcej szkody niż wszystkie miecze i włócznie lorda Stannisa. Jeśli Bękart zamierza pozostać lordem Winterfell, lepiej niech nauczy żonę się śmiać.

— Pani — odezwał się Theon. — Jesteśmy na miejscu.

— Schody wiodą dalej w dół — zauważyła lady Dustin.

— Są też głębsze, starsze poziomy. Słyszałem, że najgłębszy częściowo się zawalił. Nigdy tam nie byłem.

Popchnął drzwi i zaprowadził ich do długiego tunelu o kopulastym sklepieniu. Potężne granitowe kolumny maszerowały parami w mrok.

Sierżant lady Dustin uniósł lampę. Cienie poruszyły się gwałtownie. *Słabe światło w bezkresnej ciemności.* Theon nigdy nie czuł się pewnie w kryptach. Czuł, że kamienni królowie wlepiają weń spojrzenia kamiennych oczu, zaciskając palce na rękojeściach zardzewiałych mieczy. Żaden z nich nie darzył miłością żelaznych ludzi. Wypełnił go znajomy strach.

— Jest ich tak wielu — odezwała się lady Dustin. — Znasz ich imiona?

— Kiedyś znałem... ale to było dawno temu. — Theon wskazał palcem. — Ci po tej stronie byli królami północy. Ostatni był Torrhen.

— Król Który Klęknął.

— Tak, pani. Potem byli już tylko lordowie.

— Do nadejścia Młodego Wilka. Gdzie jest grób Neda Starka?

— Na samym końcu. Tędy, pani.

Ruszyli tunelem między kolumnami. Ich kroki odbijały się echem od sklepienia. Theon odnosił wrażenie, że śledzą ich oczy kamiennych ludzi, a także ślepia ich kamiennych wilkorów. Twarze posągów budziły w nim wyblakłe wspomnienia. Niespodziewanie usłyszał kilka imion, wyszeptanych dobiegającym zza grobu głosem maestera Luwina. Król Edrick Śnieżnobrody, który władał północą przez sto lat. Brandon Żeglarz, który popłynął poza zachód słońca, Theon Stark, Głodny Wilk. *Nazwano mnie na jego pamiątkę.* Lord Beron Stark, który sprzymierzył się z Casterly Rock, by walczyć z Dagonem Greyjoyem, lordem Pyke, w czasach, gdy w Siedmiu Królestwach faktyczną władzę sprawował bękarci czarodziej zwany przez ludzi Bloodravenem.

— Ten król nie ma miecza — zauważyła lady Dustin.

Miała rację. Theon nie przypominał sobie, który to król, niemniej miecz zniknął z jego rąk. Pozostały po nim tylko plamy rdzy. Zaniepokoił go ten widok. Nieraz słyszał, że to żelazo zawarte w mieczach nie pozwala duchom zmarłych opuścić grobowców. Jeśli miecz zniknął...

W Winterfell są duchy. A ja jestem jednym z nich.

Szli przed siebie. Z każdym krokiem mina Barbrey Dustin stawała się coraz bardziej surowa. *Nie podoba się jej tu tak samo jak mnie.*

— Dlaczego nienawidzisz Starków, pani? — usłyszał własny głos Theon.

Przyjrzała się mu z uwagą.

— Z tego samego powodu, dla którego ty ich kochasz.

Potknął się.

— Kocham ich? Nigdy... Odebrałem im ten zamek, pani. Skazałem... skazałem Brana i Rickona na śmierć, nadziałem ich głowy na pale i...

— ...pojechałeś na południe z Robbem Starkiem, walczyłeś u jego boku w Szepczącym Lesie i pod Riverrun, wróciłeś na Żelazne Wyspy jako jego poseł, by pertraktować ze swym panem ojcem. Barrowton również dało ludzi Młodemu Wilkowi. Wysłałam mu ich tak mało, jak tylko się odważyłam, ale wiedziałam, że jakichś ludzi muszę mu dać, by nie narazić się na gniew Winterfell. Dzięki temu miałam w tym zastępie swe oczy i uszy. Byłam dobrze poinformowana. Wiem, kim jesteś. Wiem, czym jesteś. A teraz odpowiedz na moje pytanie. Dlaczego kochasz Starków?

— Chciałem... — Wsparł się urękawicznioną dłonią o kolumnę. — Chciałem zostać jednym z nich.

— Ale nie mogłeś. Mamy ze sobą więcej wspólnego, niż ci się zdaje, panie. Chodźmy.

Nieco dalej znaleźli trzy grobowce zbite w ciasną grupę. Tam się zatrzymali.

— Lord Rickard — odezwała się lady Dustin, przyglądając się środkowemu posągowi. Brodaty mężczyzna o pociągłej, poważnej twarzy spoglądał na nich z góry. Jego oczy również wykuto w kamieniu, lecz zdawały się mieć smutny wyraz. — On również nie ma miecza.

To była prawda.

— Ktoś tu zszedł i je ukradł. Miecz Brandona także zniknął.

— To by mu się nie spodobało. — Zdjęła rękawiczkę i dotknęła kolana posągu. Jasne ciało kontrastowało z ciemnym kamieniem. — Brandon kochał swój miecz. Uwielbiał go ostrzyć. Zawsze powtarzał: „Chcę, żeby można nim było ogolić pizdę". Bardzo też lubił go używać. Kiedyś rzekł mi: „Spływający krwią miecz to coś pięknego".

— Znałaś go — zrozumiał Theon.

Jej oczy lśniły w blasku lampy, jakby płonęły.

— Brandona oddano na wychowanie do Barrowton. Był podopiecznym starego lorda Dustina, ojca tego, za którego potem wyszłam, ale większość czasu spędzał, jeżdżąc po Strumienisku. Uwielbiał konną jazdę. Jego młodsza siostra była taka sama. Tych dwoje było jak para centaurów. A mój pan ojciec zawsze się cieszył, gdy mógł u siebie gościć dziedzica Winterfell. Miał wielkie ambicje. Dla korzyści rodu Ryswellów sprzedałby moje dziewictwo każdemu Starkowi, który by się napatoczył. Okazało się jednak, że nie musiał tego robić. Brandon nigdy nie miał zahamowań przed braniem sobie tego, co chciał. Jestem już stara i zasuszona, zbyt długo byłam wdową, ale po dziś dzień pamiętam widok swej dziewiczej krwi na jego kutasie tej nocy, gdy mnie wziął. Myślę, że jemu też się spodobał. Spływający krwią miecz to coś pięknego, tak jest. Bolało, ale to był słodki ból. Ale gdy się dowiedziałam, że Brandon ma poślubić Catelyn Tully… w tym bólu nie było nic słodkiego. Mogę cię zapewnić, że nigdy jej nie pragnął. Sam mi to powiedział, gdy po raz ostatni spędziliśmy ze sobą noc… ale Rickard Stark też miał wielkie ambicje. Południowe ambicje, którym nie przysłużyłby się ślub dziedzica Winterfell z córką jednego z jego wasali. Potem mój ojciec miał jeszcze nadzieję, że wyda mnie za brata Brandona, Eddarda, ale jego też zabrała mi Catelyn Tully. Został mi tylko młody lord Dustin, ale potem Ned Stark jego również mi odebrał.

— Rebelia Roberta…

— Lord Dustin i ja byliśmy małżeństwem od niespełna

pół roku, gdy Robert podniósł bunt i Ned Stark zwołał chorągwie. Błagałam męża, żeby nie jechał. Miał krewnych, których mógł wysłać zamiast siebie. Jego stryj słynął z biegłości we władaniu toporem, a stryjeczny dziadek walczył w wojnie dziewięciogroszowych królów. On był jednak mężczyzną i przepełniała go duma. Musiał osobiście poprowadzić oddziały Barrowton. Tego dnia, gdy wyruszył na wojnę, dałam mu konia, rdzawokasztanowatego ogiera o grzywie jak ogień, dumę stadnin mojego pana ojca. Mój lord obiecał, że po wojnie wróci do domu na tym koniu. Ned Stark oddał mi rumaka, kiedy wracał do Winterfell. Oznajmił, że mój lord zginął honorową śmiercią i jego ciało spoczywa wśród czerwonych gór Dorne. Ale kości siostry przywiózł na północ i leżą teraz tutaj… zapewniam cię jednak, że kości lorda Eddarda nigdy nie spoczną obok niej. Zamierzam oddać je psom.

— Jego… jego kości? — zdziwił się Theon.

Wykrzywiła usta w brzydkim uśmiechu, przywodzącym Theonowi na myśl uśmiech Ramsaya.

— Catelyn Tully przed Krwawymi Godami wysłała kości lorda Eddarda na północ, ale twój żelazny stryj zajął Fosę Cailin i zamknął drogę. Od tego czasu nie przestaję jej obserwować. Jeśli te kości kiedykolwiek wyłonią się z bagien, nie dotrą dalej niż do Barrowton. — Obrzuciła podobiznę Eddarda Starka ostatnim przeciągłym spojrzeniem. — Możemy już iść.

Gdy wyszli z krypt, śnieżyca nadal szalała. Lady Dustin po drodze na górę nie odzywała się ani słowem, ale kiedy znowu zatrzymali się pod ruinami Pierwszej Wieży, przerwała milczenie.

— Lepiej nikomu nie powtarzaj nic, co mogłam powiedzieć na dole — oznajmiła, drżąc z zimna. — Rozumiesz?

Rozumiał.

— Trzymaj język za zębami albo go stracisz — rzekł.

— Roose dobrze cię wyszkolił — odparła i zostawiła go tam.

KRÓLEWSKA BRANKA

Królewski zastęp wymaszerował z Deepwood Motte w złotym blasku świtu, wysuwając się zza palisady niczym długi stalowy robak wyłażący z gniazda.

Rycerze z południa wdziali zbroje płytowe i kolczugi, powgniatane i porysowane w minionych bitwach, ale nadal błyszczące jasno w promieniach wschodzącego słońca. Ich chorągwie i opończe, choć wyblakłe i brudne, podarte i połatane, wciąż lśniły feerią barw w zimowym lesie; lazur i oranż; czerwień i zieleń, fiolet, błękit i złoto połyskiwały wśród nagich brązowych pni, szarozielonych sosen i drzew strażniczych oraz zasp brudnego śniegu.

Każdy rycerz miał giermków, służących i zbrojnych. Za nimi szli płatnerze, kucharze i stajenni; szeregi włóczników, toporników i łuczników; posiwiali weterani stu bitew i zielone chłopaki, mające dopiero stoczyć pierwszą. Przed nimi posuwali się ludzie z podgórskich klanów; wodzowie i wielcy wojownicy dosiadali kudłatych koników, a podlegli im włochaci wojownicy truchtali za nimi, odziani w futra, utwardzaną skórę i stare kolczugi. Niektórzy pomalowali sobie twarze w brązowo-zielone plamy i przywiązali do pleców pęki zarośli, by móc się ukryć pośród drzew.

Za główną kolumną sunęły tabory. Muły, konie i woły, długi na milę szereg dwu- i czterokołowych wozów wyładowanych prowiantem, paszą, namiotami i innymi zapasami. Na końcu jechała tylna straż, również złożona z zakutych w zbroje rycerzy. Osłaniający ją zwiadowcy kryli się wśród drzew, by zapewnić, że żaden wróg nie podkradnie się do nich niepostrzeżenie.

Asha Greyjoy jechała z taborami w krytym wozie o dwóch ogromnych, okutych żelazem kołach. Na rękach i nogach miała kajdany. Dniem i nocą pilnowała jej Niedźwiedzica, chrapiąca głośniej niż jakikolwiek mężczyzna. Jego Miłość król Stannis nie zamierzał ryzykować, że jego branka ucieknie z niewoli. Zamierzał zawlec ją do Winterfell i tam zademonstrować w łańcuchach północnym lordom. Córka krakena, zakuta i złamana, będzie dowodem jego potęgi.

Kolumnę pożegnano dźwiękiem trąb. Groty włóczni lśniły w promieniach wschodzącego słońca, a na poboczach trawa błyszczała od szronu. Deepwood Motte od Winterfell dzieliło trzysta mil lasu. Trzysta mil, w linii lotu kruka.

— Piętnaście dni — powtarzali sobie rycerze.

— Robert dotarłby na miejsce w dziesięć — przechwalał się lord Fell przy Ashy. Jego dziadek zginął z ręki Roberta w Summerhall. W oczach wnuka podnosiło to jego zabójcę do niemal boskiej rangi. — Byłby w Winterfell już od dwóch tygodni. Siedziałby na murach i grał Boltonowi na nosie.

— Lepiej nie wspominaj o tym Stannisowi — zasugerował Justin Massey — bo każe nam maszerować we dnie i w nocy.

Ten król żyje w cieniu swego brata — uświadomiła sobie Asha.

W kostce nadal czuła przeszywający ból, gdy tylko próbowała wesprzeć na niej swój ciężar. Była pewna, że coś w środku miała złamane. W Deepwood opuchlizna zniknęła, ale ból się utrzymywał. Skręcenie z pewnością już by się zagoiło. Jej okowy pobrzękiwały przy każdym ruchu. Kajdany uwierały jej nadgarstki, a także dumę. Taka jednak była cena kapitulacji.

— Nikt jeszcze nie umarł dlatego, że ugiął kolan — powiedział jej kiedyś ojciec. — Ten, kto klęknie, może znowu wstać i ująć w dłoń miecz. Ten, kto ma sztywne nogi i resztę ciała, już nie ożyje.

Balon Greyjoy dowiódł prawdziwości własnych słów po porażce swego pierwszego buntu. Kraken ugiął kolan przed jeleniem i wilkorem, ale po śmierci Roberta Baratheona i Eddarda Starka podniósł się znowu.

Dlatego w Deepwood córka krakena postąpiła tak samo, gdy zawleczono ją przed króla, związaną i utykającą — choć szczęśliwie niezgwałconą — i dręczoną bólem w kostce.

— Poddaję się, Wasza Miłość. Uczyń ze mną, co zechcesz. Proszę tylko o to, byś oszczędził moich ludzi.

Obchodzili ją jedynie Qarl, Tris i inni, którzy uszli z życiem z wilczego lasu. Było ich zaledwie dziewięciu. Cromm, który był najciężej ranny, nazwał ich „obdartą dziewiątką".

Stannis darował im życie, ale nie wyczuwała w nim prawdziwego miłosierdzia. Z pewnością nie brakowało mu determinacji ani odwagi. Ludzie mówili też, że jest sprawiedliwy… a jeśli była to surowa, bezlitosna sprawiedliwość, no cóż, życie na Żelaznych Wyspach przyzwyczaiło do tego Ashę Greyjoy. Mimo to nie była w stanie polubić tego króla. W jego głęboko osadzonych niebieskich oczach zawsze czaiła się podejrzliwość, pod ich powierzchnią kipiała zimna furia. Jej życie znaczyło dla niego bardzo niewiele. Była dla niego tylko zakładniczką, łupem mającym udowodnić północy, że Stannis potrafi pokonać żelaznych ludzi.

To świadczy o jego głupocie. Zwycięstwo nad kobietą nie zaimponuje nikomu na północy, o ile znała tutejszych ludzi, a jej wartość jako zakładniczki była mniejsza od zera. Żelaznymi Wyspami władał teraz jej stryj, a Wroniego Oka jej los nic nie obchodził. Mógł co nieco obchodzić okropnego starca, którego Euron uczynił jej mężem, ale Erik Ironmaker nie miał pieniędzy na zapłacenie okupu. Stannisowi Baratheonowi nie sposób jednak było wytłumaczyć podobnych rzeczy. Jej kobiecość była dla niego obrazą. Ludzie z zielonych krain lubili miękkie i słodkie kobiety odziane w jedwabie, a nie obleczone w kolczugę i utwardzaną skórę, a w obu rękach dzierżące toporki. Krótki okres spędzony w Deepwood Motte przekonał jednak Ashę, że Stannis nie polubiłby jej bardziej, gdyby nosiła suknię. Nawet z żoną Galbarta Glovera, pobożną lady Sybelle, rozmawiał uprzejmie i dwornie, ale z wyraźnym skrępowaniem. Ten król z południa najwyraźniej był jednym z tych mężczyzn, dla których kobiety są inną rasą, równie obcą i niepojętą, jak olbrzymy, grumkiny czy dzieci lasu. Na widok Niedźwiedzicy również zgrzytał zębami.

Stannis liczył się ze zdaniem tylko jednej kobiety, a ją zostawił na Murze.

— Wolałbym, żeby była z nami — wyznał ser Justin Massey, jasnowłosy rycerz dowodzący taborami. — Ostatni raz ruszyliśmy do bitwy bez lady Melisandre nad Czarnym Nurtem, gdzie cień lorda Renly'ego rozbił nas i zagnał połowę naszych ludzi do zatoki.

— Ostatni raz? — zdziwiła się Asha. — Czy ta czarodziejka była w Deepwood Motte? Nie widziałam jej.

— To trudno nazwać bitwą — odparł z uśmiechem ser Massey. — Twoi żelaźni ludzie walczyli dzielnie, pani, ale nas było wielokrotnie więcej, a do tego wzięliśmy was z zaskoczenia. W Winterfell będą wiedzieli, że się zbliżamy, a Roose Bolton ma tyle samo ludzi, co my.

Albo i więcej — pomyślała Asha.

Nawet jeńcy mają uszy, a ona słyszała wszystko, co mówiono w Deepwood Motte, gdy Stannis i jego kapitanowie planowali ten marsz. Ser Justin sprzeciwiał mu się od samego początku, podobnie jak wielu rycerzy i lordów przybyłych ze Stannisem z południa. Ale wilki nalegały. Nie można było tolerować, by Roose Bolton władał Winterfell, musieli też uratować córkę Neda z łap Bękarta. Tak rzekli Morgan Liddle, Brandon Norrey, Wiadrowy Wull, Flintowie, a nawet Niedźwiedzica.

— Deepwood Motte dzieli od Winterfell trzysta mil — oznajmił Artos Flint tej nocy, gdy w długiej komnacie Galbarta Glovera wybuchł spór. — W linii lotu kruka.

— To długi marsz — zauważył rycerz nazwiskiem Corliss Penny.

— Nie aż tak bardzo — upierał się ser Godry, wysoki rycerz zwany przez innych Olbrzymobójcą. — Pokonaliśmy już podobny dystans. Pan Światła utoruje nam drogę.

— A co będzie, gdy już dotrzemy do Winterfell? — nie ustępował Justin Massey. — Dwa mury i fosa między nimi. A do tego wewnętrzny mur ma sto stóp wysokości. Bolton z pewnością nie wymaszeruje z zamku, by stawić nam czoło w polu, a brakuje nam zapasów na oblężenie.

— Nie zapominaj, że Arnolf Karstark przyłączy się do nas ze swymi siłami — odezwał się Harwood Fell. — I Mors Umber również. Będziemy mieli tyle samo ludzi z północy, co lord Bolton. A las na północ od zamku jest gęsty. Wybudujemy wieże oblężnicze, zrobimy tarany…

I będziecie ginąć tysiącami — pomyślała Asha.

— Lepiej byłoby przezimować tutaj — zasugerował lord Peasebury.

— Przezimować tutaj? — ryknął Wiadrowy Wull. — Jak myślisz, ile zapasów żywności i paszy mógł zgromadzić Galbart Glover?

— Wasza Miłość, twój brat… — zwrócił się nagle do Stannisa ser Richard Horpe, rycerz o wyniszczonej twarzy z ćmami trupimi główkami wyszytymi na opończy.

— Wszyscy wiemy, co zrobiłby mój brat — przerwał mu król. — Robert w pojedynkę pogalopowałby do bram Winterfell, rozbił je swym młotem, wpadł do środka po gruzach, lewą ręką zabiłby Roose'a Boltona, a prawą Bękarta. — Stannis wstał. — Nie jestem Robertem, ale i tak pomaszerujemy na Winterfell i wyzwolimy je… albo zginiemy.

Lordowie mogli mieć wątpliwości, ale prości ludzie wierzyli w swego króla. Stannis rozbił pod Murem dzikich Mance'a Raydera, uwolnił Deepwood Motte od Ashy i jej żelaznych ludzi, był bratem Roberta, zwyciężył w sławnej bitwie morskiej u brzegów Pięknej Wyspy i skutecznie bronił Końca Burzy przez cały czas trwania buntu Roberta. Miał też zaczarowany miecz bohaterów, Światłonoścę, którego blask rozświetlał noc.

— Nasi wrogowie nie są aż tak groźni, jakby się zdawało — zapewnił Ashę ser Justin pierwszego dnia marszu. — Ludzie boją się Roose'a Boltona, ale nie darzą go miłością. A jego przyjaciele Freyowie... północ nie zapomniała o Krwawych Godach. Każdy z lordów przebywających w Winterfell stracił tam krewnych. Wystarczy, że Stannis utoczy trochę krwi Boltonowi, a ludzie z północy go opuszczą.

Taką masz nadzieję — pomyślała Asha. *Ale najpierw król musi mu utoczyć tej krwi. Tylko głupiec porzuca zwycięską stronę.*

Pierwszego dnia ser Justin przychodził do jej wozu chyba z sześć razy. Przynosił Ashy posiłki, napoje i wieści o marszu. Ten skory do uśmiechów i nigdy nieprzestający żartować mężczyzna był wysoki i tęgi, miał różowe policzki, niebieskie oczy i potargane wiatrem białoblond włosy, jasne jak len. Jak na strażnika więziennego wyjątkowo zabiegał o wygodę swego więźnia.

— Pragnie cię — stwierdziła Niedźwiedzica po jego trzeciej wizycie. Właściwie zwała się Alysane z rodu Mormontów, ale to drugie miano nosiła równie swobodnie jak kolczugę. Niska, krępa i muskularna dziedziczka Wyspy Niedźwiedziej miała grube uda, wielkie piersi oraz duże, pełne stwardnień dłonie. Nawet śpiąc, nosiła pod futrem kolczugę, pod kolczugą skórzaną kurtę, a pod nią wytartą owczą skórę, odwróconą na drugą stronę, by była cieplejsza. Dzięki wszystkim tym warstwom jej szerokość prawie dorównywała wzrostowi. Była też gwałtowna. Czasami Ashy Greyjoy trudno było pamiętać, że ona i Niedźwiedzica są niemal rówieśnicami.

— Pragnie moich ziem — odparła Asha. — Pragnie Żelaznych Wysp.

Potrafiła rozpoznać znaki. Widziała je już u innych zalotników. Massey utracił rodowe włości, leżące daleko na południu, musiał więc korzystnie się ożenić albo pogodzić z myślą, że stanie się tylko jednym z królewskich domowników. Stannis rozwiał jego nadzieje na poślubienie dzikiej księżniczki, o której Asha tak wiele słyszała, skierował więc swą uwagę na nią. Z pewnością marzył, że osadzi Ashę na Tronie z Morskiego Kamienia na Pyke i będzie sprawował rządy za jej pośrednictwem, jako jej pan i władca. Najpierw jednak musiałby się pozbyć obecnego pana i władcy Ashy… nie wspominając już o stryju, który ją za niego wydał. *Mało prawdopodobne* — pomyślała. *Wronie Oko mógłby zjeść ser Justina na śniadanie i nawet by nie beknął.*

To nie miało znaczenia. Ziemie ojca nigdy nie będą do niej należały, kogokolwiek by nie poślubiła. Żelaźni ludzie byli pamiętliwi, a Asha dała się pokonać już dwa razy. Najpierw na królewskim wiecu stryjowi Euronowi, a potem w Deepwood Motte Stannisowi. To z nawiązką wystarczy, by uznano ją za niezdolną do sprawowania władzy. Poślubienie Justina Masseya czy innego ze służących Stannisowi paniątek, raczej by jej zaszkodziło, niż pomogło. *Okazało się, że córka krakena jest tylko kobietą* — powiedzieliby kapitanowie i królowie. *Spójrzcie, jak rozkłada nogi przed tym miękkim lordem z zielonych krain.*

Niemniej, jeśli ser Justin pragnął zabiegać o jej względy jedzeniem, winem i słowami, Asha nie zamierzała go zniechęcać. Był lepszym towarzyszem niż małomówna Niedźwiedzica, a poza nimi otaczało ją pięć tysięcy wrogów. Trisa Botleya, Qarla Panienkę, Cromma, Roggona i resztę niedobitków jej oddziału zostawiono w Deepwood Motte, w lochach Galbarta Glovera.

Pierwszego dnia armia pokonała dwadzieścia dwie mile. Tak przynajmniej twierdzili przewodnicy przydzieleni im przez lady Sybelle, tropiciele i myśliwi zaprzysiężeni Deepwood. Nosili klanowe nazwiska, takie jak Forrester i Woods, Branch i Bole. Drugiego dnia zastęp przeszedł dwadzieścia cztery mile, a straż przednia przekroczyła granice ziemi Gloverów, zagłębiając się w głąb wilczego lasu.

— R'hllorze, ześlij nam swe światło, by prowadziło nas przez ten mrok — modlili się nocą wierni zgromadzeni wokół potężnego ogniska zapalonego pod królewskim namiotem. Wszystko to byli południowi rycerze i zbrojni. Asha nazwałaby ich ludźmi króla, ale inni ludzie z krain burzy i krain korony woleli określenie „ludzie królowej"... choć służyli czerwonej królowej z Czarnego Zamku, a nie żonie zostawionej przez Stannisa Baratheona we Wschodniej Strażnicy. — O Panie Światła, błagamy cię, skieruj na nas swe gorejące oko, by przyniosło nam ciepło i bezpieczeństwo — śpiewali do płomieni — albowiem noc jest ciemna i pełna strachów.

Modłom przewodniczył wysoki rycerz zwany ser Godrym Farringiem. *Godry Olbrzymobójca. To dumne imię, jak na tak nędznego człowieka.* Zakuty w zbroję płytową i kolczugę Farring miał szerokie bary i potężne mięśnie. Asha odnosiła jednak wrażenie, że jest przy tym arogancki i próżny, spragniony sławy oraz komplementów i głuchy na słowa ostrzeżenia. Gardził też prostaczkami, wilkami i kobietami. W tym ostatnim przypominał swego króla.

— Daj mi konia — poprosiła Asha ser Justina, gdy przywiózł jej połowę szynki. — Oszaleję w tych łańcuchach. Nie będę próbowała ucieczki. Masz moje słowo.

— Zrobiłbym to, gdybym mógł, pani, ale jesteś branką króla, nie moją.

— Twój król nie przyjmie słowa od kobiety.

— Czemu mielibyśmy wierzyć w słowa żelaznych ludzi po tym, co twój brat zrobił w Winterfell? — warknęła Niedźwiedzica.

— Nie jestem Theonem — zapewniła Asha... ale łańcuchów nie zdjęto.

Gdy ser Justin oddalił się cwałem, Asha wspomniała ostatnie spotkanie z matką. To było w Dziesięciu Wieżach, na Harlaw. W komnacie paliła się słabym blaskiem świeca, ale wielkie rzeźbione łoże z zakurzonym baldachimem było puste. Lady Alannys siedziała przy oknie, spoglądając na morze.

— Czy przyprowadziłaś mojego chłopczyka? — zapytała z drżeniem ust.

— Theon nie mógł przyjść — odparła Asha, spoglądając na ruinę kobiety, która wydała ją na świat, matkę, która straciła dwóch synów. A trzeci…

Przysyłam każdemu z was po kawałku księcia.

Jakkolwiek potoczą się losy bitwy pod Winterfell, Asha Greyjoy nie uważała za prawdopodobne, by jej brat uszedł z życiem. *Theon Sprzedawczyk. Nawet Niedźwiedzica pragnie zatknąć jego głowę na pal.*

— Masz braci? — zapytała swą strażniczkę Asha.

— Siostry — odparła Alysane Mormont, jak zwykle opryskliwym tonem. — Było nas pięć. Same dziewczyny. Lyanna wróciła na Wyspę Niedźwiedzią, Lyra i Jory są z matką, a Dacey zamordowano.

— Na Krwawych Godach.

— Tak. — Alysane przypatrywała się przez chwilę Ashy. — Mam syna. Tylko dwuletniego. I dziewięcioletnią córkę.

— Wcześnie zaczęłaś.

— Za wcześnie. Ale lepsze to, niż czekać za długo.

To miał być przytyk — pomyślała Asha. *Ale mniejsza z tym.*

— Masz męża?

— Nie. To są dzieci niedźwiedzia. — Alysane się uśmiechnęła. Miała krzywe zęby, ale coś w jej uśmiechu budziło sympatię. — Kobiety Mormontów to zmiennoskóre. Zamieniamy się w niedźwiedzice i znajdujemy sobie partnerów w lesie. Każdy o tym wie.

Asha odwzajemniła uśmiech.

— Wszystkie jesteście też wojowniczkami.

Z twarzy drugiej kobiety zniknął uśmiech.

— Jesteśmy tym, czym nas uczyniliście. Na Wyspie Niedźwiedziej każde dziecko uczy się strachu przed wychodzącymi z morza krakenami.

Dawne zwyczaje. Asha odwróciła się z cichym brzękiem łańcuchów. Trzeciego dnia las otoczył ich ciasno ze wszystkich stron, a zryte koleinami drogi przerodziły się w wydeptane przez zwierzynę ścieżki, które wkrótce okazały się za wąskie dla większych wozów. Od czasu do czasu mijali charakterystycznie wyglądające obiekty: kamieniste wzgórze przypominające nieco wilczą głowę, jeśli spojrzeć na nią pod pewnym kątem, na wpół zamarznięty wodospad, naturalny kamienny łuk porośnięty brodą z szarozielonego mchu. Asha znała je wszystkie. Przejeżdżała już tędy, gdy zmierzała do Winterfell, by przekonać brata do porzucenia zdobytego zamku i powrotu z nią do bezpiecznego Deepwood Motte. *W tej sprawie również przegrałam.*

Owego dnia pokonali czternaście mil i cieszyli się z tego.

Gdy zapadł zmierzch, woźnica zatrzymał wóz pod drzewem. Gdy luzował koniom lejce, ser Justin podjechał kłusem i zdjął Ashy okowy z nóg. Potem razem z Niedźwiedzicą zaprowadzili ją do królewskiego namiotu. Mogli ją wziąć do niewoli, ale nadal pozostawała córką Greyjoyów z Pyke i Stannis Baratheon z satysfakcją karmił ją resztkami ze stołu, przy którym jadł z kapitanami i dowódcami.

Namiot króla niemalże dorównywał rozmiarami długiej komnacie Deepwood Motte, ale poza wielkością nie miał w sobie właściwie nic wspaniałego. Sztywne ściany z grubego żółtego płótna paskudnie wyblakły, pobrudziły je błoto i woda, a tu i ówdzie pojawiły się plamy pleśni. Na centralnej tyczce powiewał królewski sztandar, złoty z głową jelenia w płonącym sercu. Z trzech stron otaczały go namioty południowych paniątek przybyłych tu ze Stannisem. Po czwartej stronie gorzało nocne ognisko, wznoszące języki płomienia ku ciemniejącemu niebu.

Gdy kuśtykająca Asha dotarła tu ze swymi strażnikami,

kilkunastu mężczyzn rąbało drewno, by nakarmić nim ogień. *Ludzie królowej.* Ich bogiem był Czerwony R'hllor. Czcili zazdrosne bóstwo. Utopiony Bóg z Żelaznych Wysp, którego czciła Asha, był w ich oczach demonem. Uważali, że jeśli nie przyjmie Pana Światła, czeka ją potępienie. *Spaliliby mnie równie chętnie jak te szczapy i połamane gałęzie.* Słyszała, jak niektórzy domagali się tego po bitwie w lesie. Stannis jednak nie chciał się na to zgodzić.

Król stał przy wejściu do namiotu, gapiąc się w nocne ognisko. *Co w nim widzi? Triumf? Klęskę? Oblicze swego głodnego czerwonego boga?* Oczy miał głęboko zapadnięte, a krótko przystrzyżona broda była zaledwie cieniem na chudych policzkach i wydatnej żuchwie. Niemniej jego spojrzenie miało w sobie moc, żelazną gwałtowność świadczącą, że tego człowieka nic nigdy nie skłoni do zejścia z raz obranego kursu.

Opadła przed nim na jedno kolano.

— Panie. — *Czy uważasz, że wystarczająco mnie poniżyłeś, Wasza Miłość? Zgniotłeś, zdeptałeś i złamałeś w zadowalającym stopniu?* — Błagam, zdejmij mi te łańcuchy z rąk. Pozwól mi jechać konno. Nie będę próbowała ucieczki.

Stannis spojrzał na nią jak na psa, który odważył się gwałcić jego nogę.

— Zasłużyłaś na okowy.

— To prawda. Ale teraz ofiaruję ci swych ludzi, swoje statki i rozum.

— Twoje statki należą do mnie albo spłonęły. A ludzie... Ilu ci zostało? Dziesięciu? Dwunastu?

Dziewięciu. Sześciu, jeśli liczyć tylko zdolnych do walki.

— Dagmer Rozcięta Gęba panuje nad Torrhen's Square. To dzielny wojownik i wierny sługa rodu Greyjoyów. Mogę oddać ci ten zamek, a także jego garnizon.

Mogłaby dodać „być może", ale okazywanie niepewności przed tym królem w niczym by jej nie pomogło.

— Torrhen's Square nie jest warte błota pod moimi butami. To Winterfell jest ważne.

— Zdejmij mi łańcuchy, a pomogę ci je zdobyć, panie. Królewski brat Waszej Miłości słynął z tego, że potrafił obracać pokonanych wrogów w przyjaciół. Uczyń mnie swoim wojownikiem.

— Bogowie nie uczynili cię mężczyzną, jak więc ja mogę to zrobić?

Stannis znowu zwrócił się do ogniska, do tego, co mógł widzieć w jego pomarańczowych płomieniach.

Ser Justin Massey złapał Ashę za ramię i zaciągnął do królewskiego namiotu.

– To był błąd, pani — rzekł. — Nigdy nie mów mu o Robercie.

Powinnam była to zrozumieć. Asha wiedziała, jak mają się sprawy z młodszymi braćmi. Pamiętała małego Theona, nieśmiałego chłopca spoglądającego na Rodrika i Marona z zachwytem połączonym ze strachem. *Nigdy z tego nie wyrastają* — pomyślała. *Młodszy brat może dożyć setki, ale nadal pozostanie młodszym bratem.* Zagrzechotała żelazną biżuterią, wyobrażając sobie, jak przyjemnie by było zakraść się do Stannisa od tyłu i udusić go łańcuchem skuwającym jej ręce.

Na kolację podano dziś gulasz z chudego jelenia upolowanego przez zwiadowcę nazwiskiem Benjicot Branch. Ale tylko w królewskim namiocie. Poza nim ludzie dostali po kromce chleba i kawałku czarnej kiełbasy nie dłuższym od palca, a do popicia ostatni łyk *ale* Galbarta Glovera.

Deepwood Motte dzieliło od Winterfell trzysta mil w linii lotu kruka.

— Gdybyśmy tylko byli krukami — stwierdził Justin Massey czwartego dnia marszu, gdy zaczął padać śnieg. Z początku były to tylko drobne zawieje. Zimne i wilgotne, ale z łatwością mogli się przez nie przedrzeć.

Drugiego dnia śnieg jednak nadal sypał, trzeciego i czwartego również. Krzaczaste brody wilków szybko pokryły się lodem od zamarzającego oddechu, a wszystkie gładko wygolone chłopaki z południa również pozwalały zarostowi rosnąć swobodnie, by choć trochę osłonić twarze. Wkrótce ziemię przed nimi otuliła biała warstwa, pod którą skrywały się kamienie, korzenie i doły. Każdy krok stawał się przygodą. Wiatr również się wzmagał, niosąc śnieżne obłoki. Królewski zastęp przerodził się w kolumnę ośnieżonych sylwetek, brnących przez sięgające kolan zaspy.

Trzeciego dnia śnieżycy kolumna zaczęła tracić ciągłość. Rycerze i paniątka z południa brnęli naprzód z wysiłkiem, a ludzie z północnych wzgórz radzili sobie lepiej. Ich koniki stąpały pewnie i jadły mniej od południowych koni, zwłaszcza rycerskich rumaków, a dla ich jeźdźców śnieg nie był pierwszyzną. Wiele wilków przytwierdzało do butów dziwne wydłużone przedmioty z wygiętego drewna połączonego rzemieniami, zwane przez nich niedźwiedzimi łapami. Pozwalały im one chodzić po powierzchni śniegu bez zapadania się po uda.

Niektórzy mieli niedźwiedzie łapy również dla swych włochatych koników, które nosiły je z równą swobodą, jak inne wierzchowce żelazne podkowy… ale wielkie konie z południa nie dawały się na to namówić. Gdy kilku królewskich rycerzy przytwierdziło im niedźwiedzie łapy do kopyt, zwierzęta nie chciały się ruszyć z miejsca albo próbowały je zrzucić. Jeden rumak złamał sobie nawet nogę.

Dlatego ludzie z północy szybko zaczęli wyprzedzać resztę zastępu. Najpierw prześcignęli główną kolumnę rycerzy, a potem ser Godry'ego Farringa i jego straż przednią. Wozy z taborów zostawały coraz dalej z tyłu. Ludzie z tylnej straży musieli nieustannie popędzać woźniców.

Piątego dnia śnieżycy tabory wtoczyły się na otwarty obszar pokryty sięgającym pasa śniegiem, pod którym kryło się zamarznięte jeziorko. Lód zaczął pękać i zamarzająca woda pochłonęła trzech woźniców oraz cztery konie, a także dwóch ludzi, którzy pośpieszyli im na ratunek. Jednym z nich był Harwood Fell. Jego rycerze wyciągnęli go, nim się utopił, ale wargi miał sine, a skórę białą jak mleko. Nic nie mogło go ogrzać, nawet gdy zdarli z niego przemoczone ubrania, otulili go w ciepłe futra i posadzili przy ognisku. Nocą dostał gorączki, zapadł w sen i już się nie obudził.

Tej samej nocy Asha po raz pierwszy usłyszała, jak ludzie królowej szepczą o złożeniu ofiary czerwonemu bogu, by położył kres śnieżycy.

— To bogowie północy zesłali na nas tę nawałnicę — stwierdził ser Corliss Penny.

— Fałszywi bogowie — dodał ser Godry Olbrzymobójca.

— R'hllor jest z nami — zapewnił ser Clayton Suggs.

— Ale Melisandre tu nie ma — zauważył Justin Massey.

Król nic nie mówił, Asha była jednak pewna, że wszystko słyszał. Siedział za stołem na honorowym miejscu, a zupa cebulowa stygła przed nim, prawie nietknięta. Wpatrywał się w płomień najbliższej świecy, ignorując rozmówców. Prawa ręka Stannisa, wysoki chudy rycerz nazwiskiem Richard Horpe, przemówił w jego imieniu.

— Zamieć musi się wkrótce skończyć — zapewnił.

Śnieg jednak sypał coraz silniej. Wiatr siekł ich z gwałtownością bicza handlarza niewolników. Asha sądziła dotąd, że na Pyke świetnie poznała zimno dzięki dmącym od morza wichrom, nie można ich jednak było porównywać z tą nawałnicą. *Taki chłód wpędza ludzi w obłęd.*

Nawet gdy z przodu kolumny dotarł rozkaz nakazujący zatrzymać się na noc, niełatwo było się ogrzać. Ciężkie, wilgotne namioty trudno było rozbić, a jeszcze trudniej złożyć. Co gorsza, często zapadały się nagle, gdy nagromadziło się na nich za dużo śniegu. Królewski zastęp brnął przez serce największej puszczy w Siedmiu Królestwach, a mimo to mieli trudności ze znalezieniem suchego drewna. Z każdym dniem płonęło mniej ognisk, a te, które udało się rozpalić, produkowały więcej dymu niż ciepła. Często byli skazani na zimne, a nawet surowe posiłki.

Nawet nocne ognisko stawało się coraz słabsze i mniejsze, ku trwodze ludzi królowej.

— Panie Światła, ocal nas przed tym złem — modlili się, prowadzeni przez głęboki głos ser Godry'ego Olbrzymobójcy. — Pokaż nam znowu swe jasne słońce, uspokój wiatry i stop śniegi, byśmy mogli dotrzeć do twych wrogów i ich powalić. Noc jest ciemna, zimna i pełna strachów, ale twoja jest potęga, chwała i światło. R'hllorze, wypełnij nas swym ogniem.

Potem, gdy ser Corliss Penny zastanawiał się na głos, czy zdarzyło się kiedyś, by cała armia zamarzła na śmierć podczas zimowej nawałnicy, wilki skwitowały jego słowa śmiechem.

— To nie jest zima — oznajmił Wiadrowy Wull. — Pośród wzgórz mamy powiedzenie, że jesień cię całuje, ale zima jebie na całego. To jest tylko pocałunek jesieni.

Boże, daj, bym nigdy nie zaznała prawdziwej zimy. Ashy oszczędzono najgorszego. W końcu była królewską branką. Inni głodowali, ale ona miała co jeść. Inni dygotali z zimna, a jej było ciepło. Inni brnęli przez zaspy na zmęczonych wierzchowcach, ona zaś jechała wozem, spowita futrami, a sztywny brezentowy dach osłaniał ją przed śniegiem. Pomimo łańcuchów było jej wygodnie.

Najtrudniej było koniom i prostym ludziom. Dwóch giermków z krain burzy zadźgało zbrojnego w wyniku kłótni o to, kto będzie siedział najbliżej ognia. Następnej nocy kilku rozpaczliwie spragnionych ciepła łuczników zdołało podpalić własny namiot. Przynajmniej jednak ogrzało to sąsiednie. Rumaki zaczęły padać z chłodu i zmęczenia.

— Kim jest rycerz bez konia? — zadawali zagadkę ludzie. — Bałwanem z mieczem.

Każdego konia, który padł, natychmiast ćwiartowano na mięso. Zaczynało im brakować zapasów.

Peasebury, Cobb, Foxglove i inni lordowie z południa próbowali skłonić króla do rozbicia obozu i przeczekania do końca śnieżycy, ale Stannis nie chciał o tym słyszeć. Nie słuchał też ludzi królowej, gdy nalegali, by złożył ofiarę głodnemu czerwonemu bogu.

Usłyszała o tym od Justina Masseya, który był mniej pobożny niż inni.

— Ofiara dowiedzie, że nadal płonie w nas ogień prawdziwej wiary, panie — oznajmił królowi Clayton Suggs.

— To starzy bogowie północy zesłali na nas tę zamieć — poparł go Godry Olbrzymobójca. — Tylko R'hllor może ją zakończyć. Musimy mu ofiarować niewiernego.

— Połowa mojej armii to niewierni — odparł Stannis. — Nikogo nie spalę. Módlcie się żarliwiej.

Nikogo nie spali dziś ani jutro... ale jeśli śnieg nie przestanie padać, królewska determinacja może wkrótce osłabnąć.

Asha nigdy nie podzielała wiary stryja Aerona, ale tej nocy mdliła się do Tego Który Mieszka w Głębinach równie żarliwie, co Mokra Czupryna. Śnieg nie przestawał sypać. Posuwali się naprzód coraz wolniej. Dobrze było, jeśli zdołali pokonać pięć mil dziennie. Potem trzy. A potem dwie.

Dziewiątego dnia nawałnicy kapitanowie i dowódcy ze wszystkich obozów przychodzili do królewskiego namiotu, znużeni i zmoknięci, by opaść na jedno kolano i zameldować o poniesionych dziś stratach.

— Jeden człowiek nie żyje, trzech zaginęło.

— Padło sześć koni, w tym jeden mój.

— Nie żyje dwóch ludzi. Jeden z nich był rycerzem. Padły cztery konie. Jednego zdołaliśmy podnieść. Resztę straciliśmy. Dwa rumaki i jedną klaczkę.

Asha słyszała, że ludzie zwą te meldunki „rejestrem zimna". Najbardziej ucierpiały tabory. Martwe konie, zaginieni ludzie, przewrócone i rozbite wozy.

— Konie grzęzną w śniegu — poinformował króla Justin

Massey. — Ludzie się oddalają albo po prostu siadają i czekają na śmierć.

— Niech sobie czekają — warknął Stannis. — Musimy maszerować naprzód.

Ludzie z północy radzili sobie znacznie lepiej dzięki swym włochatym konikom i niedźwiedzim łapom. Czarny Donnel Flint i jego przyrodni brat Artos stracili razem tylko jednego człowieka, a Liddle'owie, Wullowie i Norreyowie w ogóle uniknęli strat. Jeden z mułów Morgana Liddle'a zaginął, ale właściciel był przekonany, że ukradli go Flintowie.

Trzysta mil drogi z Deepwood Motte do Winterfell. W linii lotu kruka. Piętnaście dni. Minął piętnasty dzień marszu, a oni nie pokonali nawet połowy tego dystansu. Zostawiali za sobą ślad z trupów i rozbitych wozów, pokrytych warstwą śniegu. Słońca, księżyca i gwiazd nie widzieli od tak dawna, że Asha zaczęła się zastanawiać, czy nie były tylko snem.

Dwudziestego dnia marszu wreszcie uwolniła się od łańcuchów na nogach. Jeden z ciągnących jej wóz koni padł w zaprzęgu i nie udało się znaleźć nowego. Wszystkie pociągowe konie ciągnęły wozy z prowiantem i paszą. Ser Justin Massey rozkazał poćwiartować konia na mięso i porąbać wóz na opał. Potem zdjął kajdany z nóg Ashy i rozmasował jej łydki, by usunąć sztywność z mięśni.

— Nie mogę ci dać wierzchowca, pani — oznajmił. — A gdybyśmy spróbowali jechać we dwoje na moim, wkrótce również by padł. Będziesz musiała iść.

Przy każdym kroku kostkę Ashy przeszywał ból. *Zimno wkrótce ją znieczuli* — powtarzała sobie. *Za godzinę w ogóle już nie będę czuła nóg.* Myliła się tylko pod jednym względem. Potrwało to krócej. Gdy ciemność zmusiła kolumnę do zatrzymania się, Asha potykała się już co chwila, tęskniąc za wygodnym, kołyszącym się więzieniem. *Osłabłam w okowach.* Była tak wyczerpana, że zasnęła przy stole podczas kolacji.

Dwudziestego szóstego dnia piętnastodniowego marszu

zjedli ostatnie jarzyny. Trzydziestego drugiego dnia skończyły się zapasy zboża i paszy. Asha zastanawiała się, jak długo można przeżyć na surowej, na wpół zamarzniętej koninie.

— Branch przysięga, że od Winterfell dzielą nas tylko trzy dni drogi — oznajmił królowi ser Richard Horpe, gdy już zakończono rejestr zimna.

— Pod warunkiem że zostawimy najsłabszych ludzi z tyłu — zauważył Corliss Penny.

— Ich i tak nic już nie uratuje — upierał się Horpe. — Ci, którzy jeszcze mają siły, muszą dotrzeć do Winterfell, bo inaczej również zginą.

— Pan Światła odda nam zamek — zapewnił ser Godry Farring. — Gdyby była z nami lady Melisandre...

Wreszcie, po koszmarnym dniu, podczas którego pokonali zaledwie milę i stracili dwanaście koni oraz czterech ludzi, lord Peasebury zwrócił się przeciwko ludziom z północy.

— Ten marsz to szaleństwo. Z dnia na dzień umiera więcej ludzi. I po co? Dla jakiejś dziewczynki?

— Dziewczynki Neda — odparł Morgan Liddle. Był drugim z trzech synów, dlatego inne wilki zwały go „Średnim Liddle'em", choć raczej wtedy, gdy ich nie słyszał. To on o mało nie zabił Ashy podczas bitwy pod Deepwood Motte. Podczas marszu przyszedł błagać ją o wybaczenie... za to, że w bojowym szale nazwał ją „pizdą", a nie za to, że próbował jej rozwalić głowę toporem.

— Dziewczynki Neda — powtórzył Wiadrowy Wull. — Już byśmy mieli i ją, i zamek, gdybyście nie zeszczali się w atłasowe portki na widok odrobiny śniegu, głupie południowe błazny.

— Odrobiny śniegu? — Peasebury wykrzywił miękkie dziewczęce usta w grymasie furii. — To twoje złe rady skłoniły nas do tego marszu, Wull. Zaczynam podejrzewać, że od początku służyłeś Boltonowi. Czy tak to wygląda? Kazał ci sączyć truciznę do królewskiego ucha?

Wiadrowy roześmiał mu się prosto w oczy.

— Gdybyś był mężczyzną, zabiłbym cię za to, groszkowy lordzie, ale mój miecz zrobiono ze zbyt dobrej stali, bym miał go plamić krwią tchórza. — Pociągnął łyk *ale* i otarł usta. — To prawda, ludzie umierają. Stracimy jeszcze wielu, nim ujrzymy Winterfell. I co z tego? To jest wojna, a na wojnie ludzie giną. Tak właśnie powinno być. Zawsze tak było.

Ser Corliss Penny obrzucił klanowego wodza pełnym niedowierzania spojrzeniem.

— Pragniesz śmierci, Wull?

To pytanie rozśmieszyło człowieka z północy.

— Pragnę żyć wiecznie w krainie, gdzie lato trwa tysiąc lat. I mieć zamek w chmurach, by móc spoglądać z góry na świat. I chcę znowu mieć dwadzieścia sześć lat. W tym wieku mogłem walczyć przez cały dzień i pierdolić się przez całą noc. Nie ma znaczenia, czego ludzie chcą. Zima już prawie nadeszła, chłopcze. A zima to śmierć. Wolę, by moi ludzie zginęli, walcząc za dziewczynkę Neda, a nie skonali z głodu, sami pośród śniegu, roniąc łzy zamarzające na policzkach. O tych, których spotkała taka śmierć, nikt nie układa pieśni. A jeśli chodzi o mnie, jestem stary. To będzie moja ostatnia zima. Pragnę przed śmiercią wykąpać się we krwi Boltonów. Pragnę poczuć, jak zbryzguje mi twarz, gdy mój topór wbije się w czaszkę jednego z nich. Pragnę zlizać ją z warg i zginąć z jej smakiem na języku.

— Tak jest! — zawołał Morgan Liddle. — Krew i bitwa!

Wszyscy ludzie ze wzgórz zaczęli krzyczeć i walić w stół kuflami albo rogami do picia, wypełniając zgiełkiem królewski namiot.

Asha Greyjoy również ucieszyłaby się z walki. *Jedna bitwa, by położyć kres temu cierpieniu. Stal szczękająca o stal, różowy śnieg, rozbite tarcze i odcięte kończyny, a potem będzie po wszystkim.*

Następnego dnia królewscy zwiadowcy przypadkiem natrafili na opuszczony przez zagrodników przysiółek między dwoma jeziorami. Był mały i ubogi, zaledwie kilka chat, długi dom i wieża strażnicza. Richard Horpe zarządził postój, mimo że armia pokonała zaledwie pół mili, a do zmierzchu zostało jeszcze kilka godzin. Było już dobrze po wschodzie księżyca, gdy dogoniły ich tabory i straż tylna, a wraz z nimi Asha.

— W tutejszych jeziorach są ryby — oznajmił królowi Horpe. — Wytniemy przeręble w lodzie. Ludzie z północy umieją to robić.

Nawet w grubym futrze i ciężkiej zbroi Stannis wyglądał jak człowiek stojący nad grobem. Już w Deepwood Motte na wysokim chudym królu nie było zbyt wiele ciała, a podczas marszu stracił i to. Spod skóry prześwitywały zarysy czaszki, a szczęki zaciskał tak mocno, że Asha się bała, iż zęby mu popękają.

— Spróbujcie to zrobić — zgodził się. Każde słowo brzmiało jak odrębne warknięcie. — Ale wymaszerujemy o świcie.

Gdy jednak zrobiło się jasno, budzących się ludzi przywitały śnieg i cisza. Niebo zmieniło kolor z czarnego na biały, ale wcale nie wydawało się jaśniejsze. Asha Greyjoy obudziła się, zmarznięta i obolała, pod stertą futer, słuchając chrapania Niedźwiedzicy. Nigdy dotąd nie spotkała kobiety, która chrapałaby tak głośno, ale przyzwyczaiła się już do tego dźwięku i nawet zaczął on ją uspokajać. To cisza ją zaniepokoiła. Nie słyszała trąb każących ludziom dosiadać koni, formować szyki i przygotowywać się do wymarszu. Nie odezwały się też rogi ludzi z północy. *Coś tu nie gra.*

Asha wyczołgała się spod futer i wylazła z namiotu, odtrącając ścianę śniegu, która nocą zamknęła wyjście. Wstała, pobrzękując łańcuchami, i zaczerpnęła w płuca haust lodowatego porannego powietrza. Śnieg nie przestawał padać, jeszcze gęstszy niż wtedy, gdy wchodziła do namiotu. Jeziora zniknęły i las razem z nimi. Widziała sylwetki innych namiotów i szałasów, a także słaby pomarańczowy blask ogniska zapalonego na szczycie wieży strażniczej. Resztę pochłonęła śnieżyca.

Gdzieś przed nimi czekał Roose Bolton, ukryty za murami Winterfell, ale głodujący zastęp Stannisa Baratheona utknął w śniegu i lodzie.

DAENERYS

Świeca już się prawie dopaliła. Został tylko niespełna cal, sterczący z kałuży ciepłego stopionego wosku. Oświetlający łoże królowej płomień zaczął migotać.

Wkrótce zgaśnie — uświadomiła sobie Dany. *I wtedy kolejna noc się skończy.*

Świt zawsze nadchodził za wcześnie.

Nie spała przez całą noc. Nie mogła, nie chciała zasnąć. Nie odważyła się nawet zamknąć oczu, w obawie, że gdy je otworzy, będzie już rano. Gdyby tylko było to w jej mocy, sprawiłaby, żeby ich noce trwały bez końca, mogła jednak co najwyżej czuwać i napawać się wszystkimi słodkimi chwilami, nim świt ponownie zmieni je w blaknące wspomnienia.

Daario Naharis spał obok niej, spokojnie jak niemowlę. Przechwalał się, że ma dar do spania, uśmiechając się na swój zawadiacki sposób. Zapewniał, że podczas marszu często śpi w siodle, by wypocząć przed bitwą. Słońce czy burza, było mu wszystko jedno.

— Wojownikowi, który nie potrafi spać, szybko zabraknie siły do walki — stwierdził. Nigdy nie dręczyły go też koszmary. Gdy Dany powiedziała mu, że Serwyna od Zwierciadlanej Tarczy straszyły duchy wszystkich zabitych przez niego rycerzy, roześmiał się tylko.

— Jeśli ludzie, którym odebrałem życie, będą mnie niepokoić, zabiję ich znowu.

Ma sumienie najemnika — uświadomiła sobie wtedy. *To znaczy, że w ogóle nie ma sumienia.*

Daario leżał na brzuchu. Długie nogi schował pod cienkimi płóciennymi narzutami, a twarz wtulił w poduszki.

Dany przesunęła dłonią wzdłuż jego kręgosłupa. Skórę miał gładką, prawie bezwłosą. *Jego skóra to jedwab i atłas.* Kochała jej dotyk pod palcami. Uwielbiała głaskać jego włosy, masować mięśnie łydek obolałe po długim dniu spędzonym w siodle, brać w ręce jego kutasa i czuć, jak twardnieje.

Gdyby była zwyczajną kobietą, z radością poświęciłaby całe życie na dotykanie Daaria, muskanie jego blizn i słuchanie opowieści o tym, gdzie je zdobył. *Wyrzekłabym się korony, gdyby mnie o to poprosił* — pomyślała... ale nie zrobił tego i nigdy nie zrobi. Daario mógł do niej szeptać o miłości, gdy stawali się jednym, wiedziała jednak, że to smoczą królową kocha. *Gdybym nie miała korony, nie chciałby mnie.* Poza tym królowie, którzy tracili korony, często rozstawali się również z głowami. Nie sądziła, by w przypadku królowych miało to wyglądać inaczej.

Świeca zamigotała po raz ostatni i zgasła, zalana własnym woskiem. Piernaty i dwoje leżących na nich kochanków pochłonęła ciemność wypełniająca wszystkie zakamarki komnaty. Dany objęła swego kapitana i przytuliła się do jego pleców. Napawała się jego zapachem, ciepłem jego ciała, dotykiem skóry. *Zapamiętaj to* — powiedziała sobie. *Zapamiętaj, jak to było.* Pocałowała go w bark.

Daario przetoczył się w jej stronę, otwierając oczy.

— Daenerys. — Uśmiechnął się leniwie. To był kolejny z jego talentów. Budził się w jednej chwili, jak kot — Czy już świt?

— Nie. Mamy jeszcze chwilę.

— Nie kłam. Widzę twoje oczy. Czy ciemną nocą mógłbym je zobaczyć? Daario skopnął z siebie narzuty i usiadł. — Przedświt. Wkrótce nadejdzie dzień.

— Nie chcę, żeby ta noc się skończyła.

— Naprawdę? A to dlaczego, moja królowo?

— Wiesz dlaczego.

— Z powodu ślubu? — Roześmiał się. — Wyjdź za mnie, zamiast za niego.

— Wiesz, że nie mogę tego zrobić.

— Jesteś królową. Możesz robić, co zechcesz. — Przesunął dłoń wzdłuż jej nogi. — Ile nocy jeszcze nam zostało?

Dwie. Tylko dwie.

— Wiesz to równie dobrze jak ja. Ta noc i następna. Potem będziemy musieli z tym skończyć.

— Wyjdź za mnie, a będziemy mieli wszystkie noce.

Zrobiłabym to, gdybym tylko mogła. Khal Drogo był jej słońcem i gwiazdami, ale nie żył już od tak dawna, że Daenerys niemal zapomniała, co to znaczy kochać i być kochaną. Dzięki Daariowi mogła sobie przypomnieć. *Byłam martwa, a on przywrócił mi życie. Spałam, a on mnie obudził. Mój dzielny kapitan.* Niemniej ostatnio zrobił się zbyt śmiały. Po powrocie z ostatniego wypadu rzucił jej do stóp głowę yunkijskiego wielmoży, a potem pocałował ją w komnacie, na oczach wszystkich. Barristan Selmy musiał ich odciągnąć od siebie. Ser Dziadek był tak wściekły, że Dany bała się, iż może popłynąć krew.

— Nie możemy wziąć ślubu, kochany. Wiesz dlaczego.

Wstał z łoża.

— Wyjdź więc za Hizdahra. Dostanie ode mnie w ślubnym prezencie piękną parę rogów. Ghiscarscy mężczyźni uwielbiają nosić rogi. Robią je sobie z własnych włosów, za pomocą grzebieni, wosku i żelaza.

Daario wciągnął spodnie, nie zawracając sobie głowy bielizną.

— Gdy już wyjdę za mąż, pożądanie mnie będzie zdradą stanu — oznajmiła Dany i osłoniła piersi narzutą.

— Będę więc musiał zostać zdrajcą. — Wciągnął przez głowę niebieską bluzę i wyprostował palcami rozwidloną brodę. Pomalował ją dla Dany na nowo, zmieniając kolor z fioletowego z powrotem na niebieski, taki jak wtedy, gdy go poznała. — Pachnę tobą — dodał, obwąchując z uśmiechem palce.

Dany uwielbiała błysk jego złotego zęba, gdy się uśmiechał. Kochała delikatne włosy na jego piersi, siłę ramion, jego śmiech, a także to, że zawsze patrzył jej prosto w oczy i wypowiadał jej imię, kiedy w nią wchodził.

— Jesteś piękny — zauważyła, gdy wkładał i sznurował buty do konnej jazdy. Czasami pozwalał, by ona to zrobiła, ale najwyraźniej nie dzisiaj. *To również się skończyło.*

— Ale za mało piękny, byś za mnie wyszła.

Daario zdjął pas z kołka.

— Dokąd idziesz?

— Do twojego miasta — odparł. — Wypiję parę kufli i wywołam awanturę. Dawno nikogo nie zabiłem. Może odnajdę twojego narzeczonego.

Rzuciła w niego poduszką.

— Zostaw Hizdahra w spokoju!

— Jak rozkażesz, moja królowo. Czy urządzisz dziś audiencję?

— Nie. Jutro wezmę ślub i Hizdahr zostanie moim mężem. Niech on przyjmuje błagalników. To jego poddani.

— Niektórzy są jego poddanymi, a inni twoimi. Ci, których wyzwoliłaś.

— Karcisz mnie?

— Mówię o tych, których zwiesz swymi dziećmi. Pragną ujrzeć matkę.

— Faktycznie mnie karcisz.

— Tylko trochę, promienne serce. Czy urządzisz audiencję?

— Może po ślubie. Gdy już zawrzemy pokój.

— Ta chwila, o której mówisz, nigdy nie nadchodzi. Powinnaś wysłuchać ludzi. Moi nowi żołnierze nie wierzą, że naprawdę istniejesz. Ci, którzy przeszli do nas z Plew na Wietrze. Większość pochodzi z Westeros i nasłuchali się mnóstwa opowieści o Targaryenach. Pragną ujrzeć jedną z nich na własne oczy. Żaba ma dla ciebie dar.

— Żaba? — powtórzyła z chichotem. — A kto to taki?

Daario wzruszył ramionami.

— Jakiś dornijski chłopak. Jest giermkiem wysokiego rycerza, którego zwą Zielonobrzuchym. Powiedziałem mu, żeby wręczył mi ten dar, a ja ci go przekażę, ale nie chciał się zgodzić.

— Och, to bystra Żaba. „Żeby wręczył mi ten dar". — Rzuciła w niego drugą poduszką. — Czy kiedykolwiek bym go zobaczyła?

Daario pogłaskał się po pozłacanych wąsach.

— Miałbym okradać swą słodką królową? Gdyby dar okazał się godny ciebie, osobiście włożyłbym go w twe miękkie rączki.

— Jako dowód swej miłości?

— Tego ci nie powiem. Zapewniłem go, że będzie mógł przekazać ci dar. Chyba nie chcesz zrobić kłamcy z Daario Naharisa?

Nie mogła mu odmówić.

— Jak sobie życzysz. Przyprowadź jutro swoją żabę. I pozostałych też. Tych z Westeros.

Miło będzie usłyszeć język powszechny z ust kogoś poza ser Barristanem.

— Jak każesz, królowo.

Dario pokłonił się nisko, uśmiechnął i wyszedł, zamiatając płaszczem.

Dany usiadła na zmiętej pościeli, oplatając kolana ramionami. Czuła się tak przygnębiona, że nawet nie usłyszała, gdy Missandei przyniosła chleb, mleko i figi.

— Wasza Miłość? Źle się czujesz? Ta osoba słyszała ciemną nocą twoje krzyki.

Dany wzięła w rękę figę. Owoc był czarny i miękki, jeszcze wilgotny od rosy. *Czy Hizdahr kiedykolwiek zdoła sprawić, bym krzyczała?*

— To był wiatr.

Ugryzła kęs, ale po odejściu Daaria figa straciła smak. Dany wstała z westchnieniem, wezwała Irri, każąc jej przynieść sobie szatę, a potem wyszła na taras.

Ze wszystkich stron otaczali ją wrogowie. W zatoce zawsze stał co najmniej tuzin okrętów. Niekiedy było ich nawet sto, gdy przybył kolejny transport żołnierzy. Yunkai'i nawet drewno sprowadzali drogą morską. Za swymi okopami budowali katapulty, skorpiony i wysokie trebusze. Cichymi nocami Dany słyszała stukanie młotków niosące się w ciepłym, suchym powietrzu. *Ale nie mają wież oblężniczych ani taranów.* Nie będą próbowali zdobyć Meereen szturmem. Zaczekają za szańcami, miotając na nią kamienie, aż wreszcie głód i zaraza obalą jej lud na kolana.

Hizdahr da mi pokój. Musi mi go dać.

Wieczorem kucharze upiekli dla niej koźlę z daktylami i marchewką, ale Dany zdołała zjeść tylko odrobinę. Perspektywa dalszej szarpaniny z Meereen przyprawiała ją o znużenie. Trudno jej było zasnąć, nawet gdy Daario wrócił, tak pijany, że ledwie trzymał się na nogach. Dany miotała się nerwowo pod narzutami. Śniło się jej, że Hizdahr ją całuje... ale jego usta były sine i okaleczone, a kiedy w nią wszedł, jego męskość okazała się zimna jak lód. Usiadła w łożu. Włosy miała rozczochrane, a otaczająca ją pościel była skłębiona. Jej kapitan spał obok, lecz mimo to czuła się samotna. Pragnęła nim potrząsnąć, obudzić go, powiedzieć, żeby się z nią pierdolił i pomógł jej zapomnieć, ale wiedziała, że on tylko ziewnie i stwierdzi z uśmiechem: „To był tylko sen, moja królowo. Śpij".

Wdziała szatę z kapturem i wyszła na taras. Podeszła do balustrady i spojrzała z góry na Meereen, tak jak robiła to już setki razy. *To nigdy nie będzie moje miasto. Nigdy nie stanie się moim domem.*

Bladoróżowe światło jutrzenki zastało ją na tarasie. Spała na trawie, przykryta cienką warstewką rosy.

— Obiecałam Daariowi, że dziś będą audiencje — powiedziała służkom, kiedy ją obudziły. — Pomóżcie mi znaleźć koronę. Aha, i jeszcze jakieś ubranie, coś lekkiego i cienkiego.

Zeszła na dół po godzinie.

— Wszyscy klękają przed Daenerys Zrodzoną w Burzy, Niespaloną, królową Meereen, królową Andalów, Rhoynarów i Pierwszych Ludzi, *khaleesi* Wielkiego Morza Traw, Wyzwolicielką z Okowów i Matką Smoków — zawołała Missandei.

Reznak mo Reznak pokłonił się z radosnym uśmiechem.

— Wasza Wspaniałość z każdym dniem staje się coraz piękniejsza. Promieniejesz dzięki perspektywie małżeństwa, o moja łaskawa królowo!

Dany westchnęła.

— Wezwij pierwszego błagalnika.

Nie urządzała audiencji już od tak dawna, że tłum oczekujących na przyjęcie ludzi był niemal porażający. Tylną część komnaty wypełniała zwarta ciżba. Dochodziło do bójek o pierwszeństwo. Rzecz jasna, Galazza Galare zdołała się wysunąć na czoło. Unosiła dumnie głowę, skrywając twarz za migotliwym zielonym welonem.

— Wasza Promienność, lepiej by było, gdybyśmy porozmawiały w cztery oczy.

— Gdybym tylko miała na to czas — odparła słodkim tonem Dany. — Jutro mam wziąć ślub. — Jej poprzednie spotkanie z Zieloną Gracją nie zakończyło się dobrze. — Czego ode mnie pragniesz?

— Chciałabym porozmawiać o bezczelności pewnego kapitana najemników.

Waży się mówić to publicznie? W Dany rozgorzał gniew. *Przyznaję, że nie brak jej odwagi, ale jeśli sądzi, że pozwolę, by mnie beształa, nie mogłaby się bardziej mylić.*

— Zdrada Brązowego Bena Plumma wstrząsnęła nami wszystkimi, ale twe ostrzeżenie nadeszło za późno — odparła. — Z pewnością pragniesz już wrócić do swej świątyni, by móc się spokojnie pomodlić.

Zielona Gracja się pokłoniła.

— Będę się modliła również o ciebie.

Kolejna zniewaga — pomyślała Dany. Twarz jej poczerwieniała.

Potem przyszła kolej na znajomą nudę. Dany siedziała na poduszkach i słuchała błagalników, machając niecierpliwie jedną nogą. W południe Jhiqui przyniosła jej tacę z figami i szynką. Interesantom nie było końca. Na każdych dwóch odchodzących z uśmiechami na twarzach przypadał jeden, który oddalał się z zaczerwienionymi oczyma, mamrocząc coś pod nosem.

Gdy zbliżał się zachód słońca, wreszcie zjawił się Daario Naharis z nowymi Wronami Burzy, ludźmi z Westeros, którzy zdezerterowali z Plew na Wietrze i przeszli do niego. Dany zerkała na nich co chwila, słuchając ględzenia kolejnego błagalnika. *To moi rodacy. Jestem ich prawowitą królową.* Wyglądali na obdartą zgraję, ale tego w końcu należało się spodziewać po najemnikach. Najmłodszy miał najwyżej rok więcej od niej, najstarszy zaś z pewnością widział już sześćdziesiąt dni imienia. U kilku zauważyła oznaki bogactwa: złote obręcze na ramionach, jedwabne tuniki, pasy wysadzane srebrnymi ćwiekami. *To łupy.* Ubrania z reguły mieli znoszone i prosto uszyte.

Gdy Daario podszedł z nimi bliżej, Dany zauważyła, że jest wśród nich jedna kobieta, wysoka blondynka zakuta w zbroję. Kapitan nazwał ją Ładną Meris, choć „ładna" było ostatnim określeniem, jakiego użyłaby Dany. Kobieta miała sześć stóp wzrostu, brakowało jej uszu, nos jej rozcięto, a oba policzki naznaczyły głębokie blizny. Królowa nigdy w życiu nie widziała zimniejszych oczu. Jeśli zaś chodzi o pozostałych...

Hugh Hungerford był szczupły i wyglądał posępnie. Miał długie nogi, pociągłą twarz i był odziany w zdobny, lecz wyblakły strój. Webber był niski i muskularny, a na głowie, piersi i ramionach miał wytatuowane pająki. Czerwonolicy Orson Stone podawał się za rycerza, podobnie jak patykowaty Lucifer Long. Will z Lasu nie przestawał uśmiechać się do niej lubieżnie, nawet gdy opadł na jedno kolano. Dick Straw miał chabrowe oczy, włosy jasne jak len i uśmiechał się niepokojąco. Twarz Ryżego Jacka kryła się pod nastroszoną pomarańczową brodą, a jego mowa była niezrozumiała.

— Odgryzł sobie połowę języka podczas swej pierwszej bitwy — wyjaśnił Hungerford.

Dornijczycy robili inne wrażenie od pozostałych.

— Jeśli Wasza Miłość pozwoli — rzekł Daario — to są Zielonobrzuchy, Gerrold i Żaba.

Zielonobrzuchy był potężnie zbudowany i łysy jak kamień. Grubością ramion dorównywał nawet Silnemu Belwasowi. Gerrold był wysokim, szczupłym młodzieńcem o smużkach barwy słońca we włosach i roześmianych, niebieskozielonych oczach. *Idę o zakład, że tym uśmiechem zdobył serca wielu dziewcząt.* Miał na sobie porządnie uszyty płaszcz z delikatnej brązowej wełny, podszyty piaskowym jedwabiem.

Żaba, giermek, był najmłodszy z trójki i wywierał najmniejsze wrażenie. Krępy chłopak o poważnym spojrzeniu, kasztanowych włosach i ciemnych oczach. Miał kanciastą twarz, wysokie czoło, wydatną żuchwę i szeroki nos. Zarost na policzkach i podbródku nadawał mu wygląd chłopaka próbującego zapuścić pierwszą brodę. Dany nie miała pojęcia, dlaczego nazwano go Żabą. *Może potrafi skakać dalej niż jego towarzysze.*

— Możecie wstać — oznajmiła. — Daario powiedział, że przybywacie z Dorne. Dornijczycy zawsze są mile widziani na moim dworze. Słoneczna Włócznia dochowała wierności mojemu ojcu, gdy uzurpator ukradł mu tron. Z pewnością naraziliście się na wiele niebezpieczeństw, by do mnie dotrzeć.

— Zbyt wiele — odparł Gerrold, przystojny młodzieniec ze słońcem we włosach. — Gdy opuszczaliśmy Dorne, było nas sześciu, Wasza Miłość.

— Przykro mi z powodu strat, jakie ponieśliście. — Królowa zwróciła się do jego potężnie zbudowanego przyjaciela: — Zielonobrzuchy to dziwne imię.

— To żart, Wasza Miłość. Kiedy płynęliśmy z Volantis, przez cały czas byłem chory. Rzygałem i hm, nie powinienem tego mówić.

Dany zachichotała.

— Chyba potrafię się domyślić, ser. Tak powinnam się do ciebie zwracać, prawda? Daario mówi, że jesteś rycerzem.

— Wszyscy trzej jesteśmy rycerzami, jeśli Wasza Miłość raczy.

Dany zerknęła na Daaria i zauważyła na jego twarzy błysk gniewu. *Nie wiedział o tym.*

— Potrzebuję rycerzy — oznajmiła.

W ser Barristanie nagle obudziła się podejrzliwość.

— Tak daleko od Westeros łatwo można podawać się za rycerza. Czy jesteście gotowi bronić prawdziwości swych słów mieczem lub kopią?

— Jeśli okaże się to potrzebne — odparł Gerrold — choć nie twierdzę, że którykolwiek z nas dorównuje Barristanowi Śmiałemu. Wasza Miłość, błagam o wybaczenie, ale przybyliśmy tu pod fałszywymi nazwiskami.

— Znam kogoś, kto postąpił podobnie — zauważyła Dany. — Zwał się Arstanem Białobrodym. Powiedzcie, jak się nazywacie naprawdę.

— Z chęcią… ale czy mogę błagać królową o wyrozumiałość? Może jest tu jakieś miejsce, gdzie byłoby mniej oczu i uszu?

Gry wewnątrz gier.

— Jak sobie życzysz. Skahazie, opróżnij komnatę.

Golony Łeb wydał rykiem rozkazy. Resztę zrobiły jego Mosiężne Bestie, wypędzając z komnaty pozostałych Westerosian oraz dzisiejszych błagalników. Jej doradcy zostali na miejscu.

— A teraz mi się przedstawcie — zażądała Dany.

Młody przystojny Gerrold pokłonił się uprzejmie.

— Jestem ser Gerris Drinkwater, Wasza Miłość. Mój miecz należy do ciebie.

Zielonobrzuchy skrzyżował ramiona na piersi.

— I mój młot również. Jestem ser Archibald Yronwood.

— A ty, ser? — zapytała królowa chłopaka zwanego Żabą.

— Jeśli Wasza Miłość raczy, czy mogę ci najpierw wręczyć mój dar?

— Jak sobie życzysz — odparła zaciekawiona Dany, ale gdy Żaba się zbliżył, Daario przeciął mu drogę, wyciągając urękawicznioną dłoń. — Daj go mnie.

Krępy chłopak pochylił się z kamienną twarzą, rozwiązał but i wydobył z ukrytej kieszonki pożółkły pergamin.

— To ma być twój dar? Jakieś bazgroły? — Daario wyrwał pergamin Dornijczykowi i rozwinął go, przyglądając się pieczęciom i podpisom. — Bardzo ładny, pełno złota i wstążek, ale nie umiem czytać tych westeroskich gryzmołów.

— Daj to królowej — rozkazał ser Barristan. — Natychmiast.

Dany czuła narastający w komnacie gniew.

— Jestem tylko młodą dziewczyną, a młode dziewczyny muszą otrzymywać prezenty — oznajmiła swobodnym tonem. — Daario, proszę, nie możesz się ze mną drażnić. Daj mi to.

Dokument spisano w języku powszechnym. Królowa rozwinęła go powoli, przyglądając się pieczęciom i podpisom. Gdy zobaczyła nazwisko ser Willema Darry'ego, serce zabiło jej nieco szybciej. Przeczytała wszystko raz, a potem drugi.

— Czy możemy się dowiedzieć, co tam napisano, Wasza Miłość? — zapytał ser Barristan.

— To tajna umowa — odparła Dany. — Zawarto ją w Braavos, gdy byłam jeszcze małą dziewczynką. W naszym imieniu podpisał ją ser Willem Darry, człowiek, który zabrał mnie i mojego brata ze Smoczej Skały, nim dotarli tam ludzie uzurpatora. W imieniu Dorne podpisał ją książę Oberyn Martell, a świadkiem był morski lord Braavos. — Wręczyła dokument ser Barristanowi, by sam mógł go przeczytać. — Sojusz ma przypieczętować zawarcie małżeństwa. W zamian za pomoc Dornijczyków w obaleniu uzurpatora mój brat Viserys weźmie córkę księcia Dorana, Arianne, za swą królową.

Stary rycerz przeczytał powoli dokument.

— Gdyby Robert się o tym dowiedział, zmiażdżyłby Słoneczną Włócznię tak, jak zmiażdżył Pyke, i skróciłby o głowę księcia Dorana i Czerwoną Żmiję... a zapewne również dornijską księżniczkę.

— Z pewnością właśnie dlatego książę Doran utrzymywał tę umowę w tajemnicy — zasugerowała Daenerys. — Gdyby mój brat Viserys dowiedział się, że czeka na niego dornijska księżniczka, popłynąłby do Słonecznej Włóczni, gdy tylko osiągnąłby wiek odpowiedni do zawarcia małżeństwa.

— I w ten sposób ściągnąłby uderzenie młota Roberta na siebie i na Dorne — dodał Żaba. — Mój ojciec wolał zaczekać, aż książę Viserys zdobędzie armię.

— Twój ojciec?

— Książę Doran. — Chłopak opadł na jedno kolano. —

Wasza miłość, mam zaszczyt zwać się Quentyn Martell. Jestem księciem Dorne i twoim wiernym poddanym.

Dany parsknęła śmiechem.

Dornijski książę poczerwieniał, a dworzanie i doradcy królowej wymienili zdziwione spojrzenia.

— Wasza Promienność, czemu się śmiejesz? — zapytał Skahaz Golony Łeb po ghiscarsku.

— Przezwali go „żabą" — wyjaśniła — i właśnie się dowiedziałam dlaczego. W Siedmiu Królestwach dzieciom opowiada się bajki o żabach, które zmieniają się w zaczarowanych książąt po pocałowaniu przez swą prawdziwą miłość. — Uśmiechnęła się do dornijskiego księcia. — Powiedz mi, książę Quentynie, czy jesteś zaczarowany? — zapytała, przechodząc z powrotem na język powszechny.

— Nie, Wasza Miłość.

— Tego się obawiałam. — *Ani zaczarowany, ani czarujący. Szkoda, że to on jest księciem, a nie ten z szerokimi barami i włosami rudoblond.* — Niemniej pragniesz pocałunku. Zamierzasz mnie poślubić. Czy tak to wygląda? Darem, który mi przynosisz, jest twoja słodka osoba. Viserys nie może już poślubić twej siostry, więc ja będę musiała przypieczętować pakt, jeśli pragnę poparcia Dorne.

— Mój ojciec miał nadzieję, że uznasz mnie za godnego.

Daario Naharis roześmiał się pogardliwie.

— Jesteś tylko szczeniakiem. Królowa potrzebuje u swego boku mężczyzny, nie płaczliwego chłopca. Nie nadajesz się na męża dla takiej kobiety jak ona. Czy czujesz jeszcze zapach matczynego mleka, kiedy oblizujesz wargi?

Twarz ser Gerrisa Drinkwatera pociemniała.

— Uważaj na swe słowa, najemniku. Mówisz do księcia Dorne.

— I do jego niańki, jak rozumiem.

Daario potarł kciukami rękojeści, uśmiechając się groźnie.

Skahaz skrzywił się, tak jak tylko on potrafił to robić.

— Chłopak może być odpowiedni w Dorne, ale Meereen potrzebuje króla ghiscarskiej krwi.

— Słyszałem o tym Dorne — wtrącił Reznak mo Reznak. — Dorne to piasek, skorpiony i ponure czerwone góry prażone słońcem.

— Dorne to pięćdziesiąt tysięcy włóczni i mieczy zaprzysiężonych służbie naszej królowej — odparł Quentyn Martell.

— Pięćdziesiąt tysięcy? — zadrwił Daario. — Ja widzę tylko trzy.

— Dość tego — uciszyła ich Daenerys. — Książę Quentyn przemierzył pół świata, by ofiarować mi swój dar, i nie pozwolę, by traktowano go nieuprzejmie. — Zwróciła się ku Dornijczykom: — Szkoda, że nie przybyliście przed rokiem. Poprzysięgłam poślubić szlachetnego Hizdahra zo Loraqa.

— Jeszcze nie jest za późno... — zaczął ser Gerris.

— O tym ja będę decydowała — przerwała mu Daenerys. — Reznaku, dopilnuj, by księciu i jego towarzyszom przydzielono komnaty odpowiednie dla ich szlachetnego pochodzenia i by spełniano ich wszelkie potrzeby.

— Jak każesz, Wasza Promienność.

Królowa wstała.

— A więc na dziś skończyliśmy.

Daario i ser Barristan podążyli za nią do jej komnat.

— To wszystko zmienia — stwierdził stary rycerz.

— To nie zmienia niczego — sprzeciwiła się Dany, gdy Irri zdjęła jej koronę. — Co za pożytek z trzech ludzi?

— Trzech rycerzy — dodał Selmy.

— Trzech kłamców — mruknął ze złością Daario. — Oszukali mnie.

— Nie wątpię, że również cię przekupili.

Nawet nie próbował temu przeczyć. Dany rozwinęła pergamin i przeczytała go raz jeszcze. *Braavos. Spisano to w Braavos, gdy mieszkaliśmy w domu z czerwonymi drzwiami.* Dlaczego tak dziwnie się czuła na tę myśl?

Przypomniała sobie swój koszmar. *Czasami sny mówią prawdę*. Czyżby Hizdahr zo Loraq pracował dla czarnoksiężników? Czy to właśnie znaczył sen? Czy ktoś mógł go zesłać? Czy bogowie chcieli jej powiedzieć, by zapomniała o Hizdahrze i poślubiła dornijskiego księcia? Próbowała coś sobie przypomnieć.

— Ser Barristanie, jak wygląda herb rodu Martellów?

— Słońce przeszyte włócznią.

Syn słońca. Przeszył ją nagły dreszcz.

„Szepty i cienie". Co jeszcze powiedziała Quaithe? *Biała klacz i syn słońca. Był tam też lew i smok. A może to ja jestem smokiem?* „Strzeż się perfumowanego seneszala". Tyle pamiętała.

Sny i proroctwa. Dlaczego zawsze muszą być zagadkami? Nienawidzę tego. Och, zostaw mnie, ser. Jutro mój ślub.

Nocą Daario brał ją na wszystkie sposoby, na jakie mężczyzna może mieć kobietę, a ona oddawała mu się z chęcią. Ostatnim razem, gdy słońce już wschodziło, posłużyła się ustami, by znowu mu stanął, jak uczyła ją kiedyś Doreah, a potem ujeżdżała go tak szaleńczo, że z rany znowu zaczęło mu krwawić. Przez jedno słodkie uderzenie serca nie była pewna, czy on jest w niej, czy ona w nim.

Potem jednak wstało słońce dnia jej ślubu i wraz z nim wstał również Daario Naharis. Wdział szaty i przypiął miecze ze złotymi nierządnicami.

— Dokąd idziesz? — zapytała. — Zabroniłam ci dzisiaj wycieczek za mury.

— Królowa jest okrutna — odparł jej kapitan. — Jeśli nie mogę zabijać twych wrogów, gdzie znajdę rozrywkę, gdy będziesz brała ślub?

— O zmierzchu nie będę już miała wrogów.

— Dopiero wstaje świt, słodka królowo. Dzień jest długi. Wystarczy czasu na ostatnią wycieczkę. Przyniosę ci w ślubnym darze głowę Brązowego Bena Plumma.

— Nie chcę głów — sprzeciwiła się Dany. — Kiedyś przynosiłeś mi kwiaty.

— Niech Hizdahr ci je przynosi. Wiem, że nie będzie się schylał, by zerwać mlecz, ale ma służących, którzy chętnie zrobią to za niego. Czy pozwalasz mi odejść?

— Nie.

Pragnęła, by został i ją przytulił. *Pewnego dnia odejdzie i już nie wróci* — pomyślała. *Pewnego dnia jakiś łucznik przebije mu pierś strzałą albo dziesięciu ludzi zaatakuje go z włóczniami, mieczami i toporami w rękach, dziesięciu kandydatów na bohaterów.* Pięciu z nich zginie, ale to nie zmniejszy jej żałoby. *Pewnego dnia go stracę, tak samo, jak straciłam swe słońce i gwiazdy. Ale błagam bogów, by to nie było dzisiaj.* — Wracaj do łóżka i pocałuj mnie. — Nikt nigdy nie całował jej tak jak Daario Naharis. — Jestem twoją królową i rozkazuję ci, żebyś się ze mną pierdolił.

Powiedziała to żartem, ale w oczach Daaria nagle pojawił się twardy wyraz.

— Pierdolenie się z królową to robota dla króla. Twój szlachetny Hizdahr będzie się mógł tym zająć, gdy już weźmiecie ślub. A jeśli się okaże, że jest zbyt wysoko urodzony na tak męczącą pracę, słudzy chętnie zrobią za niego również i to. Albo możesz wziąć sobie do łoża dornijskiego chłopca i jego ładnego przyjaciela. Czemu by nie?

Wyszedł z sypialni.

Wyruszy na wycieczkę — uświadomiła sobie Dany. *A jeśli zdoła ściąć głowę Benowi Plummowi, przyjdzie na weselną ucztę i rzuci mi ją do nóg. Siedmiu miejcie mnie w swej opiece. Dlaczego nie mógł być szlachetniej urodzony?*

Po odejściu Daaria Missandei przyniosła królowej prosty posiłek złożony z koziego sera i oliwek, a także słodkich rodzynków.

— Wasza Miłość musi dziś spożyć coś więcej niż wino. Jesteś bardzo drobna, a z pewnością będziesz potrzebowała siły.

Daenerys roześmiała się, słysząc takie słowa z ust małej dziewczynki. Polegała na swej skrybie tak bardzo, że często zapominała, iż Missandei ma dopiero jedenaście lat. Zjadły razem śniadanie na tarasie. Gdy Dany skubała oliwkę, Naathanka wlepiła w nią spojrzenie oczu barwy stopionego złota.

— Jeszcze nie jest za późno, by im powiedzieć, że postanowiłaś nie brać ślubu — oznajmiła.

Jest — pomyślała ze smutkiem królowa.

— W żyłach Hizdahra płynie szlachetna starożytna krew. Nasz ślub połączy moich wyzwoleńców z jego ludem. Gdy my staniemy się jednym, miasto podąży za naszym przykładem.

— Wasza Miłość nie kocha Hizdahra. Ta osoba sądzi, że wolałabyś za męża kogoś innego.

Nie mogę dziś myśleć o Daariu.

— Królowa kocha, kogo musi, nie kogo chce. — Opuścił ją apetyt. — Zabierz jedzenie — poleciła dziewczynce. — Pora na kąpiel.

Potem, gdy Jhiqui ją wycierała, Irri przyniosła *tokar*. Daenerys zazdrościła młodym Dothraczkom ich luźnych spodni z piaskowego jedwabiu oraz malowanych kamizelek. Nie będzie im tak gorąco, jak jej w *tokarze* o obrąbku gęsto obszytym perełkami.

— Proszę, pomóżcie mi się w to owinąć. Sama sobie nie poradzę z tymi wszystkimi perłami.

Wiedziała, że powinna płonąć z niecierpliwości na myśl o ślubie i nocy, która nastąpi później. Przypomniała sobie noc swego pierwszego ślubu, gdy *khal* Drogo pozbawił ją dziewictwa pod obcymi gwiazdami. Pamiętała, jak bardzo się wtedy bała i jak mocno była podekscytowana. Czy z Hizdahrem będzie tak samo? *Nie. Ja nie jestem już tą dziewczyną, co kiedyś, a on nie jest moim słońcem i gwiazdami.*

Missandei wróciła z wnętrza piramidy.

— Reznak i Skahaz błagają o zaszczyt eskortowania Waszej Miłości do Świątyni Gracji. Reznak rozkazał już przygotować palankin.

W obrębie miasta Meereeńczycy rzadko jeździli konno. Woleli palankiny albo lektyki, noszone przez niewolników.

— Konie zanieczyszczają ulice — oznajmił jej jeden z Zhaków. — A niewolnicy nie.

Dany wyzwoliła niewolników, lecz palankiny i lektyki nadal widziało się powszechnie, a z pewnością nie unosiły się one magicznie w powietrzu.

— Jest dziś za gorąco, żeby siedzieć w palankinie — rzekła. — Każcie osiodłać moją srebrzystą. Nie chcę jechać do pana męża na plecach tragarzy.

— Wasza Miłość, ta osoba mówi to z przykrością, ale w *tokarze* nie da się jeździć konno — sprzeciwiła się Missandei.

Mała skryba miała rację. To zdarzało się często. *Tokar* nie był strojem przeznaczonym do konnej jazdy. Dany skrzywiła się z niezadowoleniem.

— Skoro tak mówisz. Ale nie w palankinie. Udusiłabym się za tymi zasłonami. Niech przygotują otwartą lektykę.

Jeśli już musi nosić długie uszy, niech przynajmniej króliki ją widzą.

Gdy Dany zeszła na dół, Reznak i Skahaz opadli na kolana.

— Wasza Czcigodność świeci tak jasno, że oślepi każdego mężczyznę, który na nią spojrzy — oznajmił Reznak. Seneszal miał na sobie *tokar* z rdzawobrązowego aksamitu, obszyty złotymi frędzlami. — Hizdahr zo Loraq ma wielkie szczęście... i ty również, jeśli wolno mi tak powiedzieć. Wasz związek ocali nasze miasto. Przekonasz się.

— Modlimy się o to. Pragnę sadzić drzewa oliwne i patrzeć, jak wydają owoce.

Czy to ważne, że pocałunki Hizdahra nie przyniosą mi szczęścia? Pokój mnie uszczęśliwi. Czy jestem królową, czy tylko kobietą?

— Ludzi na ulicach będzie dziś tyle co much.

Golony Łeb miał na sobie czarną plisowaną spódniczkę i napierśnik z zaznaczonymi mięśniami, a pod pachą trzymał mosiężny hełm w kształcie głowy węża.

— Mam się bać much? Twoje Mosiężne Bestie ochronią mnie przed wszelkimi niebezpieczeństwami.

U podstawy Wielkiej Piramidy zawsze panował półmrok. Mury grube na trzydzieści stóp tłumiły uliczny hałas i nie wpuszczały do środka upału. Było tu chłodno i ciemno. Pod bramą formowała się już eskorta. Konie, muły i osły miały stajnie wewnątrz zachodnich murów, a słonie od wschodu. Razem z piramidą Dany przypadły trzy te wielkie niezwykłe zwierzaki. Przypominały jej szare bezwłose mamuty, choć kły miały przycięte i pozłacane, a oczy pełne smutku.

Silny Belwas jadł winogrona, a Barristan Selmy przyglądał się chłopcu stajennemu zapinającemu popręg jego jabłkowitego rumaka. Trzej Dornijczycy rozmawiali z nim, ale umilkli, ujrzawszy królową. Ich książę opadł na jedno kolano.

— Wasza Miłość, muszę zwrócić się do ciebie z błaganiem. Mojego ojca opuszczają już siły, ale pozostaje niezachwianie wierny twej sprawie. Jeśli moja osoba lub moje zachowanie cię nie zadowalają, smutno mi z tego powodu, ale...

— Zadowoli mnie, jeśli będziesz się cieszył z mojego szczęścia, ser — odparła Daenerys. — Dzisiaj jest dzień mojego ślubu. Nie wątpię, że w Żółtym Mieście będą tańczyć z radości. — Westchnęła. — Wstań, mój książę, i uśmiechnij się. Pewnego dnia wrócę do Westeros, by odzyskać tron ojca, i wówczas poproszę Dorne o pomoc. Dziś jednak Yunkai'i otoczyli moje miasto stalowym pierścieniem. Mogę zginąć, nim ujrzę swe Siedem Królestw. Hizdahr może zginąć. Albo Westeros mogą zalać fale. — Pocałowała go w policzek. — Chodź. Pora już na mój ślub.

Ser Barristan pomógł jej wsiąść do lektyki. Quentyn wrócił do towarzyszy. Silny Belwas rykiem nakazał otworzyć bramy i Daenerys Targaryen wyniesiono w słońce. Selmy ruszył obok niej na swym rumaku.

— Powiedz mi — zaczęła Dany, gdy ich orszak skierował się do Świątyni Gracji — kogo poślubiliby moi rodzice, gdyby mogli się kierować głosem serca?

— To były dawne czasy. Wasza Miłość nie zna tych ludzi.

— Ale ty ich znałeś. Opowiedz mi o nich.

Stary rycerz pochylił głowę.

— Twoja matka, królowa, zawsze pamiętała o swych obowiązkach. — Był przystojny w swej złoto-srebrnej zbroi i białym płaszczu opadającym z ramion, ale przemawiał tonem pełnym bólu, jakby każde słowo było kamieniem, który musiał podźwignąć. — Ale gdy była młodą dziewczyną... zadurzyła się kiedyś w młodym rycerzu z krain burzy, który nosił podczas turnieju jej wstążkę, a potem ogłosił ją królową miłości i piękna. To trwało krótko.

— I co się stało z tym rycerzem?

— Odłożył kopię w dniu, gdy twoja matka poślubiła twego ojca. Stał się potem bardzo pobożny. Słyszano, jak mówił, że tylko Dziewica mogła zastąpić w jego sercu królową Rhaellę. Jego namiętność nie mogła się spełnić, rzecz jasna. Rycerz na włościach nie jest odpowiednim małżonkiem dla księżniczki królewskiej krwi.

A Daario Naharis jest tylko najemnikiem, niegodnym przypięcia nawet złotych ostróg rycerza na włościach.

— A mój ojciec? Czy była jakaś kobieta, którą kochał bardziej niż swą królową?

Ser Barristan przesunął się w siodle.

— Może... może nie kochał. Pewnie odpowiedniejsze byłoby słowo „pożądał", ale... to tylko kuchenne plotki, szepty powtarzane przez praczki i chłopców stajennych.

— Chcę się o tym dowiedzieć. Nie znałam ojca i pragnę wiedzieć o nim wszystko. To, co dobre i... resztę.

— Jak każesz. — Biały rycerz ostrożnie dobierał słowa.

— Książę Aerys… w młodości zainteresował się pewną damą z Casterly Rock, kuzynką Tywina Lannistera. Kiedy wyszła za Tywina, twój ojciec wypił za dużo wina na uczcie weselnej. Słyszano, jak mówił, że to wielka szkoda, iż zniesiono lordowskie prawo pierwszej nocy. To był zwykły pijacki żart, nic więcej, ale Tywin Lannister z pewnością nie zapomniał tych słów ani… bezczelnego zachowania, na jakie twój ojciec pozwolił sobie podczas pokładzin. — Jego twarz poczerwieniała. — Za dużo powiedziałem, Wasza Miłość. Nie…

— Łaskawa królowo, jakże się cieszę, że cię widzę!

Obok nich pojawił się drugi orszak. Hizdahr zo Loraq uśmiechał się do niej ze swej lektyki. *Mój król.* Dany zastanawiała się, gdzie się podział i co porabia Daario Naharis. *Gdyby to była opowieść, przybyłby cwałem, gdy dotarlibyśmy do świątyni, i wyzwał Hizdahra na pojedynek o moją rękę.*

Dwa orszaki — królowej i Hizdahra zo Loraqa — zmierzały obok siebie, posuwając się powoli przez Meereen. Wreszcie pojawiła się przed nimi Świątynia Gracji. Jej złote kopuły lśniły w blasku słońca. *Jaka piękna* — próbowała sobie powiedzieć królowa, ale w jej wnętrzu kryła się głupiutka dziewczynka, która potrafiła myśleć tylko o Daariu. *Gdyby cię kochał, przybyłby tu i porwał cię pod groźbą miecza, jak Rhaegar porwał swą dziewczynę z północy* — zapewniała dziewczynka, ale królowa wiedziała, że to czysty obłęd. Nawet gdyby jej kapitan rzeczywiście był tak szalony, by tego spróbować, Mosiężne Bestie powaliłyby go, nim zbliżyłby się do niej na sto jardów.

Galazza Galare czekała na nich pod drzwiami świątyni, otoczona siostrami obleczonymi w stroje białe, różowe i czerwone, niebieskie, złote i fioletowe. *Jest ich mniej niż przedtem.* Dany wypatrywała Ezzary, ale jej nie zauważyła. *Czyżby krwawa dyzenteria zabrała nawet ją?* Mimo że królowa pozwoliła, by Astaporczycy głodowali pod jej murami, by powstrzymać zarazę, krwawa dyzenteria i tak się szerzyła. Zapadło na nią wielu: wyzwoleńcy, najemnicy, Mosiężne Bestie, a nawet Dothrakowie, choć wśród Nieskalanych jak dotąd nie było ani jednego przypadku. Modliła się o to, by najgorsze już minęło.

Gracje przyniosły krzesło z kości słoniowej i złotą misę. Daenerys Targaryen ujęła ostrożnie *tokar*, by nie nadepnąć na frędzle, a potem spoczęła na wygodnym aksamitnym siedzisku krzesła. Hizdahr zo Loraq uklęknął, zdjął jej sandały i umył nogi. Pięćdziesięciu eunuchów śpiewało, a dziesięć tysięcy oczu przyglądało się wszystkiemu uważnie. *Ma delikatne dłonie* — pomyślała Dany, gdy między palcami jej stóp przepływały ciepłe wonne olejki. *Jeśli serce ma równie czułe, może z czasem go polubię.*

Gdy już stopy Dany były czyste, Hizdahr wytarł je miękkim ręcznikiem, włożył jej sandały i pomógł wstać. Trzymając się za ręce, podążyli za Zieloną Gracją do świątyni. Unosił się tam intensywny zapach kadzidła, a bogowie Ghis stali w swych niszach, spowici w cienie.

Po czterech godzinach wyszli na dwór jako mąż i żona, połączeni w nadgarstkach i kostkach łańcuchami z żółtego złota.

JON

Królowa Selyse zjawiła się nagle w Czarnym Zamku razem z córką i jej błaznem, ze swymi służkami i damami dworu, a także ze świtą rycerzy, zaprzysiężonych mieczy oraz zbrojnych, złożoną w sumie z pięćdziesięciu mężczyzn. *Wszystko to ludzie królowej* — pomyślał Jon. *Mogą usługiwać Selyse, ale w rzeczywistości służą Melisandre.* Czerwona kapłanka ostrzegła go, że się zjawią, prawie cały dzień przed tym, nim kruk przyniósł tę wiadomość ze Wschodniej Strażnicy.

Spotkał się z przybyszami przy stajniach. Towarzyszyli mu Atłas, Bowen Marsh oraz sześciu strażników w długich czarnych płaszczach. Niedobrze by było, gdyby zjawił się przed obliczem królowej bez własnej świty. Mogłaby go wziąć za chłopca stajennego i podać mu wodze.

Opady śniegu wreszcie przeniosły się na południe, dając im chwilę wytchnienia. W powietrzu wyczuwało się nawet odrobinę ciepła. Jon Snow opadł przed południową królową na jedno kolano.

— Wasza Miłość, Czarny Zamek wita ciebie i twoich ludzi.

Królowa Selyse spojrzała na niego z góry.

— Dziękuję. Zaprowadź mnie, proszę, do waszego lorda dowódcy.

— Moi bracia mnie wybrali na to zaszczytne stanowisko. Jestem Jon Snow.

— Ty? Mówili mi, że jesteś młody, ale… — Twarz królowej Selyse była blada i wynędzniała. Na głowie miała koronę z czerwonego złota o kolcach ukształtowanych na podobieństwo płomieni, bliźniaczkę tej, którą nosił Stannis. — …możesz wstać, lordzie Snow. To jest moja córka Shireen.

— Witaj, księżniczko. — Jon pochylił głowę. Shireen była brzydkim dzieckiem, dodatkowo oszpeconym przez szarą łuszczycę. Szyję i część policzka miała sztywne, szare i popękane. — Ja i moi bracia jesteśmy na twoje usługi — oznajmił dziewczynce.

Shireen poczerwieniała.

— Dziękuję, panie.

— Jak sądzę, znasz już mojego kuzyna, ser Axella Florenta — ciągnęła królowa.

— Tylko dzięki krukowi. — *I relacji.* W liście, który dotarł ze Wschodniej Strażnicy, napisano o Axellu Florencie bardzo wiele, ale prawie nic dobrego. — Witaj, ser Axellu.

— Witaj, lordzie Snow.

Florent był tęgim mężczyzną o krótkich nogach i szerokiej piersi. Szorstkie włosy porastały mu policzki, a także sterczały z nosa i uszu.

— A to są moi wierni rycerze — ciągnęła królowa Selyse. — Ser Narbert, ser Benethon, ser Brus, ser Patrek, ser Dorden, ser Malegorn, ser Lambert i ser Perkin.

Rycerze kłaniali się kolejno. Królowa nie zawracała sobie głowy przedstawianiem błazna, lecz z uwagi na dzwoneczki na ozdobionym porożem kapeluszu oraz błazeńskie kolory wytatuowane na pucołowatych policzkach trudno byłoby go przeoczyć. *Plama.* Cotter Pyke wspominał w liście również o nim. Twierdził, że jest słaby na umyśle.

Królowa wezwała skinieniem kolejnego osobliwie wyglądającego członka swej świty: wysokiego, chudego jak patyk mężczyznę, którego wzrost podkreślał jeszcze dziwaczny trzypiętrowy kapelusz z fioletowego filcu.

— A to jest czcigodny Tycho Nestoris, emisariusz Żelaznego Banku z Braavos. Pragnie negocjować z królem Stannisem.

Bankier zdjął kapelusz i pokłonił się nisko.

— Lordzie dowódco, dziękuję tobie i twym braciom za okazaną gościnność. — Mówił w języku powszechnym bezbłędnie, tylko z leciutkim śladem akcentu. Pół stopy wyższy od Jona Braavos miał cienką jak sznur brodę sięgającą pasa. Jego obszyte gronostajami szaty były ciemnofioletowe. Szczupłą twarz otaczał wysoki, sztywny kołnierz. — Mam nadzieję, że nie staniemy się dla was zbyt wielkim obciążeniem.

— Bez obaw, panie. Jesteś tu mile widzianym gościem.

Milej widzianym niż królowa, szczerze mówiąc. Cotter Pyke przysłał również kruka z zawiadomieniem o przybyciu bankiera. Od owej chwili Jon Snow myślał prawie tylko o tym.

Znowu spojrzał na królową.

— Królewskie komnaty w wieży przygotowano na przyjęcie Waszej Miłości na taki czas, jaki zechcesz u nas spędzić.

To jest nasz lord zarządca, Bowen Marsh. On znajdzie kwatery dla twoich ludzi.

— To bardzo miło, że znaleźliście dla nas miejsce. — Słowa królowej były uprzejme, ale jej ton mówił: *To był wasz obowiązek i lepiej, żeby te kwatery mi się spodobały.* — Nie zostaniemy z wami długo. Najwyżej kilka dni. Gdy tylko wypoczniemy, będziemy chcieli wyruszyć do naszej nowej siedziby, Nocnego Fortu. Podróż ze Wschodniej Strażnicy była męcząca.

— Skoro tak mówisz, Wasza Miłość — zgodził się Jon. — Z pewnością jesteście głodni i zmarznięci. W naszej wspólnej sali czeka na was gorący posiłek.

— Znakomicie. — Królowa rozejrzała się po dziedzińcu. — Ale najpierw chcielibyśmy się naradzić z lady Melisandre.

— Oczywiście, Wasza Miłość. Jej kwatery również znajdują się w Wieży Królewskiej. Tędy, jeśli łaska.

Królowa Selyse skinęła głową, wzięła córkę za rękę i pozwoliła, by Jon ją poprowadził. Ser Axell, braavoski bankier i reszta grupy podążyli za nią niczym kaczuszki odziane w wełnę i futra.

— Wasza Miłość — zaczął Jon Snow — moi budowniczowie uczynili, co tylko mogli, by przygotować Nocny Fort na wasze przybycie, ale większa jego część nadal pozostaje ruiną. To duży zamek, największy na Murze, i udało się nam odnowić tylko jego drobny fragment. We Wschodniej Strażnicy mogłoby wam być wygodniej.

Królowa Selyse pociągnęła nosem.

— Skończyliśmy już ze Wschodnią Strażnicą. Nie podobało się nam tam. Królowa powinna być panią pod własnym dachem. Wasz Cotter Pyke to niemiły i nieokrzesany mężczyzna, kłótliwy i skąpy.

Szkoda, że nie słyszałaś, co Cotter ma do powiedzenia o tobie.

— Przykro mi z tego powodu, ale obawiam się, że warunki w Nocnym Forcie spodobają się Waszej Miłości jeszcze mniej. To forteca, nie pałac. Zimne, posępne miejsce. Natomiast Wschodnia Strażnica…

— We Wschodniej Strażnicy nie jest bezpiecznie. — Królowa położyła dłoń na ramieniu córki. — To jest prawowita dziedziczka króla. Shireen pewnego dnia zasiądzie na Żelaznym Tronie i będzie władała Siedmioma Królestwami. Trzeba ją chronić przed krzywdą, a atak nastąpi właśnie na Wschodnią Strażnicę. Nocny Fort to miejsce wybrane przez mojego męża na naszą siedzibę i tam właśnie się zatrzyma… ojej!

Zza ruin Wieży Lorda Dowódcy wyłonił się ogromny cień. Księżniczka Shireen krzyknęła przeraźliwie, a trzech rycerzy królowej westchnęło chórem. Czwarty zaklął.

— Siedmiu, miejcie nas w swej opiece — rzekł, zapominając pod wpływem szoku o nowym czerwonym bogu.

— Nie bójcie się — uspokoił ich Jon. — Nie zrobi wam nic złego, Wasza Miłość. To jest Wun Wun.

— Wun Weg Wun Dar Wun. — Głos olbrzyma brzmiał jak łoskot głazu staczającego się z górskiego stoku. Wun Wun opadł na kolana, ale nawet klęcząc, przewyższał wszystkich. — Klękać przed królowa. Mała Królowa.

Tych słów z pewnością nauczył go Skóra.

Oczy księżniczki Shireen zrobiły się wielkie jak talerze.

— To olbrzym! Prawdziwy olbrzym, jak w opowieściach. Dlaczego tak śmiesznie mówi?

— Poznał dopiero kilka słów języka powszechnego — wyjaśnił Jon. — W swej ojczyźnie olbrzymy posługują się starym językiem.

— Czy mogę go dotknąć?

— Lepiej nie — ostrzegła ją matka. — Popatrz na niego. To brudne stworzenie. — Spojrzała z zasępioną miną na Jona. — Lordzie Snow, co ta bestia robi po naszej stronie Muru?

— Wun Wun jest gościem Nocnej Straży, tak samo jak wy.

Ta odpowiedź nie przypadła do gustu królowej ani jej rycerzom. Ser Brus zachichotał nerwowo.

— Słyszałem, że wszystkie olbrzymy umarły — odezwał się ser Narbert.

— Prawie wszystkie.

Ygritte nad nimi płakała.

— W mroku tańczą umarli. — Plama zaszurał stopami w groteskowym tanecznym kroku. — Wiem to, wiem, tra--la-lem.

We Wschodniej Strażnicy ktoś uszył mu błazeński płaszcz ze skór bobrowych, owczych i króliczego futra. Ze sterczącego z kapelusza poroża zwisały dzwoneczki oraz długie brązowe nauszniki z wiewiórczego futra, opadające na uszy. Każdemu jego krokowi towarzyszyło dzwonienie.

Wun Wun gapił się nań z fascynacją, ale gdy wyciągnął do niego rękę, błazen odskoczył do tyłu, pobrzękując dzwoneczkami.

— O nie, o nie, o nie.

Wun Wun wstał na nogi. Królowa złapała księżniczkę Shireen i odciągnęła ją do tyłu, jej rycerze sięgnęli po miecze, a wystraszony Plama cofnął się, potknął o zaspę i zwalił na tyłek w śnieg.

Wun Wun zaśmiał się w głos. Śmiech olbrzyma mógłby zawstydzić ryk smoka. Plama zakrył uszy, księżniczka Shireen wtuliła twarz w matczyne futro, a najśmielszy z rycerzy królowej ruszył naprzód, ściskając w dłoni stal. Jon uniósł rękę, by zagrodzić mu drogę.

— Lepiej go nie drażnić. Schowaj miecz, ser. Skóra, odprowadź Wun Wuna z powrotem do Wieży Hardina.

— Teraz jeść, Wun Wun? — zapytał olbrzym.

— Teraz jeść — zgodził się Jon. — Przyślę buszel jarzyn dla niego i mięso dla ciebie — oznajmił Skórze. — Rozpal ogień.

Skóra wyszczerzył zęby w uśmiechu.

— Zrobię to, panie, ale w Wieży Hardina jest pierońsko

zimno. Czy wasza lordowska mość mógłby nam przysłać też trochę wina na rozgrzewkę?

— Dla ciebie, ale nie dla niego.

Przed przybyciem do Czarnego Zamku Wun Wun nigdy nie próbował wina, ale gdy raz skosztował tego trunku, poczuł do niego olbrzymie upodobanie. *Stanowczo za duże upodobanie.* Jon miał już wystarczająco wiele kłopotów i nie musiał jeszcze dokładać do tego pijanego olbrzyma. Odwrócił się i spojrzał na rycerzy królowej.

— Pan ojciec mówił mi, że człowiek nigdy nie powinien wyciągać miecza, chyba że zamierza go użyć.

— Miałem taki zamiar. — Rycerz był gładko wygolony i ogorzały, pod białym futrem nosił opończę ze srebrnogłowiu, na której wyszyto niebieską pięcioramienną gwiazdę. — Mówiono mi, że Nocna Straż broni królestwa przed takimi potworami. Nikt nie wspominał o tym, że je hoduje.

Jeszcze jeden cholerny dureń z południa.

— Jak się nazywasz?

— Ser Patrek z Królewskiej Góry, jeśli łaska.

— Nie wiem, jak przestrzegacie prawa gościnności na waszej górze, ser, ale na północy uważamy je za święte. Wun Wun jest tu gościem.

— Powiedz mi, lordzie dowódco, czy jeśli zjawią się tu Inni, im również zaoferujesz gościnę? — zapytał z uśmiechem ser Patrek. Rycerz zwrócił się ku królowej. — Wasza Miłość, to jest Wieża Królewska, jeśli się nie mylę. Czy mogę mieć ten zaszczyt?

— Jak sobie życzysz.

Królowa ujęła go za rękę i przeszła obok ludzi z Nocnej Straży, nawet się na nich nie oglądając.

Jedyne, co w niej ciepłe, to te płomienie na koronie.

— Lordzie Tychonie — zawołał Jon. — Zaczekaj chwilkę.

Braavos się zatrzymał.

— Nie jestem lordem, tylko prostym sługą Żelaznego Banku z Braavos.

— Cotter Pyke zawiadomił mnie, że przybyłeś do Wschodniej Strażnicy z trzema statkami. Galeasą, galerą i kogą.

— Właśnie, wasza lordowska mość. Późną jesienią morskie podróże bywają niebezpieczne. Jeden statek może zatonąć, ale trzy pomagają sobie nawzajem. Żelazny Bank zawsze dba o ostrożność w podobnych sprawach.

— Czy moglibyśmy zamienić słówko w cztery oczy, zanim nas opuścisz?

— Jestem na twe usługi, lordzie dowódco. W Braavos mawiamy, że jeśli masz coś zrobić, zrób to teraz. Czy to ci odpowiada?

— Czemu by nie? Pójdziemy do mojej samotni, czy może chciałbyś zobaczyć szczyt Muru?

Bankier uniósł wzrok, spoglądając na ogromną białą ścianę lodu widoczną na tle nieba.

— Obawiam się, że na górze jest straszliwie zimno.

— I wietrznie. Wszyscy nauczyliśmy się trzymać z dala od krawędzi. Zdarzało się, że ludzi zwiało ze szczytu. Niemniej na całej Ziemi nie ma nic podobnego do Muru. Możesz już nie mieć drugiej szansy go ujrzeć.

— Z pewnością na łożu śmierci będę żałował swej ostrożności, ale po długim dniu spędzonym w siodle ciepły pokój wabi mnie nieodparcie.

— Chodźmy więc do samotni. Atłas, przynieś nam grzanego wina, jeśli łaska.

W pokojach za zbrojownią było cicho, choć niezbyt ciepło. Ogień na kominku zgasł już jakiś czas temu. Atłas nie dodawał drew tak pilnie jak Edd Cierpiętnik. Kruk Mormonta przywitał ich wrzaskiem.

— *Ziarno!*

Jon zawiesił płaszcz na kołku.

— Przybyłeś do Stannisa, zgadza się?

— Tak, wasza lordowska mość. Królowa Selyse zasugerowała, żebyśmy wysłali kruka do Deepwood Motte, by zawiadomić Jego Miłość, że czekam na niego w Nocnym Forcie. Sprawa, którą zamierzam mu przedstawić, jest zbyt delikatna, by powierzyć ją listom.

— Dług. — *Cóż innego mogłoby to być?* — Jego własny czy jego brata?

Bankier złączył palce w piramidkę.

— Nie godzi się, bym rozmawiał z obcymi o tym, czy lord Stannis jest zadłużony, czy nie. Jeśli zaś chodzi o króla Roberta... zaiste mieliśmy przyjemność wspomagać w potrzebie Jego Miłość. Dopóki Robert żył, wszystko było w porządku. Teraz jednak Żelazny Tron wstrzymał wszelkie spłaty.

Czy to możliwe, by Lannisterowie byli aż tak głupi?

— Nie możecie obciążać Stannisa odpowiedzialnością za długi jego brata.

— Dług należy do Żelaznego Tronu — zapewnił Tycho — i musi go spłacać ten, kto na nim zasiada. Ponieważ młody król Tommen i jego doradcy stali się tak bardzo uparci, zamierzamy poruszyć ten temat w rozmowie z królem Stannisem. Gdyby się okazało, że bardziej zasługuje na nasze zaufanie, rzecz jasna z wielką przyjemnością udzielimy mu wszelkiej niezbędnej pomocy.

— *Pomocy* — rozdarł się kruk. — *Pomocy, pomocy, pomocy.*

Jon domyślał się czegoś w tym rodzaju, odkąd usłyszał, że Żelazny Bank wysłał emisariusza na Mur.

— Ostatnie wieści od Jego Miłości mówiły, że Stannis maszeruje na Winterfell, by stawić czoło lordowi Boltonowi i jego sojusznikom. Możesz go tam odszukać, jeśli pragniesz, ale to byłoby ryzykowne. Mógłbyś paść ofiarą jego wojny.

Tycho pochylił głowę.

— My, którzy służymy Żelaznemu Bankowi, narażamy się na śmierć równie często jak wy, którzy służycie Żelaznemu Tronowi.

Czy rzeczywiście mu służę? Jon nie był już tego pewien.

— Mogę dać ci konie, zapasy, przewodników, wszystko, czego potrzebujesz, by dotrzeć do Deepwood Motte. Stamtąd będziesz musiał sam znaleźć drogę do Stannisa. — *I możesz się przekonać, że tymczasem jego głowę nadziano na pal.* — Ale nie za darmo.

— *Darmo* — zawołał kruk Mormonta. — *Darmo, darmo.*

— Za wszystko trzeba płacić, czyż nie tak? — zapytał z uśmiechem Braavos. — Czego żąda Straż?

— Na początek twoich statków. Razem z załogami.

— Wszystkich trzech? A jak wrócę do Braavos?

— Potrzebuję ich tylko na jeden rejs.

— Niebezpieczny, jak rozumiem. Powiedziałeś, na początek?

— Potrzebujemy również kredytu. Tyle złota, by wykarmiło nas do wiosny. Musimy kupić żywność oraz statki, które ją nam dostarczą.

— Do wiosny? — Tycho westchnął. — To niemożliwe, wasza lordowska mość.

Co to powiedział o nim Stannis? „Targujesz się jak stara handlarka dorszy, lordzie Snow. Czyżby Ned Stark spłodził cię z jakąś rybaczką?". Być może rzeczywiście tak było.

Minęła prawie godzina, nim niemożliwe stało się możliwe i kolejna godzina, nim zdołali uzgodnić warunki. Dzban grzanego wina przyniesiony przez Atłasa pomógł im uporać się z trudniejszymi punktami. W chwili gdy Jon Snow podpisał przygotowany przez Braavosa dokument, obaj byli już nieźle podpici i wyraźnie niezadowoleni. Jon uważał, że to dobry znak.

Trzy braavoskie statki zwiększyłyby liczebność floty stacjonującej we Wschodniej Strażnicy do jedenastu jednostek, wliczając ibbeński statek wielorybniczy zarekwirowany przez Cottera Pyke'a na rozkaz Jona, galerę handlową z Pentos, którą również skonfiskowano, oraz trzy sfatygowane lyseńskie okręty wojenne, niedobitki floty Salladhora Saana zagnane na północ przez jesienne sztormy. Wszystkie trzy pilnie potrzebowały remontu, ale zapewne prace już ukończono.

Jedenaście statków z pewnością nie wystarczy, ale jeśli będzie zwlekał dłużej, wolni ludzie w Hardhome nie doczekają ratunku. *Musimy pożeglować teraz albo wcale.* Czy jednak Matka Kret i jej ludzie będą wystarczająco zdesperowani, by powierzyć życie Nocnej Straży...

Gdy wyszli z samotni, zapadał już zmierzch. Zaczął sypać śnieg.

— Widzę, że poprawa pogody nie potrwała długo — stwierdził Jon, owijając się szczelniej płaszczem.

— Wkrótce nadejdzie zima. Kiedy odpływałem z Braavos, kanały pokrył lód.

— Trzej moi ludzie zawinęli niedawno do waszego miasta — oznajmił mu Jon. — Stary maester, minstrel i młody zarządca. Eskortowali dziką dziewczynę i jej dziecko do Starego Miasta. Może przypadkiem ich spotkałeś?

— Obawiam się, że nie, wasza lordowska mość. Codziennie Braavos odwiedza wielu Westerosian, ale większość zawija do Portu Łachmaniarza, a statki Żelaznego Banku cumują w Fioletowym Porcie. Jeśli chcesz, mogę o nich popytać po powrocie.

— Nie ma potrzeby. Powinni już bezpiecznie dotrzeć do Starego Miasta.

— Miejmy taką nadzieję. Na wąskim morzu o tej porze jest niebezpiecznie, a ostatnio docierały też do nas niepokojące meldunki o dziwnych okrętach widzianych na Stopniach.

— Salladhor Saan?

— Lyseński pirat? Niektórzy powiadają, że wrócił do dawnych rewirów, to prawda. Co więcej, flota lorda Redwyne'a okrąża właśnie Złamane Ramię. Z pewnością wraca do domu. Ale tych ludzi i te okręty dobrze znamy. Nie, te inne żagle...

być może z dalekiego wschodu… słyszy się dziwne pogłoski o smokach.

— Gdybyśmy tylko mieli tu smoka. Mógłby nas trochę ogrzać.

— Wasza lordowska mość raczy żartować. Wybacz, że się nie śmieję. Braavosowie wywodzą się od tych, którzy uciekli przed gniewem władców smoków z Valyrii. Smoki nie są dla nas tematem do żartów.

To mnie nie dziwi.

— Przepraszam, lordzie Tychonie.

— Nie ma za co, lordzie dowódco. Poczułem, że jestem głodny. Pożyczanie tak wielkich sum wzmaga apetyt. Czy będziesz tak dobry i wskażesz mi drogę do waszej sali jadalnej?

— Sam cię tam zaprowadzę. — Jon wyciągnął rękę. — Tędy.

Skoro dotarli na miejsce razem, Jon postąpiłby nieuprzejmie, nie dzieląc się chlebem z bankierem. Kazał Atłasowi przynieść coś do zjedzenia. Szansa zobaczenia nowych przybyszy ściągnęła do sali prawie wszystkich, którzy nie spali ani nie byli na służbie, w podziemnym pomieszczeniu było więc tłoczno i ciepło.

Królowa była nieobecna, podobnie jak jej córka. Zapewne rozgościły się już w Wieży Królewskiej. Siedzieli tu jednak ser Brus i ser Malegorn, zabawiający zgromadzonych braci najnowszymi wieściami ze Wschodniej Strażnicy i zza morza. Trzy damy dworu królowej siedziały oddzielnie, otoczone przez służki oraz kilkunastu gapiących się na nie z podziwem braci z Nocnej Straży.

Bliżej drzwi namiestnik królowej atakował parę kapłonów. Obgryzał mięso z kości, każdy kęs popijając *ale*. Gdy tylko Axell Florent zauważył Jona Snow, odrzucił kość, otarł usta grzbietem dłoni i podszedł do niego nieśpiesznie. Ze swymi krzywymi nogami, beczkowatą klatką piersiową i odstającymi uszami wyglądał komicznie, ale Jon wiedział, że lepiej się z niego nie śmiać. Był stryjem królowej Selyse i jako jeden z pierwszych po niej przyjął czerwonego boga Melisandre. *Może i nie jest zabójcą krewnych, ale niewiele mu do tego brakuje.* Maester Aemon mówił Jonowi, że czerwona kapłanka spaliła brata ser Axella, ale ten zrobił bardzo niewiele, by ją powstrzymać. *Jakiego rodzaju człowiek może się przyglądać biernie, gdy jego brata palą żywcem?*

— Lordzie Nestoris i lordzie dowódco, czy mogę się do was przyłączyć? — Usiadł na ławie, nim zdążyli mu odpowiedzieć. — Lordzie Snow, czy mogę zapytać... ta księżniczka dzikich, o której pisał Jego Miłość król Stannis... gdzie ona może być, wasza lordowska mość?

Wiele mil stąd — pomyślał Jon. *Jeśli bogowie są łaskawi, znalazła już Tormunda Zabójcę Olbrzyma.*

— Val to młodsza siostra Dalli, która była żoną Mance'a Raydera i matką jego syna. Król Stannis wziął ją i dziecko do niewoli po śmierci Dalli, ale Val nie jest księżniczką, nie w waszym sensie.

Ser Axell wzruszył ramionami.

— Kimkolwiek by była, ludzie ze Wschodniej Strażnicy twierdzili, że dziewka jest ładna. Chciałbym ją zobaczyć na własne oczy. Niektóre z tych dzikich kobiet, no cóż, człowiek musiałby je odwrócić na drugą stronę, by spełnić mężowski obowiązek. Lordzie dowódco, przyprowadź ją, jeśli łaska, żebyśmy mogli ją obejrzeć.

— Ona nie jest koniem, żeby ją wystawiać na pokaz, ser.

— Obiecuję, że nie będę liczył jej zębów — zapewnił z uśmiechem Florent. — Och, bez obaw, będę ją traktował z całym szacunkiem, na jaki zasługuje.

Wie, że jej nie mam. W wiosce nie sposób zachować tajemnicę i w Czarnym Zamku również. O nieobecności Val nie mówiono otwarcie, ale niektórzy o niej wiedzieli, a nocą we wspólnej sali bracia gadali o różnych sprawach. *Co podsłuchał?* — zastanawiał się Jon. *I w co uwierzył?*

— Wybacz, ser, ale Val do nas nie przyjdzie.

— W takim razie ja pójdę do niej. Gdzie trzymacie tę dziewkę?

Daleko od ciebie.

— W bezpiecznym miejscu. Dość już tego, ser.

Twarz rycerza poczerwieniała.

— Wasza lordowska mość, czyżbyś zapomniał, kim jestem? — Jego oddech cuchnął *ale* i cebulą. — Czy muszę porozmawiać z królową? Wystarczy jedno słowo Jej Miłości, a będę mógł przyprowadzić tę dziką dziewczynę nago do sali, byśmy mogli ją sobie obejrzeć.

To byłaby niezła sztuczka, nawet jak na królową.

— Królowa z pewnością nie nadużyłaby naszej gościnności — odparł Jon, mając nadzieję, że to prawda. — Obawiam się, że muszę już odejść, nim zapomnę o obowiązkach gospodarza. Lordzie Tychonie, wybacz mi, proszę.

— Oczywiście — zgodził się bankier. — Miło było cię poznać.

Na zewnątrz padał coraz gęstszy śnieg. Wieża Królewska przerodziła się w niewyraźny cień, majaczący po drugiej stronie dziedzińca. Sypiące się z nieba płatki zasłaniały światła w jej oknach.

W samotni czekał na niego kruk Starego Niedźwiedzia, przycupnięty na oparciu dębowego, obitego skórą krzesła za ustawionym na kozłach stołem. Ptaszysko rozdarło się na jego widok, domagając się jedzenia. Jon wziął ze stojącego przy drzwiach worka garść suszonych ziaren kukurydzy i rozsypał je na podłodze, a potem zajął krzesło.

Tycho Nestoris zostawił na stole kopię umowy. Jon przeczytał tekst trzy razy. *To było proste* — pomyślał. *Prostsze, niż odważyłbym się marzyć. Prostsze, niż powinno.*

Zaniepokoiła go ta myśl. Braavoskie pieniądze pozwolą Nocnej Straży kupić żywność na południu, gdy zapasy zaczną się wyczerpywać, wystarczająco wiele żywności, by mogli przetrwać zimę, bez względu na to, jak długo potrwa. *Jeśli okaże się długa i surowa, Nocna Straż zadłuży się tak bardzo, że nigdy wszystkiego nie spłacimy, ale gdy ma się do wyboru dług albo śmierć, lepiej jest pożyczać.*

To jednak jeszcze nie znaczyło, że musi być z tego zadowolony. Wiedział też, że gdy nadejdzie wiosna i trzeba będzie oddać całe to złoto, będzie się cieszył jeszcze mniej. Tycho Nestoris zaimponował mu swą kulturą i uprzejmością, ale Żelazny Bank z Braavos miał przerażającą reputację, gdy chodziło o ściąganie długów. Każde z Dziewięciu Wolnych Miast miało swój bank, niektóre więcej niż jeden, i wszystkie walczyły o każdą monetę jak psy użerające się o kość, ale Żelazny Bank był bogatszy i potężniejszy niż wszystkie pozostałe razem wzięte. Gdy książęta nie wywiązywali się z płatności wobec mniejszych banków, bankierzy sprzedawali żony i dzieci w niewolę, a potem podcinali sobie żyły. Kiedy odmawiali spłaty Żelaznemu Bankowi, znikąd pojawiali się nowi książęta i odbierali im trony.

Biedny pulchny Tommen może wkrótce się o tym przekonać na własnej skórze. Z pewnością Lannisterowie mieli swoje powody, by nie honorować długów zaciągniętych przez króla Roberta, niemniej jednak było to szaleństwo. Jeśli Stannis nie będzie miał zbyt sztywnego karku i zgodzi się na ich warunki, Braavosowie pożyczą mu tyle złota i srebra, ile tylko będzie potrzebował. Będzie mógł wynająć tuzin kompanii najemników, przekupić stu lordów, a także opłacić, wykarmić, odziać i uzbroić swych ludzi. *Jeśli Stannis nie leży już martwy pod murami Winterfell, niewykluczone, że właśnie zdobył Żelazny Tron.* Zastanawiał się, czy Melisandre widziała to w swych ogniach.

Jon oparł się wygodnie, ziewnął i przeciągnął. Jutro napisze rozkazy dla Cottera Pyke'a. *Jedenaście statków do Hardhome. Przywieźcie tylu, ilu zdołacie, najpierw kobiety i dzieci.* Czas już, by pożeglowali. *Czy mam popłynąć z nimi, czy lepiej zostawić to Cotterowi?* Stary Niedźwiedź sam poprowadził wyprawę zwiadowczą. *Tak jest. I już z niej nie wrócił.*

Zamknął oczy. Tylko na chwilę…

…gdy się obudził, był sztywny jak deska.

— *Snow, Snow* — mamrotał kruk Starego Niedźwiedzia.

— Panie, jesteś potrzebny — mówił Mully, potrząsając nim. — Wybacz, panie. Znaleziono dziewczynę.

— Dziewczynę? — Jon usiadł, pocierając oczy grzbietami dłoni, by przegnać z nich resztki senności. — Val? Czy Val wróciła?

— Nie Val, panie. To było po naszej stronie Muru.

Arya. Jon wyprostował się raptownie. To musiała być ona.

— *Dziewczynę* — wrzasnął kruk — *Dziewczynę, dziewczynę.*

— Ty i Donnel natrafili na nią sześć mil na południe od Mole's Town. Ścigali grupkę dzikich, którzy umknęli królewskim traktem. Dogonili ich, ale potem znaleźli dziewczynę. Jest szlachetnie urodzona, panie, i pytała o ciebie.

— Ilu ludzi jej towarzyszyło?

Podszedł do miski i obmył twarz wodą. Bogowie, ależ był zmęczony.

— Ani jeden, panie. Była sama. Koń pod nią padał. Została z niego tylko skóra i kości, okulał i toczył pianę. Wypuścili go, a dziewczynę zabrali, by ją wypytać.

Szara dziewczyna na ledwie żywym koniu. Ognie Melisandre najwyraźniej nie kłamały. Ale co się stało z Mance'em Rayderem i jego włóczniczkami?

— Gdzie jest teraz ta dziewczyna?

— W pokojach maestera Aemona, panie. — Ludzie z Czarnego Zamku nadal je tak zwali, choć stary maester zapewne siedział już bezpiecznie w ciepłym Starym Mieście. — Była sina z zimna i okrutnie dygotała, więc Ty chciał, by Clydas się jej przyjrzał.

— To dobrze.

Jon znowu czuł się, jakby miał piętnaście lat. *Moja siostrzyczka.* Wstał i wdział płaszcz.

Gdy szedł z Mullym przez dziedziniec, śnieg nadal sypał. Na wschodzie wstawał złoty świt, ale w oknie pokoju lady Melisandre w Wieży Królewskiej nadal migotało czerwonawe światło. *Czy ona nigdy nie śpi? W co właściwie grasz, kapłanko? Czy miałaś dla Mance'a jakieś inne zadanie?*

Chciał wierzyć, że to będzie Arya. Pragnął znowu ujrzeć jej twarz, uśmiechnąć się do niej, zmierzwić jej włosy, zapewnić ją, że jest bezpieczna. *Ale nie będzie bezpieczna. Winterfell zdobyto i spalono. Nie ma już bezpiecznych miejsc.*

Nie będzie mógł zostawić jej tutaj, choć bardzo tego pragnął. Mur nie był miejscem dla kobiety, a tym bardziej dla szlachetnie urodzonej dziewczynki. Nie zamierzał też oddać jej Stannisowi czy Melisandre. Król chciałby wydać ją za jednego ze swych ludzi, Horpe'a, Masseya albo Godry'ego Olbrzymobójcę, a tylko bogowie wiedzieli, co mogłaby z nią zrobić kobieta w czerwieni.

Najlepszym rozwiązaniem, jakie widział, byłoby wysłać Aryę do Wschodniej Strażnicy i poprosić Cottera Pyke'a, by wsadził dziewczynę na statek, który zabierze ją gdzieś za morze, poza zasięg tych wszystkich swarliwych królów. Rzecz jasna, będzie trzeba z tym zaczekać na powrót floty z Hardhome. *Mogłaby popłynąć do Braavos z Tychonem Nestorisem. Może Żelazny Bank znajdzie jakąś szlachecką rodzinę, która weźmie ją na wychowanie.* Braavos było najbliżej położonym z Wolnych Miast, choć… czyniło je to zarówno najlepszym, jak i najgorszym wyborem. *Lorath albo Port Ibbeński mogłyby być bezpieczniejsze.* Dokąd by jej nie wysłał, będzie potrzebowała srebra na życie, dachu nad głową i kogoś, kto się nią zaopiekuje. Była jeszcze dzieckiem.

W dawnych pokojach maestera Aemona było tak ciepło, że gdy Mully otworzył drzwi, buchnęły z nich obłoki pary tak gęste, że oślepiły obu mężczyzn. Na kominku rozpalono nowy ogień, szczapy paliły się z głośnym trzaskiem. Jon przeszedł nad stosem mokrych ubrań.

— *Snow, Snow, Snow* — darł się kruk.

Była tak podobna do Aryi, że przez chwilę nie był pewien. Ale tylko przez chwilę. Wysoka, chuda, niezgrabna dziewczyna, długie nogi i sterczące łokcie, kasztanowe włosy związane rzemieniami w gruby warkocz. Miała pociągłą twarz, sterczącą brodę i małe uszy.

Była jednak za duża, stanowczo za duża. *Jest prawie w moim wieku.*

— Zjadła coś? — zapytał Mully'ego.

— Tylko chleb i rosół, wasza lordowska mość. — Clydas wstał z krzesła. — Maester Aemon zawsze mówił, że lepiej się nie śpieszyć. Gdyby zjadła coś więcej, mogłaby tego nie strawić.

Mully pokiwał głową.

— Dannel miał kiełbasę od Hobba. Zaproponował dziewczynie kęs, ale ona nie chciała jej tknąć.

Jon nie miał do niej pretensji. Kiełbasy Hobba składały się z tłuszczu, soli oraz innych składników, o których lepiej było nie myśleć.

— Może powinniśmy po prostu pozwolić jej odpocząć.

Dziewczyna usiadła nagle, przyciskając płaszcz do małych, bladych piersi. Sprawiała wrażenie zdezorientowanej.

— Gdzie...?

— W Czarnym Zamku, pani.

— Na Murze. — Miała w oczach łzy. — Udało się.

Clydas podszedł bliżej.

— Biedne dziecko. Ile masz lat?

— W najbliższy dzień imienia będę miała szesnaście. I nie jestem już dzieckiem, tylko dorosłą kobietą, która zakwitła. — Ziewnęła, zasłaniając usta płaszczem. Wysunęło się spod niego gołe kolano. — Nie nosisz łańcucha — zauważyła. — Jesteś maesterem?

— Nie — przyznał Clydas. — Ale służyłem maesterowi.

Trochę przypomina Aryę — pomyślał Jon. *Jest chuda i wygłodzona, ale ma włosy tego samego koloru i oczy też.*

— Powiedziano mi, że pytałaś o mnie. Jestem...

— Jon Snow. — Odrzuciła warkocz do tyłu. — Nasze rody połączyły więzy krwi i honoru. Wysłuchaj mnie, kuzynie. Mój stryj Cregan podąża moim tropem. Nie możesz pozwolić, by zabrał mnie z powrotem do Karholdu.

Jon wlepił w nią spojrzenie. *Znam tę dziewczynę.* W jej oczach, postawie i w tym, jak mówiła, było coś znajomego. Przez chwilę wspomnienie mu się wymykało, aż wreszcie wróciło.

— Alys Karstark.

Na jej ustach pojawił się cień uśmiechu.

— Nie byłam pewna, czy mnie poznasz. Kiedy się ostatnio widzieliśmy, miałam sześć lat.

— Przyjechałaś do Winterfell z ojcem. — *Tym samym, któremu Robb ściął głowę.* — Nie pamiętam po co.

Zaczerwieniła się.

— Żeby spotkać twojego brata. Och, był jakiś inny pretekst, ale tak właśnie wyglądał prawdziwy powód. Byliśmy z Robbem prawie w tym samym wieku i ojciec pomyślał, że może z nas być para. Wydano ucztę. Tańczyłam z tobą i z twoim bratem. On był bardzo uprzejmy i powiedział, że pięknie tańczę. Ty byłeś naburmuszony. Ojciec powiedział, że tego należy się spodziewać po bękartach.

— Pamiętam.

To było tylko w połowie kłamstwem.

— Nadal nie sprawiasz wrażenia zbyt wesołego, ale wybaczę ci to, jeśli uratujesz mnie przed stryjem.

— Stryjem... masz na myśli lorda Arnolfa?

— On nie jest żadnym lordem — oznajmiła z pogardą Alys. — Prawowitym dziedzicem jest mój brat Harry, a zgodnie z prawem, ja jestem po nim. Córka ma pierwszeństwo przed stryjem. Stryj Arnolf jest tylko kasztelanem. Tak naprawdę, to stryj mojego ojca, brat dziadka. Cregan jest jego synem. To pewnie znaczy, że jest moim kuzynem, ale zawsze nazywaliśmy go stryjem. A teraz chcą go zrobić moim mężem. — Zacisnęła pięść. — Przed wojną byłam zaręczona z Darynem Hornwoodem. Czekaliśmy ze ślubem, aż zakwitnę, ale Królobójca zabił Daryna w Szepczącym Lesie. Ojciec pisał, że znajdzie mi jakiegoś południowego lorda na męża, ale nie zdążył tego zrobić. Twój brat Robb ściął mu głowę za zabójstwo Lannisterów. — Wykrzywiła usta. — Myślałam, że pomaszerowali na południe tylko po to, by ich zabijać.

— To nie... nie było takie proste. Lord Karstark zamordował dwóch jeńców, pani. Bezbronnych chłopaków, giermków zamkniętych w celi.

To wcale nie zdziwiło dziewczyny.

— Ojciec nigdy nie ryczał jak Greatjon, ale w gniewie był równie groźny. Ale teraz nie żyje, i twój brat też. A my nadal tu jesteśmy. Czy wciąż dzieli nas dług krwi, lordzie Snow?

— Gdy człowiek przywdziewa czerń, zapomina o zemście. Nocna Straż nie toczy sporu z Karholdem ani z tobą.

— To dobrze. Bałam się... Błagałam ojca, żeby zostawił jednego z moich braci jako kasztelana, ale żaden nie chciał, by minęła go chwała i okupy, które mieli nadzieję zdobyć na południu. A teraz Torr i Edd nie żyją, a Harry był więźniem w Stawie Dziewic, kiedy ostatnio o nim słyszałam. To było prawie rok temu. Niewykluczone, że również zginął. Nie miałam nikogo, do kogo mogłabym się zwrócić, poza ostatnim synem Eddarda Starka.

— Czemu nie do króla? Karhold poparł Stannisa.

— Mój stryj opowiedział się za Stannisem w nadziei, że sprowokuje w ten sposób Lannisterów do ścięcia głowy biednemu Harry'emu. Gdyby mój brat postradał życie, Karhold powinien przypaść mnie, ale stryjowie chcą mnie pozbawić dziedzictwa. Gdy tylko urodzę Creganowi dziecko, nie będą mnie więcej potrzebować. Pochował już dwie żony. — Otarła gniewnie łzę, tak samo, jak mogłaby to zrobić Arya. — Pomożesz mi?

— Małżeństwa i dziedziczenie to sprawa króla, pani. Napiszę do Stannisa, by wstawić się za tobą, ale...

Alys Karstark roześmiała się, ale był to śmiech rozpaczy.

— Pisz, ale nie czekaj na odpowiedź. Stannis zginie, nim otrzyma twój list. Mój stryj już się o to postara.

— Nie rozumiem.

— Arnolf śpieszy do Winterfell, to prawda, ale tylko po to, by wbić sztylet w plecy twojemu królowi. Już dawno postawił na Roose'a Boltona w zamian za złoto, obietnicę ułaskawienia i głowę biednego Harry'ego. Lord Stannis maszeruje na rzeź. Dlatego nie może mi pomóc. Zresztą nawet gdyby mógł i tak by tego nie zrobił. — Alys uklękła przed Jonem, ściskając czarny płaszcz. — Jesteś moją jedyną nadzieją, lordzie Snow. Uratuj mnie, błagam w imię twojego ojca.

ŚLEPA DZIEWCZYNKA

Noce rozjaśniały jej odległe gwiazdy i blask księżyca odbijający się w śniegu, ale gdy budziła się co rano, otaczała ją ciemność.

Otworzyła oczy i wpatrzyła się w spowijający ją mrok. Echo snu już zanikało. *Był taki piękny.* Oblizała wargi, wspominając go. Beczenie owiec, przerażenie w oczach pasterza, skomlenie psów, gdy zabijała je jednego po drugim, warczenie jej watahy. Odkąd zaczął padać śnieg, o zwierzynę było coraz trudniej, ale ostatniej nocy nasycili się mięsem jagniąt i psów, owiec i ludzi. Niektórzy z jej małych szarych kuzynów bali się ludzi, nawet martwych, ale nie ona. Mięso to mięso, a ludzie to zwierzyna. Była nocną wilczycą.

Ale tylko w snach.

Ślepa dziewczynka przetoczyła się na bok, usiadła, zerwała się na nogi i przeciągnęła. Jej łóżko było wypchanym szmatami materacem leżącym na zimnej kamiennej półce. Po przebudzeniu zawsze była sztywna i obolała. Podeszła do miski na małych, bosych stopach o stwardniałych podeszwach, cicha jak cień, opłukała twarz zimną wodą i wytarła się do sucha. *Ser Gregor* — pomyślała. *Dunsen, Raff Słodyczek, ser Ilyn, ser Meryn, królowa Cersei.* Jej poranna modlitwa. Czy naprawdę jej? *Nie. Nie moja. Ja jestem nikim. To modlitwa nocnej wilczycy. Któregoś dnia odnajdzie ich, upoluje, poczuje zapach ich strachu, smak ich krwi. Któregoś dnia.*

Znalazła stos bielizny, powąchała ją, by się upewnić, czy jest wystarczająco świeża, by ją włożyć, a potem ubrała się po omacku. Strój służącej był tam, gdzie go powiesiła — długa tunika z niefarbowanego, drapiącego samodziału. Zdjęła go z kołka i wciągnęła przez głowę gładkim, wprawnym ruchem. Na koniec wciągnęła skarpetki. Jedną czarną i jedną białą. Czarna miała szew na górze, a biała nie. Mogła je odróżnić dotykiem i upewnić się, że każda z nich trafi na właściwą nogę. Nogi miała chude, ale silne i sprężyste, a z każdym dniem stawały się dłuższe. Cieszyła się z tego. Wodny tancerz potrzebuje dobrych nóg. Ślepa Beth nie była wodnym tancerzem, ale wiedziała też, że nie zawsze będzie Beth.

Znała drogę do kuchni, ale nawet gdyby jej nie znała, nos zaprowadziłby ją do celu. *Ostra papryka i smażone ryby* — pomyślała, węsząc — *a do tego świeży chleb z pieca Ummy.* Zaburczało jej w brzuchu od tych zapachów. Nocna wilczyca się nasyciła, ale to nie wypełniło brzucha ślepej dziewczynki. Już dawno się nauczyła, że mięso ze snów nie zaspokaja jej głodu.

Zjadła na śniadanie sardynki smażone na paprykowym

oleju, tak gorące, że parzyły jej palce. Resztę oleju wytarła kawałkiem chleba oderwanym z końca porannego bochna Ummy i popiła wszystko kubkiem rozwodnionego wina, ciesząc się smakami i zapachami, dotykiem szorstkiej skórki pod palcami, gładkością oleju i pieczeniem w nie do końca zagojonym zadrapaniu na grzbiecie dłoni, wywołanym przez paprykę. *Słuch, węch, smak, dotyk* — powtarzała sobie. *Ci, którzy nie widzą, mogą poznawać świat na wiele innych sposobów.*

Ktoś wszedł do jadalni za jej plecami. Miał na nogach miękkie pantofle i poruszał się cicho jak myszka. Rozwarła nozdrza. *Miły staruszek.* Mężczyźni mieli inny zapach niż kobiety, a wyczuwała też nutę woni pomarańczy. Kapłan lubił żuć skórki tych owoców, gdy tylko mógł je znaleźć, by ładnie pachniało mu z ust.

— Kim dzisiaj jesteś? — zapytał, siadając na honorowym miejscu przy stole. *Puk, puk* — usłyszała cichy stukot. *Rozbija skorupkę pierwszego jajka.*

— Nikim — odpowiedziała.

— Kłamiesz. Znam cię. Jesteś tą małą ślepą żebraczką.

— Beth.

Znała kiedyś jedną Beth, w Winterfell, gdy była Aryą Stark. Może właśnie dlatego wybrała to imię. A może chodziło o to, że dobrze brzmiało ze słowem „ślepa".

— Biedne dziecko — rzekł miły staruszek. — Czy chciałabyś odzyskać wzrok? Poproś, a będziesz widziała.

Co rano zadawał jej to samo pytanie.

— Może jutro będę chciała. Ale nie dzisiaj.

Jej twarz była nieruchomą taflą wody. Ukrywała wszystko, nie ujawniała niczego.

— Jak sobie życzysz. — Słyszała, jak obiera jajko. Potem z cichym brzękiem wziął w rękę srebrną łyżeczkę do soli. Lubił dobrze posolone jajka. — Gdzie moja biedna ślepa dziewczynka żebrała ostatniej nocy?

— W gospodzie „Pod Zielonym Węgorzem".

— A jakich trzech nowych rzeczy, których nie wiedziałaś, kiedy wychodziłaś, się dowiedziałaś?

— Morski lord nadal choruje.

— To nie jest nowa rzecz. Morski lord był chory wczoraj i nadal będzie chory jutro.

— Albo umrze.

— Kiedy umrze, to będzie nowa rzecz.

Kiedy umrze, trzeba będzie wybrać nowego i w ruch pójdą noże. Tak załatwiano to w Braavos. W Westeros następcą umarłego króla był jego najstarszy syn, ale Braavosowie nie mieli królów.

— Nowym morskim lordem zostanie Tormo Fregar.

— Czy tak mówią w gospodzie „Pod Zielonym Węgorzem"?

— Tak.

Miły staruszek zjadł kawałek jajka. Dziewczynka słyszała, jak je gryzie. Nigdy nie mówił z pełnymi ustami. Wreszcie przełknął kęs.

— Niektórzy zapewniają, że w winie można znaleźć mądrość. To głupcy. Możesz być pewna, że w innych gospodach wymienia się inne nazwiska. — Zjadł kolejny kęs. — Jakie są trzy nowe rzeczy, które teraz wiesz, a przedtem ich nie wiedziałaś?

— Wiem, że pewni ludzie mówią, iż Tormo Fregar z pewnością zostanie nowym morskim lordem — odpowiedziała. — Pewni pijani ludzie.

— Tak lepiej. I czego jeszcze się dowiedziałaś?

W dorzeczu, w Westeros, pada śnieg. O mało nie powiedziała tego na głos, ale wtedy miły staruszek zapytałby, skąd to wie, a nie sądziła, by odpowiedź mu się spodobała. Przygryzła wargę, wracając myślą do wczorajszej nocy.

— Kurwa S'vrone spodziewa się dziecka. Nie jest pewna, kto jest ojcem, ale myśli, że to może być ten tyroshijski najemnik, którego zabiła.

— Dobrze to wiedzieć. Co jeszcze?

— Królowa Merlingów wybrała nową Syrenę w miejsce tej, która się utopiła. To córka służącej Prestaynów. Ma trzynaście lat i ani grosza przy duszy, ale jest bardzo ładna.

— Z początku wszystkie takie są — przyznał staruszek. — Ale nie możesz wiedzieć, czy jest ładna, jeśli nie widziałaś jej na własne oczy, a przecież nie masz oczu. Kim jesteś, dziecko?

— Nikim.

— Widzę małą żebraczkę, Ślepą Beth. Okropna z niej kłamczucha. Wracaj do swych obowiązków. *Valar morghulis*.

— *Valar dohaeris*.

Wzięła miskę i kubek, nóż i łyżkę, a potem wstała. Na koniec złapała kij. Miał pięć stóp długości, był smukły i giętki, gruby jak jej kciuk, a pierwszą stopę jego długości owinięto skórą, tworząc rękojeść.

— Jest lepszy niż oczy, gdy już nauczysz się nim posługiwać — zapewniła ją ta, którą nazwała teraz bezdomną dziewczynką.

To było kłamstwo. Często kłamali, żeby ją sprawdzić. Żaden kij nie mógł być lepszy od pary oczu. Niemniej był przydatny i zawsze starała się mieć go pod ręką. Umma przezwała ją Kijkiem, ale imiona nie miały znaczenia. Nadal pozostawała sobą. *Nikim. Jestem nikim. Ślepą dziewczynką służącą Bogu o Wielu Twarzach.*

Każdego wieczoru bezdomna dziewczynka przynosiła jej na kolację kubek mleka i kazała go wypić. Płyn miał dziwny, gorzki smak. Ślepa dziewczynka go nie znosiła. Nawet słaby zapach, który ją ostrzegał, nim dotknęła napoju językiem, powodował mdłości. Mimo to wypijała wszystko do dna.

— Jak długo muszę być ślepa? — pytała potem.

— Dopóki ciemność nie stanie się dla ciebie słodka jak światło — odpowiadała bezdomna dziewczynka — albo dopóki nie poprosisz nas o oczy. Poproś, a będziesz widziała.

A wtedy mnie odeślecie. Lepsza już ślepota. Nie zmuszą jej do poddania się.

Tego dnia, gdy po raz pierwszy obudziła się ślepa, bezdomna dziewczynka wzięła ją za rękę. Szły przez krypty i tunele wykute w skale, na której zbudowano Dom Czerni i Bieli, a potem ruszyły stromymi kamiennymi schodami do gmachu świątyni.

— Licz stopnie po drodze — poradziła jej bezdomna dziewczynka. — I muskaj palcami ścianę. Są na niej znaki, niewidoczne dla oczu, ale łatwo wyczuwalne dotykiem.

To była jej pierwsza lekcja. Pierwsza z wielu.

O truciznach i eliksirach uczyła się po południu. Pomagały jej węch, dotyk i smak, ale te dwa ostatnie zmysły mogły być niebezpieczne przy ubijaniu trucizn w moździerzu, a w przypadku niektórych szczególnie toksycznych składników używanych przez bezdomną dziewczynkę, nawet ich wąchanie było ryzykowne. Świetnie poznała poparzone koniuszki małych palców i pęcherze na wargach. Pewnego razu zachorowała tak ciężko, że przez wiele dni nie mogła nic utrzymać w żołądku.

Przy kolacji uczyła się języków. Ślepa dziewczynka rozumiała po braavosku i mówiła całkiem nieźle, zdołała nawet w znacznej części pozbyć się barbarzyńskiego akcentu, ale miły staruszek nie był zadowolony. Powtarzał, że musi poprawić znajomość starovalyriańskiego, a także nauczyć się języków Lys oraz Pentos.

Wieczorem bawiła się z bezdomną dziewczynką w kłamstwa, ale bez oczu ta zabawa przebiegała zupełnie inaczej. Czasami mogła się kierować jedynie tonem i doborem słów, kiedy indziej zaś bezdomna dziewczynka pozwalała jej położyć dłonie na swej twarzy. Z początku zgadywanie było straszliwie trudne, niemal niewykonalne... ale gdy chciała już krzyczeć z frustracji, wszystko nagle stało się łatwiejsze. Nauczyła się słyszeć kłamstwa, wyczuwać je w grze mięśni otaczających usta i oczy.

Wiele jej pozostałych obowiązków się nie zmieniło. Wykonując je, potykała się o meble, wpadała na ściany, wypuszczała z rąk tace albo błądziła w świątyni, beznadziejnie i bezradnie. Raz omal nie spadła na łeb, na szyję ze schodów, ale w innym życiu, gdy była dziewczynką o imieniu Arya, Syrio Forel nauczył ją utrzymywania równowagi, i jakoś zdołała ją odzyskać.

Przed zaśnięciem mogłaby nieraz się rozpłakać, gdyby nadal była Arrym, Łasicą, Cat czy nawet Aryą z rodu Starków... ale była nikim i nie mogła płakać. Bez oczu nawet najprostsze zadania były niebezpieczne. Wiele razy się poparzyła, pomagając Ummie w kuchni. Raz, kiedy siekała cebulę, skaleczyła się w palec aż do kości. Dwukrotnie nie zdołała nawet znaleźć w piwnicy swego pokoju i musiała spać na podłodze u podstawy schodów. Wszystkie te zakamarki i wnęki czyniły świątynię zdradziecką. Nawet gdy ślepa dziewczynka nauczyła się już używać uszu, odgłos jej kroków odbijał się echem od sufitu oraz od nóg trzydziestu wysokich kamiennych bogów, przez co odnosiła wrażenie, że ściany się poruszają. Wypełniony czarną nieruchomą wodą basen również dziwnie wpływał na dźwięki.

— Masz pięć zmysłów — oznajmił jej miły staruszek. — Naucz się korzystać z pozostałych czterech. Wtedy będziesz miała mniej skaleczeń, zadrapań i strupów.

Czuła teraz na skórze prądy powietrza. Węch pozwalał jej trafić do kuchni i odróżnić mężczyzn od kobiet. Poznawała Ummę, służących i akolitów po brzmieniu ich kroków, nim zbliżyli się na tyle, by poczuła ich zapach — ale nie bezdomną dziewczynkę i miłego staruszka, którzy, jeśli chcieli, potrafili poruszać się niemal bezgłośnie. Świece palone w świątyni również miały różne zapachy, a nawet te, które ich nie miały, produkowały wąskie smużki dymu. Odkąd nauczyła się posługiwać nosem, ich wonie stały się dla niej wyraźne jak krzyki.

Umarli również mieli swój zapach. Jednym z jej obowiązków było znajdowanie ich co rano tam, gdzie postanowili się położyć i zamknąć oczy po napiciu się wody z basenu.

Dziś rano odnalazła dwoje.

Mężczyzna skonał u stóp Nieznajomego. Nad jego ciałem paliła się świeca. Ślepa dziewczynka czuła ciepło jej płomienia, a zapach łaskotał jej nos. Wiedziała, że płomień świecy jest ciemnoczerwony. Dla tych, którzy mieli oczy, na trupa padała czerwonawa łuna. Nim wezwała służących, by go zabrali, uklękła i pomacała jego twarz. Przebiegła palcami wzdłuż linii żuchwy, pomacała policzki i nos, dotknęła włosów. *Są gęste i kędzierzawe. Przystojna twarz, wolna od zmarszczek. Był młody.* Zastanawiała się, co kazało mu przyjść tu w poszukiwaniu daru śmierci. Konające zbiry często docierały do Domu Czerni i Bieli, by przyśpieszyć koniec, ale u tego mężczyzny nie wyczuła żadnych ran.

Drugie ciało należało do starej kobiety. Zasnęła na leżance snów, ustawionej w ukrytej alkowie, gdzie specjalne świece wywoływały wizje wszystkiego, co było kochane i utracone. Miły staruszek lubił powtarzać, że to słodka, łagodna śmierć. Palce powiedziały ślepej dziewczynce, że kobieta umarła z uśmiechem na twarzy. Nie leżała tu długo. Jej ciało nadal było ciepłe w dotyku. *Ma bardzo miękką skórę, jak stary cienki pergamin, tysiąc razy zginany i marszczony.*

Gdy służący przyszli po trupa, ślepa dziewczynka podążyła za nimi. Kierowała się brzmieniem ich kroków, ale kiedy ruszyła w dół, liczyła stopnie. Znała na pamięć ich liczbę na wszystkich schodach. Pod świątynią znajdował się labirynt krypt i tuneli, w którym nieraz błądzili nawet ludzie mający dwoje sprawnych oczu, ale ona poznała każdy jego cal, a gdyby pamięć ją zawiodła, miała kij, który pomoże jej znaleźć drogę.

Trupy składano w krypcie. Ślepa dziewczynka zabrała się do roboty w ciemności. Zdejmowała umarłym buty, ubrania, zabierała cały dobytek, otwierała sakiewki i liczyła monety.

Umiała je odróżniać dotykiem. To była jedna z pierwszych rzeczy, jakich się nauczyła od bezdomnej dziewczynki po utracie oczu. Braavoskie monety były dla niej starymi przyjaciółkami. Wystarczyło musnąć powierzchnie koniuszkami palców, by je rozpoznać. Monety z innych krain i miast były trudniejsze, zwłaszcza te, które pochodziły z daleka. Najpospolitsze były volanteńskie honory, małe pieniążki nie większe od grosika. Po jednej stronie miały koronę, a po drugiej czaszkę. Lyseńskie były owalne, ozdobione wizerunkiem nagiej kobiety. Na innych można było znaleźć statki, słonie albo kozy. Westeroskie miały na awersie głowę króla, a na rewersie smoka.

Staruszka nie miała sakiewki ani nic cennego poza pierścionkiem na chudym palcu. Przy przystojnym mężczyźnie znalazła cztery smoki z Westeros. Gdy dotykała opuszką kciuka najbardziej wytartego z nich, próbując ustalić, którego króla na nim przedstawiono, drzwi otworzyły się cicho.

— Kto tu jest? — zapytała.

— Nikt — odparł niski, ochrypły, zimny głos.

Intruz poruszał się szybko. Przesunęła się na bok, złapała kij i uniosła go, by osłonić twarz. Drewno stuknęło o drewno. Uderzenie omal nie wytrąciło kija z jej rąk. Zacisnęła dłonie i oddała cios… ale kij przeszył tylko puste powietrze w miejscu, gdzie powinien być napastnik.

— Nie tam — odezwał się głos. — Czy jesteś ślepa?

Nie odpowiedziała. Jej głos stłumiłby dźwięki wydawane przez napastnika. Wiedziała, że z pewnością się porusza. *W lewo czy w prawo?* Odskoczyła w lewo i machnęła kijem w prawo, ale w nic nie trafiła. Poczuła bolesne uderzenie w tył nóg.

— Czy jesteś głucha?

Odwróciła się błyskawicznie, trzymając kij w lewej ręce, uderzyła. Chybiła. Z lewej dobiegł ją śmiech. Machnęła kijem w prawo.

Tym razem trafiła. Drewno stuknęło o drewno. Wstrząs przeszył bólem jej kończynę.

— Dobrze — pochwalił ją intruz.

Ślepa dziewczynka nie wiedziała, kto to jest. Zapewne któryś z akolitów. Nie przypominała sobie, by kiedykolwiek słyszała ten głos, ale skąd mogła wiedzieć, czy słudzy Boga o Wielu Twarzach nie potrafią zmieniać głosu równie łatwo jak oblicza? Poza nią w Domu Czerni i Bieli mieszkało dwóch służących, trzech akolitów, kucharka Umma oraz dwoje kapłanów, których zwała bezdomną dziewczynką i miłym staruszkiem. Inni przychodzili i odchodzili, niekiedy posługując się tajnymi przejściami, ale to byli wszyscy stali mieszkańcy. Jej prześladowcą mogło być każde z nich.

Umknęła na bok, wywijając kijem, usłyszała z tyłu jakiś dźwięk, uderzyła, ale przeszyła tylko powietrze. Kij napastnika nagle znalazł się między jej nogami. Uderzył ślepą dziewczynkę w goleń, podcinając ją, gdy próbowała się odwrócić. Potknęła się i upadła na jedno kolano, tak gwałtownie, że aż przygryzła sobie język.

Znieruchomiała. *Nieruchoma jak kamień. Gdzie on jest?*

Za jej plecami. Roześmiał się i uderzył ją mocno w ucho, a potem w kostki dłoni, gdy próbowała się podnieść. Jej kij spadł za stukiem na kamienną posadzkę. Ślepa dziewczynka zasyczała z furii.

— Proszę bardzo. Podnieś go. Skończyłem już z biciem ciebie na dzisiaj.

— Nikt mnie nie pobił.

Dziewczynka czołgała się na rękach i kolanach, aż wreszcie znalazła kij, a potem zerwała się na nogi, posiniaczona i brudna. W krypcie panowała cisza. Nic się tu nie ruszało. Poszedł sobie. Ale czy na pewno? *Nasłuchuj jego oddechu* — powiedziała sobie. Nic nie słyszała. Zaczekała jeszcze chwilę, a potem odłożyła kij i wróciła do pracy. *Gdybym miała oczy, zbiłabym go na kwaśne jabłko.* Pewnego dnia miły staruszek przywróci jej wzrok. Wtedy wszystkim pokaże.

Trup starej kobiety ostygł, a ciało zbira sztywniało. Dziewczynka przywykła już do tego. W większość dni więcej czasu spędzała z umarłymi niż z żywymi. Tęskniła za przyjaciółmi, których miała jako Cat znad Kanałów. Za starym Bruskiem o bolących plecach, jego córkami Taleą i Breą, za komediantami ze Statku, za Merry i jej kurwami ze „Szczęśliwego Portu" oraz całą resztą portowych opryszków i mętów. Najbardziej jednak brakowało jej samej Cat, bardziej nawet niż oczu. Lubiła być Cat znacznie bardziej niż Solą, Gołąbkiem, Łasicą czy Arrym. *Zabiłam ją, kiedy wykończyłam tego minstrela.* Miły staruszek powiedział, że i tak zabraliby jej oczy, żeby się nauczyła korzystać z innych zmysłów, ale dopiero za pół roku. W Domu Czerni i Bieli często widywało się ślepych akolitów, ale tylko nieliczni byli tak młodzi jak ona. Dziewczynka jednak nie żałowała swego uczynku. Dareon był dezerterem z Nocnej Straży i zasługiwał na śmierć.

Powiedziała to miłemu staruszkowi.

— Czy jesteś bogiem, by decydować, kto będzie żył, a kto umrze? — zapytał ją. — Przyznajemy dar tym, których naznaczył Bóg o Wielu Twarzach, po odmówieniu modlitw i złożeniu ofiar. Tak było zawsze, od samego początku. Opowiadałem ci, jak założono nasz zakon, o tym, jak pierwszy z nas odpowiedział na modlitwy niewolników, którzy pragnęli umrzeć. Początkowo dar przyznawano tylko tym, którzy tego pragnęli... ale pewnego dnia pierwszy z nas usłyszał modlitwę niewolnika, który prosił o śmierć nie swoją, lecz swego pana. Pragnął jej tak gorąco, że ofiarował wszystko, co miał, by jego błagania się spełniły. Pierwszy z naszych braci uznał, że ta ofiara będzie miła Bogu o Wielu Twarzach, nocą spełnił więc prośbę niewolnika. Potem poszedł do niego i rzekł: „Ofiarowałeś w zamian za jego śmierć wszystko, co masz, ale niewolnicy nie mają nic poza własnym życiem. Tego właśnie żąda od ciebie bóg. Będziesz mu służył przez resztę dni, jakie spędzisz na Ziemi". Od tej chwili było nas dwóch. — Zacisnął dłoń na jej ramieniu, delikatnie, ale stanowczo. — Wszyscy muszą umrzeć. Jesteśmy tylko instrumentami śmierci, nie nią samą. Zabijając minstrela, sięgnęłaś po uprawnienia boga. Odbieramy ludziom życie, ale nie śmiemy ich osądzać. Rozumiesz?

Nie — pomyślała.

— Tak — odpowiedziała.

— Kłamiesz. Dlatego będziesz teraz musiała chodzić w ciemności, dopóki nie ujrzysz drogi. Chyba że chcesz nas opuścić. Wystarczy, że poprosisz, a będziesz mogła odzyskać oczy.

Nie — pomyślała.

— Nie — odpowiedziała.

Wieczorem, po kolacji i krótkiej zabawie w kłamstwa, ślepa dziewczynka owiązała głowę szmatą, żeby ukryć bezużyteczne oczy, znalazła żebraczą miseczkę i poprosiła bezdomną dziewczynkę, by pomogła jej przywdziać twarz Beth. Kiedy zabrali jej oczy, bezdomna dziewczynka ogoliła jej głowę. Nazywała to fryzurą komediantów, ponieważ wielu z nich robiło to samo, by peruki lepiej pasowały. Dla żebraków golenie głowy również było użyteczne. Pomagało pozbyć się pcheł i wszy. Potrzebowała jednak czegoś więcej niż peruka.

— Mogłabym cię pokryć sączącymi wrzodami — oznajmiła bezdomna dziewczynka — ale wtedy karczmarze i oberżyści przeganialiby cię spod drzwi. — Dlatego dała jej tylko kilka blizn oraz komediancki pieprzyk na policzku. Wyrastało z niego kilka włosów.

— Jest brzydki? — zapytała ślepa dziewczynka.

— Ładny nie jest.

— To dobrze.

Nigdy jej nie zależało, żeby być ładną, nawet gdy była jeszcze głupią Aryą Stark. Tylko ojciec nazywał ją ładną. *On i czasami też Jon Snow.* Matka mówiła, że mogłaby być ładna, gdyby tylko się umyła, uczesała włosy i zwracała więcej uwagi na ubiór, jak jej siostra. Dla siostry, jej przyjaciółek i całej reszty zawsze była Aryą o końskim pysku. Ale wszyscy oni już nie żyli, nawet Arya, wszyscy poza przyrodnim bratem, Jonem. Niektórymi wieczorami słyszała, jak o nim mówiono, w tawernach i burdelach Portu Łachmaniarza. Jakiś mężczyzna nazwał go Czarnym Bękartem z Muru. *Założę się, że nawet Jon nigdy by nie poznał Ślepej Beth.* Zasmuciła ją ta myśl.

Miała na sobie łachmany, wyblakłe i wystrzępione, ale ciepłe i czyste. Pod nimi ukrywała trzy noże — jeden w bucie, drugi w rękawie, a trzeci w pochwie na plecach. Braavosowie byli sympatycznym ludem i większość z nich wolałaby pomóc biednej ślepej żebraczce, niż wyrządzić jej krzywdę, ale wszędzie znajdzie się trochę złych ludzi, którzy zobaczą w niej kogoś, kogo mogą bezpiecznie obrabować albo zgwałcić. Noże były przeznaczone dla nich, ale jak dotąd ślepa dziewczynka nie była zmuszona ich użyć. Jej strój uzupełniały pęknięta żebracza miseczka oraz konopny sznur, którym przewiązała tunikę.

Gdy Tytan obwieścił zachód słońca, ruszyła w drogę, licząc stopnie świątynnych schodów, a potem znajdując za pomocą kija drogę na most, który zaprowadził ją na Wyspę Bogów. Wiedziała, że mgła jest gęsta, bo wilgotny strój lepił się jej do ciała i wyczuwała też wilgoć gołymi dłońmi. Przekonała się, że braavoskie mgły dziwnie wpływają również na dźwięki. *Połowa miasta będzie dziś na wpół ślepa.*

Po drodze słyszała akolitów Kultu Gwiezdnej Mądrości śpiewających do wieczornych gwiazd ze szczytu swej wieży obserwacyjnej. W powietrzu unosiła się odrobina wonnego dymu, wskazująca jej krętą ścieżkę ku miejscu, w którym czerwoni kapłani palili w wielkich żelaznych piecykach pod drzwiami domu Pana Światła. Wkrótce poczuła nawet ciepło i usłyszała modlitwy wyznawców czerwonego R'hllora.

— Albowiem noc jest ciemna i pełna strachów — mówili.

Nie dla mnie. Jej noce były skąpane w blasku księżyca.

Wypełniały je pieśni jej watahy, smak czerwonego mięsa odrywanego od kości, znajome ciepłe zapachy szarych kuzynów. Tylko za dnia była sama i ślepa.

Dzielnica portowa nie była jej obca. Cat często krążyła po nabrzeżach i zaułkach Portu Łachmaniarza, sprzedając małże i ostrygi dla Brusca. Wystrzępiona szata, wygolona głowa i komediancki pieprzyk zmieniły jej wygląd, na wszelki wypadek trzymała się jednak z dala od Statku, „Szczęśliwego Portu" oraz innych miejsc często odwiedzanych przez Cat.

Poznawała wszystkie gospody i tawerny po zapachu. „Pod Czarnym Flisakiem" pachniało morzem, „U Pynta" cuchnęło kwaśnym winem, śmierdzącym serem oraz samym oberżystą, który nigdy nie zmieniał ubrania ani nie mył włosów. „Pod Łataczem Żagli" w pełnym dymu powietrzu zawsze unosiła się woń pieczystego. „Dom Siedmiu Lamp" pachniał kadzidłem, „Atłasowy Pałac" zaś perfumami ładnych młodych dziewcząt marzących o tym, że zostaną kurtyzanami.

Każdy lokal miał też własne dźwięki. „U Morogga" i „Pod Zielonym Węgorzem" z reguły występowali minstrele. „Pod Wyrzutkiem" śpiewali sami pijani goście, w pięćdziesięciu różnych językach. W „Domu Mgły" zawsze było pełno flisaków z wężowych łodzi, kłócących się o bogów, kurtyzany i o to, czy morski lord jest głupcem, czy nie. W „Atłasowym Pałacu" było znacznie spokojniej. Słyszało się tam szeptane komplementy, cichy szelest jedwabnych sukni i chichot dziewcząt.

Beth każdego wieczoru żebrała w innym miejscu. Szybko nauczyła się, że karczmarze i oberżyści łatwiej tolerują jej obecność, jeśli nie zjawia się zbyt często. Wczoraj siedziała u drzwi gospody „Pod Zielonym Węgorzem", dziś więc za Krwawym Mostem skręciła w lewo i ruszyła do oberży „U Pynta", która znajdowała się na drugim końcu Portu Łachmaniarza, na samej granicy Zatopionego Miasta. Choć Pynto śmierdział i głośno wrzeszczał, pod całym jego brudem i hałaśliwością kryło się miękkie serce. Jeśli w lokalu nie było zbyt tłoczno, często pozwalał jej wejść do środka, gdzie było ciepło. Od czasu do czasu dawał jej nawet kufel *ale* i coś do jedzenia, zasypując ją przy okazji swymi opowieściami. Pynto zapewniał, że w młodych latach był najsławniejszym piratem na Stopniach. Snucie długich opowieści o własnych czynach było jego ulubioną rozrywką.

Dziś sprzyjało jej szczęście. W tawernie było prawie pusto i udało się jej znaleźć cichy kącik niedaleko kominka. Gdy tylko tam usiadła i skrzyżowała nogi, coś otarło się o jej udo.

— To znowu ty? — zapytała ślepa dziewczynka. Podrapała kota za uchem. Skoczył jej na kolana i zaczął mruczeć. W Braavos roiło się od kotów, a u Pynta było ich więcej niż gdziekolwiek. Stary pirat wierzył, że te zwierzęta przynoszą szczęście i oczyszczają tawernę z gryzoni. — Znasz mnie, prawda? — wyszeptała. Koty nie dały się nabrać komedianckim pieprzykom. Pamiętały Cat znad Kanałów.

To była udana noc dla ślepej dziewczynki. Oberżysta był w dobrym nastroju. Dał jej kubek rozwodnionego wina, kawał śmierdzącego sera i połowę pasztecika z węgorzem.

— Pynto to bardzo dobry człowiek — oznajmił, a potem usiadł obok, by jej opowiedzieć, jak zdobył statek wiozący przyprawy. Słyszała tę historię już dziesiątki razy.

Z upływem czasu lokal się zapełniał. Wkrótce Pynto miał już zbyt wiele roboty, by poświęcać uwagę ślepej dziewczynce, ale za to kilku regularnych klientów rzuciło monety do jej żebraczej miski. Za innymi stolikami siedzieli nieznajomi. Ibbeńscy wielorybnicy cuchnący krwią i tłuszczem, dwóch zbirów o włosach wysmarowanych wonnym olejkiem, grubas z Lorath, skarżący się, że loże u Pynta są za ciasne dla jego brzucha. Potem zjawili się trzej Lyseńczycy, marynarze z „Dobrego Serca", uszkodzonej przez sztormy galery, która nocą dowlokła się do portu tylko po to, by rano skonfiskowała ją straż morskiego lorda.

Lyseńczycy siedzieli najbliżej kominka i popijali czarny smolisty rum, rozmawiając cicho, by ktoś ich przypadkiem nie podsłuchał. Ona jednak była nikim i słyszała prawie każde słowo. Przez pewien czas odnosiła wrażenie, że również ich widzi, przymrużonymi żółtymi oczami siedzącego na jej kolanach kocura. Jeden z mężczyzn był stary, drugi młody, a trzeciemu brakowało jednego ucha, ale wszyscy trzej mieli białoblond włosy i gładką jasną skórę mieszkańców Lys, gdzie krew dawnych Włości nadal była gęsta.

Rankiem, gdy miły staruszek zapytał ją o trzy rzeczy, których się dowiedziała, była gotowa.

— Wiem, dlaczego morski lord skonfiskował „Dobre Serce". Statek wiózł niewolników. Setki kobiet i dzieci powiązanych sznurami w ładowni.

Braavos założyli zbiegli niewolnicy i niewolnictwo było tu zakazane.

— Wiem, skąd się wzięli niewolnicy. To dzicy z Westeros, z miejsca zwanego Hardhome. To przeklęte miejsce, dawne ruiny. — Stara Niania opowiadała jej historie o Hardhome, w Winterfell, gdy była jeszcze Aryą Stark. — Po wielkiej bitwie, w której zginął król za Murem, dzicy uciekli. Leśna wiedźma powiedziała im, że jeśli udadzą się do Hardhome, przypłyną tam statki, które zabiorą ich gdzieś, gdzie jest ciepło. Ale pojawiły się tylko dwa lyseńskie okręty pirackie, „Dobre Serce" i „Słoń", zagnane na północ przez sztormy. Rzuciły kotwice w Hardhome, by dokonać napraw i ich załogi zobaczyły dzikich. Były ich tysiące i nie mieli miejsca dla wszystkich, powiedzieli więc, że zabiorą tylko kobiety i dzieci. Dzicy nie mieli nic do jedzenia i mężczyźni zgodzili się odesłać swe żony i córki, ale gdy tylko okręty oddaliły się od brzegu, Lyseńczycy zagnali kobiety i dzieci pod pokład i związali wszystkie. Chcieli je sprzedać w Lys, ale potem natrafili na kolejny sztorm i statki straciły kontakt. „Dobre Serce" było poważnie uszkodzone i kapitan nie miał innego wyboru, jak zawinąć tutaj, ale „Słoń" mógł dotrzeć do macierzystego portu. Lyseńczycy z oberży „U Pynta" myśleli, że wróci na północ, prowadząc więcej statków. Cena niewolników ponoć rośnie, a w Hardhome zostały jeszcze tysiące kobiet i dzieci.

— Dobrze to wiedzieć. To dwie rzeczy. Czy jest też trzecia?

— Tak. Wiem, że to ty mnie wczoraj biłeś.

Uderzyła mocno kijem w jego palce. Jego kij spadł z trzaskiem na podłogę.

Kapłan skrzywił się z bólu i cofnął rękę.

— A skąd ślepa dziewczynka może to wiedzieć?

Widziałam cię.

— Dałam ci trzy. Nie muszę ci dawać czterech.

Może jutro opowie mu o kocie, który z oberży poszedł za nią do świątyni, a teraz ukrywał się wśród krokwi, patrząc na nich z góry. *A może nie.* Jeśli on miał swoje tajemnice, ona również mogła je mieć.

Na kolację Umma przygotowała kraby pieczone w soli. Gdy ślepej dziewczynce podano kubek, zmarszczyła nos i wypiła zawartość w trzech długich łykach. Potem wciągnęła nagle powietrze i wypuściła naczynie. Jej język płonął, a gdy popiła łyk wina, ogień rozszerzył się na przełyk i nos.

— Wino ci nie pomoże, a woda tylko podsyci ogień — oznajmiła bezdomna dziewczynka. — Zjedz to.

Ślepej dziewczynce wepchnięto w dłoń piętkę chleba. Odgryzła kawałek, przeżuła i połknęła. Pomogło. Drugi kęs pomógł jeszcze bardziej.

Rano, gdy opuściła ją nocna wilczyca, otworzyła oczy i zobaczyła łojową świecę palącą się tam, gdzie wczoraj nie było żadnej świecy. Niepewny płomyk kołysał się lekko, jak kurwa w „Szczęśliwym Porcie". Nigdy w życiu nie widziała nic równie pięknego.

DUCH W WINTERFELL

Trupa znaleziono u podstawy wewnętrznego muru. Miał złamany kark. Ze śniegu, który zasypał go nocą, sterczała tylko lewa noga.

Mógłby tam leżeć do wiosny, gdyby nie wykopały go suki Ramsaya. Nim Ben od Kości zdołał je odciągnąć, Szara Jeyne pożarła już znaczną część twarzy zabitego i minęło pół dnia, nim się upewnili, że był to czterdziestoczteroletni zbrojny, który pomaszerował na północ z Rogerem Ryswellem.

— To był pijak — skwitował Ryswell. — Idę o zakład, że szczał z muru, pośliznął się i spadł.

Nikt nie wyraził odmiennego zdania, ale Theon Greyjoy zastanawiał się, dlaczego ktoś miałby się wspinać nocą po śliskich od śniegu schodach tylko po to, żeby się odlać.

Podczas śniadania, gdy ludzie z garnizonu zaspokajali głód czerstwym chlebem smażonym w tłuszczu od boczku — sam boczek zjedli lordowie i rycerze — w sali rozmawiano prawie wyłącznie o trupie.

— Stannis ma w zamku przyjaciół — mruknął jeden z sierżantów, stary człowiek Tallhartów. Na jego wystrzępionej opończy wyszyto trzy drzewa. Przed chwilą była zmiana warty. Ludzie wchodzili do środka, tupali głośno, by strząsnąć śnieg z butów i spodni. Podawano południowy posiłek — krwawą kiełbasę, pory i jeszcze ciepły chleb razowy.

— Stannis? — powtórzył ze śmiechem jeden z jeźdźców Roose'a Ryswella. — On już umarł pod śniegiem. Albo uciekł na Mur z podkulonym, oblodzonym ogonem.

— Mógłby obozować pięć stóp od naszych murów i mieć sto tysięcy ludzi, a w tej śnieżycy i tak byśmy go nie zauważyli — zauważył jakiś łucznik noszący barwy Cerwynów.

Śnieg sypał dniem i nocą, nieprzerwanie, nieustannie i niebłaganie. Zaspy gromadziły się pod murami i wypełniały luki w blankach, wszystkie dachy pokrył biały całun, a namioty uginały się pod ciężarem śniegu. Wartownicy tłoczyli się w wieżyczkach, grzejąc przemarznięte dłonie nad piecykami, zostawiając szczyt muru śnieżnym żołnierzom ulepionym przez giermków. Bałwany rosły z każdym dniem, przybierając coraz dziwniejsze kształty, poddane woli wiatru i śniegu. Pod zaciśniętymi w śnieżnych dłoniach włóczniami utworzyły się nierówne brody z lodu. Nawet sam Hosteen Frey, który nieraz warczał, że nie boi się odrobiny zimna, stracił ucho z powodu odmrożenia.

Najbardziej ucierpiały konie stojące na dziedzińcu. Derki, którymi je nakrywano, przesiąkały i zamarzały, jeśli nie zmieniano ich regularnie. Gdy zapalono ogniska, by odpędzić zimno, okazało się, że więcej z nich szkody niż pożytku. Rumaki bały się płomieni i próbowały uciekać, raniąc siebie i inne konie, gdy szarpały za postronki. Tylko koniom przebywającym w ciepłych stajniach nic nie groziło, ale stajnie były już przepełnione.

— Bogowie zwrócili się przeciwko nam — stwierdził w Wielkiej Komnacie stary lord Locke. — To jest ich gniew. Wiatr zimny jak piekło i śnieg, który nigdy nie przestaje padać. Przeklęli nas.

— To Stannisa przeklęli — zapewnił jakiś człowiek z Dreadfort. — To on siedzi na zewnątrz w tym śniegu.

— Lordowi Stannisowi może być cieplej, niż nam się zdaje — sprzeciwił się pewien głupi wolny jeździec. — Jego czarodziejka potrafi przywoływać ogień. Może jej czerwony bóg stopi śniegi.

To było nierozsądne — uświadomił sobie natychmiast Theon. Mężczyzna mówił za głośno. Usłyszeli go Żółta Kuśka, Skwaszony Alyn i Ben od Kości. Gdy lord Ramsay o tym usłyszał, nakazał Chłopakom Bękarta zatrzymać winnego i wyciągnąć go w śnieg.

— Skoro tak lubisz Stannisa, wyślemy cię do niego —

oznajmił. Damon Zatańcz ze Mną wymierzył nieszczęśnikowi kilka razów natłuszczonym biczem. Potem Ramsay kazał powlec go do Bramy Szańców. Obdzieracz i Żółta Kuśka zakładali się, kiedy krew zacznie zamarzać.

Wielką główną bramę Winterfell zamknięto i zaryglowano. Śnieg i lód pokryły ją tak grubą warstwą, że trzeba było je obtłukiwać z kraty, nim zdołano ją podnieść. Brama Myśliwego wyglądała podobnie, choć tam przynajmniej lód nie był problemem, jako że niedawno jej używano. Z Bramy Królewskiego Traktu nie korzystano w ogóle i łańcuchy mostu zwodzonego pokryła twarda skorupa lodu. Została tylko Brama Szańców, mała łukowata furta w wewnętrznym murze. Prawdę mówiąc, była to tylko połowa bramy. Most zwodzony prowadził nad zamarzniętą fosą, ale w zewnętrznym murze nie było furty. Można było tamtędy dotrzeć na międzymurze, ale nie na świat zewnętrzny.

Krwawiącego mężczyznę zawleczono na drugą stronę mostu i poprowadzono na szczyt zewnętrznego muru, nie zważając na jego protesty. Potem Obdzieracz i Skwaszony Alyn złapali go za ręce i nogi i rzucili na ziemię, położoną osiemdziesiąt stóp w dole. Zaspy zrobiły się już tak wysokie, że połknęły go w całości… ale łucznicy stojący na murach mówili, że widzieli go później, gdy wlókł się przez śnieg, powłócząc złamaną nogą. Jeden z nich poczęstował go strzałą w tyłek.

— Umrze przed upływem godziny — zapewnił lord Ramsay.

— Albo jeszcze przed zachodem słońca będzie ssał kutasa lordowi Stannisowi — odciął się Kurwistrach Umber.

— Lepiej niech uważa, żeby go nie ułamał — dodał ze śmiechem Rickard Ryswell. — Każdemu mężczyźnie, który jest teraz w tym śniegu, kutas zamarzł na sztywno.

— Lord Stannis zabłądził w śnieżycy — dodała lady Dustin. — Jest wiele mil stąd, martwy albo konający. Niech zima pokaże, co potrafi. Jeszcze kilka dni, a śnieg pochowa go razem z jego armią.

I nas również — pomyślał Theon, zdumiewając się jej szaleństwem. Lady Barbrey pochodziła z północy i powinna wiedzieć lepiej. Mogli jej słuchać starzy bogowie.

Na kolację podano grochówkę i wczorajszy chleb, co spowodowało głośne utyskiwania. Siedzący powyżej soli lordowie i rycerze żarli szynkę.

Gdy Theon pochylał się nad drewnianą miską, dojadając resztki grochówki, ktoś nagle dotknął jego ramienia. Łyżka wypadła mu z rąk.

— Nigdy mnie nie dotykaj — ostrzegł, wyciągając rękę, by któraś z dziewczyn Ramsaya nie porwała sztućca. — Nigdy.

Usiadła obok niego, za blisko. To była jedna z praczek Abla. Młoda piętnasto-, może szesnastoletnia dziewczyna o skołtunionych blond włosach wymagających porządnego umycia i wydętych ustach dopraszających się całowania.

— Niektóre dziewczęta lubią dotykać — oznajmiła z lekkim uśmieszkiem. — Jeśli łaska, panie, jestem Ostrokrzew.

Kurwa Ostrokrzew — pomyślał. Była jednak całkiem ładna. Kiedyś mógłby się roześmiać i posadzić ją sobie na kolanach, ale te dni już minęły.

— Czego chcesz?

— Zobaczyć te krypty. Gdzie one są, panie? Pokażesz mi? — Ostrokrzew bawiła się kosmykiem włosów, owijając go sobie wokół palca. — Ponoć są ciemne i głębokie. Dobre miejsce do dotykania. Wszyscy ci martwi królowie patrzą.

— Abel cię do mnie wysłał?

— Może i tak. A może przyszłam sama. Ale jeśli to z Ablem chcesz się spotkać, przyprowadzę go, panie. Zaśpiewa ci słodką pieśń.

Każde jej słowo przekonywało Theona, że to jakiś spisek. *Ale kto go uknuł i w jakim celu?* Czego mógł od niego chcieć Abel? To był tylko minstrel, rajfur z lutnią i fałszywym uśmieszkiem. *Chce się dowiedzieć, jak zdobyłem zamek, ale nie po to, by ułożyć o tym pieśń* — uświadomił sobie. *Chce się dowiedzieć, jak się dostaliśmy do środka, żeby móc stąd uciec.* Lord Bolton zamknął Winterfell szczelnie jak dziecko w powijakach. Nikt nie mógł opuścić zamku bez jego pozwolenia. *Pragnie stąd uciec razem ze swymi praczkami.* Theon nie mógł mieć o to do niego pretensji.

— Nie chcę mieć nic wspólnego z Ablem, z tobą ani z żadną z twych sióstr — oznajmił jednak. — Zostaw mnie.

Na dworze tańczyły płatki śniegu. Theon odnalazł drogę do muru, a potem dotarł do Bramy Szańców. Mógłby wziąć wartowników za parę bałwanów ulepionych przez Małego Waldera, gdyby nie biała para ich oddechów.

— Chcę się przejść po murach — oznajmił im. Jego oddech również zamarzał w powietrzu.

— Na górze jest cholernie zimno — ostrzegł go jeden z nich.

— Na dole też — dodał drugi. — Ale rób, co chcesz, sprzedawczyku.

Skinął na Theona, pozwalając mu przejść.

Stopnie były śliskie, ośnieżone i w ciemności zdradzieckie. Gdy już wspiął się na szczyt, wkrótce znalazł miejsce, z którego zrzucono wolnego jeźdźca. Strącił świeży śnieg wypełniający lukę między blankami i spojrzał w dół. *Mógłbym skoczyć* — pomyślał. *On przeżył, mnie również mogłoby się udać.* Mógłby skoczyć i… *Co by się stało potem? Złamałbym sobie nogę i leżałbym pod śniegiem? Odczołgałbym się na bok, żeby zamarznąć?*

To był obłęd. Ramsay doścignąłby go z dziewczynami. Gdyby bogowie byli łaskawi, Ruda Jeyne, Jez i Helicent rozszarpałyby go na strzępy. Gorzej, gdyby wzięto go żywcem.

— Muszę pamiętać, jak mam na imię — wyszeptał.

Następnego ranka znaleziono posiwiałego giermka ser Aenysa Freya. Leżał nagi i zamarznięty na śmierć na starym zamkowym cmentarzu. Szron pokrył jego twarz tak grubą warstwą, że wyglądał, jakby nosił maskę. Ser Aenys oznajmił, że mężczyzna wypił za dużo i zabłądził w śnieżycy, choć nikt nie potrafił wyjaśnić, dlaczego rozebrał się do naga, wychodząc na dwór. *Kolejny pijak* — pomyślał Theon. W winie mogło utonąć wiele podejrzeń.

Potem, nim dzień się skończył, w stajni odkryto ciało kusznika zaprzysiężonego Flintom. Miał rozbitą czaszkę. Lord Ramsay stwierdził, że kopnął go koń. *To raczej była maczuga* — skonkludował Theon.

Wszystko to wydawało mu się bardzo znajome, jak komedianckie przedstawienie, które już kiedyś widział. Tylko komedianci się zmienili. Roose Bolton grał rolę, która poprzednim razem przypadła Theonowi, a zabici tę, która należała do Aggara, Gynira Czerwonego Nosa i Gelmarra Ponurego. *Fetor też wówczas tam był* — przypomniał sobie. *Ale to był inny Fetor, o zakrwawionych dłoniach i słodkich kłamstwach lejących się z ust. Nazywał się Fetor, był podstępny przeto.*

Podejrzane śmierci doprowadziły do otwartych sporów między lordami Roose'a Boltona. Niektórym zaczynało brakować cierpliwości.

— Jak długo będziemy musieli tu czekać na króla, który nigdy nie nadejdzie? — irytował się ser Hosteen Frey. — Powinniśmy ruszyć Stannisowi na spotkanie i skończyć z nim raz na zawsze.

— Opuścić zamek? — wychrypiał jednoręki Harwood Stout. Jego ton sugerował, że prędzej dałby sobie odrąbać drugą rękę. — Chcesz, żebyśmy pognali na oślep w śnieg?

— Żeby walczyć z lordem Stannisem musielibyśmy go najpierw znaleźć — zauważył Roose Ryswell. — Nasi zwiadowcy opuszczają zamek przez Bramę Myśliwego, ale ostatnio żaden z nich nie wraca.

Lord Wyman Manderly poklepał się po potężnym brzuszysku.

— Biały Port nie boi się wyruszyć z tobą, ser Hosteenie. Poprowadź nas, a moi rycerze podążą za tobą.

Ser Hosteen spojrzał na grubasa.

— Wystarczająco blisko, by wbić mi kopię w plecy, tak jest. Gdzie są moi bracia, Manderly? Odpowiedz mi. Twoi goście, którzy zwrócili ci syna.

— Chciałeś powiedzieć, jego kości. — Manderly odkroił sobie sztyletem kawał szynki. — Świetnie ich pamiętam. Wygadany Rhaegar o pochylonych barkach. Śmiały ser Jared, tak skory do sięgania po stal. Symond, szpieg wiecznie pobrzękujący monetami. Zwrócili mi kości Wendela. To Tywin Lannister zwrócił mi Wylisa, całego i zdrowego, jak obiecał. Lord Tywin był słownym człowiekiem, niech Siedmiu zbawi jego duszę. — Lord Wyman wsadził mięso do ust, pogryzł je głośno i oblizał wargi. — Na trakcie czai się wiele niebezpieczeństw, ser. Dałem twoim braciom dary, gdy opuszczali Biały Port. Przysięgliśmy, że spotkamy się na ślubie. Bardzo wielu ludzi było świadkami naszego rozstania.

— Bardzo wielu ludzi? Twoich? — zadrwił Aenys Frey.

— Co sugerujesz, Frey? — Lord Białego Portu otarł usta rękawem. — Nie podoba mi się twój ton, ser. Cholernie mi się nie podoba.

— Wyjdź na dziedziniec, ty worku sadła, a udzielę ci cholernej nauczki — odparł ser Hosteen.

Wyman Manderly ryknął śmiechem, ale sześciu jego rycerzy natychmiast zerwało się z krzeseł. Roger Ryswell i Barbrey Dustin musieli ich uspokajać cichymi słowami. Roose Bolton milczał, ale Theon Greyjoy zauważył w jego jasnych oczach błysk czegoś, czego nigdy dotąd tam nie widział — niepokoju, być może nawet strachu.

Nocą nowa stajnia zawaliła się pod ciężarem śniegu. Zginęło dwadzieścia sześć koni i dwóch stajennych, zmiażdżonych pod spadającym dachem albo zasypanych w śniegu. Kiedy odkopano ciała, zbliżało się już południe. Lord Bolton pojawił się na chwilę na zewnętrznym dziedzińcu, by obejrzeć zniszczenia. Rozkazał wprowadzić ocalałe konie do środka, razem z wierzchowcami dotąd przywiązanymi na dziedzińcu. Gdy tylko ludzie uporali się z wykopywaniem zabitych i ćwiartowaniem wierzchowców, znaleziono kolejnego trupa.

Tym razem nikt nie mógł twierdzić, że był to skutek pijackiej nieostrożności albo kopnięcie przez konia. Zabitym był jeden z ulubieńców Ramsaya, brzydki, przysadzisty, skrofuliczny zbrojny znany jako Żółta Kuśka. Trudno było określić, czy jego członek rzeczywiście był żółty, ponieważ ktoś mu go odciął i wepchnął do ust z taką siłą, że złamał przy tym trzy zęby. Kucharze znaleźli ciało obok kuchni. Zagrzebano je po szyję w śniegu, dlatego zarówno kuśka, jak i jej właściciel posinieli z zimna.

— Spalcie ciało i nikomu o tym nie mówcie — rozkazał Roose Bolton. — Nie chcę, żeby wieści się rozeszły.

Nic to jednak nie pomogło. W południe dowiedziała się już większość ludzi w Winterfell. Wielu usłyszało o tym z ust Ramsaya Boltona, którego „chłopakiem" był Żółta Kuśka.

— Kiedy znajdziemy winnego — zapowiedział lord Ramsay. — Zedrę z niego skórę, upiekę ją nad ogniem i każę mu zjeść wszystkie chrupiące kawałki.

Ogłoszono, że imię zabójcy będzie warte złotego smoka.

Wieczorem wszyscy już czuli fetor wypełniający Wielką Komnatę. Pod jednym dachem stłoczono setki ludzi, koni i psów, a podłoga była śliska od błota, topniejącego śniegu, końskiego łajna, psich kup, a nawet ludzkiego kału. W powietrzu nosił się smród mokrych psów, mokrej wełny i przemoczonych końskich derek, na zatłoczonych ławach nie można było znaleźć wygodnego miejsca, ale za to było tu jedzenie. Kucharze podawali wielkie kawały świeżej koniny, zwęglone na zewnątrz i krwiste w środku, a do tego pieczoną cebulę i brukiew… choć raz zwykli żołnierze jedli równie dobrze, jak lordowie i rycerze.

Konina była za twarda dla zniszczonych zębów Theona. Próby jej żucia okazały się straszliwie bolesne. Dlatego rozgniótł brukiew i cebulę klingą sztyletu i zjadł je, a potem pociął mięso na malutkie kawałeczki, które wysysał i wypluwał. W ten sposób przynajmniej poczuł smak i mógł choć trochę nasycić się krwią oraz tłuszczem. Kość wykraczała jednak poza jego możliwości. Rzucił ją psom i patrzył, jak Szara Jeyne ucieka z nią, ścigana przez Sarę i Wierzbę.

Lord Bolton rozkazał Ablowi uprzyjemniać posiłek muzyką. Bard zaśpiewał „Żelazne kopie", a potem „Zimową pannę". Gdy Barbrey Dustin poprosiła o coś weselszego, usłyszeli pieśni „Królowa zdjęła sandał, król zdjął koronę" oraz „Niedźwiedź i dziewica cud". Freyowie przyłączyli się do śpiewu i nawet niektórzy ludzie z północy walili pięściami w stoły, rycząc: „Niedźwiedź! Niedźwiedź!". Hałas przestraszył jednak konie, śpiewacy więc umilkli, a muzyka przestała grać.

Chłopaki Bękarta zgromadziły się pod dymiącą pochodnią, zatkniętą w uchwyt na ścianie. Luton i Obdzieracz grali w kości. Chrząkacz posadził sobie na kolanach kobietę i trzymał ją za pierś. Damon Zatańcz ze Mną smarował tłuszczem bicz.

— Fetor — zawołał, stukając się biczem w łydkę, jakby przywoływał psa. — Znowu zacząłeś śmierdzieć, Fetor.

— Tak — odparł cicho Theon, nie znajdując innej odpowiedzi.

— Jak już będzie po wszystkim, lord Ramsay wytnie ci wargi — zapowiedział Damon, głaszcząc bicz zatłuszczoną szmatką.

Moje wargi były między nogami jego pani. Podobna bezczelność nie może ujść karze.

— Skoro tak mówisz.

Luton ryknął śmiechem.

— On chyba tego chce.

— Idź sobie, Fetor — zażądał Obdzieracz. — Niedobrze mi się robi od twojego smrodu.

Wszyscy ryknęli śmiechem.

Uciekł szybko, nim zdążyli zmienić zdanie. Dręczyciele nie pójdą za nim na dwór, dopóki w komnacie było jedzenie i picie, chętne kobiety i ciepły ogień. Gdy wychodził, Abel śpiewał „Dziewczęta, które kwitną na wiosnę".

Śnieg sypał tak gęsto, że Theon widział najwyżej na trzy stopy. Został sam na białym pustkowiu, po obu stronach miał śnieżne ściany sięgające do piersi. Kiedy uniósł głowę, płatki śniegu muskały go po policzkach jak zimne miękkie pocałunki. Słyszał dźwięki muzyki dobiegające z komnaty za jego plecami. Śpiewano jakąś cichą, smutną pieśń. Na krótką chwilę niemal odnalazł spokój.

Nieco dalej napotkał człowieka zmierzającego w przeciwnym kierunku. Twarz zasłaniał kaptur, a płaszcz łopotał za nim na wietrze. Kiedy się mijali, przez moment spojrzeli sobie prosto w oczy. Mężczyzna dotknął ręką sztyletu.

— Theon Sprzedawczyk. Theon Zabójca Krewnych.

— Nie byli… Byłem żelaznym człowiekiem.

— Jesteś fałszywy jak zawsze. Jak to możliwe, że nadal oddychasz?

— Bogowie jeszcze ze mną nie skończyli — odpowiedział Theon, zadając sobie pytanie, czy to może być atakujący nocą zabójca, który wepchnął Żółtej Kuśce do gęby jego własnego kutasa i zepchnął z murów stajennego Rogera Ryswella. O dziwo w ogóle się nie bał. Zdjął rękawicę z lewej dłoni. — Lord Ramsay jeszcze ze mną nie skończył.

Nieznajomy przyjrzał się jego ręce i roześmiał się w głos.

— W takim razie zostawię cię jemu.

Theon brnął dalej przez nawałnicę, aż wreszcie ręce i nogi pokrył mu śnieg, a jego dłonie i stopy odrętwiały z zimna. Potem znowu wspiął się na wewnętrzny mur. Sto stóp nad ziemią wiał lekki wiatr, unoszący w górę śnieg. Wszystkie otwory strzelnicze były zatkane. Theon musiał przebić pięścią ścianę śniegu, by zrobić w niej dziurę... ale przekonał się, że sięga wzrokiem zaledwie do fosy. Z zewnętrznego muru pozostał jedynie niewyraźny cień oraz kilka bladych świateł zawisłych w mroku.

Świat zniknął. Królewska Przystań, Riverrun, Pyke i Żelazne Wyspy, całe Siedem Królestw, wszystkie miejsca, które kiedykolwiek znał, o których czytał albo marzył, wszystko to zniknęło. Zostało tylko Winterfell.

Był tu uwięziony, razem z duchami. Starszymi duchami z krypt i młodszymi, które sam stworzył. Mikkenem i Farlenem, Gynirem Czerwonym Nosem, Aggarem, Gelmarrem Ponurym, żoną młynarza znad Żołędziowej Wody, jej dwoma małymi synami i całą resztą. *To moja robota. Moje duchy. Wszystkie tu są i wszystkie się gniewają.* Pomyślał o kryptach i o zaginionych mieczach.

Theon wrócił do własnego kąta. Gdy ściągał mokre łachy, znalazł go Walton Nagolennik.

— Chodź ze mną, sprzedawczyku. Jego lordowska mość chce z tobą porozmawiać.

Nie miał czystego suchego ubrania, wciągnął więc te same mokre szmaty i podążył za Waltonem. Mężczyzna zaprowadził go do Wielkiej Wieży i do samotni należącej ongiś do Eddarda Starka. Lord Bolton nie był sam. Obok niego siedziała lady Dustin, bladolica i poważna, oraz Roger Ryswell w płaszczu spiętym żelazną broszą w kształcie końskiej głowy. Obok kominka stał Aenys Frey. Zapadnięte policzki poczerwieniały mu z zimna.

— Powiedziano mi, że wędrujesz po zamku — zaczął lord Bolton. — Ludzie mówili, że widzieli cię w stajniach, w kuchni, w koszarach i na murach. Zauważono cię obok ruin zburzonych wież, pod starym septem lady Catelyn i w bożym gaju. Czy temu przeczysz?

— Nie, panie. — Theon pamiętał, jak się do niego zwracać. Wiedział, że lord Bolton będzie zadowolony. — Nie mogę spać, więc spaceruję. — Zwiesił głowę, wpatrując się w stare sitowie leżące na podłodze. Nie byłoby rozsądnie patrzeć jego lordowskiej mości prosto w twarz. — Spędziłem tu dzieciństwo, panie. Byłem podopiecznym Eddarda Starka.

— Byłeś zakładnikiem — poprawił go Bolton.

— Tak, panie. Zakładnikiem.

Ale to był mój dom. Nie prawdziwy dom, ale najlepszy, jaki kiedykolwiek znałem.

— Ktoś zabija moich ludzi.

— Tak, panie.

— Nie ty, mam nadzieję? — głos Boltona stał się jeszcze cichszy. — Z pewnością nie odpłaciłbyś za moją dobroć podobną zdradą.

— Nie ja, panie. Nie zrobiłbym tego. Ja... tylko spaceruję, to wszystko.

— Zdejmij rękawice — zażądała lady Dustin.

Theon uniósł nagle wzrok.

— Proszę, nie. Ja...

— Zrób, jak ci kazała — odezwał się ser Aenys. — Pokaż nam dłonie.

Ściągnął rękawice i uniósł ręce, by wszyscy mogli je zobaczyć. *Mogłoby być gorzej. W końcu nie stoję przed nimi nagi.* Na lewej dłoni miał trzy palce, a na prawej cztery. Z pierwszej Ramsay zabrał mu tylko mały palec, a z drugiej mały i serdeczny.

— Bękart ci to zrobił — stwierdziła lady Dustin.

— Pani, jeśli łaska, sam... sam go o to prosiłem.

Ramsay zawsze kazał mu prosić. *Zawsze każe mi błagać.*

— A dlaczego miałbyś to zrobić?

— Nie... nie potrzebuję aż tylu palców.

— Cztery wystarczą. — Ser Aenys Frey pomacał rzadką

kasztanową brodę, wyrastającą z cofniętego podbródka na podobieństwo szczurzego ogona. — Na prawej dłoni ma cztery. Mógłby utrzymać miecz. Albo sztylet.

Lady Dustin roześmiała się w głos.

— Czy wszyscy Freyowie są głupcami? Przyjrzyj się mu. Utrzymać sztylet? Ledwie sobie radzi z łyżką. Naprawdę wierzysz, że zdołałby pokonać obmierzłą kreaturę Bękarta i wepchnąć mu do gardła jego własną męskość?

— Wszyscy zabici byli silnymi mężczyznami — poparł ją Roger Ryswell. — I żadnego z nich nie pchnięto sztyletem. Sprzedawczyk nie jest naszym zabójcą.

Roose Bolton wbił w Theona spojrzenie jasnych oczu, ostre jak myśliwski nóż Obdzieracza.

— Jestem skłonny się z tym zgodzić. Pomijając kwestię siły, nie byłby w stanie zdradzić mojego syna.

Roger Ryswell chrząknął.

— Jeśli nie on, to kto? Nie ulega wątpliwości, że w zamku jest człowiek Stannisa.

Fetor nie jest człowiekiem. Nie jest mężczyzną. Nie Fetor. Nie ja. Zastanawiał się, czy lady Dustin opowiedziała im o kryptach i zaginionych mieczach.

— Musimy się przyjrzeć Manderly'emu — mruknął ser Aenys Frey. — Lord Wyman nie darzy nas miłością.

Ryswell nie dał się przekonać.

— Za to kocha steki, kotlety i pasztety. Żeby krążyć nocą po zamku, musiałby odejść od stołu. Robi to tylko wtedy, gdy musi przykucnąć na godzinę w wychodku.

— Nie twierdzę, że lord Wyman robi to osobiście. Przyprowadził ze sobą trzystu ludzi. W tym stu rycerzy. Każdy z nich mógłby…

— Nocna robota nie przystoi rycerzom — przerwała mu lady Dustin. — Co więcej, nie tylko lord Manderly stracił najbliższych na Krwawych Godach. Wydaje ci się, że Kurwistrach kocha was bardziej od niego? Gdybyście nie mieli

Greatjona, wyprułby wam flaki i kazał je zjeść, jak lady Hornwood zjadła własne palce. Flintowie, Cerwynowie, Tallhartowie, Slate'owie... wszyscy oni wysłali ludzi z Młodym Wilkiem.

— Dom Ryswellów również — dodał Roger Ryswell.

— A nawet Dustinowie z Barrowton. — Lady Dustin rozciągnęła usta w wąskim, drapieżnym uśmieszku. — Północ pamięta, Frey.

Usta Aenysa Freya zadrżały z gniewu.

— Stark nas pohańbił. O tym wszyscy powinniście pamiętać.

Roose Bolton potarł spękane od mrozu usta.

— Musimy położyć kres tym swarom. — Wskazał palcem Theona. — Możesz odejść. Uważaj, dokąd chodzisz, bo inaczej to ciebie możemy jutro znaleźć z czerwonym uśmiechem na gardle.

— Jak każesz, panie.

Theon wciągnął rękawice na okaleczone dłonie i wyszedł, powłócząc okaleczoną stopą.

Gdy nadeszła godzina wilka, nadal nie spał. Opatulony w grube warstwy wełny i brudne futro po raz kolejny obchodził wkoło wewnętrzny mur, w nadziei, że zmęczenie wreszcie pozwoli mu zasnąć. Nogi miał oblepione śniegiem aż po kolana, a jego głowę i ramiona pokrył biały całun. Na tym odcinku murów wiatr dął mu prosto w twarz. Woda z topniejącego śniegu spływała mu po policzkach niczym lodowate łzy.

I wtedy usłyszał róg.

Niski, przeciągły jęk unosił się w ciemnym powietrzu nad murami, wnikając głęboko w kości każdego, kto go słyszał. Na całej długości murów wartownicy zwracali się w kierunku, z którego dobiegał dźwięk, zaciskając dłonie na drzewcach włóczni. W zburzonych komnatach i wieżach Winterfell lordowie uciszali innych lordów, konie rżały, a śpiący poruszali się nerwowo w mrocznych zakamarkach. Gdy tylko wybrzmiał dźwięk rogu, odezwały się bębny: *BUM, dum, BUM, dum, BUM, dum*. Z ust do ust przekazywano to samo imię, wypisane białymi obłoczkami oddechów. *Stannis*, szeptali ludzie. *Przybył Stannis. Stannis tu jest. Stannis, Stannis, Stannis.*

Theon zadrżał. Baratheon czy Bolton, było mu wszystko jedno. Stannis zawarł na Murze sojusz z Jonem Snow, a Jon w jedno uderzenie serca ściąłby mu głowę. *Uwolniony ze szponów jednego bękarta, by zginąć z rąk drugiego. Cóż za szyderstwo.* Theon roześmiałby się w głos, gdyby pamiętał, jak to się robi.

Odgłos bębnów zdawał się dobiegać z wilczego lasu, zza Bramy Myśliwego. *Są tuż za murami.* Theon szedł szczytem murów, jeden z dwudziestu ludzi robiących to samo. Nawet gdy dotarli do wież wzniesionych po obu stronach bramy, nie zdołali nic dostrzec za zasłoną bieli.

— Czy zamierzają obalić mury graniem? — zadrwił jeden z Flintów, gdy znowu zabrzmiał róg. — Może Stannis myśli, że znalazł Róg Joramuna?

— Czy rzeczywiście jest aż tak głupi, by spróbować wziąć zamek szturmem? — zapytał jakiś wartownik.

— Stannis to nie Robert — skwitował człowiek z Barrowton. — Będzie siedział pod murami, sami się przekonacie. Spróbuje wziąć nas głodem.

— Prędzej odmarzną mu jaja — zapewnił drugi wartownik.

— Powinniśmy wyjść mu na spotkanie — odezwał się człowiek Freyów.

Zróbcie to — pomyślał Theon. *Wyruszcie w śnieg i zgińcie. Zostawcie Winterfell mnie i duchom.* Wyczuwał, że Roose Bolton ucieszyłby się z bitwy. *Musi to zakończyć.* W zamku było zbyt wielu ludzi, by mógł wytrzymać długie oblężenie, a do tego lojalność większości lordów była niepewna. Gruby Wyman Manderly, Kurwistrach Umber, ludzie z rodu Hornwoodów i rodu Tallhartów, Locke'owie, Flintowie i Ryswellowie, wszystko to byli ludzie z północy, zaprzysiężeni rodowi Starków od niezliczonych pokoleń. To dziewczyna ich tu trzymała, krew lorda Eddarda, ale ona była tylko komediancką sztuczką, owcą w skórze wilkora. Czemu więc nie wysłać ludzi z północy na bitwę ze Stannisem, nim mistyfikacja się wyda? *Rzeź w śniegu. Każdy, kto padnie, będzie dla Dreadfort jednym wrogiem mniej.*

Zadał sobie pytanie, czy pozwoliliby mu walczyć. Wtedy przynajmniej mógłby zginąć jak mężczyzna, z mieczem w dłoni. Tego daru Ramsay nigdy mu nie przyzna, ale lord Roose może postąpić inaczej. *Jeśli będę go błagał. Zrobiłem wszystko, o co mnie prosił, odegrałem swoją rolę, zaprowadziłem dziewczynę do ślubu.*

Śmierć była najsłodszą łaską, na jaką mógł liczyć.

W bożym gaju śnieg topniał, gdy tylko spadł na ziemię. Z gorących stawów buchała para, pachnąca mchem, błotem i rozkładem. W powietrzu unosiła się ciepła mgła, obracająca drzewa w strażników, wysokich żołnierzy obleczonych w posępne płaszcze. Za dnia w parnym gaju często roiło się od ludzi z północy, którzy przychodzili tu, by modlić się do starych bogów, ale o tej porze Theon Greyjoy był tu sam.

A w sercu gaju czekało nań czardrzewo o mądrych czerwonych oczach. Theon zatrzymał się na brzegu sadzawki i pochylił głowę przed rzeźbioną czerwoną twarzą. Nawet tu słyszał bębnienie: *bum, DUM, bum, DUM, bum, DUM, bum, DUM*. Brzmiący jak odległe grzmoty dźwięk zdawał się dobiegać ze wszystkich kierunków jednocześnie.

Noc była bezwietrzna, śnieg padał prosto w dół z zimnego czarnego nieba, lecz liście drzewa serca szeleściły jego imieniem.

— Theon — zdawały się szeptać. — Theon.

Starzy bogowie — pomyślał. *Znają mnie. Wiedzą, jak mam na imię. Byłem Theonem z rodu Greyjoyów. Byłem podopiecznym Eddarda Starka, przyjacielem i bratem jego dzieci.*

— Proszę. — Opadł na kolana. — Miecz to wszystko,

czego pragnę. Pozwólcie mi zginąć jak Theon, nie jak Fetor. — Łzy spływały mu po policzkach, niewiarygodnie ciepłe. — Byłem żelaznym człowiekiem, synem... synem Pyke, synem wysp.

Z góry spadł liść. Musnął jego czoło i wylądował w sadzawce. Unosił się na wodzie, czerwony i pięciopalczasty. Wyglądał jak zakrwawiona dłoń.

— Bran... — wyszeptało drzewo.

Wiedzą. Bogowie wiedzą. Widzieli, co uczyniłem. Przez krótką niezwykłą chwilę wydawało mu się, że widzi twarz Brana wyrzeźbioną w jasnym pniu czardrzewa. Patrzyła na niego czerwonymi oczyma, pełnymi smutku i mądrości. *To duch Brana* — pomyślał. To jednak był obłęd. Czemu duch chłopca miałby go straszyć? Theon go lubił, nigdy nie wyrządził mu krzywdy. *To nie Brana zabiliśmy. I nie Rickona. To byli tylko synowie młynarza z młyna nad Żołędziową Wodą.*

— Musiałem przynieść dwie głowy, bo inaczej drwiliby ze mnie... śmialiby się...

— Z kim rozmawiasz? — zabrzmiał nagle czyjś głos.

Theon odwrócił się błyskawicznie, przerażony, że odnalazł go Ramsay, ale to były tylko praczki — Ostrokrzew, Jarzębina i trzecia, której imienia nie znał.

— Z duchami — wyrwało mu się z ust. — Szepczą do mnie. Wiedzą... wiedzą, jak się nazywam.

— Theon Sprzedawczyk. — Jarzębina złapała go za ucho i pociągnęła mocno. — Musiałeś przynieść dwie głowy, tak?

— Bo inaczej śmialiby się z ciebie — dodała Ostrokrzew.

Nic nie rozumieją. Wyszarpnął się kobiecie.

— O co wam chodzi? — zapytał.

— O ciebie — odparła trzecia praczka, starsza kobieta o niskim głosie i smużkach siwizny we włosach.

— Mówiłam, że chcę cię dotknąć, sprzedawczyku — dodała z uśmiechem Ostrokrzew. W jej dłoni pojawił się nóż.

Mógłbym krzyknąć — pomyślał Theon. *Ktoś by mnie usły-*

szał. W zamku jest pełno uzbrojonych ludzi. Z pewnością jednak zginąłby, nim pomoc zdążyłaby tu dotrzeć, a jego krew wsiąkłaby w ziemię, by nakarmić drzewo serce. *I cóż by w tym było złego?*

— Dotknij mnie — poprosił. — Zabij mnie. — W jego głosie pobrzmiewała raczej rozpacz niż wyzwanie. — Proszę bardzo. Wykończcie mnie, tak jak wykończyłyście tamtych. Żółtą Kuśkę i resztę. To byłyście wy.

— Jak to mogłybyśmy być my? — zapytała ze śmiechem Ostrokrzew. — Jesteśmy kobietami. Mamy cycki i cipy. Jesteśmy od tego, by nas ruchać, nie bać się nas.

— Czy Bękart cię skrzywdził? — zapytała Jarzębina. — Odciął ci paluszki, tak? Zdarł z nich skórkę. Wybił ząbki? Biedny chłopczyk. — Pogłaskała go po policzku. — Z tym już koniec, obiecuję. Modliłeś się i bogowie przysłali ci nas. Chcesz zginąć jak Theon? Spełnimy twoje życzenie. Szybka, miła śmierć, prawie nie będzie bolało. — Uśmiechnęła się. — Ale najpierw musisz zaśpiewać dla Abla. On na ciebie czeka.

TYRION

— Obiekt numer dziewięćdziesiąt siedem. — Licytator strzelił z bicza. — Para karłów nauczonych bawienia ludzi.

Licytację urządzono w miejscu, gdzie szeroki brązowy Skahazadhan wpadał do Zatoki Niewolniczej. Tyrion Lannister czuł słoną woń morza, mieszającą się ze smrodem z latryn wykopanych za zagrodami dla niewolników. Upał nie przeszkadzał mu tak bardzo jak wilgoć. Samo powietrze wywierało na niego nacisk, jakby miał na głowie i ramionach ciepły, wilgotny koc.

— Razem z karłami oferuje się świnię i psa — ciągnął licytator. — Karły umieją na nich jeździć. Zachwyćcie gości na najbliższej uczcie albo urządźcie błazeństwo.

Kupujący siedzieli na drewnianych ławach, sącząc owocowe napoje. Nielicznych wachlowali niewolnicy. Wielu miało na sobie *tokary*, osobliwe stroje uwielbiane przez starą arystokrację z Zatoki Niewolniczej, równie eleganckie co niepraktyczne. Inni ubierali się skromniej — mężczyźni w tuniki i płaszcze z kapturami, a kobiety w kolorowe jedwabie. Zapewne były to kurwy albo kapłanki. Tak daleko na wschód trudno było odróżnić te dwie kategorie.

Za ławami stała grupa ludzi z zachodu, przerzucających się żartami i drwiących z ceremonii. *Najemnicy* — pomyślał Tyrion. Zauważył miecze i sztylety u ich boków, a także parę toporków i kolczugi pod płaszczami. Włosy, brody i rysy twarzy świadczyły, że większość wywodzi się z Wolnych Miast, ale tu i ówdzie widziało się ludzi mogących być Westerosianami. *Kupują czy tylko przyszli pogapić się na przedstawienie?*

— Kto otworzy licytację?

— Trzysta — odezwała się matrona siedząca w antycznym palankinie.

— Czterysta — zawołał monstrualnie gruby Yunkijczyk, rozwalony w swej lektyce niczym lewiatan. Od stóp do głów obleczono go w żółty jedwab ze złotymi frędzlami. Był ogromny jak czterech Illyriów. Tyrionowi było żal niewolników, którzy musieli go nosić. *Przynajmniej tego obowiązku nam oszczędzą. Cóż to za radość być karłem.*

— Czterysta i jeden — rzekła starucha w fiołkowym *tokarze*. Licytator obrzucił ją kwaśnym spojrzeniem, ale uznał ofertę.

Niewolni marynarze z „Selaesori Qhoran", sprzedawani pojedynczo, poszli za pięćset do dziewięciuset sztuk srebra. Doświadczeni żeglarze mieli wysoką wartość. Żaden z nich nie próbował stawiać oporu, gdy na pokład uszkodzonej kogi wtargnęli łowcy niewolników. Dla nich była to tylko zmiana właściciela. Oficerowie byli wolnymi ludźmi, ale wdowa z portu napisała dla nich notę pokrycia, obiecując, że zapłaci okup, gdyby spotkało ich coś w tym rodzaju. Trzech ocalałych ognistych palców jeszcze nie sprzedano, byli jednak własnością Pana Światła i mogli liczyć na to, że wykupi ich któraś z czerwonych świątyń. Ich notami pokrycia były płomienie wytatuowane na twarzach.

Tyrion i Grosik nie mieli podobnych gwarancji.

— Czterysta pięćdziesiąt — zawołał ktoś.

— Czterysta osiemdziesiąt.

— Pięćset.

Niektóre oferty zgłaszano po starovalyriańsku, inne zaś w skundlonym języku Ghis. Część kupujących sygnalizowała je palcem lub ruchem nadgarstka albo malowanego wachlarza.

— Cieszę się, że nas nie rozdzielą — wyszeptała Grosik.

— Nie gadać — warknął handlarz niewolników, spoglądając na nich.

Tyrion uścisnął ramię dziewczyny. Do czoła lepiły mu się kosmyki włosów, jasnoblond i czarnych, do pleców zaś strzępy stroju. Powodem częściowo był pot, częściowo zaś zakrzepła krew. Nie był aż taki głupi, by próbować walki, jak Jorah Mormont, ale to jeszcze nie znaczyło, że uniknął kary. Zasłużył na chłostę pyskowaniem.

— Osiemset.

— Osiemset i pięćdziesiąt.

— Osiemset pięćdziesiąt i jeden.

Jesteśmy warci tyle co marynarz — ucieszył się Tyrion. Być może jednak kupującym chodziło o Śliczną. *Trudno o dobrze wytresowaną świnię.* Z pewnością nie kupowali na wagę.

Gdy osiągnięto dziewięćset sztuk srebra, tempo licytacji spadło. Gdy starucha zaoferowała dziewięćset pięćdziesiąt jeden, aukcja się zatrzymała. Licytator miał jednak nosa i zdecydował, że karły koniecznie muszą zaprezentować kupującym swój numer. Zgryza i Śliczną Świnię zaprowadzono na podwyższenie. Bez siodeł i uzd niełatwo było ich dosiąść. Gdy tylko maciora się poruszyła, Tyrion zleciał z jej tyłka i wylądował na własnym. Kupujący zareagowali salwami śmiechu.

— Tysiąc — odezwał się monstrualny grubas.

— Tysiąc i jeden.

To znowu była starucha.

Twarz Grosik zamarła w upiornym uśmieszku. *Nauczonych bawienia ludzi.* Jej ojciec miał za co odpowiadać, w jakimś małym piekle przeznaczonym dla karłów.

— Tysiąc dwieście.

To był lewiatan w żółtym stroju. Stojący obok niewolnik wręczył mu napój. *Z pewnością cytrynowy.* Widok żółtych oczu wlepionych w podwyższenie niepokoił Tyriona.

— Tysiąc trzysta.

— Tysiąc trzysta i jeden.

Starucha.

Ojciec zawsze mi mówił, że Lannisterowie są warci dziesięć razy więcej od zwykłych ludzi.

Po tysiącu sześciuset tempo znowu zaczęło słabnąć, licytator poprosił więc zainteresowanych, by przyjrzeli się karłom z bliska.

— Samica jest młoda — zapewnił. — Moglibyście je rozmnażać i dostać sporo grosza za potomstwo.

— On nie ma połowy nosa — poskarżyła się starucha, przyjrzawszy się mu dokładnie. Wykrzywiła z niezadowoleniem pomarszczoną twarz. Skórę miała białą jak robak i w fiołkowym *tokarze* przypominała zapleśniałą śliwkę. — I różnobarwne oczy. To brzydki stwór.

— Pani, nie widziałaś jeszcze mojej najlepszej części.

Tyrion złapał się za krocze, na wypadek gdyby go nie zrozumiała.

Jędza syknęła z oburzenia, a Tyriona smagnięto biczem po

plecach. Z piekącym bólem padł na kolana. W ustach poczuł smak krwi. Uśmiechnął się i splunął.

— Dwa tysiące — odezwał się ktoś nowy, siedzący na ławie.

Po co najemnikowi karzeł? Tyrion wstał, by lepiej się przyjrzeć. Kupujący był starszym mężczyzną, białowłosym, ale wysokim i sprawnym. Miał ogorzałą brązową skórę i krótko przyciętą, upstrzoną siwizną brodę. Pod wyblakłym fioletowym płaszczem można było zauważyć miecz i parę sztyletów.

— Dwa i pół tysiąca.

Tym razem był to kobiecy głos. Niska, gruba w talii dziewczyna o wielkich piersiach, nosząca zdobną zbroję. Na jej rzeźbionym czarnym napierśniku przedstawiono inkrustowaną złotem, wzbijającą się do lotu harpię. Z jej szponów zwisały łańcuchy. Para żołnierzy-niewolników niosła dziewczynę na tarczy, trzymanej na wysokości swych barków.

— Trzy tysiące.

Śniady mężczyzna ruszył przez tłum. Inni najemnicy torowali mu drogę, odpychając na boki kupujących. *Tak jest. Podejdź bliżej.* Tyrion wiedział, jak rozmawiać z najemnikami. Ani przez chwilę nie wierzył, że ten człowiek chce go kupić po to, by rozweselał gości na ucztach. *Poznał mnie. Zabierze mnie do Westeros i sprzeda siostrze.* Karzeł potarł usta, by ukryć uśmiech. Cersei i Siedem Królestw znajdowały się na drugim końcu świata. Zanim tam dotrze, może się wydarzyć bardzo wiele. *Przekabaciłem Bronna. Dajcie mi choć najmniejszą szansę, a może z tym również mi się uda.*

Starucha i dziewczyna na tarczy wycofały się przy trzech tysiącach, ale grubas w żółtym stroju nie dawał za wygraną. Wlepił w najemników spojrzenie żółtych oczu, przesunął językiem po żółtych zębach i rzekł:

— Pięć tysięcy srebrników.

Najemnik zmarszczył brwi, wzruszył ramionami i się odwrócił.

Na siedem piekieł. Tyrion był przekonany, że nie chce stać się własnością ogromnego lorda Żółtobrzuszka. Na sam jego widok po skórze karła przebiegały ciarki — rozwalone w lektyce pożółkłe cielsko wielkie jak góra, żółte świńskie oczka i uwydatniające się pod jedwabnym *tokarem* piersi wielkie jak u Ślicznej. Bijący od niego smród było czuć nawet na podwyższeniu.

— Jeśli nie ma dalszych ofert…

— Siedem tysięcy — zawołał Tyrion.

Po ławach przebiegła fala śmiechu.

— Karzeł chce kupić sam siebie — zauważyła dziewczyna na tarczy.

Tyrion uśmiechnął się lubieżnie.

— Bystry niewolnik zasługuje na bystrego pana, a wszyscy tu wyglądacie na durniów.

To sprowokowało kolejne śmiechy wśród kupujących oraz groźną minę licytatora, który dotykał niepewnie bicza, próbując zdecydować, czy to mu się opłaci.

— Pięć tysięcy to zniewaga! — krzyczał Tyrion. — Staję w szranki, śpiewam, mówię zdumiewające rzeczy. Wyrucham waszą żonę, aż będzie krzyczała z rozkoszy. Albo żonę waszego wroga, jeśli wolicie, jak lepiej go zawstydzić? Strzelam z kuszy z morderczą skutecznością, a mężczyźni trzy razy więksi ode mnie kulą się i drżą ze strachu, gdy siadam naprzeciwko nich za stołem do gry w *cyvasse*. Od czasu do czasu zdarzało mi się nawet gotować. Oferuję za siebie dziesięć tysięcy sztuk srebra! Potrafię je zapłacić, tak jest, tak jest. Ojciec mi mówił, że zawsze muszę płacić swe długi.

Najemnik w fioletowym płaszczu się odwrócił. Spojrzał Tyrionowi w oczy nad szeregami uczestników licytacji i się uśmiechnął. *To ciepły uśmiech* — pomyślał karzeł. *Przyjazny. Ale, uwaga, te oczy są zimne. Może mimo wszystko bym nie chciał, żeby mnie kupił.*

Żółte monstrum poruszyło się nerwowo w lektyce. Na jego

przypominającej ogromny pasztet twarzy pojawił się wyraz irytacji. Wymamrotał coś nieprzyjemnego po ghiscarsku. Tyrion nie rozumiał słów, ale ton mówił sam za siebie.

— Czy to była kolejna oferta? — Karzeł uniósł głowę. — Oferuję całe złoto Casterly Rock.

Usłyszał bicz, zanim jeszcze go poczuł, cienki, ostry świst. Tyrion chrząknął z bólu, ale tym razem zdołał się utrzymać na nogach. Jego myśli wróciły do początków podróży, gdy jego najpoważniejszym problemem było, jakim winem popić ślimaki spożywane przed południem. *Oto, do czego prowadzi uganianie się za smokami.* Roześmiał się, zbryzgując pierwszy szereg kupujących krwią i plwociną.

— Jesteś sprzedany — oznajmił licytator. Potem uderzył go znowu, tylko dlatego, że mógł. Tym razem Tyrion się przewrócił.

Jeden ze strażników podniósł go brutalnie. Drugi zepchnął Grosik z podwyższenia tępym końcem włóczni. Na ich miejsce prowadzono już kolejny towar na sprzedaż, piętnasto-, może szesnastoletnią dziewczynę. Nie pochodziła z „Selaesori Qhoran" i Tyrion jej nie znał. *Jest mniej więcej w tym samym wieku co Daenerys Targaryen.* Sprzedający szybko ją rozebrał. *Nam przynajmniej oszczędzono tego upokorzenia.*

Tyrion wbił wzrok w mury Meereen leżące za yunkijskim obozem. Te bramy były tak blisko... a jeśli można było wierzyć temu, co mówiono w zagrodzie dla niewolników, Meereen na razie pozostawało wolnym miastem. Za jego rozsypującymi się murami niewolnictwo i handel niewolnikami nadal były zabronione. Wystarczy dotrzeć do bram i znaleźć się za nimi, a znowu będzie wolnym człowiekiem.

To jednak raczej nie było możliwe, chyba żeby porzucił Grosik. *A ona będzie chciała zabrać psa i świnię.*

— Nie będzie tak źle, prawda? — wyszeptała dziewczyna. — Zapłacił za nas bardzo dużo. To znaczy, że będzie dla nas dobry, tak?

Dopóki będziemy go bawić.

— Jesteśmy zbyt cenni, by nas maltretować — zapewnił, czując krew spływającą mu po plecach po dwóch ostatnich uderzeniach. *Ale gdy nasz numer się znudzi... a to zawsze się dzieje...*

Czekał już na nich nadzorca służący ich nowemu panu. Przyprowadził ze sobą zaprzężony w muła wózek oraz dwóch żołnierzy. Miał długą wąską twarz oraz długą wąską brodę przeplecioną złotym drutem. Sztywne rudoczarne włosy tworzyły po obu stronach głowy parę szponiastych dłoni.

— Ależ z was małe, kochane stworzonka — oznajmił. — Przypominacie mi moje dzieci... czy raczej przypominalibyście, gdyby moje maleństwa żyły. Dobrze się wami zaopiekuję. Powiedzcie, jak macie na imię.

— Grosik.

Jej szept był cichy i pełen przerażenia.

Tyrion z rodu Lannisterów, prawowity lord Casterly Rock, ty nędzny robaku.

— Yollo.

— Śmiały Yollo i radosna Grosik, jesteście teraz własnością szlachetnego i dzielnego Yezzana zo Qaggaza, uczonego oraz wojownika, szanowanego wśród Mądrych Panów z Yunkai. Bądźcie pewni, że uśmiechnęło się do was szczęście, albowiem Yezzan to dobry i wyrozumiały pan. Traktujcie go jak własnego ojca.

Z radością — pomyślał Tyrion, ale tym razem trzymał język za zębami. Nie wątpił, że wkrótce będą musieli wystąpić przed nowym właścicielem, i nie chciał znowu oberwać biczem.

— Wasz ojciec najbardziej kocha swe specjalne skarby. Was również będzie darzył miłością — zapewnił nadzorca. — Jeśli zaś chodzi o mnie, traktujcie mnie jak piastuna, który opiekował się wami, gdy byliście mali. Tak właśnie zwą mnie wszystkie moje dzieci.

— Obiekt numer dziewięćdziesiąt dziewięć — zawołał licytator. — Wojownik.

Dziewczynę sprzedano szybko i prowadzono ją już do nowego pana. Przyciskała ubranie do małych piersi o różowych sutkach. Dwaj handlarze niewolników wyprowadzili na podwyższenie Joraha Mormonta. Rycerz miał na sobie tylko przepaskę biodrową, plecy pokrywały mu ślady od bicza, a twarz tak mu opuchła, że niemal nie sposób było go poznać. Ręce i nogi skuto mu łańcuchami. *Wreszcie posmakował mięsa, które ugotował dla mnie* — pomyślał Tyrion, przekonał się jednak, że cierpienia wysokiego rycerza nie sprawiają mu przyjemności.

Nawet zakuty w łańcuchy, Mormont wywierał groźne wrażenie. Potężny skurczybyk o muskularnych ramionach i pochyłych barkach. Gęste ciemne włosy na piersi sprawiały, że przypominał raczej zwierzę niż człowieka. Dwoje podbitych oczu zmieniło się w ciemne jamy w groteskowo obrzękniętej twarzy. Na policzku miał piętno: maskę demona.

Gdy łowcy niewolników wtargnęli na pokład „Selaesori Qhoran", ser Jorah przywitał ich z mieczem w dłoni. Zabił trzech, nim zdołali go obezwładnić. Towarzysze ofiar z radością by go za to zamordowali, ale kapitan im zabronił. Za dobrego wojownika zawsze można było otrzymać sporo srebra. Dlatego Mormonta przykuto do wiosła, pobito niemal na śmierć, napiętnowano i głodzono.

— Jest wielki i silny — zachwalał go licytator. — Ma w sobie mnóstwo złości. Świetnie się sprawi na arenie. Na początek trzysta srebrników. Są chętni?

Nie było.

Mormont nie zwracał uwagi na tłum kundli. Wlepił wzrok w odległe miasto z jego starożytnymi murami z wielobarwnych cegieł. Tyrion potrafił odczytać to spojrzenie równie łatwo jak książkę. *Tak blisko, a zarazem tak daleko.* Biedny skurczybyk wrócił za późno. Daenerys Targaryen wyszła za mąż. Tak oznajmili im ze śmiechem strażnicy zagrody. Wzięła sobie za swego króla meereeńskiego handlarza niewolników, szlachetnie urodzonego bogacza. Po zawarciu i podpisaniu pokoju w Meereen znowu otworzy się areny. Inni niewolnicy zapewniali jednak, że strażnicy kłamią i Daenerys Targaryen nigdy nie zawarłaby pokoju z panami. Zwali ją *mhysą*. Ktoś powiedział Tyrionowi, że to znaczy „matka". Szeptali do siebie, że srebrna królowa wkrótce wyjdzie za bramy miasta, rozbije Yunkai'i i skruszy ich łańcuchy.

A potem upiecze nam wszystkim cytrynowe ciasto i pocałuje nas w rany na siusiakach, żeby się zagoiły — pomyślał Tyrion. Nie wierzył w królewską odsiecz. Jeśli będzie trzeba, sam ich uratuje. Grzyby, które miał ukryte w bucie, powinny wystarczyć dla niego i dla Grosik. Zgryz i Śliczna Świnia będą musieli radzić sobie sami.

Piastun kontynuował wykład dla nowych zdobyczy swego pana.

— Róbcie wszystko, co wam każą, i nic poza tym, a będziecie żyć jak mali lordowie, rozpieszczani i otoczeni podziwem — zapewnił. — Jeśli okażecie nieposłuszeństwo... ale przecież nigdy byście tego nie zrobili, nieprawdaż? Nie moje słodkie skarby.

Wyciągnął rękę i uszczypnął Grosik w policzek.

— Niech więc będzie dwieście — mówił licytator. — Taka wielka bestia jest warta trzy razy więcej. Cóż byłby z niego za strażnik osobisty! Żaden nieprzyjaciel nie odważyłby się was niepokoić!

— Chodźcie, mali przyjaciele — rzekł Piastun. — Zaprowadzę was do nowego domu. W Yunkai będziecie mieszkali w wielkiej piramidzie Qaggazów i jedli ze srebrnych talerzy, ale tutaj żyjemy skromnie, w prostych, żołnierskich namiotach.

— Kto da mi sto? — zawołał licytator.

To wreszcie spowodowało zgłoszenie oferty, choć wynosiła ona tylko pięćdziesiąt srebrników. Chętnym był chudy mężczyzna w skórzanym fartuchu.

— Pięćdziesiąt i jeden — odezwała się starucha w fioletowym *tokarze*.

Jeden z żołnierzy wsadził Grosik na zaprzężony w muła wóz.

— Kim jest ta stara kobieta? — zapytał mężczyznę karzeł.

— To Zahrina — wyjaśnił żołnierz. — Tani wojownicy na mięso dla bohaterów. Twój przyjaciel wkrótce martwy.

Nie był moim przyjacielem. Mimo to Tyrion Lannister zwrócił się w stronę Piastuna.

— Nie możesz go jej oddać.

Piastun przyjrzał mu się z uwagą.

— Co to za dźwięki płyną z twoich ust?

Tyrion wskazał na rycerza.

— On gra w naszym przedstawieniu. Niedźwiedź i dziewica cud. Jorah jest niedźwiedziem, Grosik dziewicą, a ja dzielnym rycerzem, który ją ratuje. Tańczę wokół niego i biję go po jajach. Bardzo zabawne.

Nadzorca spojrzał na podwyższenie.

— On?

Cena za Joraha Mormonta wzrosła już do dwustu srebrników.

— Dwieście i jeden — oznajmiła starucha w fiołkowym *tokarze*.

— Wasz niedźwiedź. Rozumiem.

Piastun przedarł się przez tłum, pochylił nad opasłym żółtym Yunkijczykiem siedzącym w lektyce i wyszeptał mu coś do ucha. Jego pan skinął głową, kołysząc licznymi podbródkami, a potem uniósł wachlarz.

— Trzysta — zawołał piskliwym głosem.

Starucha pociągnęła nosem i się odwróciła.

— Dlaczego to zrobiłeś? — zapytała Grosik w języku powszechnym.

To celne pytanie — pomyślał Tyrion. *Dlaczego?*

— Twój numer robił się już nudny. Każdy komediant potrzebuje tańczącego niedźwiedzia.

Spojrzała na niego z wyrzutem, a potem przeszła na tył wozu i usiadła obok Zgryza, obejmując go, jakby pies był jej ostatnim prawdziwym przyjacielem na świecie. *Być może rzeczywiście tak jest.*

Piastun wrócił z Jorahem Mormontem. Dwaj żołnierze-niewolnicy należący do ich pana cisnęli rycerza na wóz, między karłami. Mormont nie stawiał oporu. *Wola walki go opuściła, kiedy usłyszał, że jego królowa wyszła za mąż* — uświadomił sobie Tyrion. Jedno wyszeptane słowo zrobiło to, czego nie zdołały dokonać pięści, bicze i pałki: złamało go. *Trzeba było pozwolić, żeby starucha go kupiła. Przyda mi się tyle, co sutki na napierśniku.*

Piastun wdrapał się na przód wozu i ujął w ręce lejce. Ruszyli w stronę obozu ich nowego pana, Yezzana zo Qaggaza. Towarzyszyło im czterech żołnierzy-niewolników, po dwóch po każdej stronie wozu.

Grosik nie płakała, ale oczy miała czerwone i smutne. Ani na moment nie odrywała wzroku od Zgryza. *Czyżby myślała, że to wszystko zniknie, jeśli nie będzie patrzeć?* Jorah Mormont nie zwracał uwagi na nikogo i na nic. Zakuty w łańcuchy rycerz skulił się, pogrążony w ponurych rozmyślaniach.

Tyrion uważnie obserwował wszystkich i wszystko.

Yunkijskie obozowisko nie było jedną całością, lecz składało się z setki odrębnych obozów rozbitych obok siebie. Wszystkie razem otaczały półksiężycem mury Meereen, tworząc miasto z jedwabiu i płótna, mające własne ulice i zaułki, karczmy i dziwki, dobre i złe dzielnice. Namioty pokrywały teren między liniami oblegających i zatoką niczym żółte grzyby. Niektóre były małe i nędzne, tylko płachta starego brudnego płótna chroniąca przed deszczem i słońcem, ale w ich sąsiedztwie stały koszarowe namioty, w których mogło spać stu ludzi, oraz jedwabne pawilony wielkie jak pałace, o szczytach tyczek ozdobionych harpiami. Niektóre obozy rozbito porządnie, namioty otaczały koncentrycznymi kręgami dół na ogień, broń i zbroje ułożono wokół wewnętrznego pierścienia, a konie przywiązano na zewnątrz. Gdzie indziej panował totalny chaos.

Wokół Meereen długimi milami ciągnęły się suche, spalone słońcem równiny. Na płaskim jałowym gruncie nie rosło ani jedno drzewo. Yunkijskie okręty dostarczyły jednak z południa tyle drewna i skór, że wystarczyło to do zbudowania sześciu trebuszy. Ustawiono je po trzech stronach miasta, pomijając tylko tę, która leżała nad rzeką. Wokół machin ułożono stosy kamieni oraz beczek ze smołą i żywicą, czekających na podpalenie. Jeden z towarzyszących im żołnierzy zauważył, na co gapi się Tyrion, i oznajmił mu z dumą, że każdemu trebuszowi nadano imię: Pogromca Smoków, Jędza, Córka Harpii, Zła Siostra, Duch Astaporu, Pięść Mazdhana. Wysokie na czterdzieści stóp machiny były najbardziej przyciągającym uwagę elementem obozu oblegających.

— Już sam ich widok rzuci smoczą królową na kolana — przechwalał się żołnierz. — I od tej chwili zostanie w takiej pozycji, ssąc szlachetnego kutasa Hizdahra, bo inaczej obrócimy jej mury w gruzy.

Tyrion zauważył biczowanego niewolnika. Kolejne razy obracały stopniowo jego plecy w plamę krwi i surowego mięsa. Obok przemaszerował rząd zakutych w łańcuchy mężczyzn, pobrzękujących przy każdym kroku. Wszyscy mieli włócznie oraz krótkie miecze, ale ich ręce i nogi połączono okowami. Karzeł poczuł woń pieczonego mięsa i dostrzegł mężczyznę obdzierającego ze skóry psa przed wrzuceniem go do garnka.

Widział też umarłych i słyszał konających. Przez woń dymu, odór koni i ostry słony zapach zatoki przebijał się smród krwi i gówna. *To dyzenteria* — uświadomił sobie, zauważywszy dwóch najemników wynoszących z namiotu trupa trzeciego. Palce zadrżały mu nerwowo. Ojciec powiedział mu kiedyś, że zaraza może zniszczyć armię szybciej niż nawet największa bitwa.

To kolejny powód, by uciec stąd jak najszybciej.

Ćwierć mili dalej napotkał powód, by zmienić zdanie. Wokół trzech przyłapanych na próbie ucieczki niewolników zgromadził się tłum.

— Wiem, że moje małe skarby będą słodkie i posłuszne — odezwał się Piastun. — Spójrzcie, co czeka tych, którzy uciekają.

Więźniów przywiązano do szeregu poprzecznych belek i dwóch procarzy ćwiczyło na nich swe umiejętności.

— To Tolosowie — wyjaśnił jeden ze strażników. — Najlepsi procarze na świecie. Miotają miękkimi ołowianymi kulkami, nie kamieniami.

Tyrion nigdy nie widział sensu korzystania z proc, skoro łuki miały znacznie większy zasięg… ale też nigdy dotąd nie widział Tolosów w akcji. Ich ołowiane kulki powodowały znacznie większe uszkodzenia niż gładkie kamienie używane przez innych procarzy… a także większe niż łuki. Gdy jedna z nich trafiła w kolano niewolnika, krew i kości rozprysły się na wszystkie strony. Dolna połowa kończyny zwisła na sznurku ciemnoczerwonego ścięgna. *Z pewnością już nie ucieknie* — musiał przyznać Tyrion, gdy mężczyzna zaczął krzyczeć. Jego wrzaski mieszały się ze śmiechem markietanek oraz przekleństwami ludzi, którzy postawili pieniądze na to, że procarz chybi. Grosik odwróciła wzrok, ale Piastun złapał ją za podbródek i odwrócił siłą głowę.

— Patrz — rozkazał. — Ty też, niedźwiedziu.

Jorah Mormont uniósł głowę i wbił spojrzenie w nadzorcę, napreżając mięśnie ramion. *Zaraz go udusi i to będzie koniec dla nas wszystkich.* Rycerz tylko się jednak skrzywił i odwrócił głowę, by obserwować krwawe przedstawienie.

Na wschodzie widniały potężne ceglane mury Meereen, przesłonięte przez wywołaną upałem mgiełkę. To właśnie był azyl, do którego mieli nadzieję dotrzeć ci nieszczęśni głupcy. *Ale jak długo ten azyl pozostanie bezpieczny?*

Dopiero gdy wszyscy trzej niedoszli zbiegowie wyzionęli ducha, Piastun wziął w ręce lejce i wóz ruszył z łoskotem naprzód.

Obóz ich pana znajdował się na południowy wschód od Jędzy, niemalże w jej cieniu. Zajmował obszar kilku akrów. Skromny namiot Yezzana zo Qaggaza okazał się pałacem z cytrynowego jedwabiu. Na szczytach centralnych tyczek każdego z dziewięciu spiczastych dachów zatknięto pozłacane harpie, lśniące w promieniach słońca. Ze wszystkich stron otaczały go mniejsze namioty.

— To są domostwa kucharzy, konkubin i wojowników naszego szlachetnego pana, a także kilku jego mniej lubianych krewnych — wyjaśnił Piastun. — Nasze kochane karzełki otrzymają rzadko przyznawany przywilej spania w namiocie samego Yezzana. On lubi trzymać swe skarby blisko pod ręką. — Spojrzał z zasępioną miną na Mormonta. — Ale nie ty, niedźwiedziu. Jesteś wielki i brzydki, przykujemy cię na zewnątrz. — Rycerz nie zareagował. — Najpierw jednak musimy wam wszystkim założyć obroże.

Wykonano je z żelaza i pokryto cienką warstewką pozłoty, by lśniły w blasku słońca. W metalu wyryto valyriańskimi hieroglifami nazwisko Yezzana, a poniżej uszu przytwierdzono parę dzwoneczków sprawiających, że noszący obrożę pobrzękiwał wesoło przy każdym kroku. Jorah Mormont przyjął obrożę w ponurym milczeniu, ale Grosik rozpłakała się, gdy kowal ją przytwierdzał.

— Jest ciężka — poskarżyła się.

Tyrion ujął dziewczynę za rękę.

— Zrobiono ją ze szczerego złota — skłamał. — W Westeros szlachetnie urodzone damy marzą o takim naszyjniku.

Lepsza obroża niż piętno. Obrożę można zdjąć. Przypomniał sobie Shae i złoty łańcuch, który lśnił, gdy zaciskał go coraz mocniej na jej gardle.

Potem Piastun kazał przytwierdzić łańcuchy ser Joraha do pala wbitego nieopodal ogniska, a sam zaprowadził dwoje karłów do wnętrza i pokazał im miejsce, gdzie będą spać — wyłożoną dywanami wnękę oddzieloną od głównego namiotu ścianami z żółtego jedwabiu. Mieli ją dzielić z innymi skarbami Yezzana: chłopcem o krzywych, owłosionych „kozich nogach", dwugłową dziewczyną z Mantarys, kobietą z brodą oraz smukłym stworzeniem imieniem Słodycz, odzianym w księżycowe kamienie i myrijskie koronki.

— Próbujecie zdecydować, czy jestem mężczyzną, czy kobietą — oznajmiła Słodycz, gdy przedstawiono ją karłom. Uniosła spódnice, by im pokazać, co ma pod spodem. — Jestem i jednym, i drugim. Dlatego pan właśnie mnie kocha najbardziej.

To zbiór osobliwości — uświadomił sobie Tyrion. *Jakiś bóg z pewnością się teraz śmieje.*

— Jesteś śliczna — oznajmił Słodyczy, która miała purpurowe włosy i fiołkowe oczy. — Ale mieliśmy nadzieję, że choć raz to my będziemy najładniejsi.

Słodycz zachichotała, ale Piastun nie dał się rozśmieszyć.

— Zachowaj swe żarty na wieczór, gdy wystąpicie przed naszym szlachetnym panem. Jeśli sprawicie mu przyjemność, czeka was sowita nagroda. W przeciwnym razie…

Uderzył Tyriona w twarz.

— Uważaj na Piastuna — ostrzegła go Słodycz, gdy nadzorca już sobie poszedł. — Tylko on jest tu prawdziwym potworem.

Kobieta z brodą mówiła w niezrozumiałym ghiscarskim dialekcie, a kozi chłopiec w gardłowym marynarskim żargonie zwanym językiem handlowym. Dwugłowa dziewczyna była słaba na umyśle. Jedna głowa nie była większa od pomarańczy i w ogóle nie potrafiła mówić, druga zaś miała spiłowane zęby i warczała na każdego, kto się zbliżył do klatki. Natomiast Słodycz biegle władała czterema językami, w tym również starovalyriańskim.

— Jaki jest pan? — zapytała nerwowo Grosik.

— Ma żółte oczy i śmierdzi — odparła Słodycz. — Przed dziesięciu laty popłynął do Sothoros i od tego czasu gnije od środka. Jeśli dzięki wam zapomni, że umiera, choćby na krótką chwilę, może być nadzwyczaj szczodry. Nie odmawiajcie mu niczego.

Mieli tylko jedno popołudnie na poznanie zasad obowiązujących niewolników. Łaziebni Yezzana wypełnili balię gorącą wodą i karłom pozwolono się wykąpać — najpierw Grosik, a potem Tyrionowi. Następnie inny niewolnik wysmarował mu rany na plecach szczypiącą maścią, żeby nie wdała się gangrena, po czym pokrył je chłodnym kompresem. Grosik ostrzyżono włosy, a Tyrionowi przycięto brodę. Na koniec dostali miękkie pantofle i nowe ubrania, pozbawione ozdób, ale czyste.

Wieczorem wrócił Piastun, by im oznajmić, że pora wdziać komedianckie zbroje. Yezzana miał dziś odwiedzić naczelny wódz yunkijskiej armii, szlachetny Yurkhaz zo Yunzak. Mieli przed nim wystąpić.

— Czy uwolnimy waszego niedźwiedzia?

— Nie dzisiaj — odparł Tyrion. — Najpierw stoczymy przed naszym panem walkę. Niedźwiedzia zachowamy na inną okazję.

— Właśnie. Gdy już zakończycie występy, będziecie pomagali podawać jadło i napoje. Uważajcie, żeby nic nie wylać na gości, bo to się źle dla was skończy.

Wieczorne popisy rozpoczął żongler. Po nim wystąpiła trójka wywijających efektowne fikołki akrobatów. Następnie chłopiec o kozich nogach odtańczył groteskowy taniec. Jeden z niewolników Yurkhaza przygrywał mu na kościanym flecie.

Tyriona kusiło, by go zapytać, czy zna „Deszcze Castamere". Gdy czekali na swoją kolej, obserwował Yezzana i jego gości. Ludzka suszona śliwka zasiadająca na honorowym miejscu z pewnością była naczelnym wodzem yunkijskiej armii. Mężczyzna wyglądał równie groźnie jak luźny stolec. Otaczało go kilkunastu innych yunkijskich możnowładców. Zjawiło się również dwóch kapitanów najemników, każdy w towarzystwie tuzina swoich ludzi. Pierwszy był eleganckim siwowłosym Pentoshijczykiem noszącym jedwabny strój oraz płaszcz pozszywany z dziesiątków kawałków wystrzępionej, zakrwawionej tkaniny. Drugim kapitanem był śniady człowiek o upstrzonej siwizną brodzie, który próbował ich kupić dziś rano.

— To Brązowy Ben Plumm — poinformowała Tyriona Słodycz. — Kapitan Drugich Synów.

Westerosianin i do tego Plumm. Coraz lepiej i lepiej.

— Teraz przyjdzie kolej na was — oznajmił Piastun. — Bądźcie zabawne, kochane maleństwa, bo pożałujecie.

Tyrion nie opanował jeszcze nawet połowy sztuczek Miedziaka, ale potrafił dosiąść maciory, spaść z niej, kiedy trzeba, przetoczyć się i wstać. Wszystko to spotkało się z miłym przyjęciem widzów. Widok małych ludzi biegających jak pijani i okładających się nawzajem drewnianą bronią w obozie oblężniczym w Zatoce Niewolniczej okazał się równie zabawny co na uczcie weselnej Joffreya w Królewskiej Przystani. *Pogarda to uniwersalny język* — pomyślał Tyrion.

Ich pan, Yezzan, śmiał się najgłośniej i najdłużej, gdy tylko któryś z karłów zleciał z wierzchowca albo oberwał drewnianą bronią. Jego kolosalne ciało trzęsło się niczym barani tłuszcz podczas trzęsienia ziemi. Goście czekali, jak zareaguje Yurkhaz zo Yunzak, nim podążyli za jego przykładem. Naczelny wódz był tak wątły, że Tyrion bał się, iż śmiech może go zabić. Gdy hełm Grosik spadł z jej głowy i wylądował na kolanach odzianego w *tokar* w zielono-złote prążki Yunkijczyka o skwaszonej minie, Yurkhaz zachichotał jak kurczak. Kiedy rzeczony wielmoża sięgnął do środka hełmu i wydobył zeń wielki fioletowy melon ociekający zmiażdżonym miąższem, wódz zaczął charczeć ze śmiechu, aż jego twarz przybrała kolor owocu. Odwrócił się do gospodarza i wyszeptał coś do niego. Ich pan zachichotał, a potem oblizał wargi... choć Tyrion odnosił wrażenie, że w wąskich żółtych oczkach pojawił się cień gniewu.

Potem karły zdjęły drewniane zbroje i przepocone stroje noszone pod nimi, by przebrać się w czyste żółte tuniki, w których miały usługiwać gościom. Tyrionowi dano dzban purpurowego wina, a Grosik otrzymała drugi, pełen wody. Krążyli po namiocie, wypełniając kielichy gościom. Ich obute w pantofelki stopy cicho dotykały grubych dywanów. Praca była trudniejsza, niżby się zdawało. Wkrótce Tyriona złapały paskudne kurcze w nogach, a jedna z ran na plecach znowu zaczęła mu krwawić. Czerwony płyn przesączał się przez żółte płótno tuniki. Karzeł przygryzł język i nie przestawał nalewać.

Większość gości poświęcała im równie mało uwagi co pozostałym niewolnikom... ale jeden Yunkijczyk oznajmił pijackim głosem, że Yezzan powinien kazać karłom pierdolić się ze sobą, drugi zaś zapytał, w jaki sposób Tyrion stracił nos. *Wsadziłem go twojej żonie w pizdę i odgryzła mi go.* O mało nie powiedział tego na głos... ale sztorm przekonał go, że nie chce jeszcze umierać.

— Odcięto mi go za bezczelność, panie — odparł więc.

Potem możnowładca w niebieskim *tokarze* obszytym tygrysimi oczami przypomniał sobie, że podczas licytacji Tyrion przechwalał się umiejętnością gry w *cyvasse*.

— Poddajmy go próbie — zaproponował. Bezzwłocznie przyniesiono stół oraz zestaw figur. Po paru chwilach twarz wielmoży poczerwieniała. Przewrócił stół i figury posypały się na dywan przy akompaniamencie śmiechu Yunkijczyków.

— Powinieneś pozwolić mu wygrać — wyszeptała Grosik.

Brązowy Ben Plumm podniósł z uśmiechem przewrócony stolik.

— Spróbuj się teraz ze mną, karle. Kiedy byłem młodszy, Drudzy Synowie przyjęli kontrakt z Volantis. Tam właśnie nauczyłem się grać.

— Jestem tylko niewolnikiem. Mój szlachetny pan decyduje, z kim i kiedy gram. — Tyrion spojrzał na Yezzana. — Panie?

Ten pomysł wyraźnie ubawił żółtego wielmożę.

— Jaką stawkę proponujesz, kapitanie?

— Jeśli wygram, oddasz mi tego niewolnika — odparł Plumm.

— Nie — sprzeciwił się Yezzan zo Qaggaz. — Ale jeśli zdołasz pokonać mojego karła, otrzymasz ode mnie sumę, jaką za niego zapłaciłem, w złocie.

— Zgoda — odparł najemnik. Rozsypane figury podniesiono z dywanu i obaj mężczyźni zasiedli do gry.

Tyrion wygrał pierwszą partię, a Plumm drugą, o podwojoną stawkę. Gdy przygotowywali się do trzeciej, karzeł przyjrzał się uważnie przeciwnikowi. Był śniady, policzki i szczękę porastała mu siwo-biała, krótko przystrzyżona broda, miał na twarzy tysiąc zmarszczek oraz kilka starych blizn. Plumm wyglądał sympatycznie, zwłaszcza gdy się uśmiechał. *Wierny sługa* — pomyślał Tyrion. *Ulubiony wujaszek każdego, skarbnica chichotów, starych porzekadeł i prostej mądrości.* Wszystko to były pozory. Uśmiechy nigdy nie dotykały oczu Plumma, w których za zasłoną ostrożności kryła się chciwość. *Jest głodny, ale roztropny.*

Najemnik okazał się prawie tak samo kiepskim graczem jak yunkijski możnowładca, ale jego styl gry był raczej spokojny i nieustępliwy niż śmiały. Jego początkowe ustawienie za każdym razem było inne, lecz zarazem takie samo — konserwatywne, defensywne, bierne. *Nie gra po to, żeby wygrać, ale po to, by nie przegrać* — uświadomił sobie Tyrion. W drugiej partii ta strategia okazała się skuteczna, gdyż mały człowieczek posunął się zbyt daleko w nieprzygotowanym ataku. Nie przyniosła jednak Plummowi powodzenia w trzeciej grze, a także w czwartej i w piątej, która okazała się ostatnią.

Pod koniec piątego starcia, gdy jego forteca legła w gruzach, smok zginął, słonie zbito jeszcze wcześniej, a ciężka konnica krążyła bezradnie z tyłu, Plumm uniósł z uśmiechem wzrok.

— Yollo znowu wygrywa — oznajmił. — Śmierć w czterech ruchach.

— W trzech. — Tyrion dotknął palcem swego smoka. — Sprzyjało mi szczęście. Może powinieneś mnie mocno pogłaskać po głowie przed kolejną partią, kapitanie. Odrobina tego fartu mogłaby przejść do twoich palców.

I tak byś przegrał, ale mógłbyś mnie zmusić do większego wysiłku. Tyrion odsunął się z uśmiechem od stołu, wziął w ręce dzban z winem i wrócił do nalewania. Yezzan zo Qaggaz wyraźnie się dzięki niemu wzbogacił, a Brązowy Ben Plumm znacznie zbiedniał. Podczas trzeciej partii gigantyczny pan karła zapadł w pijacki sen, kielich wypadł mu z pożółkłych palców, a jego zawartość wylała się na dywan, niemniej jednak może się ucieszy, kiedy się ocknie.

Gdy naczelny wódz Yurkhaz zo Yunzak sobie poszedł, podtrzymywany przez dwóch krzepkich niewolników, inni goście uznali to za sygnał do opuszczenia namiotu. Kiedy wszyscy już wyszli, wrócił Piastun i zawiadomił usługujących, że mogą sobie urządzić ucztę z resztek.

— Ale jedzcie szybko. Wszystko musi być posprzątane, zanim zaśniecie.

Tyrion klęczał, próbując usunąć plamę powstałą w chwili, gdy szlachetny Yezzan rozlał wino na swój własny dywan. Nogi miał obolałe, a rany w plecach piekły go straszliwie. Nadzorca stuknął go delikatnie w policzek końcówką bicza.

— Dobrze się spisałeś Yollo. Ty i twoja żona.

— Nie jest moją żoną.
— W takim razie twoja kurwa. Wstańcie oboje.

Tyrion podniósł się niepewnie. Jedna noga pod nim drżała. W udach chwytały go kurcze tak silne, że Grosik musiała mu podać rękę, żeby mógł wstać.

— Co takiego zrobiliśmy?

— Bardzo wiele — odparł nadzorca. — Piastun mówił wam, że otrzymacie nagrodę, jeśli zadowolicie naszego ojca, nieprawdaż? Choć, jak widzieliście, szlachetny Yezzan bardzo nie lubi rozstawać się ze swymi małymi skarbami, Yurkhaz zo Yunzak przekonał go, że postąpiłby samolubnie, zachowując tak zabawne igraszki tylko dla siebie. Radujcie się! Czeka was zaszczyt wystąpienia na Wielkiej Arenie Daznaka, dla uczczenia zawarcia pokoju. Zobaczą was tysiące! Dziesiątki tysięcy! Och, jakże wszyscy będziemy się śmiać!

JAIME

Raventree Hall było starym zamkiem. Starożytne kamienie pokrywała gruba warstwa mchu, porastająca mury na podobieństwo żył na nogach staruchy. Po obu stronach głównej bramy wznosiły się ogromne baszty, każdego zakrętu murów broniły zaś mniejsze wieże. Wszystkie były kwadratowe. Wieże okrągłe i półksiężycowate skuteczniej się opierały katapultom, ponieważ kamienne pociski często się odbijały od łukowatych ścian, ale Raventree zbudowano w czasach, gdy budowniczowie nie przyswoili sobie jeszcze tej mądrości.

Zamek dominował nad szeroką żyzną niecką, zwaną przez mapy i ludzi Doliną Blackwoodów. Z pewnością była to dolina, ale już od kilku tysięcy lat nie rosły w niej drzewa, którym miejscowi lordowie zawdzięczali nazwisko, ani czarne, ani brązowe czy zielone. Kiedyś można je było tu znaleźć, ale siekiery drwali dawno już sobie z nimi poradziły. Tam, gdzie kiedyś rosły wysokie dęby, zbudowano domy, młyny i twierdze. Ziemia była naga i błotnista, tu i ówdzie upstrzona zaspami topniejącego śniegu.

Wewnątrz zamku ocalał jednak fragment lasu. Ród Blackwoodów wyznawał starych bogów, zachował wiarę Pierwszych Ludzi z czasów poprzedzających przybycie Andalów do Westeros. Niektóre z drzew w ich bożym gaju dorównywały ponoć wiekiem kwadratowym wieżom Raventree, zwłaszcza drzewo serce. Górne konary kolosalnego czardrzewa były widoczne z odległości wielu mil. Przypominały kościste palce wyciągające się ku niebu.

Posuwając się ze swą eskortą krętą drogą, biegnącą ku dolinie między pofałdowanymi wzgórzami, Jaime Lannister widział, jak niewiele zostało z pól, gospodarstw rolnych i sadów otaczających ongiś Raventree — tylko błoto i popioły, a tu i ówdzie wypalone skorupy domów oraz młynów. Pustkowie porastały chwasty, cierniste krzewy i pokrzywy, nigdzie nie rosło nic, co można by uznać za plony. Gdziekolwiek by spojrzał, Jaime widział rękę swego ojca. Nawet w kościach leżących gdzieniegdzie na poboczu. Większość pochodziła od owiec, ale zdarzały się też końskie i bydlęce. Czasem zauważał też ludzką czaszkę albo bezgłowy szkielet o klatce piersiowej poprzerastanej chwastami.

W przeciwieństwie do Riverrun, Raventree nie otoczyły liczne zastępy. Oblężenie miało tu bardziej subtelny charakter, było ostatnim krokiem w tańcu trwającym od stuleci. Jonos Bracken miał pod zamkiem najwyżej pięciuset ludzi. Jaime nie zauważył wież oblężniczych, taranów ani katapult. Bracken nie zamierzał rozbić bram Raventree ani zdobyć szturmem jego wysokich grubych murów. Jego rywal nie mógł liczyć na odsiecz i Bracken z zadowoleniem weźmie go głodem. Na początku oblężenia z pewnością dochodziło do wycieczek i potyczek, a strzały fruwały w obie strony, ale minęło już pół roku i wszyscy byli zbyt zmęczeni na podobne nonsensy. Przewagę zdobyły nuda i rutyna, będące wrogami dyscypliny.

Najwyższy czas położyć temu kres — pomyślał Jaime Lannister. Riverrun wpadło już w ręce jego rodu i Raventree było wszystkim, co pozostało z krótkotrwałego królestwa Młodego Wilka. Kiedy zamek się podda, zadanie Jaimego zostanie wykonane i będzie mógł wrócić do Królewskiej Przystani. *Do króla* — powtarzał sobie. *Do Cersei* — szeptała jednak inna część jego jaźni.

Zapewne będzie musiał spojrzeć w oczy siostrze, zakładając, że Wielki Septon nie zabije jej pod jego nieobecność. *Przybywaj natychmiast* — napisała w liście, który kazał Peckowi spalić w Riverrun. *Pomóż mi. Ratuj mnie. Potrzebuję cię bardziej niż kiedykolwiek dotąd. Kocham cię. Kocham cię. Kocham cię. Przybywaj natychmiast.* Jaime nie wątpił, że siostra naprawdę go potrzebuje. Jeśli zaś chodziło o resztę... *pierdoliła się z Lancelem, Osmundem Kettleblackiem, a całkiem możliwe, że również z Księżycowym Chłopcem...* Nawet gdyby wrócił, nie miałby szans jej uratować. Była winna każdej zdrady, o którą ją oskarżono, a on stracił prawą dłoń.

Gdy kolumna zbliżała się kłusem przez pola, wartownicy gapili się na nią raczej z ciekawością niż ze strachem. Nikt nie podniósł alarmu, co raczej cieszyło Jaimego. Namiot lorda Brackena łatwo było znaleźć. Był największy w obozie i rozbito go w najkorzystniejszym miejscu, na niskim wzniesieniu obok strumienia. Rozciągał się stamtąd wyraźny widok na dwie bramy Raventree.

Namiot był brązowy, podobnie jak sztandar powiewający na jego centralnej tyczce. Na widniejącej na nim złotej tarczy herbowej przedstawiono czerwonego, stojącego dęba ogiera rodu Brackenów. Jaime rozkazał ludziom zsiąść z koni i powiedział im, że mogą porozmawiać z Brackenami, jeśli chcą.

— Ale nie wy dwaj — oznajmił niosącym chorągwie. — Wy trzymajcie się blisko. To nie zajmie mi wiele czasu.

Jaime zsunął się z grzbietu Chwały i podszedł do namiotu Brackena. Miecz grzechotał mu w pochwie.

Stojący przy wejściu wartownicy wymienili nerwowe spojrzenia na jego widok.

— Czy mamy cię zapowiedzieć, panie? — zapytał jeden z nich.

— Sam się zapowiem.

Jaime odsunął połę złotą dłonią, pochylił się i wszedł do środka.

Kiedy się zjawił, byli tak zajęci, tak głęboko oddali się chuci, że żadne z nich nie zauważyło jego przybycia. Kobieta zamknęła oczy. Zaciskała dłonie na gęstych brązowych włosach porastających plecy Brackena. Jego lordowska mość zatopił głowę między jej piersiami, a dłonie zamknął wokół bioder. Jaime odchrząknął.

— Lordzie Jonosie.

Kobieta otworzyła oczy i krzyknęła ze zdumienia. Jonos Bracken stoczył się z niej, sięgnął po pochwę, wyciągnął stal i wstał z przekleństwem na ustach.

— Na siedem cholernych piekieł — zaczął — kto śmie... — Nagle zauważył biały płaszcz i złoty napierśnik Jaimego. Opuścił miecz. — Lannister?

— Przepraszam, że zakłóciłem twe przyjemności, wasza lordowska mość — oznajmił Jaime, uśmiechając się półgębkiem — ale raczej się śpieszę. Czy możemy porozmawiać?

— Porozmawiać. Tak jest. — Lord Jonos wsunął miecz do pochwy. Był niższy od Jaimego, ale masywniej zbudowany. Miał potężne bary i ramiona, których zazdrościłby mu kowal. Jego policzki oraz podbródek porastała brązowa szczecina. Oczy miał tego samego koloru i kiepsko sobie radził z ukrywaniem błyszczącego w nich gniewu. — Zaskoczyłeś mnie, panie, ale ucieszyło mnie twoje przybycie.

— I chyba również rozczarowało. — Jaime uśmiechnął się do kobiety leżącej na łożu. Jedną dłonią osłaniała lewą pierś, a drugą krocze, prawa pierś była zatem odsłonięta. Sutki miała ciemniejsze od sutek Cersei, a do tego trzykrotnie większe. Zauważywszy spojrzenie Jaimego, zakryła prawą pierś, odsłaniając w ten sposób wzgórek łonowy. — Czy wszystkie markietanki są takie skromne? — zdziwił się Lannister. — Jeśli ktoś chce sprzedać rzepę, powinien ją pokazać kupującym.

— Gapisz się na moje rzepy, odkąd tu wszedłeś, ser. — Kobieta znalazła koc i podciągnęła go do talii. Potem uniosła rękę, by odgarnąć włosy z oczu. — Ale one nie są na sprzedaż.

Jaime wzruszył ramionami.

— Przepraszam, jeśli wziąłem cię za kogoś, kim nie jesteś. Mój braciszek poznał pewnie ze sto kurew, ale ja spałem dotąd tylko z jedną.

— To łup wojenny. — Bracken podniósł spodnie z ziemi i otrzepał je. — Należała do jednego z zaprzysiężonych ludzi Blackwoodów, nim rozszczepiłem mu głowę na dwoje. Opuść ręce, kobieto. Jego lordowska mość chce się przyjrzeć twoim cyckom.

Jaime zignorował jego słowa.

— Wkładasz spodnie tył na przód, panie — poinformował Brackena. Jonos zaklął, a kobieta wymknęła się z łoża, by pozbierać ubranie. Kiedy się pochylała, odwracała i wyciągała rękę, jej palce przesuwały się nerwowo między piersiami a kroczem. Te wysiłki ukrycia się były dziwnie prowokujące, znacznie silniej, niż gdyby po prostu robiła to nago. — Jak cię zwą, kobieto? — zapytał Jaime.

— Matka nazwała mnie Hildy, ser. — Wciągnęła poplamioną koszulę przez głowę i potrząsnęła głową, uwalniając włosy. Twarz miała prawie tak samo brudną jak stopy, a między nogami tyle włosów, że można by ją wziąć za siostrę

Brackena. Mimo to było w niej coś pociągającego. Perkaty nos, gęste włosy… albo lekkie dygnięcie, gdy już włożyła spódnicę. — Widziałeś gdzieś mój drugi but, panie?

To pytanie wyraźnie poirytowało lorda Brackena.

— Czy jestem cholerną służącą, żeby podawać ci buty? Idź boso, jeśli musisz. Ale idź już.

— To znaczy, że nie zabierzesz mnie ze sobą, bym mogła się pomodlić z twoją małą żoną, panie? — Hildy roześmiała się, obrzucając Jaimego wyzywającym spojrzeniem. — A czy ty masz małą żonę, panie?

Nie. Mam siostrę.

— Jakiego koloru jest mój płaszcz?

— Białego — odparła. — Ale dłoń masz ze szczerego złota. To mi się podoba u mężczyzn. A co ty najbardziej lubisz u kobiet, panie?

— Niewinność.

— U kobiet, nie u córek.

Pomyślał o Myrcelli. *Jej też będę musiał powiedzieć.* To może się nie spodobać Dornijczykom. Doran Martell zaręczył Myrcellę ze swoim synem w przekonaniu, że w jej żyłach płynie krew Roberta. *Sploty i węzły* — pomyślał Jaime, żałując, że nie może przeciąć wszystkich jednym szybkim uderzeniem miecza.

— Złożyłem śluby — poinformował Hildy ze znużeniem w głosie.

— A więc nie dostaniesz rzep — odparła wyzywającym tonem.

— Zwiewaj — ryknął lord Jonos.

Posłuchała go, ale gdy przechodziła obok Jaimego, ściskając jeden but i stertę ubrań, wyciągnęła rękę i złapała go za kutasa przez spodnie.

— Hildy — przypomniała mu i uciekła z namiotu, na wpół ubrana.

Hildy — pomyślał Jaime.

— A jak się ma twoja pani żona? — zapytał lorda Jonosa, gdy dziewczyna już sobie poszła.

— Skąd mam wiedzieć? Zapytaj jej septona. Kiedy twój ojciec spalił nasz zamek, doszła do wniosku, że bogowie nas ukarali. Teraz cały czas tylko się modli. — Jonos wreszcie zdołał włożyć spodnie jak należy i zawiązywał je z przodu. — Co cię tu sprowadza, panie. Blackfish? Słyszeliśmy, że zwiał.

— Naprawdę? — Jaime usiadł na obozowym stołku. — Może od niego samego?

— Ser Brynden jest za sprytny, by uciec do mnie. Nie przeczę, że go lubię, ale to mnie nie powstrzyma przed zakuciem go w łańcuchy, jeśli tylko się tu zjawi. Wie, że ugiąłem kolan. Powinien zrobić to samo, ale zawsze był uparty. Jego brat mógłby ci to powiedzieć.

— Tytos Blackwood nie ugiął kolan — zauważył Jaime. — Czy Blackfish mógł znaleźć azyl w Raventree?

— Mógłby go tam szukać, ale najpierw musiałby się przemknąć przez moje szyki, a nic mi nie wiadomo o tym, by wyrosły mu skrzydła. Tytos wkrótce sam będzie potrzebował azylu. Żrą już tam szczury i korzonki. Podda się przed najbliższą pełnią.

— Podda się przed zachodem słońca. Zaproponuję mu łaskawe warunki i przyjmę go z powrotem w obręb królewskiego pokoju.

— Rozumiem. — Lord Jonos wsunął się w brązową wełnianą bluzę, ozdobioną wyhaftowanym z przodu ogierem Brackenów. — Wypijesz róg *ale*, panie?

— Nie, ale nie musisz z mojego powodu siedzieć o suchej gębie.

Bracken napełnił róg *ale*, wychylił połowę i otarł usta.

— Wspominałeś o warunkach. Jak one brzmią?

— Zwyczajowo. Lord Blackwood będzie musiał przyznać się do zdrady i wyrzec się lojalności wobec Starków i Tullych. Przysięgnie solennie przed bogami i ludźmi, że od tej chwili będzie wiernym wasalem Harrenhal oraz Żelaznego Tronu, a ja dam mu ułaskawienie w imieniu króla. Rzecz jasna, weźmiemy od niego parę garnców złota. To cena za rebelię. Zażądam też zakładnika, by mieć pewność, że Raventree nie zbuntuje się znowu.

— Weź jego córkę — zasugerował Bracken. — Blackwood ma sześciu synów, ale córkę tylko jedną. Rozpieszcza ją. To mała smarkula, ma najwyżej siedem lat.

— Nie za dużo, ale może się nadać.

Lord Jonos dopił *ale* i odrzucił róg na bok.

— A co z ziemiami i zamkami, które nam obiecano?

— Co to były za ziemie?

— Wschodni brzeg Wdowiego Potoku od Pola Kuszników aż po Sprośną Łąkę oraz wszystkie wyspy na strumieniu. Młyn Zbożowy i Młyn Lordowski, ruiny Błotnistego Dworu, Gwałt, Dolinę Bitwy i Starą Kuźnię, wioski Sprzączka, Czarna Sprzączka, Kopce i Glinianka oraz targowe miasteczko Błotnisty Grób. Las Os, Las Lorgena, Zielone Wzgórze i Cycki Barby. Blackwoodowie zwą je Cyckami Missy, ale przedtem należały do Barby. Honeytree razem ze wszystkimi ulami. Proszę, tu wszystko zaznaczyłem, jeśli wasza lordowska mość raczy spojrzeć.

Przeszukał ręką stół i znalazł pergaminową mapę.

Jaime ujął ją w ocalałą dłoń, musiał więc użyć złotej, by rozwinąć i przytrzymać pergamin.

— To wielkie obszary — zauważył. — Wasze włości powiększyłyby się o jedną czwartą.

Bracken zacisnął zęby w upartym grymasie.

— Wszystkie te ziemie należały ongiś do Kamiennego Płotu. Blackwoodowie je nam ukradli.

— A co z tą wioską między Cyckami? — zapytał Jaime, dotykając mapy złotym palcem.

— To Pennytree. Też kiedyś należała do nas, ale od stu lat jest królewskim lennem. Zostawmy ją. Prosimy tylko o ziemie ukradzione nam przez Blackwoodów. Twój pan ojciec obiecał je nam, jeśli pomożemy mu poskromić lorda Tytosa.

— Po drodze zauważyłem na murach chorągwie Tullych, a także wilkora Starków. To sugeruje, że lorda Tytosa nie poskromiono.

— Przegnaliśmy jego ludzi z pola bitwy i zamknęliśmy ich w Raventree. Daj mi ludzi, by wziąć zamek szturmem, a wszyscy Blackwoodowie spoczną poskromieni w grobach.

— Jeśli dam ci ludzi, to oni poskromią Blackwoodów, nie ty. A w takim przypadku powinienem przyznać nagrodę samemu sobie. — Jaime pozwolił mapie się zwinąć. — Zatrzymam ją, jeśli pozwolisz.

— Mapa należy do ciebie. Ale ziemie do nas. Powiadają, że Lannister zawsze płaci swe długi. Walczyliśmy za was.

— Nawet nie w połowie tak długo, jak przeciwko nam.

— Król nas ułaskawił. Wasi ludzie zabili mojego bratanka i naturalnego syna. Wasz Góra ukradł moje plony i spalił wszystko, czego nie mógł zabrać. Puścił z dymem mój zamek i zgwałcił jedną z moich córek. Domagam się rekompensaty.

— Góra nie żyje i mój ojciec też — przypomniał mu Jaime. — A niektórzy powiedzieliby, że fakt, iż pozwolono ci zachować głowę, jest wystarczającą rekompensatą. Opowiedziałeś się po stronie Starka i dochowałeś mu wierności, dopóki lord Walder go nie zabił.

— Zamordował go, a razem z nim kilkunastu dobrych ludzi mojej krwi. — Lord Jonos odwrócił głowę i splunął. — Tak jest, dochowałem wierności Młodemu Wilkowi. Wam również jej dochowam, pod warunkiem że potraktujecie mnie sprawiedliwie. Ugiąłem kolan, ponieważ nie widziałem sensu w ginięciu za umarłych i przelewaniu krwi Brackenów za przegraną sprawę.

— Roztropny z ciebie człowiek. — *Choć niektórzy mogliby powiedzieć, że lord Blackwood jest bardziej honorowy.* —

Dostaniesz te ziemie. A przynajmniej ich część. Ponieważ poskromiłeś Blackwoodów tylko częściowo.

To najwyraźniej usatysfakcjonowało lorda Jonosa.

— Zadowolimy się takimi zyskami, jakie wasza lordowska mość uzna za sprawiedliwe. Jeśli jednak mogę ci coś doradzić, z Blackwoodami nie można postępować zbyt łagodnie. Mają zdradę we krwi. Przed przybyciem Andalów do Westeros ród Brackenów władał wszystkimi ziemiami nad tą rzeką. Byliśmy królami, a Blackwoodowie naszymi wasalami, ale zdradzili nas i zagarnęli koronę dla siebie. Każdy Blackwood to urodzony sprzedawczyk. Dobrze by było, gdybyś o tym pamiętał, przedstawiając im warunki.

— Och, będę pamiętał — zapewnił Jaime.

Gdy ruszył konno ku bramom Raventree, Peck szedł przed nim, trzymając chorągiew pokoju. Nim dotarli do zamku, z murów obserwowało ich już dwadzieścia par oczu. Jaime zatrzymał Chwałę na brzegu głębokiej, wyłożonej kamieniami fosy. Zieloną wodę pokrywała rzęsa. Jaime chciał już rozkazać ser Kennosowi zadąć w Róg Herrocka, ale most zwodzony zaczął się już opuszczać.

Lord Tytos Blackwood spotkał się z nim na zewnętrznym dziedzińcu. Dosiadał rumaka równie wychudzonego jak on sam. Bardzo wysoki i bardzo szczupły lord Raventree miał garbaty nos, długie włosy oraz nierówno przystrzyżoną, czarno-siwą brodę, w której było już więcej siwizny niż czerni. Na napierśniku wypolerowanej szkarłatnej zbroi inkrustowano srebrem białe drzewo, uschnięte i martwe. Wokół niego do lotu zrywało się stado onyksowych kruków. Na ramionach mężczyzny powiewał płaszcz z kruczych piór.

— Witaj, lordzie Tytosie — rzekł Jaime.

— Witaj, ser.

— Dziękuję, że wpuściłeś mnie do zamku.

— Nie powiem, że jesteś tu mile widziany, ale i nie zaprzeczę, że miałem nadzieję, iż możesz się zjawić. Przybywasz po mój miecz.

— Przybywam, by położyć temu kres. Twoi ludzie walczyli dzielnie, ale wasza wojna jest przegrana. Czy jesteś gotowy się poddać?

— Królowi. Nie Jonosowi Brackenowi.

— Rozumiem.

Blackwood zawahał się chwilę.

— Czy pragniesz, bym zsiadł z konia i klęknął przed tobą?

Patrzyła na nich setka oczu.

— Wiatr jest zimny, a dziedziniec zabłocony — odparł Jaime. — Możesz uklęknąć na dywanie w swej samotni, gdy już uzgodnimy warunki.

— Zachowujesz się po rycersku — przyznał lord Tytos. — Chodźmy, ser. W moim zamku może zabraknąć jadła, ale nie uprzejmości.

Samotnia Blackwooda znajdowała się na pierwszym piętrze ogromnego drewnianego donżonu. Gdy weszli do środka, na kominku palił się ogień. Komnata była wielka, przestronna i jasna, a wysoki sufit podtrzymywały potężne belki z ciemnej dębiny. Na ścianach wisiały wełniane arrasy, a szerokie okna o szybkach oprawionych w ołów wychodziły na boży gaj. Za grubymi romboidalnymi szybkami z żółtego szkła Jaime dostrzegał sękate konary drzewa, któremu zamek zawdzięczał swą nazwę. Starożytne czardrzewo było kolosalne, dziesięć razy większe od tego, które rosło w Kamiennym Ogrodzie Casterly Rock. Było jednak martwe i bezlistne.

— Zatruli je Brackenowie — oznajmił gospodarz. — Od tysiąca lat nie wyrósł na nim ani jeden listek. Maesterzy mówią, że za kolejny tysiąc obróci się w kamień. Czardrzewa nigdy nie ulegają rozkładowi.

— A co z krukami? — zapytał Jaime. — Gdzie się podziały?

— Przylatują o zmierzchu i zostają tu całą noc. Są ich setki. Pokrywają drzewo niczym czarne liście, wszystkie gałęzie i konary. Zachowują się tak od tysiącleci. Drzewo przyciąga je co noc, nikt nie wie jak ani dlaczego. – Blackwood usiadł na krześle o wysokim oparciu. — Honor każe, bym zapytał o swego seniora.

— Ser Edmure zmierza do Casterly Rock jako mój jeniec. Jego żona pozostanie w Bliźniakach do chwili przyjścia na świat dziecka. Potem dołączy do męża, razem z niemowlęciem. Edmure'a czeka długie życie, pod warunkiem że nie będzie knuł spisków ani próbował ucieczki.

— Długie i pełne goryczy. Życie bez honoru. Aż do dnia śmierci ludzie będą mu powtarzać, że bał się walczyć.

Niesprawiedliwie — pomyślał Jaime. *To o swoje dziecko się bał. Wiedział, czyim synem jestem, lepiej niż moja własna ciotka.*

— Wybór należał do niego. Jego stryj chciał utoczyć nam krwi.

— W tym przynajmniej możemy się zgodzić. — Ton Blackwooda niczego nie zdradzał. — Co zrobiłeś z ser Bryndenem, jeśli mogę zapytać?

— Zaproponowałem mu, by przywdział czerń. Ale on wolał uciec. Czy przypadkiem nie ukrywasz go tutaj? — zapytał z uśmiechem Jaime.

— Nie.

— A czy powiedziałbyś mi, gdybyś go ukrywał?

Tym razem to Tytos Blackwood się uśmiechnął.

Jaime splótł dłonie, wsuwając złote palce między żywe.

— Chyba już pora, byśmy porozmawiali o warunkach.

— Czy teraz właśnie mam paść na kolana?

— Jak sobie życzysz. Albo możemy powiedzieć, że to zrobiłeś.

Lord Blackwood nie wstał z krzesła. Wkrótce osiągnęli porozumienie w najważniejszych punktach: wyznanie winy, złożenie hołdu, ułaskawienie, pewna suma w złocie i srebrze do zapłacenia.

— Jakich ziem żądasz? — zapytał lord Tytos. Jaime wręczył mu mapę. Blackwood zerknął na nią i zachichotał. — Oczywiście. Sprzedawczyk musi otrzymać nagrodę.

— Tak, ale mniejszą, niż się spodziewa, w zamian za mniejszą zasługę. Z którymi z tych ziem zgodzisz się rozstać?

Lord Tytos zastanawiał się przez chwilę.

— Drewniany Płot, Pole Kuszników i Sprzączka.

— Ruiny, wzgórze i kilka nędznych chat. Doprawdy, wasza lordowska mość. Musisz ponieść karę za popełnioną zdradę. Będzie chciał dostać co najmniej jeden młyn.

Młyny były cennym źródłem podatków. Lord otrzymywał dziesiątą część zmielonego w nich ziarna.

— Niech będzie Lordowski. Zbożowy należy do nas.

— I jeszcze jedną wioskę. Kopce?

— Pod ich kamieniami spoczywają moi przodkowie. — Raz jeszcze spojrzał na mapę. — Daj mu Honeytree razem z ulami. Od całej tej słodyczy utyje i zepsują mu się zęby.

— Zgoda. Zostało jeszcze tylko jedno.

— Zakładnik.

— Tak, wasza lordowska mość. Słyszałem, że masz córkę.

— Bethany. — Na twarzy lorda Tytosa pojawiło się przerażenie. — Mam też dwóch braci i siostrę. Dwie owdowiałe ciotki. Bratanice, bratanków i kuzynów. Myślałem, że możesz się zgodzić…

— To musi być dziecko z twojej krwi.

— Bethany ma tylko osiem lat. To miła dziewczynka, wiecznie roześmiana. Nigdy nie oddalała się od mojego zamku na więcej niż dzień jazdy.

— Czemu więc nie miałaby zobaczyć Królewskiej Przystani? Jego Miłość jest prawie jej rówieśnikiem. Ucieszy się z nowej przyjaciółki.

— Takiej, którą będzie mógł powiesić, kiedy jej ojciec wzbudzi jego niezadowolenie? — zapytał lord Tytos. — Mam czterech synów. Czy zechciałbyś wziąć jednego z nich zamiast niej? Ben ma dwanaście lat i jest spragniony przygód. Jeśli wasza lordowska mość zechce, może go uczynić swym giermkiem.

— Mam już tylu giermków, że nie wiem, co z nimi począć. Gdy tylko idę się odlać, biją się o prawo potrzymania mojego kutasa. Masz sześciu synów, nie czterech, wasza lordowska mość.

— Kiedyś miałem sześciu. Najmłodszy, Robert, nigdy nie był silny. Zmarł przed dziewięcioma dniami, na biegunkę. Lucasa zamordowano na Krwawych Godach. Czwarta żona Waldera Freya była z Blackwoodów, ale więzy krwi znaczą w Bliźniakach równie mało co prawo gościnności. Chciałbym pochować Lucasa pod drzewem, ale Freyowie nie raczyli dotąd zwrócić mi jego kości.

— Dopilnuję, by to zrobili. Czy Lucas był twoim najstarszym synem?

— Drugim. Dziedzicem jest Brynden. Po nim jest Hoster. Obawiam się, że to mól książkowy.

— W Królewskiej Przystani też mają książki. Pamiętam, że mój mały braciszek czytał je od czasu do czasu. Być może twój syn mógłby im się przyjrzeć. Zgodzę się przyjąć Hostera jako zakładnika.

Ulgę Blackwooda łatwo było zauważyć.

— Dziękuję, wasza lordowska mość. — Zawahał się. — Jeśli mogę być tak śmiały, od lorda Jonosa również powinieneś wziąć zakładnika. Którąś z jego córek. Choć wiecznie ugania się za dziewkami, ma za mało męskości, by spłodzić synów.

— Miał bękarta, który zginął na wojnie.

— Czyżby? Harry z pewnością był bękartem, ale czy rzeczywiście on go spłodził to już inna sprawa. Chłopak był jasnowłosy i urodziwy, a o Jonosie nie można powiedzieć ani jednego, ani drugiego. — Lord Tytos wstał. — Czy raczysz zjeść ze mną kolację?

— Innym razem, wasza lordowska mość. — W zamku panował głód i niedobrze by było, gdyby Jaime kradł jego mieszkańcom żywność. — Nie mogę zwlekać. Czeka na mnie Riverrun.

— Riverrun? Czy Królewska Przystań?

— I jedno, i drugie.

Lord Tytos nie próbował go przekonać do zmiany zdania.

— Za godzinę Hoster będzie gotowy do odjazdu.

Rzeczywiście był. Chłopak znalazł Jaimego w stajni. Przez ramię przerzucił sobie posłanie, a pod pachą trzymał kilka zwojów. Nie mógł mieć więcej niż szesnaście lat, ale był jeszcze wyższy od ojca, prawie siedem stóp nóg, łydek i łokci, patykowaty, niezgrabny młodzieniec z opadającym na czoło kosmykiem włosów.

— Lordzie dowódco, jestem twoim zakładnikiem. Mam na imię Hoster, ale ludzie mówią na mnie Hos — dodał z uśmiechem.

Myśli, że to żarty?

— Jacy ludzie?

— Moi przyjaciele i bracia.

— Ja nie jestem twoim przyjacielem ani bratem. — Z twarzy chłopaka zniknął uśmiech. Jaime spojrzał na lorda Tytosa. — Wasza lordowska mość, musimy się dobrze zrozumieć. Lord Beric Dondarrion, Thoros z Myr, Sandor Clegane, Brynden Tully, kobieta zwana Kamiennym Sercem… wszystko to są wyjęci spod prawa buntownicy, wrogowie króla i jego wiernych poddanych. Jeśli się dowiem, że ty albo twoi ludzie ukrywacie któregoś z nich, zapewniacie mu ochronę albo służycie inną pomocą, bez wahania odeślę ci głowę twojego syna. Mam nadzieję, że to sobie uświadamiasz. Zapamiętaj sobie jeszcze jedno. Nie jestem Rymanem Freyem.

— To prawda. — Z twarzy lorda Blackwooda zniknął wszelki ślad ciepła. — Wiem, z kim mam do czynienia, Królobójco.

— To dobrze. — Jaime dosiadł Chwały i zawrócił wierzchowca ku bramie. — Życzę ci udanych żniw i radości z królewskiego pokoju.

Nie zajechał daleko. Lord Jonos Bracken czekał na niego tuż za zasięgiem strzału z dobrej kuszy od murów Raventree. Jego rumak nosił zbroję, podobnie jak jeździec, który włożył też szary stalowy hełm z kitą z końskiego włosia.

— Widziałem, że ściągnęli chorągiew z wilkorem — rzekł, gdy Jaime był blisko. — Czy już po wszystkim?

— Jak najbardziej. Możesz wracać do domu na siewy.

Lord Bracken uniósł zasłonę hełmu.

— Ufam, że mam więcej pól do obsiania niż przed twoją wizytą w tym zamku.

— Sprzączka, Drewniany Płot, Honeytree ze wszystkim ulami. – Zapomniał o jakiejś wiosce. – Aha, i jeszcze Pole Kuszników.

— Młyn — odezwał się Bracken. — Muszę dostać młyn.

— Lordowski.

Lord Jonos prychnął lekceważąco.

— Tak, to wystarczy. Na razie. — Wskazał na Hostera Blackwooda, jadącego obok Pecka. — To ma być twój zakładnik? Dałeś się nabrać, ser. To słabeusz. Ma wodę zamiast krwi. Może i jest wysoki, ale każda z moich dziewcząt mogłaby go złamać jak zbutwiałą gałązkę.

— Ile masz córek, wasza lordowska mość? — zapytał Jaime.

— Pięć. Dwie z pierwszą żoną i trzy z trzecią.

Zbyt późno uświadomił sobie, że być może powiedział za dużo.

— Przyślij którąś na dwór. Będzie miała przywilej zostać damą dworu królowej regentki.

Twarz Brackena pociemniała, gdy uświadomił sobie znaczenie tych słów.

— Czy tak się odwdzięczasz za przyjaźń Kamiennego Płotu?

— Służba królowej to wielki zaszczyt — przypomniał jego lordowskiej mości Jaime. — Powinieneś jej to wytłumaczyć. Będziemy czekali na dziewczynę przed końcem roku.

Nie czekając na odpowiedź lorda Brackena, spiął lekko Chwałę złotymi ostrogami i oddalił się kłusem. Jego ludzie ustawili się w szereg i podążyli za nim, unosząc chorągwie. Zamek i obóz wkrótce zniknęły z tyłu, zasłonięte pyłem wzbijanym przez kopyta ich koni.

Po drodze do Raventree nie niepokoili ich ani banici, ani wilki, Jaime postanowił więc, że wrócą inną trasą. Jeśli bogowie będą łaskawi, może natknie się na Blackfisha albo sprowokuje Berica Dondarriona do nierozsądnego ataku.

Gdy jechali brzegiem Wdowiego Potoku, zabrakło im dnia. Jaime wezwał zakładnika i zapytał, gdzie znajdą najbliższy bród. Chłopak zaprowadził ich w tamto miejsce. Kiedy kolumna przejeżdżała z pluskiem przez płytką wodę, słońce kryło się już za parą porośniętych trawą wzgórz.

— To są Cycki — wyjaśnił Hoster Blackwood.

Jaime przypomniał sobie mapę lorda Brackena.

— Między tymi wzgórzami leży jakaś wioska.

— Pennytree — potwierdził chłopak.

— Zatrzymamy się tam na noc. — Jeśli byli tam jacyś wieśniacy, mogli coś wiedzieć o ser Bryndenie albo o banitach. — Lord Jonos mówił coś o tym, czyje to są cycki — rzekł Jaime do chłopaka Blackwoodów, gdy jechali ku ciemniejącym wzgórzom w dogasających promieniach słońca. — Brackenowie używają jednej nazwy, a Blackwoodowie innej.

— Tak, wasza lordowska mość. Już od jakichś stu lat. Przedtem były Cyckami Matki albo po prostu Cyckami. Są dwa wzgórza i uważano, że przypominają...

— Widzę, co przypominają. — Jaime wrócił myślą do kobiety z namiotu i tego, jak próbowała ukryć wielkie ciemne sutki. — Co się zmieniło sto lat temu?

— Aegon Niegodny wziął sobie Barbę Bracken za metresę — wyjaśnił młody mól książkowy. — To ponoć była bardzo piersiasta dziewka i pewnego dnia, gdy król odwiedzał Kamienny Płot, pojechał na polowanie, zobaczył Cycki i…

— …nazwał je na cześć kochanki. — Jaime urodził się długo po śmierci Aegona Czwartego, ale wiedział wystarczająco wiele o jego panowaniu, by się domyślić, co się z pewnością wydarzyło później. — Ale po jakimś czasie znudził się dziewczyną z rodu Brackenów i zastąpił ją Blackwoodówną, tak?

— Lady Melissą — potwierdził Hoster. — Mówili na nią Missy. W naszym bożym gaju stoi jej posąg. Była znacznie piękniejsza od Barby Bracken, ale szczupła. Barba ponoć powiedziała, że Missy jest płaska jak chłopak. Kiedy król Aegon o tym usłyszał…

— …oddał jej cycki Barby — dokończył ze śmiechem Jaime. — Jak się zaczął spór między Blackwoodami a Brackenami? Czy to spisano?

— Tak, wasza lordowska mość — potwierdził chłopak. — Ale niektóre kroniki spisali nasi maesterzy, inne zaś ich, a stało się to stulecia po wydarzeniach, które ponoć opisują. Wszystko zaczęło się w Erze Herosów. W owych czasach Blackwoodowie byli królami, a Brackenowie tylko poślednimi lordami, słynącymi z hodowli koni. Zamiast zapłacić królowi należne podatki, za złoto uzyskane ze sprzedaży koni opłacili najemników i obalili go.

— Kiedy to się wydarzyło?

— Pięćset lat przed przybyciem Andalów. Tysiąc, jeśli wierzyć *Prawdziwej historii*. Tyle że nikt nie wie, kiedy Andalowie przekroczyli wąskie morze. *Prawdziwa historia* mówi, że od tych czasów minęły cztery tysiące lat, ale niektórzy maesterzy zapewniają, że upłynęły tylko dwa. Przed pewnym punktem wszystkie daty stają się nieokreślone i niejasne. Klarowność historii przeradza się w mgłę legendy.

Tyrion by go polubił. Mogliby rozmawiać od zmierzchu

do świtu, spierając się o książki. Na moment opuścił go gorzki żal do brata, potem jednak przypomniał sobie, co uczynił Krasnal.

— A więc walczycie o koronę, którą jeden z waszych rodów odebrał drugiemu w czasach, gdy Casterly Rock nadal należało do Casterlych, tak? Koronę królestwa, które nie istnieje od tysiącleci? — Zachichotał. — Tyle lat, tak wiele wojen, takie mnóstwo królów... można by pomyśleć, że ktoś kiedyś zawrze pokój.

— Ktoś to zrobił, wasza lordowska mość. Wielu to zrobiło. Zawarliśmy sto pokojów z Brackenami i wiele z nich przypieczętowano małżeństwami. W żyłach każdego Blackwooda płynie krew Brackenów, a każdego Brackena krew Blackwoodów. Pokój Starego Króla trwał pół stulecia. Ale potem wybuchła jakaś nowa kłótnia, stare rany się otworzyły i znowu zaczęły krwawić. Dopóki ludzie pamiętają o krzywdach wyrządzonych ich przodkom, żaden pokój nie może się okazać trwały. I tak to się ciągnie, stulecie po stuleciu. My nienawidzimy Brackenów, a oni nienawidzą nas. Ojciec mówi, że to się nigdy nie skończy.

— Kiedyś może.

— Jak, wasza lordowska mość? Ojciec mówi, że stare rany nigdy się nie goją.

— Mój ojciec też miał swoje powiedzenie: „Nigdy nie rań wroga, jeśli możesz go zabić. Umarli się nie mszczą".

— Ale ich synowie tak — zauważył Hoster przepraszającym tonem.

— Nie, jeśli ich również zabijesz. Jeśli wątpisz w moje słowa, zapytaj Casterlych. Zapytaj lorda i lady Tarbecków albo Reyne'ów z Castamere. Zapytaj księcia Smoczej Skały.

Ciemnoczerwone chmury widoczne nad wzgórzami na zachodzie przypomniały mu na chwilę o dzieciach Rhaegara spowitych w karmazynowe płaszcze.

— Czy dlatego zabiliście wszystkich Starków?

— Nie wszystkich — zaprzeczył Jaime. — Córki lorda Eddarda żyją. Jedna niedawno wyszła za mąż. Druga… — *Brienne, gdzie jesteś? Czy ją znalazłaś?* — …jeśli bogowie są łaskawi, zapomni, że była Starkówną. Wyjdzie za krzepkiego kowala albo tłustego oberżystę, wypełni jego dom dziećmi i nigdy nie będzie musiała się bać, że jakiś rycerz rozbije ich głowy o mur.

— Bogowie są łaskawi — stwierdził zakładnik niepewnym głosem.

Wierz w to dalej. Jaime spiął Chwałę ostrogami.

Pennytree okazało się znacznie większą wioską, niż się spodziewał. Tu również zawitała wojna. Świadczyły o tym spopielone sady oraz wypalone skorupy budynków. Na każdy zniszczony dom przypadały jednak trzy odbudowane. W gęstniejącym błękitnym zmroku Jaime zauważył na co najmniej dwudziestu dachach nowe strzechy oraz drzwi wykonane ze świeżego drewna. Między stawem dla kaczek a kuźnią rosło drzewo, któremu osada zawdzięczała swą nazwę, wysoki, starożytny dąb. Jego powykręcane korzenie wysuwały się z ziemi na podobieństwo gniazda powolnych brązowych węży. Do potężnego pnia przybito setki starych miedziaków.

Peck wlepił wzrok w drzewo, a potem w puste domy.

— Gdzie się podziali ludzie?

— Ukrywają się — wyjaśnił Jaime.

W domach wygaszono wszystkie paleniska, ale niektóre jeszcze dymiły, a żadne nie było zimne. Jedynym żywym stworzeniem była znaleziona przez Gorącego Harry'ego Merrella koza grzebiąca w ziemi w ogrodzie warzywnym… ale wioska miała silny fort o grubych kamiennych murach wysokości dwunastu stóp. Jaime wiedział, że tam właśnie znajdą wieśniaków. *Ukryli się za tymi murami, gdy przybyli łupieżcy. Tylko dzięki temu wioska nadal istnieje. A teraz schowali się tam przede mną.*

Podjechał do bram fortu.

— Hej wy, w środku. Nie zrobimy wam krzywdy. Jesteśmy królewskimi ludźmi.

Na murze nad bramą pojawiły się twarze.

— To królewscy ludzie spalili wioskę — zawołał jakiś mężczyzna. — Przedtem ludzie jakiegoś innego króla zabrali nam owce. Służyli innemu królowi, ale naszym owcom było wszystko jedno. Królewscy ludzie zabili Harsleya i ser Ormonda, a Lacey gwałcili tak długo, aż umarła.

— To nie byli moi ludzie — zapewnił Jaime. — Otworzycie bramy?

— Jak już sobie pojedziecie.

Ser Kennos podjechał do Jaimego.

— Moglibyśmy z łatwością rozbić bramę albo podpalić fort.

— A oni rzucaliby na nas kamienie i zasypywali nas strzałami. — Jaime potrząsnął głową. — To byłaby krwawa robota i co by to dało? Ci ludzie nie zrobili nam nic złego. Przenocujemy w chatach, ale nie pozwalam nic kraść. Mamy własne zapasy.

Gdy na niebie pojawił się księżyc w kwadrze, przywiązali konie do palików na wioskowych błoniach, a potem spożyli kolację złożoną z solonej baraniny, suszonych jabłek i twardego sera. Jaime jadł niewiele, dzieląc się bukłakiem wina z Peckiem i zakładnikiem Hosem. Próbował policzyć miedziaki przybite do starego dębu, ale było ich za wiele i ciągle tracił rachubę. *O co w tym chodzi?* Chłopak Blackwoodów mógłby mu powiedzieć, gdyby Jaime go zapytał, ale to popsułoby tajemnicę.

Wystawił straże, by nikt nie mógł opuścić wioski. Wysłał też zwiadowców, żeby się upewnić, że żaden nieprzyjaciel ich nie zaskoczy. Gdy zbliżała się północ, dwaj z nich wrócili z pojmaną kobietą.

— Po prostu do nas podjechała i oznajmiła, że chce z tobą porozmawiać, panie.

Jaime wstał.

— Pani, nie sądziłem, że ujrzę cię tak szybko. — *Bogowie bądźcie łaskawi, wygląda dziesięć lat starzej, niż kiedy widziałem ją ostatnio. I co się stało z jej twarzą?* — Ten bandaż... zostałaś ranna...

— To ukąszenie. — Dotknęła rękojeści miecza, tego, który jej dał. *Wierny Przysiędze.* — Panie, zleciłeś mi misję.

— Dziewczyna. Znalazłaś ją?

— Znalazłam — potwierdziła Brienne, Dziewica z Tarthu.

— I gdzie ona jest?

— Dzień jazdy stąd. Mogę cię do niej zaprowadzić, ser, ale będziesz musiał pojechać ze mną sam. W przeciwnym razie Ogar ją zabije.

JON

— R'hllorze — śpiewała Melisandre, unosząc ręce pośród padającego śniegu — jesteś światłem w naszych oczach, ogniem w naszych sercach, żarem w naszych lędźwiach. Twoje jest słońce, które ogrzewa nasze dni, twoje są gwiazdy ogrzewające nas w ciemnościach nocy.

— Wszyscy chwalą R'hllora, Pana Światła — odpowiedzieli goście weselni nieskładnym chórem, nim ich słowa porwał lodowaty powiew. Jon Snow postawił kaptur płaszcza.

Śnieg nie sypał dziś gęsto, tylko trochę płatków tańczących w powietrzu, ale wiatr dął ze wschodu, wzdłuż Muru, zimny jak tchnienie lodowego smoka z opowieści Starej Niani. Nawet ogień Melisandre drżał, płomienie kuliły się w wykopie, wzbogacając śpiew czerwonej kapłanki cichym buzowaniem. Tylko Duchowi chłód najwyraźniej nie przeszkadzał.

Alys Karstark pochyliła się ku Jonowi.

— Śnieg podczas ślubu zapowiada zimne małżeństwo. Tak zawsze mawiała mi pani matka.

Jon zerknął na królową Selyse. *Tego dnia, gdy wyszła za Stannisa, musiało sypać naprawdę potężnie.* Skulona pod gronostajowym futrem, otoczona przez damy dworu, służki oraz rycerzy królowa z południa sprawiała wrażenie kruchej, bladej i skurczonej. Na jej cienkich wargach zamarł wysilony uśmieszek, ale w oczach gorzała pobożność. *Nienawidzi zimna, ale kocha płomienie.* Musiał tylko na nią spojrzeć, by to sobie uświadomić. *Na jedno słowo Melisandre z własnej woli weszłaby w ogień, objęła go jak kochanka.*

Nie wszyscy ludzie królowej podzielali jej żarliwość. Ser Brus wyglądał na podpitego, ser Malegorn zaciskał urękawicznioną dłoń na tyłku stojącej obok damy, ser Narbert ziewał, a ser Patrek z Królewskiej Góry miał gniewną minę. Jon Snow zaczynał rozumieć, dlaczego Stannis zostawił tych ludzi swej królowej.

— Noc jest ciemna i pełna strachów — śpiewała Melisandre. — Samotnie przychodzimy na świat i samotnie umieramy, ale, idąc tą ciemną doliną, czerpiemy siły od siebie nawzajem i od ciebie, nasz panie. — Jej szkarłatne jedwabie i atłasy tańczyły przy każdym podmuchu wiatru. — Dwoje przychodzi dziś do ciebie, by połączyć swe życie, pragną bowiem wspólnie stawiać czoło ciemności tego świata. Wypełnij ich serca ogniem, panie, by na wieki wieków mogli zdążać twą świetlistą ścieżką, trzymając się za ręce.

— Panie Światła, chroń nas — zawołała królowa Selyse. Inne głosy powtórzyły echem jej słowa. Wierni Melisandre: blade damy, drżące z zimna służki, ser Axell, ser Narbert i ser Lambert, zbrojni w żelaznych kolczugach i Thennowie zakuci w brąz, a nawet kilku czarnych braci Jona. — Panie Światła, pobłogosław swe dzieci.

Melisandre stała zwrócona plecami do Muru, obok głębokiego wykopu, w którym płonął jej ogień. Biorąca ślub para patrzyła na nią nad płomieniami. Za nimi stała królowa z córką i wytatuowanym błaznem. Księżniczka Shireen włożyła tyle futer, że wydawała się okrągła. Większą część jej twarzy pokrywał szalik, a wydostający się spod niego oddech zamieniał się w białą parę. Ser Axell Florent i dowodzeni przez niego ludzie królowej otaczali pierścieniem tych troje.

Choć przy ognisku zjawiło się zaledwie kilku ludzi z Nocnej Straży, znacznie więcej obserwowało ślub z dachów, okien i ze stopni wielkich serpentynowych schodów. Jon starannie zapamiętał, kto przyszedł, a kto nie. Niektórzy mieli służbę, inni właśnie z niej wrócili i położyli się spać, ale jeszcze inni nie przyszli celowo, by zademonstrować w ten sposób dezaprobatę. Wśród nieobecnych byli Othell Yarwyck i Bowen Marsh. Septon Chayle wyszedł na chwilę z septu, dotykając kryształu o siedmiu fasetkach, który miał zawieszony na szyi, ale gdy tylko zaczęto modlitwy, zniknął w środku.

Melisandre uniosła ręce i płonący w dole ogień skoczył ku jej palcom niczym wielki czerwony pies zwabiony smakołykiem. Skry wzbiły się ku niebu, mknąc na spotkanie płatkom śniegu.

— Och, Panie Światła, wznosimy dzięki — zaśpiewała do głodnych płomieni. — Dziękujemy ci za dzielnego Stannisa, z twojej łaski naszego króla. Prowadź go i broń, R'hllorze. Uchroń go przed zdradzieckimi knowaniami złych ludzi i obdarz go siłą, by mógł zmiażdżyć sługi ciemności.

— Obdarz go siłą — powtórzyła królowa Selyse, razem ze swymi damami i rycerzami. — Obdarz go odwagą. Obdarz go mądrością.

Alys Karstark ujęła Jona pod rękę.

— Jak długo jeszcze, lordzie Snow? Jeśli mam zginąć zasypana śniegiem, wolałabym umrzeć jako kobieta zamężna.

— Już niedługo, pani — zapewnił Jon. — Już niedługo.

— Dziękujemy ci za słońce, które nas ogrzewa — śpiewała królowa. — Dziękujemy za gwiazdy, które nad nami czuwają ciemną nocą. Dziękujemy ci za nasze ogniska i za pochodnie powstrzymujące okrutny mrok. Dziękujemy ci za nasze płomienne duchy, za żar w naszych lędźwiach i naszych sercach.

— Niech przyjdą ci, którzy pragną się połączyć — rzekła Melisandre. W blasku płomieni rzucała cień na Mur, a jej rubin lśnił na tle białej szyi.

Jon spojrzał na Alys Karstark.

— Jesteś gotowa, pani?

— Tak. Och, tak.

— Nie boisz się?

Dziewczyna uśmiechnęła się, tak podobnie do jego młodszej siostry, że Jonowi omal nie pękło serce.

— Niech on się mnie boi.

Płatki śniegu topniały na jej policzkach, ale włosy osłaniały koronki, znalezione gdzieś przez Atłasa. Osadzał się na nich śnieg i Alys nosiła teraz białą koronę. Policzki miała zaczerwienione, a w oczach błysk.

— Zimowa pani.

Jon uścisnął jej rękę.

Magnar Thennu czekał na nią przy ogniu, odziany w futra, skóry oraz łuskową zbroję z brązu. U pasa miał miecz z tego samego metalu. Rzedniejące włosy sprawiały, że wyglądał na starszego niż w rzeczywistości, gdy jednak się odwrócił, by spojrzeć na pannę młodą, Jon ujrzał ukrytego w nim chłopaka. Oczy miał wielkie jak orzechy, choć trudno było określić, czy to ogień, kapłanka, czy też przyszła żona wzbudziła w nim strach. *Alys miała więcej racji, niż się jej zdawało.*

— Kto prowadzi tę kobietę do ślubu? — zapytała Melisandre.

— Ja — odparł Jon. — Alys z rodu Karstarków przybywa, by wziąć ślub. Kobieta, która już dorosła i zakwitła, szlachetnie urodzona i z prawego łoża.

Raz jeszcze uścisnął dłoń dziewczyny i wrócił do gości.
— Kto po nią przychodzi? — ciągnęła Melisandre.
— Ja. — Sigorn uderzył się pięścią w pierś. — Magnar Thennu.
— Sigornie — mówiła kapłanka — czy będziesz się dzielił swym ogniem z Alys i ogrzewał ją, gdy noc będzie ciemna i pełna strachów?
— Przysięgam. — Obietnica magnara była białym obłokiem unoszącym się w powietrzu. Na jego ramionach gromadził się śnieg, a uszy miał czerwone. — Na płomienie czerwonego boga. Będę ją ogrzewał przez wszystkie jej dni.
— Alys, czy przysięgasz dzielić się swym ogniem z Sigornem i ogrzewać go, gdy noc będzie ciemna i pełna strachów?
— Aż krew mu się zagotuje.
Płaszcz panny miała uszyty z czarnej wełny Nocnej Straży. Słońce Karstarków na plecach zrobiono z tego samego białego futra, którym był obszyty.
Oczy Melisandre lśniły równie jasno jak rubin na jej szyi.
— Podejdźcie więc do mnie i stańcie się jednym.
Skinęła dłonią i ściana płomieni podskoczyła z rykiem w górę, sięgając ku płatkom śniegu gorącymi pomarańczowymi jęzorami.
Alys Karstark ujęła swego magnara za rękę.
I oboje przeskoczyli nad wykopem.
— Dwoje weszło w płomienie. — Nagły powiew uniósł szkarłatne spódnice kobiety w czerwieni i musiała je przytrzymać rękami. — A wyszło z nich jedno. — Włosy barwy miedzi zatańczyły na jej głowie. — Co ogień złączył, tego nikt nie może rozłączyć.
— Co ogień złączył, tego nikt nie może rozłączyć — powtórzyli echem ludzie królowej, Thennowie, a nawet kilku czarnych braci.
Poza królami i stryjami — pomyślał Jon Snow.
Cregan Karstark zjawił się dzień po bratanicy. Towarzy-

szyło mu czterech zbrojnych, łowczy oraz sfora psów, tropiących lady Alys niczym jelenia. Jon Snow spotkał się z nimi na królewskim trakcie, półtorej mili na południe od Mole's Town, nim zdążyli się zjawić w Czarnym Zamku, by powołać się na prawo gościnności i zażądać rokowań. Jeden z ludzi Karstarków strzelił z kuszy do Ty'a i zginął z tego powodu. Zostało czterech i sam Cregan.

Na szczęście mieli dwanaście lodowych cel. *Wystarczy dla wszystkich.*

Podobnie jak wiele innych spraw, heraldyka kończyła się na Murze. Thennowie nie mieli herbu, czego zwyczaj wymagał od szlachetnie urodzonych z Siedmiu Królestw, Jon kazał więc zarządcom wymyślić coś na poczekaniu. Uważał, że spisali się dobrze. Płaszcz żony, którym Sigorn okrył plecy lady Alys, ozdobiono dyskiem z brązu w polu z białej wełny, otoczonym płomieniami uszytymi z kosmyków szkarłatnego jedwabiu. Ci, którzy chcieli się przyjrzeć, mogli dostrzec w tym echa słońca Karstarków, przetworzone tak, by uczynić herb odpowiednim dla rodu Thennów.

Magnar wręcz zerwał płaszcz panny z ramion lady Alys, ale gdy wkładał jej płaszcz żony, był niemal czuły. Potem się pochylił, by pocałować ją w policzek, i ich oddechy się zmieszały. Płomienie ponownie skoczyły w górę. Ludzie królowej wznieśli dziękczynną pieśń.

— Już po wszystkim? — zapytał szeptem Atłas.

— Jak najbardziej — mruknął Mully. — I całe szczęście. Oni wzięli ślub, a ja prawie zamarzłem. — Opatulił się w swój najlepszy strój z czarnej wełny, tak nowy, że jeszcze nie zdążył wyblaknąć, ale i tak od wiatru policzki zrobiły mu się prawie tak samo czerwone jak włosy. — Hobb przygotował trochę grzanego wina z cynamonem i goździkami. To nas rozgrzeje.

— Co to są goździki? — zainteresował się Owen Przygłup.

Śnieg sypał coraz gęściej. Ogień w wykopie przygasał. Tłum zaczął się rozpraszać, wypływając strumieniem z dziedzińca. Ludzie królowej, ludzie króla i dzicy, wszyscy pragnęli jak najprędzej skryć się przed wiatrem i chłodem.

— Pójdziesz z nami na ucztę, wasza lordowska mość? — zapytał Jona Snow Mully.

— Na chwilę. — Sigorn mógłby się obrazić, gdyby się nie zjawił. *W końcu to ja zaaranżowałem to małżeństwo.* — Ale najpierw muszę załatwić parę spraw.

Podszedł do królowej Selyse. Duch dreptał obok niego. Stary śnieg skrzypiał pod butami. Sprzątanie go ze ścieżek między budynkami wymagało coraz więcej czasu. Ludzie zaczęli korzystać z podziemnych przejść, które zwali robaczymi korytarzami.

— ...piękny rytuał — mówiła królowa. — Czułam padające na nas ogniste spojrzenie naszego pana. Och, nie macie pojęcia, ile razy błagałam Stannisa, by zgodził się na ponowny ślub, prawdziwą unię ciała i ducha pobłogosławioną przez Pana Światła. Wiem, że dałabym Jego Miłości więcej dzieci, gdyby złączył nas ogień.

Żeby dać mu więcej dzieci, musiałabyś najpierw zwabić go do swego łoża. Nawet na Murze powszechnie wiedziano, że Stannis Baratheon od lat unika żony. Łatwo było sobie wyobrazić, jak Jego Miłość zareagowałby na propozycję ponownego ślubu w samym środku wojny.

— Jeśli łaska, Wasza Miłość, uczta czeka — rzekł Jon, kłaniając się uprzejmie.

Królowa zerknęła podejrzliwie na Ducha, a potem uniosła głowę, spoglądając na Jona.

— Z pewnością lady Melisandre zna drogę.

— Muszę się zająć swymi ogniami, Wasza Miłość — odezwała się czerwona kapłanka. — Być może R'hllor pokaże mi obraz Jego Miłości. Obraz jakiegoś wielkiego triumfu.

— Och. — Królowa Selyse miała zgnębioną minę. — Z pewnością... módlmy się o wizję od naszego pana...

— Atłas, wskaż drogę Jej Miłości — rozkazał Jon.

— Ja zaprowadzę Jej Miłość na ucztę — oznajmił ser Malegorn, występując z szeregu. — Nie będziemy potrzebowali twojego… zarządcy.

Ton, jakim wypowiedział to ostatnie słowo, sugerował, że rycerz miał ochotę rzec coś innego. *Chłopca? Pieszczoszka? Kurwy?*

Jon pokłonił się raz jeszcze.

— Jak sobie życzysz. Wkrótce do was dołączę.

Ser Malegorn ofiarował królowej ramię i Selyse przyjęła je sztywno. Drugą dłoń trzymała na ramieniu córki. Królewskie kaczątka ruszyły za nimi przez dziedziniec w rytm muzyki dzwoneczków na kapeluszu błazna.

— W podmorskiej krainie trytony zajadają się zupą z rozgwiazd, a wszyscy służący to kraby — oznajmił w pewnej chwili Plama. — Wiem to, wiem, tra-la-lem.

Twarz Melisandre pociemniała.

— Ten stwór jest niebezpieczny. Wielokrotnie widziałam go w płomieniach. Niekiedy otaczają go czaszki, a usta ma czerwone od krwi.

To cud, że jeszcze nie spaliłaś biedaka. Wystarczyłoby szepnąć słówko do ucha królowej, a Plama nakarmiłby ognie Melisandre.

— Dostrzegasz w płomieniach błaznów, ale nie potrafisz zobaczyć Stannisa?

— Kiedy go szukam, widzę tylko śnieg.

Ta sama bezużyteczna odpowiedź. Clydas wysłał kruka do Deepwood Motte, by ostrzec króla przed zdradą Arnolfa Karstarka, ale Jon nie miał pojęcia, czy ptak dotarł do Jego Miłości. Braavoski bankier również wyruszył na poszukiwania Stannisa w towarzystwie przewodników, których dał mu Jon, ale przeszkadzały mu wojna i pogoda. To byłby cud, gdyby udało mu się go odnaleźć.

— Wiedziałabyś, gdyby król zginął? — zapytał czerwoną kapłankę Jon.

— On nie zginął. Stannis to wybraniec Pana, jest mu przeznaczone dowodzić walką przeciwko ciemności. Widziałam to w płomieniach, wyczytałam w starożytnym proroctwie. Gdy popłynie krew czerwonej gwiazdy i zbiorą się ciemności, Azor Ahai narodzi się ponownie pośród dymu i soli, by obudzić śpiące w kamieniu smoki. Smocza Skała to miejsce dymu i soli.

Jon słyszał to wszystko już przedtem.

— Stannis Baratheon był lordem Smoczej Skały, ale nie urodził się na niej, lecz w Końcu Burzy, tak samo jak jego bracia. — Zmarszczył brwi. — A co z Mance'em? Czy on również zaginął? Co ci pokazują ognie?

— Obawiam się, że to samo. Tylko śnieg.

Śnieg. Jon wiedział, że na południu nadeszły potężne śnieżyce. Zaledwie dwa dni drogi stąd królewski trakt stał się ponoć nieprzejezdny. *Melisandre również o tym wie.* Na wschodzie, w Zatoce Fok, szalał straszliwy sztorm. Według ostatnich raportów, prowizoryczna flota, którą zamierzali wysłać na ratunek wolnym ludziom z Hardhome, nadal czekała we Wschodniej Strażnicy, uwięziona w porcie przez pogodę.

— Widzisz tylko węgielki unoszone przez prąd powietrza.

— Widzę czaszki. I ciebie. Widzę twoją twarz, gdy tylko spojrzę w płomienie. Niebezpieczeństwo, przed którym cię ostrzegałam, jest już bardzo blisko.

— Sztylety w ciemności. Wiem. Wybacz mi moje wątpliwości, pani. Mówiłaś też o szarej dziewczynie na ledwie żywym koniu, uciekającej przed ślubem.

— Nie pomyliłam się.

— Ale i nie miałaś racji. Alys to nie Arya.

— Wizja była prawdziwa. Po prostu błędnie ją odczytałam. Jestem śmiertelna tak samo jak ty, Jonie Snow. Wszyscy śmiertelnicy są omylni.

— Nawet lordowie dowódcy.

Mance Rayder i jego włóczniczki nie wrócili. Jon Snow

nie mógł nie zadać sobie pytania, czy kobieta w czerwieni okłamała go celowo. *Czy ona prowadzi jakąś własną grę?*

— Dobrze by było, gdybyś zawsze miał swego wilka pod ręką, panie.

— Duch rzadko się ode mnie oddala. — Wilkor uniósł głowę, usłyszawszy swe imię. Jon podrapał go za uszami. — Muszę cię już przeprosić. Duch, za mną.

Wyrzeźbione u podstawy Muru i zamknięte masywnymi drewnianymi drzwiami lodowe cele były małe lub bardzo małe. W niektórych wystarczało miejsca, by więzień mógł spacerować, inne były tak ciasne, że musiał siedzieć, najmniejsze zaś nie pozwalały nawet na to.

Jon przyznał najważniejszemu jeńcowi największą celę. Miał w niej wiadro do srania, futra, żeby nie zamarzł, i bukłak wina. Strażnikom zajęło sporo czasu, nim zdołali ją otworzyć, jako że zamek zamarzł od środka. Gdy Wick Strugany Patyk szarpnął drzwi, by wpuścić Jona, zawiasy zaskrzypiały jak potępieńcy. Lorda dowódcę przywitał lekki odór kału, mniej przemożny, niż się spodziewał. W takim mrozie nawet gówno zamarzało na kość. Jon Snow widział swe blade odbicie w lodowych ścianach.

W kącie celi ułożono stos futer dorównujący niemal wysokością dorosłemu mężczyźnie.

— Karstark, wstawaj — rozkazał lord dowódca.

Futra się poruszyły. Niektóre połączyła ze sobą błyszcząca skorupa lodu. Wyłoniła się spod nich ręka, a potem twarz — kasztanowe włosy, skołtunione, pozlepiane i przeszyte pasmami siwizny, dwoje gniewnych oczu, nos, usta i broda. Wąsy więźnia skleiły się od zamarzniętych smarków.

— Snow. — Jego oddech zamieniał się w parę w powietrzu, zasłaniając mgiełką lód. — Nie masz prawa mnie przetrzymywać. Prawo gościnności…

— Nie jesteś gościem. Przybyłeś na Mur bez mojego pozwolenia, z bronią w ręku, i zamierzałeś uprowadzić bratanicę bez jej zgody. Lady Alys otrzymała chleb i sól. Ona jest gościem, a ty więźniem... — Jon przerwał na chwilę. — Twoja bratanica wzięła ślub — oznajmił.

Cregan Karstark odsłonił zęby w gniewnym grymasie.

— Alys obiecano mnie. — Choć przekroczył już pięćdziesiątkę, gdy zamykano go w celi, był silnym mężczyzną. Zimno ograbiło go z tej siły. Stał się słaby i zesztywniały. — Mój pan ojciec...

— Twój ojciec jest kasztelanem, nie lordem. A kasztelan nie ma prawa zawierać paktów małżeńskich.

— Mój ojciec, Arnolf, jest lordem Karholdu.

— Według wszystkich praw, jakie znam, syn ma pierwszeństwo przed stryjem.

Cregan wstał i odkopnął na bok futra przylegające mu do kostek.

— Harrion nie żyje.

Albo wkrótce zginie.

— Córka również ma pierwszeństwo przed stryjem. Jeśli brat lady Alys nie żyje, Karhold należy do niej. A ona oddała swą rękę Sigornowi, magnarowi Thennu.

— Dzikiemu. Brudnemu, krwiożerczemu barbarzyńcy.

Cregan zacisnął pięści. Miał na rękach skórzane rękawice, pokryte futrem takim samym jak to, które zwisało z jego szerokich barów, zmierzwione i sztywne. Czarną wełnianą opończę zdobiło białe słońce, herb jego rodu.

— Wiem, kim jesteś, Snow. Pół wilkiem, a pół dzikim, nieprawo urodzonym pomiotem zdrajcy i kurwy. Oddałeś szlachetnie urodzoną dziewczynę do łoża śmierdzącemu dzikusowi. Czy sam skosztowałeś jej najpierw? — Roześmiał się. — Jeśli chcesz pozbawić mnie życia, zrób to i bądź przeklęty jako zabójca krewnych. W żyłach Starków i Karstarków płynie ta sama krew.

— Ja się nazywam Snow.

— Bękart.

— Przyznaję się. Przynajmniej do tego.

— Niech no tylko ten magnar zjawi się w Karholdzie. Utniemy mu głowę i wrzucimy ją do wychodka, żeby szczać mu do ust.

— Sigorn prowadzi ze sobą dwustu Thennów — poinformował go Jon — a lady Alys jest przekonana, że Karhold otworzy przed nią bramy. Dwaj twoi ludzie już poprzysięgli jej służbę i potwierdzili wszystko, co powiedziała na temat spisków uknutych przez twego ojca razem z Ramsayem Snow. Słyszałem, że masz w Karholdzie bliskich kuzynów. Jedno twoje słowo mogłoby ocalić im życie. Poddaj zamek, a lady Alys ułaskawi kobiety, które ją zdradziły, mężczyznom zaś pozwoli przywdziać czerń.

Cregan potrząsnął głową. Bryłki lodu w jego skłębionych włosach uderzały o siebie z cichym stukiem.

— Nigdy — odparł. — Nigdy, nigdy, nigdy.

Mógłbym ofiarować jego głowę w ślubnym darze lady Alys i jej magnarowi — pomyślał Jon, nie odważył się jednak podjąć takiego ryzyka. Nocna Straż nie opowiadała się po niczyjej stronie w sporach królestwa. Niektórzy powiedzieliby, że i tak już udzielił Stannisowi zbyt wielkiej pomocy. *Gdybym ściął tego głupca, oskarżyliby mnie, że zabijam ludzi z północy, by oddać ich ziemie dzikim. A jeśli go uwolnię, będzie próbował zniszczyć wszystko, co udało mi się osiągnąć dzięki ślubowi lady Alys z magnarem.* Jon zastanawiał się, co zrobiłby jego ojciec, jak poradziłby sobie z tym problemem jego stryj. Ale Eddard Stark nie żył, a Benjen Stark zaginął na skutych lodem pustkowiach za Murem. *Nic nie wiesz, Jonie Snow.*

— Nigdy nie mów nigdy — odrzekł Jon. — Jutro możesz zmienić zdanie. Albo za rok. Prędzej czy później na Mur wróci jednak król Stannis. A gdy to zrobi, skaże cię na śmierć… chyba że będziesz nosił czarny płaszcz. Gdy człowiek przywdziewa czerń, wszystkie jego zbrodnie ulegają zatarciu. —

Nawet taki człowiek jak ty. — A teraz muszę cię przeprosić. Idę na ucztę weselną.

Po przeraźliwym chłodzie lodowych cel, w zatłoczonej piwnicy było tak gorąco, że Jonowi zrobiło się duszno, gdy tylko zszedł na dół. Pachniało tu dymem, pieczonym mięsem i grzanym winem. Gdy Jon wszedł na podwyższenie, Axell Florent wznosił właśnie toast.

— Za króla Stannisa i jego żonę, królową Selyse, Światło Północy! — ryknął. — Za R'hllora, Pana Światła, niech ma w opiece nas wszystkich! Jeden kraj, jeden bóg, jeden król!

— Jeden kraj, jeden bóg, jeden król! — powtórzyli chórem ludzie królowej.

Jon wypił razem ze wszystkimi. Nie potrafił powiedzieć, czy Alys Karstark znajdzie w małżeństwie choć odrobinę radości, ale przynajmniej tej jednej nocy wszyscy powinni się weselić.

Zarządcy zaczęli podawać pierwsze danie, zupę cebulową z kawałkami koziny oraz marchewki. Potrawa nie była może królewska, ale za to sycąca. Smakowała nieźle i wypełniała brzuch ciepłem. Owen Przygłup złapał za skrzypce, a kilku wolnych ludzi dołączyło do niego z fletami i bębenkami. *To te same instrumenty, które dały Mance'owi Rayderowi sygnał do ataku na Mur.* Jon uważał jednak, że teraz ich brzmienie jest słodsze. Razem z zupą podano jeszcze ciepłe bochny razowego chleba. Sól i masło czekały na stołach. Ten widok przygnębił Jona. Bowen Marsh zapewniał, że soli mają pod dostatkiem, ale zapasy masła skończą się przed upływem księżyca.

Stary Flint i Norrey otrzymali honorowe miejsca, tuż poniżej podwyższenia. Obaj mężczyźni byli już zbyt wiekowi, by wyruszyć ze Stannisem, wysłali więc synów i wnuki. Mimo to szybko się zjawili w Czarnym Zamku na wieść o weselu. Obaj sprowadzili też na Mur mamki. Kobieta Norreyów miała czterdzieści lat i największe cycki, jakie Jon Snow w życiu widział. Dziewczyna Flintów była czternastolatką o piersi płaskiej jak u chłopca, lecz mimo to nie brakowało jej mleka. Dzięki nim obu chłopczyk zwany przez Val Potworem miał się znakomicie.

Z tego przynajmniej Jon się cieszył... ale nawet przez chwilę nie wierzył, że dwóch starych wojowników przybyło tu ze swych wzgórz wyłącznie z tego powodu. Obaj przyprowadzili orszak zbrojnych — Stary Flint pięciu, a Norrey dwunastu — odzianych w wystrzępione, nabijane ćwiekami skóry. Wszyscy wyglądali groźnie jak sama twarz zimy. Niektórzy mieli długie brody, inni blizny, a jeszcze inni i jedno, i drugie. Wszyscy czcili starych bogów północy, tych samych, których wyznawali wolni ludzie za Murem. A mimo to siedzieli teraz w sali i pili za małżeństwo uświęcone przez jakiegoś dziwacznego czerwonego boga zza morza.

Lepsze to, niż gdyby odmówili picia. Ani Flint, ani Norrey nie odwrócili kielicha do góry dnem, by wylać trunek na podłogę. To mogło oznaczać pewien stopień akceptacji. *Albo po prostu nie chcą marnować dobrego południowego wina. Wśród tych swoich kamienistych wzgórz z pewnością nie kosztowali go zbyt często.*

W przerwie między daniami ser Axell Florent poprosił królową Selyse do tańca. Inni podążyli za ich przykładem — najpierw rycerze i damy królowej. Ser Brus poprowadził księżniczkę Shireen do jej pierwszego tańca, a potem zajął się jej matką. Ser Narbert zatańczył kolejno ze wszystkimi damami do towarzystwa Selyse.

Ludzie królowej byli jednak trzykrotnie liczniejsi od jej dam i wkrótce nawet najskromniejsze dziewki służebne poproszono do tańca. Po kilku piosenkach niektórzy czarni bracia przypomnieli sobie umiejętności nabyte w młodych latach na dworach i w zamkach, nim wysłano ich na Mur, i oni również wzięli się do pląsów. Ten stary łotrzyk, Ulmer z Królewskiego Lasu, okazał się w nich równie biegły jak w łucznictwie. Z pewnością też czarował partnerki opowieściami o Bractwie z Królewskiego Lasu, mówił im o tym, jak ruszał do boju u boku Simona Toyne'a i Brzuchatego Bena albo pomagał Wendzie Białej Łani wypalać piętno na tyłkach szlachetnie urodzonych jeńców. Atłas wykazał się wielką subtelnością, tańcząc z trzema służącymi po kolei, ale nie zbliżając się do żadnej ze szlachetnie urodzonych dam. Jon uważał, że to rozsądne. Nie podobały mu się spojrzenia, jakimi obrzucali zarządcę niektórzy rycerze, zwłaszcza ser Patrek z Królewskiej Góry. *Chce przelać czyjąś krew* — pomyślał Jon. *Czeka tylko na pretekst.*

Gdy Owen Przygłup zatańczył z błaznem Plamą, śmiech odbijał się echem od kopulastego sufitu. Lady Alys uśmiechnęła się na ten widok.

— Często tańczycie w Czarnym Zamku?

— Przy każdej okazji, gdy mamy tu ślub.

— No wiesz, mógłbyś ze mną zatańczyć. Uprzejmość tego wymaga. Zrobiłeś to naówczas.

— Naówczas? — zdziwił się Jon.

— Kiedy byliśmy dziećmi. — Odgryzła kawałek chleba i rzuciła nim w Jona. — Wiesz, o co mi chodzi.

— Powinnaś zatańczyć z mężem, pani.

— Obawiam się, że mój magnar nie jest tancerzem. Jeśli nie chcesz ze mną zatańczyć, przynajmniej nalej mi grzanego wina.

— Jak każesz.

Skinął dłonią, by podano mu dzban.

— A więc jestem teraz kobietą zamężną — mówiła Alys, gdy jej nalewał. — Mam dzikiego męża z własną małą armią dzikich.

— Oni mówią o sobie „wolni ludzie". A przynajmniej większość z nich. Thennowie są odrębnym ludem. Bardzo starym. — Powiedziała mu o tym Ygritte. *Nic nie wiesz, Jonie Snow.* — Pochodzą z doliny ukrytej na północnym krańcu Mroźnych Kłów. Otaczają ją wysokie turnie i przez tysiąclecia Thennowie częściej stykali się z olbrzymami niż z innymi dzikimi. Dlatego się od nich różnią.

— Różnią się od nich — zgodziła się. — Są bardziej podobni do nas.

— Tak, pani. Thennowie mają lordów i prawa. — *Potrafią klękać.* — Wydobywają cynę i miedź, by produkować brąz, i sami wykuwają swą broń oraz zbroje, zamiast je kraść. To dumny i odważny lud. Mance Rayder musiał trzy razy pokonać starego magnara, nim Styr uznał go za króla za Murem.

— A teraz są tutaj, po naszej stronie Muru. Wygnani ze swej górskiej twierdzy do mojej sypialni. — Uśmiechnęła się z przekąsem. — To moja wina. Pan ojciec powiedział mi, że muszę oczarować twego brata Robba, ale miałam tylko sześć lat i nie wiedziałam, jak to się robi.

Tak, ale teraz masz już prawie szesnaście i musimy się modlić, byś potrafiła oczarować nowego męża.

— Pani, jak wyglądają zapasy żywności w Karholdzie?

— Nie za dobrze. — Westchnęła. — Mój ojciec poprowadził na południe wielu ludzi, więc do pracy przy żniwach zostały tylko kobiety i młodzi chłopcy. A także starcy i kaleki, niezdolni do walki. Plony zmarniały na polach albo wbiły je w błoto jesienne deszcze. A teraz nadeszły śniegi. Zima będzie trudna. Tylko garstka starców ją przetrwa i wiele dzieci również umrze.

Ludzie z północy świetnie znali tę opowieść.

— Babcia mojego ojca ze strony matki pochodziła z górskich Flintów — oznajmił Jon. — Tych, którzy każą się zwać Pierwszymi Flintami. Mówią, że inni Flintowie to potomkowie młodszych synów, którzy opuścili góry w poszukiwaniu żywności, ziemi i żon. Życie zawsze było tam trudne. Gdy spada śnieg i zaczyna się głód, młodzi muszą wyruszyć do zimowego miasteczka albo wstąpić na służbę w jakimś zamku. Natomiast starcy zbierają resztki sił i oznajmiają, że idą na polowanie. Wiosną niektórych się znajduje, ale większość znika bez śladu.

— W Karholdzie wygląda to bardzo podobnie.

To nie zaskoczyło Jona.

— Gdy wasze zapasy zaczną się wyczerpywać, przypomnij sobie o nas, pani. Wyślijcie swych starców na Mur, niech powiedzą słowa. Tutaj przynajmniej nie umrą sami w śniegu, mając na rozgrzewkę jedynie wspomnienia. Przyślijcie nam też chłopców, jeśli macie zbędnych.

— Skoro tak mówisz. — Dotknęła jego dłoni. — Karhold pamięta.

Ćwiartowano łosia. Zapach był lepszy, niż Jon miał prawo się spodziewać. Kazał wysłać porcję Skórze do Wieży Hardina, razem z trzema wielkimi półmiskami pieczonych jarzyn dla Wun Wuna. Sam również zjadł pokaźną porcję. *Trzypalcy Hobb dobrze się spisał.* Obawiał się o to. Dwie noce temu Hobb przyszedł do niego, skarżąc się, że wstąpił do Nocnej Straży po to, by zabijać dzikich, a nie dla nich gotować.

— Poza tym nigdy nie przygotowywałem uczty weselnej, panie. Czarni bracia nie biorą sobie żon. Cholerne śluby im tego zakazują, przysięgam, że tak jest.

Gdy Jon popijał pieczeń łykiem grzanego wina, nagle podszedł do niego Clydas.

— Ptak — oznajmił, wsuwając pergamin w dłoń Jona. List zapieczętowano kapką twardego czarnego laku. *Wschodnia Strażnica* — uświadomił sobie Jon, nim jeszcze zerwał pieczęć. List napisał maester Harmune. Cotter Pyke nie umiał czytać i pisać. Niemniej to były słowa Pyke'a, spisane tak, jak je powiedział, szczere i rzeczowe.

Dzisiaj była cisza. Jedenaście statków pożeglowało do Hardhome z porannym odpływem. Trzy braavoskie, cztery lyseńskie i cztery nasze. Dwa lyseńskie ledwie się trzymały na wodzie. Możliwe, że utopimy więcej dzikich, niż uratujemy.

Twój rozkaz. Dwadzieścia kruków na pokładzie i maester Harmune. Będziemy wysyłać meldunki. Ja dowodzę. Płynę na „Szponie", a mój zastępca, Morski Obdartus, na „Kosie". Wschodnią Strażnicę zostawiłem ser Glendonowi.

— Czarne skrzydła, czarne słowa? — zapytała Alys Karstark.

— Nie, pani. Długo czekałem na te wieści.

Ale ta ostatnia wiadomość mnie niepokoi. Glendon Hewett był silnym i doświadczonym człowiekiem, odpowiednim kandydatem na zastępcę Cottera Pyke'a. Niemniej był też najlepszym przyjacielem, jakim mógł się pochwalić Alliser Thorne, i stał się też czymś w rodzaju kumpla Janosa Slynta, choć tylko na krótką chwilę. Jon do dziś pamiętał, jak Hewett wyciągnął go z łóżka, czuł ucisk jego buta na klatce piersiowej. *Ja wybrałbym kogoś innego.* Zwinął pergamin i schował go sobie za pas.

Potem przyszła kolej na rybę, ale gdy ze szczupaka usuwano ości, lady Alys zaciągnęła magnara do tańca. Ruchy Sigorna świadczyły, że nigdy dotąd nie tańczył, ale wypił tyle grzanego wina, że nie miało to znaczenia.

— Dziewczyna z północy i dziki wojownik połączeni węzłem przez Pana Światła — odezwał się ser Axell Florent, siadając na krześle opuszczonym przez lady Alys. — Jej Miłość to aprobuje. Jestem z nią blisko, panie, i wiem, co myśli. Król Stannis również będzie zadowolony.

O ile Roose Bolton nie zatknął już jego głowy na włóczni.

— Niestety, nie wszyscy są tego samego zdania. — Broda ser Axella była skołtunioną gęstwą porastającą opadający podbródek. Kępki sztywnych włosów sterczały mu również z uszu i nozdrzy. — Ser Patrek uważa, że byłby lepszym mężem dla lady Alys. Stracił ziemie, gdy wyruszył na północ.

— W sali jest wielu takich, którzy stracili więcej — odparł Jon — a jeszcze więcej było tych, którzy oddali życie w służbie królestwu. Ser Patrek powinien uznać, że miał szczęście.

— Król mógłby powiedzieć to samo, gdyby tu był — odparł z uśmiechem Axell Florent. — Z pewnością jednak wierni rycerze Jego Miłości zasługują na jakąś nagrodę? Zawędrowali za nim bardzo daleko i wiele ich to kosztowało. Musimy też jakoś związać dzikich z królem i królestwem. To małżeństwo to dobry początek, wiem jednak, że królowa by się ucieszyła, gdyby księżniczka dzikich również wyszła za mąż.

Jon westchnął. Zmęczył się już tłumaczeniem, że Val nie jest prawdziwą księżniczką. Bez względu na to, jak często im to powtarzał, nigdy go nie słuchali.

— Jesteś uparty, ser Axellu, muszę to przyznać.

— Masz do mnie pretensję, panie? Taką nagrodę niełatwo jest zdobyć. Słyszałem, że to dorosła dziewczyna całkiem niebrzydka dla oka. Dobre biodra i piersi, świetnie się nadaje do wydawania na świat dzieci?

— A kto miałby być ich ojcem? Ser Patrek? Ty?

— A któż byłby lepszy? W żyłach Florentów płynie krew dawnych królów, Gardenerów. Lady Melisandre mogłaby odprawić obrządki, jak zrobiła to w przypadku lady Alys i magnara.

— Brak ci tylko panny młodej.

— Łatwo temu zaradzić. — Uśmiech Florenta był tak fałszywy, że wyglądało to boleśnie. — Gdzie ona jest, lordzie Snow? Czy przeniosłeś ją do któregoś ze swoich zamków? Do Szarej Warty albo do Wieży Cieni? A może jest w Kurewskiej Jamie, razem z innymi dziewkami? — Pochylił się ku niemu. — Niektórzy mówią, że ukrywasz ją, by samemu zażywać z nią przyjemności. To nie ma dla mnie znaczenia, pod warunkiem że nie spodziewa się dziecka. Spłodzę z nią własnych synów. Jeśli już ją ujeździłeś, no cóż... obaj jesteśmy światowymi mężczyznami, nieprawdaż?

Jon usłyszał już wystarczająco wiele.

— Ser Axellu, jeśli rzeczywiście jesteś namiestnikiem królowej, żal mi Jej Miłości.

Twarz Florenta poczerwieniała z gniewu.

— A więc to prawda. Zamierzasz ją zatrzymać dla siebie. Teraz to rozumiem. Bękart pragnie zawładnąć siedzibą ojca.

Bękart odmówił jej przyjęcia. A gdyby pragnął Val, wystarczyłoby, żeby poprosił.

— Wybacz, ser — rzekł. — Muszę odetchnąć świeżym powietrzem. — *Tutaj śmierdzi.* Nagle odwrócił głowę. — To był róg.

Inni również go usłyszeli. Muzyka i śmiechy natychmiast ucichły. Tancerze zamarli w bezruchu, wytężając słuch. Nawet Duch postawił uszy.

— Słyszeliście? — zapytała swych rycerzy królowa Selyse.

— To wojenny róg, Wasza Miłość — wyjaśnił ser Narbert.

Królowa uniosła drżącą dłoń do szyi.

— Czy nas zaatakowano?

— Nie, Wasza Miłość — uspokoił ją Ulmer z Królewskiego Lasu. — To tylko obserwatorzy na Murze.

Jeden sygnał — pomyślał Jon Snow. *Wracają zwiadowcy.*

Dźwięk zabrzmiał znowu. Wydawało się, że wypełnia całą piwnicę.

— Dwa sygnały — stwierdził Mully.

Czarni bracia, ludzie z północy, wolni ludzie, Thennowie, ludzie królowej, wszyscy umilkli, słuchając z uwagą. Minęło pięć uderzeń serca. Dziesięć. Dwadzieścia. Potem Owen Przygłup zachichotał, a Jon Snow znowu mógł odetchnąć.

— Dwa sygnały — oznajmił. — Dzicy.

Val.

Wreszcie przybył Tormund Zabójca Olbrzyma.

DAENERYS

Komnatę wypełniały dźwięki yunkijskiego śmiechu, yunkijskich pieśni i yunkijskich modlitw. Tancerze tańczyli, muzycy grali dziwaczne melodie na dzwonkach, piszczałkach i pęcherzach, a minstrele śpiewali starożytne pieśni miłosne w niezrozumiałym języku Starego Ghis. Wino lało się szerokim strumieniem — nie słaby biały sikacz z Zatoki Niewolniczej, lecz mocne słodkie trunki z Arbor i senne wino z Qarthu, przyprawione niezwykłymi korzeniami. Yunkai'i przybyli tu na zaproszenie króla Hizdahra, by podpisać pokój i być świadkami ponownych narodzin sławetnych aren Meereen. Jej mąż otworzył Wielką Piramidę, by ich przywitać.

Nienawidzę tego — pomyślała Daenerys Targaryen. *Jak to się stało, że piję z ludźmi, których najchętniej obdarłabym ze skóry, i uśmiecham się do nich?*

Podano kilkanaście rozmaitych rodzajów mięsa i ryb: wielbłąd, krokodyl, śpiewająca kałamarnica, lakierowana kaczka i kolczaste czerwie, a także kozina, szynka i konina dla gości o mniej egzotycznych upodobaniach. A także psy. Żadna ghiscarska uczta nie byłaby kompletna bez psiego mięsa. Kucharze Hizdahra przyrządzili je na cztery różne sposoby.

— Ghiscarczycy jedzą wszystko, co pływa, lata i pełza, poza człowiekiem i smokiem — ostrzegł ją Daario. — A idę o zakład, że smoka też by zjedli, gdyby tylko mieli szansę.

Uczta nie mogła się jednak składać z samego mięsa. Podano również owoce, ziarna i jarzyny. W powietrzu unosiła się woń cynamonu, goździków, pieprzu oraz innych kosztownych przypraw.

Dany nie jadła prawie nic. *To jest pokój* — powtarzała sobie. *Tego właśnie chciałam, do tego dążyłam, po to wyszłam za Hizdahra. Dlaczego więc czuję tak silny smak porażki?*

— Jeszcze tylko chwila, ukochana — zapewnił Hizdahr.

— Yunkai'i wkrótce nas opuszczą, a ich sojusznicy i najemnicy razem z nimi. Będziemy mieli wszystko, czego pragnęliśmy. Pokój, żywność, handel. Nasz port znowu jest otwarty i statkom pozwolono do niego zawijać.

— Tak jest, Yunkai'i na to pozwalają — zgodziła się Dany — ale ich okręty nadal pozostają w zatoce. Gdy tylko zapragną, będą mogli znowu zacisnąć palce na naszym gardle. Zorganizowali targ niewolników tuż pod moimi murami!

— Poza obrębem naszych murów, słodka królowo. To był warunek zawarcia pokoju. Mogą bez przeszkód handlować niewolnikami, tak jak poprzednio.

— W swoim mieście. Nie tam, gdzie muszę to oglądać. — Mądrzy Panowie ulokowali zagrody i targ tuż na południe od Skahazadhanu, tam, gdzie szeroka brązowa rzeka wpadała do Zatoki Niewolniczej. — Drwią ze mnie jawnie, demonstrując mi moją bezsilność.

— To tylko pyszałkowate przechwałki — uspokajał ją szlachetny mąż. — Demonstracja, jak to określiłaś. Pozwólmy im na tę komediancką farsę. Gdy już odejdą, urządzimy w tym miejscu targ owoców.

— Gdy już odejdą — powtórzyła Dany. — A kiedy to się stanie? Za Skahazadhanem widziano jeźdźców. Rakharo mówi, że to dothraccy zwiadowcy, a za nimi podąża *khalasar*. Przyprowadzą jeńców. Mężczyzn, kobiety i dzieci jako dar dla handlarzy niewolników. — Dothrakowie nie kupowali ani nie sprzedawali, ale wręczali dary i przyjmowali je. — To dlatego Yunkai'i umieścili tu targ. Dostaną tysiące nowych niewolników.

Hizdahr zo Loraq wzruszył ramionami.

— Ale potem odejdą. To jest najważniejsze, ukochana. Yunkai będzie handlowało niewolnikami, a Meereen nie. Taką ugodę zawarliśmy. Wytrzymaj jeszcze trochę. To minie.

Daenerys przesiedziała cierpliwie resztę posiłku. Milczała, spowita w cynobrowy *tokar* i pogrążona w czarnych myślach.

Nie odzywała się niepytana, myśląc o ludziach kupowanych i sprzedawanych poza jej murami, podczas gdy oni ucztowali. Niech jej szlachetny mąż sam wygłasza mowy i śmieje się z marnych yunkijskich żartów. To było prawem i obowiązkiem króla.

Znaczna część prowadzonych za stołem rozmów dotyczyła jutrzejszych walk. Barsena Czarnowłosa miała się zmierzyć z odyńcem, jego kły przeciwko jej sztyletowi. Khrazz również wystąpi, podobnie jak Cętkowany Kot. A w ostatniej walce dnia Goghor Gigant stawi czoło Belaquowi Łamignatowi. Przed zachodem słońca jeden z nich zginie. *Żadna królowa nie ma czystych rąk* — powtarzała sobie Dany. Pomyślała o Doreah, o Quaro i Eroeh… o dziewczynce imieniem Hazzea, której nigdy nie spotkała. *Lepsza garstka ofiar na arenach niż tysiące zabitych u bram. To cena pokoju. Zapłacę ją dobrowolnie. Jeśli spojrzę za siebie, zginę.*

Sądząc po jego wyglądzie, yunkijski naczelny wódz, Yurkhaz zo Yunzak, mógł pamiętać czasy podboju Aegona. Zgarbionego, pomarszczonego i bezzębnego starca przyniosło na ucztę dwóch rosłych niewolników. Inni yunkijscy wielmoże nie robili lepszego wrażenia. Jeden był karłowaty, a otaczali go groteskowo wysocy i chudzi żołnierze-niewolnicy. Inny był młody, zdrowy i przystojny, ale tak pijany, że Dany nie rozumiała prawie nic z tego, co mówił. *Jak to możliwe, że tacy jak oni, doprowadzili mnie do podobnego upadku?*

Najemnicy prezentowali się jednak inaczej. Każda z czterech wolnych kompanii służących Yunkai przysłała swego dowódcę. Plewy na Wietrze reprezentował pentoshijski szlachcic znany jako Obdarty Książę, Długie Kopie zaś Gylo Rhegan, który mówił szeptem i przypominał raczej szewca niż żołnierza. Krwawobrody z Kompanii Kota robił jednak wystarczająco wiele hałasu za niego i za kilkunastu innych. Był potężnie zbudowanym mężczyzną o wielkiej krzaczastej brodzie, cechującym się niewyczerpanym apetytem na wino i kobiety. Ryczał, bekał i pierdział donośnie, a do tego podszczypywał każdą dziewkę służebną, która znalazła się w jego zasięgu. Od czasu do czasu sadzał też sobie którąś na kolana, by ściskać jej piersi i dotykać między nogami.

Drudzy Synowie również przysłali reprezentanta. *Gdyby był tu Daario, uczta zakończyłaby się przelewem krwi.* Żadna obietnica pokoju nie przekonałaby jej kapitana, by pozwolił Brązowemu Benowi Plummowi ujść z życiem z Meereen. Dany przysięgła, że siedmiu posłom i dowódcom nie stanie się nic złego, ale Yunkai'i nie uznali tego za zadowalające. Zażądali również zakładników. W zamian za trzech yunkijskich szlachciców i czterech kapitanów najemników Meereen wysłało do obozu oblegających siedmioro ludzi: siostrę Hizdahra, dwóch jego kuzynów, brata krwi Dany — Jhoga, jej admirała — Groleo, kapitana Nieskalanych — Bohatera oraz Daario Naharisa.

— Zostawię dziewczyny z tobą — oznajmił jej kapitan, wręczając Dany pas z pozłacanymi ladacznicami. — Strzeż ich do mojego powrotu, ukochana. Nie chcielibyśmy, żeby przelały krew Yunkai'i.

Golony Łeb również był nieobecny. Pierwsze, co uczynił Hizdahr po koronacji, to pozbawił Skahaza dowództwa Mosiężnych Bestii, zastępując go swym kuzynem, tłustym Marghazem zo Loraqiem o bladej, niezdrowej cerze. *Tak będzie lepiej. Zielona Gracja mówi, że między Loraqami a Kandaqami jest krew, a Golony Łeb nigdy nie krył pogardy do mego pana męża. Natomiast Daario...*

Po ślubie Dany stał się jeszcze bardziej szalony. Nie cieszył go jej pokój, jej małżeństwo cieszyło go jeszcze mniej i wściekał się też na Dornijczyków, którzy go oszukali. Kiedy książę Quentyn mu powiedział, że pozostali Westerosianie przeszli do Wron Burzy na rozkaz Obdartego Księcia, tylko interwencja Szarego Robaka i jego Nieskalanych powstrzymała Daaria przed zabiciem wszystkich. Fałszywych dezerterów uwięziono we wnętrznościach piramidy... ale nie ugasiło to gniewu jej kapitana.

Będzie dla niego bezpieczniej, jeśli zostanie zakładnikiem. Nie stworzono go dla pokoju. Dany nie mogła ryzykować, że powali Brązowego Bena Plumma, będzie drwił z Hizdahra na oczach całego dworu, sprowokuje Yunkai'i albo w jakiś inny sposób zakłóci porozumienie, dla zawarcia którego poświęciła tak wiele. Daario oznaczał wojnę i kłopoty. Będzie musiała go wygnać ze swego łoża, serca i życia. Jeśli jej nie zdradzi, stanie się jej panem. Nie wiedziała, której z tych możliwości bardziej się boi.

Gdy obżarstwo już się skończyło, i wszystkie niedojedzone potrawy wyniesiono — królowa zażądała, by oddano je biednym, którzy czekali na dole — wysokie szklane kielichy wypełniono korzennym trunkiem z Qarthu, ciemnym jak bursztyn. Przyszła kolej na występy.

Trupa yunkijskich kastratów będących własnością Yurkhaza zo Yunzaka zaśpiewała pieśni w starożytnym języku Starego Imperium. Ich głosy były wysokie, słodkie i niewiarygodnie czyste.

— Słyszałaś kiedyś taki śpiew, ukochana? — zapytał Hizdahr. — Mają głosy bogów, nieprawdaż?

— Tak — potwierdziła. — Ale zastanawiam się, czy nie woleliby mieć narządów mężczyzn.

Wszyscy artyści byli niewolnikami. Jeden z punktów traktatu przewidywał, że właściciele będą mogli przyprowadzić swych niewolników do Meereen bez obawy, że zostaną wyzwoleni. W zamian Yunkai'i zobowiązali się uznać prawa i swobody byłych niewolników, którzy otrzymali wolność od Dany. Hizdahr zapewniał, że to uczciwa transakcja, ale usta królowej wypełniał gorzki smak. Wypiła kolejny kielich wina, żeby go zmyć.

— Jeśli to cię ucieszy, Yurkhaz z pewnością zgodzi się ofiarować nam śpiewaków w darze — ciągnął jej szlachetny mąż. — Przypieczętują pokój i staną się ozdobą naszego dworu.

Da nam tych kastratów, a potem pomaszeruje do domu i zrobi następnych — pomyślała Dany. *Na świecie jest pełno chłopców.*

Akrobaci, którzy wystąpili później, również nie wywarli na niej wrażenia, nawet gdy ustawili się w ludzką piramidę wysoką na dziewięć pięter, z nagą dziewczynką na szczycie. *Czy to symbolizuje moją piramidę?* — zastanawiała się królowa. *Czy ta dziewczynka to mam być ja?*

Potem jej pan mąż wyprowadził swych gości na niżej położony taras, by przybysze z Żółtego Miasta mogli zobaczyć Meereen nocą. Yunkai'i wzięli w ręce kielichy z winem i krążyli małymi grupkami po ogrodzie, pośród drzewek cytrynowych i kwitnących nocą kwiatów. Nagle Dany stanęła twarzą w twarz z Brązowym Benem Plummem.

Najemnik pokłonił się nisko.

— Pięknie wyglądasz, Wasza Czcigodność. Jak zawsze zresztą. Żaden z tych Yunkijczyków nie jest nawet w połowie tak ładny. Chciałem przynieść ci dar, ale licytowano go zbyt wysoko dla biednego Brązowego Bena.

— Nie chcę od ciebie żadnych darów.

— Ten mógłby ci się spodobać. Pragnąłem ci ofiarować głowę twego dawnego wroga.

— Swoją własną? — zapytała słodko. — Zdradziłeś mnie.

— To zbyt surowa ocena, jeśli wybaczysz. — Brązowy Ben podrapał się po siwobiałym zaroście. — Przeszliśmy na stronę zwycięzców, to wszystko. Tak samo jak przedtem. I to nie była moja decyzja. Poddałem ją pod głosowanie.

— A więc chcesz powiedzieć, że to twoi ludzie mnie zdradzili? Dlaczego? Czy źle traktowałam Drugich Synów? Oszukiwałam na żołdzie?

— Z pewnością nie — zaprzeczył Brązowy Ben. — Ale nie chodzi tylko o złoto, Wasza Przewspaniałość. Nauczyłem się tego dawno temu, po swej pierwszej bitwie. Następnego ranka poszedłem przeszukać trupy, licząc na jakąś zdobycz. I znalazłem zabitego, któremu jakiś topornik odrąbał całą rękę w barku. Ciało oblazły muchy i pokrywała je zakrzepła krew. Być może właśnie dlatego nikt przede mną go nie ruszał. Pod tym wszystkim miał jednak nabijaną ćwiekami kamizelkę, uszytą z dobrej skóry. Pomyślałem sobie, że może na mnie pasować, więc przegnałem muchy i ściągnąłem ją z trupa. Cholerstwo było znacznie cięższe, niż mógłbym się tego spodziewać. Pod podszewką była zaszyta cała fortuna. W złocie, Wasza Czcigodność, słodkim żółtym złocie. Było tego tyle, że mógłby żyć jak lord aż po kres swych dni. Ale co mu z tego przyszło? Leżał w błocie z całym tym majątkiem i ucięto mu pierdoloną rękę. Płynie stąd pewna nauka, tak? Srebro jest słodkie, a złoto to nasza matka, ale kiedy cię zabiją, są dla ciebie warte mniej niż ostatnie sranie przed śmiercią. Mówiłem ci kiedyś, że są starzy najemnicy i są odważni najemnicy, ale nie ma starych odważnych najemników. Moje chłopaki nie chciały zginąć, to wszystko. Kiedy im powiedziałem, że nie możesz użyć smoków przeciwko Yunkijczykom, no cóż…

Uznaliście, że jestem pokonana — pomyślała Dany. *I jakie mam prawo twierdzić, że się myliliście?*

— Rozumiem. — Mogłaby na tym zakończyć, ale dręczyła ją ciekawość. — Powiedziałeś, że mógłbyś za to złoto żyć jak lord. Co zrobiłeś z takim bogactwem?

Brązowy Ben roześmiał się w głos.

— Byłem tylko głupim chłopakiem. Opowiedziałem o nim człowiekowi, którego uważałem za przyjaciela, a on powtórzył wszystko sierżantowi. Potem towarzysze broni uwolnili mnie od tego brzemienia. Sierżant powiedział, że jestem za młody i tylko zmarnotrawiłbym wszystko na kurwy i tak dalej. Ale kamizelkę mi zostawili. — Splunął. — Najemnikom nie wolno ufać, pani.

— Tego już się nauczyłam. Muszę któregoś dnia podziękować ci za tę lekcję.

W kącikach oczu Brązowego Bena pojawiły się zmarszczki.

— Nie ma potrzeby. Wiem, jakiego rodzaju podziękowania masz na myśli.

Pokłonił się po raz drugi i odszedł.

Dany odwróciła się, by spojrzeć na swoje miasto. Między murami a morzem stały w równych szeregach żółte namioty Yunkai'i, osłonięte wykopanymi przez niewolników okopami. Na północ od rzeki obozowały dwa żelazne legiony z Nowego Ghis, wyszkolone i uzbrojone w taki sam sposób jak Nieskalani. Dwa kolejne ghiscarskie legiony obozowały na wschodzie, odcinając drogę do przełęczy Khyzai. Na południu widziała konie i ogniska wolnych kompanii. Za dnia na niebie rysowały się cienkie smużki dymu, przypominające szare wystrzępione wstęgi. W nocy można było zauważyć blask odległych ognisk. Nad samą zatoką znajdował się obmierzły targ niewolników, ulokowany tuż pod jej drzwiami. Słońce zaszło i teraz go nie widziała, ale wiedziała, że tam jest. To tylko podsyciło jej gniew.

— Ser Barristanie? — zapytała cicho.

Biały rycerz natychmiast pojawił się u jej boku.

— Wasza Miłość?

— Ile usłyszałeś?

— Wystarczająco wiele. Nie mylił się. Najemnikom nie wolno ufać.

Królowym też nie — pomyślała Dany.

— Czy w Drugich Synach jest jakiś człowiek, który dałby się przekonać do... usunięcia... Brązowego Bena?

— Tak, jak Daario Naharis usunął innych kapitanów Wron Burzy? — Stary rycerz miał zakłopotaną minę. — Być może. Nie potrafię tego ocenić, Wasza Miłość.

To prawda — pomyślała. *Jesteś zbyt uczciwy i honorowy.*

— Jeśli nie tam, Yunkai'i wynajęli też trzy inne kompanie.

— To zbiry i rzezimieszki, szumowina ze stu pól bitew — ostrzegł ją ser Barristan. — Ich kapitanowie są równie zdradzieccy jak Plumm.

— Jestem tylko młodą dziewczyną i niewiele wiem o takich sprawach, ale wydaje mi się, że chcemy, by okazali się zdradzieccy. Jak pamiętasz, kiedyś udało mi się przekonać Drugich Synów i Wrony Burzy do przejścia na naszą stronę.

— Jeśli Wasza Miłość chce porozmawiać na osobności z Gylo Rheganem albo Obdartym Księciem, mogę ich przyprowadzić do twoich komnat.

— To nie jest odpowiednia chwila. Za dużo oczu, zbyt wiele uszu. Nawet gdybyś zdołał oddzielić ich dyskretnie od Yunkai'i, zauważono by ich nieobecność. Musimy znaleźć jakiś dyskretniejszy sposób dotarcia do nich... nie dzisiaj, ale wkrótce.

— Wedle rozkazu. Obawiam się jednak, że to zadanie nie jest odpowiednie dla mnie. W Królewskiej Przystani podobne misje zlecano lordowi Littlefingerowi albo Pająkowi. My, starzy rycerze, jesteśmy prostymi ludźmi, i umiemy tylko walczyć.

Poklepał rękojeść miecza.

— Nasi więźniowie — zasugerowała Dany. — Westerosianie, którzy opuścili szeregi Plew na Wietrze razem z trzema Dornijczykami. Nadal siedzą w naszych celach, prawda? Zróbmy z nich użytek.

— Chcesz ich uwolnić? Czy to rozsądne? Rozkazano im zdobyć zaufanie Waszej Miłości, by mogli przy pierwszej okazji cię zdradzić.

— Tego zadania nie zdołali wykonać. Nie ufam im. Nigdy im nie zaufam. — Prawdę mówiąc, Dany zaczynała zapominać, co to zaufanie. — Ale i tak możemy ich wykorzystać. Była wśród nich jedna kobieta. Meris. Odeślij ją jako... dowód mojego uznania. Jeśli ich kapitan jest bystrym człowiekiem, zrozumie.

— Ta kobieta jest najgorsza z nich wszystkich.

— To świetnie. — Dany zastanawiała się przez chwilę. — Powinniśmy wybadać też Długie Kopie. I Kompanię Kota.

— Krwawobrody. — Ser Barristan zasępił się jeszcze bardziej. — Jeśli Wasza Miłość raczy, od niego lepiej się trzymać z daleka. Jesteś za młoda, by pamiętać dziewięciogroszowych królów, ale tego Krwawobrodego uszyto z takiego samego okrutnego materiału. Nie ma w nim honoru, tylko głód... żądza złota, chwały i krwi.

— Wiesz o takich ludziach więcej ode mnie, ser. — Jeśli Krwawobrody rzeczywiście był najbardziej niehonorowy i chciwy ze wszystkich kapitanów najemników, mogło się okazać, że najłatwiej go będzie przekabacić, Dany nie chciała jednak sprzeciwiać się radom ser Barristana w podobnych sprawach. — Zrób, co uznasz za stosowne. Ale pośpiesz się. Jeśli pokój Hizdahra się załamie, chcę być gotowa. Nie ufam handlarzom niewolników. — *Nie ufam mężowi.* — Gdy tylko okażemy słabość, zwrócą się przeciwko nam.

— Yunkai'i również słabną. Wśród Tolosów szaleje ponoć krwawa dyzenteria. Mówią, że choroba przeniosła się też na drugi brzeg rzeki, do trzeciego legionu ghiscarskiego.

Biała klacz. Dany westchnęła. *Quaithe ostrzegała mnie, że przybędzie. Mówiła też o dornijskim księciu, synu słońca. Powiedziała mi bardzo wiele, ale tylko zagadkami.*

— Nie mogę polegać na tym, że zaraza uratuje mnie przed wrogami. Uwolnij Ładną Meris. Natychmiast.

— Wedle rozkazu. Ale... Wasza Miłość, jeśli mogę być tak śmiały, jest też inne wyjście.

— Dornijskie? — Dany westchnęła. Trzech Dornijczyków zaproszono na ucztę, jak przystało randze księcia Quentyna, ale Reznak uważał, by trzymali się jak najdalej od jej męża. Hizdahr nie sprawiał wrażenia zazdrosnego z natury, ale żaden mężczyzna nie ucieszyłby się z obecności zalotnika, który rywalizował z nim o rękę świeżo poślubionej żony. — Chłopak jest sympatyczny i uprzejmy, ale…

— Ród Martellów jest starożytny i szlachetny. Przez z górą stulecie był też wiernym przyjacielem rodu Targaryenów, Wasza Miłość. Miałem zaszczyt służyć ze stryjecznym dziadkiem księcia Quentyna w siódemce twego ojca. Nikt nie mógłby pragnąć dzielniejszego towarzysza broni niż książę Lewyn. W żyłach Quentyna Martella płynie ta sama krew, Wasza Miłość.

— Wolałabym, żeby przyprowadził ze sobą pięćdziesiąt tysięcy mieczy, o których mówił. On jednak miał tylko dwóch rycerzy i dokument. Czy pergamin obroni mój lud przed Yunkai'i? Gdyby przywiódł tu flotę…

— Słoneczna Włócznia nigdy nie była morską potęgą, Wasza Miłość.

— To prawda. — Dany poznała historię Westeros wystarczająco dobrze, by o tym wiedzieć. Nymeria przybyła do piaszczystych brzegów Dorne z dziesięcioma tysiącami okrętów, ale, poślubiwszy dornijskiego księcia, spaliła wszystkie i na zawsze odwróciła się plecami do morza. — Dorne jest za daleko. By zadowolić tego księcia, musiałabym porzucić wszystkich swych ludzi. Powinieneś odesłać go do domu.

— Dornijczycy słyną z uporu, Wasza Miłość. Przodkowie księcia Quentyna walczyli z twoimi przez prawie dwieście lat. Nie odpłynie bez ciebie.

W takim razie zginie tutaj — pomyślała Daenerys. *Chyba że ma w sobie więcej, niż potrafię dostrzec.*

— Czy nadal tu jest?

— Pije ze swymi rycerzami.

— Przyprowadź go do mnie. Pora, by poznał moje dzieci.

Przez poważną, pociągłą twarz Barristana Selmy'ego przemknął błysk niepewności.

— Wedle rozkazu.

Jej król śmiał się z Yurkhazem zo Yunzakiem oraz innymi

yunkijskimi możnowładcami. Dany nie sądziła, by miał zauważyć jej nieobecność, ale na wszelki wypadek rzekła służkom, że jeśli będzie o nią pytał, mają mu odpowiedzieć, że poszła posłuchać zewu natury.

Ser Barristan czekał przy schodach z dornijskim księciem. Kanciasta twarz Martella była zarumieniona. *Za dużo wina* — skonkludowała królowa, choć robił, co tylko mógł, żeby to ukryć. Dornijczyk nosił skromny strój. Jedyną jego ozdobą był szereg miedzianych słońc na pasie. *Zwą go Żabą* — przypomniała sobie Dany. Rozumiała dlaczego. Nie był przystojny.

— Witaj, mój książę — rzekła z uśmiechem. — Droga na dół jest daleka. Jesteś pewien, że chcesz tam iść?

— Jeśli Wasza Miłość raczy.

— W takim razie ruszajmy.

Przodem szło dwóch Nieskalanych z pochodniami, z tyłu zaś dwie Mosiężne Bestie, jedna w masce ryby, a druga jastrzębia. Nawet tutaj, w jej własnej piramidzie, tej szczęśliwej nocy pokoju i radości, ser Barristan nalegał, by wszędzie towarzyszyli jej strażnicy. Mała grupka bez słowa pokonała długą drogę w dół, trzy razy zatrzymując się dla odpoczynku.

— Smok ma trzy głowy — oznajmiła Dany, gdy dotarli na ostatnie schody. — Moje małżeństwo nie musi być kresem twoich nadziei. Wiem, po co tu przybyłeś.

— Dla ciebie — zapewnił Quentyn z pełną zażenowania galanterią.

— Nie — zaprzeczyła Dany. — Po ogień i krew.

Jeden ze słoni zatrąbił w swej stajni. Z dołu odpowiedział mu ryk, od którego zalała ją fala ciepła. Zaniepokojony Quentyn uniósł wzrok.

— Smoki wiedzą, gdy królowa jest blisko — wyjaśnił ser Barristan.

Każde dziecko poznaje swą matkę — pomyślała Dany. *Kiedy wyschną morza, a wiatr będzie przenosił góry jak liście...*

— Wołają mnie. Chodźmy. — Wzięła księcia Quentyna za rękę i poprowadziła do lochu, w którym uwięziła dwa swoje smoki. — Zostań na zewnątrz — powiedziała ser Barristanowi, gdy Nieskalani otwierali potężne żelazne drzwi. — Książę Quentyn mnie obroni.

Zaprowadziła dornijskiego księcia do środka i oboje stanęli na brzegu zagłębienia.

Smoki wyciągały szyje, kierując na nich spojrzenie gorejących oczu. Viserion zerwał jeden łańcuch i stopił pozostałe. Zawisnął na dachu lochu niczym ogromny biały nietoperz, wbijając głęboko szpony w wypalone, rozsypujące się cegły. Rhaegal, nadal przykuty, ogryzał tuszę byka. Podłogę pokrywała warstwa kości grubsza niż podczas poprzednich odwiedzin Dany, ściany i podłoga zrobiły się zaś czarne i szare. Więcej w nich było popiołu niż cegieł. Nie utrzymają się już długo... a za nimi były tylko ziemia i skała. *Czy moje smoki potrafią drążyć skałę jak ogniste żmije ze starożytnej Valyrii?* Miała nadzieję, że nie.

Twarz dornijskiego księcia zrobiła się biała jak mleko.

— Sły... słyszałem, że są trzy.

— Drogon poleciał na polowanie. — Nie musiał wiedzieć nic więcej. — Ten biały to Viserion, a ten zielony Rhaegal. Nadałam im imiona na pamiątkę moich braci.

Jej głos odbijał się echem od osmalonych ścian. Brzmiał cicho — głos dziewczynki, nie królowej i zdobywczyni, nie radosny głos panny młodej.

Rhaegal ryknął w odpowiedzi i komorę przeszyła czerwonożółta włócznia ognia. Viserion mu odpowiedział. Jego płomień był pomarańczowozłoty. Gdy poruszył skrzydłami, w powietrze wzbiły się chmury szarego popiołu. Zerwane łańcuchy pobrzękiwały i postukiwały u jego nóg. Quentyn Martell odskoczył stopę do tyłu.

Okrutniejsza kobieta mogłaby się roześmiać, ale Dany uścisnęła tylko jego rękę.

— Ja też się ich boję — zapewniła. — Nie ma się czego wstydzić. Moje dzieci zrobiły się w ciemności dzikie i gwałtowne.

— Chcesz... chcesz na nich jeździć?

— Na jednym z nich. Wiem o smokach tylko tyle, ile usłyszałam w dzieciństwie od brata albo wyczytałam potem w książkach. Powiadają jednak, że nawet Aegon Zdobywca nigdy nie ośmielił się dosiąść Vhagara ani Meraxesa, a żadna z jego sióstr nie jeździła na Balerionie Czarnym Strachu. Smoki żyją dłużej niż ludzie, niekiedy setki lat, Balerion miał więc innych jeźdźców po śmierci Aegona... ale nikt nigdy nie jeździł na dwóch smokach.

Viserion znowu syknął. Spomiędzy jego zębów buchnął dym. Ujrzeli złoty ogień płonący w głębi gardła.

— To... to przerażające stworzenia.

— To smoki, Quentynie. — Dany stanęła na palcach i pocałowała go lekko w jeden, a potem w drugi policzek. — Tak samo jak ja.

Młody książę przełknął ślinę.

— W moich żyłach również płynie krew smoka, Wasza Miłość. Pochodzę od pierwszej Daenerys, księżniczki z rodu Targaryenów, która była siostrą króla Daerona Dobrego i żoną księcia Dorne. Zbudował dla niej Wodne Ogrody.

— Wodne Ogrody?

Prawdę mówiąc, wiedziała bardzo niewiele o Dorne i jego historii.

— To ulubiony pałac mojego ojca. Bardzo bym pragnął kiedyś ci je pokazać. Zbudowano je z różowego marmuru. Leżą nad morzem i pełno w nich basenów oraz fontann.

— Na pewno są piękne. — Odciągnęła go krawędzi zagłębienia. *To nie miejsce dla niego. Nie powinien był tu przybywać.* — Powinieneś tam wrócić. Obawiam się, że na moim dworze nie będziesz bezpieczny. Masz tu więcej wrogów, niż ci się zdaje. Zrobiłeś z Daaria głupca, a on nie zwykł zapominać zniewag.

— Mam swoich rycerzy. Swe zaprzysiężone tarcze.

— Tylko dwóch. Daario ma pięćset Wron Burzy. Powinieneś też wystrzegać się mojego pana męża. Wiem, że z pozoru jest miły i nieszkodliwy, ale nie daj się oszukać. Władza Hizdahra wywodzi się z mojej i może rozkazywać niektórym z najgroźniejszych wojowników na świecie. Gdyby któryś z nich postanowił wkupić się w jego łaski, pomagając mu pozbyć się rywala...

— Jestem księciem Dorne, Wasza Miłość. Nie będę uciekał przed niewolnikami i najemnikami.

W takim razie naprawdę jesteś głupcem, książę Żabo. Dany obrzuciła swe dzikie dzieci przeciągłym pożegnalnym spojrzeniem. Słyszała ich ryki, gdy prowadziła chłopaka z powrotem ku drzwiom, widziała też grę świateł na cegłach. *Jeśli spojrzę za siebie, zginę.*

— Ser Barristan z pewnością wezwał już dwie lektyki, którymi wrócimy na bankiet, ale wspinaczka będzie nużąca. — Żelazne drzwi za jej plecami zamknęły się z donośnym brzękiem. — Opowiedz mi o tej pierwszej Daenerys. Znam historię ojcowskiego królestwa znacznie gorzej, niżby należało. W dzieciństwie nie miałam maestera.

Tylko brata.

— Z przyjemnością, Wasza Miłość — odparł Quentyn.

Było już dobrze po północy, gdy ostatni goście sobie poszli i Dany udała się do swych komnat, dołączając do swego pana i króla. Przynajmniej Hizdahr był zadowolony, choć nieco pijany.

— Dotrzymuję obietnic — oznajmił, gdy Irri i Jhiqui ubierały ją do łoża. — Pragnęłaś pokoju i pokój jest twój.

A ty pragnąłeś krwi i wkrótce będę zmuszona ci ją dać — pomyślała Dany.

— Jestem wdzięczna — powiedziała jednak na głos.

Ekscytujące wydarzenia dnia rozpaliły namiętność jej męża. Gdy tylko służki udały się na spoczynek, zdarł z Dany szatę i przewrócił ją na łoże. Objęła go ramionami i pozwoliła, by zrobił swoje. Był pijany i wiedziała, że nie pozostanie w niej długo.

Nie myliła się. Gdy już było po wszystkim, wtulił twarz w jej ucho i wyszeptał:

— Oby bogowie pozwolili nam spłodzić dziś syna.

W głowie Dany rozbrzmiały echem słowa Mirri Maz Duur. *Kiedy słońce wzejdzie na zachodzie i zajdzie na wschodzie, kiedy wyschną morza, a wiatr będzie przenosił góry jak liście. Kiedy twoje łono znowu się poruszy i urodzisz żywe dziecko. Dopiero wtedy on powróci, nie wcześniej*. Znaczenie tych słów było oczywiste. Khal Drogo nigdy nie wróci z martwych, a ona nie wyda na świat żywego dziecka. Pewnymi tajemnicami nie była jednak w stanie podzielić się z nikim, nawet z mężem. Niech Hizdahr zo Loraq zachowa swe nadzieje.

Jej szlachetny mąż szybko zapadł w sen. Dany mogła jedynie wiercić się i przewracać z boku na bok obok niego. Pragnęła nim potrząsnąć, obudzić go, zażądać, by ją przytulił, pocałował, pierdolił się z nią, ale nawet gdyby to zrobił, potem znowu by zasnął i zostawił ją samą w ciemności. Zastanawiała się, co robi teraz Daario. Czy on również był niespokojny? Czy o niej myślał? Czy naprawdę ją kochał? Czy nienawidził jej za to, że wyszła za Hizdahra? Nie trzeba było iść z nim do łoża. Był tylko najemnikiem i nie nadawał się na małżonka królowej, ale... *Wiedziałam o tym od samego początku, ale i tak to zrobiłam.*

— Moja królowo? — zabrzmiał cichy głos w ciemności.

Dany się wzdrygnęła.

— Kto tu jest?

— To tylko Missandei. — Naathańska skryba podeszła bliżej do łoża. — Ta osoba słyszała twój płacz.

— Płacz? Nie płakałam. Czemu miałabym to robić? Mam pokój, którego pragnęłam, mam swego króla. Mam wszystko, czego mogłaby pragnąć królowa. Przyśnił ci się zły sen, to wszystko.

— Skoro tak mówisz, Wasza Miłość.

Dziewczynka pokłoniła się i odwróciła, by odejść.

— Zostań — rozkazała Dany. — Nie chcę być sama.

— Jest z tobą Jego Miłość — zauważyła Missandei.

— Jego Miłość pogrążył się w snach, ale ja nie mogę zasnąć. Jutro będę musiała wykąpać się we krwi. To cena pokoju. — Uśmiechnęła się blado i poklepała dłonią prześcieradło. — Chodź. Usiądź. Porozmawiaj ze mną.

— Jeśli tego pragniesz. — Missandei przysiadła obok niej. — O czym będziemy rozmawiały?

— O domu — odparła Dany. — O Naath. O motylach i braciach. Opowiedz mi o tym, dzięki czemu byłaś szczęśliwa, dzięki czemu się śmiałaś. Podziel się ze mną najsłodszymi wspomnieniami. Przypomnij mi, że na świecie nadal jest dobro.

Missandei dała z siebie wszystko. Nie przestawała mówić, aż Dany wreszcie zasnęła, pogrążając się w dziwnych, nie do końca uformowanych snach o dymie i ogniu.

Ranek przyszedł za wcześnie.

THEON

Dzień zakradł się do nich jak Stannis: niepostrzeżenie.

Winterfell nie spało już od kilku godzin. Na murach i na szczytach wież było pełno ludzi odzianych w wełnę, kolczugi i utwardzane skóry. Czekali na atak, który nigdy nie nadszedł. Gdy niebo zaczęło jaśnieć, łoskot bębnów ucichł, choć róg zabrzmiał jeszcze trzykrotnie, za każdym razem bliżej. Śnieg nie przestawał sypać.

— Śnieżyca dziś się skończy — zapewniał głośno jeden z ocalałych chłopców stajennych. — Zima nawet się jeszcze nie zaczęła.

Theon roześmiałby się, gdyby się odważył. Przypomniał sobie opowieści Starej Niani o zamieciach trwających przez czterdzieści dni i czterdzieści nocy, przez rok albo dziesięć lat... zamieciach pokrywających zamki, miasta i całe królestwa stustopową warstwą śniegu.

Siedział w głębi Wielkiej Komnaty, niedaleko od koni, i przyglądał się, jak Abel, Jarzębina i praczka o myszowatych włosach zwana Wiewiórką atakują kromki czerstwego razowego chleba usmażone w tłuszczu z boczku. Śniadanie Theona ograniczało się do kufla ciemnego *ale* pełnego drożdży i tak gęstego, że można je było żuć. Jeszcze kilka kufli i może plan Abla przestanie mu się wydawać aż tak szalony.

Do komnaty wszedł Roose Bolton, jasnooki i ziewający. Towarzyszyła mu tłusta ciężarna żona, Gruba Walda. Przed nim szło kilku lordów i dowódców, między innymi Kurwistrach Umber, Aenys Frey i Roger Ryswell. Nieco dalej od podwyższenia Wyman Manderly pożerał kiełbasy i jaja na twardo, podczas gdy siedzący obok niego stary lord Locke wypełniał bezzębne usta owsianką.

Wkrótce zjawił się również lord Ramsay. Wszedł do środka i ruszył ku przodowi sali, zapinając pas. *Jest dziś w paskudnym nastroju* — uświadomił sobie Theon. *Pewnie bębny nie dały mu spać przez całą noc albo jest z kogoś niezadowolony.* Jedno niewłaściwe słowo, nieostrożne spojrzenie albo śmiech w nieodpowiednim momencie mogły obudzić gniew jego lordowskiej mości i kosztować kogoś kawałek skóry. *Proszę, panie, nie patrz na mnie.* Wystarczy jedno spojrzenie i Ramsay wszystkiego się domyśli. *Wyczyta to z mojej twarzy. Będzie wiedział. On zawsze wszystko wie.*

Theon spojrzał na Abla.

— To się nie uda. — Mówił tak cicho, że nawet konie nie

mogłyby go podsłuchać. — Złapią nas, nim zdążymy opuścić zamek. A nawet jeśli uciekniemy, lord Ramsay nas doścignie. On, Ben od Kości i jego dziewczyny.

— Pod murami czeka lord Stannis. Sądząc po dźwiękach, jest niedaleko. — Palce Abla zatańczyły na strunach lutni. Broda barda była brązowa, choć jego długie włosy w większej części już posiwiały. — Jeśli Bękart ruszy za nami w pościg, może pożyje wystarczająco długo, by tego pożałować.

Myśl, że tak jest — powtarzał sobie Theon. *Uwierz w to. Powiedz sobie, że to prawda.*

— Ramsay zrobi z twoich kobiet swoją zwierzynę — oznajmił śpiewakowi. — Upoluje je, zgwałci i nakarmi trupami swoje psy. Jeśli dadzą mu dobry pościg, może nadać sukom z następnego miotu ich imiona. A ciebie obedrze ze skóry. On, Obdzieracz i Damon Zatańcz ze Mną. Zrobią sobie z tego zabawę. Będziesz ich błagał, żeby cię zabili. — Uścisnął ramię barda okaleczoną dłonią. — Przysiągłeś, że nie pozwolisz, bym znowu wpadł w jego ręce. Mam na to twoje słowo.

Musiał to usłyszeć jeszcze raz.

— Słowo Abla — zapewniła Wiewiórka. — Mocne jak dębina.

Bard wzruszył tylko ramionami.

— Cokolwiek by się stało, mości książę.

Na podwyższeniu Ramsay sprzeczał się z ojcem. Byli za daleko, by Theon mógł usłyszeć słowa, ale strach na okrągłej różowej twarzy Grubej Waldy mówił bardzo wiele. Słyszał jednak Wymana Manderly'ego, domagającego się więcej kiełbasy, oraz śmiech Rogera Ryswella po jakimś dowcipie jednorękiego Harwooda Stouta.

Theon zastanawiał się, czy kiedykolwiek ujrzy podmorskie komnaty Utopionego Boga, czy też jego duch zostanie tutaj, w Winterfell. *Śmierć to śmierć. Lepiej być trupem niż Fetorem.* Jeśli plan Abla się nie uda, Ramsay postara się, by umierali długo i w straszliwych męczarniach. *Tym razem obe-*

drze mnie ze skóry od stóp do głów i żadne błagania nie położą kresu cierpieniom. Theon nigdy nie zaznał bólu porównywalnego z tym, który potrafił wywołać Obdzieracz małym myśliwskim nożem. Abel wkrótce przyswoi sobie tę lekcję. I po co? *Jeyne, nazywa się Jeyne, a jej oczy mają niewłaściwy kolor.* Była komediantką grającą wyznaczoną rolę. *Lord Bolton wie i Ramsay również, ale reszta jest ślepa, nawet ten cholerny bard z jego sprytnymi uśmieszkami. To ty jesteś ofiarą żartu, Ablu, ty i twoje krwiożercze kurwy. Zginiesz za niewłaściwą dziewczynę.*

Omal nie powiedział im prawdy, gdy Jarzębina zaprowadziła go do Abla w ruinach Spalonej Wieży, ale w ostatniej chwili ugryzł się w język. Minstrel był zdecydowany uciec z córką Eddarda Starka. Jeśli się dowie, że żona lorda Ramsaya to tylko bachor zarządcy, no cóż…

Drzwi Wielkiej Komnaty otworzyły się z trzaskiem.

Do środka wpadł zimny wicher, przynosząc ze sobą chmury kryształków lodu lśniących niebieskobiałym blaskiem. Do sali wszedł ser Hosteen Frey pokryty śniegiem aż po pas. W rękach trzymał ciało. Wszyscy siedzący na ławach ludzie odłożyli naczynia i łyżki, gapiąc się na ten makabryczny widok. W sali zapadła cisza.

Kolejne morderstwo.

Ser Hosteen ruszył ku stołowi na podwyższeniu, głośno stukając butami o posadzkę. Ze spowijających go futer sypał się śnieg. Za nim szło kilkunastu rycerzy i zbrojnych w barwach Freyów. Jednym z nich był chłopak, którego Theon znał — Duży Walder, ten mały, o lisiej twarzy, chudy jak patyk. Jego pierś i ramiona splamiła krew.

Konie zakwiczały przeraźliwie, poczuwszy jej woń. Psy wysunęły się spod stołów, węsząc. Ludzie wstali z ław. Ciało trzymane w ramionach przez ser Hosteena lśniło w blasku pochodni, pokryte skorupą różowego szronu. Krew zamarzła na mrozie.

— To syn mojego brata Merretta. — Hosteen Frey położył ciało na podłodze przed podwyższeniem. — Zarżnięto go jak świnię i wepchnięto w śnieżną zaspę. Był jeszcze chłopcem.

Mały Walder — pomyślał Theon. *Ten duży.* Zerknął na Jarzębinę. *Jest ich sześć* — przypomniał sobie. *Każda z nich mogła to zrobić.* Praczka wyczuła jego spojrzenie.

— To nie była nasza robota — zapewniła.

— Cicho — ostrzegł ją Abel.

Lord Ramsay zszedł z podwyższenia i podszedł do martwego chłopca. Jego ojciec wstał wolniej, jasnooki i poważny. Jego twarz niczego nie wyrażała.

— To podły uczynek. — Choć raz Roose Bolton przemówił tak głośno, że wszyscy go usłyszeli. — Gdzie znaleziono ciało?

— Pod zburzoną wieżą, panie — odparł Duży Walder. — Tą ze starymi chimerami. — Rękawice chłopaka pokryła warstwa krwi kuzyna. — Mówiłem mu, żeby nie wychodził sam, ale on powiedział, że idzie się spotkać z człowiekiem, który jest mu winien trochę srebra.

— Jakim człowiekiem? — zapytał Ramsay. — Podaj mi jego imię. Wskaż mi go, chłopcze, a uszyję ci płaszcz z jego skóry.

— Nie powiedział, kto to był, panie. Tylko że wygrał z nim w kości. — Młody Frey się zawahał. — To jacyś ludzie z Białego Portu uczyli go gry. Nie wiem którzy, ale to byli oni.

— Wasza lordowska mość — zagrzmiał Hosteen Frey. — Wszyscy wiemy, kto to zrobił. Zamordował chłopaka i całą resztę. Nie osobiście, nie. Jest za gruby i zanadto tchórzliwy, by zabijać własnoręcznie. Zrobił to słowem. — Spojrzał na Wymana Manderly'ego. — Przeczysz temu?

Lord Białego Portu odgryzł połowę kiełbasy.

— Przyznaję... — Otarł tłuszcz z ust rękawem. — Przyznaję, że nie wiem zbyt wiele o tym biednym chłopcu. Był giermkiem lorda Ramsaya, tak? Ile miał lat?

— Dziewięć w ostatni dzień imienia.

— Taki młody — mruknął Wyman Manderly. — Ale być może to było błogosławieństwo. Gdyby przeżył, wyrósłby na Freya.

Lord Hosteen kopnął blat, zwalając go z kozłów na potężne brzuszysko lorda Wymana. Kufle i talerze posypały się na podłogę, kiełbasy poleciały na wszystkie strony, a kilkunastu ludzi Manderlych zerwało się na nogi. Niektórzy łapali za noże, talerze, dzbany, wszystko, co mogło posłużyć jako broń.

Ser Hosteen Frey wyciągnął miecz z pochwy i skoczył ku Wymanowi Manderly'emu. Lord Białego Portu próbował się uchylić, ale blat przycisnął go do krzesła. Ostrze przecięło trzy z czterech podbródków. Trysnęła jaskrawoczerwona krew. Lady Walda krzyknęła przeraźliwie, ściskając ramię pana męża.

— Stać — krzyknął Roose Bolton. — Przerwijcie to szaleństwo.

Jego ludzie ruszyli do akcji. Manderly'owie przeskakiwali przez ławy, by dostać się do Freyów. Jeden z nich skoczył na ser Hosteena ze sztyletem w ręce, ale potężnie zbudowany rycerz odwrócił się i uciął mu kończynę w stawie barkowym. Lord Wyman wstał, ale zaraz osunął się na podłogę. Stary lord Locke wzywał krzykiem maestera. Manderly miotał się niczym ogłuszony pałkami mors, otoczony rosnącą kałużą krwi. Wokół niego psy gryzły się o kiełbasy.

Potrzeba było czterdziestu włóczników z Dreadfort, by rozdzielić walczących i położyć kres rzezi. Gdy to się udało, sześciu ludzi z Białego Fortu i dwóch zbrojnych Freyów leżało martwych na podłodze. Kilkunastu następnych zostało rannych. Jeden z Chłopaków Bękarta, Luton, konał hałaśliwie. Wzywał krzykiem matkę, próbując wepchnąć garść śliskich wnętrzności z powrotem do dziury w brzuchu. Lord Ramsay wyrwał włócznię jednemu z ludzi Nagolennika i uciszył rannego pchnięciem w pierś. Od krokwi nadal jednak odbijały się echem krzyki, modlitwy i przekleństwa, kwiczenie przerażonych koni oraz warczenie suk Ramsaya. Walton Nagolennik musiał kilkanaście razy walić tępym końcem włóczni w podłogę, nim wreszcie rwetes się uspokoił i Roose Bolton mógł przemówić.

— Widzę, że wszyscy pragniecie krwi — zaczął lord Dreadfort. Maester Rhodry stał obok niego z krukiem na ramieniu. Czarne pierze ptaka lśniło w blasku pochodni niczym węgiel pokryty warstewką oliwy. *Jest mokry* — uświadomił sobie Theon. *A jego lordowska mość trzyma w ręce pergamin. On z pewnością również jest wilgotny. Czarne skrzydła, czarne słowa.*

— Zamiast wyciągać miecze przeciwko sobie, moglibyście zachować je dla lorda Stannisa. — Lord Bolton rozwinął dokument. — Jego ludzie znajdują się niespełna trzy dni drogi stąd. Ugrzęźli w śniegu i głodują. Osobiście czuję się już zmęczony czekaniem, aż raczą się zjawić. Ser Hosteenie, zbierz swoich rycerzy i zbrojnych pod główną bramą. Jeśli tak bardzo pragniesz walczyć, będziesz mógł zadać pierwszy cios. Lordzie Wymanie, swoich ludzi z Białego Portu zwołaj pod wschodnią bramę. Oni również ruszą do boju.

Miecz Hosteena Freya był czerwony niemal po rękojeść. Krople krwi pokrywały mu policzki niczym piegi.

— Jak każesz, wasza lordowska mość — rzekł, opuszczając miecz. — Ale gdy już przyniosę ci głowę Stannisa Baratheona, zamierzam dorżnąć lorda Sadło.

Czterech rycerzy z Białego Portu otoczyło kręgiem leżącego na podłodze lorda Wymana. Maester Medrick pochylał się nad nim, próbując powstrzymać krwawienie.

— Najpierw będziesz musiał przedrzeć się przez nas, ser — oznajmił najstarszy z nich, siwobrody mężczyzna o surowym obliczu. Na jego zbryzganej krwią opończy wyszyto trzy srebrzyste syreny w fioletowym polu.

— Z przyjemnością. Po jednym albo wszyscy naraz. Dla mnie to bez różnicy.

— Dość tego — ryknął lord Ramsay, wywijając zakrwawioną włócznią. — Jeszcze jedna groźba, a sam wypruję wszystkim flaki. Mój pan ojciec przemówił! Zostawcie swój gniew dla uzurpatora Stannisa.

Roose Bolton pokiwał z aprobatą głową.

— Mój syn ma rację. Pora na walki między sobą nadejdzie, gdy już skończymy ze Stannisem. — Odwrócił głowę, przesuwając spojrzeniem jasnych zimnych oczu po komnacie, aż wreszcie odnalazł barda Abla, siedzącego obok Theona.

— Bardzie, zaśpiewaj nam coś uspokajającego — zażądał.

Abel się pokłonił.

— Jak sobie życzysz, wasza lordowska mość.

Ruszył nieśpiesznie ku podwyższeniu z lutnią w dłoni, przeskakując po drodze zgrabnie nad paroma trupami. Wszedł na górę i usiadł na stole ze skrzyżowanymi nogami. Gdy zaczął grać spokojną, smutną pieśń, której Theon Greyjoy nie znał, ser Hosteen, ser Aenys i ich ludzie zaczęli wyprowadzać z komnaty swe konie.

Jarzębina złapała Theona za ramię.

— Łaźnia. Musimy to zrobić teraz.

Wyrwał się z jej uścisku.

— Za dnia? Zauważą nas.

— Śnieg nas ukryje. Czy jesteś głuchy? Bolton wysyła swych ludzi do ataku. Musimy dotrzeć do króla Stannisa przed nimi.

— Ale Abel…

— Abel potrafi sobie radzić — wyszeptała Wiewiórka.

To szaleństwo. Beznadziejne, głupie i skazane na klęskę. Theon dopił fusy z dna kufla i podniósł się z niechęcią.

— Znajdź swoje siostry. Potrzeba mnóstwo wody, by wypełnić balię dla pani.

Wiewiórka wymknęła się z komnaty, stąpając cicho jak zawsze. Jarzębina wyprowadziła Theona. Odkąd ona i jej siostry znalazły go w bożym gaju, któraś z nich towarzyszyła mu wszędzie, ani na moment nie spuszczając go z oczu. Nie ufały mu. *Czemu miałyby mi ufać? Byłem Fetorem i mogę znowu się nim stać. Nazywałem się Fetor, byłem podstępny przeto.*

Śnieg nie przestawał sypać. Ulepione przez giermków bałwany przerodziły się w monstrualne olbrzymy, wysokie na dziesięć stóp i groteskowo zniekształcone. Gdy szli z Jarzębiną do bożego gaju, po obu stronach mieli białe ściany. Ścieżki łączące komnatę z wieżami przerodziły się w labirynt zamarzniętych okopów. Śnieg usuwano z nich co godzinę. Łatwo byłoby zabłądzić w tej lodowej sieci, ale Theon Greyjoy pamiętał każdy zakręt.

Nawet boży gaj bielał. Na powierzchni stawu u stóp drzewa serca utworzyła się warstewka lodu, a na twarzy wyrzeźbionej w białym pniu wyrosły wąsy z maleńkich sopli. O tej porze nie mogli liczyć na to, że będą mieli starych bogów tylko dla siebie. Jarzębina odciągnęła Theona od ludzi z północy modlących się pod drzewem i poprowadziła go w odosobnione miejsce pod murem koszar, obok wypełnionej ciepłym błotem sadzawki cuchnącej zgniłymi jajami. Theon zauważył, że nawet na jej brzegach tworzy się już warstewka lodu.

— Nadchodzi zima…

Jarzębina przeszyła go twardym spojrzeniem.

— Nie masz prawa wypowiadać słów lorda Eddarda. Nie ty. Już nigdy. Po tym, co zrobiłeś…

— Wy też zabiłyście chłopca.

— Nie zrobiłyśmy tego. Już ci mówiłam.

— Słowa to wiatr. — *Wcale nie są lepsze ode mnie. Jesteśmy warci tyle samo.* — Innych zabiłyście, czemu więc nie jego? Żółta Kuśka…

— …śmierdział tak samo jak ty. To była świnia, nie człowiek.

— A Mały Walder to był prosiak. Zabijając go, popchnęłyście Freyów i Manderlych do złapania za noże. To był sprytny plan…

— My tego nie zrobiłyśmy. — Jarzębina złapała go za gardło i popchnęła pod ścianę, przysuwając twarz na odległość cala do jego twarzy. — Jeśli powiesz to jeszcze raz, wyrwę ci twój kłamliwy język, zabójco krewnych.

Uśmiechnął się, odsłaniając połamane zęby.

— Nie zrobisz tego. Potrzebujecie mojego języka, żeby przedostać się przez strażników. Potrzebujecie moich kłamstw.

Jarzębina splunęła mu w twarz. Potem puściła go i wytarła urękawicznione dłonie o nogi, jakby zbrukał ją sam jego dotyk.

Theon wiedział, że nie powinien jej prowokować. Na swój sposób była równie niebezpieczna jak Obdzieracz albo Damon Zatańcz ze Mną. Zmarzł jednak i był zmęczony, głowa go bolała i nie spał od kilku dni.

— Jestem winien straszliwych czynów… zdradziłem przyjaciół, przeszedłem na stronę wroga, skazałem na śmierć ludzi, którzy mi ufali… ale nie jestem zabójcą krewnych.

— To prawda, synowie Starków nigdy nie byli dla ciebie braćmi. Wiemy o tym.

Miała rację, ale nie to chciał powiedzieć Theon. *Nie byli z mojej krwi, ale i tak ich nie skrzywdziłem. Zabiliśmy tylko bachory jakiegoś młynarza.* Theon wolał nie myśleć o ich matce. Znał żonę młynarza od lat, a nawet z nią sypiał. *Miała wielkie ciężkie piersi, duże ciemne sutki, słodkie usta i radosny śmiech. Nigdy już nie zaznam takich radości.*

Nie było jednak sensu opowiadać o tym wszystkim Jarzębinie. Nigdy nie uwierzyłaby w jego zaprzeczenia, podobnie jak on nie wierzył jej.

— Mam krew na rękach, ale to nie jest krew braci — odparł ze znużeniem w głosie. — I poniosłem za to karę.

— Ale za lekką.

Odwróciła się do niego plecami.

Głupia kobieta. Theon mógł być kaleką, ale nadal miał sztylet. Łatwo byłoby go wyciągnąć i wbić jej w plecy między łopatkami. Tyle jeszcze potrafił dokonać, bez względu na powybijane zęby. To mógłby nawet być akt łaski — śmierć szybsza i czystsza od tej, jaka czekała ją i jej siostry, gdy złapie je Ramsay.

Fetor mógłby tak postąpić. Z pewnością tak by postąpił, w nadziei, że sprawi przyjemność lordowi Ramsayowi. Te kurwy chciały ukraść świeżo poślubioną żonę jego pana i Fetor nie mógłby na to pozwolić. Ale starzy bogowie go poznali. Nazwali go Theonem. Żelaznym człowiekiem. *Byłem żelaznym człowiekiem, synem Balona Greyjoya i prawowitym dziedzicem Pyke.* Kikuty jego palców swędziały i drżały nerwowo, ale sztylet pozostał w pochwie.

Gdy Wiewiórka wróciła, towarzyszyły jej cztery pozostałe kobiety: chuda siwowłosa Mirt, Wierzba Wiedźmie Oko z długim czarnym warkoczem, gruba w talii Frenya o olbrzymich piersiach oraz Ostrokrzew ze swym nożem. Ubrały się jak dziewki służebne, w liczne warstwy szarego samodziału, na który narzuciły brązowe wełniane płaszcze podszyte białym króliczym futrem. *Nie mają mieczy* — zauważył Theon. *Ani toporów czy młotów. Żadnej broni oprócz noży.* Płaszcz Ostrokrzew spięto srebrną broszą, a Frenya owinęła się konopną liną w połowie odległości między biodrami a piersiami. Wydawała się przez to jeszcze bardziej masywna niż w rzeczywistości.

Mirt przyniosła strój służącej dla Jarzębiny.

— Na dziedzińcach roi się od głupców — ostrzegła towarzyszki. — Wybierają się na wypad.

— Klękacze — skwitowała Wierzba z pogardliwym prychnięciem. — Ich lordowski lord przemówił i muszą go słuchać.

— Wszyscy zginą — zaszczebiotała radośnie Ostrokrzew.

— I my razem z nimi — dodał Theon. — Nawet jeśli uda

się nam ominąć strażników, jak macie zamiar wyprowadzić lady Aryę na zewnątrz?

— Sześć kobiet wejdzie i sześć wyjdzie — odparła z uśmiechem Ostrokrzew. — Przebierzemy Starkównę za Wiewiórkę.

Theon przyjrzał się wymienionej dziewczynie.

Mają mniej więcej te same rozmiary. To może się udać.

— A jak ona ucieknie?

— Przez okno i prosto do bożego gaju — odpowiedziała sama Wiewiórka. — Miałam dwanaście lat, gdy brat pierwszy raz zaprowadził mnie na wyprawę za wasz Mur. Wtedy właśnie zdobyłam imię. Brat powiedział, że wyglądałam jak wiewiórka wbiegająca na drzewo. Od tej pory przechodziłam przez Mur sześć razy, tam i z powrotem. Dlatego myślę, że dam radę zejść z kamiennej wieży.

— Zadowolony, sprzedawczyku? — zapytała Jarzębina. — No to ruszajmy.

Ogromne kuchnie Winterfell zajmowały odrębny budynek. Ulokowano je dość daleko od głównych komnat i wież zamku, z uwagi na niebezpieczeństwo pożaru. Wewnątrz zapachy zmieniały się z godziny na godzinę w nieustannym tańcu woni pieczystego, porów i cebuli oraz świeżo upieczonego chleba. Pod drzwiami kuchni Roose Bolton wystawił wartowników. Mieli w zamku mnóstwo gąb do wykarmienia i każdy kęs był cenny. Nawet kucharzy i kuchcików nieustannie pilnowano. Zbrojni jednak znali Fetora. Lubili z niego drwić, gdy przychodził po wodę na kąpiel dla lady Aryi. Niemniej żaden z nich nie śmiał posunąć się dalej. Wszyscy wiedzieli, że Fetor jest pieszczoszkiem lorda Ramsaya.

— Książę smrodu przybywa po gorącą wodę — oznajmił jeden ze strażników, gdy Theon zjawił się ze służkami. Otworzył przed nimi drzwi. — Śpieszcie się, bo całe to słodkie ciepłe powietrze ucieknie.

Gdy znaleźli się wewnątrz, Theon złapał za ramię przechodzącego obok kuchcika.

— Gorąca woda dla pani, chłopcze — rozkazał. — Sześć pełnych wiader. Pamiętaj, żeby była naprawdę gorąca. Lord Ramsay chce, żeby jego żona była różowa i czysta.

— Tak jest, panie — odparł chłopak. — Natychmiast, panie.

„Natychmiast" trwało dłużej, niż Theon by pragnął. Żaden z wielkich kotłów nie był czysty, kuchcik musiał więc wyszorować jeden z nich, zanim wypełnił go wodą. Wydawało się, że trwa to wieczność, nim woda się zagotowała, i drugą wieczność, zanim wypełniono drewniane wiadra. Cały ten czas kobiety Abla czekały bez słowa, a ich twarze kryły się pod kapturami. *Robią to nie tak, jak trzeba.* Prawdziwe służące zawsze żartowały sobie z kuchcików i flirtowały z kucharzami, by wyłudzić od nich kąsek tego albo tamtego. Jarzębina i jej siostry w spisku nie chciały przyciągać uwagi, ale ich posępne milczenie wkrótce spowodowało, że wartownicy zaczęli się im przyglądać.

— Gdzie się podziały Maisie, Jez i inne dziewczyny? — zapytał jeden z nich. — Te, które zawsze tu przychodziły.

— Lady Arya była z nich niezadowolona — skłamał Theon. — Ostatnio jej woda wystygła, nim dotarła do balii.

Gdy orszak posuwał się z powrotem przez labirynt okopów o lodowych ścianach, para bijąca z gorącej wody unosiła się w górę, topiąc sypiące się z nieba płatki. Z każdym ich krokiem woda rozlewała się i stygła. Na ścieżkach było pełno żołnierzy: zakutych w zbroje rycerzy w wełnianych opończach i futrach, zbrojnych wspierających włócznie na ramieniu, łuczników z łukami o zdjętych cięciwach oraz kołczanami pełnymi strzał, wolnych jeźdźców i stajennych prowadzących rumaki. Ludzie Freyów mieli w godle dwie wieże, a ci z Białego Portu trytona i trójząb. Brnęli przez śnieżycę w przeciwnych kierunkach, spoglądając podejrzliwie na siebie, gdy się mijali, nikt jednak nie wyciągał mieczy. Nie tutaj. *W lesie z pewnością wygląda to inaczej.*

Drzwi Wielkiej Komnaty strzegło sześciu doświadczonych ludzi z Dreadfort.

— Znowu cholerna kąpiel? — zapytał ich sierżant na widok wiader z gorącą wodą. Cały czas trzymał dłonie pod pachami, żeby je ogrzać. — Kąpała się wczorajszej nocy. Jak bardzo kobieta może się ubrudzić we własnym łożu?

Bardziej niż ci się zdaje, jeśli dzieli to łoże z Ramsayem — pomyślał Theon, przypominając sobie noc poślubną oraz to, co musieli wtedy robić on i Jeyne.

— Tak rozkazał lord Ramsay.

— No to właźcie, zanim woda zamarznie — odparł sierżant. Dwaj jego ludzie otworzyli dwuskrzydłowe drzwi.

W sieni było prawie tak samo zimno jak na dworze. Ostrokrzew strząsnęła śnieg z butów i położyła kaptur płaszcza.

— Myślałam, że będzie trudniej — stwierdziła. Jej oddech zamarzał w powietrzu.

— W sypialni jego lordowskiej mości są kolejni strażnicy — ostrzegł ją Theon. — Ludzie Ramsaya. — Nie śmiał nazwać ich Chłopakami Bękarta, nie tutaj. Nigdy nie wiadomo, kto mógł słuchać. — Postawcie kaptury i trzymajcie głowy nisko.

— Rób, jak ci kazał, Ostrokrzew — poleciła Jarzębina. — Niektórzy tu znają twoją twarz. Nie chcemy kłopotów.

Theon poprowadził je w górę po schodach. *Wchodziłem na nie już tysiąc razy.* Kiedy był chłopcem, zawsze wbiegał na górę, a na dół zeskakiwał po trzy stopnie. Raz wpadł na Starą Nianię i przewrócił ją na podłogę. W ten sposób zasłużył na najgorsze lanie, jakie dostał w Winterfell, choć mogło się ono wydać niemal pieszczotą w porównaniu z łomotem, jaki spuszczali mu bracia na Pyke. Stoczyli z Robbem na tych schodach mnóstwo bohaterskich bitew, okładając się nawzajem drewnianymi mieczami. To było dla nich użyteczną lekcją, uświadomiło im, jak trudno jest wedrzeć się na kręte schody bronione przez zdeterminowanego przeciwnika. Ser Rodrik lubił powtarzać, że jeden dobry wojownik może powstrzymać stu wrogów posuwających się w górę.

To jednak było dawno temu. Wszyscy oni już nie żyli. Jory, stary ser Rodrik, lord Eddard, Harwin i Hullen, Cayn, Desmond i Gruby Tom, Alyn, który marzył, że zostanie rycerzem, i Mikken, od którego Theon dostał pierwszy prawdziwy miecz. Zapewne nawet Stara Niania.

I Robb. Robb, który był dla Theona lepszym bratem niż którykolwiek z synów zrodzonych z lędźwi Balona Greyjoya. *Freyowie zamordowali go na Krwawych Godach. Powinienem być wtedy z nim. Gdzie byłem? Powinienem był zginąć u jego boku.*

Theon zatrzymał się tak gwałtownie, że Wierzba omal nań nie wpadła. Miał przed sobą drzwi do sypialni Ramsaya. Strzegło ich dwóch Chłopaków Bękarta, Skwaszony Alyn i Chrząkacz.

Starzy bogowie na pewno nam sprzyjają. Chrząkacz nie miał języka, a Skwaszony Alyn rozumu. Tak zawsze mawiał lord Ramsay. Jeden był brutalny, a drugi złośliwy, ale obaj większość życia spędzili na służbie w Dreadfort. Robili to, co im kazano.

— Przynoszę gorącą wodę dla lady Aryi — oznajmił im Theon.

— Spróbuj sam się umyć, Fetor — odparł Skwaszony Alyn. — Śmierdzisz końskimi szczynami.

Chrząkacz chrząknął na znak zgody. A może to miał być śmiech. Alyn otworzył drzwi sypialni i Theon skinął na kobiety, każąc im wejść.

Do środka dzień nie docierał. Wszystko spowijały cienie. Pośród dogasających węgielków na kominku tliła się słabo ostatnia szczapa, a na stole przy pustym, niezasłanym łożu paliła się świeca. *Dziewczyna zniknęła* — pomyślał Theon. *Wy-*

skoczyła przez okno z rozpaczy. Okiennice były jednak zamknięte i pokryte warstwą naniesionego przez wiatr śniegu oraz szronu.

— Gdzie ona jest? — zapytała Ostrokrzew. Jej siostry wylały zawartość wiader do wielkiej okrągłej balii z drewna. Frenya zamknęła drzwi i oparła się o nie plecami. — Gdzie ona jest? — powtórzyła Ostrokrzew. Na zewnątrz zabrzmiała trąba. To sygnał. Freyowie zbierają się przed bitwą. Theon czuł mrowienie w brakujących palcach.

Nagle ją zobaczył. Skuliła się w najciemniejszym kącie sypialni. Siedziała na podłodze, zwinięta za stertą wilczych skór. Nigdy by jej nie zauważył, gdyby nie drżała. Jeyne zgromadziła skóry na stos, by ukryć się za nimi. *Przed nami? A może spodziewała się pana męża?* Na myśl, że Ramsay może tu przyjść, zachciało mu się krzyczeć.

— Pani. — Theon nie potrafił się zdobyć na to, by nazwać ją Aryą, a nie śmiał użyć imienia Jeyne. — Nie musisz się chować. Jesteśmy przyjaciółmi.

Futra się poruszyły. Wyjrzało spod nich oko, błyszczące od łez. *Ciemne oko, za ciemne. Brązowe.*

— Theon?

— Lady Aryo. — Jarzębina podeszła bliżej. — Musisz pójść z nami. Szybko. Zabierzemy cię do brata.

— Brata? — Spod wilczych futer wyłoniła się twarz dziewczyny. — Nie... nie mam braci.

Zapomniała, kim jest. Zapomniała, jak ma na imię.

— To prawda — potwierdził Theon. — Ale kiedyś ich miałaś. Trzech braci. Robba, Brana i Rickona.

— Oni nie żyją. Nie mam już braci.

— Masz przyrodniego brata — odezwała się Jarzębina. — Jest lordem wroną.

— Jon Snow?

— Zabierzemy cię do niego, ale musisz się śpieszyć.

Jeyne podciągnęła skóry pod brodę.

— Nie. To jakaś sztuczka. To on, to mój… mój lord, mój słodki lord, to on was przysłał, to tylko jakaś próba. Chce się upewnić, że go kocham. Tak, tak, kocham go bardziej niż wszystko. — Po jej policzku spłynęła łza. — Powiedzcie mu to, powiedzcie. Zrobię wszystko, co zechce… z nim albo… albo z psem… albo… proszę… nie musi obcinać mi stóp. Nie będę próbowała ucieczki. Dam mu synów, przysięgam, przysięgam…

Jarzębina gwizdnęła cicho.

— Niech bogowie przeklną tego człowieka.

— Jestem grzeczną dziewczynką — jęczała Jeyne. — Wyszkolono mnie.

Wierzba skrzywiła się wściekle.

— Niech ktoś jej każe przestać płakać. Ten strażnik był niemy, a nie głuchy. Usłyszą ją.

— Podnieś ją, sprzedawczyku. — Ostrokrzew miała w ręce nóż. — Podnieś ją albo ja to zrobię. Musimy uciekać. Podnieś tę małą pizdę na nogi i potrząśnij nią, żeby przywrócić jej odwagę.

— A jeśli zacznie krzyczeć? — zaniepokoiła się Jarzębina.

Wszyscy jesteśmy już trupami — pomyślał Theon. *Mówiłem im, że to szaleństwo, ale nie chciały mnie słuchać.* Abel skazał ich na śmierć. Wszyscy minstrele byli na wpół obłąkani. W pieśniach bohater zawsze uwalniał pannę z zamku potwora, ale życie nie było pieśnią, podobnie jak Jeyne nie była Aryą Stark. *Ma oczy niewłaściwego koloru. A tu nie ma bohaterów, tylko same kurwy.* Mimo to klęknął obok dziewczyny, ściągnął z niej futra i dotknął jej policzka.

— Znasz mnie. Jestem Theon, pamiętasz? Ja też cię znam. Wiem, jak masz na imię.

— Imię? — Potrząsnęła głową. — Mam na imię…

Dotknął palcem jej ust.

— O tym możemy porozmawiać później. Teraz musisz być cicho. Chodź z nami. Ze mną. Zabierzemy cię stąd. Zabierzemy od niego.

Otworzyła szeroko oczy.

— Proszę — wyszeptała. — Och, proszę.

Theon ujął rękę dziewczyny i pociągnął ją na nogi, czując świerzbienie w koniuszkach palców. Wilcze skóry opadły na podłogę. Pod spodem była naga. Na małych bladych piersiach miała ślady zębów. Theon usłyszał, że jedna z kobiet wessała powietrze przez zęby. Jarzębina wcisnęła mu w ręce stroje.

— Ubierz ją. Na dworze jest zimno.

Wiewiórka rozebrała się do bielizny i przerzucała zawartość rzeźbionego cedrowego kufra w poszukiwaniu czegoś cieplejszego. Na koniec zadowoliła się jednym z wamsów z podszewką należących do lorda Ramsaya oraz parą znoszonych spodni, które łopotały wokół jej nóg niczym żagle podczas sztormu.

Przy pomocy Jarzębiny Theon ubrał Jeyne Poole w szaty Wiewiórki. *Jeśli bogowie będą łaskawi, a strażnicy ślepi, może nic nie zauważą.*

— A teraz zejdziemy na dół po schodach — oznajmił dziewczynie Theon. — Opuść głowę i postaw kaptur. Idź za Ostrokrzew. Nie biegnij, nie płacz, nie odzywaj się i nie patrz nikomu w oczy.

— Trzymaj się blisko mnie — zażądała Jeyne. — Nie opuszczaj mnie.

— Będę przy tobie — obiecał Theon. Wiewiórka wślizgnęła się do łoża lady Aryi i podciągnęła koc.

Frenya otworzyła drzwi sypialni.

— Dobrze ją umyłeś, Fetor? — zapytał Skwaszony Alyn, kiedy wychodzili. Chrząkacz uszczypnął Wierzbę w pierś. Mieli szczęście, bo gdyby wybrał Jeyne, dziewczyna mogłaby krzyknąć, a wtedy Ostrokrzew poderżnęłaby mu gardło ukrytym w rękawie nożem. Wierzba po prostu odwróciła się i ruszyła na dół.

Przez chwilę Theonowi niemalże kręciło się w głowie. *Nie*

patrzyli. Nie widzieli. Przeprowadziliśmy dziewczynę pod ich nosami!

Na schodach powrócił jednak strach. Co, jeśli spotkają Obdzieracza, Damona Zatańcz ze Mną albo Waltona Nagolennika? Albo nawet samego Ramsaya? *Bogowie brońcie mnie, byle nie Ramsaya. Każdy, tylko nie on.* Co im to dało, że zdołali przemycić dziewczynę z sypialni? Nadal znajdowali się w zamku, wszystkie bramy były zamknięte i zaryglowane, a na murach roiło się od strażników. Najprawdopodobniej zatrzymają ich już wartownicy stojący u wejścia do wieży. Nóż Ostrokrzew nie zda się na wiele przeciwko sześciu zakutym w stal mężczyznom uzbrojonym w miecze i włócznie.

Wartownicy kulili się jednak z zimna pod drzwiami, odwróceni plecami do lodowatego wichru i sypiącego śniegu. Nawet sierżant obrzucił ich tylko pośpiesznym spojrzeniem. Theon poczuł przez chwilę litość dla niego i jego ludzi. Kiedy Ramsay się dowie, że jego żona zniknęła, obedrze ich ze skóry. O tym, co zrobi Chrząkaczowi i Skwaszonemu Alynowi, lepiej nawet nie myśleć.

Niespełna dziesięć jardów od drzwi Jarzębina porzuciła puste wiadro. Jej siostry postąpiły podobnie. Wielka Wieża zniknęła im już z oczu. Dziedziniec zamienił się w białe pustkowie, pełne ledwie słyszalnych dźwięków, niosących się dziwnymi echami pośród nawałnicy. Otoczyły ich lodowe okopy, sięgające kolan, potem pasa, a później wyżej niż ich głowy. Znajdowali się w samym sercu Winterfell i zamek otaczał ich ze wszystkich stron, ale nie widzieli nawet najdrobniejszego fragmentu jego murów. Równie dobrze mogliby zabłądzić w Krainach Wiecznej Zimy, tysiące mil za Murem.

— Zimno — jęknęła Jeyne Poole, potykając się w śniegu u boku Theona.

Wkrótce zrobi się zimniej. Za murami zamku czekały na nich lodowate zęby zimy. *Zakładając, że zdołamy dotrzeć tak daleko.*

— Tędy — rzekł, gdy dotarli do miejsca, w którym spotykały się trzy okopy.

— Frenya, Ostrokrzew, idźcie z nimi — rozkazała Jarzębina. — Pójdziemy za wami z Ablem. Nie czekajcie na nas.

Odwróciła się i zniknęła w śniegu, zmierzając w stronę Wielkiej Komnaty. Wierzba i Mirt podążyły za nią. Ich płaszcze łopotały na wietrze.

Szaleństwo się pogłębia — pomyślał Theon Greyjoy. Ucieczka wydawała się nieprawdopodobna w towarzystwie wszystkich sześciu kobiet Abla. Kiedy zostały tylko dwie, wyglądała na niemożliwą. Posunęli się już jednak zbyt daleko, by odprowadzić dziewczynę z powrotem do sypialni i udawać, że nic się nie stało. Ujął Jeyne za ramię i pociągnął ją ścieżką wiodącą do Bramy Szańców. *To tylko połowa bramy* — uświadomił sobie. *Nawet jeśli strażnicy nas przepuszczą, nie można tamtędy przejść przez zewnętrzny mur.* Do tej pory strażnicy przepuszczali Theona, ale zawsze był wtedy sam. W towarzystwie trzech dziewek służebnych będzie mu trudniej przejść, a jeśli zbrojni zajrzą pod kaptur Jeyne i poznają żonę lorda Ramsaya…

Trasa skręcała w lewo. Przed nimi, za zasłoną padającego śniegu, majaczyła Brama Szańców. Strzegło jej dwóch wartowników. Spowici w wełny, futra i skóry wydawali się wielcy jak niedźwiedzie. Ich włócznie miały osiem stóp długości.

— Kto idzie? — zawołał jeden z nich. Theon nie poznawał jego głosu. Większą część twarzy mężczyzny zasłaniał szalik. Widać było tylko oczy.

— To ty, Fetor?

Tak — chciał odpowiedzieć.

— Theon Greyjoy — rzekł jednak, niespodziewanie dla siebie. — Przyprowadziłem wam parę kobiet.

— Na pewno tu zamarzacie, biedacy — odezwała się Ostrokrzew. — Chodźcie, postaram się was ograć.

Ominęła włócznię, podeszła do wartownika, ściągnęła mu z twarzy pokryty lodem szalik i pocałowała go w usta. Gdy ich wargi się zetknęły, nóż kobiety wbił się w jego szyję, tuż poniżej ucha. Mężczyzna wybałuszył oczy. Ostrokrzew odsunęła się od niego. Jej wargi splamiła krew wypływająca z jego ust. Mężczyzna zwalił się na ziemię.

Drugi wartownik gapił się na to, porażony zdumieniem. Frenya złapała drzewce jego włóczni. Szarpali się ze sobą przez chwilę, aż wreszcie kobieta wyrwała mu oręż i zdzieliła go w skroń tępym końcem. Gdy zwalił się na plecy, odwróciła broń i ze stęknięciem wbiła mu ją w brzuch.

Z ust Jeyne Poole wyrwał się przenikliwy krzyk.

— Niech to szlag — warknęła Ostrokrzew. — To na pewno ściągnie nam na głowę klękaczy. W nogi!

Theon jedną ręką zakrył usta Jeyne, drugą złapał ją za talię i pociągnął za sobą, omijając leżących na ziemi mężczyzn. Wybiegł z bramy, zmierzając ku pokrytej lodem fosie. Być może starzy bogowie nadal nad nimi czuwali, ponieważ mostu zwodzonego nie podniesiono, by ułatwić obrońcom Winterfell szybki dostęp na szczyt zewnętrznego muru. Z tyłu dobiegły go podnoszące alarm głosy i tupot biegnących. Potem na szczycie wewnętrznego muru zabrzmiała trąba.

Na moście zwodzonym Frenya zatrzymała się nagle i odwróciła.

— Idźcie. Ja tu zatrzymam klękaczy.

W wielkich dłoniach nadal ściskała zakrwawioną włócznię.

Gdy dobiegli do podstawy schodów, Theon chwiał się już na nogach. Przerzucił sobie dziewczynę przez ramię i ruszył w górę. Jeyne przestała się już opierać, a poza tym była drobniutka... ale pod cienką warstewką sypkiego śniegu stopnie pokrywał śliski lód. W połowie drogi pośliznął się i opadł na jedno kolano. Bał się, że nie zajdzie już dalej, ale Ostrokrzew go podniosła i we dwoje zdołali wciągnąć Jeyne na szczyt.

Theon wsparł się o blankę, dysząc ciężko. Słyszał dobiegające z dołu krzyki. Frenya walczyła w śniegu z kilkunastoma strażnikami.

— Którędy? — krzyknął do Ostrokrzew. — Dokąd teraz? Jak mamy się stąd wydostać?

Wściekłość na twarzy kobiety ustąpiła miejsca przerażeniu.

— O w dupę. Lina. — Parsknęła histerycznym śmiechem. — Frenya ma linę. — Stęknęła nagle, łapiąc się za brzuch. Sterczał z niego bełt. — Klękacze na wewnętrznym murze… — wydyszała, nim drugi pocisk trafił ją między piersiami. Spróbowała się złapać za najbliższą blankę, a potem spadła w dół, pogrążając się w zaspie z głuchym łoskotem.

Z lewej dobiegły krzyki. Jeyne Poole gapiła się w dół. Śnieżna narzuta pokrywająca Ostrokrzew zmieniała kolor z białego na czerwony. Theon wiedział, że strzelec stojący na wewnętrznym murze znowu ładuje kuszę. Ruszył w prawą, ale stamtąd również zbliżali się ludzie, gnający ku nim z mieczami w rękach. Daleko na północy zabrzmiał róg. *Stannis* — pomyślał jak szaleniec. *Jest naszą jedyną nadzieją, jeśli zdołamy do niego dotrzeć.* Wiatr zawodził przeraźliwie. Theon i dziewczyna byli w pułapce.

Usłyszał trzask kuszy. Bełt przeleciał stopę od niego, rozbijając skorupę zamarzniętego śniegu, zamykającą najbliższy otwór strzelniczy. Theon nigdzie nie widział ani śladu Abla, Jarzębiny, Wiewiórki czy pozostałych kobiet. On i dziewczyna zostali sami. *Jeśli wezmą nas żywcem, oddadzą nas Ramsayowi.*

Objął Jeyne w talii i skoczył.

DAENERYS

Niebo było bezlitośnie błękitne, bez śladu chmurki. *Wkrótce cegły zaczną się piec w słońcu* — pomyślała Dany. *Walczący na piasku areny poczują żar przez podeszwy sandałów.*

Jhiqui zsunęła z ramion Dany jedwabną szatę, a Irri pomogła jej wejść do basenu. Woda lśniła w blasku wschodzącego słońca, przerwanego jedynie cieniem hebanowca.

— Nawet jeśli nie da się uniknąć otworzenia aren, czy Wasza Miłość musi tam iść osobiście? — zapytała Missandei, myjąc jej włosy.

— Połowa Meereen przyjdzie mnie zobaczyć, słodkie serce.

— Wasza Miłość — odparła dziewczynka — ta osoba prosi o pozwolenie powiedzenia, że połowa Meereen przyjdzie zobaczyć, jak ludzie krwawią i umierają.

Nie myli się — pomyślała królowa. *Ale to nic nie zmienia.*

Wkrótce Dany była już tak czysta, jak to tylko możliwe. Wstała z cichym pluskiem. Woda spływała jej po nogach, zbierała się też w kropelki na piersiach. Słońce wspinało się coraz wyżej. Wkrótce zbiorą się jej ludzie. Wolałaby cały dzień unosić się w wodzie, jedząc mrożone owoce ze srebrnych tac i marząc o domu z czerwonymi drzwiami, ale królowa należy do swego ludu, nie do siebie.

Jhiqui przyniosła miękki ręcznik, żeby ją wytrzeć.

— *Khaleesi*, który *tokar* dzisiaj włożysz? — zapytała Irri.

— Ten z żółtego jedwabiu. — Królowa królików nie mogła pozwolić, by zobaczono ją bez długich uszu. Żółty jedwab był cienki i przewiewny, a na arenie będzie panował straszliwy żar. *Czerwony piasek poparzy stopy tych, którzy mają umrzeć.* — A do tego długie czerwone woalki.

Dzięki nim przynajmniej wiatr nie będzie jej dmuchał piaskiem w usta. *A czerwień ukryje ślady krwi.*

Gdy Jhiqui czesała włosy Dany, a Irri malowała jej paznokcie, dziewczęta gadały radośnie o dzisiejszych pojedynkach. Po chwili wróciła Missandei.

— Wasza Miłość, król prosi, byś do niego dołączyła, gdy tylko się ubierzesz. Przyszedł też książę Quentyn ze swoimi Dornijczykami. Błagają o krótką rozmowę, jeśli raczysz.

Nie mam dziś nastroju na pogawędki.

— Innym razem.

U podstawy Wielkiej Piramidy czekał ser Barristan, stojący obok zdobnego otwartego palankinu, otoczonego przez Mosiężne Bestie. *Ser Dziadek* — pomyślała Dany. Pomimo wieku trzymał się prosto i wyglądał przystojnie w zbroi, którą mu podarowała.

— Czułbym się szczęśliwszy, gdyby strzegli cię dziś Nieskalani, Wasza Miłość — rzekł stary rycerz, gdy Hizdahr poszedł przywitać kuzyna. — Połowa Mosiężnych Bestii to niedoświadczeni wyzwoleńcy.

A druga połowa to Meereeńczycy o niepewnej lojalności. Tego jednak nie powiedział na głos. Selmy nie ufał nikomu z tubylców, nawet golonym łbom.

— I takimi pozostaną, jeśli nie pozwolimy im zdobyć doświadczenia.

— Pod maską może się ukrywać bardzo wiele, Wasza Miłość. Czy człowiek w masce sowy jest tą samą sową, która strzegła cię wczoraj i przedwczoraj? Skąd mamy to wiedzieć?

— Jak Meereeńczycy będą mogli zaufać Mosiężnym Bestiom, jeśli sama nie okażę im zaufania? Pod tymi maskami kryją się dobrzy, odważni ludzie. Powierzam im własne życie. — Uśmiechnęła się do niego. — Za dużo się martwisz, ser. Będziesz u mego boku. Jakich innych obrońców mogłabym potrzebować?

— Jestem tylko jednym starym człowiekiem, Wasza Miłość.

— Będzie też ze mną Silny Belwas.

— Skoro tak mówisz. — Ser Barristan ściszył głos: —

Wasza Miłość, uwolniliśmy tę Meris, zgodnie z twoim rozkazem. Przed odejściem chciała porozmawiać z tobą. Spotkałem się z nią w twoim imieniu. Twierdzi, że Obdarty Książę od początku zamierzał przejść z Plewami na Wietrze na twoją stronę. Że wysłał ją tu po to, by negocjowała z tobą potajemnie, ale Dornijczycy zdemaskowali ich i zdradzili, nim zdążyła do ciebie dotrzeć.

Zdrady wewnątrz zdrad — pomyślała ze znużeniem królowa. *Czy nigdy nie będzie temu końca?*

— W jak wiele z tego uwierzyłeś, ser?

— W bardzo niewiele, Wasza Miłość. Niemniej tak właśnie powiedziała.

— Czy przejdą na naszą stronę, jeśli będzie trzeba?

— Powiedziała, że tak. Ale nie za darmo.

— Zapłać im.

Meereen potrzebowało żelaza, nie złota.

— Obdarty Książę nie zadowoli się pieniędzmi, Wasza Miłość. Meris powiedziała, że będzie chciał dostać Pentos.

— Pentos? — Przymrużyła powieki. — Jak mogę mu je dać? Ono leży na drugim końcu świata.

— Meris sugerowała, że będzie skłonny zaczekać na chwilę, gdy pomaszerujemy do Westeros.

A jeśli nigdy tam nie pomaszeruję?

— Pentos należy do Pentoshijczyków. Co więcej, mieszka tam magister Illyrio. To on zaaranżował moje małżeństwo z *khalem* Drogo i dał mi smocze jaja. On przysłał do mnie ciebie, Belwasa i Groleo. Zawdzięczam mu bardzo wiele. Nie odpłacę mu się, oddając jego miasto jakiemuś najemnikowi. Nie.

Ser Barristan pochylił głowę.

— Wasza Miłość jest mądra.

— Czy widziałaś kiedyś równie fortunny dzień, ukochana? — przywitał ją Hizdahr zo Loraq, gdy podeszła do niego. Pomógł Dany wsiąść do palankinu, w którym ustawiono obok siebie dwa wysokie trony.

— Być może fortunny dla ciebie, ale nie dla tych, którzy będą musieli umrzeć przed zachodem słońca.

— Wszyscy muszą umrzeć — odparł Hizdahr — ale nie wszyscy mogą zginąć w chwale, z uszami wypełnionymi aplauzem całego miasta. — Uniósł rękę ku stojącym przy bramie wartownikom. — Otwierajcie.

Plac przed piramidą wyłożono cegłami rozmaitych kolorów. Przesuwały się nad nim migotliwe fale gorąca. Wszędzie było pełno ludzi. Niektórzy siedzieli w większych lub mniejszych lektykach, inni dosiadali osłów, większość jednak przybyła tu na piechotę. Dziewięciu na dziesięciu przesuwało się w kierunku zachodnim, ku szerokiej wyłożonej cegłą alei wiodącej na Arenę Daznaka. Gdy ci, którzy byli najbliżej, zobaczyli wyłaniający się z piramidy palankin, przywitali go owacją, która wkrótce rozszerzyła się na cały plac. *Jakie to dziwne* — pomyślała królowa. *Krzyczą na moją cześć na tym samym placu, na którym kiedyś przybiłam do pali stu sześćdziesięciu trzech Wielkich Panów.*

Przed królewskim orszakiem niesiono wielki bęben, mający torować im drogę przez ulice. W przerwach między uderzeniami herold — golony łeb w koszuli z polerowanych miedzianych dysków — krzykiem wzywał ludzi do rozstąpienia się. *BUM.* „Nadchodzą!". *BUM.* „Z drogi!". *BUM.* „Królowa!". *BUM.* „Król!". *BUM.* Za bębnem maszerowały w czterech rzędach Mosiężne Bestie. Niektórzy mężczyźni nieśli pałki, inni zaś drągi. Wszyscy mieli na sobie plisowane spódnice, skórzane sandały oraz płaszcze pozszywane z wielobarwnych kawałków tkaniny na podobieństwo różnokolorowych cegieł. Ich maski błyszczały w słońcu: odyńce i byki, jastrzębie i czaple, lwy, tygrysy i niedźwiedzie, węże o rozwidlonych językach i odrażające bazyliszki.

Silny Belwas, który nie przepadał za końmi, szedł przed palankinem, odziany w swą wysadzaną ćwiekami kamizelkę. Brązowe, naznaczone bliznami brzuszysko kołysało się przy każdym jego kroku. Irri i Jhiqui jechały z tyłu na koniach, podobnie jak Aggo i Rakharo. Za nimi podążał Reznak, niesiony na zdobnym krześle z daszkiem chroniącym mu głowę przed słońcem. Ser Barristan jechał obok Dany. Jego zbroja lśniła w promieniach słońca. Z ramion opadał mu długi, biały jak kość płaszcz. Na lewej ręce miał wielką białą tarczę. Nieco dalej z tyłu był dornijski książę, Quentyn Martell, z dwoma towarzyszami.

Kolumna pełzła powoli długą, wyłożoną cegłami ulicą. *BUM.* „Nadchodzą!”. *BUM.* „Nasza królowa! Nasz król!”. *BUM.* „Z drogi!”.

Dany słyszała, że jej służki spierają się o to, kto zwycięży w ostatniej walce dnia. Jhiqui wierzyła w sukces gigantycznego Goghora, który przypominał bardziej byka niż człowieka. Miał nawet w nosie kółko z brązu. Irri zapewniała, że cep Belaqua Łamignata przywiedzie olbrzyma do zguby. *Moje służki są Dothraczkami* — powiedziała sobie Dany. *Za każdym* khalasarem *zawsze podąża śmierć.* Tego dnia, gdy poślubiła *khala* Drogo, na jej weselu wydobyto *arakhy* i ludzie zginęli, podczas gdy inni pili i spółkowali. Wśród władców koni życie i śmierć szły ręka w rękę i uważano, że odrobina krwi pobłogosławi małżeństwo. Nowy związek zawarty przez Dany wkrótce zaleją całe jej strumienie. To dopiero będzie błogosławieństwo.

BUM. BUM. BUM. BUM. BUM. BUM. Werbel przyśpieszył, stał się nagle gniewny i niecierpliwy. Gdy kolumna zatrzymała się raptownie między różowo-białą piramidą Pahlów a zielono-czarną Naqqanów, ser Barristan wydobył miecz.

Dany się odwróciła.

— Dlaczego stoimy?

Hizdahr wstał.

— Droga jest zablokowana.

Na ulicy leżał przewrócony na bok palankin. Jeden z niosących go mężczyzn padł na cegły, porażony upałem.

— Pomóżcie mu — rozkazała Dany. — Zabierzcie go z ulicy, nim go stratują. Dajcie mu wody i coś do zjedzenia. Wygląda, jakby nie jadł od dwóch tygodni.

Ser Barristan zerknął niespokojnie na obie strony. Z tarasów spoglądały na nich zimne, obojętne oczy Ghiscarczyków.

— Wasza Miłość, nie podoba mi się ten postój. To może być pułapka. Synowie Harpii…

— …zostali poskromieni — zapewnił Hizdahr zo Loraq. — Dlaczego mieliby niepokoić moją królową, odkąd wzięła sobie mnie za swego króla i małżonka? A teraz pomóżcie temu człowiekowi, jak rozkazała moja słodka królowa.

Ujął Dany za rękę i się uśmiechnął.

Mosiężne Bestie wykonały polecenie. Dany przyglądała się ich poczynaniom.

— Przed moim przybyciem ci tragarze byli niewolnikami. Wyzwoliłam ich, ale lektyka nie stała się od tego lżejsza.

— To prawda — zgodził się Hizdahr — ale teraz otrzymują zapłatę za dźwiganie jej ciężaru. Przed twoim przybyciem nad tym człowiekiem stałby nadzorca zdzierający mu batem skórę z pleców. A teraz otrzymuje pomoc.

Hizdahr miał rację. Mosiężna Bestia w masce odyńca zaoferowała tragarzowi bukłak z wodą.

— Pewnie musimy się cieszyć z małych zwycięstw — skwitowała królowa.

— Jeden krok, potem drugi, a wkrótce będziemy biec. Razem stworzymy nowe Meereen. — Ulicę przed nimi wreszcie oczyszczono. — Ruszamy przed siebie?

Cóż innego mogła zrobić, jeśli nie skinąć głową? *Jeden krok, potem drugi, ale dokąd właściwie zmierzam?*

Przy bramie Areny Daznaka dwóch ogromnych wojowników z brązu toczyło śmiertelny bój. Jeden trzymał w ręce miecz, a drugi topór. Artysta przedstawił ich w chwili, gdy zabijali się nawzajem. Ich ciała i broń tworzyły łuk bramy.

Śmiertelna sztuka — pomyślała Dany.

Ze swego tarasu nieraz widziała areny. Te mniejsze pokrywały oblicze miasta niczym dzioby po ospie, większe zaś były sączącymi, czerwonymi wrzodami. Żadna jednak nie mogła się równać z tą. Silny Belwas oraz ser Barristan zajęli pozycje po bokach palankinu. Dany i jej pana męża przeniesiono pod bramą. Znaleźli się w wielkiej ceglanej misie otoczonej opadającymi ku jej środkowi rzędami ław. Każdy z nich miał inny kolor.

Hizdahr zo Loraq poprowadził ją w dół. Minęli poziom czarny, fioletowy, niebieski, zielony, biały, żółty i pomarańczowy, docierając do czerwonego. Szkarłatne cegły miały tu ten sam kolor co piasek na dole. Między ławami krążyli handlarze sprzedający kiełbasy z psa, pieczone cebule i nienarodzone szczenięta z rożna, ale Dany nie potrzebowała podobnych przysmaków. Hizdahr kazał wypełnić ich lożę dzbanami chłodzonego wina i słodzonej wody, figami, daktylami, melonami i owocami granatu, pekanami, papryką i wielką miską z szarańczami w miodzie.

— Szarańcze! — ryknął Silny Belwas. Złapał za miskę i zaczął pożerać je garściami.

— Są bardzo smaczne — zachęcał ją Hizdahr. — Powinnaś kilka spróbować, ukochana. Zanurza się je w korzeniach, a potem w miodzie, są więc ostre i słodkie jednocześnie.

— To wyjaśnia, dlaczego Belwas tak się poci — odparła Dany. — Chyba zadowolę się figami i daktylami.

Po drugiej stronie areny siedziały Gracje w powłóczystych wielobarwnych szatach, skupione wokół skromnej sylwetki Galazzy Galare. Tylko ona nosiła zieleń. Wielcy Panowie z Meereen zasiadali na czerwonych i pomarańczowych ławach. Kobiety zasłoniły twarze, a mężczyźni wyczesali włosy i pociągnęli je lakierem, układając je w rogi, dłonie albo kolce. Kuzyni Hizdahra ze starożytnego rodu Loraqów lubili *tokary* barwy fioletowej, liliowej i indygo, Pahlowie zaś nosili stroje w różowo-białe paski. Wszyscy posłowie z Yunkai ubrali się na żółto. Zasiadali w loży sąsiadującej z królewską. Każdemu z nich towarzyszyli niewolnicy i służący. Meereeńczycy mniej szlachetnego pochodzenia tłoczyli się na wyższych poziomach, dalej od krwawej areny. Czarne i fioletowe ławy, usytuowane najwyżej i najdalej od piasku, okupowali wyzwoleńcy i inni biedacy. Daenerys zauważyła, że posadzono tam również najemników. Kapitanowie zajęli miejsca obok prostych żołnierzy. Wypatrzyła ogorzałą twarz Brązowego Bena Plumma oraz ognistorudą brodę i długie warkocze Krwawobrodego.

Jej pan mąż wstał i uniósł ręce.

— Wielcy Panowie! Moja królowa przybyła dziś do nas, by okazać miłość, jaką darzy swój lud. Dzięki jej łasce i za jej pozwoleniem zwracam wam dziś waszą śmiertelną sztukę. Meereen! Niech królowa Daenerys usłyszy twoją miłość!

Słowa podziękowania wyryczało dziesięć tysięcy gardeł, potem dwadzieścia tysięcy, a wreszcie wszyscy obecni. Nie wołali jej po imieniu, ponieważ niewielu z nich potrafiło je wymówić.

— Matko! — krzyczeli. W martwym języku Starego Ghis brzmiało to *mhysa*.

— *Mhysa, mhysa, mhysa!* — wrzeszczeli, tupiąc i klepiąc się po brzuchach, aż mogłoby się zdawać, że cała arena drży. Dany pozwalała, by ten dźwięk po niej spływał. *Nie jestem waszą matką!* — mogłaby odpowiedzieć. *Jestem matką waszych niewolników, każdego chłopaka, który zginął na tych piaskach, podczas gdy wy obżeraliście się szarańczami w miodzie.* Siedzący z tyłu Reznak pochylił się ku niej.

— Wasza Wspaniałość, słyszysz, jak cię kochają? — wyszeptał jej do ucha.

Nie — pomyślała. *Kochają swoją śmiertelną sztukę.* Gdy krzyki zaczęły cichnąć, Dany usiadła. Mimo że siedzieli w cieniu, dręczył ją ból głowy.

— Jhiqui — zawołała. — Daj mi słodzonej wody, jeśli łaska. W gardle okropnie mi zaschło.

— Zaszczyt przelania pierwszej dziś krwi przypadnie Khrazzowi — rzekł jej Hizdahr. — Nigdy nie było lepszego wojownika.

— Silny Belwas był lepszy — sprzeciwił się Silny Belwas.

Khrazz był nisko urodzonym Meereeńczykiem — wysokim mężczyzną z pasmem sztywnych rudo-czarnych włosów przebiegającym przez środek czaszki. Jego przeciwnikiem był włócznik z Wysp Letnich o skórze barwy hebanu. Jego broń powstrzymywała Khrazza przez pewien czas, ale gdy uzbrojony w krótki miecz Meereeńczyk zdołał skrócić dystans, walka przerodziła się w jatkę. Kiedy było po wszystkim, Khrazz wyciął serce z piersi czarnoskórego mężczyzny, uniósł je nad głowę, czerwone i ociekające krwią, a potem odgryzł kawałek.

— Khrazz wierzy, że serca odważnych mężczyzn uczynią go silniejszym — wyjaśnił Hizdahr. Jhiqui wyraziła szeptem aprobatę. Dany zjadła kiedyś serce ogiera, by dać siłę nienarodzonemu synowi… ale to nie uratowało Rhaega, gdy *maegi* zamordowała go w łonie matki. *Trzy zdrady cię spotkają. Ona była pierwszą, Jorah drugą, a Brązowy Ben Plumm trzecią.* Czyżby nie musiała się już obawiać zdrad?

— Ach — rzekł Hizdahr pełnym zadowolenia głosem. — Teraz kolej na Cętkowanego Kota. Spójrz, jak on się rusza, moja królowo. To poemat na dwóch nogach.

Przeciwnik, którego Hizdahr znalazł chodzącemu poematowi, dorównywał wzrostem Goghorowi, a szerokością w barach Belwasowi, ale poruszał się powoli. Gdy od loży Dany dzieliło ich sześć stóp, Cętkowany Kot podciął mu ścięgna u nóg. Mężczyzna osunął się na kolana, Kot wsparł stopę na jego plecach, otoczył ręką głowę i poderżnął gardło od ucha do ucha. Czerwony piasek wypił jego krew, a wiatr uniósł ostatnie słowa. Tłum ryknął z zachwytu.

— Zła walka, dobra śmierć — skwitował Silny Belwas. — Silny Belwas nie znosi, kiedy krzyczą.

Pożarł wszystkie szarańcze w miodzie, beknął i popił je winem.

Bladzi Qartheńczycy, czarni Letniacy, miedzianoskórzy Dothrakowie, Tyroshijczycy o niebieskich brodach, Owczarze, Jogos Nhai, ponurzy Braavosowie, cętkowani półludzie z dżungli Sothoros — przybywali ze wszystkich końców świata, by zginąć na Arenie Daznaka.

— Ten jest bardzo obiecujący, moja słodka — powiedział Hizdahr o lyseńskim młodzieńcu z długimi blond włosami powiewającymi na wietrze… ale przeciwnik złapał za te włosy, pozbawił chłopaka równowagi i wypruł mu wnętrzności. Po śmierci wydawał się jeszcze młodszy niż z mieczem w ręce.

— Chłopiec — rzekła Dany. — To był tylko chłopiec.

— Miał szesnaście lat — sprzeciwił się Hizdahr. — Był dorosłym mężczyzną i dobrowolnie zaryzykował życie dla złota i chwały. Dzisiaj na Arenie Daznaka nie zginie żadne dziecko. Tak postanowiła w swej mądrości moja łagodna królowa.

Kolejne małe zwycięstwo. Może i nie potrafię uczynić swych poddanych dobrymi, ale przynajmniej spróbuję sprawić, by stali się mniej źli. Daenerys pragnęła również zakazać walk między kobietami, ale Barsena Czarnowłosa sprzeciwiła się, mówiąc, że ma takie samo prawo ryzykować życie jak mężczyzna. Królowa chciała też zabronić błazeństw, komicznych walk, w których karły, kaleki i stare baby walczyły za pomocą tasaków, pochodni i młotków — uważano, że im bardziej nieudolni są wojownicy, tym walka jest zabawniejsza — ale Hizdahr powiedział, że jego rodacy pokochają ją bardziej, jeśli będzie się śmiała razem z nimi. Dodał też, że bez tego rodzaju występów kaleki, karły i stare baby będą głodować. Dlatego Dany ustąpiła.

Zwyczajowo na walki na arenie skazywano przestępców. Zgodziła się na przywrócenie tej praktyki, ale tylko za niektóre zbrodnie.

— Morderców i gwałcicieli można zmuszać do walki, podobnie jak tych, którzy uporczywie handlują niewolnikami, ale nie złodziei albo dłużników.

Na zwierzęta jednak pozwalano. Dany przyglądała się, jak słoń szybko się rozprawił z sześcioma czerwonymi wilkami. Potem byk stoczył krwawy bój z niedźwiedziem. Oba ciężko ranne zwierzęta konały powoli na piasku.

— Mięso się nie marnuje — zapewnił ją Hizdahr. — Rzeźnicy zabierają tusze i robią z nich zdrowy gulasz dla głodnych. Każdy, kto przyjdzie pod Bramy Losów, otrzyma miskę.

— To dobre prawo — ucieszyła się Dany. *Macie ich bardzo niewiele.* — Musimy dopilnować, by kontynuowano tę tradycję.

Po walkach zwierząt przyszła kolej na bitwę między sześcioma piechurami a taką samą liczbą jeźdźców. Ci pierwsi mieli tarcze i miecze, ci drudzy zaś dothrackie *arakhy*. Fałszywi rycerze mieli kolczugi, a pozorowani Dothrakowie nie nosili zbroi. Z początku przewagę mieli jeźdźcy. Stratowali dwóch przeciwników i ucięli ucho trzeciemu, ale potem ocalali rycerze zaczęli atakować konie. Obalali przeciwników na ziemię, jednego po drugim, a potem ich zabijali, ku wielkiemu niesmakowi Jhiqui.

— To nie był prawdziwy *khalasar* — stwierdziła dziewczyna.

— Mam nadzieję, że te ciała nie są przeznaczone dla waszego zdrowego gulaszu — odezwała się Dany, gdy wynoszono ofiary.

— Konie tak — odparł Hizdahr. — Ale ludzie nie.

— Konina z cebulą dodaje sił — wtrącił Belwas.

Potem przyszła kolej na pierwsze dzisiaj błazeństwo, turniejowy pojedynek między parą karłów zaprezentowaną przez jednego z yunkijskich możnowładców zaproszonych na ucztę przez Hizdahra. Jeden jeździł na psie, a drugi na świni. Ich drewniane zbroje świeżo pomalowano. Na jednej widniał jeleń uzurpatora Roberta Baratheona, na drugiej zaś złoty lew rodu Lannisterów. Najwyraźniej zrobiono to z myślą o niej. Belwas parskał śmiechem, oglądając wygłupy karłów, ale uśmiech Dany był blady i wymuszony.

— To słodkie i głupie, ale… — odezwała się, gdy karzeł w czerwonej zbroi spadł z siodła i zaczął ścigać świnię po piasku, a jego przeciwnik popędził za nim na psie, okładając go po tyłku drewnianym mieczem.

— Cierpliwości, moja słodka — odparł Hizdahr. — Zaraz wypuszczą lwy.

Obrzuciła go pytającym spojrzeniem.

— Lwy?

— Trzy sztuki. Karły się ich nie spodziewają.

Zmarszczyła brwi.

— Mają tylko drewniane miecze. Drewniane zbroje. Jak mają sobie poradzić z lwami?

— Zapewne kiepsko — przyznał Hizdahr — choć może nas zaskoczą. Zapewne będą tylko biegać wkoło z wrzaskiem i próbować wleźć na górę. Dlatego nazywamy to błazeństwem.

Dany nie była zadowolona.

— Zabraniam tego.

— Dobra królowo, nie chcesz chyba rozczarować swego ludu?

— Przysięgałeś, że walczący będą dorosłymi mężczyznami, dobrowolnie ryzykującymi życie w zamian za złoto i honor. Te karły nie zgodziły się stawać przeciwko lwom z drewnianymi mieczami w rękach. Powstrzymaj to. Natychmiast.

Król zacisnął usta. Przez krótką chwilę Dany odnosiła wrażenie, że dostrzega w jego wiecznie spokojnych oczach błysk gniewu.

— Jak każesz. — Hizdahr wezwał skinieniem nadzorcę areny. — Nie wypuszczaj lwów — rozkazał, gdy mężczyzna podbiegł do niego truchtem, ściskając w ręce bicz.

— Ani jednego, Wasza Wspaniałość? Cóż w tym zabawnego?

— Moja królowa przemówiła. Karłom nie stanie się nic złego.

— Widzowie nie będą zadowoleni

— Puść potem Barsenę. To powinno ich udobruchać.

— Wasza Czcigodność wie najlepiej.

Nadzorca strzelił z bicza i wydał krzykiem rozkazy. Karły przegoniono z areny razem z psem i świnią. Widzowie syczeli z dezaprobaty, rzucając kamieniami i zgniłymi owocami.

Potem rozległ się ryk. Na arenę wyszła Barsena Czarnowłosa, odziana tylko w przepaskę biodrową i sandały. Wysoka ciemnowłosa kobieta miała około trzydziestu lat i poruszała się z drapieżną gracją pantery.

— Barsenę wszyscy kochają — oznajmił Hizdahr, gdy aplauz narastał, wypełniając arenę. — To najodważniejsza kobieta, jaką w życiu widziałem.

— Walczyć z dziewczynami to nieduża odwaga — stwierdził Silny Belwas. — Walczyć z Silnym Belwasem to byłaby odwaga.

— Dziś będzie walczyła z dzikiem — oznajmił Hizdahr.

Jasne — pomyślała Dany. *Dlatego, że nie mogłeś znaleźć kobiety, która zgodziłaby się stanąć przeciwko niej, nawet za najpełniejszą sakiewkę.*

— I to nie drewnianym mieczem, jak widzę.

Odyniec był wielką bestią o kłach długości przedramienia mężczyzny i małych, gorejących gniewem oczkach. Dany zastanawiała się, czy dzik, który zabił Roberta Baratheona, wyglądał równie groźnie. *To straszliwy zwierz i okropna śmierć.* Przez jedno uderzenie serca było jej niemal żal uzurpatora.

— Barsena jest bardzo szybka — stwierdził Reznak. — Zatańczy z dzikiem, Wasza Wspaniałość, tnąc go na plasterki, gdy będzie przebiegał obok. Nim padnie, cały spłynie krwią. Zobaczysz.

Zaczęło się tak, jak zapowiedział. Odyniec runął do szarży. Barsena uskoczyła w bok, jej nóż błysnął srebrem w blasku słońca.

— Powinna mieć włócznię — stwierdził ser Barristan, gdy Barsena przeskoczyła nad bestią podczas jej drugiej szarży. — Nie tak się walczy z dzikiem.

Gadał jak jakiś zrzędliwy dziadek, jak zawsze powtarzał Daario.

Nóż Barseny spłynął krwią, ale odyniec wkrótce się zatrzymał. *Jest sprytniejszy od byka* — uświadomiła sobie Dany. *Nie będzie już więcej szarżował.* Barsena również to zrozumiała. Ruszyła z głośnym krzykiem ku przeciwnikowi, przerzucając nóż z ręki do ręki. Bestia się cofnęła. Kobieta zaklęła i cięła odyńca w ryj, próbując go sprowokować... skutecznie. Tym razem odskoczyła nieco za późno i kieł rozdarł jej lewą nogę od kolana aż po krocze.

Z trzydziestu tysięcy gardeł wyrwał się jęk. Barsena złapała się za zranioną nogę, wypuszczając nóż z rąk, i spróbowała pokuśtykać ku wyjściu, lecz nim zdążyła pokonać dwie stopy, odyniec zaatakował znowu. Dany odwróciła wzrok.

— Czy to było wystarczająco odważne? — zapytała Silnego Belwasa, gdy nad piaskiem poniósł się krzyk.

— Walczyć ze świniami to odwaga, ale krzyczeć tak głośno nie. Silnego Belwasa bolą uszy. — Eunuch pogłaskał się po wielkim kałdunie, poprzeszywanym starymi białymi bliznami. — I brzuch też.

Dzik zanurzył ryj w brzuchu kobiety i zaczął grzebać w jej wnętrznościach. Królowa nie była w stanie znieść smrodu. Upał, muchy, krzyki tłumu... *Nie mogę oddychać.* Zdjęła woalkę i pozwoliła jej odfrunąć z wiatrem. *Tokar* również ściągnęła. Perły stukały cicho o siebie, gdy rozwijała jedwab.

— *Khaleesi?* — zapytała Irri. — Co robisz?

— Zdejmuję długie uszy. — Na arenę wybiegło kilkunastu mężczyzn z długimi włóczniami, mających odegnać odyńca od trupa i zapędzić go z powrotem do zagrody. Towarzyszył im nadzorca areny trzymający długi, wyposażony w zadziory bicz. Gdy strzelił z niego, królowa wstała. — Ser Barristanie, czy odprowadzisz mnie bezpiecznie do mojego ogrodu?

— To jeszcze nie koniec — sprzeciwił się Hizdahr ze zdumioną miną. — Teraz będzie błazeństwo z sześcioma starymi babami, a potem trzy kolejne walki. Belaquo i Goghor!

— Belaquo wygra — oznajmiła Irri. — Wszyscy to wiedzą.

— Nie wszyscy — sprzeciwiła się Jhiqui. — Belaquo zginie.

— Któryś z nich zginie — stwierdziła Dany. — A ten, który przeżyje, straci życie innego dnia. To był błąd.

— Silny Belwas zjadł za dużo szarańczy. — Szeroka śniada twarz eunucha miała niezdrowy wyraz. — Silny Belwas potrzebuje mleka.

Hizdahr go zignorował.

— Wasza Wspaniałość, ludzie z Meereen przyszli tu, by uczcić nasz związek. Słyszałaś, jak wiwatowali na twoją cześć. Nie odrzucaj ich miłości.

— To moje długie uszy witali, nie mnie. Zabierz mnie z tej rzeźni, mężu.

Słyszała chrząkanie dzika, krzyki włóczników i trzask bicza nadzorcy.

— Słodka pani, nie. Zostań jeszcze chwilę. Na błazeństwo i ostatnią walkę. Zamknij oczy, nikt tego nie zauważy. Wszyscy będą patrzeć na Belaqua i Goghora. To nie jest chwila na…

Na jego twarz padł cień.

Tumult i krzyki uspokoiły się nagle. Dziesięć tysięcy głosów umilkło. Wszystkie spojrzenia zwróciły się ku niebu. Policzki Dany musnął ciepły powiew. Usłyszała łopot skrzydeł, zagłuszający bicie jej serca. Dwaj włócznicy rzucili się do ucieczki. Nadzorca areny zamarł w bezruchu. Dzik wrócił, sapiąc, do Barseny. Silny Belwas jęknął, spróbował wstać i osunął się na kolana.

Smok zawrócił nad nimi wszystkimi, mroczna sylwetka widoczna na tle słońca. Jego łuski były czarne, a oczy, rogi i płyty grzbietowe krwawoczerwone. Drogon zawsze był największy z jej trojga dzieci, a na swobodzie urósł jeszcze bardziej. Jego czarne jak gagat skrzydła miały dwadzieścia stóp rozpiętości. Poruszył nimi jeden raz, ponownie przemykając nad areną. Odgłos był donośny jak uderzenie gromu. Odyniec uniósł łeb, prychnął... i pochłonął go ogień, czarny, poprzeszywany nitkami czerwieni. Dany poczuła falę gorąca z odległości trzydziestu stóp. Kwik konającej bestii wydawał się niemal ludzki. Drogon wylądował na zabitym dziku, zagłębiając pazury w dymiącym ciele. Potem zaczął jeść, nie rozróżniając między Barseną a odyńcem.

— O bogowie — jęknął Reznak. — On ją pożera!

Seneszal zakrył usta. Silny Belwas wymiotował hałaśliwie. Przez pociągłą bladą twarz Hizdahra zo Loraqa przemknął dziwaczny wyraz — mieszanina strachu, żądzy i uniesienia. Oblizał wargi. Dany widziała, że Pahlowie uciekają w górę po schodach, podtrzymując *tokary* i potykając się o ich frędzle w swym pośpiechu. Inni podążyli za nimi. Niektórzy zerwali się do biegu, przepychając się nawzajem. Większość siedziała na miejscach.

A pewien człowiek postanowił zostać bohaterem.

To był jeden z włóczników, którzy mieli zagonić dzika z powrotem do zagrody. Być może był pijany albo szalony. Być może kochał potajemnie Barsenę Czarnowłosą albo dotarły do niego szepty o małej Hazzei. Albo był tylko prostym człowiekiem pragnącym, by bardowie układali o nim pieśni. Rzucił się na smoka, ściskając w rękach włócznię. Biegnąc, wzbijał w górę czerwony piasek. Widzowie zakrzyknęli głośno. Drogon uniósł głowę, z zębów skapywała mu krew. Bohater skoczył mu na grzbiet i wbił żelazny grot włóczni w podstawę długiej, pokrytej łuską szyi.

Dany i Drogon zakrzyknęli jednocześnie.

Bohater wsparł się na włóczni całym swym ciężarem, próbując wepchnąć grot głębiej. Drogon wygiął ciało ku górze z sykiem bólu. Uderzał ogonem na boki. Rozejrzał się wkoło, wykręcając długą wężową szyję, a potem rozpostarł czarne skrzydła. Kandydat na smokobójcę stracił równowagę i runął na piasek. Spróbował się podnieść, ale smok zacisnął zęby na jego przedramieniu.

— Nie — zdążył tylko krzyknąć. Drogon wyrwał mu rękę z barku i cisnął ją na bok jak pies szczura.

— Zabijcie go — zawołał Hizdahr zo Loraq do pozostałych włóczników. — Zabijcie bestię!

Ser Barristan uścisnął ją mocno.

— Nie patrz, Wasza Miłość.

— Puść mnie!

Dany wyrwała się z uścisku. Gdy przeskakiwała balustradę, wydawało się jej, że cały świat zwolnił. Lądując na arenie, zgubiła sandał. Zerwała się do biegu czując między palcami szorstki, gorący piasek. Ser Barristan ją wołał. Silny Belwas nie przestawał wymiotować. Przyśpieszyła.

Włócznicy również biegli. Niektórzy w stronę smoka, unosząc broń. Inni uciekali, porzucając oręż. Bohater miotał się na piasku, z rany tryskała mu jaskrawoczerwona krew. Włócznia nadal sterczała z grzbietu Drogona, kołysząc się, gdy smok poruszył skrzydłami. Z rany buchał dym. Gdy inni włócznicy podbiegli bliżej, smok zionął ogniem. Dwóch mężczyzn pochłonęły czarne płomienie. Drogon uderzył ogonem, przecinając wpół nadzorcę areny, próbującego zakraść się do niego od tyłu. Kolejny napastnik chciał trafić go w oczy, ale smok złapał go w paszczę i rozdarł mu brzuch. Meereeńczycy krzyczeli, przeklinali, wyli. Dany usłyszała, że ktoś ją ściga.

— Drogon — krzyknęła. — Drogon.

Odwrócił głowę. Spomiędzy zębów buchał mu dym. Jego krew również dymiła, skapując na ziemię. Znowu załopotał skrzydłami, wzbijając w powietrze dławiące chmury szkarłatnego piasku. Dany potknęła się w tym gorącym czerwonym obłoku. Rozkasłała się. Smok kłapnął paszczą.

— Nie — zdążyła tylko powiedzieć. *Nie, to ja, czy mnie nie znasz?* Czarne zęby zamknęły się kilka cali przed jej twarzą. *Chciał mi odgryźć głowę.* Oczy miała pełne piasku. Potknęła się o trupa nadzorcy i usiadła na ziemi.

Drogon ryknął. Jego głos wypełnił arenę. Dany poczuła powiew, gorący jakby buchał z pieca. Smok wyciągnął ku niej długą, pokrytą łuskami szyję. Otworzył paszczę i zobaczyła kawałki kości oraz zwęglonego mięsa między jego zębami. Jego oczy były stopionym ogniem. *Patrzę w głąb piekła, ale nie śmiem odwrócić wzroku.* Nigdy w życiu nie była niczego tak bardzo pewna. *Jeśli od niego ucieknę, spali mnie i pożre.* Septonowie z Westeros mówili o siedmiu piekłach i siedmiu niebach, ale Siedem Królestw ze swymi bogami było daleko stąd. Zadała sobie pytanie, co się stanie, jeśli tu zginie. Czy koński bóg Dothraków wyłoni się z traw i zabierze ją do gwiezdnego *khalasaru*, by mogła jeździć po krainie nocy u boku swego słońca i gwiazd? A może gniewni bogowie Ghis wyślą swe harpie, które porwą jej duszę i zawloką pod ziemię, gdzie czekały ją męczarnie? Drogon ryknął jej prosto w twarz. Od jego gorącego oddechu robiły się jej pęcherze. Usłyszała dobiegające z prawej strony krzyki Barristana Selmy'ego.

— Ja! Spróbuj się ze mną! Tu jestem! Ja!

Widziała swe odbicie w gorejących jamach oczu Drogona. Była taka mała. Słaba, wątła i przerażona. *Nie mogę pozwolić, by zobaczył, że się boję.* Pomacała piasek wokół siebie, odpychając na bok trupa nadzorcy, aż poczuła pod palcami uchwyt bicza. To dodało jej odwagi. Rękojeść bata była ciepła i żywa. Drogon znowu ryknął, tak głośno, że omal jej nie wypuściła. Kłapnął na nią zębami.

Smagnęła go.

— Nie — krzyknęła, wkładając całą siłę w uderzenie bicza. Smok cofnął nagle głowę. — Nie — wrzasnęła raz jeszcze. — NIE! — Zadziory skaleczyły jego paszczę. Drogon wstał, na Dany padł cień jego skrzydeł. Raz po raz smagała go w pokryty łuską brzuch, aż ręka ją rozbolała. Jego długa wężowa szyja wygięła się na kształt łuku. Z głośnym *sssssss* plunął na nią czarnym ogniem. Przemknęła pod płomieniami, raz jeszcze uderzając batem. — Nie, nie, nie — wrzeszczała. — NA ZIEMIĘ!

Odpowiedział jej rykiem pełnym strachu i furii, pełnym bólu. Jego skrzydła uderzyły raz i drugi…

…a potem się złożyły. Smok syknął po raz ostatni i położył się na brzuchu. Z zadanej włócznią rany wypływała czarna krew, zamieniająca się w parę, gdy spadała na wypalony piasek. *Jest wcielonym ogniem* — pomyślała Dany. *Tak samo jak ja.*

Daenerys Targaryen wskoczyła na grzbiet smoka, złapała włócznię i wyrwała ją z jego ciała. Grot był na wpół stopiony, a rozgrzane żelazo żarzyło się czerwonym blaskiem. Odrzuciła broń na bok. Drogon wygiął ciało, naprężył mięśnie, by zebrać siły. W powietrzu unosiły się chmury piasku. Dany nic nie widziała, nie mogła oddychać, nie mogła myśleć. Czarne skrzydła załopotały z hukiem gromu i nagle szkarłatny piasek został w dole.

Dany zakręciło się w głowie. Zamknęła oczy. Kiedy je otworzyła, ujrzała w dole Meereeńczyków przesłoniętych mgiełką pyłu i łez. Wbiegali na schody i wypadali na ulicę.

Nadal ściskała bicz. Smagnęła nim szyję Drogona.

— Wyżej! — zawołała.

Drugą ręką ściskała łuski, szukając palcami miejsca zaczepienia. Wielkie czarne skrzydła poruszały się w powietrzu. Dany czuła między udami żar smoczego ciała. Serce jej waliło, jakby zaraz miało pęknąć. *Tak* — pomyślała — *tak, teraz, teraz, zrób to, zrób to, zabierz mnie, zabierz mnie, LEĆ!*

JON

Tormund Zabójca Olbrzyma nie był wysokim mężczyzną, ale bogowie dali mu szeroką pierś i potężne brzuszysko. Mance Rayder zwał go Tormundem Dmącym w Róg z uwagi na potęgę jego płuc. Mawiał też, że śmiech Tormunda strąca śnieg z górskich szczytów. Gdy Zabójca Olbrzyma się gniewał, jego ryki przypominały trąbienie mamuta.

Tego dnia Tormund ryczał często i głośno. Wrzeszczał, darł się i walił pięścią w stół tak mocno, że przewrócił dzban i rozlał wodę. Zawsze miał pod ręką róg z miodem i dlatego ślina, którą bryzgał, wygłaszając groźby, była słodka. Nazwał Jona Snow tchórzem, kłamcą i sprzedawczykiem, przeklinał go jako pierdolonego klękacza o czarnym sercu, rabusia i padlinożerną wronę, oskarżał o to, że chce wyruchać wolnych ludzi w dupę. Dwukrotnie cisnął w głowę Jona rogiem, ale dopiero po jego opróżnieniu. Tormund nie zwykł marnować dobrego miodu. Jon pozwalał, by to wszystko po nim spływało. Nigdy nie podnosił głosu ani nie odpowiadał na groźby groźbami, ale nie ustępował też bardziej, niż zamierzał.

W końcu popołudniowe cienie na dworze zrobiły się długie. Tormund — Samochwała, Dmący w Róg i Łamacz Lodu, Tormund Piorunowa Pięść, Mąż Niedźwiedzic, Mówiący z Bogami i Ojciec Zastępów — wyciągnął rękę.

— A więc zgoda i niech bogowie mi wybaczą. Wiem, że setka matek nigdy tego nie zrobi.

Jon uścisnął jego dłoń. W głowie brzmiały mu echem słowa złożonej przysięgi. *Jestem mieczem w ciemności. Jestem strażnikiem na murach. Jestem ogniem, który odpędza zimno, światłem, które przynosi świt, rogiem, który budzi śpiących, tarczą, która osłania krainę człowieka.* Dla niego potrzebny był nowy refren. *Jestem strażnikiem, który otworzył bramę i przepuścił wroga.* Oddałby bardzo wiele, by mieć pewność, że postępuje słusznie. Zaszedł już jednak za daleko, by teraz zawrócić.

— Zgoda — powtórzył.

Uścisk Tormunda nadal mógłby miażdżyć kości. To przynajmniej się nie zmieniło. Jego broda również wyglądała tak samo, choć twarz kryjąca się pod gęstwą białych włosów wyraźnie wychudła, a na rumianych policzkach pojawiły się głębokie bruzdy.

— Szkoda, że Mance cię nie zabił, kiedy miał okazję — stwierdził, ze wszystkich sił starając się zgnieść dłoń Jona na miazgę. — Złoto w zamian za cienką zupkę i chłopaków… to okrutna cena. Co się stało z tym słodkim młodzieńcem, którego znałem?

Zrobili go lordem dowódcą.

— Niektórzy mawiają, że uczciwa umowa to taka, z której obie strony są niezadowolone. Trzy dni?

— Jeśli pożyję tak długo. Nawet niektórzy z moich ludzi spluną na mnie, kiedy usłyszą te warunki. — Tormund puścił dłoń Jona. — Twoje wrony też będą narzekać, o ile je znam. A powinienem znać. Zabiłem tylu czarnych skurwysynów, że nie potrafię ich zliczyć.

— Lepiej by było, gdybyś na południe od Muru nie wspominał o tym tak głośno.

— Ha! — Tormund ryknął śmiechem. To także się nie zmieniło. Nadal śmiał się często i swobodnie. — Mądre słowa. Nie chciałbym, by twoje wrony zadziobały mnie na śmierć. — Poklepał rozmówcę po plecach. — Gdy wszyscy moi ludzie będą już bezpieczni za waszym Murem, podzielimy się odrobiną mięsa i miodu. Do tej chwili… — Dziki zdjął obręcz z lewej ręki i rzucił ją Jonowi, a potem zrobił to samo z drugą, którą nosił na prawej. — To zadatek. Miałem je po ojcu, a on po swoim ojcu. Teraz są twoje, ty czarny złodziejski bękarcie.

Obręcze wykonano ze starego złota. Były lite i ciężkie, wyryto na nich starożytne runy Pierwszych Ludzi. Tormund Zabójca Olbrzyma nosił je, odkąd Jon go znał. Były częścią dzikiego, tak samo jak jego broda.

— Braavosowie je przetopią. Byłaby szkoda. Może powinieneś je zatrzymać.

— Nie. Nie chcę, by mówiono, że Tormund Piorunowa Pięść kazał wolnym ludziom oddać skarby, a sam zachował swoje. — Uśmiechnął się. — Ale pierścień na członku zatrzymam. Jest znacznie większy od tych drobiazgów. Ty mógłbyś go nosić jako naszyjnik.

Jon nie mógł powstrzymać śmiechu.

— Nigdy się nie zmieniasz.

— Och, zmieniam się. — Uśmiech zniknął z twarzy Tormunda, nagle jak śnieg latem. — Nie jestem już tym człowiekiem, którym byłem w Rumianym Dworze. Widziałem zbyt wiele śmierci, a także gorsze rzeczy. Moi synowie… — Wykrzywił twarz w grymasie żałoby. — Dormund padł w bitwie pod Murem. Był jeszcze prawie chłopcem. Załatwił go jeden z rycerzy waszego króla. Jakiś zakuty w szarą stal skurwysyn z ćmami na tarczy. Widziałem cios, ale nim dotarłem na miejsce, mój chłopak już nie żył. A Torwynd… to zimno go zabiło. Zawsze był chorowity. Pewnej nocy po prostu wziął i umarł. A najgorsze, że nim zauważyliśmy jego śmierć, wstał, blady i niebieskooki. Musiałem sam się nim zająć. To było trudne, Jon. — W jego oczach zalśniły łzy. — Prawdę mówiąc, żaden był z niego mężczyzna, ale kiedyś był moim małym synkiem i kochałem go.

Jon położył dłoń na jego ramieniu.

— Bardzo mi przykro.

— Dlaczego? To nie twoja wina. Masz krew na rękach, to prawda, tak samo jak ja. Ale nie jego krew. — Tormund potrząsnął głową. — Nadal mam dwóch silnych synów.

— A twoja córka…?

— Munda. — Na twarz dzikiego powrócił uśmiech. — Wzięła sobie za męża tego Rika Długą Włócznię, jeżeli potrafisz w to uwierzyć. Chłopak ma długiego kutasa, ale mało rozumu, jeśli mnie o to pytasz, niemniej dobrze ją traktuje. Ostrzegłem go, że jeśli ją kiedyś skrzywdzi, urwę mu członka i zbiję nim do krwi. — Raz jeszcze poklepał Jona mocno po plecach. — Pora już, żebyś wracał. Jeśli posiedzisz tu dłużej, pomyślą, że cię zjedliśmy.

— A więc o świcie. Za trzy dni. Najpierw chłopcy.

— Mówiłeś to już dziesięć razy, wrono. Można by pomyśleć, że sobie nie ufamy. — Splunął. — Tak jest, najpierw chłopcy. Mamuty pójdą okrężną drogą. Postaraj się, żeby we Wschodniej Strażnicy się ich spodziewano. Ja dopilnuję, żeby nie było walk i przepychanek w waszej cholernej bramie. Wszyscy przejdziemy grzecznie w rządku jak małe kaczuszki. A ja będę kaczą mamą. Ha!

Tormund wyprowadził Jona z namiotu.

Dzień był pogodny i bezchmurny. Słońce wróciło na niebo po dwutygodniowej nieobecności. Na południu wznosił się Mur, lśniący niebieskobiałym blaskiem. *Mur zmienia nastrój częściej niż obłąkany król Aerys* — mawiali starsi ludzie w Czarnym Zamku. Albo czasami: *Mur zmienia nastrój częściej niż kobieta.* W pochmurne dni wyglądał jak biała skała. W bezksiężycowe noce był czarny jak węgiel. Podczas śnieżycy sprawiał wrażenie wyrzeźbionego ze śniegu. W takie dni jak dziś nie sposób było jednak wątpić, że zbudowano go z lodu. W takie dni Mur lśnił jasno jak septonowski kryształ, wszystkie szczeliny i pęknięcia rysowały się wyraźnie w blasku słońca, a pod półprzezroczystą skorupą tańczyły i umierały zamarznięte tęcze. W takie dni Mur był piękny.

Obok wierzchowców stał najstarszy syn Tormunda, pogrążony w rozmowie ze Skórą. Wolni ludzie zwali go Wysokim Toreggiem. Co prawda, od Skóry był wyższy najwyżej o cal, ale za to od ojca o całą stopę. Hareth, wyrośnięty chłopak z Mole's Town zwany Koniem, przykucnął obok ogniska, odwrócony plecami do pozostałych. Jon przyprowadził ze sobą na rokowania tylko jego i Skórę. Gdyby towarzyszyło mu więcej czarnych braci, dzicy mogliby pomyśleć, że się boi, a gdyby Tormund pragnął przelać krew, dwudziestu ludzi nie zdałoby się mu na więcej niż dwóch. Jedynym strażnikiem, jakiego potrzebował, był Duch. Wilkor potrafił wywęszyć wrogów, nawet tych, którzy skrywali nieprzyjaźń za zasłoną uśmiechów.

Teraz jednak gdzieś polazł. Jon zdjął czarną rękawicę, wsadził dwa palce do ust i gwizdnął.

— Duch! Do mnie.

Wtem usłyszał nad sobą łopot skrzydeł. Kruk Mormonta sfrunął z konara starego dębu i usiadł na siodle wierzchowca należącego do Jona.

— *Ziarno* — wrzasnął. — *Ziarno, ziarno, ziarno.*

— Poleciałeś za mną?

Jon wyciągnął rękę, by przegonić ptaka, ale ostatecznie pogłaskał go po piórach. Kruk przekrzywił głowę, kierując nań jedno oko.

— *Snow* — wymamrotał, kiwając z powagą głową. Nagle spomiędzy dwóch drzew wyłonił się Duch, a za nim Val.

Pasują do siebie. Dziewczyna była cała obleczona w biel: białe wełniane spodnie zatknięte w wysokie skórzane buty tego samego koloru, futro z białego niedźwiedzia spięte za ramieniu broszą wyrzeźbioną na podobieństwo twarzy czardrzewa, biała bluza z kościanymi zapinkami. Jej oddech również był biały… ale oczy niebieskie, długi warkocz barwy ciemnego miodu, a policzki rumiane od zimna. Jon Snow już od dawna nie oglądał równie pięknego widoku.

— Czyżbyś próbowała ukraść mojego wilka? — zapytał.

— Czemu by nie? Gdyby każda kobieta miała wilkora, mężczyźni byliby znacznie słodsi. Nawet wrony.

— Ha! — Tormund Zabójca Olbrzyma ryknął śmiechem. — Nie przerzucaj się z nią słówkami, lordzie Snow. Jest za bystra dla takich, jak my dwaj. Lepiej szybko ją ukradnij, nim Toregg otworzy oczy i zabierze ją dla siebie.

Co powiedział o Val ten głupiec Axell Florent? „Dorosła dziewczyna całkiem niebrzydka dla oka. Dobre biodra i piersi, świetnie się nadaje do wydawania na świat dzieci". Wszystko to było prawdą, ale dzika kobieta miała w sobie znacznie więcej. Dowiodła tego, znajdując Tormunda, podczas gdy doświadczeni zwiadowcy ze Straży nie potrafili tego dokonać. *Może i nie jest księżniczką, ale byłaby odpowiednią żoną dla każdego lorda.* Ten most dawno już jednak spalono i to sam Jon przystawił do niego pochodnię.

— Toregg może ją sobie wziąć — oznajmił. — Ja złożyłem śluby.

— To jej nie przeszkadza. Prawda, dziewczyno?

Val poklepała długi kościany nóż, który miała u pasa.

— Lord wrona może spróbować się zakraść do mojego łoża, jeśli się ośmieli. Jak już go wykastruję, będzie mu znacznie łatwiej dotrzymać tych ślubów.

— Ha! — Tormund znowu parsknął śmiechem. — Słyszałeś, Toregg? Trzymaj się od niej z daleka. Mam już jedną córkę. Drugiej nie potrzebuję.

Wódz dzikich potrząsnął głową i zniknął w namiocie.

Jon zaczął drapać wilkora za uchem, a Toregg przyprowadził wierzchowca Val. Nadal jeździła na siwym koniku, którego dostała od Mully'ego dnia, gdy wyruszała za Mur. Karłowata kudłata szkapina była ślepa na jedno oko.

— Jak się ma mały Potwór? — zapytała dziewczyna, zawracając konia w stronę Muru.

— Jest dwa razy większy niż w chwili, gdy nas opuszczałaś, i trzy razy głośniejszy. Kiedy chce cycka, jego wrzaski słychać aż we Wschodniej Strażnicy.

Jon dosiadł konia.

Val ruszyła obok niego.

— Przyprowadziłam Tormunda, tak jak obiecałam. I co teraz? Mam wrócić do dawnej celi?

— Twoja dawna cela jest zajęta. Królowa Selyse zagarnęła Wieżę Królewską dla siebie. Pamiętasz Wieżę Hardina?

— To ta, która wygląda, jakby zaraz miała się zawalić?

— Wygląda tak już od stu lat. Kazałem przygotować dla ciebie najwyższe piętro, pani. Jest tam więcej miejsca niż w Wieży Królewskiej, choć może ci być mniej wygodnie. Nikt nigdy nie zwał tej wieży Pałacem Hardina.

— Jeśli będę miała wybór, zawsze wybiorę wolność, nie wygodę.

— Wolność w obrębie zamku możesz otrzymać. Mówię to z żalem, ale musisz nadal pozostać więźniem. Mogę jednak obiecać, że nie będą cię niepokoić niepożądani goście. Wieży Hardina strzegą moi bracia, nie ludzie królowej. A w sieni śpi Wun Wun.

— Będę miała olbrzyma za obrońcę? Nawet Dalla nie mogła się tym pochwalić.

Dzicy Tormunda odprowadzali ich wzrokiem, wyglądając z namiotów i szałasów ustawionych pod bezlistnymi drzewami. Na każdego zdatnego do walki mężczyznę przypadały trzy kobiety i tyle samo wychudłych dzieci o zapadniętych policzkach i wielkich oczach. Gdy Mance Rayder prowadził wolnych ludzi na Mur, jego zwolennicy gnali przed sobą stada owiec, kóz i świń, teraz jednak Jon nie widział tu żadnych zwierząt poza mamutami. Nie wątpił, że je również by zarżnięto, gdyby nie broniły ich wojownicze olbrzymy. Z mamuta było mnóstwo mięsa.

Lord dowódca zauważył też oznaki choroby. To zaniepokoiło go bardziej, niż potrafiłby to wyrazić. Jeśli ludzie Tormunda byli chorzy i wygłodzeni, jak wyglądały tysiące tych, którzy podążyli za Matką Kret do Hardhome? *Cotter Pyke powinien wkrótce do nich dotrzeć. Jeśli wiatry były łaskawe, jego flota może już nawet wracać do Wschodniej*

Strażnicy, wioząc tylu wolnych ludzi, ile dało się wepchnąć na pokład.

— Jak się udały rokowania z Tormundem? — zainteresowała się Val.

— Zapytaj mnie za rok. Najtrudniejsze jeszcze przede mną. Będę musiał przekonać swoich ludzi, by zjedli posiłek, który dla nich przyrządziłem. Obawiam się, że jego smak nie przypadnie do gustu żadnemu z nich.

— Pozwól mi pomóc.

— Już to zrobiłaś. Przyprowadziłaś Tormunda.

— Mogę zrobić więcej.

Czemu by nie? — pomyślał Jon. *Wszyscy oni uważają ją za księżniczkę.* Val rzeczywiście na nią wyglądała, a do tego jeździła konno, jakby urodziła się w siodle. *To wojownicza księżniczka* — zdecydował — *a nie wątła panienka, która siedzi w wieży i czesze włosy, czekając, aż jakiś rycerz ją uratuje.*

— Muszę zawiadomić królową o zawartej umowie — oznajmił. — Możesz pójść ze mną, jeśli potrafisz się zdobyć na to, by ugiąć kolan.

Nie byłoby dobrze, gdyby obraził Jej Miłość, nim jeszcze otworzy usta.

— A czy mogę się śmiać, kiedy będę klękała?

— Nie możesz. To nie jest zabawa. Nasze ludy dzieli od siebie rzeka krwi, stara, czerwona i głęboka. Stannis Baratheon jest jednym z nielicznych zwolenników wpuszczenia dzikich na obszar królestwa. Potrzebuję poparcia jego królowej dla tego, co uczyniłem.

Z twarzy Val zniknął figlarny uśmieszek.

— Masz moje słowo, lordzie Snow. Będę prawdziwą księżniczką dzikich dla twojej królowej.

To nie jest moja królowa — mógłby powiedzieć Jon. — *Prawdę mówiąc, moim zdaniem im prędzej stąd odjedzie, tym lepiej. A jeśli bogowie będą łaskawi, zabierze ze sobą Melisandre.*

Resztę drogi pokonali w milczeniu. Duch biegł za nimi. Kruk Mormonta towarzyszył im do bramy, a gdy zsunęli się z siodeł, pofrunął w górę. Hareth zwany Koniem ruszył przodem z pochodnią w ręce, by oświetlić im drogę przez tunel pod lodem.

Gdy Jon i jego towarzysze dotarli na południową stronę Muru, czekała na nich grupka czarnych braci. Był wśród nich Ulmer z Królewskiego Lasu i to właśnie stary łucznik podszedł bliżej, by przemówić w imieniu wszystkich.

— Jeśli łaska, panie, chłopaki się zastanawiają. Czy będzie pokój, panie, czy krew i żelazo?

— Pokój — odparł Jon Snow. — Za trzy dni Tormund Zabójca Olbrzyma przeprowadzi swych ludzi przez Mur. Jako przyjaciół, nie wrogów. Niektórzy mogą nawet powiększyć nasze szeregi jako bracia. Trzeba będzie ich godnie przywitać. A teraz wracajcie do obowiązków. — Podał wodze Atłasowi. — Muszę teraz iść do królowej Selyse. — Jej Miłość uznałaby to za zniewagę, gdyby jej natychmiast nie zawiadomił. — Później będę miał do napisania kilka listów. Przynieś mi na kwaterę pergamin, gęsie pióra i kałamarz z maesterskim inkaustem. A potem wezwij Marsha, Yarwycka, septona Celladora i Clydasa. — Cellador będzie podpity, a Clydas był marną imitacją prawdziwego maestera, nie miał jednak nikogo innego. *Dopóki nie wróci Sam.* — Ludzi z północy też. Flinta i Norreya. Skóra, ty również powinieneś tam być.

— Hobb piecze placki z cebulą — poinformował go Atłas. — Czy mam wszystkim powiedzieć, żeby zjedli z tobą kolację?

— Nie — odparł Jon po chwili zastanowienia. — Niech spotkają się ze mną na szczycie Muru o zachodzie słońca. — Spojrzał na Val. — Pani, chodź ze mną, jeśli łaska.

— Wrona rozkazuje, branka musi słuchać. — W jej głosie pobrzmiewała wesołość. — Ta wasza królowa musi być naprawdę straszliwa, jeśli pod dorosłymi mężczyznami uginają się nogi na jej widok. Czy powinnam wdziać kolczugę zamiast wełny i futra? Te ubrania dostałam od Dalli. Nie chciałabym, żeby się zakrwawiły.

— Gdyby słowa mogły przelewać krew, miałabyś powody do obaw. Myślę, że twojemu ubraniu nic nie grozi, pani.

Ruszyli w stronę Wieży Królewskiej świeżo oczyszczonymi ścieżkami biegnącymi między zaspami brudnego śniegu.

— Słyszałam, że wasza królowa ma gęstą czarną brodę.

Jon wiedział, że nie powinien się uśmiechać, nie potrafił się jednak powstrzymać.

— Tylko wąsy. Bardzo rzadkie. Można policzyć włoski.

— Cóż za rozczarowanie.

Choć Selyse Baratheon wciąż powtarzała, że pragnie zostać panią własnej siedziby, nie śpieszyła się z zamianą wygód Czarnego Zamku na cienie Nocnego Fortu. Rzecz jasna, wystawiła wartowników — czterech mężczyzn przy wejściu. Dwóch stało na zewnątrz, na schodach, a dwóch w środku, przy piecyku koksowym. Dowodził nimi ser Patrek z Królewskiej Góry, odziany w biało-niebiesko-srebrną rycerską szatę. Jego płaszcz zdobiły pięcioramienne gwiazdy. Gdy przedstawiono go Val, opadł na jedno kolano i ucałował jej urękawicznioną dłoń.

— Jesteś jeszcze piękniejsza, niż słyszałem, księżniczko — oznajmił. — Królowa bardzo wychwalała twoją urodę.

— To dziwne, bo przecież nigdy mnie nie widziała. — Val poklepała ser Patreka po głowie. — Wstań, ser klękaczu. Wstań, wstań.

Mogłoby się zdawać, że mówi do psa.

Jon z trudem powstrzymał śmiech. Z kamienną twarzą oznajmił rycerzowi, że proszą o audiencję u królowej. Ser Patrek wysłał jednego ze zbrojnych na górę, by zapytał, czy Jej Miłość ich przyjmie.

— Ale wilk tu zaczeka — upierał się.

Jon spodziewał się tego. Królowa Selyse bała się wilkora, prawie tak samo jak Wun Weg Wun Dar Wuna.

— Duch, zostań.

Jej Miłość szyła przy kominku, a błazen tańczył po komnacie w rytm muzyki, którą tylko on słyszał. Dzwoneczki na jego porożu pobrzękiwały.

— Wrona, wrona — zawołał Plama na widok Jona. — W podmorskiej krainie wrony są białe jak śnieg. Wiem to, wiem, tra-la-lem.

Księżniczka Shireen siedziała na ławeczce w oknie wykuszowym. Postawiła kaptur, by choć częściowo ukryć ślady szarej łuszczycy, które oszpeciły jej twarz.

Lady Melisandre nie było w komnacie. Ucieszyło to Jona. Prędzej czy później będzie musiał stawić czoło czerwonej kapłance, wolałby jednak nie robić tego w obecności królowej.

— Witaj, Wasza Miłość.

Opadł na jedno kolano. Val podążyła za jego przykładem.

Królowa Selyse odłożyła tkaninę.

— Możecie wstać.

— Jeśli łaska, Wasza Miłość, czy mogę przedstawić lady Val? Jej siostra Dalla była…

— Matką rozwrzeszczanego niemowlęcia, które nie daje nam spać po nocach. Wiem, kim ona jest, lordzie Snow. — Królowa pociągnęła nosem. — Masz szczęście, że wróciła do nas przed moim królewskim mężem. W przeciwnym razie mogłoby to się skończyć źle dla ciebie. Naprawdę bardzo źle.

— Jesteś księżniczką dzikich? — zapytała Shireen, spoglądając na Val.

— Niektórzy tak mnie nazywają. Moja siostra była żoną Mance'a Raydera, króla za Murem. Umarła, wydając na świat jego syna.

— Ja też jestem księżniczką — oznajmiła Shireen. — Ale nigdy nie miałam siostry. Miałam kiedyś kuzyna, ale odpłynął na statku. Lubiłam go, chociaż był tylko bękartem.

— Doprawdy, Shireen — rzekła jej matka — jestem pewna, że lord dowódca nie przyszedł tu po to, by rozmawiać o bachorach Roberta. Plamo, bądź dobrym błaznem i odprowadź księżniczkę do pokoju.

Dzwoneczki na kapeluszu Plamy zadźwięczały.

— Chodźmy, chodźmy — zaśpiewał. — Chodź ze mną do podmorskiej krainy, daleko, daleko, daleko.

Wziął małą księżniczkę za rękę i wyprowadził ją z komnaty, podskakując.

— Wasza Miłość, wódz wolnych ludzi przyjął moje warunki — rzekł Jon.

Królowa Selyse skinęła leciutko głową.

— Mój pan mąż zawsze pragnął przyznać azyl tym barbarzyńskim ludom. Są mile widziani w naszym królestwie, pod warunkiem że będą przestrzegać królewskich praw i nie złamią królewskiego pokoju. — Wydęła wargi. — Słyszałam, że są z nimi olbrzymy.

— Prawie dwieście, Wasza Miłość — odparła Val. — I ponad osiemdziesiąt mamutów.

Królowa zadrżała.

— Cóż za okropne stworzenia. — Jon nie potrafił odgadnąć, czy miała na myśli olbrzymy, czy mamuty. — Choć podobne bestie mogłyby się przydać mojemu panu mężowi w jego bitwach.

— Niewykluczone, Wasza Miłość — przyznał Jon — ale mamuty są za duże, by przejść przez bramę.

— A nie można jej poszerzyć?

— To… to by chyba nie było rozsądne.

Selyse pociągnęła nosem.

— Skoro tak mówisz. Nie wątpię, że znasz się na takich sprawach. A gdzie zamierzasz osiedlić tych dzikich? Z pewnością Mole's Town jest za małe… ilu właściwie ich jest?

— Cztery tysiące, Wasza Miłość. Pomogą nam obsadzić opuszczone zamki, byśmy mogli skuteczniej bronić Muru.

— Słyszałam, że te zamki to ruiny. Opustoszałe, ponure, zimne budowle, niewiele więcej niż kupy gruzów. We wschodniej Strażnicy wspominano też o szczurach i pająkach.

Pająki dawno już wyginęły z zimna — pomyślał Jon. *A szczury mogą się okazać użytecznym źródłem pożywienia, gdy nadejdzie zima.*

— Wszystko to prawda, Wasza Miłość… ale nawet ruiny stanowią schronienie. A od Innych oddzieli ich Mur.

— Widzę, że wszystko starannie rozważyłeś, lordzie Snow. Jestem pewna, że król Stannis będzie zadowolony, gdy powróci zwycięski po bitwie.

Pod warunkiem że w ogóle powróci.

— Oczywiście, dzicy muszą najpierw uznać Stannisa za swego króla, a R'hllora za swego boga — dodała królowa.

Wreszcie stanęliśmy twarzą w twarz w tym wąskim przejściu.

— Wybacz, Wasza Miłość, ale nie takie warunki uzgodniliśmy.

Twarz królowej przybrała nagle twardszy wyraz.

— To fatalne przeoczenie.

Z jej głosu zniknęły ostatnie, słabe nuty ciepła.

— Wolni ludzie nie klękają — oznajmiła jej Val.

— Trzeba więc ich do tego zmusić — stwierdziła królowa.

— Jeśli to zrobicie, Wasza Miłość, przy pierwszej okazji powstaną — zapowiedziała dziewczyna. — Z bronią w ręku.

Królowa zacisnęła usta. Jej broda zadrżała lekko.

— Jesteś bezczelna. Zapewne u dzikich to nic dziwnego. Musimy znaleźć ci męża, który nauczy cię uprzejmości. — Selyse przeszyła Jona wściekłym spojrzeniem. — Nie jestem zadowolona, lordzie dowódco. Mój mąż również się nie ucieszy. Oboje świetnie wiemy, że nie mogę ci przeszkodzić w otwarciu bramy, ale zapewniam, że odpowiesz za to, gdy król wróci z wojny. Być może zechcesz zmienić zdanie?

— Wasza Miłość. — Jon znowu uklęknął. Tym razem Val

tego nie uczyniła. — Przykro mi, że moje poczynania wzbudziły twe niezadowolenie. Zrobiłem to, co uważałem za najlepsze. Czy pozwalasz nam odejść?

— Tak. Natychmiast.

Gdy byli już na dworze, daleko od ludzi królowej, Val dała upust swemu gniewowi.

— Kłamałeś z tą brodą. Ma więcej włosów na podbródku niż ja między nogami. A córka... jej twarz...

— Szara łuszczyca.

— My zwiemy ją szarą śmiercią.

— U dzieci nie zawsze jest śmiertelna.

— Na północ od Muru tak. Najlepszym lekarstwem jest cykuta, ale poduszka lub nóż są równie skuteczne. Gdybym to ja wydała na świat to biedne dziecko, już dawno przyznałabym mu dar łaski.

Takiej Val Jon nigdy dotąd nie widział.

— Księżniczka Shireen to jedyne dziecko królowej.

— Żal mi ich obu. Dziewczynka jest nieczysta.

— Jeśli Stannis wygra wojnę, Shireen będzie dziedziczką Żelaznego Tronu.

— W takim razie żal mi waszych Siedmiu Królestw.

— Maesterzy mówią, że szara łuszczyca nie zawsze...

— Maesterzy mogą sobie wierzyć, w co chcą. Jeśli chcesz poznać prawdę, zapytaj leśnej wiedźmy. Szara łuszczyca śpi, ale prędzej czy później się przebudzi. Dziewczynka jest nieczysta!

— To słodkie dziecko. Nie możesz być pewna...

— Mogę. Nic nie wiesz, Jonie Snow. — Złapała go za ramię. — Chcę, żebyś zabrał stamtąd Potwora. I jego mamki też. Nie możesz go zostawić w wieży z martwą dziewczynką.

Jon strzepnął jej dłoń.

— Ona nie jest martwa.

— Jest. Jej matka tego nie widzi. Ty najwyraźniej również nie. Ale śmierć jest w niej. — Oddaliła się pod niego, zatrzymała i odwróciła. — Przyprowadziłam ci Tormunda Zabójcę Olbrzyma. Ty daj mi mojego Potwora.

— Postaram się.

— Zrób to. Masz wobec mnie dług, Jonie Snow.

Jon odprowadzał ją wzrokiem. *Myli się. Musi się mylić. Szara łuszczyca nie zawsze jest śmiertelna. Nie u dzieci.*

Duch znowu gdzieś zniknął. Słońce wisiało już nisko na zachodzie. *Dobrze by mi zrobił kubek grzanego wina. A dwa kubki jeszcze lepiej.* To jednak będzie musiało zaczekać. Musiał stawić czoło wrogom. Najgorszemu rodzajowi wrogów — braciom.

Skóra czekał na niego w windzie. Obaj wjechali na górę razem. Im wyżej się znajdowali, tym silniej dął wiatr. Pięćdziesiąt stóp nad ziemią ciężka klatka zaczęła się kołysać przy każdym powiewie. Od czasu do czasu drapała o Mur i na ziemię sypały się małe ulewy lśniących w blasku słońca kryształków lodu. Wznieśli się ponad najwyższe wieże zamku. Na wysokości czterystu stóp wiatrowi wyrosły zęby, gwałtownie szarpiące czarnym płaszczem Jona, gdy ten uderzał hałaśliwie o żelazne kraty. Na wysokości siedmiuset stóp wiatr przenikał przez niego na wskroś. *Mur należy do mnie* — powtarzał sobie Jon, gdy dotarli na górę. *Przynajmniej jeszcze przez dwa dni.*

Zeskoczył na lód, podziękował ludziom kręcącym kołowrotem i skinął głową do stojących na warcie włóczników. Obaj postawili wełniane kaptury i nie było widać ich twarzy, a jedynie oczy, poznał jednak Ty'a po splątanym sznurze przetłuszczonych czarnych włosów wystającym spod kaptura, a Owena po kiełbasie wepchniętej do pochwy u pasa. Niewykluczone, że nawet bez tego poznałby ich po postawie. *Dobry lord powinien znać swych ludzi* — mawiał Robbowi i Jonowi ich ojciec w Winterfell.

Jon podszedł do krawędzi Muru i spojrzał w dół, na pole bitwy, na którym zginęła armia Mance'a Raydera. Zastanawiał się, gdzie jest teraz Mance. *Czy w ogóle cię znalazł, siostrzyczko? A może tylko wykorzystał cię jako podstęp, mający dać mu wolność?*

Minęło już bardzo wiele czasu, odkąd ostatnio widział Aryę. Jak teraz wyglądała? Czy w ogóle by ją poznał? *Arya wszędobylska. Zawsze miała brudną buzię.* Czy nadal będzie miała ten mały miecz, który kazał wykuć dla niej Mikkenowi? *Zadajesz cios ostrym końcem.* Tak jej wtedy powiedział. Przydatna mądrość na noc poślubną, jeśli choć połowa z tego, co słyszał o Ramsayu Snow, była prawdą. *Przyprowadź ją do domu, Mance. Uratowałem twojego syna przed Melisandre, a teraz uratuję cztery tysiące dzikich. Jesteś mi winien tę jedną dziewczynkę.*

W nawiedzanym lesie na północy pośród drzew pojawiły się popołudniowe cienie. Niebo na zachodzie płonęło czerwienią, ale na wschodzie błyszczały już pierwsze gwiazdy. Jon Snow poruszył palcami prawej ręki, przypominając sobie wszystko, co utracił. *Sam, ty słodki, gruby głupcze, zadrwiłeś ze mnie okrutnie, kiedy uczyniłeś mnie lordem dowódcą. Lord dowódca nie ma przyjaciół.*— Lordzie Snow — odezwał się Skóra. — Winda jedzie w górę.

— Słyszę.

Jon odsunął się od brzegu.

Najpierw na szczyt wjechali wodzowie klanów, Flint i Norrey, odziani w futra i żelazo. Norrey przypominał starego lisa, był chudy i pokryty zmarszczkami, ale dziarski, a w jego oczach błyszczał spryt. Torghen Flint był pół głowy niższy od niego, ale z pewnością ważył dwa razy więcej — tęgi, małomówny mężczyzna o sękatych, zaczerwienionych dłoniach wielkich jak szynki. Kuśtykał po lodzie, wspierając się ciężko na tarninowej lasce. Potem zjawił się Bowen Marsh, okutany w niedźwiedzie futro. Za nim podążał Othell Yarwyck. Grupę zamykał podpity septon Cellador.

— Chodźcie ze mną — przywitał ich Jon. Ruszyli szczytem Muru. Wysypana żwirem ścieżka wiodła ku zachodzącemu słońcu.

— Wiecie, dlaczego was wezwałem — odezwał się Jon, gdy oddalili się pięćdziesiąt jardów od ogrzewanej szopy. Za trzy dni o świcie brama się otworzy, by przepuścić przez Mur Tormunda i jego ludzi. Czeka nas mnóstwo roboty. Musimy wszystko przygotować.

Jego słowa przywitano milczeniem. Po chwili ciszę przerwał Othell Yarwyck.

— Lordzie dowódco, to są tysiące…

— …wychudzonych dzikich, głodnych, zmęczonych i wygnanych z domów. — Jon wskazał na światła ich ognisk. — Tam są. Tormund twierdzi, że przyprowadził cztery tysiące.

— Powiedziałbym, że trzy, sądząc po ogniskach. — Liczby i miary były życiem Bowena Marsha. — Słyszeliśmy, że w Hardhome, z leśną wiedźmą, jest ich ponad dwa razy więcej. A ser Denys pisze o wielkich obozach w górach za Wieżą Cieni.

Jon temu nie przeczył.

— Tormund mówi, że Płaczka zamierza ponowić próbę przejścia przez Most Czaszek.

Stary Granat dotknął swej blizny. Zdobył ją, broniąc Mostu Czaszek, gdy Płaczka ostatnio starał się sforsować Rozpadlinę.

— Z pewnością lord dowódca nie zamierza przepuścić również tego… tego demona?

— Z niechęcią. — Jon nie zapomniał o głowach, które zostawił dla niego Płaczka. Zamiast oczu miały krwawiące dziury. *Czarny Jack Bulwer, Kudłaty Hal, Garth Szare Pióro. Nie mogę ich pomścić, ale nie zapomnę o nich.* — Ale, tak, jego również, panie. Nie możemy wybierać, kogo z wolnych ludzi przepuścić, a kogo nie. Pokój znaczy pokój dla wszystkich.

Norrey kaszlnął i odplunął.

— Równie dobrze można zawrzeć pokój z wilkami i wronami.

— W moich lochach również panuje pokój — mruknął Stary Flint. — Oddaj go mnie.

— Ilu zwiadowców zabił Płaczka? — zapytał Othell Yarwyck. — Ile kobiet zgwałcił, zamordował albo ukradł?

— Trzy z mojego rodu — oznajmił Stary Flint. — A dziewczyny, których nie zabiera, oślepia.

— Kiedy człowiek przywdziewa czerń, wszystkie jego zbrodnie ulegają zatarciu — przypomniał im Jon. — Jeśli chcemy, by wolni ludzie walczyli u naszego boku, musimy im wybaczyć dawne zbrodnie tak samo, jak wybaczylibyśmy naszym ludziom.

— Płaczka nie powie słów — upierał się Yarwyck. — Nie wdzieje płaszcza. Nawet inni łupieżcy mu nie ufają.

— Nie trzeba ufać człowiekowi, by zrobić z niego użytek. *— W przeciwnym razie jak mógłbym robić użytek z was? —* Potrzebujemy Płaczki i innych podobnych do niego. Któż zna pustkowia za Murem lepiej od dzikich? Któż wie więcej o naszych wrogach niż ten, kto z nimi walczył?

— Płaczka zna tylko gwałty i morderstwa — stwierdził Yarwyck.

— Gdy już dzicy znajdą się za Murem, będą trzykrotnie silniejsi od nas — zauważył Bowen Marsh. — A mówię tylko o oddziale Tormunda. Jeśli dodać ludzi Płaczki i tych, którzy poszli do Hardhome, będą mogli w jedną noc zniszczyć całą Nocną Straż.

— Same liczby nie wygrywają wojny. Nie widzieliście ich. Połowa ledwie się trzyma na nogach.

— Wolałbym, żeby leżeli pod ziemią — burknął Yarwyck. — Jeśli wasza lordowska mość pozwoli.

— Nie pozwolę. — Głos Jona był zimny jak wicher szarpiących ich płaszczami. — W tym obozie są dzieci. Setki, tysiące dzieci. I kobiety.

— Włóczniczki.

— Niektóre z nich. A także matki, babcie, wdowy i panny. Chciałbyś skazać je wszystkie na śmierć, panie?

— Bracia nie powinni się kłócić — stwierdził septon Cellador. — Uklęknijmy i pomódlmy się do Staruchy, by oświetliła nam drogę do mądrości.

— Lordzie Snow — odezwał się Norrey — gdzie zamierzasz osiedlić tych swoich dzikich? Mam nadzieję, że nie na moich ziemiach.

— Tak jest — poparł go Stary Flint. — Jeśli chcesz ich mieć w Darze, to twoje szaleństwo, ale pilnuj, by się nie oddalali, bo w przeciwnym razie odeślę ci ich głowy. Zbliża się zima. Nie potrzebuję nowych gąb do wykarmienia.

— Dzicy zostaną na Murze — zapewnił ich Jon. — Większość zamieszka w którymś z naszych opuszczonych zamków. — Straż miała obecnie garnizony w Icemarku, Długim Kurhanie, Sobolowym Dworze, Szarej Warcie i Głębokim Jeziorze. Wszystkie były rozpaczliwie nieliczne, a dziesięć zamków nadal pozostawało pustych. — Mężczyźni z żonami i dziećmi, wszystkie osierocone dziewczynki, a także chłopcy w wieku do dziesięciu lat, owdowiałe matki i wszystkie kobiety, które nie chcą walczyć. Włóczniczki wyślemy do Długiego Kurhanu, by dołączyły do sióstr, a samotnych mężczyzn do innych nowo otworzonych fortów. Ci, którzy przywdzieją czerń, zostaną tutaj albo przeniesiemy ich do Wschodniej Strażnicy lub Wieży Cieni. Tormund dostanie jako siedzibę Dębową Tarczę. Chcę go mieć pod ręką.

Bowen Marsh westchnął.

— Jeśli nie zabiją nas mieczami, zrobią to gębami. Jak właściwie lord dowódca zamierza wykarmić Tormunda i tysiące jego ludzi?

Jon spodziewał się tego pytania.

— Przez Wschodnią Strażnicę. Sprowadzimy żywność drogą morską, tyle, ile będzie potrzeba. Z dorzecza, krain burzy i doliny Arrynów, z Dorne i Reach, a także zza wąskiego morza, z Wolnych Miast.

— A czym zapłacimy za tę żywność, jeśli można zapytać?

Złotem z Żelaznego Banku z Braavos — mógłby mu odpowiedzieć Jon.

— Pozwoliłem wolnym ludziom zachować futra i skórzane okrycia. Będą ich potrzebowali, gdy nadejdzie zima. Wszelkie inne bogactwa muszą oddać. Złoto i srebro, bursztyn, klejnoty, rzeźby, wszystko, co ma wartość. Przewieziemy to za wąskie morze i sprzedamy w wolnych miastach.

— Całe bogactwo dzikich — burknął Norrey. — Kupisz za to buszel jęczmienia. Może nawet dwa.

— Lordzie dowódco, dlaczego by nie zażądać, by dzicy oddali też broń? — zapytał Clydas.

Skóra parsknął śmiechem.

— Chcecie, żeby wolni ludzie walczyli u waszego boku ze wspólnym wrogiem. Jak mamy to zrobić bez broni? Rzucać w upiory śnieżkami? A może dacie nam patyki?

Broń większości dzikich to niewiele więcej niż patyki — pomyślał Jon. Drewniane maczugi i młoty, kamienne topory, włócznie o utwardzanych nad ogniem końcach, noże z kości, kamienia i smoczego szkła, wiklinowe tarcze, kościane zbroje, utwardzane skóry. Thennowie umieli wytwarzać brąz, a łupieżcy tacy jak Płaczka mieli stalowe zbroje i miecze ukradzione zabitym wrogom... ale nawet one często bywały bardzo stare, powgniatane od wieloletniego używania i upstrzone plamami rdzy.

— Tormund Zabójca Olbrzyma nigdy by się nie zgodził na rozbrojenie swych ludzi — odparł Jon. — To nie Płaczka, ale też i nie tchórz. Gdybym tego zażądał, doszłoby do przelewu krwi.

Norrey przeczesał palcami brodę.

— Możesz ulokować swych dzikich w tych zburzonych fortach, lordzie Snow, ale jak sprawisz, by tam zostali? Co ich powstrzyma przed wyruszeniem na południe, na piękniejsze, cieplejsze ziemie?

— Nasze ziemie — dodał Stary Flint.

— Tormund przysiągł, że będzie nam służył do wiosny. Płaczka i inni wodzowie złożą takie same przysięgi albo ich nie przepuścimy.

Stary Flint potrząsnął głową.

— Zdradzą nas.

— Słowo Płaczki jest bezwartościowe — poparł go Othell Yarwyck.

— To bezbożne dzikusy — oznajmił septon Cellador. — Nawet na południu wszyscy wiedzą, że dzicy są zdradliwi.

Skóra założył ręce na piersi.

— Pamiętacie bitwę na dole? Walczyłem wtedy po przeciwnej stronie, tak? A teraz noszę waszą czerń i uczę waszych chłopaków zabijania. Niektórzy mogliby mnie nazwać sprzedawczykiem. Może to i prawda... ale nie jestem większym dzikusem niż wasze wrony. My też mamy bogów. Tych samych, których czci się w Winterfell.

— Byli bogami północy od czasów poprzedzających zbudowanie Muru — poparł go Jon. — Na nich właśnie przysiągł Tormund. Dotrzyma słowa. Znam go tak samo, jak znałem Mance'a Raydera. Jak może pamiętacie, ja również walczyłem przez pewien czas po ich stronie.

— Ja o tym nie zapomniałem — oznajmił lord zarządca.

Nie liczyłem na to — pomyślał Jon.

— Mance Rayder również złożył przysięgę — ciągnął Bowen Marsh. — Ślubował, że nie włoży korony, nie weźmie sobie żony i nie spłodzi dzieci. A potem złamał przysięgę, zrobił to wszystko i poprowadził przeciwko królestwu potężny zastęp. To właśnie resztki tego zastępu czekają za Murem.

— Rozbite resztki.

— Złamany miecz można przekuć. Złamany miecz może zabić.

— Wolni ludzie nie mają praw ani lordów, ale kochają swe dzieci — odparł Jon. — Czy możesz przyznać przynajmniej tyle?

— To nie dzieci nas niepokoją. Boimy się ojców, nie synów.

— Ja również. Dlatego zażądałem zakładników. — *Nie jestem ufnym głupcem, za jakiego mnie masz. Nie jestem też w połowie dzikim, bez względu na to, co o mnie myślisz.* — Stu chłopców od ósmego do szesnastego roku życia. Po jednym synu od każdego z wodzów i kapitanów, a reszta wyznaczona przez losowanie. Chłopcy będą służyć jako paziowie i giermkowie, co zwolni naszych ludzi do innych zadań. Niektórzy mogą nawet postanowić któregoś dnia przywdziać czerń. Zdarzały się dziwniejsze rzeczy. Pozostali będą zakładnikami, którzy zapewnią wierność swych ojców.

Dwaj ludzie z północy wymienili spojrzenia.

— Zakładnicy — mruknął Norrey. — Tormund się na to zgodził?

Albo to, albo skazałby swych ludzi na śmierć.

— Powiedział, że zażądałem od niego ceny krwi — odparł Jon Snow. — Ale zapłaci ją.

— Pewnie, czemu by nie? — Stary Flint stuknął laską o lód. — Gdy Winterfell żądało od nas chłopców, zawsze zwaliśmy ich wychowankami, ale w rzeczywistości byli zakładnikami i nie stało im się nic złego.

— Poza tymi, których ojcowie wzbudzili niezadowolenie króla zimy — zauważył Norrey. — Oni wrócili skróceni o głowę. Powiedz mi, chłopcze... jeśli twoi dzicy przyjaciele okażą się fałszywi, czy wystarczy ci odwagi, by uczynić to, co trzeba?

Zapytaj Janosa Slynta.

— Tormund Zabójca Olbrzyma wie, że lepiej nie poddawać mnie próbie. Mogę ci się wydawać zielonym chłopakiem, lordzie Norrey, ale jestem synem Eddarda Starka.

Nawet to nie zadowoliło lorda zarządcy.

— Mówisz, że ci chłopcy będą służyć jako giermkowie. Z pewnością lord dowódca nie sugeruje, że będziemy ich uczyć władania bronią?

W Jonie rozgorzał gniew.

— Nie, panie. Każę im szyć koronkową bieliznę. Oczywiście, że będą się uczyć władania bronią. Będą też ubijać masło, rąbać drwa na opał, czyścić stajnie, wynosić nocniki i przekazywać wiadomości... ale w przerwach między tym wszystkim będą się zapoznawać z włóczniami, mieczami i łukami.

Marsh poczerwieniał jeszcze bardziej.

— Lord dowódca musi wybaczyć mi szczerość, ale nie potrafię wyrazić tego delikatniej. To, co proponujesz, równa się zdradzie. Przez osiem tysięcy lat ludzie z Nocnej Straży stali na Murze i walczyli z dzikimi. A teraz chcesz ich przepuścić na drugą stronę, pozwolić im schronić się w naszych zamkach, karmić ich, odziewać i uczyć ich dzieci walki. Lordzie Snow, czy muszę ci o tym przypominać? Złożyłeś przysięgę.

— Znam ją. — Jon powtórzył słowa. — Jestem strażnikiem na murach. Jestem ogniem, który odpędza zimno, światłem, które przynosi świt, rogiem, który budzi śpiących, tarczą, która osłania krainę człowieka. Czy to są słowa, które wypowiadałeś, składając śluby?

— Tak. Lord dowódca dobrze o tym wie.

— Jesteś pewien, że nie zapomniałem jakichś fragmentów? Tych, które mówiły o królu i jego prawach, o tym, że musimy bronić każdej stopy należącej do niego ziemi i ruin każdego zamku? Jak to szło? — Jon czekał na odpowiedź. Nadaremnie. — Jestem tarczą, która osłania krainę człowieka. Tak brzmią słowa. Powiedz mi, panie, kim są dzicy, jeśli nie ludźmi?

Bowen Marsh otworzył usta, ale nie wydobyły się z nich żadne słowa. Rumieniec zszedł na jego szyję.

Jon Snow się odwrócił. Dogasały już ostatnie promienie słońca. Szczeliny w Murze zmieniały barwę z czerwonej na szarą, a potem na czarną, zmieniały się ze wstęg ognia w rzeki czarnego lodu. Na dole lady Melisandre z pewnością zapalała już nocny ogień, śpiewając: „Panie Światła broń nas, albowiem noc jest ciemna i pełna strachów".

— Nadchodzi zima — odezwał się wreszcie Jon, przerywając krępującą ciszę. — A wraz z nią biali wędrowcy. Musimy ich zatrzymać na Murze. Po to go zbudowano... ale Mur musi być obsadzony. Koniec dyskusji. Przed otwarciem bramy czeka nas mnóstwo roboty. Trzeba będzie nakarmić i odziać ludzi Tormunda, a także dać im schronienie. Niektórzy są chorzy i będą potrzebowali opieki. To zadanie spadnie na ciebie, Clydasie. Ocal tylu, ilu zdołasz.

Clydas zamrugał powiekami różowawych oczu.

— Zrobię, co będę mógł, Jon. To znaczy, lordzie dowódco.

— Trzeba też będzie przygotować wszystkie nasze wozy, by przewiozły wolnych ludzi do nowych domów. Zajmij się tym, Othellu.

— Tak jest, lordzie dowódco — odparł Yarwyck, krzywiąc się z niezadowoleniem.

— Lordzie Bowen, ty zbierzesz myto. Złoto, srebro i bursztyn, naszyjniki, pierścienie i obręcze na ramiona. Posortuj to wszystko, policz i zadbaj, by bezpiecznie dotarło do Wschodniej Strażnicy.

— Tak jest, lordzie Snow — rzekł Bowen Marsh.

Powiedziała „lód i sztylety w ciemności" — pomyślał Jon Snow. *„Zamarzniętą krew, czerwoną i twardą, oraz nagą stal".* Zgiął palce prawej ręki. Wicher się wzmagał.

CERSEI

Każda noc wydawała się jej zimniejsza od poprzedniej.

W celi nie było kominka ani piecyka. Jedyne okno ulokowano zbyt wysoko, by mogła przez nie wyglądać, a do tego było za małe, by miała szanse się przez nie przecisnąć, niemniej wystarczało, by wpuścić do środka ziąb. Cersei podarła pierwszą koszulę, którą jej dali, żądając zwrotu swych strojów, uzyskała jednak tylko tyle, że była naga i drżała z zimna. Gdy przynieśli jej drugą, wciągnęła ją przez głowę i podziękowała, choć omal się nie udławiła słowami.

Okno wpuszczało do środka również dźwięki. Tylko dzięki temu królowa mogła się dowiedzieć, co się dzieje w mieście. Septy, które przynosiły jedzenie, nie chciały jej nic powiedzieć.

Nie mogła tego znieść. Jaime wkrótce do niej przybędzie, ale skąd będzie wiedziała, kiedy się zjawi? Miała tylko nadzieję, że nie okaże się aż tak głupi, by popędzić naprzód, zostawiając armię z tyłu. Będzie potrzebował każdego miecza, by uporać się z hordą obdartych Braci Ubogich otaczającą Wielki Sept. Często pytała o bliźniaczego brata, ale strażniczki nie chciały jej odpowiedzieć. Pytała też o ser Lorasa. Według ostatnich meldunków Rycerz Kwiatów konał na Smoczej Skale z powodu ran odniesionych podczas zdobywania zamku. *Niech sobie umrze* — pomyślała Cersei. *I to jak najszybciej.* Śmierć chłopaka będzie oznaczała, że zwolni się miejsce w Gwardii Królewskiej. To może ją ocalić. Septy jednak mówiły o Lorasie Tyrellu równie mało jak o Jaimem.

Ostatnim i jedynym gościem, który odwiedził ją w celi, był lord Qyburn. Jej świat zamieszkiwały tylko cztery osoby: ona oraz trzy strażniczki, pobożne i nieubłagane. Septa Unella była grubokościstą kobietą o męskiej budowie, miała stwardniałe dłonie i brzydką, wiecznie skrzywioną twarz. Septa Moelle miała sztywne białe włosy, małe złośliwe oczka, wiecznie zmrużone w wyrazie podejrzliwości i pokrytą zmarszczkami twarz o rysach ostrych jak topór. Septa Scolera były niska i gruba, miała wielkie piersi i oliwkową cerę. Unosił się wokół niej nieprzyjemny odór przypominający kwaśniejące mleko. Przynosiły jej żywność i wodę, opróżniały nocnik i co kilka dni zabierały koszulę do uprania. Musiała wtedy kulić się nago pod kocem, czekając na jej oddanie. Czasami Scolera czytała jej ustępy z *Siedmioramiennej gwiazdy* albo *Świętego modlitewnika*, ale poza tym żadna z kobiet z nią nie rozmawiała ani nie odpowiadała na jej pytania.

Nienawidziła wszystkich trzech i gardziła nimi prawie tak samo jak mężczyznami, którzy ją zdradzili.

Fałszywi przyjaciele, niewierni słudzy, ci, którzy przysięgali dozgonną miłość, a nawet ci, z którymi łączyły ją więzy krwi... wszyscy ją opuścili, gdy ich potrzebowała. Osney Kettleblack, ten mięczak, załamał się podczas chłosty, wypełniając uszy Wielkiego Wróbla tajemnicami, które powinien był zabrać do grobu. Jego bracia, uliczne szumowiny wyniesione przez nią tak wysoko, siedzieli sobie spokojnie na tyłkach. Aurane Waters, jej admirał, uciekł na morze razem z dromonami, które dla niego zbudowała. Orton Merryweather czmychnął z powrotem do Długiego Stołu, zabierając ze sobą żonę, Taenę, która była jedyną przyjaciółką Cersei w tych straszliwych chwilach. Harys Swyft i wielki maester Pycelle nawet nie próbowali jej uwolnić i ofiarowali królestwo tym, którzy ją uwięzili. Meryna Tranta i Borosa Blounta, zaprzysiężonych obrońców króla, nigdzie nie można było znaleźć. Nawet kuzyn Lancel, który kiedyś zapewniał, że kocha Cersei, stał się jednym z jej oskarżycieli. Stryj odmówił jej pomocy w sprawowaniu rządów, gdy chciała go zrobić królewskim namiestnikiem.

A Jaime...

Nie, w to nie mogła, nie chciała uwierzyć. *Jaime się zjawi, gdy tylko się dowie o losie, jaki ją spotkał. Przybywaj natychmiast. Pomóż mi. Ratuj mnie. Potrzebuję cię bardziej niż kiedykolwiek dotąd. Kocham cię. Kocham cię. Kocham cię. Przybywaj natychmiast.* Tak mu napisała. Qyburn przysięgał, że dopilnuje, by list dotarł do jej bliźniaczego brata, który przebywał ze swą armią w dorzeczu. Ale Qyburn nie wrócił już więcej do celi. Niewykluczone, że nie żył, a jego głowę nadziano na pal nad bramą Czerwonej Twierdzy. Albo może gnił w ciemnicy pod twierdzą, a list Cersei pozostał niewysłany. Królowa pytała o niego sto razy, ale jej strażniczki milczały. Była pewna jedynie tego, że Jaime nie przybył do miasta.

Jeszcze nie — powtarzała sobie. *Ale wkrótce się zjawi. A wtedy Wielki Wróbel i jego suki inaczej zaśpiewają.*

Nienawidziła poczucia bezradności.

Próbowała gróźb, ale odpowiedziały na nie tylko kamienne twarze i głuche uszy. Próbowała rozkazów, ale wszystkie zignorowano. Odwoływała się do łaskawości Matki, do naturalnej sympatii, jaką darzą się nawzajem kobiety, ale trzy zwiędłe septy najwyraźniej wyrzekły się kobiecości, składając śluby. Próbowała je oczarować, przemawiać do nich łagodnie, ze spokojem przyjmować każdą kolejną zniewagę. Nic to nie dało. Obiecywała im nagrody, łagodne traktowanie, zaszczyty, złoto, pozycję na dworze. Obietnice lekceważyły podobnie jak groźby.

Modliła się również. Och, jak żarliwie się modliła. Tego właśnie od niej chciały, dawała im to więc, dawała im to na kolanach, jakby była prostą nierządnicą z ulicy, nie córką Casterly Rock. Modliła się o uwolnienie, o ratunek, o Jaimego. Głośno prosiła bogów, by jej bronili w jej niewinności, po cichu zaś błagała o nagłą, bolesną śmierć dla swych oskarżycieli. Modliła się tak długo, aż kolana zaczynały jej krwawić, a język wydawał się tak gruby i obrzęknięty, że mogłaby się nim udławić. W celi przypomniała sobie wszystkie modlitwy, jakich nauczono ją w dzieciństwie. W razie potrzeby układała też nowe, skierowane do Matki i Dziewicy, Ojca i Wojownika, Staruchy i Kowala. Modliła się nawet do Nieznajomego. *Podczas sztormu każdy bóg jest dobry.* Bogowie okazali się tak samo głusi jak ich ziemskie służki. Cersei dała im wszystkie słowa, które w sobie miała, dała im wszystko oprócz łez. *Ich nigdy nie dostaną* — powiedziała sobie.

Nienawidziła poczucia słabości.

Gdyby bogowie dali jej siłę, jaką dali Jaimemu i temu durnemu samochwale Robertowi, mogłaby uciec samodzielnie. *Och, gdybym tylko miała miecz i umiała się nim posługiwać.* Miała serce wojownika, ale bogowie w swej ślepej złośliwości dali jej słabe ciało kobiety. Z początku królowa próbowała walczyć, ale septy ją poskromiły. Było ich zbyt wiele, a do tego miały więcej sił, niżby się zdawało. To były brzydkie stare baby, ale wszystkie te modlitwy, szorowanie i bicie nowicjuszek kijami uczyniło je twardymi jak korzenie drzew.

Nie pozwalały jej na odpoczynek. Za dnia czy w nocy, gdy tylko królowa zamknęła oczy, by zasnąć, jedna ze strażniczek budziła ją, żądając, by wyznała grzechy. Oskarżano ją o cudzołóstwo, nierząd, zdradę stanu, a nawet o morderstwo, jako że Osney Kettleblack wyznał, że udusił poprzedniego Wielkiego Septona na jej rozkaz.

— Przyszłam, by wysłuchać, jak przyznajesz się do wszystkich morderstw i aktów nierządnych — zwykła warczeć septa Unella, gdy budziła królową potrząsaniem. Septa Moelle zapewniała, że to popełnione grzechy nie dają Cersei spać. — Tylko niewinni mogą zaznać spokoju niezakłóconego snu. Wyznaj swe grzechy, a będziesz spała jak noworodek.

Jawa, sen, i znowu jawa, każdą noc brutalne dłonie jej dręczycielek dzieliły na drobne fragmenty i każda noc była zimniejsza i okrutniejsza od poprzedniej. Godzina sowy, godzina wilka, godzina słowika, wschód i zachód księżyca, zmierzch i świt przechodziły obok niej krokiem pijaka. Która godzina?

Jaki dziś dzień? Gdzie była? Czy to jej się śni, czy właśnie się przebudziła? Krótkie urywki snu, na jakie jej pozwalali, zmieniały się w brzytwy tnące jej zdolność myślenia na plasterki. Każdego dnia czuła się głupsza niż poprzedniego, wyczerpana i dręczona gorączką. Straciła wszelkie poczucie czasu, nie wiedziała, jak długo siedzi w tej celi, wysoko w jednej z siedmiu wież Wielkiego Septu Baelora. *Zestarzeję się tu i umrę* — myślała, pogrążona w rozpaczy.

Nie mogła do tego dopuścić. Syn jej potrzebował. Królestwo jej potrzebowało. Musiała odzyskać wolność, bez względu na ryzyko. Jej świat skurczył się do celi o boku długości sześciu stóp, nocnika, twardego siennika i brązowego wełnianego koca, cienkiego i wątłego jak nadzieja. Skóra swędziała ją od jego dotyku, ale nadal była dziedziczką lorda Tywina, córką Casterly Rock.

Wyczerpana z braku snu, drżąca z zimna zakradającego się co noc do celi, zagłodzona i dręczona gorączką Cersei uświadomiła sobie w końcu, że musi się przyznać.

Nocą, gdy septa Unella przyszła wyrwać ją ze snu, królowa czekała już na nią, klęcząc.

— Zgrzeszyłam — oznajmiła Cersei. Język miała opuchnięty, wargi krwawiące i obolałe. — Straszliwie zgrzeszyłam. Teraz to widzę. Jak mogłam tak długo pozostawać ślepa? Starucha przyszła do mnie, unosząc wysoko lampę, i w jej świetle ujrzałam drogę, którą muszę podążyć. Pragnę znowu być czysta. Pragnę jedynie rozgrzeszenia. Błagam, dobra septo, zaprowadź mnie, proszę, do Wielkiego Septona, bym mogła się przyznać do wszystkich zbrodni i aktów nierządnych.

— Powiem mu o tym, Wasza Miłość — zapewniła septa Unella. — Jego Wielka Świątobliwość będzie bardzo zadowolony. Tylko przez wyznanie grzechów i prawdziwą skruchę możemy zbawić swe nieśmiertelne dusze.

Pozwoliły jej potem przespać resztę długiej nocy. Długie godziny błogosławionego snu. Sowa, wilk i słowik choć raz przemknęły niepostrzeżenie. Cersei przyśnił się długi słodki sen, w którym Jaime był jej mężem, a ich syn jeszcze żył.

Rano królowa niemalże znowu była sobą. Gdy przyszły po nią strażniczki, ponownie wygłosiła nabożne frazesy i oznajmiła, że jest zdecydowana wyznać grzechy, by uzyskać przebaczenie za wszystkie swe zbrodnie.

— Słyszymy to z radością — rzekła septa Moelle.

— Z twej duszy spadnie wielki ciężar — zapewniła septa Scolera. — Potem poczujesz się znacznie lepiej, Wasza Miłość.

Wasza Miłość. Te dwa proste słowa przeszyły ją dreszczem. Przez cały długi czas, jaki spędziła w wieży, jej strażniczki rzadko zawracały sobie głowę nawet tak prostą uprzejmością.

— Jego Wielka Świątobliwość czeka — zawiadomiła ją septa Unella.

Cersei pochyliła głowę, skromna i posłuszna.

— Czy będę mogła się najpierw wykąpać? Nie godzi się, bym stawała przed nim w takim stanie.

— Będziesz się mogła wykąpać później, jeśli Jego Wielka Świątobliwość pozwoli — odparła septa Unella. — Powinnaś się martwić o czystość swej nieśmiertelnej duszy, nie o takie marności jak ciało.

Trzy strażniczki zaprowadziły ją na dół po schodach. Septa Unella szła przodem, a septa Moelle i septa Scolera deptały królowej po piętach, jakby się bały, że spróbuje ucieczki.

— Minęło wiele czasu, odkąd ostatnio miałam gościa — wyszeptała po drodze Cersei. — Czy król dobrze się czuje? Pytam tylko jako matka, bojąca się o dziecko.

— Zdrowie Jego Miłości dopisuje — uspokoiła ją septa Scolera. — Jest też dobrze strzeżony, za dnia i w nocy. Królowa zawsze mu towarzyszy.

To ja jestem królową! Cersei przełknęła z uśmiechem ślinę.

— Słyszę to z radością. Tommen bardzo ją kocha. Nigdy nie wierzyłam w te okropne rzeczy, jakie o niej opowiadano.

— Czyżby Margaery Tyrell w jakiś sposób uwolniła się od oskarżeń o nierząd, cudzołóstwo i zdradę stanu? — Czy proces się odbył?

— Wkrótce — odparła septa Scolera — ale jej brat...

— Cicho. — Septa Unella obejrzała się za siebie i łypnęła ze złością na Scolerę. — Za dużo gadasz, ty głupia stara babo. Nie nam przystoi mówić o takich sprawach.

— Błagam o wybaczenie — odparła Scolera, zwieszając głowę.

Resztę drogi pokonały w milczeniu.

Wielki Wróbel przyjął ją w swym sanktuarium, skromnie urządzonej komnacie o siedmiu ścianach ozdobionych prymitywnie wykonanymi obliczami Siedmiu, o minach prawie tak samo skwaszonych i pełnych dezaprobaty jak mina Jego Wielkiej Świątobliwości. Gdy królowa weszła do środka, Wielki Septon siedział za grubo ciosanym stołem i pisał. Nie zmienił się, odkąd ostatnio go widziała, w dniu, gdy kazał ją zatrzymać i uwięzić. Nadal był szczupłym siwowłosym mężczyzną, jego chuda, niemal wygłodzona, naznaczona zmarszczkami twarz miała ostre rysy, a w oczach czaiła się podejrzliwość. Zamiast bogatych szat nosił obszerną tunikę z niebarwionej wełny, sięgającą do kostek.

— Wasza Miłość — przywitał ją. — Jak rozumiem, pragniesz wyznać winy.

Cersei opadła na kolana.

— Tak, Wasza Świątobliwość. Starucha przyszła do mnie we śnie, unosząc wysoko lampę...

— Z pewnością. Unello, zostań tu. Będziesz zapisywała słowa Jej Miłości. Scolero i Moelle, wy możecie odejść.

Splótł palce obu dłoni w geście, który Cersei tysiąc razy widziała u ojca.

Septa Unella usiadła za nią, rozwinęła pergamin i umoczyła gęsie pióro w maesterskim inkauście. Cersei poczuła ukłucie strachu.

— Kiedy już się przyznam, czy będzie mi wolno…

— Wasza Miłość będzie potraktowana stosownie do popełnionych grzechów.

To nieubłagany człowiek — uświadomiła sobie po raz kolejny. Odczekała chwilę, by wziąć się w garść.

— W takim razie niech Matka się nade mną zlituje. Wyznaję, że spałam z mężczyznami niepołączonymi ze mną świętym węzłem małżeńskim.

— Z kim? — zapytał Wielki Septon, patrząc jej prosto w oczy.

Cersei słyszała za plecami ciche słabe skrobanie gęsiego pióra Unelli.

— Z Lancelem Lannisterem, moim kuzynem. I z Osneyem Kettleblackiem. — Obaj mężczyźni przyznali się do sypiania z nią i nie było sensu temu przeczyć. — A także z jego braćmi. Obydwoma. — Nie miała pojęcia, co mogli powiedzieć Osfryd i Osmund. Bezpieczniej będzie wyznać za dużo win niż za mało. — To nie usprawiedliwia moich grzechów, Wasza Świątobliwość, ale byłam samotna i się bałam. Bogowie zabrali mi króla Roberta, mojego ukochanego i opiekuna. Zostałam sama, otoczona przez spiskowców, fałszywych przyjaciół i zdrajców, pragnących śmierci moich dzieci. Nie wiedziałam, komu mogę zaufać i dlatego… użyłam tego, co miałam, by związać ze sobą Kettleblacków.

— Masz na myśli swe kobiece części?

— Moje ciało. — Z drżeniem dotknęła dłonią twarzy. Gdy opuściła rękę, oczy miała pełne łez. — Tak. Niech Dziewica mi wybaczy. Zrobiłam to dla dzieci, dla królestwa. Nie znalazłam w tym przyjemności. Kettleblackowie… to twardzi, okrutni mężczyźni i wykorzystywali mnie brutalnie, ale co innego mogłam zrobić? Potrzebowałam ludzi, którym mogłam zaufać, by strzegli Tommena.

— Jego Miłości broniła Gwardia Królewska.

— Gwardia Królewska na nic się nie zdała, gdy zginął jego brat Joffrey, zamordowany na własnym weselu. Widziałam na własne oczy śmierć jednego syna i nie mogłabym znieść utraty drugiego. Zgrzeszyłam, dopuściłam się nierządnych aktów, ale zrobiłam to dla Tommena. Wybacz, Wasza Świątobliwość, ale rozłożyłabym nogi przed każdym mężczyzną w Królewskiej Przystani, gdyby to mogło zapewnić bezpieczeństwo moim dzieciom.

— Wybaczenie przychodzi jedynie od bogów. A co z ser Lancelem, który był twoim kuzynem i giermkiem twego pana męża? Czy jego również wzięłaś do łoża po to, by zapewnić sobie jego lojalność?

— Lancel. — Cersei zawahała się. *Ostrożnie* — powiedziała sobie. *On na pewno wszystko mu wyznał.* — Lancel mnie kochał. Był jeszcze prawie chłopcem, ale nigdy nie wątpiłam w jego oddanie dla mnie i dla mojego syna.

— A mimo to go zepsułaś.

— Czułam się samotna. — Stłumiła łkanie. — Straciłam męża, syna i pana ojca. Byłam regentką, ale królowa nadal pozostaje kobietą, a kobiety to słabe naczynia i łatwo ulegają pokusie... Wasza Wielka Świątobliwość wie, że to prawda. Nawet święte septy czasami grzeszą. Szukałam pociechy u Lancela. Był miły i delikatny, a ja kogoś potrzebowałam. To było złe, wiem o tym, ale nie miałam nikogo poza nim... kobieta potrzebuje miłości, potrzebuje mężczyzny u swego boku... potrzebuje...

Rozpłakała się niepowstrzymanie.

Wielki Septon nie próbował jej pocieszać. Siedział bez ruchu, wlepiając w nią twarde spojrzenie, patrzył na jej płacz, niewzruszony jak posągi Siedmiu w sepcie na górze. Minęło sporo czasu, nim wreszcie łzy królowej wyschły. Oczy miała czerwone od płaczu i miała wrażenie, że zaraz może zemdleć.

Ale Wielki Wróbel jeszcze z nią nie skończył.

— To są pospolite grzechy — zaczął. — Występność wdów jest powszechnie znana, a wszystkie kobiety są w głębi serca nierządnicami, skłonnymi używać swych wdzięków i swej urody, by narzucać mężczyznom własną wolę. Nie było w tym zdrady, jeśli nie dopuszczałaś się nierządnych czynów, gdy Jego Miłość król Robert jeszcze żył.

— Nigdy — wyszeptała z drżeniem. — Nigdy, przysięgam.

— Przeciwko Waszej Miłości wysunięto też inne zarzuty — kontynuował Wielki Septon, ignorując jej słowa. — Chodzi o zbrodnie znacznie straszliwsze niż zwykły nierząd. Przyznajesz, że ser Osney Kettleblack był twoim kochankiem, a ser Osney zapewnia, że udusił mojego poprzednika na twój rozkaz. Utrzymuje również, że złożył fałszywe zeznania przeciwko królowej Margaery, twierdząc jakoby dopuściła się nierządu, cudzołóstwa oraz zdrady stanu, i to również uczynił na twój rozkaz.

— Nie — zaprzeczyła Cersei. — To nieprawda. Kocham Margaery jak własną córkę. A jeśli chodzi o to drugie… nieraz skarżyłam się na Wielkiego Septona, przyznaję to. Był mianowańcem Tyriona, słabym i skorumpowanym, plamą na naszej Świętej Wierze. Wasza Wielka Świątobliwość wie o tym równie dobrze jak ja. Niewykluczone, że Osney pomyślał, iż ucieszę się z jego śmierci. Jeśli tak było, jest to w części moja wina… ale morderstwo? Nie. Tego nie jestem winna. Zaprowadź mnie do septu, a stanę przed sędziowskim krzesłem Ojca i przysięgnę, że to prawda.

— W swoim czasie — zapowiedział Wielki Septon. — Jesteś również oskarżona o spisek celem zamordowania swego pana męża, naszego zmarłego umiłowanego króla Roberta, Pierwszego Tego Imienia.

Lancel — pomyślała Cersei.

— Roberta zabił dzik. Czy twierdzą, że jestem zmiennoskórą? Wargiem? Czy jestem również oskarżona o zabójstwo Joffreya, mojego słodkiego pierworodnego syna?

— Nie. Wyłącznie męża. Czy temu przeczysz?

— Przeczę. Tak. Przeczę temu przed bogami i ludźmi.

Wielki Septon skinął głową.

— Na koniec, najpoważniejsze oskarżenie. Niektórzy twierdzą, że twoje dzieci nie są potomkami króla Roberta, lecz zrodziły się z kazirodztwa i cudzołóstwa.

— To Stannis tak twierdzi — odparła natychmiast Cersei. — To kłamstwo, kłamstwo, łatwe do przejrzenia kłamstwo. Stannis pragnie zagarnąć Żelazny Tron dla siebie, ale dzieci jego brata stoją mu na drodze. Dlatego musi głosić, że pochodzą z nieprawego łoża. Ten plugawy list... nie ma w nim ani słowa prawdy. Zaprzeczam wszystkiemu.

Wielki Septon rozpostarł obie dłonie na blacie i wstał, wspierając się na nich.

— To dobrze. Lord Stannis odwrócił się od prawdy Siedmiu i oddaje cześć czerwonemu demonowi. Dla jego fałszywej wiary nie ma miejsca w naszych Siedmiu Królestwach.

To zabrzmiało niemal uspokajająco. Cersei skinęła głową.

— Niemniej jednak — ciągnął Jego Wielka Świątobliwość — to straszliwe zarzuty i królestwo musi się dowiedzieć, czy są prawdziwe. Jeśli Wasza Miłość powiedziała prawdę, proces z pewnością dowiedzie twej niewinności.

A więc będzie proces.

— Przyznałam się...

— ...do pewnych grzechów, tak jest. Innym przeczysz. Twój proces oddzieli prawdę od fałszu. Będę prosił Siedmiu, by wybaczyli ci grzechy, które wyznałaś, i modlił się o to, byś okazała się niewinna tych pozostałych.

Cersei wstała powoli z kolan.

— Kłaniam się mądrości Waszej Wielkiej Świątobliwości, ale czy mogę błagać o choć jedną kroplę łaskawości Matki? Chciałabym... Minęło już bardzo wiele czasu, odkąd ostatnio widziałam syna, błagam.

Oczy Wielkiego Septona były twarde jak kawałki krzemienia.

— Nie godzi się dopuszczać cię do króla, nim oczyścisz się z wszelkiego grzechu. Postawiłaś już jednak pierwszy krok na ścieżce wiodącej ku prawości i w związku z tym pozwolę ci przyjmować innych gości. Jednego dziennie.

Królowa znowu się rozpłakała. Tym razem łzy były prawdziwe.

— Jesteś zbyt łaskawy. Dziękuję.

— Matka jest miłosierna. To jej powinnaś podziękować.

Moelle i Scolera czekały na zewnątrz, by odprowadzić ją do wieży. Unella szła tuż za nimi.

— Wszystkie się modliłyśmy za Waszą Miłość — oznajmiła septa Moelle, gdy wchodziły na górę.

— Tak — potwierdziła septa Scolera. — Z pewnością czujesz się teraz znacznie lżejsza, oczyszczona z grzechów i niewinna jak panna rankiem w dniu swego ślubu.

Rankiem w dniu swego ślubu pierdoliłam się z Jaimem — przypomniała sobie Cersei.

— To prawda — zgodziła się. — Czuję się jak nowo narodzona, jakby przebito mi czyrak, umożliwiając w ten sposób powrót do zdrowia. Prawie jakbym mogła latać.

Wyobraziła sobie, jak słodko byłoby walnąć łokciem w gębę septę Scolerę i zrzucić ją z krętych schodów. Gdyby bogowie byli łaskawi, stara pomarszczona pizda mogłaby wpaść na septę Unellę i strącić ją także.

— Dobrze jest widzieć, że znowu się uśmiechasz — odezwała się Scolera.

— Jego Wielka Świątobliwość powiedział, że mogę przyjmować gości?

— Tak — potwierdziła septa Unella. — Jeśli Wasza Miłość powie nam, z kim chce się widzieć, wyślemy do niego wiadomość.

Jaime. Potrzebuję Jaimego. Jeśli jednak jej bliźniaczy brat był w mieście, dlaczego do niej nie przyszedł? Chyba rozsądniej będzie zaczekać z Jaimem, aż dowie się czegoś więcej o wydarzeniach rozgrywających się poza murami Wielkiego Septu Baelora.

— Z moim stryjem — zdecydowała. — Ser Kevanem Lannisterem, bratem mojego ojca. Czy on jest w mieście?

— Tak — potwierdziła septa Unella. — Lord regent zamieszkał w Czerwonej Twierdzy. Natychmiast po niego wyślemy.

— Dziękuję — odparła Cersei. *Lord regent, tak?* — pomyślała. Nie mogła jednak udawać, że czuje się zaskoczona.

Okazało się, że pokorne i skruszone serce zapewnia coś więcej, niż tylko oczyszczenie duszy z grzechu. Wieczorem królową przeniesiono do większej celi położonej dwa piętra niżej. Było w niej okno, przez które mogła wyglądać na świat, oraz ciepłe, miękkie koce na łóżku. Gdy nadszedł czas kolacji, zamiast chleba i owsianki otrzymała pieczonego kapłona, miseczkę kruchej sałaty z dodatkiem orzechów oraz tłuczoną brukiew pływającą w maśle. Położyła się spać z pełnym żołądkiem, po raz pierwszy, odkąd ją zatrzymano, i spokojnie przespała ciemne godziny nocy.

O świcie przyszedł do niej stryj.

Cersei jadła jeszcze śniadanie, gdy drzwi się otworzyły i do celi wszedł ser Kevan Lannister.

— Zostawcie nas samych — rozkazał strażniczkom. Septa Unella wyprowadziła na korytarz Scolerę i Moelle, a potem zamknęła za sobą drzwi.

Ser Kevan wyglądał starzej niż wtedy, gdy ostatnio go widziała. Był masywnym mężczyzną, szerokim w ramionach i w pasie. Jego wydatną żuchwę porastała przystrzyżona jasna broda, a krótkie blond włosy cofnęły się już dość daleko od czoła. Miał na sobie gruby wełniany płaszcz, spięty na ramieniu złotą broszą w kształcie lwiej głowy.

— Dziękuję, że przyszedłeś — przywitała go królowa.

Jej stryj zmarszczył brwi.

— Powinnaś usiąść. Mam ci sporo do powiedzenia.

Cersei nie chciała siadać.

— Nadal się na mnie gniewasz. Słyszę to w twoim głosie. Wybacz, stryju. Nieładnie postąpiłam, oblewając cię winem, ale…

— Myślisz, że obchodzi mnie kielich wina? Lancel to mój syn, Cersei. Twój kuzyn. Jeśli się gniewam na ciebie, to z jego powodu. Powinnaś była nad nim czuwać, służyć mu przewodnictwem, znaleźć dla niego odpowiednią dziewczynę z dobrej rodziny. A ty…

— Wiem. Wiem. — *Lancel pragnął mnie znacznie bardziej niż ja jego. Idę o zakład, że nadal mnie pragnie.* — Byłam samotna i słaba. Proszę, stryju. Och, stryju, tak się cieszę, że znowu widzę twą twarz. Twą cudownie słodką twarz. Dopuściłam się straszliwych występków, wiem o tym, ale nie mogłabym tego znieść, gdybyś mnie znienawidził. — Objęła go i pocałowała w policzek. — Wybacz mi. Wybacz.

Ser Kevan znosił jej uścisk przez kilka uderzeń serca, a potem uniósł ręce, by go odwzajemnić. Obejmował ją jednak krótko i z wyraźnym zażenowaniem.

— Starczy tego — rzekł zimnym, pozbawionym wyrazu głosem. — Wybaczyłem ci. A teraz usiądź. Przynoszę ci złe wieści, Cersei.

Przestraszyły ją te słowa.

— Czy coś się przydarzyło Tommenowi? Proszę, nie. Tak bardzo się bałam o syna. Nikt nie chciał mi nic powiedzieć. Proszę, zapewnij mnie, że wszystko z nim w porządku.

— Jego Miłość czuje się dobrze. Często o ciebie pyta.

Ser Kevan położył dłonie na ramionach Cersei, trzymając ją na odległość wyciągniętych rąk.

— A więc Jaime? O niego chodzi?

— Nie. Twój brat nadal przebywa gdzieś w dorzeczu.

— Gdzieś?

To się jej nie spodobało.

— Zdobył Raventree i przyjął kapitulację lorda Blackwooda — dodał jej stryj — ale w drodze powrotnej do Riverrun opuścił eskortę i oddalił się z jakąś kobietą.

— Kobietą? — Cersei gapiła się na niego bez zrozumienia. — Jaką kobietą? Po co? Dokąd pojechali?

— Nikt tego nie wie. Od tej chwili nie mamy od niego żadnych wiadomości. Tą kobietą mogła być córka Wieczornej Gwiazdy, lady Brienne.

Brienne. Królowa pamiętała Dziewicę z Tarthu, wielkie, brzydkie, ociężałe stworzenie odziane w męską kolczugę. *Jaime nigdy by mnie nie porzucił dla takiego straszydła. Mój kruk z pewnością do niego nie dotarł. W przeciwnym razie przybyłby do mnie.*

— Docierają do nas meldunki o najemnikach lądujących na południu — ciągnął ser Kevan. — Na Tarthu, Stopniach i na Przylądku Gniewu... bardzo bym chciał się dowiedzieć, skąd Stannis wziął pieniądze na wynajęcie wolnej kompanii. Nie mam sił potrzebnych, by się z nimi uporać, nie tutaj. Mace Tyrell je ma, ale nie zamierza się ruszyć z miejsca, dopóki sprawa jego córki nie zostanie rozstrzygnięta.

Kat szybko rozstrzygnąłby sprawę Margaery. Cersei guzik obchodził Stannis i jego najemnicy. *Niech Inni go wezmą i Tyrellów razem z nim. Niech się pozabijają nawzajem. Królestwo tylko na tym skorzysta.*

— Proszę, stryjku, zabierz mnie stąd.

— Jak? Siłą? — Ser Kevan podszedł do okna i wyjrzał przez nie z zasępioną miną. — Musiałbym zamienić to święte miejsce w jatkę. Poza tym brakuje mi ludzi. Większa część naszych sił pomaszerowała na Riverrun razem z twoim bratem. Nie mam czasu zwołać nowego zastępu. — Odwrócił się i spojrzał na królową. — Rozmawiałem z Jego Wielką Świątobliwością. Nie uwolni cię, dopóki nie odpokutujesz za swoje grzechy.

— Wyznałam je.

— Musisz odpokutować. Przed całym miastem. Spacer...

— Nie. — Wiedziała, co powie jej stryj, i nie chciała tego słuchać. — Nigdy. Powiedz mu to, jeśli znowu się spotkacie. Jestem królową, nie jakąś portową kurwą.

— Nie stanie ci się nic złego. Nikt nie tknie...

— Nie — przerwała mu ostrzejszym tonem. — Wolałabym umrzeć.

Ser Kevan pozostał niewzruszony.

— Jeśli rzeczywiście tego pragniesz, twoje życzenie może się wkrótce spełnić. Jego Wielka Świątobliwość jest zdecydowany oskarżyć cię o królobójstwo, bogobójstwo, kazirodztwo i zdradę stanu.

— Bogobójstwo? — Z trudem powstrzymała śmiech. — A kiedy to zabiłam boga?

— Wielki Septon reprezentuje Siedmiu na Ziemi. Ten, kto zamierza się na niego, zamierza się na samych bogów. — Jej stryj uniósł rękę, nim zdążyła się sprzeciwić. — O takich sprawach lepiej nie mówić. Nie tutaj. Odpowiednia chwila nadejdzie podczas procesu.

Rozejrzał się po celi. Jego mina mówiła bardzo wiele.

Ktoś podsłuchuje. Nawet tutaj, nawet w tej chwili, nie mogła się odważyć mówić otwarcie. Zaczerpnęła tchu.

— Kto będzie mnie sądził?

— Wiara — odparł ser Kevan. — Chyba że zażądasz próby walki. W takim przypadku musi cię bronić rycerz Gwardii Królewskiej. Tak czy inaczej, twoje rządy się skończyły. Ja będę służył Tommenowi jako regent, dopóki nie osiągnie pełnoletności. Królewskim namiestnikiem mianowano Mace'a Tyrella. Wielki maester Pycelle i Harys Swyft zachowają miejsca w małej radzie, ale lordem admirałem jest teraz Paxter Redwyne, a obowiązki najwyższego sędziego przejął Randyll Tarly.

Obaj są chorążymi Tyrellów. Całą władzę nad królestwem oddano jej wrogom. Krewnym i znajomym królowej Margaery.

— Margaery również jest oskarżona. Ona i te jej kuzynki. Dlaczego wróble uwolniły ją, a nie mnie?

— Randyll Tarly nalegał. On pierwszy przybył do Królewskiej Przystani, gdy rozpętała się burza, i przyprowadził ze sobą armię. Dziewczyny Tyrellów również czeka sąd, ale Jego Wielka Świątobliwość przyznaje, że zarzuty przeciwko nim są słabe. Wszyscy mężczyźni wymienieni jako kochankowie królowej zaprzeczyli oskarżeniom albo odwołali złożone przedtem zeznania, poza twoim okaleczonym minstrelem, który robi wrażenie na wpół obłąkanego. Dlatego Wielki Septon oddał dziewczyny pod nadzór Tarly'ego, a lord Randyll złożył świętą przysięgę, że doprowadzi je na proces, gdy nadejdzie czas.

— A co z jej oskarżycielami? — zapytała królowa. — Kto ich strzeże?

— Osney Kettleblack i Błękitny Bard są tutaj, w podziemiach septu. Bliźniaków Redwyne'ów uznano za niewinnych, a Hamish Harfiarz umarł. Reszta przebywa w lochach pod Czerwoną Twierdzą, pod pieczą twego człowieka, Qyburna.

Qyburn — pomyślała Cersei. To była dobra wiadomość, ostatnia nadzieja, której mogła się uchwycić. Więźniowie byli w rękach lorda Qyburna, a on potrafił dokonać cudów. *I potworności. Do nich również jest zdolny.*

— Są jeszcze inne, gorsze wieści. Usiądziesz?

— Mam usiąść? — Cersei potrząsnęła głową. Cóż mogłoby być gorsze? Czekał ją proces za zdradę stanu, a mała królowa i jej kuzynki były wolne jak ptaszki. — Powiedz mi. Co się stało?

— Chodzi o Myrcellę. Z Dorne nadeszły straszliwe wieści.

— Tyrion — powiedziała natychmiast. To on wysłał jej córeczkę do Dorne. Cersei rozkazała ser Balonowi Swannowi przywieźć ją z powrotem do domu. Wszyscy Dornijczycy byli wężami, a Martellowie byli z nich najgorsi. Czerwona Żmija próbował nawet bronić Krasnala i o mały włos nie odniósł zwycięstwa, które pozwoliłoby karłu oczyścić się z winy za zamordowanie Joffreya. — To on. Cały ten czas ukrywał się w Dorne, a teraz porwał moją córkę.

Ser Kevan ponownie łypnął na nią spode łba.

— Myrcellę zaatakował dornijski rycerz nazwiskiem Gerold Dayne. Żyje, ale została ranna. Ciął ją w twarz i… przykro mi… straciła ucho.

— Ucho. — Cersei wlepiła w stryja przerażone spojrzenie. *Była tylko dzieckiem, moją ukochaną księżniczką. I była bardzo ładna.* — Uciął jej ucho. A gdzie był książę Dorne i jego dornijscy rycerze? Nie potrafili obronić jednej małej dziewczynki? Gdzie był Arys Oakheart?

— Zginął w jej obronie. Ponoć powalił go Dayne.

Królowa przypomniała sobie, że Miecz Poranku był Dayne'em, ale on nie żył już od dawna. Kim był ten ser Gerold i dlaczego miałby pragnąć skrzywdzić jej córkę? Nie widziała w tym żadnego sensu, chyba że…

— Tyrion stracił połowę nosa nad Czarnym Nurtem. Odcięto jej ucho… widzę w tym brudne paluszki Krasnala.

— Książę Doran nic nie wspomina o twoim bracie. A Balon Swann pisze, że Myrcella o wszystko wini tego Gerolda Dayne'a. Zwą go Ciemną Gwiazdą.

Roześmiała się gorzko.

— Jakkolwiek go zwą, jest narzędziem mojego brata. Tyrion miał przyjaciół wśród Dornijczyków. Krasnal zaplanował to od samego początku. To Tyrion zaręczył Myrcellę z księciem Trystane'em. Teraz rozumiem dlaczego.

— Widzisz Tyriona w każdym cieniu.

— Jest stworzeniem kryjącym się w cieniach. To on zabił Joffreya. On zabił ojca. Myślisz, że na tym poprzestanie? Bałam się, że Krasnal nadal ukrywa się w Królewskiej Przystani, planując zaszkodzić Tommenowi, ale najwyraźniej popłynął do Dorne, by najpierw zabić Myrcellę. — Cersei spacerowała od ściany do ściany. — Muszę być z Tommenem. Rycerze Gwardii Królewskiej są bezużyteczni jak sutki na napierśniku. Mówisz, że ser Arys nie żyje? — zapytała stryja.

— Tak. Zabił go Ciemna Gwiazda.

— Nie żyje. Jesteś tego pewien?

— Tak nam powiedziano.

— To znaczy, że w Gwardii Królewskiej zwolniło się miejsce. Trzeba je natychmiast zapełnić. Tommen potrzebuje obrońców.

— Lord Tarly przygotowuje dla twojego brata listę godnych tego zaszczytu rycerzy, ale dopóki Jaime nie wróci…

— Król ma prawo przyznać biały płaszcz. Tommen to dobry chłopiec. Powiedz mu, kogo ma mianować, i zrobi to.

— A kto to będzie?

Nie miała przygotowanej odpowiedzi. *Mój obrońca będzie potrzebował nowego nazwiska i nowej twarzy.*

— Qyburn będzie wiedział. Zaufaj mu w tej sprawie. Wiem, że nieraz się spieraliśmy, stryju, ale ze względu na krew płynącą w naszych żyłach i miłość, jaką darzyłeś mojego ojca, dla Tommena i jego biednej okaleczonej siostry, zrób to, o co cię proszę. Pójdź do lorda Qyburna w moim imieniu, zanieś mu biały płaszcz i powiedz, że czas nadszedł.

GWARDZISTA KRÓLOWEJ

— Byłeś człowiekiem królowej — oznajmił mu Reznak mo Reznak. — Król pragnie, by podczas audiencji otaczali go jego ludzie.

Nadal jestem człowiekiem królowej. Dzisiaj, jutro i zawsze, aż do śmierci, mojej albo jej. Barristan Selmy nie chciał uwierzyć, że Daenerys Targaryen nie żyje.

Być może właśnie dlatego go odsunięto. *Hizdahr usuwa nas kolejno, jednego po drugim.* Silny Belwas był na progu śmierci. Leżał w świątyni, pod opieką Niebieskich Gracji… choć Selmy podejrzewał, że kapłanki po prostu kończą robotę rozpoczętą przez szarańcze w miodzie. Skahaza pozbawiono dowództwa. Nieskalanych wycofano do koszar. Jhogo, Dario Naharis, admirał Groleo i Bohater z Nieskalanych pozostawali zakładnikami Yunkai'i. Agga i Rakhara wraz z resztą *khalasaru* Daenerys wysłano za rzekę, by poszukiwali zaginionej królowej. Nawet Missandei zastąpiono. Król nie chciał, by obowiązki jego herolda pełniło dziecko, a do tego była naathańska niewolnica. *A teraz przyszła kolej na mnie.*

Były czasy, gdy uznałby dymisję za plamę na swym honorze. To jednak było w Westeros. W gnieździe węży, jakim było Meereen, honor wydawał się równie głupi jak błazeński strój. Nieufność była zresztą wzajemna. Hizdahr zo Loraq mógł być małżonkiem królowej, ale nigdy nie będzie jego królem.

— Jeśli Jego Miłość pragnie, bym usunął się z dworu…

— Jego Promienność — poprawił go seneszal. — Nie, nie, nie, źle mnie zrozumiałeś. Jego Czcigodność ma przyjąć delegację Yunkai'i, by omówić sprawę wycofania ich armii. Posłowie mogą prosić o… hm… rekompensatę… za życie tych, którzy padli ofiarą gniewu smoka. To delikatna sytuacja. Jego Promienność uważa, że będzie lepiej, jeśli zobaczą na tronie meereeńskiego króla, otoczonego przez meereeńskich wojowników. Z pewnością to rozumiesz, ser.

Rozumiem więcej, niż ci się zdaje.

— Czy mogę zapytać, kogo Jego Miłość wybrał na swych obrońców?

Reznak mo Reznak uśmiechnął się obleśnie.

— Potężnych wojowników, którzy miłują Jego Czcigodność. Goghora Giganta. Khrazza. Cętkowanego Kota. Belaqua Łamignata. Wszyscy są bohaterami.

Wszyscy potrafią walczyć tylko na arenach. Ser Barristan nie czuł się zdziwiony. Hizdahr zo Loraq niepewnie siedział na swym nowym tronie. Minęło tysiąc lat, odkąd Meereen ostatnio miało króla i nawet wśród ludzi ze starej krwi niektórzy uważali, że byliby lepszymi kandydatami od niego. Pod murami czekali Yunkai'i ze swymi najemnikami i sojusznikami, w mieście zaś czaili się Synowie Harpii.

Do tego z każdym dniem miał coraz mniej obrońców. Błąd popełniony w rozmowie z Szarym Robakiem kosztował go Nieskalanych. Gdy Jego Miłość spróbował przekazać dowództwo nad nimi kuzynowi, jak zrobił to z Mosiężnymi Bestiami, Szary Robak poinformował go, że Nieskalani są wolnymi ludźmi i nie będzie im rozkazywał nikt poza ich matką. Natomiast Mosiężne Bestie w połowie składały się z wyzwoleńców, a w połowie z golonych łbów, którzy nadal mogli być wierni Skahazowi mo Kandaqowi. Król Hizdahr mógł zaufać jedynie walczącym na arenach, a otaczało go morze wrogów.

— Oby obronili Jego Miłość przed wszelkimi groźbami.

Głos ser Barristana nie zdradzał jego uczuć. Nauczył się je ukrywać już dawno temu, w Królewskiej Przystani.

— Jego Wspaniałość — poprawił go z naciskiem Reznak mo Reznak. — Twe inne obowiązki pozostaną niezmienione, ser. Gdyby pokój się załamał, Jego Promienność nadal pragnie, byś dowodził jego siłami w walce z wrogami naszego miasta.

A więc ma przynajmniej tyle rozsądku. Belaquo Łamignat i Goghor Gigant mogli służyć Hizdahrowi jako tarcze, ale myśl, że któryś z nich mógłby poprowadzić armie do boju, była tak śmieszna, że stary rycerz omal się nie uśmiechnął.

— Jestem na rozkazy Jego Miłości.

— Nie Miłości — poskarżył się seneszal. — To westeroski tytuł. — Jego Wspaniałość, Jego Promienność albo Jego Czcigodność.

Odpowiedniejsza byłaby Jego Próżność.

— Skoro tak mówisz.

Reznak oblizał wargi.

— To by było wszystko.

Tym razem jego obłudny uśmieszek oznaczał polecenie odejścia. Ser Barristan wykonał je, ciesząc się, że wreszcie zostawi za sobą odór perfum seneszala. *Mężczyzna powinien pachnieć potem, nie kwiatami.*

Wielka Piramida w Meereen miała osiemset stóp wysokości. Komnaty seneszala znajdowały się na pierwszym piętrze. Apartamenty królowej, i jego własny, ulokowano zaś w najwyższym stopniu. *To długa wspinaczka dla człowieka w moim wieku* — pomyślał ser Barristan, ruszając na górę. Zdarzało się, że pokonywał tę trasę pięć albo sześć razy dziennie w służbie królowej i ceną za to były bóle w kolanach i w krzyżu. *Nadejdzie dzień, gdy już nie będę w stanie wspiąć się na te schody* — pomyślał. *I to szybciej, niżbym tego pragnął.* Nim do tego dojdzie, musi się upewnić, że przynajmniej kilku szkolonych przez niego chłopaków będzie mogło zająć jego miejsce u boku królowej. *Sam ich pasuję, gdy będą tego godni, dam im też po rumaku i złote ostrogi.*

W królewskich apartamentach panowała cisza. Hizdahr w nich nie zamieszkał. Wolał komnaty położone w głębinach piramidy, gdzie ze wszystkich stron otaczały go grube ceglane mury. Mezzara, Miklaz, Qezza i reszta młodych paziów oraz podczaszych królowej — prawdę mówiąc, byli zakładnikami, ale Daenerys i Selmy bardzo ich polubili i nie byli w stanie tak o nich myśleć — odeszli za królem, Irri i Jhiqui odjechały zaś z Dothrakami. Została tu tylko Missandei, mały zagubiony duch straszący w pokojach królowej na samym szczycie piramidy.

Ser Barristan wyszedł na taras. Niebo nad Meereen miało kolor trupiej skóry, matowy, białawy i przytłaczający. Od horyzontu po horyzont ciągnęła się nieprzerwana powłoka chmur. Ukryte za nimi słońce zajdzie niepostrzeżenie, tak jak niepostrzeżenie wzeszło. Noc będzie gorąca, duszna i parna, bez nawet najmniejszego powiewu. Od trzech dni zanosiło się na deszcz, lecz nie spadła dotąd ani jedna kropla. *Ulewa przyniosłaby nam ulgę. Mogłaby wypłukać z miasta brud.*

Widział stąd cztery mniejsze piramidy, zachodnie mury miasta oraz obozy Yunkijczyków na brzegach Zatoki Niewolniczej. Gęsta kolumna brudnego dymu wzbijała się stamtąd ku niebu na podobieństwo monstrualnego węża. *Yunkijczycy palą umarłych* — uświadomił sobie. *Przez obozy oblegających galopuje biała klacz.* Bez względu na wszystkie wysiłki królowej, choroba nie przestawała się szerzyć zarówno w mieście, jak i poza nim. Meereeńskie rynki były zamknięte, a ulice puste. Król Hizdahr otworzył areny, ale widzów nie było wielu. Ponoć Meereeńczycy zaczęli unikać nawet Świątyni Gracji.

Handlarze niewolników znajdą jakiś sposób, by o to również oskarżyć Daenerys — pomyślał z goryczą ser Barristan. Słyszał niemalże ich szepty — Wielcy Panowie, Synowie Harpii, Yunkai'i, wszyscy powtarzali sobie nawzajem, że królowa nie żyje. Połowa miasta w to wierzyła, choć brakowało im odwagi, by powiedzieć to na głos. *Ale wkrótce to się zmieni.*

Ser Barristan czuł się bardzo zmęczony i stary. *Gdzie się podziały te wszystkie lata?* Gdy teraz klękał, by napić się wody z basenu, z głębi wody spoglądała nań twarz nieznajomego. Kiedy wokół jego jasnoniebieskich oczu pojawiły się pierwsze zmarszczki? Jak dawno temu jego włosy utraciły barwę słonecznego blasku, przybierając w zamian kolor śniegu? *Od tej chwili minęło wiele lat, starcze. Dziesięciolecia.*

Miał jednak wrażenie, że nie dalej jak wczoraj pasowano go na rycerza po turnieju w Królewskiej Przystani. Nadal pamiętał dotyk miecza króla Aegona na ramieniu, delikatny jak pocałunek młodej dziewczyny. Gdy składał przysięgę, słowa uwięzły mu w gardle. Na wieczornej uczcie jadł dzicze żeberka, przyrządzone po dornijsku ze smoczą papryką, tak ostre, że paliły mu usta. Minęło czterdzieści siedem lat, a smak nadal utrzymywał się w pamięci, choć nie potrafiłby powiedzieć, co podano na kolację przed dziesięcioma dniami, nawet gdyby zależał od tego los całych Siedmiu Królestw. *Najpewniej gotowaną psinę. Albo jakieś inne paskudztwo o równie odrażającym smaku.*

Nie po raz pierwszy Selmy zastanawiał się nad dziwnymi kaprysami losu, które go tu zaprowadziły. Był westeroskim rycerzem, człowiekiem z krain burzy i Dornijskiego Pogranicza, jego miejsce było w Siedmiu Królestwach, nie na upalnych brzegach Zatoki Niewolniczej. *Przybyłem tu, by zaprowadzić Daenerys do domu.* Utracił ją jednak, tak samo jak jej ojca i brata. *A nawet Roberta. Jego również zawiodłem.*

Być może Hizdahr był mądrzejszy, niż mu się zdawało. *Przed dziesięciu laty wyczułbym zamiary Daenerys. Przed dziesięciu laty byłbym wystarczająco szybki, by ją powstrzymać.* A teraz stał tylko i gapił się w oszołomieniu, gdy skoczyła na arenę, a potem zawołał ją po imieniu i popędził za nią bezradnie po szkarłatnym piasku. *Jestem już za stary i zbyt powolny.* Nic dziwnego, że Naharis przezwał go drwiąco ser Dziadkiem. *Czy Daario zareagowałby szybciej, gdyby to on towarzyszył owego dnia królowej?* Selmy był przekonany, że zna odpowiedź na to pytanie, nie podobała się mu ona jednak.

Ostatniej nocy znowu mu się to śniło: Belwas klęczał, wymiotując żółcią i krwią, Hizdahr zachęcał krzykiem do smokobójstwa, przerażeni ludzie przepychali się na schodach, włazili na siebie nawzajem, darli się i wrzeszczeli. A Daenerys…

Jej włosy płonęły. Trzymała w dłoni bicz, krzycząc głośno, a potem wskoczyła na smoczy grzbiet i odleciała. Ser Barristana szczypały oczy od piasku wzbitego w górę przez skrzydła Drogona, zdołał jednak dostrzec przez zasłonę łez, jak bestia uleciała z areny, uderzając wielkimi czarnymi skrzydłami o ramiona zdobiących bramę wojowników z brązu.

Reszty dowiedział się później. Za bramami ludzie tłoczyli się gęsto. Przerażone zapachem smoka konie stawały dęba, uderzając podkutymi kopytami. Na ziemi leżały obok siebie poprzewracane stragany z żywnością i palankiny, przy nich zaś ciała tratowanych ludzi. Rzucano włóczniami i strzelano z kusz. Niektóre pociski trafiły w cel. Smok miotał się gwałtownie w powietrzu, z jego ran buchał dym, a dziewczyna musiała kurczowo trzymać się grzbietu. Potem zionął ogniem.

Mosiężne Bestie potrzebowały reszty dnia i większej części nocy, by zebrać trupy. Ostatecznie naliczono dwustu czternastu zabitych i mniej więcej trzy razy tyle rannych oraz poparzonych. Drogon odleciał tymczasem z miasta. Ostatnio widziano go wysoko nad Skahazadhanem. Mknął na północ. Nie znaleziono żadnego śladu Daenerys Targaryen. Niektórzy przysięgali, że widzieli, jak spadała. Inni zapewniali, że smok zabrał gdzieś królową, by ją pożreć. *Mylą się.*

Ser Barristan wiedział o smokach tylko tyle, ile usłyszał w znanych wszystkim dzieciom opowieściach, Targaryenów znał jednak lepiej. Daenerys dosiadła swego smoka, jak w dawnych czasach Aegon Baleriona.

— Mogła polecieć do domu — powiedział do siebie na głos.

— Nie — dobiegł go z tyłu cichy szept. — Nie zrobiłaby tego, ser. Nie wróciłaby do domu bez nas.

Ser Barristan się odwrócił.

— Missandei. Dziecko. Jak długo tu stałaś?

— Niedługo. Tej osobie jest przykro, jeśli cię przestraszyła. — Zawahała się. — Skahaz mo Kandaq chce z tobą porozmawiać.

— Golony Łeb? Mówiłaś z nim? — To było bardzo nieostrożne. Między Skahazem a królem panowała głęboka wrogość. Dziewczynka była wystarczająco bystra, by wiedzieć, że Skahaz głośno sprzeciwiał się małżeństwu królowej i Hizdahr nie zapomniał o tym fakcie. — Czy on tu jest? W piramidzie?

— Może przyjść, kiedy zechce, ser.

Tak. Tego się należało spodziewać.

— Kto ci powiedział, że Skahaz chce się ze mną spotkać?

— Mosiężna Bestia. Mężczyzna w masce sowy.

Nosił maskę sowy, gdy z tobą rozmawiał. W tej chwili może już być szakalem, tygrysem albo leniwcem. Ser Barristan od samego początku nie znosił tych masek, a teraz jego niechęć pogłębiła się jeszcze. Uczciwi ludzie nigdy nie powinni ukrywać twarzy. A Golony Łeb…

Co może planować? Po tym, jak Hizdahr przekazał dowództwo nad Mosiężnymi Bestiami swemu kuzynowi, Marghazowi zo Loraqowi, Skahaza mianowano strażnikiem rzeki. Podlegałyby mu wszystkie promy, bagrownice i rowy irygacyjne na odcinku długości stu pięćdziesięciu mil. Golony Łeb odmówił jednak przyjęcia tej starożytnej i zaszczytnej funkcji, jak zwał ją Hizdahr, woląc przenieść się do skromnej piramidy Kandaqów. *Królowa już go nie chroni. Podejmuje wielkie ryzyko, przychodząc tutaj.* A jeśli ktoś zobaczy, że ser Barristan z nim rozmawia, podejrzenia mogą paść również na rycerza.

To nie przypadło mu do gustu. Cuchnęło podstępem i szeptami, kłamstwami i spiskami knutymi w mroku, wszystkim, co miał nadzieję zostawić za sobą, gdy porzucił Pająka, lorda Littlefingera i ich kompanów. Barristan Selmy nie zaliczał się do moli książkowych, ale często przerzucał karty Białej Księgi, w której opisano czyny jego poprzedników. Niektórzy byli bohaterami, inni słabeuszami, łotrami albo tchórzami. Większość jednak była po prostu ludźmi — szybszymi i silniejszymi, lepiej władającymi mieczem i tarczą, lecz również znającymi dumę, ambicję, pożądanie, miłość, gniew, zazdrość, żądzę złota i władzy, a także wszelkie inne słabości pomniejszych śmiertelników. Najlepsi z nich przezwyciężyli swe wady, spełnili obowiązek i zginęli z mieczami w rękach. Najgorsi…

Najgorsi byli ci, którzy brali udział w grze o tron.

— Potrafisz odnaleźć tę sowę? — zapytał dziewczynkę.

— Ta osoba może spróbować, ser.

— Powiedz, że porozmawiam z... z naszym przyjacielem... po zmierzchu przy stajniach. — Główne drzwi piramidy zamykano i ryglowano o zachodzie słońca. Późniejszą porą w stajniach będzie spokojnie. — Upewnij się, czy to ta sama sowa.

Nie byłoby dobrze, gdyby niewłaściwa Mosiężna Bestia dowiedziała się o wszystkim.

— Ta osoba rozumie — Missandei odwróciła się ku wyjściu, lecz zatrzymała się jeszcze na chwilę. — Powiadają, że Yunkai'i otoczyli miasto skorpionami, gotowymi strzelać żelaznymi bełtami, gdyby Drogon powrócił.

Ser Barristan również o tym słyszał.

— Nie tak łatwo jest zabić smoka w locie. W Westeros wielu próbowało strącić Aegona i jego siostry. Nikomu się nie udało.

Missandei pokiwała głową, ale trudno było określić, czy te słowa ją uspokoiły.

— Myślisz, że ją znajdą, ser? Stepy są bardzo rozległe, a smoki nie zostawiają śladów na niebie.

— Aggo i Rakharo to krew jej krwi... i któż zna Morze Dothraków lepiej niż sami Dothrakowie? — Uścisnął jej ramię. — Znajdą ją, jeśli to w ogóle możliwe. — *Jeśli jeszcze żyje.* Po morzu traw wędrowali też inni *khale*, władcy koni dowodzący *khalasarami* złożonymi z dziesiątków tysięcy jeźdźców. Dziewczynka jednak nie musiała o tym słuchać. — Wiem, że ją kochasz. Przysięgam, że zapewnię jej bezpieczeństwo.

Te słowa najwyraźniej pocieszyły nieco Missandei. *Ale słowa to wiatr* — pomyślał ser Barristan. *Jak mogę bronić królowej, kiedy nie ma mnie u jej boku?*

Barristan Selmy znał wielu królów. Urodził się podczas

burzliwego panowania Aegona Niespodziewanego, króla kochanego przez prostych ludzi, i został przez niego pasowany na rycerza. Syn Aegona, Jaehaerys, dał mu biały płaszcz, gdy Barristan miał dwadzieścia trzy lata i właśnie zabił Maelysa Monstrualnego podczas wojny dziewięciogroszowych królów. W tym samym płaszczu stał obok Żelaznego Tronu, gdy synem Jaehaerysa, Aerysem, zawładnął obłęd. *Stałem, widziałem i słyszałem, ale nic nie zrobiłem.*

Nie. To nie były sprawiedliwe słowa. Wykonał swój obowiązek. W niektóre noce zadawał sobie pytanie, czy nie wykonał go za dobrze. Złożył śluby na oczach bogów i ludzi, honor nie pozwalał mu więc ich złamać... ale ich dotrzymywanie w ostatnich latach panowania Aerysa stało się trudne. Był świadkiem rzeczy, których wspomnienie sprawiało mu ból, niejeden raz zadawał też sobie pytanie, jaka część przelanej krwi splamiła jego dłonie. Gdyby nie poszedł do Duskendale, by uwolnić Aerysa z lochów lorda Darklyna, król mógłby w nich zginąć, kiedy Tywin Lannister splądrował miasteczko. Na tronie zasiadłby wtedy książę Rhaegar i być może udałoby mu się uzdrowić królestwo. Duskendale było najchwalebniejszą chwilą w życiu ser Barristana, lecz owo wspomnienie miało dla niego gorzki smak.

To jego własne niepowodzenia prześladowały go nocami. *Jaehaerys, Aerys, Robert. Trzech martwych królów. Rhaegar, który byłby lepszym władcą niż każdy z nich. Księżna Elia i dzieci. Mały Aegon. Rhaenys ze swym kotkiem.* Wszyscy zginęli, a on, który przysięgał ich chronić, nadal żył. A teraz Daenerys, jego promienna młodociana królowa. *Ona nie zginęła. Nie uwierzę w to.*

Popołudnie przyniosło ser Barristanowi krótką chwilę wytchnienia od wątpliwości. Spędził je w sali ćwiczebnej na drugim piętrze piramidy, ucząc swoich chłopaków posługiwania się mieczem i tarczą, jazdy konnej i walki na kopie... a także kodeksu honorowego, który czynił rycerza kimś lepszym niż wojownik walczący na arenie. Gdy jego zabraknie, Daenerys będzie potrzebowała obrońców równych jej wiekiem i ser Barristan był zdeterminowany ich jej dać.

Uczył chłopaków mających od ośmiu do dwudziestu lat. Zaczął od ponad sześćdziesięciu, ale dla wielu szkolenie okazało się zbyt trudne. Została z nim teraz mniej niż połowa. Niektórzy byli jednak bardzo obiecujący. *Nie mam już kogo strzec i mogę poświęcić więcej czasu na ich szkolenie* — uświadomił sobie, chodząc od pary do pary i przyglądając się, jak okładają się stępionymi mieczami albo włóczniami. *To dzielne chłopaki. Może i są niskiego pochodzenia, ale z niektórych będą dobrzy rycerze. Co więcej, kochają królową. Gdyby nie ona, wszyscy skończyliby na arenach. Król Hizdahr może mieć swoich wojowników, ale Daenerys będzie miała rycerzy.*

— Trzymajcie tarcze wysoko — zawołał. — Pokażcie mi, jak uderzacie. A teraz razem. Nisko, wysoko, nisko, nisko, wysoko, nisko...

Selmy zabrał ze sobą prostą kolację na taras królowej i zjadł posiłek, gdy zachodziło słońce. Przyglądał się, jak w fioletowym półmroku w wielkich schodkowych piramidach zapalają się kolejno ogniska, a wielobarwne cegły Meereen blakną, stając się szare, a potem czarne. Na ulicach i w zaułkach gromadziły się cienie, tworzące jeziora i rzeki półmroku. Po zmierzchu miasto wydawało się spokojne, a nawet piękne. *To zaraza, nie pokój* — pomyślał stary rycerz przy ostatnim łyku wina.

Nie chciał przyciągać spojrzeń, po kolacji przebrał się więc, zamieniając biały płaszcz Gwardii Królowej na brązowy ubiór z kapturem, często noszony przez wędrowców. Zachował jednak miecz i sztylet. *To może być pułapka.* Nie ufał Hizdahrowi, a tym bardziej Reznakowi mo Reznakowi. Perfumowany seneszal równie dobrze mógł być we wszystko wtajemniczony. Gdyby udało mu się zwabić ser Barristana na potajemne spotkanie, mógłby aresztować i jego, i Skahaza, by oskarżyć obu o spiskowanie przeciwko królowi. *Jeśli Skahaz spróbuje mnie nakłaniać do zdrady, nie będę miał innego wyboru, jak sam go aresztować. Hizdahr to małżonek mojej królowej, nawet jeśli nie cieszy mnie ten fakt. Jestem winien lojalność Hizdahrowi, nie Skahazowi.*

Czy jednak na pewno?

Pierwszym obowiązkiem rycerza Gwardii Królewskiej było strzeżenie króla przed wszelką szkodą i zagrożeniem. Biali rycerze przysięgali, że będą wykonywać rozkazy monarchy, dochowywać jego tajemnic, służyć mu radą, gdy o nią poprosi, i milczeć, kiedy tego nie zrobi, spełniać jego pragnienia i bronić jego dobrego imienia oraz honoru. Ściśle mówiąc, tylko do władcy należała decyzja, czy obejmie ochroną Gwardii Królewskiej również innych, nawet ludzi królewskiej krwi. Niektórzy królowie nie widzieli nic zdrożnego w tym, że każą królewskim gwardzistom strzec swych żon, dzieci, rodzeństwa, ciotek, wujów, bliższych i dalszych kuzynów, a niekiedy nawet kochanek, metres i bękartów. Inni jednak woleli używać do tych celów domowych rycerzy albo zbrojnych, zachowując siedmiu gwardzistów jako osobistą straż, nigdy nie oddalającą się od nich zbytnio.

Gdyby królowa rozkazała mi strzec Hizdahra, nie miałbym innego wyboru, jak jej posłuchać. Ale Daenerys Targaryen nigdy nie powołała pełnej Gwardii Królowej, nawet dla siebie, nie wydała też żadnych rozkazów odnoszących się do jej małżonka. *Świat był prostszy w czasach, gdy miałem lorda dowódcę, który podejmował za mnie takie decyzje* — pomyślał Selmy. *Teraz sam jestem lordem dowódcą i trudno mi określić, która ścieżka jest właściwa.*

Gdy wreszcie zszedł z ostatnich schodów, znalazł się właściwie sam w oświetlonych pochodniami korytarzach biegnących wewnątrz potężnych ceglanych murów piramidy. Wielkie bramy zaryglowano, tak jak przewidywał. Przy wejściu straż zawsze pełniły cztery Mosiężne Bestie. Druga czwórka stała wewnątrz. To właśnie ich spotkał stary rycerz. Wysocy mężczyźni nosili maski dzika, niedźwiedzia, nornika i mantykory.

— Wszystko w porządku, ser — zapewnił niedźwiedź.

— I niech tak zostanie.

Zdarzało się, że ser Barristan dokonywał nocą obchodu piramidy, by się upewnić, czy jest dobrze strzeżona.

Dalej w głębi gmachu napotkał cztery kolejne Mosiężne Bestie, strzegące żelaznych drzwi do sali, w której przykuto łańcuchami Viseriona i Rhaegala. Światło pochodni odbijało się w maskach małpy, barana, wilka i krokodyla.

— Nakarmiono je? — zapytał ser Barristan.

— Tak jest, ser — zapewniła małpa. — Każdy dostał po owcy.

Ciekawe, na jak długo im to wystarczy?

Smoki rosły i miały coraz większy apetyt.

Nadszedł już czas, by odszukać Golonego Łba. Ser Barristan ruszył na zaplecze stajni, mijając słonie i srebrzystą klacz królowej. Osioł zaryczał, gdy rycerz przechodził obok, kilka koni również się poruszyło na widok światła lampy. Poza tym wszędzie było ciemno i cicho.

Nagle z pustego boksu wyłonił się cień, który przerodził się w kolejną Mosiężną Bestię. Mężczyzna miał na sobie czarną plisowaną spódniczkę, nagolenniki oraz napierśnik z zaznaczonymi mięśniami.

— Kot? — zdziwił się Barristan Selmy na widok mosiądzu pod kapturem. Gdy Golony Łeb dowodził Mosiężnymi Bestiami, wolał maskę węża, władczą i przerażającą.

— Koty łażą wszędzie — zabrzmiał znajomy głos Skahaza mo Kandaqa. — Nikt nie zwraca na nie uwagi.

— Gdyby Hizdahr się dowiedział, że tu jesteś…

— A kto miałby mu o tym powiedzieć? Marghaz? On wie tylko tyle, ile mu pozwalam. Bestie nadal należą do mnie. Nie zapominaj o tym. — Maska tłumiła głos Golonego Łba, ale Selmy słyszał w nim gniew. — Mam truciciela.

— Kto nim jest?

— Cukiernik Hizdahra. Jego imię nic ci nie powie. Zresztą był tylko pionkiem. Synowie Harpii porwali jego córkę i przysięgli, że zwrócą mu ją bez szkody, gdy królowa umrze. Belwas i smok uratowali Daenerys, ale dziewczynki nikt nie ocalił. Ciemną nocą zwrócili ją ojcu w dziewięciu kawałkach, po jednym na każdy rok, który przeżyła.

— Dlaczego? — Ser Barristana gryzły wątpliwości. — Synowie zaprzestali zabójstw. Pokój Hizdahra…

— Jest oszustwem. Och, z początku nim nie był. Yunkai'i bali się naszej królowej, jej Nieskalanych i jej smoków. Ta kraina widziała już kiedyś smoki. Yurkhaz zo Yunzak czytał dzieła historyków i wiedział, z czym ma do czynienia. Hizdahr również. Czemu nie mieliby zawrzeć pokoju? Wiedzieli, że Daenerys go pragnęła. Pragnęła go zbyt mocno. Powinna była pomaszerować do Astaporu. — Skahaz podszedł bliżej. — Ale to było przedtem. Wydarzenia na arenie wszystko zmieniły. Daenerys zniknęła, Yurkhaz nie żyje. Zamiast jednego starego lwa mamy do czynienia ze stadem szakali. Krwawobrody… on nie pragnie pokoju. Są też inne wieści. Gorsze. Volantis wysłało przeciwko nam flotę.

— Volantis. — Selmy poczuł świerzbienie w prawej dłoni. *Zawarliśmy pokój z Yunkai. Nie z Volantis.* — Jesteś tego pewien?

— Tak. Mądrzy Panowie o tym wiedzą. Ich przyjaciele również. Harpia, Reznak, Hizdahr. Gdy Volanteńczycy się zjawią, ten król otworzy przed nimi bramy. Wszyscy, których uwolniła Daenerys, znowu staną się niewolnikami. Nawet niektórym z tych, którzy zawsze byli wolni, nałoży się łańcuchy. Możesz zakończyć życie na arenie, starcze. Khrazz zje twoje serce.

Głowę Selmy'ego wypełniał ból.

— Trzeba o tym powiedzieć Daenerys.

— Najpierw ją znajdź. — Skahaz złapał go za przedramię. Jego palce były twarde jak żelazo. — Nie możemy na nią czekać. Rozmawiałem z Wolnymi Braćmi, Ludźmi Matki i Twardymi Tarczami. Nikt spośród nich nie ufa Loraqowi. Musimy rozbić Yunkai'i. Ale będziemy potrzebowali Nieskalanych. Szary Robak cię wysłucha. Porozmawiaj z nim.

— W jakim celu?

To zdrada. Spisek.

— Żeby ocalić życie. — Oczy Golonego Łba były czarnymi jeziorkami widocznymi pod mosiężną maską kota. — Musimy uderzyć przed przybyciem Volanteńczyków. Zakończyć oblężenie, zabić władców handlarzy niewolników i przeciągnąć ich najemników na swoją stronę. Yunkai'i nie spodziewają się ataku. Mam szpiegów w ich obozach. Panuje w nich zaraza, nasilająca się z każdym dniem. Dyscyplinę szlag trafił. Wielmoże prawie cały czas są pijani i obżerają się na ucztach, opowiadając sobie o bogactwach, jakimi się podzielą po upadku Meereen, albo spierając się o pierwszeństwo. Krwawobrody i Obdarty Książę nienawidzą się nawzajem. Nikt nie myśli o bitwie. Nie w tej chwili. Są przekonani, że pokój Hizdahra nas uśpił.

— Daenerys podpisała ten pokój — zauważył ser Barristan. — Nie mamy prawa go zerwać bez jej pozwolenia.

— A co, jeśli ona nie żyje? — zapytał Skahaz. — Co wtedy, ser? Uważam, że chciałaby, byśmy bronili jej miasta. Jej dzieci.

Jej dziećmi byli wyzwoleńcy. *Zwali ją mhysą, ci wszyscy, których okowy skruszyła. Matką.*

Golony Łeb miał rację. Daenerys chciałaby, żeby ich bronili.

— A co z Hizdahrem? Nadal pozostaje jej małżonkiem. Jej królem. Jej mężem.

— Próbował ją otruć.

Na pewno?

— Gdzie są na to dowody?

— Korona, którą nosi, jest wystarczającym dowodem. Tron, na którym zasiada. Otwórz oczy, starcze. To wszystko, czego potrzebował od Daenerys, wszystko, czego pragnął. Gdy już to dostał, po co miałby się dzielić władzą?

No właśnie. Po co? Na arenie było bardzo gorąco. Selmy wciąż jeszcze widział migotliwe powietrze nad czerwonym piaskiem, czuł odór krwi ludzi zabitych dla rozrywki widzów. I słyszał głos Hizdahra, namawiającego swą królową do spróbowania szarańczy w miodzie. *Są bardzo smaczne... słodkie i ostre jednocześnie... ale sam nie zjadł ani jednej.* Stary rycerz potarł skronie. *Niczego nie przysięgałem Hizdahrowi zo Loraqowi. A nawet gdybym przysięgał, odsunął mnie, tak samo jak Joffrey.*

— Ten... ten cukiernik. Chcę sam go wypytać w cztery oczy.

— A więc tak to ma być? — Golony Łeb skrzyżował ramiona na piersi. — Zgoda. Pytaj go, w jaki sposób zechcesz.

— Jeśli... jeśli przekona mnie to, co będzie miał do powiedzenia... jeśli dołączę do ciebie w tej... tym... będziesz musiał dać mi słowo, że Hizdahrowi zo Loraqowi nie stanie się nic złego, dopóki... chyba że... będzie można dowieść, że brał w tym udział.

— Dlaczego tak cię obchodzi los Hizdahra, starcze? Jeśli nie jest Harpią, to z pewnością jest jej pierworodnym synem.

— Na pewno wiem tylko to, że jest małżonkiem królowej. Chcę usłyszeć twoje słowo albo przysięgam, że wystąpię przeciwko tobie.

— Masz moje słowo — zapewnił Skahaz z okrutnym uśmiechem. — Ale gdy już zdobędziemy dowód, własnoręcznie uduszę skurwysyna. Chcę wyrwać mu wnętrzności i pokazać mu je, zanim skona.

Nie — pomyślał stary rycerz. *Jeśli Hizdahr uczestniczył*

w spisku na życie królowej, sam się nim zajmę. Jego śmierć będzie szybka i czysta. Bogowie Westeros byli daleko stąd, ale ser Barristan Selmy poświęcił chwilę na bezgłośną modlitwę. Prosił Staruchę, by oświetliła mu drogę wiodącą do mądrości. *Dla dzieci* — powiedział sobie. *Dla miasta. Dla mojej królowej.*

— Pomówię z Szarym Robakiem — obiecał.

ŻELAZNY ZALOTNIK

O świcie „Żałoba" wróciła sama. Jej czarne żagle ostro kontrastowały z jasnoróżowym porannym niebem.

Pięćdziesiąt cztery — pomyślał ze złością Victarion, kiedy go obudzili. Przeklął w myślach Boga Sztormów za jego złośliwość. Gniew ciążył mu w brzuchu niczym czarny kamień. *Gdzie są moje okręty?*

Wypłynął z Tarczowych Wysp z dziewięćdziesięcioma trzema okrętami ze stu składających się ongiś na Żelazną Flotę, która nie należała do żadnego lorda, ale do samego Tronu z Morskiego Kamienia. Jej kapitanami i załogami byli ludzie ze wszystkich wysp. Okręty były mniejsze od potężnych wojennych dromon z zielonych krain, ale trzy razy większe od zwykłych drakkarów, miały głębokie kadłuby oraz potężne tarany i były w stanie stawić czoło królewskim flotom.

Na Stopniach zaopatrzyli się w zboże, dziczyznę i słodką wodę po długim rejsie wzdłuż posępnego, jałowego wybrzeża Dorne, gdzie pełno było mielizn i wirów. Tam właśnie „Żelazne Zwycięstwo" zdobyło bogaty statek kupiecki, wielką kogę „Szlachetna Dama", która płynęła do Starego Miasta, zawinąwszy po drodze do Gulltown, Duskendale i Królewskiej Przystani. Wiozła ładunek solonego dorsza, oleju wielorybiego i marynowanych śledzi. Żywność była cennym uzupełnieniem ich zapasów. Pięć innych statków zdobytych w Cieśninie Redwyne'ów i u brzegów Dorne — trzy kogi, galeasa i galera — zwiększyły ich liczebność do dziewięćdziesięciu dziewięciu.

Tyle okrętów wypłynęło ze Stopni w trzech dumnych flotach. Rozkazano im spotkać się ponownie u południowego cypla Wyspy Cedrów. Na drugi koniec świata przybyło dotąd tylko czterdzieści pięć. Dwadzieścia dwa okręty z floty samego Victariona dowlokły się na miejsca trójkami i czwórkami, a czasami pojedynczo; z floty Ralfa Chromego czternaście; z tych, które pożeglowały z Rudym Ralfem Stonehouse'em zaledwie dziewięć. Rudy Ralf również był pośród zaginionych. Flota zdobyła na morzu dziewięć nowych statków i w sumie mieli ich teraz pięćdziesiąt cztery... ale wszystkie były kogami i łodziami rybackimi, statkami kupieckimi i niewolniczymi, a nie okrętami wojennymi. Podczas bitwy będą znacznie mniej użyteczne niż zaginione okręty Żelaznej Floty.

Jako ostatnia zjawiła się „Zguba Dziewicy", trzy dni temu. Dzień przed nią z południa przypłynęły razem trzy statki — zdobyczna „Szlachetna Dama" wlokła się między „Żerem dla Kruków" i „Żelaznym Pocałunkiem". Ale poprzedniego dnia i jeszcze poprzedniego nie przybył nikt, a trzy dni przedtem tylko „Bezgłowa Jeyne" i „Strach". Wcześniej były dwa dni pustego morza i bezchmurnego nieba, które nastały po tym, jak Ralf Chromy zjawił się z resztkami swej eskadry — „Lordem Quellonem", „Białą Wdową", „Lamentem", „Niedolą", „Lewiatanem", „Żelazną Damą", „Wichrem Łupieżcy" i „Młotem Bojowym". Sześć dalszych okrętów wlokło się za nimi. Dwa z nich były tak uszkodzone, że trzeba je było wziąć na hol.

— Sztormy — mruknął Ralf Chromy, gdy już dotarł do Victariona. — Trzy wielkie sztormy i paskudne wiatry w przerwach między nimi. Czerwone wichry dmące od Valyrii, cuchnące popiołem i siarką, oraz czarne wietrzyska, spychające nas ku owemu spustoszonemu brzegowi. Ten rejs był przeklęty od samego początku. Wronie Oko boi się ciebie, panie. W przeciwnym razie po co wysyłałby cię tak daleko? Nie chce, żebyśmy wrócili.

Victarionowi nasunęła się ta sama myśl, gdy po raz pierwszy natknął się na sztorm, dzień drogi od Starego Volantis. *Bogowie nienawidzą zabójców krewnych* — pomyślał z przygnębieniem. *Gdyby nie to, Euron Wronie Oko już tuzin razy zginąłby z mojej ręki.* W pewnej chwili, gdy morze szalało wokół niego, a pokład unosił się i opadał gwałtownie pod jego nogami, zauważył, że „Uczta Dagona" i „Czerwony Przypływ" zderzyły się burtami tak gwałtownie, że oba okręty rozpadły się na drobne kawałeczki. *To wina mojego brata* — pomyślał wtedy. To były dwa pierwsze okręty, które straciła jego część floty. Ale nie ostatnie.

Dlatego walnął Chromego dwa razy po gębie i oznajmił.

— Pierwszy raz za okręty, które straciłeś, a drugi za gadanie o klątwach. Jeśli jeszcze raz o nich wspomnisz, każę przybić twój ozór do masztu. Wronie Oko potrafi robić z ludzi niemowów, a ja nie jestem od niego gorszy. — Pulsujący ból w lewej dłoni sprawił, że jego słowa zabrzmiały ostrzej, niż zamierzał, mówił jednak poważnie. — Przypłyną kolejne okręty. Sztormy na razie się skończyły. Będę miał flotę. — Małpa siedząca na maszcie zawyła pogardliwie, jakby czuła jego frustrację. *Brudny, hałaśliwy zwierzak.* Mógłby kazać komuś wejść na górę i ją złapać, ale małpy najwyraźniej lubiły tę zabawę, a do tego okazały się zręczniejsze od ludzi z jego załogi. Wycie niosło się mu echem w uszach, dodatkowo nasilając ból ręki.

— Pięćdziesiąt cztery — poskarżył się. Trudno byłoby liczyć na to, że po tak długim rejsie Żelazna Flota pozostanie nieuszczuplona... ale siedemdziesiąt okrętów, może nawet osiemdziesiąt, z pewnością Utopiony Bóg mógłby mu tyle przyznać. *Gdybyśmy tylko mieli Mokrą Czuprynę albo jakiegoś innego kapłana.* Victarion złożył ofiary przed wypłynięciem, a potem znowu, na Stopniach, gdy podzielił flotę na trzy części, ale być może odmówił niewłaściwe modlitwy. *Albo moc Utopionego Boga tu nie sięga.* Coraz częściej obawiał się, że pożeglował za daleko, na obce morza, gdzie nawet bogowie byli dziwaczni... ale tymi wątpliwościami dzielił się jedynie ze smagłą kobietą, która nie miała języka i nie mogła nic nikomu wygadać.

Gdy pojawiła się „Żałoba", Victarion wezwał Wulfe'a Jednouchego.

— Chcę pogadać z Nornikiem. Zawiadom też Ralfa Chromego, Bezkrwistego Toma i Czarnego Pasterza. Niech przywołają z powrotem wszystkie grupy myśliwych i zwiną do świtu obozy na brzegu. Załadujcie tyle owoców, ile tylko zdołacie, i wpędźcie świnie na statki. Będziemy je zarzynać w miarę potrzeby. „Rekin" tu zostanie, by kierować spóźnialskich w ślad za nami. — Okręt ten potrzebował długich napraw. Sztormy zamieniły go w ledwie trzymającą się na falach łupinę. To znaczy, że zostanie mu tylko pięćdziesiąt trzy, ale na to nic nie można było poradzić. — Flota wyruszy jutro, z wieczornym odpływem.

— Wedle rozkazu — odparł Wulfe — ale kolejny dzień zwłoki może oznaczać jeszcze jeden okręt, lordzie kapitanie.

— Tak. A dziesięć dni może oznaczać dziesięć okrętów albo ani jednego. Zbyt wiele już czasu zmarnotrawiliśmy, czekając na widok kolejnych żagli. Zwycięstwo będzie jeszcze słodsze, jeśli osiągniemy je z mniejszą flotą.

Co więcej, muszę dotrzeć do smoczej królowej przed Volanteńczykami.

W Volantis widział galery ładujące na pokład zapasy. Całe miasto było pijane. Marynarze, żołnierze i rzemieślnicy tańczyli na ulicach ze szlachetnie urodzonymi i grubymi kupcami, a w każdej gospodzie i winnym szynku wznoszono toasty na cześć nowych triarchów. Mówiono tylko o złocie, klejnotach i niewolnikach, które zaleją Volantis po śmierci smoczej królowej. Victarion Greyjoy zdołał wytrzymać tylko jeden dzień takiego gadania. Zapłacił złotem za żywność i wodę, choć wstydził się tego, a potem wrócił na morze.

Sztormy z pewnością rozproszyły i spowolniły Volanteńczyków, tak samo jak jego floty. Jeśli fortuna się do niego uśmiechnęła, wiele ich okrętów zatonęło albo osiadło na mieliźnie. Ale nie wszystkie. Żaden bóg nie był aż tak dobry. Te zielone galery, które ocalały, mogły już okrążyć Valyrię. *Popłyną na północ, ku Meereen i Yunkai. Wielkie dromony pełne żołnierzy-niewolników. Jeśli Bóg Sztormów je oszczędził, mogą już być w Zatoce Żałoby. Trzysta okrętów, może nawet pięćset.* Ich sojusznicy stali już pod Meereen: Yunkijczycy i Astaporczycy, ludzie z Nowego Ghis, Qarthu, Tolos i Bóg Sztormów wiedział, skąd jeszcze, a nawet okręty samych Meereeńczyków, te, które uciekły z miasta przed jego upadkiem. A przeciwko temu wszystkiemu Victarion miał tylko pięćdziesiąt cztery okręty. Pięćdziesiąt trzy, po odliczeniu „Rekina".

Wronie Oko przemierzył połowę świata, łupiąc i plądrując od Qarthu aż po Miasto Wysokich Drzew, zawijał do przeklętych portów, za które zapuszczali się jedynie szaleńcy. Odważył się nawet wypłynąć na Dymiące Morze i przeżył. *A wszystko to tylko z jednym okrętem. Jeśli on może drwić z bogów, to ja też.*

— Tak jest, kapitanie — odparł Wulfe Jednouchy. Nie był nawet w połowie takim mężczyzną jak Nute Balwierz, ale Nute'a ukradł mu Wronie Oko. Mianował najlepszego człowieka Victariona lordem Dębowej Tarczy i odebrał mu go w ten sposób. — Czy nadal płyniemy do Meereen?

— A dokąd mielibyśmy płynąć? Tam czeka na mnie smocza królowa.

Najpiękniejsza kobieta na świecie, jeśli wierzyć mojemu bratu. Włosy ma srebrnozłote, a oczy jak ametysty.

Czy było zbytnią naiwnością wierzyć, że choć raz Euron powiedział prawdę? Być może. Najprawdopodobniej okaże się, że dziewczyna jest zdzirą ze śladami po francy na twarzy i cyckami opadającymi do kolan, a jej „smoki" to tylko tatuowane jaszczurki z bagien Sothoryos. *Ale jeśli zapewnienia Eurona są prawdą...* Słyszeli opowieści o urodzie Daenerys Targaryen z ust piratów ze Stopni oraz grubych kupców ze Starego Volantis. Mogły mówić prawdę. Euron nie podarował dziewczyny Victarionowi. Pragnął jej dla siebie. *Wysłał mnie po nią jak sługę. Ależ zawyje, gdy ją sobie wezmę.* Niech ludzie sobie narzekają. Za daleko dotarli i zbyt wiele stracili, by Victarion miał teraz zawrócić na zachód bez Daenerys.

Żelazny kapitan zacisnął zdrową rękę w pięść.

— Dopilnuj, by wykonano moje rozkazy. Znajdź też maestera, gdziekolwiek się ukrywa, i przyślij go do mojej kajuty.

— Tak jest.

Wulfe oddalił się, utykając.

Victarion Greyjoy ponownie zwrócił się w stronę dziobu i omiótł spojrzeniem flotę. Drakkary wypełniały morze. Żagle miały zwinięte, a wiosła wciągnięte na pokłady. Stały na kotwicy albo wyciągnięto je na jasny piaszczysty brzeg. *Wyspa Cedrów.* Gdzie się podziały te cedry? Najwyraźniej zatonęły przed czterystu laty. Victarion kilkanaście razy schodził na ląd, by ruszyć na polowanie, ale nie widział ani jednego.

Podobny do dziewczyny maester, którego Euron wepchnął mu w Westeros, twierdził, że kiedyś zwano ją Wyspą Stu Bitew, ale ludzie, którzy walczyli w tych bitwach już przed stuleciami obrócili się w proch. *Powinni ją nazwać Wyspą Małp.* Żyły tu również świnie, największe i najczarniejsze dziki, jakie żelaźni ludzie w życiu widzieli. W zaroślach kryło się mnóstwo piszczących warchlaków, które w ogóle nie bały się ludzi. *Ale już się tego uczą.* Spiżarnie Żelaznej Floty wypełniały się wędzonymi szynkami, soloną wieprzowiną i boczkiem.

Ale małpy… to była prawdziwa plaga. Victarion zabronił swym ludziom przynosić te demoniczne stworzenia na pokład, ale i tak panoszyły się już na połowie okrętów, w tym również na jego własnym „Żelaznym Zwycięstwie". Widział kilka nawet teraz. Przeskakiwały z rei na reję i z okrętu na okręt. *Gdybym tylko miał kuszę.*

Victarion nie lubił tego morza, bezkresnego, bezchmurnego nieba i słońca, które prażyło ich głowy i rozgrzewało pokłady, aż nie można było chodzić po nich boso. Nie lubił też sztormów, które zdawały się przychodzić znikąd. Morze wokół Pyke często bywało burzliwe, ale tam przynajmniej można było zwęszyć nadchodzący sztorm. Południowe burze były zdradliwe jak kobiety. Nawet woda miała tu niewłaściwy kolor. Przy brzegu była turkusowa i błyszcząca, a dalej od niego ciemnoniebieska, prawie czarna. Victarion tęsknił za szarozielonymi wodami ojczyzny z ich spiętrzonymi falami o białych grzbietach.

Wyspy Cedrów też nie lubił. Co prawda nie brakowało tu zwierzyny, ale lasy były zbyt ciche i zielone, pełne wypaczonych drzew i dziwacznych jaskrawych kwiatów, jakich żaden z jego ludzi nigdy dotąd nie widział. Czaiła się tam też groza, ukryta pośród ruin pałaców i rozbitych posągów zatopionego Velos, półtorej mili na północ od miejsca, gdzie kotwiczyła flota. Gdy Victarion ostatnio nocował na brzegu, dręczyły go mroczne niespokojne sny, a po przebudzeniu usta miał pełne krwi. Maester powiedział mu, że ugryzł się w język przez sen, on jednak uznał to za znak od Utopionego Boga, ostrzeżenie, że jeśli zatrzyma się tu za długo, zadławi się własną krwią.

Ponoć w dzień Zagłady Valyrii na wyspę opadła fala wysoka na trzysta stóp, zatapiając setki tysięcy mężczyzn, kobiet i dzieci. Przy życiu pozostali jedynie rybacy, którzy wypłynęli daleko na morze, a także garstka veloskich włóczników, stacjonujących w mocnej kamiennej wieży wybudowanej na najwyższym wzniesieniu wyspy. Widzieli, jak wzburzone morze pochłonęło wzgórza i doliny. Piękne Velos, ze swymi pałacami z cedrowego drewna i różowego marmuru, zniknęło w jedno uderzenie serca. Na północnym końcu wyspy ten sam los spotkał starożytne kamienne mury i schodkowe piramidy Ghozai, portu handlarzy niewolników.

Tak wielu topielców. Utopiony Bóg na pewno będzie tu silny — pomyślał Victarion, wybierając wyspę na miejsce spotkania trzech flot. Nie był jednak kapłanem. Być może błędnie zrozumiał sytuację? Może Utopiony Bóg zniszczył wyspę w swym gniewie. Jego brat Aeron mógłby znać odpowiedź na to pytanie, ale Mokra Czupryna został na Żelaznych Wyspach, gdzie wygłaszał kazania przeciwko Wroniemu Oku i jego rządom. *Bezbożnik nie może zasiadać na Tronie z Morskiego Kamienia.* Mimo to kapitanowie i królowie poparli Eurona na królewskim wiecu, dając mu pierwszeństwo przed Victarionem i innymi pobożnymi mężczyznami.

Blask porannego słońca odbijał się w falach tak jasno, że nie można było na nie patrzeć. Victariona znowu rozbolała głowa, choć nie potrafił powiedzieć, czy winne jest słońce, chora ręka, czy dręczące go wątpliwości. Wrócił do swej kajuty, gdzie panowały chłód i półmrok. Smagła kobieta bez pytania zrozumiała, czego chce. Gdy usiadł na krześle, wyjęła z miski miękką wilgotną szmatę i położyła mu ją na czole.

— Dobrze — ucieszył się. — Dobrze. A teraz rękę.

Nie odpowiedziała. Nim Euron mu ją oddał, wyciął jej język. Victarion nie wątpił, że Wronie Oko również z nią spał. Taki już był. *Dary Eurona są zatrute* — powiedział sobie kapitan, gdy smagła kobieta przybyła na pokład. *Nie chcę resztek po nim.* Postanowił, że poderżnie kobiecie gardło i wrzuci ją do morza jako krwawą ofiarę dla Utopionego Boga, ale z jakiegoś powodu dotąd się na to nie zdobył.

Od owego czasu pokonali długą drogę. Mógł do niej mówić, a ona mu nie odpowiadała.

— „Żałoba" jest ostatnia — poinformował smagłą kobietę, gdy zdejmowała mu rękawicę. — Reszta zaginęła, zatonęła albo się spóźni. — Skrzywił się, gdy kobieta wsunęła czubek noża pod brudny płócienny bandaż owijający mu lewą rękę. — Niektórzy powiedzą, że nie trzeba było dzielić floty. Głupcy. Mieliśmy dziewięćdziesiąt dziewięć okrętów… trudno jest zagonić tak wielkie stado na drugi koniec świata. Gdyby wszystkie płynęły razem, najszybsze byłyby zakładnikami najwolniejszych. I gdzie znalazłbym zaopatrzenie dla tylu gąb? Żaden port nie chciałby mieć tak wielu okrętów wojennych na swych wodach. Zresztą sztormy i tak by nas rozproszyły po całym Morzu Letnim jak liście niesione wiatrem.

Dlatego podzielił wielką flotę na eskadry i wysłał każdą z nich do Zatoki Niewolniczej inną drogą. Najszybsze okręty dał Rudemu Ralfowi Stonehouse'owi, każąc mu pożeglować szlakiem korsarzy wzdłuż północnego wybrzeża Sothoryos. Wszyscy żeglarze wiedzieli, że martwych miast, gnijących na tym upalnym, niezdrowym brzegu, lepiej unikać, ale w zbudowanych z błota i krwi osadach Wysp Bazyliszkowych roiło się od zbiegłych niewolników, polujących na nich łowców, traperów, kurew, myśliwych, cętkowanych ludzi, a nawet jeszcze gorszych indywiduów, i ci, którzy nie bali się płacić żelazem, zawsze mogli tam uzupełnić zapasy.

Większe, cięższe i bardziej powolne okręty popłynęły do Lys, by sprzedać jeńców wziętych na Wyspach Tarczowych, kobiety i dzieci z Miasta Lorda Hewetta oraz z innych wysp, a także tych mężczyzn, którzy woleli się poddać, niż zginąć. Victarion miał dla takich tchórzy jedynie pogardę, lecz mimo to sprzedanie ich pozostawiło w jego ustach nieprzyjemny posmak. Można było zrobić z mężczyzny poddanego albo z kobiety morską żonę, ale ludzie nie byli kozami czy drobiem, by ich kupować i sprzedawać za złoto. Cieszył się, że zostawił to zadanie Ralfowi Chromemu, który za zdobyte w ten sposób pieniądze mógł nabyć dla swych wielkich okrętów zapasy na długą i powolną podróż na wschód.

Jego własna flota wlokła się wzdłuż brzegów Spornych Ziem, by załadować prowiant, wino i słodką wodę w Volantis, a potem skręcić na południe i ominąć Valyrię. Tą drogą najczęściej żeglowało się na wschód i ruch był tu największy, można też było znaleźć wiele statków do zdobycia oraz małe wysepki, na których mogli się skryć podczas sztormów, dokonać napraw oraz w razie potrzeby uzupełnić zapasy.

— Pięćdziesiąt cztery okręty to za mało — tłumaczył smagłej kobiecie — ale nie mogę już czekać dłużej. Jedyny sposób… — Stęknął, gdy zerwała mu bandaż, a razem z nim kawał strupa. Ciało w miejscu, gdzie ciął go miecz, było zielono-czarne. — …jedyny sposób, by tego dokonać, to wziąć handlarzy niewolników z zaskoczenia, jak kiedyś zrobiłem to w Lannisporcie. Przypłynąć niespodziewanie, rozbić ich, zabrać dziewczynę i zwiać do domu, zanim Volanteńczycy zdążą nas doścignąć. — Victarion nie był tchórzem, ale nie zaliczał się też do głupców. Nie pokona trzystu okrętów, mając pięćdziesiąt cztery. — Zostanie moją żoną, a ty będziesz jej służką.

Służka bez języka nigdy nie wygada żadnych tajemnic.

Mógłby powiedzieć coś więcej, ale nagle zjawił się maester. Zapukał do drzwi kajuty nieśmiało jak myszka.

— Wejdź — zawołał Victarion — i zasuń za sobą rygiel. Wiesz, dlaczego tu jesteś.

— Lordzie kapitanie. — Z wyglądu maester również przypominał myszkę. Miał szare szaty i małe brązowe wąsiki. *Dlaczego uważa, że wygląda z nimi bardziej męsko?* Miał na imię Kerwin. Był bardzo młody, liczył sobie może ze dwadzieścia dwa lata. — Czy mogę zobaczyć twoją rękę? — zapytał.

Głupie pytanie. Maesterzy bywali użyteczni, ale dla Kerwina Victarion żywił wyłącznie pogardę. Ze swymi gładkimi różowymi policzkami, miękkimi dłońmi i brązowymi lokami wyglądał bardziej dziewczęco niż większość dziewcząt. Gdy po raz pierwszy wszedł na pokład „Żelaznego Zwycięstwa” miał też na twarzy pełen wyższości uśmieszek, ale pewnej nocy u brzegów Stopni uśmiechnął się do niewłaściwego mężczyzny i Burton Humble wybił mu cztery zęby. Wkrótce potem Kerwin zakradł się do kapitana, by się poskarżyć, że czterech członków załogi zaciągnęło go pod pokład i wykorzystało jak kobietę.

— Oto, jak położysz temu kres — oznajmił mu Victarion, wbijając sztylet w blat stołu między nimi. Kerwin wziął nóż — kapitan doszedł do wniosku, że bał się mu odmówić — ale nigdy nie zrobił z niego użytku.

— Moja ręka jest tutaj — oznajmił mu Victarion. — Przyjrzyj się jej, jeśli chcesz.

Maester Kerwin opadł na jedno kolano, by lepiej obejrzeć ranę. Nawet obwąchał ją jak pies.

— Będę musiał znowu odprowadzić ropę. Kolor... lordzie kapitanie, rana się nie goi. Mogę być zmuszony uciąć ci rękę.

Mówili już o tym przedtem.

— Jeśli utniesz mi rękę, zabiję cię. Ale najpierw przywiążę cię do relingu i zaoferuję załodze w darze twoją dupę. Bierz się do roboty.

— Będzie bolało.

— Jak zawsze. — *Życie to ból, ty głupcze. Radość można znaleźć tylko w podmorskich komnatach Utopionego Boga.* — Zrób to.

Chłopak — kogoś tak miękkiego i różowego trudno było zwać mężczyzną — dotknął wewnętrznej powierzchni dłoni kapitana klingą sztyletu i ciął. Ropa, która trysnęła z rany, była gęsta i żółta jak skwaśniałe mleko. Smagła kobieta zmarszczyła nos, a maestera złapały mdłości. Nawet sam Victarion poczuł poruszenie w żołądku. — Tnij głębiej. Niech wszystko wypłynie. Pokaż mi krew.

Maester Kerwin wbił sztylet głębiej. Tym razem rzeczywiście zabolało, ale oprócz ropy wypłynęła również krew, tak ciemna, że w świetle lampy wyglądała na czarną.

Krew to był dobry znak. Victarion chrząknął z aprobatą. Siedział spokojnie, gdy maester wycierał, wyciskał i usuwał ropę kwadratowymi kawałkami miękkiej tkaniny wygotowanymi w occie. Kiedy skończył, czysta przedtem woda w jego misce wyglądała jak pokryty szumowiną syrop. Na sam ten widok każdemu zrobiłoby się niedobrze

— Zabierz to paskudztwo i idź. — Victarion wskazał głową na smagłą kobietę. — Ona mnie zabandażuje.

Chłopak uciekł z kajuty, ale smród pozostał. Ostatnio nigdzie nie było przed nim ucieczki. Maester sugerował, że lepiej byłoby sączkować ranę na pokładzie, gdzie było świeże powietrze i światło słońca, ale Victarion nie wyraził zgody. Nie mógł pozwolić, by załoga zobaczyła coś takiego. Znajdowali się na drugim końcu świata, zbyt daleko od domu, by pokazać ludziom, że ich żelaznego kapitana toczy rdza.

Nadal czuł ból w lewej dłoni — słaby, ale uporczywy. Gdy zacisnął pięść, ból zaostrzał się nagle, jakby wbito mu w kończynę nóż. *Nie nóż, tylko miecz. Miecz trzymany przez ducha.* Nazywał się Serry. Był rycerzem, dziedzicem Południowej Tarczy. *Zabiłem go, ale on nie przestaje mnie ranić zza grobu. Z gorącego serca jakiegoś piekła, do którego go wysłałem, wysuwa stal, wbija mi ją w rękę i obraca.*

Victarion pamiętał walkę, jakby stoczył ją wczoraj. Bezużyteczna, rozbita na drobne kawałki tarcza wisiała na jego przedramieniu, a gdy miecz Serry'ego uderzył, wyciągnął rękę i złapał za klingę. Chłopak był silniejszy, niżby się zdawało. Stal przebiła klepsydrową rękawicę i wkładaną pod spód rękawiczkę z tkaniny, wnikając w ciało. *Kotek mnie drapnął* — pomyślał potem Victarion. Obmył ranę, zalał ją gotowanym octem, zabandażował i przestał o niej myśleć, ufając, że ból ustąpi, a dłoń z czasem się zagoi.

Ale rana się paskudziła i Victarion zaczął się zastanawiać, czy miecz Serry'ego nie był zatruty. W przeciwnym razie czemu skaleczenie nie chciałoby się zagoić? Wściekała go ta myśl. Prawdziwy mężczyzna nie zabijał za pomocą trucizny. Pod Fosą Cailin błotne diabły strzelały do jego ludzi zatrutymi strzałami, ale po tak upodlonych stworzeniach można się było tego spodziewać. Serry był szlachetnie urodzonym rycerzem. Trucizna była dobra dla tchórzy, kobiet i Dornijczyków.

— Jeśli nie Serry, to kto? — zapytał smagłą kobietę. — Czy ten myszowaty maester byłby do tego zdolny? Maesterzy znają zaklęcia i inne sztuczki. Może mnie truje, licząc na to, że pozwolę mu uciąć rękę. — Im dłużej rozważał tę możliwość, tym bardziej prawdopodobna się wydawała. — To Wronie Oko dał mi tę nędzną kreaturę. — Euron zabrał Kerwina z Zielonej Tarczy, gdzie maester służył lordowi Chesterowi, opiekując się jego krukami i ucząc dzieci, czy może na odwrót. Jakże rozpaczliwie myszka piszczała, gdy jeden z niemowów Eurona przywlókł ją na pokład „Żelaznego Zwycięstwa", ciągnąc ją za łańcuch włożony na szyję. — Jeśli to ma być jego zemsta, nie traktuje mnie sprawiedliwie. To Euron upierał się, żeby go zabrać, bo inaczej mógłby nam narobić kłopotów ze swoimi ptakami.

Brat dał też Victarionowi trzy klatki z krukami, by Kerwin mógł wysyłać wiadomości z rejsu, ale kapitan mu tego zabronił. *Niech Wronie Oko się martwi.*

Gdy smagła kobieta zakładała mu na rękę świeży bandaż, owijając mu sześciokrotnie dłoń, do drzwi kajuty załomotał Longwater Pyke. Przyniósł wiadomość, że kapitan „Żałoby" przybył na pokład z jeńcem.

— Mówi, że przyprowadził nam czarodzieja, kapitanie. Ponoć wyłowił go z morza.

— Czarodzieja? — Czyżby Utopiony Bóg zesłał mu dar, tu, na drugim końcu świata? Brat Victariona, Aeron, znałby odpowiedź na to pytanie, ale on widział chwałę podmorskich komnat Utopionego Boga, a potem powrócił do życia. Victarion odczuwał zdrowy strach przed swym bogiem, jak każdy rozsądny człowiek, ale wiarę pokładał w stali. Zgiął zranioną dłoń, krzywiąc się z bólu, wciągnął rękawicę i wstał. — Pokaż mi go.

Kapitan „Żałoby” czekał na nich na pokładzie. Był niskim, włochatym mężczyzną wywodzącym się z rodu Sparrów. Jego ludzie zwali go Nornikiem.

— Lordzie kapitanie — zawołał, ujrzawszy Victariona — to jest Moqorro. Dar dla nas od Utopionego Boga.

Czarodziej był prawdziwym potworem, wysokim jak sam Victarion i dwukrotnie szerszym od niego w barach. Miał brzuch wielki jak głaz, a porastająca mu twarz gęstwa białych jak kość włosów przypominała lwią grzywę. Skórę miał czarną. Nie ciemnobrązową jak Letniacy żeglujący na łabędzich statkach, nie czerwonawobrązową jak dothraccy władcy koni, i nie barwy węgla drzewnego zmieszanego z ziemią, jak smagła kobieta. Była czarniejsza niż węgiel, czarniejsza niż krucze skrzydło. *Jest wypalona* — pomyślał Victarion. *Jak u człowieka, którego pieczono w płomieniach tak długo, aż jego ciało się spaliło, zwęgliło i odpadło od kości, buchając obłokami dymu.* Ogień, który go zwęglił, nadal tańczył mu na policzkach i czole. Oczy mężczyzny spoglądały z maski zamarzniętych płomieni. *To niewolnicze tatuaże* — uświadomił sobie kapitan. *Piętna zła.*

— Pływał w morzu, trzymając się kawałka złamanego masztu — wyjaśnił Nornik. — Od zatonięcia jego statku minęło dziesięć dni.

— Gdyby spędził w morzu dziesięć dni, nie żyłby już albo straciłby rozum od picia morskiej wody. — Słona woda była święta. Aemon Mokra Czupryna i inni kapłani mogli błogosławić nią wyznawców i od czasu do czasu wypić parę łyczków, by wzmocnić swą wiarę, ale żaden śmiertelnik nie mógł całymi dniami pić pełnomorskiej wody i pozostać przy życiu. — Twierdzisz, że jesteś czarodziejem? — zapytał jeńca Victarion.

— Nie, kapitanie — odpowiedział czarnoskóry mężczyzna w języku powszechnym. Jego głos był tak niski, że zdawał się dobiegać z morskiego dna. — Jestem tylko pokornym niewolnikiem R'hllora, Pana Światła.

R'hllora. A więc to czerwony kapłan. Victarion widywał podobnych ludzi w cudzoziemskich miastach, gdzie opiekowali się swymi ogniami. Nosili piękne szaty z czerwonego jedwabiu, aksamitu albo wełny. Ten miał na sobie wyblakłe, pełne plam od soli łachmany, przylegające do muskularnych nóg i zwisające w strzępach z torsu... ale gdy kapitan przyjrzał się im uważniej, doszedł do wniosku, że mogły kiedyś być czerwone.

— Różowy kapłan — mruknął.

— Kapłan demona — dodał Wulfe Jednouchy i splunął.

— Może jego szaty zajęły się ogniem i musiał wyskoczyć za burtę, by je ugasić — zasugerował Longwater Pyke. Odpowiedział mu gromki śmiech. Nawet małpy się do niego przyłączyły. Skrzeczały głośno na rejach, a jedna z nich rzuciła na deski garść gówna.

Victarion Greyjoy nie ufał śmiechowi. Jego dźwięk zawsze budził w nim niepokojące uczucie, że padł ofiarą jakiegoś żartu, którego nie rozumie. Euron Wronie Oko często z niego drwił, gdy byli dziećmi. Aeron również, zanim został Mokrą Czupryną. Ich szyderstwa często były zamaskowane jako pochwały i czasami Victarion nawet nie zauważał, że z niego żartują, dopóki nie usłyszał śmiechu. Potem nadchodził gniew, wzbierający mu w gardle, aż zaczynał się krztusić jego smakiem. Na małpy kapitan reagował podobnie. Nigdy się nie uśmiechał na widok ich wygłupów, choć jego załoga ryczała ze śmiechu, pohukiwała i gwizdała.

— Oddaj go Utopionemu Bogu, nim ściągnie na nas klątwę — nalegał Burton Humble.

— Statek zatonął i tylko on uczepił się szczątków — dodał Wulfe Jednouchy. — Gdzie jest załoga? Czy przywołał demony, by wszystkich pożarły? Co się stało z jego statkiem?

— To był sztorm.

Moqorro założył ręce na piersi. Nie sprawiał wrażenia przestraszonego, choć otaczali go ludzie domagający się jego śmierci. Nawet małpy wyraźnie nie lubiły czarodzieja. Przeskakiwały z liny na linę, wrzeszcząc na niego.

Victariona ogarnęła niepewność. *Przybył z morza. Dlaczego Utopiony Bóg miałby go uratować, jeśli nie po to, byśmy go znaleźli?* Jego brat, Euron, miał na usługach czarodziejów. Być może Utopiony Bóg pragnął, by Victarion również miał swojego.

— Dlaczego zwiesz go czarodziejem? — zapytał Nornika. — Widzę tylko obdartego czerwonego kapłana.

— Też tak myślałem, lordzie kapitanie... ale on wie wiele rzeczy. Wiedział, że płyniemy do Zatoki Niewolniczej, nim ktokolwiek mógł mu o tym powiedzieć, i wiedział też, że znajdziemy cię tutaj, nieopodal wyspy. — Niski mężczyzna się zawahał. — Lordzie kapitanie, on mi powiedział... powiedział, że z pewnością umrzesz, jeśli nie zaprowadzimy go do ciebie.

— Że umrę? — Victarion prychnął pogardliwie. Chciał już powiedzieć „poderżnijcie mu gardło i wrzućcie go do morza", ale nagle poczuł w zranionej dłoni ukłucie bólu sięgające aż po łokieć, tak intensywne, że słowa obróciły się w żółć w jego gardle. Zachwiał się i złapał za reling, żeby się nie przewrócić.

— Czarodziej przeklął kapitana — zawołał ktoś.

Inni podjęli ten okrzyk.

— Poderżnijcie mu gardło! Zabijcie go, nim poszczuje nas swymi demonami!

Longwater Pyke pierwszy wyciągnął sztylet.

— NIE! — ryknął Victarion. — Odsuńcie się! Wszyscy, Pyke, schowaj stal. Nornik, wracaj na swój okręt. Humble, zaprowadź czarodzieja do mojej kajuty. Reszta niech wraca do swych obowiązków.

Przez pół uderzenia serca nie był pewien, czy go posłuchają. Stali, mamrocząc coś pod nosem, połowa trzymała dłonie na rękojeściach. Patrzyli na siebie nawzajem, szukając decyzji u innych. Małpie gówno sypało się na pokład wokół nich, *plask, plask, plask*. Nikt się nie poruszył, aż do chwili, gdy Victarion złapał czarodzieja za ramię i pociągnął go w stronę luku.

Gdy otworzył drzwi kapitańskiej kajuty, smagła kobieta zwróciła się ku niemu, milcząca i uśmiechnięta... ale kiedy zobaczyła towarzyszącego Victarionowi czerwonego kapłana, odsłoniła zęby i zasyczała przeciągle z furii jak wąż. Victarion zdzielił ją na odlew grzbietem zdrowej dłoni. Padła na deski.

— Cicho, kobieto. Przynieś wina dla nas obu. — Spojrzał na czarnoskórego mężczyznę. — Czy Nornik mówił prawdę? Widziałeś moją śmierć?

— Ją i wiele więcej.

— Gdzie? Kiedy? Czy zginę w bitwie? — Otworzył i znowu zacisnął zdrową dłoń. — Jeśli mnie okłamiesz, rozetnę ci głowę jak melon i pozwolę małpom zjeść twój mózg.

— Twoja śmierć jest teraz z nami, panie. Pokaż mi rękę.

— Rękę? Co wiesz o mojej ręce?

— Widziałem cię w nocnych ogniach, Victarionie Greyjoy. Szedłeś przez płomienie, gwałtowny i nieubłagany, a twój topór ociekał krwią, ale pozostawałeś ślepy na macki owinięte wokół twego nadgarstka, szyi i kostki, czarne sznurki, na których tańczysz.

— Tańczę? — obruszył się Victarion. — Twoje nocne ognie kłamią. Nie stworzono mnie do tańca i nie jestem niczyją marionetką. — Ściągnął rękawicę i podsunął chorą dłoń kapłanowi pod nos. — Masz. Tego chciałeś? — Nowy bandaż zabarwiły już ropa i krew. — Człowiek, który mi to dał, miał na tarczy różę. Skaleczyłem się o cierń.

— Nawet najmniejsze draśnięcie może doprowadzić do śmierci, lordzie kapitanie, ale uzdrowię cię, jeśli mi pozwolisz. Będzie mi potrzebny nóż. Najlepszy byłby srebrny, ale żelazny też się nada. I koksowy piecyk. Muszę zapalić ogień. Czeka cię ból. Straszliwy ból, jakiego nigdy w życiu nie zaznałeś. Ale kiedy skończymy, odzyskasz rękę.

Wszyscy magicy są tacy sami. Myszka też ostrzegał, że będzie bolało.

— Jestem żelaznym człowiekiem, kapłanie. Śmieję się z bólu. Dostaniesz wszystko, o co prosisz... ale jeśli ci się nie uda i moja ręka się nie zagoi, sam poderżnę ci gardło i oddam cię morzu.

Moqorro pokłonił się z błyskiem w ciemnych oczach.

— Niech i tak będzie.

Tego dnia nie widziano już Victariona, ale z upływem godzin załoga „Żelaznego Zwycięstwa" coraz częściej słyszała dobiegający z jego kajuty niepowstrzymany śmiech, niski, mroczny i szalony. Gdy Longwater Pyke i Wulfe Jednouchy spróbowali otworzyć drzwi, przekonali się, że są zaryglowane. Potem usłyszeli śpiew, dziwną, wysoką, jękliwą pieśń w języku określonym przez maestera jako starovalyriański. Wtedy właśnie małpy uciekły ze statku, skacząc do morza z głośnym skrzeczeniem.

O zachodzie słońca, gdy morze zrobiło się czarne jak inkaust, a obrzękłe słońce zabarwiło niebo intensywną krwawą czerwienią, Victarion wreszcie wyszedł na pokład. Był nagi do pasa, a jego lewą rękę od łokcia w dół splamiła krew. Gdy załoga zebrała się wokół, wymieniając szepty i spojrzenia, kapitan uniósł zwęgloną, poczerniałą dłoń. Z koniuszków jego palców płynęły smużki dymu. Wskazał na maestera.

— Bierzcie go. Poderżnijcie mu gardło i wrzućcie go do morza, a wiatry będą nam sprzyjały aż do Meereen.

Moqorro ujrzał to w płomieniach. Zobaczył też, że dziewka wyszła za mąż, ale co z tego? Nie będzie pierwszą kobietą, którą Victarion Greyjoy uczynił wdową.

TYRION

Uzdrowiciel wszedł do namiotu, szepcząc uprzejme frazesy, ale gdy tylko poczuł obrzydliwy odór i zerknął na Yezzana zo Qaggaza, jego twarz zmieniła wyraz.

— Biała klacz — oznajmił Słodyczy.

Cóż za niespodzianka — pomyślał Tyrion. *Kto by się domyślił? No cóż, każdy, kto ma nos, a nawet ja, który mam tylko pół.* Yezzana trawiła gorączka. Wiercił się nerwowo w kałuży własnych ekskrementów. Jego odchody przerodziły się w brązowy śluz z lekką domieszką krwi... i to Yollo oraz Grosik musieli mu podcierać żółty tyłek. Nawet przy ich pomocy Yezzan nie był w stanie wstać. Jego słabnące siły wystarczały tylko na to, by przewrócić się na bok.

— Moja sztuka nic tu nie pomoże — oznajmił uzdrowiciel. — Życie szlachetnego Yezzana jest w rękach bogów. Starajcie się go ochłodzić, jeśli zdołacie. Niektórzy zapewniają, że to pomaga. I dawajcie mu wodę. — Ci, których dotknęła biała klacz, zawsze byli spragnieni. W przerwach między sraniem wypijali całe galony. — Czystą świeżą wodę, ile tylko zdoła wypić.

— Nie z rzeki — dodała Słodycz.

— W żadnym wypadku.

Uzdrowiciel uciekł.

My też musimy zwiewać — pomyślał Tyrion. Był niewolnikiem noszącym złoty kołnierz z dzwoneczkami pobrzękującymi radośnie przy każdym kroku. *Jednym ze specjalnych skarbów Yezzana. To zaszczyt nieodróżnialny od wyroku śmierci.* Yezzan zo Qaggaz lubił mieć swoje pieszczoszki przy sobie. Dlatego to Yollo, Grosik, Słodycz i inne skarby musiały się nim opiekować, kiedy zachorował.

Biedny stary Yezzan. Słodycz miała rację. Lord sadła nie był taki zły, jak na pana. Podając potrawy na jego conocnych bankietach, Tyrion szybko się dowiedział, że Yezzan jest najważniejszym z tych yunkijskich możnowładców, którzy opowiadali się za dotrzymaniem traktatu pokojowego z Meereen. Większość pozostałych czekała tylko na przybycie volanteńskich armii. Kilku chciało nawet natychmiast ruszyć do szturmu, by Volanteńczycy nie ograbili ich z chwały i najatrakcyjniejszych łupów. Yezzan nie chciał na to przystać. Nie chciał też wysłać zakładników z powrotem do Meereen za pomocą trebusza, jak sugerował najemnik Krwawobrody.

W ciągu dwóch dni może się jednak zmienić bardzo wiele. Przedwczoraj Piastun był w pełni zdrowia. Przedwczoraj Yezzan nie słyszał jeszcze upiornego tętentu białej klaczy. Przedwczoraj floty Starego Volantis były dwa dni drogi dalej od nich. A dzisiaj…

— Czy Yezzan umrze? — zapytała Grosik swym głosem znaczącym: „Proszę, powiedz mi, że to nieprawda".

— Wszyscy umrzemy.

— Pytałam, czy umrze na dyzenterię.

Słodycz obrzuciła ich oboje pełnym rozpaczy spojrzeniem.

— On nie może umrzeć.

Hermafrodyta pogłaskał po czole ich kolosalnego pana, odgarniając kosmyk mokrych od potu włosów. Yunkijczyk jęknął i po jego nogach spłynął kolejny potok brązowej wody. Jego pościel była brudna i śmierdziała, ale nie byli w stanie go przenieść.

— Niektórzy panowie wyzwalają niewolników przed śmiercią — odezwała się Grosik.

Słodycz zachichotała. Brzmiało to upiornie.

— Tylko ulubieńców. Wyzwalają ich od cierpień tego świata, by mogli podążyć za ukochanym panem do grobu i służyć mu w przyszłym życiu.

Z pewnością wie, co mówi. To jej najpierw poderżną gardło.

— Srebrna królowa… — odezwał się kozi chłopiec.

— …nie żyje — zapewniła Słodycz. — Zapomnij o niej! Smok zabrał ją za rzekę. Utonęła w Morzu Dothraków.

— Nie można utonąć w trawie — sprzeciwił się kozi chłopiec.

— Gdybyśmy byli wolni, moglibyśmy odnaleźć królową — wtrąciła Grosik. — A przynajmniej ruszyć na jej poszukiwania.

Ty na psie, a ja na świni, ścigający smoka po Morzu Dothraków. Tyrion podrapał się po bliźnie, żeby się nie roześmiać.

— Ten smok już dowiódł, że lubi pieczoną wieprzowinę. A pieczone karły są dwa razy smaczniejsze.

— To było tylko marzenie — broniła się rzewnym tonem Grosik. — Moglibyśmy stąd odpłynąć. Wojna się skończyła i statki znowu tu zawijają.

Czy rzeczywiście się skończyła? Tyrion raczej w to wątpił. Podpisano porozumienie, ale wojen nie toczyło się na papierze.

— Moglibyśmy pożeglować do Qarthu — ciągnęła karlica. — Brat zawsze mi mówił, że ulice są tam wyłożone nefrytem. Qartheńskie mury to jeden z cudów świata. Gdy tam wystąpimy, spadnie na nas deszcz srebra i złota. Zobaczysz.

— Niektóre z okrętów stacjonujących w zatoce przypłynęły z Qarthu — przypomniał jej Tyrion. — Lomas Obieżyświat widział te mury. Jego książki mi wystarczą. Zawędrowałem już wystarczająco daleko.

Słodycz otarła wilgotną szmatką rozgrzaną od gorączki twarz ich pana.

— Yezzan musi wyzdrowieć. W przeciwnym razie my również zginiemy razem z nim. Biała klacz nie unosi ze sobą wszystkich jeźdźców. Nasz pan wróci do zdrowia.

To było oczywiste kłamstwo. Będzie cudem, jeśli Yezzan przeżyje jeszcze dzień. Tyrion był przekonany, że lord sadła już przedtem był bliski śmierci na jakąś plugawą chorobę, którą złapał w Sothoryos. Biała klacz tylko przyśpieszy sprawę. *To będzie łaska, w gruncie rzeczy.* Karzeł nie pragnął jednak takiej łaski dla siebie.

— Uzdrowiciel powiedział, że potrzebna mu czysta woda. Zajmiemy się tym.

— To miło z waszej strony.

Hermafrodyta sprawiał wrażenie zobojętniałego. Nie chodziło tylko o to, że bał się, iż poderżną mu gardło, podobnie jak reszcie skarbów Yezzana. Najwyraźniej naprawdę lubił ich gigantycznego pana.

— Grosik, chodź ze mną.

Tyrion uchylił klapę namiotu i wyprowadził dziewczynę w upalny meereeński poranek. Parny, przytłaczający żar i tak przynosił ulgę po miazmatach potu, gówna i choroby wypełniających ogromny namiot Yezzana.

— Woda pomoże panu — zapewniła Grosik. — Tak powiedział uzdrowiciel, więc to na pewno prawda. Świeża słodka woda.

— Świeża słodka woda nie pomogła Piastunowi.

Biedny stary Piastun. Żołnierze Yezzana cisnęli go wczoraj o zmierzchu na wóz wywożący trupy, jako jeszcze jedną ofiarę białej klaczy. Gdy wkoło ludzie umierają co chwila, nikt nie przygląda się zbyt uważnie kolejnej śmierci, zwłaszcza gdy chodzi o kogoś tak powszechnie znienawidzonego jak Piastun. Inni niewolnicy Yezzana nie chcieli się nawet zbliżyć do nadzorcy, gdy złapały go skurcze, dlatego to Tyrion musiał dbać o to, by było mu ciepło, i przynosić mu napoje. *Rozcieńczone wino, słodzony sok z cytryny i smaczna zupa z psich ogonów z kawałkami grzybów. Wypij to, Piastunku, trzeba czymś zastąpić tę gównianą wodę wypływającą ci z dupy.* Ostatnim słowem wypowiedzianym przez Piastuna było „Nie". Ostatnie słowa, które usłyszał, brzmiały „Lannister zawsze płaci swe długi".

Tyrion nie powiedział Grosik prawdy o przyczynie śmierci

Piastuna, musiała jednak zrozumieć, jak mają się sprawy z ich panem.

— Jeśli Yezzan dożyje do wschodu słońca, będę zdumiony.

Uścisnęła jego ramię.

— Co z nami będzie?

— Ma dziedziców. Bratanków. — Czterech takowych wyruszyło z Yezzanem z Yunkai, by dowodzić jego niewolnymi żołnierzami. Jeden zginął, zabity przez najemników Targaryenówny podczas wycieczki za mury. Trzej pozostali zapewne podzielą się między sobą niewolnikami żółtego giganta. To, czy któryś z nich podzielał upodobanie Yezzana do kalek, osobliwości i dziwolągów było znacznie mniej pewne. — Któryś z nich może nas odziedziczyć. Albo znowu trafimy na licytację.

— Nie. — Otworzyła szeroko oczy. — Tylko nie to. Proszę.

— Ta perspektywa mnie również się nie uśmiecha.

W odległości kilku jardów przykucnęło sześciu żołnierzy-niewolników Yezzana, grających w kości i przekazujących sobie nawzajem bukłak z winem. Był wśród nich sierżant zwany Blizną, wredne bydlę z głową gładką jak kamień i barami wołu. *A także jego inteligencją* — przypomniał sobie Tyrion.

Poczłapał ku nim.

— Blizna — warknął — szlachetny Yezzan potrzebuje czystej świeżej wody. Weź dwóch ludzi i przynieście tyle wiader, ile zdołacie. Tylko szybko.

Żołnierze przerwali grę. Blizna wstał, marszcząc czoło.

— Co powiedziałeś, karle? Za kogo się uważasz?

— Wiesz, kim jestem. Yollem. Jednym ze skarbów naszego pana. A teraz zrób, co ci kazałem.

Żołnierze ryknęli śmiechem.

— No jazda, Blizna — zadrwił jeden z nich. — Pośpiesz się. Małpa Yezzana ci kazała.

— Nie rozkazujesz żołnierzom — oznajmił mu Blizna.

— Żołnierzom? — udał zdziwienie Tyrion. — Widzę niewolników. Nosisz kołnierz na szyi, tak samo jak ja.

Blizna walnął go na odlew. Karzeł zwalił się na ziemię z rozciętą wargą.

— Kołnierz Yezzana. Nie twój.

Tyrion otarł grzbietem dłoni krew z ust. Gdy spróbował wstać, jedna noga się pod nim ugięła i osunął się na kolana. Grosik musiała mu pomóc.

— Słodycz powiedziała, że on potrzebuje wody — rzekł swym najlepszym płaczliwym głosem.

— Słodycz może się pierdolić. Jest do tego stworzona. Ten dziwoląg też nie będzie nam rozkazywał.

Tak jest — pomyślał Tyrion. Szybko się nauczył, że nawet wśród niewolników są lordowie i poddani. Hermafrodyta od dawna był ulubieńcem ich pana, rozpieszczanym i faworyzowanym. Inni niewolnicy szlachetnego Yezzana nienawidzili go za to.

Żołnierze przywykli do tego, że rozkazy wydaje im pan oraz jego nadzorca. Ale Piastun nie żył, a Yezzan był zbyt chory, by mógł mianować następcę. Jeśli zaś chodzi o jego bratanków, gdy tylko zabrzmiał tętent kopyt białej klaczy, ci dzielni wolni ludzie natychmiast sobie przypomnieli, że mają pilne sprawy do załatwienia gdzie indziej.

— W... woda — ciągnął Tyrion, kuląc się trwożnie. — Uzdrowiciel powiedział, że nie może być z rzeki. Czysta świeża woda ze studni.

Blizna chrząknął.

— Wy po nią idźcie. Tylko szybko.

— My? — Tyrion i Grosik wymienili bezradne spojrzenia. — Woda jest ciężka. Nie jesteśmy tacy silni jak wy. Czy... czy możemy wziąć muła i wóz?

— Weźcie własne nogi.

— Będziemy musieli chodzić kilkanaście razy.

— Chodźcie nawet i sto. Gówno mnie to obchodzi.

— Tylko nas dwoje… nie damy rady przynieść tyle wody, ile potrzebuje pan.

— Weźcie swojego niedźwiedzia — zasugerował Blizna. — Nadaje się tylko do noszenia wody.

Tyrion odsunął się od niego.

— Jak każesz, panie.

Blizna odsłonił zęby w uśmiechu. *Panie. Ach, to mu się spodobało.*

— Morgo, przynieś klucze. Wypełnijcie wiadra i wracajcie natychmiast, karle. Wiesz, co się dzieje z niewolnikami, którzy próbują ucieczki

— Przynieś wiadra — rozkazał Grosik Tyrion i poszedł z Morgiem uwolnić z klatki ser Joraha Mormonta.

Rycerz źle znosił niewolę. Gdy kazano mu grać niedźwiedzia i porywać dziewicę cud, robił to ospale i niechętnie, wykonując pozbawione życia ruchy, a czasami w ogóle odmawiał udziału w przedstawieniu. Choć nie próbował uciekać ani nie atakował strażników, ignorował rozkazy albo odpowiadał na nie mamrotanymi pod nosem przekleństwami. Piastun nie był tym zachwycony i dał wyraz swemu niezadowoleniu w ten sposób, że zamknął Mormonta w żelaznej klatce i kazał go codziennie bić, gdy słońce pogrążało się w Zatoce Niewolniczej. Rycerz znosił razy w milczeniu. Słychać było tylko przekleństwa mamrotane przez bijących go niewolników oraz głuchy łoskot pałek uderzających w posiniaczone ciało ser Joraha Mormonta.

Została z niego tylko pusta skorupa — uświadomił sobie Tyrion, gdy pierwszy raz zobaczył, jak bito wysokiego rycerza. *Trzeba było trzymać język za zębami i pozwolić Zahrinie go kupić. To mógłby być dla niego los łaskawszy od tego.*

Mormont wyszedł z ciasnej klatki zgięty w pół. Mrużył powieki, oczy miał podbite, a plecy pokryte zakrzepłą krwią. Posiniaczona twarz tak mu obrzękła, że ledwie przypominał człowieka. Miał na sobie jedynie przepaskę biodrową, brudną, żółtą szmatę.

— Masz im pomóc nosić wodę — oznajmił mu Morgo.

Ser Jorah odpowiedział mu złowrogim spojrzeniem. *Niektórzy najwyraźniej wolą zginąć wolni niż żyć jako niewolnicy*. Tyrion na szczęście był wolny od tej przypadłości, ale jeśli Mormont zamorduje Morga, inni żołnierze mogą nie bawić się w rozróżnienia.

— Chodź — rzekł, nim rycerz zdążył zrobić coś odważnego i głupiego. Poczłapał przed siebie, licząc na to, że Mormont podąży za nim.

Bogowie choć raz byli łaskawi. Rycerz spełnił jego życzenie.

Dwa wiadra dla Grosik, dwa dla Tyriona i cztery dla ser Joraha, po dwa w każdej dłoni. Najbliższa studnia znajdowała się na południowy zachód od Jędzy, ruszyli więc w tamtym kierunku. Dzwoneczki na ich kołnierzach pobrzękiwały radośnie przy każdym kroku. Nikt nie zwracał na nich uwagi. Byli po prostu niewolnikami idącymi po wodę dla swego pana. Noszenie kołnierza miało pewne zalety, zwłaszcza pozłacanego kołnierza, na którym wypisano nazwisko Yezzana zo Qaggaza. Dźwięk dzwoneczków oznajmiał każdemu, kto miał uszy, że są wartościowi. Znaczenie niewolnika zależało od pozycji jego pana. Yezzan był najbogatszym człowiekiem w Żółtym Mieście i poprowadził na wojnę sześciuset niewolnych żołnierzy, nawet jeśli wyglądał jak monstrualna żółta glista i śmierdział szczynami. Dzięki kołnierzom mogli swobodnie chodzić po całym obozie.

Do chwili śmierci Yezzana.

Na najbliższym polu Lordowie Brzękacze ćwiczyli swych żołnierzy. Gdy niewolnicy maszerowali paradnym krokiem po piasku albo formowali szyki, grzechot ich łańcuchów tworzył metaliczną muzykę o ostrym brzmieniu. W innych miejscach brygady niewolników usypywały rampy z kamieni i piasku pod onagrami i skorpionami, pochylając je ku niebu, by mogły skuteczniej bronić obozu na wypadek powrotu czarnego smoka. Mężczyźni pocili się i przeklinali, wciągając ciężkie machiny na pochyłości. Karzeł uśmiechał się tylko na ten widok. Widział też wszędzie mnóstwo kusz. Co drugi żołnierz ściskał w rękach tę broń, a u pasa miał kołczan pełen bełtów.

Gdyby ktokolwiek wpadł na to, by go zapytać, Tyrion mógłby im powiedzieć, że nie warto się trudzić. Podobne zabawki nie strącą ulubionego potwora królowej, chyba żeby jeden z długich żelaznych bełtów wystrzeliwanych ze skorpionów przypadkiem trafił go w oko. *Smoków nie zabija się tak łatwo. Jeśli połechtacie go tymi drobiazgami, tylko się wścieknie.*

Najwrażliwszym punktem smoczego ciała były oczy. Oczy i ukryty za nimi mózg. Nie podbrzusze, jak zapewniały niektóre stare opowieści. Łuski były tam równie twarde jak na grzbiecie i na bokach. A także nie paszcza. To było szaleństwo. Kandydaci na smokobójców równie dobrze mogliby próbować ugasić pożar ciosami włóczni.

— Śmierć wychodzi ze smoczej paszczy — napisał septon Barth w swej *Historii nienaturalnej* — ale nie wchodzi tą drogą do środka.

Dalej dwa legiony z Nowego Ghis stały zwrócone do siebie ścianami tarcz, a sierżanci w żelaznych półhełmach ozdobionych kitami z końskiego włosia wykrzykiwali rozkazy w swym niezrozumiałym dialekcie. Na pierwszy rzut oka Ghiscarczycy wyglądali groźniej niż yunkijscy żołnierze-niewolnicy, ale Tyrion miał wątpliwości. Legioniści mogli być uzbrojeni i zorganizowani tak samo jak Nieskalani... ale eunuchowie nie znali innego życia, a Ghiscarczycy byli wolnymi obywatelami odbywającymi trzyletnią służbę.

Kolejka do studni miała ćwierć mili długości.

W promieniu dnia marszu od Meereen znajdowała się tylko garstka studni, zawsze więc trzeba było czekać długo. Większość yunkijskich żołnierzy czerpała wodę do picia ze Skahazadhanu. Tyrion nawet bez ostrzeżeń uzdrowiciela wiedział, że to bardzo zły pomysł. Co bystrzejsi robili to powyżej latryn, ale przecież i tak znajdowali się poniżej miasta.

Fakt, że pod miastem zachowały się zdatne do użytku studnie, dowodził, że Daenerys Targaryen nadal pozostaje niewiniątkiem, gdy chodzi o sztukę oblężniczą. *Trzeba było je zatruć. Wtedy wszyscy Yunkijczycy musieliby pić z rzeki i oblężenie z pewnością nie potrwałoby długo.* Tyrion nie wątpił, że tak właśnie postąpiłby jego pan ojciec.

Gdy tylko ruszyli z miejsca, dzwoneczki na ich kołnierzach dźwięczały wesoło. *Cóż za radosny dźwięk. Kiedy go słyszę, mam ochotę wyłupić komuś oczy łyżką.* Gryf, Kaczka i Półmaester z pewnością dotarli już do Westeros ze swym młodym księciem. *Powinienem być z nimi... ale nie, ja musiałem mieć kurwę. Ojcobójstwo mi nie wystarczyło, potrzebowałem pizdy i wina, by zakończyć swój upadek, a teraz znalazłem się na niewłaściwym końcu świata i noszę niewolniczy kołnierz ze złotymi dzwoneczkami oznajmiającymi, że się zbliżam. Jeśli zatańczę w odpowiednim rytmie, może uda mi się zagrać na nich „Deszcze Castamere".*

Pod studnią najłatwiej można było usłyszeć nowe wieści i plotki.

— Wiem, co widziałem — mówił stary niewolnik noszący zardzewiały żelazny kołnierz, gdy kolejka przesuwała się powoli — widziałem, jak smok urywał ręce i nogi, rozdzierał ludzi wpół, palił ich na popiół i kości. Ludzie zaczęli uciekać, chcieli się wydostać z areny, ale ja przyszedłem obejrzeć widowisko i, na wszystkich bogów Ghis, obejrzałem je. Siedziałem wysoko, na fioletowym stopniu, i pomyślałem sobie, że smok raczej nie będzie mnie niepokoił.

— Królowa wdrapała się na grzbiet smoka i odleciała — upierała się wysoka śniada kobieta.

— Próbowała — odparł staruszek — ale nie zdołała się

utrzymać. Bełty z kusz zraniły smoka, a królowa podobno oberwała prosto między słodkie różowe cycki. Wtedy właśnie spadła. Zginęła w rynsztoku, zmiażdżona kołami wozu. Znam dziewczynę, która zna mężczyznę, który był świadkiem jej śmierci.

W tym towarzystwie rozsądek doradzał milczenie, ale Tyrion nie potrafił się powstrzymać.

— Nie znaleziono ciała — zauważył.

Staruszek zmarszczył brwi.

— A co ty możesz o tym wiedzieć?

— Oni tam byli — wyjaśniła śniada kobieta. — To oni, pojedynkujące się karły, te, które występowały przed królową.

Staruszek przyjrzał się uważniej Tyrionowi i Grosik, jakby widział ich po raz pierwszy.

— To wy jeździliście na świniach.

Nasza sława nas poprzedza. Tyrion pokłonił się dwornie, powstrzymując się przed zauważeniem, że jedna ze świń była w rzeczywistości psem.

— Maciora, której dosiadałem, tak naprawdę jest moją siostrą. Mamy takie same nosy, zauważyłeś? Czarodziej rzucił na nią zaklęcie, ale jeśli dasz jej wielki wilgotny pocałunek, stanie się piękną kobietą. Kłopot w tym, że gdy ją poznasz, będziesz chciał ją pocałować po raz drugi, żeby się zmieniła z powrotem.

Wszyscy wkoło zaśmiali się głośno, nawet staruszek.

— To znaczy, że ją widziałeś — odezwał się rudowłosy chłopak stojący za nimi. — Widziałeś królową. Czy rzeczywiście jest tak piękna, jak mówią?

Widziałem smukłą dziewczynę o srebrnych włosach, owiniętą w tokar — mógłby im odpowiedzieć. *Twarz miała zasłoniętą, a ja nie mogłem się do niej zbliżyć, żeby się lepiej przyjrzeć. Jechałem na świni.* Daenerys Targaryen siedziała w loży dla właścicieli, obok swego ghiscarskiego króla, ale spojrzenie karła przyciągnął rycerz w biało-złotej zbroi stojący za nią. Jego twarz była niewidoczna, ale Tyrion wszędzie poznałby Barristana Selmy'ego. *Przynajmniej w tym punkcie Illyrio się nie mylił* — pomyślał wtedy. *Ale czy Selmy mnie pozna? A jeśli tak, jak wtedy postąpi?*

O mało co się wówczas nie ujawnił, ale coś go powstrzymało — ostrożność, tchórzostwo, instynkt, jak zwał, tak zwał. Nie potrafił sobie wyobrazić, by Barristan Śmiały mógł go przywitać inaczej niż wrogo. Selmy nigdy nie aprobował obecności Jaimego w swej sławetnej Gwardii Królewskiej. Przed buntem stary rycerz uważał, że brat Tyriona jest za młody i brak mu doświadczenia, potem zaś często mawiał, że Królobójca powinien zamienić biały płaszcz na czarny. A zbrodnie Tyriona były gorsze. Jaime zabił szaleńca, karzeł zaś umieści bełt w kroczu własnego ojca, człowieka, którego ser Barristan znał i któremu służył od lat. Mimo to mógłby zaryzykować, ale nagle Grosik trafiła go prosto w tarczę i chwila minęła, by już nie wrócić.

— Królowa patrzyła, jak stawaliśmy w szranki — tłumaczyła innym niewolnikom Grosik — ale potem już jej nie widzieliśmy.

— Smoka musieliście zobaczyć — stwierdził staruszek.

Gdyby tylko była to prawda. Bogowie nie dali mu jednak tej łaski. Gdy Daenerys Targaryen odlatywała, Piastun zakuwał już ich w łańcuchy, by mieć pewność, że nie spróbują ucieczki w drodze powrotnej do swego pana. Gdyby nadzorca oddalił się po odprowadzeniu ich na rzeź albo czmychnął razem z całą resztą, gdy smok opadł z nieba, dwoje karłów mogłoby się oddalić spokojnie. *Albo raczej zwiać, ile sił w nogach, pobrzękując dzwoneczkami.*

— A był tam jakiś smok? — Tyrion wzruszył ramionami. — Wiem tylko, że nie znaleziono żadnych martwych królowych.

Staruszek nie dał się przekonać.

— Ach, znaleźli setki ciał. Zaciągnęli je na arenę i spalili, choć połowa już była upieczona. Może jej nie poznali, bo była spalona, zakrwawiona i zmiażdżona. Albo postanowili zachować to w tajemnicy, by nie niepokoić niewolników, takich jak wy.

— Jak my? — zdziwiła się śniada kobieta. — Ty też nosisz kołnierz.

— Kołnierz Ghazdora — odparł z dumą staruszek. — Znam go, odkąd przyszedł na świat. Traktuje mnie prawie jak brata. Niewolnicy tacy jak wy, męty z Astaporu i Yunkai, wiecznie gadają o wolności, ale ja nie oddałbym kołnierza smoczej królowej, nawet gdyby chciała possać mi za to kutasa. Nie ma to jak dobry pan.

Tyrion nie próbował się z nim spierać. Najgorsze w niewoli było to, jak łatwo było do niej przywyknąć. Odnosił wrażenie, że życie większości niewolników nie różni się aż tak bardzo od życia służby w Casterly Rock. Co prawda, wśród właścicieli i nadzorców zdarzali się brutalni okrutnicy, ale to samo można było powiedzieć o niektórych westeroskich lordach, ich zarządcach i ekonomach. Większość Yunkai'i traktowała swych niewolników całkiem przyzwoicie, pod warunkiem że wykonywali swoją robotę i nie sprawiali kłopotów... a ten staruszek w zardzewiałym kołnierzu, ze swą niezachowaną lojalnością wobec Lorda Tłustego Policzka wcale nie był wyjątkowy.

— Ghazdora o Wielkim Sercu? — zapytał słodko Tyrion. — Nasz pan, Yezzan, często mówił o jego rozumie.

W rzeczywistości powiedział: „Mam więcej rozumu w lewym półdupku niż Ghazdor i jego bracia w głowach", Tyrion jednak uważał, że lepiej nie wdawać się w szczegóły.

Nastało i minęło południe, nim dotarli z Grosik do studni. Chudy jednonogi niewolnik, który czerpał wodę, przyjrzał im się podejrzliwie.

— Po wodę dla Yezzana zawsze przychodził Piastun

z czterema ludźmi i wozem zaprzężonym w muła — rzekł i raz jeszcze opuścił wiadro do studni. Rozległ się cichy plusk. Jednonogi mężczyzna pozwolił, by wiadro się wypełniło, i zaczął je ciągnąć w górę. Ze spalonych słońcem ramion złaziła mu skóra. Choć wyglądały na chude, składały się z samych mięśni.

— Muł nie żyje — oznajmił Tyrion. — Piastun też, biedak. Sam Yezzan też dosiadł teraz białej klaczy i sześciu jego żołnierzy również sra. Czy mogę napełnić dwa wiadra?

— Jak sobie życzysz.

To był koniec rozmowy. *Czyżbyś usłyszał tętent?* Kłamstwo o żołnierzach skłoniło starego niewolnika do pośpiechu.

Ruszyli w drogę powrotną. Każde z karłów niosło po dwa wiadra wypełnione po brzegi słodką wodą, ser Jorah zaś dźwigał po dwa w każdej ręce. Upał wciąż narastał. Od duchoty i wilgoci czuli się jak owinięci mokrą wełną, a wiadra z każdym krokiem zdawały się coraz cięższe. *Długa wędrówka na krótkich nogach.* Wylewająca się z jego wiader woda spływała mu na nogi, a dzwoneczki grały pieśń marszową. *Gdybym wiedział, że do tego dojdzie, może pozwoliłbym ci żyć, ojcze.* Pół mili na wschód od nich ku niebu wzbijał się słup dymu z płonącego namiotu. *Palą wczorajszych zmarłych.*

— Tędy — odezwał się Tyrion, wskazując głową w prawo.

Grosik obrzuciła go zdziwionym spojrzeniem.

— Nie tędy przyszliśmy.

— Lepiej nie wdychać tego dymu. Jest w nim pełno chorobliwych waporów.

To nie było kłamstwo. *Nie do końca.*

Karlica wkrótce się zdyszała od dźwigania ciężkich wiader.

— Muszę odpocząć.

— Jak sobie życzysz.

Tyrion postawił pełne wody wiadra na ziemi. On również się cieszył, że może chwilę odpocząć. W nogach łapały go kurcze tak silne, że znalazł odpowiedni głaz, usiadł na nim i zaczął masować łydki.

— Mogłabym ci to zrobić — zaproponowała Grosik.

— Wiem, w których miejscach mnie łapią. — Chociaż polubił dziewczynę, nadal czuł się skrępowany, gdy go dotykała. Spojrzał na ser Joraha. — Jeśli zbiją cię jeszcze kilka razy, zrobisz się brzydszy ode mnie, Mormont. Powiedz mi, czy chce ci się jeszcze walczyć?

Wysoki rycerz skierował na karła podbite oczy, patrząc na niego jak na robaka.

— W wystarczającym stopniu, by skręcić ci kark, Krasnalu.

— To dobrze. — Tyrion podniósł wiadra. — Tędy.

Grosik zmarszczyła czoło.

— Nie. Musimy iść w lewo. — Wskazała ręką. — To jest Jędza.

— A to jest Zła Siostra. — Tyrion wskazał głową w przeciwną stronę. — Zaufaj mi. Moja droga jest szybsza.

Ruszył przed siebie, pobrzękując dzwoneczkami. Wiedział, że Grosik pójdzie za nim.

Czasami zazdrościł dziewczynie jej skromnych, pięknych marzeń. Przypominała mu Sansę Stark, dziecko, które poślubił i utracił. Choć Grosik doznała wielu okropności, pozostała ufna. *Powinna wiedzieć lepiej. Ma więcej lat niż Sansa. I jest karlicą. Zachowuje się, jakby o tym zapomniała, jakby była piękną, szlachetnie urodzoną panną, a nie niewolnicą w cyrku osobliwości.* Nocami Tyrion często słyszał, jak się modliła. *Szkoda marnować słów. Jeśli bogowie istnieją i słuchają naszych modlitw, z pewnością są potworami i dręczą nas dla zabawy. Któż inny mógłby stworzyć świat taki jak ten, pełen niewolnictwa, krwi i bólu? Któż inny nadałby nam taki kształt?* Czasami miał ochotę spoliczkować dziewczynę, potrząsnąć nią, nakrzyczeć na nią, cokolwiek, żeby tylko ją obudzić. *Nikt nas nie uratuje* — pragnął zawołać. *Najgorsze dopiero nadejdzie.* Z jakiegoś powodu nigdy nie zdobył się na wypowiedzenie tych słów. Zamiast porządnie zdzielić dziewczynę w brzydką facjatę, by wreszcie spadły jej klapki z oczu, obejmował ją albo ściskał jej ramię. *Każdy dotyk jest kłamstwem. Dałem jej tyle fałszywych monet, że wkrótce uwierzy, iż jest bogata.*

Ukrył nawet przed nią prawdę o tym, co wydarzyło się na Arenie Daznaka.

Lwy. Mieli wypuścić na nas lwy. To byłaby naprawdę cudowna ironia. Być może miałby czas na krótki, pełen goryczy chichot, nim bestie by go rozszarpały.

Nikt mu nigdy nie powiedział, jaki los dla nich zaplanowano, nie otwarcie, ale nietrudno było się tego domyślić, gdy już znalazł się pod cegłami Areny Daznaka, w pogrążonej w mroku domenie walczących dla rozrywki tłumów wojowników i tych, którzy się nimi zajmowali, żywymi i umarłymi — kucharzy, którzy ich karmili, płatnerzy produkujących dla nich broń, balwierzy-chirurgów, którzy puszczali im krew, golili ich i opatrywali im rany, kurew obsługujących ich przed walką i po niej oraz trupiarzy ściągających pokonanych z areny za pomocą łańcuchów i żelaznych haków.

Pierwszym sygnałem stał się dla Tyriona wyraz twarzy Piastuna po występie, gdy wrócił z Grosik do oświetlonej pochodniami piwnicy, gdzie walczący zbierali się przed walkami i po nich. Niektórzy siedzieli, ostrząc broń; inni składali ofiary swym osobliwym bogom albo uspokajali nerwy makowym mlekiem, nim poszli na śmierć. Ci, którzy już walczyli i zwyciężyli, grali w kości w kącie, śmiejąc się, jak mogą się śmiać tylko ci, którzy przed chwilą spojrzeli w oczy śmierci i przeżyli.

Piastun wręczał właśnie srebrne monety nadzorcy areny po przegranym zakładzie, gdy zobaczył Grosik prowadzącą Zgryza. Zdziwienie w jego oczach zniknęło w pół uderzenia serca, ale Tyrion zdążył zrozumieć, co znaczyło. *Nie spodziewał się, że wrócimy. Mieliśmy tam zginąć.* Ostatni element układanki odnalazł, gdy podsłuchał, jak treser skarży się głośno nadzorcy areny.

— Lwy są głodne. Nic nie jadły od dwóch dni. Kazali mi ich nie karmić, więc tego nie zrobiłem. Królowa powinna zapłacić za mięso.

— Powiedz jej to na najbliższej audiencji — warknął nadzorca.

Grosik po dziś dzień niczego nie podejrzewała. Gdy wspominała arenę, martwiła się tylko tym, że ludzie się nie śmiali. *Gdyby wypuszczono lwy, wszyscy poszczaliby się ze śmiechu.* Tyrion omal nie powiedział jej tego na głos, ale w końcu tylko uścisnął jej ramię.

Grosik zatrzymała się nagle.

— Idziemy w niewłaściwą stronę.

— Nieprawda. — Tyrion postawił wiadra na ziemi. Od uchwytów zrobiły mu się na palcach głębokie rowki. — To są namioty, do których zmierzamy.

— Drudzy Synowie? — Na twarzy ser Joraha pojawił się dziwaczny uśmieszek. — Jeśli myślisz, że znajdziesz tu pomoc, nie znasz Brązowego Bena Plumma.

— Och, znam go. Rozegraliśmy pięć partii *cyvasse.* Brązowy Ben jest sprytny, nieustępliwy i całkiem inteligentny... ale ostrożny. Woli, by przeciwnik podejmował ryzyko, podczas gdy sam czeka, nie zamykając przed sobą żadnych opcji, i reaguje na wydarzenia kształtujące przebieg bitwy.

— Bitwy? Jakiej bitwy? — Grosik odsunęła się od niego. — Musimy wracać. Pan potrzebuje czystej wody. Jeśli nie będzie nas zbyt długo, wychłostają nas. Tam są Śliczna Świnia i Zgryz.

— Słodycz się nimi zaopiekuje — skłamał Tyrion. Najprawdopodobniej Blizna i jego kumple wkrótce będą się zażerali szynką, boczkiem i smakowitym gulaszem z psa, ale Grosik nie musiała tego słyszeć. — Piastun nie żyje, a Yezzan wkrótce umrze. Może zapaść zmrok, nim ktokolwiek zauważy, że zniknęliśmy. Nigdy nie będziemy mieli lepszej szansy niż teraz.

— Nie. Wiesz, co robią z niewolnikami, którzy próbują ucieczki. Wiesz. Proszę. Nigdy nie pozwolą nam opuścić obozu.

— Przecież go nie opuściliśmy.

Tyrion podniósł wiadra i ruszył naprzód żwawym krokiem, nie oglądając się za siebie. Mormont podążył za nim. Po chwili karzeł usłyszał też kroki Grosik, zbiegającej z piaszczystego stoku ku kręgowi wystrzępionych namiotów.

Pierwszy wartownik pojawił się, gdy zbliżali się do miejsca, gdzie stały przywiązane konie, chudy włócznik o rdzawokasztanowej brodzie świadczącej, że jest Tyroshijczykiem.

— Co tu robicie? I co macie w tych wiadrach?

— Wodę — odparł karzeł. — Może chcesz trochę?

— Wolałbym piwo.

Tyrion poczuł, że w plecy ukłuła go włócznia. Drugi wartownik zaszedł ich od tyłu.

— Zgubiłeś się, karle?

Tyrion usłyszał w jego głosie echa Królewskiej Przystani. *Szumowina z Zapchlonego Tyłka.*

— Chcemy się przyłączyć do waszej kompanii.

Wiadro wypadło z rąk Grosik i się przewróciło. Nim dziewczyna zdążyła je postawić, połowa wody się wylała.

— Mamy tu już pod dostatkiem głupców. Po co nam jeszcze troje? — Tyroshijczyk trącił kołnierz Tyriona grotem włóczni. Brzęknął złoty dzwoneczek. — Widzę zbiegłego niewolnika. Troje zbiegłych niewolników. Czyj to kołnierz?

— Żółtego Wieloryba. — Mówiącym był trzeci mężczyzna, przyciągnięty przez ich głosy. Był chudy, miał szczecinę na podbródku i zęby czerwone od kwaśnego liścia. *Sierżant* — uświadomił sobie Tyrion, widząc, że dwaj pierwsi okazują mu szacunek. Zamiast prawej ręki miał hak. *Wredniejszy bękarci cień Bronna albo jestem Baelorem Umiłowanym.* — To są karły, które próbował kupić Ben — oznajmił sierżant włócznikom, przyglądając się z uwagą intruzom. — Ale ten duży... lepiej jego też przyprowadźcie. Wszystkich troje.

Tyroshijczyk skinął włócznią. Tyrion ruszył przed siebie. Drugi najemnik — jeszcze prawie chłopiec, o policzkach porośniętych meszkiem i włosach koloru brudnej słomy — wziął Grosik pod pachę.

— Ooo, mój karzeł ma cycki — odezwał się ze śmiechem i wsadził rękę pod tunikę Grosik, żeby się upewnić.

— Zanieś ją na miejsce — warknął sierżant.

Młodzieniec przerzucił sobie karlicę przez ramię. Tyrion szedł tak szybko, jak tylko pozwalały mu krótkie nogi. Wiedział, dokąd zmierzają: do wielkiego namiotu po drugiej stronie dołu na ogień. Farba pokrywająca jego płócienne ściany wyblakła i popękała po latach narażenia na słońce oraz deszcz. Kilku najemników śledziło ich wzrokiem, a jakaś markietanka zachichotała, ale nikt nie próbował ich zatrzymywać.

W namiocie znaleźli obozowe stołki, ustawiony na kozłach stół, rozłożone na ziemi wytarte dywany w kilku różnych, gryzących się ze sobą kolorach, oraz trzech oficerów. Jeden był szczupły i elegancki, miał spiczastą bródkę, mieczyk zbira oraz różowy wams z rozcięciem. Drugi był tłusty i łysiał. Na palcach miał plamy od inkaustu, a w ręce ściskał gęsie pióro.

Trzeci był tym, którego szukał Tyrion.

— Kapitanie — rzekł, kłaniając się uprzejmie.

— Złapaliśmy ich, gdy próbowali się zakraść do obozu — oznajmił młodzieniec i upuścił Grosik na dywan.

— To zbiegowie — dodał Tyroshijczyk. — Mieli wiadra.

— Wiadra? — zdziwił się Brązowy Ben Plumm. Nikt nie spróbował mu tego wyjaśnić. — Wracajcie na stanowiska, chłopaki — rozkazał. — I nikomu o tym ani słowa. — Kiedy wyszli, uśmiechnął się do Tyriona. — Chcesz znowu zagrać w *cyvasse*, Yollo?

— Jeśli sobie życzysz. Lubię z tobą wygrywać. Słyszałem, że dwa razy okazałeś się sprzedawczykiem, Plumm. Lubię takich jak ty.

Brązowy Ben Plumm uśmiechał się, ale w jego oczach nie było śladu wesołości. Przyglądał się Tyrionowi, jakby miał do czynienia z gadającym wężem.

— Po co tu przyszedłeś?

— By spełnić twoje marzenia. Próbowałeś nas kupić na aukcji. A potem wygrać nas w *cyvasse*. Nawet gdy miałem nos, nie byłem aż tak przystojny, by wzbudzić podobną namiętność... poza tylko jedną osobą, która poznała się na mojej prawdziwej wartości. No cóż, masz mnie teraz tutaj. Potraktuj nas po przyjacielsku i wyślij po swego kowala, żeby zdjął nam te kołnierze. Mam już dość pobrzękiwania przy chodzeniu.

— Nie chcę kłopotów z waszym szlachetnym panem.

— Yezzan ma na głowie ważniejsze problemy niż troje zaginionych niewolników. Jedzie na białej klaczy. Zresztą dlaczego mieliby szukać nas tutaj? Macie wystarczająco wiele mieczy, by zniechęcić każdego, kto spróbuje tu węszyć. Małe ryzyko w zamian za wielki zysk.

— Przynieśli do nas chorobę — wysyczał pyszałek w różowym wamsie. — Do naszych namiotów. — Spojrzał na Bena Plumma. — Mam mu ściąć głowę, kapitanie? Resztę możemy wrzucić do latryny.

Wyciągnął z pochwy wąski mieczyk o ozdobionej klejnotami rękojeści.

— Ostrożnie z moją głową — ostrzegł go Tyrion. — Nie chciałbyś poplamić się moją krwią. Krew przenosi chorobę. Powinieneś też wygotować potem ubranie albo je spalić.

— Najchętniej spaliłbym je z tobą w środku, Yollo.

— Nie mam na imię Yollo. Ale przecież o tym wiesz. Wiedziałeś o tym, odkąd tylko mnie ujrzałeś.

— Niewykluczone.

— Ja też cię znam, wasza lordowska mość — ciągnął Tyrion. — Jesteś mniej fioletowy i bardziej brązowy niż Plummowie u nas w domu, ale jeśli nie nosisz fałszywego nazwiska, jesteś człowiekiem z zachodu, z krwi, jeśli nawet nie z urodzenia. Ród Plummów jest zaprzysiężony Casterly Rock i tak się składa, że wiem co nieco o jego historii. Twoja gałąź z pewnością wyrosła z pestki wyplutej na drugim brzegu wąskiego morza. Idę o zakład, że jesteś młodszym synem Viserysa Plumma. Smoki królowej cię lubiły, prawda?

To wyraźnie rozbawiło najemnika.

— Kto ci o tym powiedział?

— Nikt. Większość opowieści o tych bestiach to karma dla głupców. Smoki, które mówią albo gromadzą złoto i klejnoty; smoki na czterech nogach, o brzuchach wielkich jak słonie; smoki grające w zagadki ze sfinksami… wszystko to nonsens. Ale w starych księgach można też znaleźć prawdę. Nie tylko wiem, że smoki królowej poczuły do ciebie sympatię, ale potrafię ci powiedzieć dlaczego.

— Matka mówiła, że w żyłach ojca płynęła kropla smoczej krwi.

— Dwie krople. Albo to, albo miał kutasa długiego na sześć stóp. Znasz tę opowieść? Ja znam. Jest z ciebie bystry Plumm, wiesz więc, że moja głowa jest warta tytułu lordowskiego… ale w Westeros, na drugim końcu świata. Nim byś tam dotarł, zostałyby z niej tylko czaszka i robaki. Moja słodka siostra powie, że czaszka należała do kogoś innego, i nie otrzymasz obiecanej nagrody. Wiesz, jak to jest z królowymi. Wszystko to kapryśne pizdy, a Cersei jest z nich najgorsza.

Brązowy Ben podrapał się po brodzie.

— Mógłbym cię tam dostarczyć żywego. Albo wsadzić twoją głowę do słoja i zamarynować.

— Albo związać swój los ze mną. To najrozsądniejsze rozwiązanie — zapewnił z uśmiechem Tyrion. — Narodziłem się jako drugi syn. Ta kompania jest mi przeznaczona.

— W Drugich Synach nie ma miejsca dla komediantów

— oznajmił ze wzgardą zbir odziany na różowo. — Potrzebujemy ludzi, którzy umieją walczyć.

— Przyprowadziłem wam jednego.

Tyrion wskazał kciukiem na Mormonta.

— Tę kreaturę? — Zbir parsknął śmiechem. — Niezły z niego brzydal, ale same blizny nikogo nie czynią Drugim Synem.

Tyrion zatoczył różnobarwnymi oczyma.

— Lordzie Plumm, kim są ci twoi dwaj przyjaciele? Ten w różowym mnie irytuje.

Zbir wykrzywił usta w grymasie złości, a mężczyzna z gęsim piórem zachichotał, słysząc te bezczelne słowa. To jednak Jorah Mormont przedstawił obu karłu.

— Kałamarz jest płatnikiem kompanii. Ten w pawim stroju każe się zwać Kasporiem Sprytnym, choć trafniejsze byłoby miano Kasporio Pizda. Wredny skurczybyk.

Twarz Mormonta mogła być nierozpoznawalna z powodu siniaków, ale jego głos się nie zmienił. Kasporio obrzucił go zdumionym spojrzeniem, ale zmarszczki wokół oczu Plumma pogłębiły się z wesołości.

— Jorah Mormont? To ty? Wyglądasz mniej dumnie niż w chwili, gdy nas opuściłeś. Czy musimy nadal mówić do ciebie „ser"?

Ser Jorah rozciągnął opuchnięte wargi w groteskowym uśmiechu.

— Daj mi miecz, a będziesz mógł zwać mnie jak chcesz, Ben.

Kasporio odsunął się od niego.

— Wygnała cię…

— Ale wróciłem. Możesz mnie zwać głupcem.

Zakochanym głupcem. Tyrion odchrząknął.

— Dawne czasy możecie powspominać później… kiedy już wam wyjaśnię, dlaczego moja głowa bardziej się wam przyda na właściwym dla siebie miejscu. Przekonasz się, lordzie Plumm, że potrafię być bardzo hojny dla przyjaciół. Jeśli wątpisz w moje słowa, zapytaj Bronna. Zapytaj Shaggę, syna Dolfa. I Timetta, syna Timetta.

— A kim oni są? — zapytał mężczyzna zwany Kałamarzem.

— Dobrymi ludźmi, którzy zaprzysięgli mi swe miecze i świetnie wyszli na tej służbie. — Wzruszył ramionami. — W porządku, skłamałem z tymi „dobrymi". To były krwiożercze skurwysyny, tak samo jak wy.

— Może i tak — mruknął Brązowy Ben. — A może po prostu wymyśliłeś kilka imion na poczekaniu. Mówisz, Shagga? Czy to kobieta?

— Cycki ma całkiem spore. Kiedy znowu się spotkamy, zajrzę mu w portki, żeby się upewnić. Czy to stół do *cyvasse*? Wyjmij figury, to zagramy. Ale najpierw chciałbym kielich wina. Gardło mi zaschło na kość, a widzę, że mamy mnóstwo spraw do obgadania.

JON

Tej nocy śnili mu się dzicy. Z lasu dobiegało ich wycie. Maszerowali naprzód przy akompaniamencie zawodzenia rogów i łoskotu bębnów. *Bum, DUM, bum, DUM, bum, DUM* — dźwięk brzmiał jak tysiąc serc bijących jednym rytmem. Niektórzy mieli włócznie, inni łuki albo topory. Jeszcze inni jechali na rydwanach z kości, ciągniętych przez zaprzęgi psów wielkich jak kucyki. Towarzyszyły im olbrzymy wysokie na czterdzieści stóp. W rękach dzierżyły drewniane młoty wielkości dębów.

— Trzymajcie szyk — wołał Jon Snow. — Odeprzyjcie ich. — Stał sam na szczycie Muru. — Ogień — zawołał. — Nakarmcie ich ogniem.

Nikt go jednak nie słuchał.

Wszyscy odeszli. Porzucili mnie.

Płonące strzały pomknęły w górę, ciągnąc za sobą języki ognia. Słomiane kukły braci runęły w dół. Ich czarne płaszcze płonęły.

— *Snow* — zawołał orzeł, gdy wrogowie zaczęli włazić na Mur niczym pająki. Jon miał zbroję z czarnego lodu, ale miecz w jego dłoni gorzał czerwonym płomieniem. Gdy umarli wchodzili na szczyt, strącał ich na dół, by zginęli znowu. Zabił siwobrodego starca, bezbrodego chłopca, olbrzyma, chudzielca ze spiłowanymi zębami i dziewczynę o gęstych rudych włosach. Zbyt późno rozpoznał Ygritte. Zniknęła równie szybko, jak się pojawiła.

Świat rozpuścił się w czerwonej mgle. Jon dźgał, rąbał i ciął. Powalił Donala Noye'a i wypruł flaki Głuchemu Dickowi Follardowi. Qhorin Półręki osunął się na kolana, nadaremnie próbując powstrzymać krew wypływającą z szyi.

— Jestem lordem Winterfell — krzyczał Jon. Tym razem pojawił się przed nim Robb. We włosach miał topniejący śnieg. Długi Pazur uciął mu głowę. Wtem Jon poczuł, że za ramię ściska go sękata dłoń. Odwrócił się błyskawicznie…

…i obudził się. Kruk dziobał go w pierś.

— *Snow* — wrzasnęło ptaszysko. Jon przegnał je ręką. Kruk zaskrzeczał z niezadowolenia i przefrunął na słupek łoża, by łypać złowieszczo na lorda dowódcę w poprzedzającym świt półmroku.

Dzień wreszcie nadszedł. Była godzina wilka. Wkrótce wzejdzie słońce i przez tunel pod Murem przejdą cztery tysiące dzikich. *Obłęd.* Jon Snow przeczesał włosy poparzoną dłonią, po raz kolejny zadając sobie pytanie, co robi. Gdy brama się otworzy, nie będzie już odwrotu. *To Stary Niedźwiedź powinien był paktować z Tormundem. Albo Jaremy Rykker, Qhorin Półręki, Denys Mallister czy jakiś inny doświadczony mężczyzna.* Było już jednak za późno na podobne żale. Każda decyzja wiązała się z ryzykiem, każda miała swoje konsekwencje. Doprowadzi tę grę do końca.

Wstał i ubrał się po ciemku. Kruk Mormonta latał po pokoju.

— Ziarno — wołał ptak. — *Król. Snow, Jon Snow, Jon Snow.*

To było dziwne. Jon nie pamiętał, by ptak kiedykolwiek przedtem wołał go z imienia i nazwiska.

Zjadł śniadanie w piwnicy ze swymi oficerami. Smażony chleb, smażone jajka i jęczmienne płatki, popite słabym jasnym piwem. Podczas posiłku raz jeszcze omówili wszystkie przygotowania.

— Jesteśmy gotowi — zapewnił Bowen Marsh. — Jeśli dzicy dotrzymają warunków umowy, wszystko pójdzie tak, jak kazałeś.

A jeśli nie, może dojść do krwawej jatki.

— Pamiętajcie, że ludzie Tormunda są głodni, zmarznięci i wystraszeni — rzekł im Jon. — Niektórzy z nich nienawidzą nas równie mocno, jak niektórzy z was nienawidzą ich. Tańczymy po cienkim lodzie, i my, i oni. Jedno pęknięcie i wszyscy utoniemy. Jeśli popłynie dziś krew, lepiej, żebyśmy to nie my zadali pierwszy cios, bo w przeciwnym razie przysięgam na bogów starych i nowych, że skrócę o głowę tego, kto to uczyni.

Odpowiedzieli skinieniami głowy, mrucząc pod nosem „Wedle rozkazu", „Jak każesz" albo „Tak jest, panie". Jeden po drugim wstawali, przypasywali miecze, wdziewali czarne płaszcze i wychodzili na mróz.

Ostatni wstał Edd Cierpiętnik Tollett, którzy przybył nocą z Długiego Kurhanu, prowadząc sześć wozów. Czarni bracia zwali teraz tę fortecę Kurwim Kurhanem. Eddowi rozkazano załadować na wozy tyle włóczniczek, ile tylko zdoła, i przywieźć je do Czarnego Zamku, by połączyły się z siostrami.

Jon przyglądał się, jak Edd wyciera rzadką jajecznicę kawałkiem chleba. Dziwnie się ucieszył na widok jego ponurej twarzy.

— Jak idzie odbudowa? — zapytał.

— Za dziesięć lat powinniśmy skończyć — odparł Tollett jak zwykle smętnym tonem. — Kiedy tam przybyliśmy, w zamku było pełno szczurów, ale włóczniczki zabiły wszystkie i teraz jest tam pełno włóczniczek. Są dni, że pragnę, by wróciły szczury.

— Jak ci się służy pod Żelaznym Emmettem? — zapytał Jon.

— Najczęściej to Czarna Maris pod nim służy, lordzie dowódco. Ja mam muły. Pokrzywa twierdzi, że jesteśmy spokrewnieni. Faktycznie mamy podobnie pociągłe twarze, ale ja jestem znacznie mniej uparty. Zresztą nigdy nie znałem ich matek. Przysięgam na honor. — Dokończył z westchnieniem posiłek. — Lubię taką półsurową jajecznicę. Jeśli łaska, panie, nie pozwól dzikim zjeść wszystkich kur.

Wyszli na dwór. Niebo na wschodzie już jaśniało. Nigdzie nie było nawet najmniejszej chmurki.

— Widzę, że szykuje się ładny dzień — stwierdził Jon. — Pogodny, ciepły i słoneczny.

— Mur będzie płakał. A zima już prawie nadeszła. To nienaturalne, lordzie dowódco. Zły znak, jeśli mnie o to pytasz.

— A gdyby padał śnieg? — zapytał z uśmiechem Jon.

— To byłby jeszcze gorszy znak.

— To jaką pogodę byś wolał?

— Taką, jaką mamy w budynkach — odparł Edd Cierpiętnik. — Jeśli łaska, lordzie dowódco, powinienem wracać do mułów. Tęsknią za mną, kiedy je opuszczam. O włóczniczkach nie mogę tego powiedzieć.

Rozstali się w tym miejscu. Tollett skierował się na wschód, gdzie czekały jego wozy, a Jon Snow ruszył ku stajniom. Atłas osiodłał już jego konia i założył mu uzdę. Ognisty siwy rumak miał grzywę czarną i lśniącą jak maesterski inkaust. To nie był wierzchowiec, na jakim Jon wybrałby się na wypad za Mur, ale dzisiaj najważniejsze było, by wyglądał imponująco, i dlatego zdecydował się na ogiera.

Eskorta również już na niego czekała. Jon nigdy nie lubił otaczać się strażnikami, ale dziś rozsądniej będzie mieć pod ręką kilku godnych zaufania ludzi. Wyglądali groźnie w swych kolczugach, półhełmach i czarnych płaszczach. W rękach trzymali długie włócznie, a za pasy zatknęli miecze i sztylety. Jon pominął zielonych chłopaków i staruszków, wyznaczając do tego zadania ośmiu mężczyzn w sile wieku: Ty'a i Mully'ego, Leworęcznego Lewa, Wielkiego Liddle'a, Rory'ego, Fulka Pchłę i Garretta Zieloną Włócznię, a także Skórę, nowego nauczyciela walki w Czarnym Zamku, by zademonstrować wolnym ludziom, że nawet człowiek, który walczył w bitwie pod Murem po stronie Mance'a może otrzymać zaszczytną pozycję w Nocnej Straży.

Gdy wszyscy zebrali się przy bramie, na wschodzie pojawił się już intensywnie czerwony rumieniec. *Gwiazdy znikają* — pomyślał Jon. Kiedy pojawią się znowu, będą świeciły na świat, który zmienił się na zawsze. Kilku ludzi królowej przypatrywało mu się zza dogasających węgielków nocnego ogniska lady Melisandre. Zerknąwszy na Wieżę Królewską, Jon zauważył za oknem błysk czerwieni. Selyse nigdzie nie było. Nadszedł czas.

— Otwórzcie bramę — rozkazał cicho Jon Snow.

— OTWÓRZCIE BRAMĘ! — ryknął Wielki Liddle.

Siedemset stóp nad nimi wartownicy usłyszeli ten krzyk i unieśli rogi do ust. Dźwięk odbijał się echem od Muru i rozchodził na cały świat. *Ahuuuuuuuuuuuuuuuu.* Jeden długi sygnał. Od tysiąca lub więcej lat znaczyło to zwiadowców wracających do domu. Dzisiaj jednak obwieszczało coś innego. Wzywało wolnych ludzi do nowego domu.

Na obu końcach długiego tunelu odsunięto żelazne rygle i otworzono bramy. Na lód nad nimi padało światło poranka, różowe, złote i purpurowe. Edd Cierpiętnik się nie mylił. Mur wkrótce będzie płakał. *Niech bogowie sprawią, by płakał sam.*

Atłas ruszył pierwszy pod lodem, oświetlając żelazną lampą drogę przez pogrążony w półmroku tunel. Jon podążał za nim, prowadząc konia. Za nim szli jego strażnicy, a potem Bowen Marsh z dwudziestką swych zarządców. Każdemu z nich przydzielono jakieś zadanie. Na górze Mur należał do Ulmera z Królewskiego Lasu. Towarzyszyło mu czterdziestu najlepszych łuczników z Czarnego Zamku, gotowych zareagować deszczem strzał na wszelkie kłopoty na dole.

Na północ od Muru czekał Tormund Zabójca Olbrzyma dosiadający karłowatego konika, który wydawał się stanowczo zbyt cherlawy, by udźwignąć jego ciężar. Towarzyszyli mu dwaj ocalali synowie, wysoki Toregg i młody Dryn, a także sześćdziesięciu wojowników.

— Ha! — zawołał Tormund. — Strażnicy, tak? Gdzie twoje zaufanie, wrono?

— Przyprowadziłeś więcej ludzi ode mnie.

— To prawda. Chodź do mnie, chłopcze. Chcę, żeby moi ludzie cię zobaczyli. Są ze mną tysiące takich, którzy nigdy nie widzieli lorda dowódcy, dorośli mężczyźni, których w dzieciństwie straszono, że wasi zwiadowcy ich zjedzą, jeśli będą niegrzeczni. Muszą wyraźnie zobaczyć, że jesteś tylko chłopakiem o pociągłej twarzy, odzianym w stary czarny płaszcz. Muszą zrozumieć, że Nocnej Straży nie ma powodu się bać.

Wolałbym, żeby się tego nie nauczyli. Jon zdjął rękawicę z poparzonej ręki, włożył palce do ust i gwizdnął. Z bramy wypadł Duch. Koń Tormunda spłoszył się tak gwałtownie, że dziki omal nie zleciał z siodła.

— Nie ma powodu się bać? — zapytał Jon. — Duch, zostań.

— Jest z ciebie bękart o czarnym sercu, lordzie wrono.

Tormund Dmący w Róg uniósł instrument do ust. Jego ton

odbił się echem od lodu jak uderzenie gromu. Pierwsi wolni ludzie ruszyli ku bramie.

Od świtu aż po zmierzch Jon obserwował przechodzących przez tunel dzikich.

Pierwsi przeszli zakładnicy, stu chłopców między ósmym a szesnastym rokiem życia.

— Twoja cena krwi, lordzie wrono — oznajmił Tormund. — Mam nadzieję, że płacz ich biednych matek nie będzie cię prześladował we snach.

Niektórych zakładników odprowadzały do bram matki albo ojcowie, innych zaś starsze rodzeństwo. Większość jednak szła sama. Czternasto- i piętnastoletni chłopcy byli już prawie mężczyznami i nie chcieli, by widziano, jak czepiają się kobiecych spódnic.

Dwaj zarządcy liczyli przechodzących chłopaków, zapisując wszystkie imiona na długich zwojach z owczej skóry. Trzeci zabierał ich kosztowności na myto i je również spisywał. Zakładnicy szli w miejsce, którego żaden z nich nigdy dotąd nie widział, by służyć zakonowi, który od tysięcy lat był wrogiem ich ludu, lecz mimo to Jon nie widział łez i nie słyszał też płaczu matek. *To jest lud zimy* — powiedział sobie. *Tam, skąd pochodzą, łzy zamarzają na policzkach.* Żaden z zakładników nie cofnął się ani nie próbował umknąć niepostrzeżenie, gdy przychodziła kolej, by wejść do mrocznego tunelu.

Prawie wszyscy chłopcy byli chudzi, niektórzy wyglądali wręcz na zagłodzonych. Mieli cienkie łydki i ramiona jak patyki. Jon spodziewał się tego. Poza tym jednym, bardzo się od siebie różnili: sylwetkami, wzrostem i kolorem. Widział chłopców wysokich i niskich, brązowo- i czarnowłosych, ciemnych i jasnych blondynów oraz rudzielców pocałowanych przez ogień jak Ygritte. Widział chłopców z bliznami, chłopców, którzy utykali albo mieli twarze naznaczone śladami po francy. Wielu starszych miało puszek na policzkach lub rzadkie wąsiki, a jeden nawet brodę gęstą jak broda Tormunda. Niektórzy wdziali piękne miękkie futra, inni utwardzaną skórę i fragmenty zbroi, większość wełnę i focze skóry, a nieliczni łachmany. Jeden był nagi. Wielu miało broń: zaostrzone kije, młoty z kamiennymi głowicami, noże z kości, kamienia albo smoczego szkła bądź nabijane kolcami maczugi. Czasami trafiały się nawet stare zardzewiałe miecze. Młodzi Rogostopi beztrosko szli boso przez śnieżne zaspy. Inni chłopcy włożyli na buty niedźwiedzie łapy i wchodzili swobodnie na te same zaspy, nie zapadając się w nie. Sześciu przyjechało na koniach, a dwóch na mułach. Dwaj bracia przyprowadzili kozę. Najwyższy zakładnik miał sześć i pół stopy wzrostu, ale twarz niemowlęcia, najniższy twierdził, że ma dziewięć lat, ale wyglądał najwyżej na sześć.

Na szczególną uwagę zasługiwali synowie ludzi, którzy okryli się chwałą. Tormund pokazywał ich Jonowi, gdy przechodzili obok.

— Ten chłopak to syn Sorena Rozbijacza Tarcz — oznajmił, wskazując wysokiego młodzieńca. — Ten rudowłosy to bachor Gerricka Królewskiego Potomka. Jeśli mu wierzyć, pochodzi z rodu Raymunda Rudobrodego. Prawdę mówiąc, jego młodszego brata. — Dwaj chłopcy byli do siebie podobni jak bliźniacy, ale Zabójca Olbrzyma zapewniał, że są tylko kuzynami i jeden jest rok starszy od drugiego. — Jednego spłodził Harle Łowca, a drugiego Harle Przystojny, obaj z tą samą kobietą. Ojcowie nienawidzą się nawzajem. Na twoim miejscu wysłałbym jednego do Wschodniej Strażnicy, a drugiego do Wieży Cieni.

Innych zakładników przedstawił jako synów Howda Wędrowca, Brogga, Devyna Obdzieracza Fok, Kylega Drewnianego Ucha, Morny Białej Maski, Wielkiego Morsa…

— Wielkiego Morsa? Naprawdę?

— Na Lodowym Brzegu ludzie noszą dziwne imiona.

Trzej chłopcy byli synami Alfyna Wronobójcy, osławionego łupieżcy zabitego przez Qhorina Półrękiego. Tak przynajmniej zapewniał Tormund.

— Nie wyglądają na braci — zauważył Jon.

— To przyrodni bracia, zrodzeni z różnych matek. Członek Alfyna był maleńki, jeszcze mniejszy od twojego, ale Alfyn nie miał oporów przed wsadzaniem go, gdzie się da. Dorobił się syna w każdej wiosce.

— A to jest bachor Varamyra Sześć Skór — oznajmił Tormund na widok niewyrośniętego chłopca o szczurzej twarzy. — Pamiętasz Varamyra, lordzie wrono?

Pamiętał.

— To był zmiennoskóry.

— To prawda. A poza tym mały wredny kurdupel. Najpewniej już nie żyje. Nikt go nie widział od czasu bitwy.

Dwaj chłopcy okazali się przebranymi dziewczynkami. Gdy tylko Jon to zauważył, kazał Rory'emu i Wielkiemu Liddle'owi je przyprowadzić. Jedna przyszła potulnie, ale druga kopała i gryzła. *To może się źle skończyć.*

— A czy one mają sławnych ojców?

— Ha! Tacy chudzielcy? Mało prawdopodobne. Wybrali ich przez losowanie.

— To dziewczynki.

— Naprawdę? — Tormund przyjrzał się im uważniej, pochylając się w siodle. — Założyłem się z lordem wroną o to, który z was ma dłuższego członka. Ściągajcie portki i pozwólcie nam się przyjrzeć.

Jedna z dziewczynek poczerwieniała. Druga przeszyła Zabójcę Olbrzyma buntowniczym spojrzeniem.

— Zostaw nas w spokoju, Tormundzie Śmierdzący Olbrzymem. Pozwól nam odejść.

— Ha! Wygrałeś, wrono. Nie mają kutasów. Ale ta mniejsza ma jaja. Będzie z niej włóczniczka. — Zwrócił się ku swoim ludziom. — Znajdźcie im jakieś dziewczyńskie ubrania, nim lord Snow zleje się w portki.

— Będę potrzebował dwóch chłopców na ich miejsce.

— A to dlaczego? — Tormund podrapał się po brodzie. — Zakładnik to zakładnik. Możesz tym swoim wielkim mieczem uciąć głowę dziewczynce równie łatwo jak chłopcu. Ojcowie kochają również córki. A przynajmniej większość ojców.

To nie ich ojcowie mnie niepokoją.

— Czy Mance śpiewał kiedyś o dzielnym Dannym Flincie?

— Nie przypominam sobie. A kim on był?

— Dziewczyną, która przebrała się za chłopaka, żeby przywdziać czerń. Pieśń o niej jest smutna i ładna, ale to, co ją spotkało, nie było ładne. — W niektórych wersjach pieśni jej duch nadal straszył w Nocnym Forcie. — Wyślę dziewczynki do Długiego Kurhanu.

Jedynymi stacjonującymi tam mężczyznami byli Żelazny Emmett i Edd Cierpiętnik. Jon ufał im obu, ale nie mógł powiedzieć tego samego o wszystkich swych braciach.

Dziki go zrozumiał.

— Wrony to wredne ptaszyska. — Splunął. — Jeszcze dwóch chłopców. Dostaniesz ich.

Gdy do tunelu weszło już dziewięćdziesięciu dziewięciu zakładników, Tormund Zabójca Olbrzyma przywołał ostatniego.

— To mój syn, Dryn. Pamiętaj, żebyście dobrze o niego dbali, wrono, bo inaczej upiekę i zjem twoją czarną wątrobę.

Jon przyjrzał się uważnie chłopcu. *Jest w wieku Brana, czy raczej w wieku, w jakim byłby Bran, gdyby Theon go nie zamordował.* Dryn nie miał jednak w sobie ani śladu słodyczy Brana. Był tęgim chłopcem o krótkich nogach i grubych ramionach oraz pucołowatej rumianej twarzy — miniaturową wersją ojca obdarzoną gęstą ciemnobrązową czupryną.

— Będzie mi służył jako paź — obiecał Tormundowi Jon.

— Słyszałeś, Dryn? Uważaj, żeby ci się nie przewróciło w głowie. Od czasu do czasu trzeba go porządnie zlać — oznajmił Jonowi. — Uważaj na jego zęby. Gryzie.

Sięgnął po róg, uniósł go do ust i zadął po raz drugi.

Tym razem naprzód ruszyli wojownicy. Było ich więcej niż stu. *Pięciuset* — pomyślał Jon Snow, gdy wychodzili spomiędzy drzew. *Może nawet tysiąc.* Tylko co dziesiąty jechał konno, ale wszyscy byli uzbrojeni. Mieli na plecach okrągłe wiklinowe tarcze obciągnięte skórami. Namalowano na nich węże, pająki, odcięte głowy, zakrwawione młoty, rozbite czaszki albo demony. Kilku nosiło skradzioną stal, powgniatane fragmenty zbroi zdjęte z zabitych zwiadowców. Inni wdziali kościane zbroje, jak Grzechocząca Koszula. Wszyscy mieli futra i skórzane kurty.

Były wśród nich włóczniczki o długich rozpuszczonych włosach. Patrząc na nie, Jon nie mógł nie wspominać Ygritte: błysku ognia w jej włosach, wyrazu jej twarzy w chwili, gdy rozbierała się dla niego w grocie, brzmienia jej głosu.

— Nic nie wiesz, Jonie Snow — powtarzała mu sto razy.

To nadal pozostaje tak samo prawdziwe jak wtedy.

— Mógłbyś najpierw wysłać kobiety — poskarżył się Tormundowi. — Matki i młode dziewczęta.

Dziki obrzucił go chytrym spojrzeniem.

— Pewnie, że mógłbym. A wtedy wrony mogłyby postanowić zamknąć bramę. Garstka wojowników po tamtej stronie dopilnuje, że tego nie zrobią, tak? — Uśmiechnął się. — Kupiłem twojego cholernego konia, Jonie Snow, ale to nie znaczy, że nie potrafię policzyć mu zębów. Nie myśl, że ja i moi ludzie ci nie ufamy. Ufamy ci w takim samym stopniu, jak ty nam. — Prychnął pogardliwie. — Chciałeś wojowników, tak? To ich masz. Każdy z nich jest wart sześciu waszych czarnych wron.

Jon nie mógł powstrzymać uśmiechu.

— Jestem zadowolony, pod warunkiem że zachowają tę swoją broń na wspólnego wroga.

— Dałem ci na to słowo, tak? Słowo Tormunda Zabójcy Olbrzyma. Mocne jak żelazo.

Odwrócił się i splunął.

W tłumie wojowników byli ojcowie wielu zakładników Jona. Niektórzy obrzucali go martwymi zimnymi spojrzeniami, dotykając rękojeści broni. Inni uśmiechali się jak dawno niewidziani kuzyni, choć kilka z tych uśmiechów zaniepokoiło lorda dowódcę bardziej niż wszelkie spojrzenia. Żaden nie klęknął, ale wielu ofiarowało mu przysięgi.

— Przysięgam to samo, co przysiągł Tormund — rzekł czarnowłosy Brogg, który nie należał do gadatliwych. Soren Rozbijacz Tarcz pochylił głowę o cal.

— Topór Sorena należy do ciebie, Jonie Snow, jeśli będziesz go potrzebował.

Rudobrody Gerrick Królewski Potomek przyprowadził trzy córki.

— Będą dobrymi żonami i dadzą mężom silnych synów królewskiej krwi — przechwalał się. — Przez ojca pochodzą od Raymuna Rudobrodego, który był królem za Murem.

Jon wiedział, że wśród wolnych ludzi pochodzenie znaczy bardzo niewiele. Nauczył się tego od Ygritte. Córki Gerricka również miały włosy barwy ognia, choć ona miała je splątane i rozczochrane, a ich były długie i proste.

— Trzy księżniczki, jedna piękniejsza od drugiej — rzekł ich ojcu. — Zadbam, by przedstawiono je królowej.

Podejrzewał, że Selyse Baratheon polubi je bardziej, niż polubiła Val. Były młodsze i zdecydowanie bojaźliwsze. *Są słodkie dla oka, choć ich ojciec robi wrażenie głupca.*

Howd Wędrowiec przysiągł na miecz, najbardziej wyszczerbiony i powgniatany kawał żelaza, jaki Jon w życiu widział. Devyn Obdzieracz Fok ofiarował mu kapelusz z foczej skóry, a Harle Łowca naszyjnik z niedźwiedzich pazurów. Morna, wiedźma-wojowniczka, zdjęła maskę z czardrewna na chwilę wystarczającą, by ucałować urękawicznioną dłoń Jona i przysiąc, że będzie jego wojownikiem albo jego kobietą, jak woli. I tak dalej.

Każdy wojownik przed wejściem do tunelu zdejmował wszystkie kosztowności i rzucał je na jeden z wozów ustawionych przez zarządcę przed bramą. Bursztynowe wisiorki, złote naszyjniki, ozdobione klejnotami sztylety, srebrne brosze, bransolety, pierścienie, niellowane kubki i złote puchary, rogi wojenne i rogi do picia, zielony grzebień z nefrytu, naszyjnik ze słodkowodnych pereł... Bowen Marsh przyjmował i zapisywał to wszystko. Pewien mężczyzna oddał koszulę ze srebrnych łusek, z pewnością zrobioną dla jakiegoś wielkiego lorda. Inny zostawił przed wejściem złamany miecz z trzema szafirami w rękojeści.

Były też dziwniejsze przedmioty: mamut-zabawka zrobiony z włosów prawdziwego mamuta, fallus wyrzeźbiony w mamucim kle, hełm wykonany z czaszki jednorożca, z nadal sterczącym z niej rogiem. Jon Snow nie miał pojęcia, ile żywności można będzie kupić za to wszystko w wolnych miastach.

Po jeźdźcach przyszli ludzie z Lodowego Brzegu. Kilkanaście wielkich kościanych rydwanów przejeżdżało kolejno obok Jona, postukując jak Grzechocząca Koszula. Połowa nadal miała koła, ale w pozostałych zastąpiono je płozami. Gładko przesuwały się po zaspach, w których grzęzły i zapadały się pojazdy posuwające się na kołach.

Ciągnące je psy były straszliwymi bestiami dorównującymi wielkością wilkorom. Kobiety nosiły focze skóry, niektóre miały niemowlęta u piersi. Starsze dzieci wlokły się za matkami, spoglądając na Jona oczami ciemnymi i twardymi jak kamienie, które ściskały w rękach. Jedni mężczyźni mieli na kapeluszach poroża, a inni kły morsów. Jon szybko się zorientował, że te dwie grupy nie lubią się nawzajem. Kolumnę zamykała grupka chudych reniferów, poganianych przez wielkie psy.

— Na nich lepiej uważaj, Jonie Snow — ostrzegł go Tormund. — To prawdziwe dzikusy. Mężczyźni są wredni, a kobiety jeszcze gorsze. — Odpiął od siodła bukłak i podał go Jonowi. — Masz. Może od tego wydadzą ci się mniej straszliwi. I nie zmarzniesz w nocy tak bardzo. Nie, zatrzymaj go sobie. Napij się do syta.

Miód był tak mocny, że oczy zaszły Jonowi łzami. Poczuł witki ognia wnikające mu w pierś. Pociągnął długi łyk.

— Dobry z ciebie człowiek, Tormundzie Dzieciaku Olbrzyma. Jak na dzikiego.

— Lepszy niż większość, zapewne. Ale nie tak dobry, jak niektórzy.

Dzikim nie było końca. Słońce przesuwało się powoli na błękitnym firmamencie. Tuż przed południem ruch się zatrzymał, gdy zaprzężony w wołu wóz utknął na zakręcie tunelu. Jon Snow wszedł do środka, by zbadać sprawę. Wóz ugrzązł na dobre. Stojący za nim ludzie grozili, że porąbią pojazd na kawałki i zaszlachtują wołu, a woźnica i jego rodzina przysięgali, że zabiją ich, jeśli spróbują. Przy pomocy Tormunda i jego syna Toregga Jon zdołał powstrzymać dzikich przed przelewem krwi, ale minęła prawie godzina, nim udało się znowu otworzyć drogę.

— Przydałaby się większa brama — poskarżył się Jonowi Tormund, spoglądając ze skwaszoną miną na niebo. Wiatr przyniósł kilka chmur. — To idzie cholernie powoli. Jakbyśmy próbowali wypić Mleczną Wodę przez słomkę. Ha. Gdybym tylko miał Róg Joramuna. Dmuchnąłbym w niego porządnie i wszyscy przeszlibyśmy po gruzach.

— Melisandre spaliła Róg Joramuna.

— Naprawdę? — Tormund klepnął się w udo z głośnym śmiechem. — Spaliła piękny wielki róg, to prawda. Uważam, że to cholerny grzech. Miał chyba z tysiąc lat. Znaleźliśmy go w grobie olbrzyma. Żaden z nas nigdy nie widział tak wielkiego rogu. Na pewno właśnie dlatego Mance wpadł na pomysł, by ci powiedzieć, że to Róg Joramuna. Chciał, żeby wrony uwierzyły, że możemy wam zwalić ten cholerny Mur do stóp.

Ale nie znaleźliśmy prawdziwego rogu, choć kopaliśmy bardzo wytrwale. Gdyby nam się udało, wszyscy klękacze w waszych Siedmiu Królestwach mogliby przez całe lato chłodzić sobie wino kawałkami lodu.

Jon obrócił się w siodle, marszcząc brwi. *Joramun zadął w Róg Zimy i przebudził śpiących w ziemi olbrzymów.* Ten ogromny róg o obręczach ze starego złota, ozdobiony starożytnymi runami... czy Mance Rayder go okłamał, czy raczej teraz Tormund nie mówił prawdy? *Jeśli róg Mance'a był fałszywy, to gdzie się podział autentyczny?*

Po południu słońce przesłoniły chmury. Dzień zrobił się szary i wietrzny.

— Idzie na śnieg — zapowiedział złowrogim tonem Tormund.

Inni dostrzegli w białawych chmurach taki sam omen i skłoniło ich to do pośpiechu. Ludzie tracili cierpliwość. Jednego z dzikich pchnięto nożem, gdy spróbował wejść do środka przed innymi, którzy stali w kolejce wiele godzin. Toregg wyrwał napastnikowi broń, wyciągnął obu mężczyzn z tłumu i wysłał z powrotem do obozu, by zaczęli od nowa.

— Tormundzie — odezwał się Jon, gdy do bramy zbliżyły się cztery stare kobiety ciągnące wóz wyładowany dziećmi — opowiedz mi o naszych wrogach. Chciałbym się jak najwięcej dowiedzieć o Innych.

Dziki potarł usta.

— Nie tutaj — wymamrotał. — Nie po tej stronie waszego Muru. — Spojrzał niespokojnie w stronę obleczonych w białe płaszcze drzew. — No wiesz, oni nigdy nie są daleko. Za dnia się nie pokażą, nie wtedy, gdy świeci stare dobre słońce, ale niech ci się nie zdaje, że to znaczy, iż odeszli. Cienie nigdy nie odchodzą. Możesz ich nie widzieć, ale zawsze depczą ci po piętach.

— Czy niepokoili was podczas drogi na południe?

— Nigdy nie zaatakowali większymi siłami, jeśli o to pytasz, ale cały czas podążali za nami, skubiąc nasze boki. Nawet nie chcę myśleć, ilu zwiadowców straciliśmy, a każdy, kto został z tyłu albo zabłądził, był zgubiony. Co noc otaczaliśmy obóz pierścieniem ognisk. Oni nieszczególnie lubią ogień, to jedno jest pewne. Ale gdy nadszedł śnieg... albo deszcz ze śniegiem czy zamarzający deszcz... wtedy cholernie trudno jest znaleźć suche drewno i rozpalić ogień. I jeszcze to zimno. Niektórymi nocami nasze ogniska po prostu kurczyły się i gasły. Zawsze rankiem znajdowaliśmy wtedy trochę trupów. Chyba że to one znalazły nas pierwsze. Nocą, gdy Torwynd... mój chłopak, on...

Tormund odwrócił twarz.

— Wiem — rzekł Jon Snow.

Dziki spojrzał na niego.

— Nic nie wiesz. Zabiłeś umarłego, słyszałem o tym. Mance zabił stu. Z trupami można walczyć, ale gdy nadchodzą ich panowie, gdy podnosi się biała mgła... jak się walczy z mgłą, wrono? Cienie z zębami... powietrze tak zimne, że oddychanie sprawia ból, jakby ktoś przeszywał ci pierś nożem... nie wiesz, nie możesz wiedzieć... czy twój miecz może przeciąć zimno?

Przekonamy się — pomyślał Jon, wspominając to, co wyczytał Sam w starych księgach. Długi Pazur wykuto w ogniach dawnej Valyrii, w smoczym płomieniu, a potem nasycono zaklęciami. *Smocza stal. Tak nazwał ją Sam. Mocniejsza od zwykłej, lżejsza, twardsza, ostrzejsza...* Ale księgi to tylko słowa. Prawdziwą próbą będzie bitwa.

— Nie mylisz się — przyznał Jon. — Nie wiem. I jeśli bogowie są łaskawi, nigdy się nie dowiem.

— Bogowie rzadko bywają łaskawi, Jonie Snow. — Tormund wskazał głową na niebo. — Zbierają się chmury. Już robi się ciemniej i zimniej. Wasz Mur przestał płakać. Spójrz. — Odwrócił się w stronę Toregga. — Wracaj do obozu i popędź ich — rozkazał mu. Chorzy i słabi, śpiochy i tchórze, każ wszystkim się ruszać. Podpal ich cholerne namioty, jeśli będzie trzeba. O zmierzchu musimy zamknąć bramę. Jeśli ktoś nie zdąży do tej pory przejść, lepiej niech się modli, by Inni dorwali go przede mną. Słyszałeś?

— Słyszałem.

Toregg wbił pięty w końskie boki i pocwałował ku tyłowi kolumny.

Dzikim nie było końca. Robiło się coraz ciemniej, zgodnie z przewidywaniami Tormunda. Chmury przesłoniły niebo od horyzontu po horyzont. Ciepło umknęło. Pod bramą coraz częściej dochodziło do przepychanek. Ludzie, kozy i woły, wszyscy starali się jak najszybciej wejść do tunelu. *To coś więcej niż niecierpliwość* — uświadomił sobie Jon. *To strach. Wojownicy, włóczniczki, łupieżcy, wszyscy boją się tego lasu. Cieni wędrujących wśród drzew. Chcą znaleźć się za Murem, nim zapadnie noc.*

W powietrzu zatańczył płatek śniegu. Potem drugi. *Zatańcz ze mną, Jonie Snow. Wkrótce ze mną zatańczysz.*

Dzikim nie było końca. Niektórzy posuwali się teraz szybciej, wręcz biegnąc przez pole dawnej bitwy. Inni — starcy, dzieci, chorzy — ledwie mogli się ruszać. Rankiem pole pokrywała gruba warstwa starego śniegu pokrytego białą skorupą, lśniącą w blasku słońca. Przejście wolnych ludzi zamieniło go w grząskie brązowoczarne błoto: drewniane koła i końskie kopyta, płozy z kości, rogu i żelaza, świńskie racice, ciężkie buciory, rozszczepione kopyta krów i wołów, czarne bose stopy Rogostopych, wszystkie zostawiły tu swoje ślady. Miękki grunt dodatkowo spowalniał marsz kolumny.

— Przydałaby się większa brama — raz jeszcze poskarżył się Tormund.

Późnym popołudniem śnieg sypał już miarowo, ale rzeka dzikich skurczyła się do rozmiarów strumienia. Spomiędzy drzew, wśród których rozbito obóz, buchały ku niebu słupy dymu.

— To Toregg — wyjaśnił Tormund. — Pali trupy. Co noc niektórzy z tych, którzy zasnęli, już się nie budzą. Można ich znaleźć w namiotach, jeśli je mają, skulonych i zamarzniętych. Mój syn wie, co trzeba zrobić.

Gdy Toregg wrócił z lasu, strużka dzikich była już bardzo wąska. Towarzyszyło mu kilkunastu konnych wojowników uzbrojonych we włócznie i miecze.

— To moja tylna straż — wyjaśnił Tormund ze szczerbatym uśmiechem. — Wrony mają zwiadowców i my też. Zostawiłem ich w obozie na wypadek, gdyby nas zaatakowano, zanim wszyscy przejdą.

— Twoi najlepsi ludzie.

— Albo najgorsi. Każdy z nich zabił kiedyś wronę.

Jeźdźcom towarzyszył jeden człowiek idący na piechotę. Truchtał za nim jakiś wielki zwierz. *To dzik* — uświadomił sobie Jon. *Ogromny odyniec.* Dwukrotnie większe od Ducha stworzenie porastała szorstka czarna szczecina, a jego kły dorównywały długością ramieniu mężczyzny. Jon nigdy dotąd nie widział tak wielkiej i brzydkiej dzikiej świni. Towarzyszący zwierzęciu mężczyzna również nie grzeszył urodą. Był potężnie zbudowany, miał czarne brwi, płaski nos, obwisłe policzki pokryte ciemnym zarostem i małe, czarne, blisko osadzone oczka.

— To Borroq.

Tormund odwrócił głowę i splunął.

— Zmiennoskóry.

To nie było pytanie. Jon skądś o tym wiedział.

Duch odwrócił głowę. Padający śnieg zamaskował woń dzika, ale biały wilk w końcu go zwęszył. Wysunął się przed Jona, obnażając kły w bezgłośnym grymasie.

— Nie! — warknął Jon. — Duch, siad. Zostań. Zostań!

— Dziki i wilki — mruknął Tormund. — Lepiej zamknij dziś na noc tego zwierza. Dopilnuję, żeby Borroq zrobił to samo ze swoją świnią. — Zerknął na ciemniejące niebo. — To już ostatni. Najwyższy czas. Będzie sypało przez całą noc. Czuję to. Pora zobaczyć, co jest po drugiej stronie tego lodu.

— Idź pierwszy — rzekł mu Jon. — Chcę ostatni przejść pod lodem. Spotkamy się na uczcie.

— Uczta? Ha! To słowo słyszę z radością.

Dziki zawrócił małą klacz ku bramie i klepnął ją w zad. Toregg i jeźdźcy podążyli za nim. Przed wejściem zsiedli z koni, by przeprowadzić je przez tunel. Bowen Marsh zaczekał jeszcze, by przypilnować swych zarządców, wprowadzających do środka ostatnie wozy. Potem zostali tylko Jon Snow i jego strażnicy.

Zmiennoskóry zatrzymał się w odległości dziesięciu jardów od niego. Jego potwór grzebał racicą w błocie i pochrząkiwał. Czarny garbaty grzbiet odyńca pokryła cienka warstewka śniegu. Nagle zwierz prychnął i opuścił łeb. Przez pół uderzenia serca Jon sądził, że dzik gotuje się do szarży. Towarzyszący mu ludzie pochylili włócznie.

— Bracie — rzekł Borroq.

— Lepiej już idź. Zaraz zamkniemy bramę.

— Zróbcie to — zgodził się zmiennoskóry. — Zamknijcie ją mocno. Nadchodzą oni, wrono. — Rozciągnął usta w najbrzydszym uśmiechu, jaki Jon w życiu widział, i ruszył ku bramie. Odyniec szedł za nim. Padający śnieg pokrywał ich ślady.

— To już koniec — stwierdził Rory, gdy zniknęli w tunelu.

Nie — pomyślał Jon Snow. *To dopiero początek.*

Bowen Marsh czekał na niego na południe od Muru z tabliczką pełną cyfr.

— Przez bramę przeszło dziś trzy tysiące stu dziewiętnastu dzikich — poinformował go lord zarządca. — Sześćdziesięciu zakładników po nakarmieniu wysłano do Wschodniej Strażnicy i Wieży Cieni. Edd Tollett pojechał z sześcioma wozami pełnymi kobiet do Długiego Kurhanu. Reszta nadal jest z nami.

— To nie potrwa długo — obiecał mu Jon. — Za dzień albo dwa Tormund zamierza poprowadzić swoich ludzi do Dębowej Tarczy. Reszta również odejdzie, gdy tylko zdecydujemy, gdzie ich umieścić.

— Skoro tak mówisz, lordzie Snow — odparł Bowen Marsh sztywnym tonem sugerującym, że wie, gdzie chciałby ich umieścić.

Zamek, do którego wrócił Jon, bardzo się różnił od tego, który opuścił rankiem. Odkąd przybył do Czarnego Zamku, zawsze wypełniała go cisza i cienie. Nieliczni odziani w czerń ludzie krążyli niczym duchy po ruinach fortecy mającej ongiś dziesięć razy więcej mieszkańców. Wszystko to teraz się zmieniło. W zawsze dotąd ciemnych oknach paliły się światła. Po dziedzińcach niosły się echem nieznajome głosy, a wolni ludzie krążyli po oblodzonych ścieżkach, od lat znających wyłącznie czarne buty wron. Pod starymi Koszarami Flinta natknął się na kilkunastu dzikich obrzucających się śnieżkami. *Bawią się* — pomyślał ze zdumieniem. *Dorośli mężczyźni bawią się jak dzieci. Rzucają w siebie śnieżkami, jak kiedyś robili to Bran i Arya, a przed nimi Robb ze mną.*

W starej zbrojowni Donala Noye'a nadal było ciemno i cicho, a w pokojach Jona położonych za wystygłą kuźnią jeszcze ciemniej. Ledwie jednak zdążył zdjąć płaszcz, gdy Dannel wsadził głowę do środka, by oznajmić, że Clydas przyniósł wiadomość.

— Przyślij go.

Jon zapalił ogarek od węgielka z piecyka, a potem trzy świece od ogarka.

Clydas wszedł do środka, mrugając powiekami różowych oczu. W miękkiej dłoni ściskał pergamin.

— Błagam o wybaczenie, lordzie dowódco. Wiem, że z pewnością jesteś zmęczony, ale pomyślałem sobie, że zechcesz natychmiast to zobaczyć.

— Dobrze zrobiłeś.

Jon zaczął czytać:

W Hardhome, z sześcioma statkami. Burzliwe morze. „Kos" zatonął z całą załogą, dwa lyseńskie statki wyrzucone na brzeg na Skane, „Szpon" nabiera wody. Tu jest bardzo źle. Dzicy jedzą własnych umarłych. Martwe stwory w lesie. Braavoscy kapitanowie chcą zabrać tylko kobiety i dzieci. Wiedźmy zwą nas łowcami niewolników. Atak na „Wronę Burzy" odparto, zginęło sześciu członków załogi i wielu dzikich. Zostało nam osiem kruków. Martwe stwory w wodzie. Wyślij pomoc drogą lądową, na morzu szaleją sztormy. Spisane na „Szponie" przez maestera Harmune'a.

Cotter Pyke umieścił swój gniewny znak pod spodem.

— Bardzo złe wieści, wasza lordowska mość? — zapytał Clydas.

— Raczej złe.

Martwe stwory w lesie. Martwe stwory w wodzie. Zostało sześć statków z jedenastu, które wypłynęły. Jon Snow zwinął pergamin z zasępioną miną. *Nadchodzi noc i zaczyna się moja wojna.*

ODSUNIĘTY RYCERZ

— Wszyscy klękają przed Jego Wspaniałością Hizdahrem zo Loraqiem, Czternastym Tego Szlachetnego Imienia, królem Meereen, latoroślą Ghis, oktarchą Starego Imperium, panem Skahazadhanu, Małżonkiem Smoków i Krwią Harpii — ryknął herold. Jego głos odbijał się echem od marmurowej posadzki i dźwięczał między kolumnami.

Ser Barristan Selmy wsunął dłoń pod płaszcz i poluzował miecz w pochwie. W obecności króla nikomu poza jego obrońcami nie pozwalano nosić broni. Najwyraźniej nadal się do nich zaliczał, pomimo dymisji. A przynajmniej nikt nie próbował odebrać mu miecza.

Daenerys Targaryen wolała przyjmować błagalników, siedząc na hebanowej ławie, gładkiej i prostej. Ser Barristan znalazł dla swej królowej poduszki, by było jej wygodniej. Król Hizdahr zastąpił ławę dwoma imponującymi tronami z pozłacanego drewna. Ich wysokie oparcia ukształtowano na podobieństwo smoków. Zasiadał na tronie ustawionym po prawej. Na głowie miał złotą koronę, a w bladej dłoni dzierżył wysadzane klejnotami berło. Drugi tron był pusty.

Ten ważny tron — pomyślał ser Barristan. *Smocze krzesło, nawet najpiękniej wyrzeźbione, nigdy nie zastąpi smoka.*

Po prawej stronie bliźniaczych tronów stał Goghor Gigant, ogromny mężczyzna o okrutnej, naznaczonej bliznami twarzy, po lewej zaś Cętkowany Kot, ze skórą lamparta przerzuconą przez ramię. Za nimi pozycję zajęli Belaquo Łamignat i Khrazz o zimnym spojrzeniu. *Wszystko to doświadczeni zabójcy* — pomyślał Selmy — *ale co innego walczyć z przeciwnikiem na arenie, gdzie jego nadejście zwiastuje dźwięk rogów i bębnów, a co innego wypatrzyć skrytobójcę, zanim uderzy.*

Dzień był jeszcze młody i rześki, ale ser Barristan czuł się straszliwie zmęczony, jakby walczył przez całą noc. Im był starszy, tym mniej snu potrzebował. Jako giermek potrafił spać dziesięć godzin bez przerwy, a potem i tak ziewał, wychodząc na ćwiczebny dziedziniec. W wieku sześćdziesięciu trzech lat pięć godzin snu wystarczało mu z nawiązką. Jego sypialnia była małą celą w apartamentach królowej, pierwotnie przeznaczoną dla niewolników. Miał w niej łoże, nocnik, szafę na ubrania, a nawet krzesło, gdyby zapragnął usiąść. Na stoliku przy łożu postawił woskową świecę i małą figurkę Wojownika. Choć nie zaliczał się do pobożnych ludzi, dzięki rzeźbie czuł się trochę mniej samotny w tym dziwacznym obcym mieście. To ku niej zwracał się podczas nocnej służby.

Obroń mnie przed wątpliwościami, które mnie dręczą, i daj mi siłę, bym mógł postąpić słusznie. Ale ani modlitwa, ani świt nie przynosiły mu pewności.

W komnacie było tłoczno jak zwykle, ale Barristan Selmy przede wszystkim zauważał brak znajomych twarzy. Missandei, Belwasa, Szarego Robaka, Agga, Jhoga i Rakhara, Irri i Jhiqui, a wreszcie Daario Naharisa. Miejsce Golonego Łba zajął tłuścioch w napierśniku z zaznaczonymi mięśniami i masce lwa. Spod spódniczki ze skórzanych pasów sterczały jego grube nogi. To był Marghaz zo Loraq, królewski kuzyn i nowy dowódca Mosiężnych Bestii. Selmy wyrobił już sobie zdrową pogardę dla niego. Znał w Królewskiej Przystani podobnych. Podlizywał się zwierzchnikom, pomiatał podwładnymi, był ślepy, zadufany i nieco zbyt próżny.

Skahaz również może tu być — uświadomił sobie Selmy. *Jeśli tylko ukrył swą brzydką gębę pod maską.* Między kolumnami stało około czterdziestu Mosiężnych Bestii. Ich wypolerowane maski lśniły w blasku pochodni. Golony Łeb mógł być dowolną z nich.

Komnatę wypełniał szmer setki cichych głosów, odbijający się echem od kolumn oraz od marmurowej posadzki. Dźwięk brzmiał złowieszczo i gniewnie. Przywodził Selmy'emu na myśl gniazdo szerszeni na chwilę przed wypadnięciem owadów na zewnątrz. Na twarzach błagalników widział gniew, żałobę, podejrzliwość i strach.

Gdy tylko nowy herold oznajmił początek audiencji, zrobiło się nieprzyjemnie. Jedna kobieta zaczęła wrzeszczeć coś o bracie, który zginął na Arenie Daznaka, inna zaś skarżyła się, że zniszczono jej lektykę. Jakiś grubas zerwał bandaże, pokazując zebranym poparzone ramię, nadal czerwone i sączące. Potem mężczyzna w niebiesko-złotym *tokarze* zaczął opowiadać o Harghazie Bohaterze, ale stojący za nim wyzwoleniec popchnął go i przewrócił na podłogę. Potrzeba było sześciu Mosiężnych Bestii, by ich rozdzielić i wywlec z komnaty. *Lis, jastrząb, foka, szarańcza, lew i ropucha.* Selmy zastanawiał się, czy maski coś znaczą dla noszących je ludzi. Czy ci sami mężczyźni codziennie zakładali te same maski, czy też co rano wybierali nowe twarze?

— Cicho! — błagał Reznak mo Reznak. — Proszę! Odpowiem, jeśli tylko...

— Czy to prawda? — zawołała wyzwolenica. — Czy nasza matka nie żyje?

— Nie, nie, nie — wrzeszczał Reznak. — Królowa Daenerys wróci w swoim czasie do Meereen, w całej swej mocy i majestacie. Do tej chwili Jego Czcigodność król Hizdahr będzie...

— To nie jest mój król — krzyknął inny wyzwoleniec.

Ludzie znowu zaczęli się przepychać.

— Królowa nie zginęła — zapewnił seneszal. — Braci krwi Jej Miłości wysłano za Skahazadhan, by ją odnaleźli i odwieźli z powrotem do kochającego męża oraz wiernych poddanych. Każdemu z nich towarzyszy dziesięciu doborowych jeźdźców, a każdemu jeźdźcowi dano po trzy konie. Znajdziemy królową Daenerys.

Potem przemówił wysoki Ghiscarczyk w brokatowej szacie. Jego głos był dźwięczny, ale zimny. Król Hizdahr poruszył się nerwowo na smoczym tronie. Twarz miał nieruchomą jak kamień. Ze wszystkich sił starał się wywołać wrażenie zatroskanego, ale wolnego od niepokoju. Po raz kolejny odpowiedzi udzielił seneszal.

Ser Barristan pozwolił, by śliskie słowa Reznaka po nim spływały. Przez lata służby w Gwardii Królewskiej nauczył się słuchać, ale nie słyszeć. Ta umiejętność była szczególnie użyteczna, gdy mówiący starał się udowodnić, że słowa to rzeczywiście wiatr. W głębi komnaty wypatrzył dornijskie książątko i jego dwóch towarzyszy. *Nie powinni tu przychodzić. Martell nie zdaje sobie sprawy z niebezpieczeństwa, które mu grozi. Daenerys była jego jedyną przyjaciółką na tym dworze, a teraz jej zabrakło.* Zastanawiał się, ile z tego, co tu mówiono, rozumieją Dornijczycy. Sam miał trudności z zanieczyszczonym ghiscarskim językiem handlarzy niewolników, zwłaszcza kiedy mówili szybko.

Książę Quentyn słuchał jednak uważnie. *To syn swego ojca.* Był niski i krępy, a jego twarzy nie można było nazwać ładną. Sprawiał wrażenie porządnego chłopaka, rozsądnego, dorzecznego i obowiązkowego... ale nie zaliczał się do tych, którzy potrafią sprawić, że serca młodych dziewcząt biją szybciej. A Daenerys Targaryen, kimkolwiek jeszcze mogła być, nadal pozostawała młodą dziewczyną. Sama lubiła o tym przypominać, gdy odpowiadało jej udawać niewiniątko. Jak wszystkie dobre królowe, na pierwszym miejscu stawiała interes swego ludu — w przeciwnym razie z pewnością nie wyszłaby za Hizdahra zo Loraqa — ale jej dziewczęca cząstka nadal pragnęła poezji, namiętności i śmiechu. *Pożąda ognia, a Dorne przysłało jej błoto.*

Z błota można zrobić okład łagodzący gorączkę. Można w nim zasiać ziarno, by wyrosło z niego zboże, które wykarmi dzieci. Błoto żywi, a ogień jedynie trawi, ale głupcy, dzieci i młode dziewczęta zawsze wybiorą ogień.

Za plecami księcia ser Gerris Drinkwater szeptał coś do Yronwooda. Ser Gerris był wszystkim, czym nie był jego książę: wysoki, szczupły i przystojny, obdarzony gracją szermierza oraz dowcipem dworaka. Selmy nie wątpił, że wiele dornijskich dziewcząt głaskało jego upstrzone pasmami barwy słońca włosy i całowało rozciągnięte w prowokacyjnym uśmiechu usta. *Gdyby to on był księciem, wszystko mogłoby się potoczyć inaczej* — pomyślał. Niemniej Drinkwater miał w sobie coś zbyt sympatycznego, jak na gust ser Barristana. *To fałszywa moneta* — pomyślał. Spotykał już podobnych mężczyzn.

To, co wyszeptał Drinkwater, musiało być zabawne, bo jego wysoki łysy przyjaciel parsknął nagle śmiechem tak głośnym, że sam król zwrócił głowę ku Dornijczykom. Ujrzawszy księcia, Hizdahr zo Loraq zmarszczył brwi.

To nie spodobało się ser Barristanowi. Potem król wezwał skinieniem swego kuzyna Marghaza, pochylił się ku jego uchu i wyszeptał coś do niego. To spodobało się staremu rycerzowi jeszcze mniej.

Nie składałem Dorne żadnej przysięgi — powiedział sobie ser Barristan. Niemniej Lewyn Martell był jego zaprzysiężonym bratem, a w owych czasach rycerzy Gwardii Królewskiej nadal łączyły silne więzy. *Nie byłem w stanie pomóc księciu Lewynowi nad Tridentem, ale mogę teraz pomóc jego bratankowi.* Martell tańczył w gnieździe żmij, a nawet ich nie dostrzegał. Jego dalsza obecność, po tym, jak Daenerys oddała się innemu na oczach bogów i ludzi, sprowokowałaby każdego męża, a nie było tu już królowej, która broniłaby Quentyna przed gniewem Hizdahra. *Chociaż...*

Ta myśl nadeszła nagle, jak uderzenie w twarz. Quentyn wychowywał się na dornijskich dworach. Spiski i trucizny nie były dla niego pierwszyzną, a książę Lewyn nie był jego jedynym stryjem. *Drugim był Czerwona Żmija.* Daenerys wzięła sobie innego za małżonka, ale gdyby Hizdahr umarł, znowu byłaby wolna. *Czyżby Golony Łeb się mylił? Skąd pewność, że szarańcze przeznaczono dla Daenerys? To była osobista loża króla.* Co, jeśli to on miał być ofiarą? Śmierć Hizdahra zniszczyłaby kruchy pokój. Synowie Harpii wznowiliby nocne ataki, a Yunkijczycy działania wojenne. Daenerys mogłaby nie mieć innego wyjścia niż Quentyn i jego pakt małżeński.

Ser Barristan nadal borykał się z tym podejrzeniem, gdy nagle usłyszał odgłos ciężkich kroków na stromych kamiennych schodach prowadzących do komnaty. Przybyli Yunkijczycy. Orszak posłów Żółtego Miasta prowadzili trzej Mądrzy Panowie, a każdemu z nich towarzyszyła zbrojna świta. Pierwszy handlarz niewolników był odziany w *tokar* z rdzawobrązowego jedwabiu, obszyty złotą nicią, drugi nosił strój w paski koloru morskiego i pomarańczowego, trzeci zaś napierśnik ozdobiony scenami erotycznymi inkrustowanymi gagatem, nefrytem i macicą perłową. Towarzyszył im kapitan najemników zwany Krwawobrodym. Przez potężne ramię przerzucił sobie skórzany worek, a na jego twarzy malował się wyraz krwiożerczej radości.

Nie ma Obdartego Księcia — zauważył Selmy. *Ani Brązowego Bena Plumma.* Ser Barristan obrzucił Krwawobrodego chłodnym spojrzeniem. *Daj mi choć najmniejszy pretekst, bym mógł z tobą zatańczyć, a przekonamy się, kto się będzie śmiał ostatni.*

Reznak mo Reznak przepchnął się naprzód.

— Mądrzy Panowie, to dla nas zaszczyt. Jego Promienność król Hizdahr wita swych przyjaciół z Yunkai. Rozumiemy…

— Zrozumcie to.

Krwawobrody wyjął z worka uciętą głowę i rzucił ją seneszalowi.

Reznak pisnął ze strachu i uskoczył na bok. Głowa odbiła się od posadzki, zostawiając ślad krwi na fioletowym marmurze, i potoczyła się do stóp tronu króla Hizdahra. Stojące pod ścianami Mosiężne Bestie pochyliły włócznie. Goghor Gigant przesunął się ociężałym krokiem naprzód i stanął przed królewskim tronem. Cętkowany Kot i Khrazz zajęli pozycje u jego boków, tworząc żywy mur.

Krwawobrody ryknął śmiechem.

— On nie żyje. Nie ugryzie.

Ostrożnie, bardzo ostrożnie, seneszal podszedł do głowy i podniósł ją delikatnie za włosy.

— To admirał Groleo.

Ser Barristan zerknął na tron. Służył wielu królom i nie potrafił się powstrzymać przed wyobrażaniem sobie, jak mogliby zareagować na podobną prowokację. Aerys wzdrygnąłby się z przerażenia, najpewniej kalecząc się przy tym o zadziory

Żelaznego Tronu, a potem wrzasnąłby na swych ludzi, każąc im porąbać Yunkijczyków na kawałki. Robert zażądałby, by podano mu młot, żeby mógł odpłacić Krwawobrodemu pięknym za nadobne. Nawet Jaehaerys, przez wielu uważany za słabego, kazałby aresztować Krwawobrodego i yunkijskich handlarzy niewolników.

Hizdahr zamarł w bezruchu, jak zahipnotyzowany. Reznak położył głowę na atłasowej poduszce u stóp króla, a potem czmychnął, wykrzywiając usta w grymasie niesmaku. Ser Barristan czuł intensywny kwietny zapach perfum seneszala.

Umarły patrzył na nich z wyrzutem. Jego kasztanową brodę pokryła zakrzepła krew. Z szyi nadal sączyła się czerwona strużka. Sądząc po wyglądzie, potrzeba było więcej niż jednego uderzenia, by oddzielić głowę od ciała. Błagalnicy zaczęli powoli odpływać z komnaty. Jeden z mężczyzn służących w Mosiężnych Bestiach zerwał z twarzy maskę jastrzębia i zwymiotował śniadanie.

Barristan Selmy nieraz już widywał ucięte głowy. Ale ta... przemierzył ze starym żeglarzem pół świata, od Pentos do Qarthu, a później z powrotem do Astaporu. *Groleo był dobrym człowiekiem. Nie zasługiwał na taki koniec. Chciał tylko wrócić do domu.* Rycerz napiął mięśnie i czekał.

— To — odezwał się wreszcie król Hizdahr. — To nie jest... nie jesteśmy zadowoleni, to... co ma znaczyć to... to...

Handlarz niewolników w rdzawobrązowym *tokarze* wydobył dokument.

— Mam zaszczyt przynieść ci tę wiadomość od rady panów. — Rozwinął zwój. — Napisano tu: „Siedmiu przybyło do Meereen, by podpisać ugodę pokojową i być świadkami igrzysk na Arenie Daznaka, zorganizowanych dla jej uczczenia. Dla zapewnienia im bezpieczeństwa, przekazano nam siedmiu zakładników. Żółte Miasto opłakuje swego szlachetnego syna Yurkhaza zo Yunzaka, który zginął okrutną śmiercią, gdy był gościem w Meereen. Za krew trzeba zapłacić krwią".

Groleo miał w Pentos żonę. Dzieci i wnuki. *Dlaczego wybrali akurat jego?* Jhogo, Bohater i Daario Naharis dowodzili wojownikami, ale Groleo był admirałem bez floty. *Czy ciągnęli słomki, czy też uznali, że Groleo jest dla nas najmniej wartościowy i najprawdopodobniej nie sprowokuje odwetu?* — zastanawiał się rycerz... łatwiej jednak było sformułować to pytanie, niż na nie odpowiedzieć. *Nie mam talentu do rozsupływania takich węzłów.*

— Wasza Miłość — zawołał ser Barristan. — Jeśli łaska, przypomnij sobie, że śmierć szlachetnego Yurkhaza była wypadkiem. Potknął się na schodach, próbując uciekać przed smokiem, i stratowali go właśni niewolnicy oraz towarzysze. Albo serce mu pękło ze strachu. Był stary.

— Kto to odzywa się bez królewskiego pozwolenia? — zapytał yunkijski możnowładca w *tokarze* w paski, niski mężczyzna o cofniętym podbródku i zębach niemieszczących się w ustach. Przypominał Selmy'emu królika. — Czy władcy Yunkai muszą słuchać gadania strażników?

Potrząsnął perłami na obrąbku *tokaru.*

Hizdahr zo Loraq nie mógł oderwać spojrzenia od głowy. Ocknął się dopiero wtedy, gdy Reznak wyszeptał mu coś do ucha.

— Yurkhaz zo Yunzak był waszym naczelnym wodzem — rzekł. — Który z was przemawia teraz w imieniu Yunkai?

— Wszyscy — odparł królik. — Rada panów.

Król Hizdahr wreszcie odnalazł w sobie odrobinę stali.

— W takim razie wszyscy jesteście odpowiedzialni za złamanie naszego pokoju.

— Naszego pokoju nie złamano — odparł Yunkijczyk w napierśniku. — Zapłaciliśmy krwią za krew, życiem za życie. Na dowód swej dobrej woli zwracamy ci troje zakładników.

Żelazne szeregi zbrojnych za jego plecami się rozstąpiły. Przyprowadzono troje Meereeńczyków podtrzymujących swoje *tokary* — dwie kobiety i mężczyznę.

— Siostro — odezwał się Hizdahr pozbawionym wyrazu tonem. — Kuzyni — Wskazał na krwawiącą głowę. — Zabierzcie nam to z oczu.

— Admirał był żeglarzem — przypomniał mu ser Barristan. — Czy Wasza Wspaniałość mógłby poprosić Yunkai'i o zwrot ciała, byśmy mogli pochować go w morzu?

Wielmoża o króliczych zębach skinął dłonią.

— Zrobimy to, jeśli Wasza Promienność pragnie. Na znak szacunku.

Reznak mo Reznak odchrząknął donośnie.

— Bez obrazy, ale mam wrażenie, że Jej Czcigodność królowa Daenerys dała wam... hm... siedmiu zakładników. Trzech pozostałych...

— Pozostanie naszymi gośćmi, dopóki nie uśmiercicie smoków — oznajmił Yunkijczyk w napierśniku.

W komnacie zapadła cisza. Potem rozległy się szepty i mamrotania, powtarzane pod nosem przekleństwa i modlitwy. Szerszenie poruszyły się w swym gnieździe.

— Smoków... — powtórzył król Hizdahr.

— To potwory. Wszyscy ujrzeli to na Arenie Daznaka. Dopóki pozostają przy życiu, prawdziwy pokój nie będzie możliwy.

— Matką Smoków jest Jej Wspaniałość królowa Daenerys — odparł Reznak. — Tylko ona może...

— Jej już nie ma — przerwał mu Krwawobrody ze wzgardą w głosie. — Smok ją spalił i pożarł. Z jej rozbitej czaszki wyrastają chwasty.

Na jego słowa odpowiedział ryk. Niektórzy krzyczeli i przeklinali. Inni tupali nogami i gwizdali na znak aprobaty. Dopiero gdy Mosiężne Bestie uderzyły tępymi końcami włóczni o posadzkę, zapadła cisza.

Ser Barristan ani na chwilę nie odrywał spojrzenia od Krwawobrodego. *Przybył tu po to, by złupić miasto, a pokój Hizdahra pozbawił go szansy na łupy. Zrobi wszystko, co będzie mógł, by znowu popłynęła krew.*

Hizdahr zo Loraq podniósł się powoli ze smoczego tronu.

— Muszę to przedyskutować ze swą radą. Audiencja skończona.

— Wszyscy klękają przed Jego Wspaniałością Hizdahrem zo Loraqiem, Czternastym Tego Szlachetnego Imienia, królem Meereen, latoroślą Ghis, oktarchą Starego Imperium, panem Skahazadhanu. Małżonkiem Smoków i Krwią Harpii — zawołał herold. Mosiężne Bestie wyszły spomiędzy kolumn, ustawiając się w szereg, a potem pomaszerowały powoli naprzód paradnym krokiem, wypychając błagalników z komnaty.

Dornijczycy nie mieli do pokonania tak długiej drogi, jak większość pozostałych. Jak przystało jego randze i pozycji, księciu Quentynowi Martellowi przyznano kwaterę wewnątrz Wielkiej Piramidy, dwa piętra niżej. To był piękny apartament z własnym wychodkiem i otoczonym murem tarasem. Być może właśnie dlatego on i jego towarzysze nie śpieszyli się do wyjścia, czekając, aż tłum się przerzedzi, nim ruszyli ku schodom.

Ser Barristan przyglądał się im w zamyśleniu. *Czego chciałaby Daenerys?* — zadał sobie pytanie. Był przekonany, że zna odpowiedź. Ruszył przed siebie, powiewając długim białym płaszczem. Dogonił Dornijczyków na szczycie schodów.

— Audiencje u twojego ojca nigdy nie były nawet w połowie tak interesujące — usłyszał żart Drinkwatera.

— Książę Quentynie — zawołał Selmy. — Czy mogę prosić na słówko?

Quentyn Martell odwrócił się ku niemu.

— Oczywiście, ser Barristanie. Moje komnaty są piętro niżej.

Nie.

— Nie mam prawa ci doradzać, książę Quentynie… ale na twoim miejscu bym tam nie wracał. Ty i twoi przyjaciele powinniście zejść na dół i opuścić to miejsce.

Książę Quentyn przeszył go zdziwionym spojrzeniem.

— Opuścić piramidę?

— Opuścić to miasto. Wrócić do Dorne.

Dornijczycy wymienili spojrzenia.

— W komnatach jest nasza broń i zbroje — wyjaśnił Gerris Drinkwater. — Nie wspominając już o większości pieniędzy, jakie nam zostały.

— Możecie kupić nowe miecze — odparł ser Barristan. — Byłbym też w stanie dać wam tyle pieniędzy, że wystarczy na powrót do Dorne. Książę Quentynie, król cię dzisiaj zauważył. Zmarszczył brwi.

Gerris Drinkwater ryknął śmiechem.

— Mamy się bać Hizdahra zo Loraqa? Sam go przed chwilą widziałeś. Przestraszył się Yunkijczyków. Przysłali mu głowę, a on nic nie zrobił.

Quentyn Martell skinął głową na znak zgody.

— Książę zawsze powinien się zastanowić, zanim zacznie działać. Ten król... nie wiem, co o nim myśleć. To prawda, że królowa mnie przed nim ostrzegała, ale...

— Ostrzegała cię? — Selmy się zasępił. — Czemu więc nadal tu jesteś?

Książę Quentyn poczerwieniał na twarzy.

— Pakt małżeński...

— ...zawarli go dawno temu dwaj nieżyjący już ludzie i nie wspomina się w nim ani słowem o królowej ani o tobie. Obiecywał rękę twojej siostry bratu królowej, który również już nie żyje. Ten pakt utracił ważność. Przed twoim przybyciem Jej Miłość nawet nie wiedziała o jego istnieniu. Twój ojciec dobrze ukrywał swe tajemnice, książę Quentynie. Obawiam się, że za dobrze. Gdyby królowa wiedziała o tym pakcie w Qarthu, mogłaby nie pożeglować do Zatoki Niewolniczej. Przybyłeś za późno. Nie chcę sypać soli na twoje rany, ale Jej Miłość ma nowego męża i dawnego faworyta, wydaje się też, że woli ich obu od ciebie.

W ciemnych oczach księcia rozbłysnął gniew.

– To ghiscarskie paniątko nie jest godnym małżonkiem dla królowej Siedmiu Królestw.

— Nie tobie to oceniać. — Ser Barristan przerwał na chwilę, zastanawiając się, czy nie wygadał już zbyt wiele. *Nie. Powiedz mu wszystko.* — Tamtego dnia na Arenie Daznaka w żywności przyniesionej do królewskiej loży była trucizna. Tylko przypadek sprawił, że wszystko zjadł Silny Belwas. Niebieskie Gracje mówią, że ocalał wyłącznie dzięki swym rozmiarom i nadzwyczajnej sile. Niewiele zabrakło. Nadal może umrzeć.

Na twarzy księcia Quentyna pojawił się szok.

— Trucizna... przeznaczona dla Daenerys?

— Dla niej albo dla Hizdahra. Być może dla obojga. Ale to była jego loża. Jego Miłość kierował przygotowaniami. Jeśli to on kazał podać truciznę... no cóż, będzie potrzebował kozła ofiarnego. Któż nadawałby się lepiej niż rywal z dalekich krain, który nie ma na dworze przyjaciół? Któż nadawałby się lepiej niż wzgardzony zalotnik?

Quentyn Martell pobladł.

— Ja? Nigdy bym... z pewnością nie myślisz, że miałem coś wspólnego...

To prawda albo jest bardzo zdolnym komediantem.

— Inni mogą tak pomyśleć — stwierdził ser Barristan. — Twoim stryjem był Czerwona Żmija. Miałeś też motywy, by pragnąć śmierci króla Hizdahra.

— Nie on jeden — zasugerował Gerris Drinkwater. — Na przykład, Naharis. Był jej...

— ...faworytem — przerwał mu ser Barristan, nim dornijski rycerz zdążył powiedzieć coś, co splamiłoby honor królowej. — Tak właśnie nazywacie to w Dorne, prawda? — Nie czekał na odpowiedź. — Książę Lewyn był moim zaprzysiężonym bratem. W owych czasach królewscy gwardziści mieli przed sobą niewiele tajemnic. Wiem, że utrzymywał faworytę i nie widział w tym żadnego powodu do wstydu.

— To prawda — przyznał Quentyn z czerwoną twarzą — ale...

— Daario zabiłby Hizdahra w jedno uderzenie serca, gdyby tylko się ośmielił — ciągnął ser Barristan. — Ale nie użyłby trucizny. W żadnym wypadku. Zresztą jego tu nie ma. Hizdahr i tak z przyjemnością oskarżyłby go o zatrucie szarańczy... ale może jeszcze potrzebować Wron Burzy, a z pewnością je utraci, jeśli będzie odpowiedzialny za śmierć ich kapitana. Nie, mój książę. Jeśli Jego Miłość będzie potrzebował truciciela, jego wzrok padnie na ciebie. — To było wszystko, co mógł bezpiecznie powiedzieć. Za kilka dni, jeśli bogowie się do nich uśmiechną, Hizdahr zo Loraq nie będzie już władał Meereen... ale nic dobrego z tego nie wyniknie, jeśli książę Quentyn wmiesza się w jatkę, która z pewnością nastąpi. — Jeśli musicie pozostać w Meereen, lepiej by było, gdybyście trzymali się z dala od dworu, licząc na to, że Hizdahr o was zapomni — dodał ser Barristan. — Ale rozsądniej byłoby wsiąść na statek płynący do Volantis. Bez względu na to, jaki kurs wybierzesz, życzę ci jak najlepiej.

— Zwą cię Barristanem Śmiałym — zawołał za nim Quentyn Martell, nim zdążył się oddalić na trzy kroki.

— Niektórzy to robią.

Selmy zdobył ten przydomek w wieku dziesięciu lat. Dopiero co został giermkiem, lecz był tak próżny, zarozumiały i głupi, że wbił sobie do głowy, iż może się mierzyć z doświadczonymi rycerzami. Pożyczył rumaka, a do tego kilka fragmentów płytowej zbroi ze zbrojowni lorda Dondarriona i wstąpił w szranki na turnieju w Blackhaven jako tajemniczy rycerz. *Nawet herold się śmiał. Ramiona miałem tak chude, że gdy pochyliłem kopię, ledwie mogłem utrzymać jej czubek nad ziemią.* Lord Dondarrion byłby w prawie, gdyby ściągnął go z konia i spuścił mu lanie, ale Książę Ważek ulitował się nad głupawym chłopakiem i odpowiedział na jego wyzwanie. Wystarczył jeden przejazd. Potem książę Duncan pomógł Barristanowi wstać i zdjął mu hełm.

— To chłopiec — oznajmił tłumowi. — Śmiały chłopiec.

Minęły już pięćdziesiąt trzy lata. Ilu z tych, którzy byli w Blackhaven, jeszcze żyje?

— Jak myślisz, jakie imię mi nadadzą, gdy wrócę do Dorne bez Daenerys? — zapytał książę. — Quentyn Ostrożny? Quentyn Tchórzliwy? Quentyn Słaby?

Książę Który Przybył za Późno — pomyślał stary rycerz... ale jeśli służba w Gwardii Królewskiej czegokolwiek uczyła, to z pewnością trzymania języka za zębami.

— Quentyn Mądry — zasugerował, mając nadzieję, że okaże się to prawdą.

WZGARDZONY ZALOTNIK

Zbliżała się już godzina duchów, gdy ser Gerris Drinkwater wrócił wreszcie do piramidy i zameldował, że znalazł Fasolę, Książkę i Starego Kościstego Billa w jednej z bardziej podejrzanych piwnic Meereen, gdzie pili żółte wino i patrzyli, jak nadzy niewolnicy zabijają się nawzajem gołymi rękami i spiłowanymi zębami.

— Fasola wyciągnął nóż i zaproponował zakład o to, czy dezerterzy mają brzuchy pełne żółtego śluzu — opowiadał ser Gerris. — Rzuciłem mu smoka i zapytałem, czy żółte złoto wystarczy. Ugryzł monetę i zainteresował się, co chcę kupić. Kiedy mu powiedziałem, schował nóż. Tym razem zapytał, czy jestem pijany czy szalony.

— Niech sobie myśli, co chce, byle tylko przekazał wiadomość — skwitował Quentyn.

— Tyle przynajmniej zrobi. Idę o zakład, że dostaniesz też swoje spotkanie, choćby tylko po to, by Łachmaniarz mógł kazać Ładnej Meris wyciąć ci wątrobę i usmażyć ją z cebulą. Trzeba było posłuchać Selmy'ego. Gdy Barristan Śmiały doradza ucieczkę, rozsądny człowiek wiąże buty. Powinniśmy znaleźć statek do Volantis, dopóki port jest otwarty.

Na same te słowa policzki ser Archibalda pozieleniały.

— Tylko nie statek. Wolałbym wrócić do Volantis, skacząc na jednej nodze.

Volantis — pomyślał Quentyn. *Potem Lys, a po Lys dom. Wróciłbym z pustymi rękami, tą samą drogą, którą przybyłem. Trzech dzielnych ludzi zginęło. I po co?*

Słodko by było znowu ujrzeć Zieloną Krew, odwiedzić Słoneczną Włócznię i Wodne Ogrody, odetchnąć czystym, górskim powietrzem Yronwood zamiast gorących, wilgotnych, brudnych waporów Zatoki Niewolniczej. Quentyn wiedział, że ojciec nie zganiłby go ani słowem, ale wyczytałby w jego oczach rozczarowanie. Siostra jawnie okazałaby mu wzgardę, Żmijowe Bękarcice drwiłyby zeń uśmiechami ostrymi jak miecze, a lord Yronwood, jego drugi ojciec, który wysłał z Quentynem swego syna, by zapewnić księciu bezpieczeństwo...

— Nie zatrzymuję was tutaj — oznajmił przyjaciołom Quentyn. — Ojciec zlecił to zadanie mnie, nie wam. Wracajcie do domu, jeśli chcecie. Morzem czy lądem, jak wolicie. Ja tu zostanę.

— W takim razie Drink i ja też — oznajmił Kolos, wzruszając ramionami.

Następnej nocy księcia Quentyna odwiedził Denzo D'han. Przyszedł uzgodnić warunki.

— Spotka się z tobą jutro na targu przyprawowym. Szukaj drzwi oznaczonych fioletowym lotosem. Zapukaj dwa razy i zawołaj „wolność".

— Zgoda — odparł Quentyn. — Będą ze mną Arch i Gerris. On też może przyprowadzić dwóch mężczyzn. Ale nie więcej.

— Jak sobie życzysz, mój książę. — Słowa były uprzejme, ale w głosie Denza pobrzmiewała złość, a w oczach poety-wojownika błyszczała drwina. — Przyjdźcie o zachodzie słońca. Pilnujcie, żeby nikt was nie śledził.

Dornijczycy opuścili Wielką Piramidę godzinę przed zmierzchem, na wypadek gdyby zmylili drogę i mieli trudności ze znalezieniem fioletowego lotosu. Quentyn i Gerris przypięli pasy z mieczami, Kolos zaś zawiesił sobie na szerokich plecach młot bojowy.

— Jeszcze nie jest za późno, by porzucić to szaleństwo — mówił Gerris, gdy szli cuchnącym zaułkiem w stronę starego targu przyprawowego. Cuchnęło tu szczynami. Słyszeli też przed sobą łoskot obitych żelazem kół wozu, na który zbierano trupy. — Stary Kościsty Bill zawsze mawiał, że Ładna Meris potrafi przedłużyć konanie jednej ze swych ofiar na cały cykl księżyca. Okłamaliśmy ich, Quent. Wykorzystaliśmy, by tu dotrzeć, a potem zdezerterowaliśmy do Wron Burzy.

— Tak nam kazano.

— Obdartus nie chciał, żebyśmy zrobili to naprawdę — sprzeciwił się Kolos. — Reszta jego chłopaków, ser Orson, Dick Straw, Hungerford, Will z Lasu i tak dalej, wszyscy oni siedzą przez nas w lochach. Stary Szmaciarz na pewno się z tego nie cieszy.

— To prawda — przyznał Quentyn. — Ale złoto by go ucieszyło.

Gerris parsknął śmiechem.

— Szkoda, że go nie mamy. Wierzysz w ten pokój, Quent? Ja nie. Połowa miasta zwie smokobójcę bohaterem, a druga połowa pluje krwią, wypowiadając jego imię.

— Harzoo — dodał Kolos.

Quentyn zmarszczył brwi.

— Nazywał się Harghaz.

— Hizdahr, Humzum, Hagnag, co to ma za znaczenie. Na wszystkich mówię Harzoo. Nie był żadnym smokobójcą. Smok spalił mu dupę na węgiel i tyle.

— Był odważny.

Czy mnie by wystarczyło odwagi, by stawić czoło takiemu potworowi tylko z włócznią w ręce?

— Chciałeś powiedzieć, że zginął odważnie — dodał Gerris.

— Zginął z krzykiem na ustach — sprzeciwił się Arch.

— Nawet jeśli królowa wróci, nadal będzie mężatką — stwierdził Drinkwater, kładąc dłoń na ramieniu Quentyna.

— Nie, jeśli dam królowi Harzoo młotem przez łeb — zasugerował Kolos.

— Hizdahrowi — poprawił go Quentyn. — On się nazywa Hizdahr.

— Jeden pocałunek mojego młota i nikogo już nie będzie obchodziło, jak się nazywał — zapewnił Arch.

Nic nie rozumieją. Jego przyjaciele stracili z oczu prawdziwy cel ich przybycia w to miejsce. *Droga prowadzi przez nią, nie do niej. Daenerys jest środkiem do celu, a nie celem.*

— „Smok ma trzy głowy". Tak mi powiedziała. „Moje małżeństwo nie musi być kresem twoich nadziei. Wiem, po co tu przybyłeś. Po ogień i krew". Przecież wiecie, że w moich żyłach płynie krew Targaryenów. Wywodzę się…

— Pierdolić pochodzenie — przerwał mu Gerris. — Smoków nic nie obejdzie twoja krew, chyba że chodzi o jej smak. Nie można poskromić smoka lekcją historii. To są monstra, nie maesterzy. Czy naprawdę chcesz to zrobić, Quent?

— Muszę to zrobić. Dla Dorne. Dla ojca. Dla Cletusa, Willa i maestera Kedry'ego.

— Oni nie żyją — przypomniał mu Gerris. — Im już wszystko jedno.

— Wszyscy zginęli — zgodził się Quentyn. — A za co? Za to, żebym mógł tu przybyć. Cletus mówił, że to wielka przygoda. Szlaki demonów i burzliwe morza, a na końcu drogi najpiękniejsza kobieta na świecie. Opowieść, którą będzie mógł powtarzać wnukom. Ale Cletus nigdy już nie spłodzi dziecka, chyba że zostawił bękarta w brzuchu tej karczemnej dziewki, która mu się spodobała. Will nigdy się nie ożeni. Ich śmierć powinna coś znaczyć.

— A co znaczyła jego śmierć? — zapytał Gerris, wskazując na trupa wspartego o ceglany mur. Ciało oblazły chmary zielonych błyszczących much.

Quentyn spojrzał z niesmakiem na umarłego.

— To ofiara dyzenterii. Trzymajcie się od niego z daleka. — Do miasta przybyła biała klacz. Nic dziwnego, że na ulicach było tak pusto. — Nieskalani wyślą po niego wóz.

— Z pewnością. Ale nie o to mi chodziło. To życie ludzi coś znaczy, nie ich śmierć. Ja też kochałem Willa i Cletusa, ale w ten sposób nie przywołasz ich z powrotem. To błąd, Quent. Najemnikom nie można ufać.

— To ludzie, tacy sami jak inni. Pragną złota, chwały i władzy. Tylko temu ufam.

Temu i swemu przeznaczeniu. Jestem księciem Dorne i w moich żyłach płynie krew smoków.

Słońce zniknęło już za miejskimi murami, gdy wreszcie znaleźli fioletowy lotos, namalowany na zwietrzałych drewnianych drzwiach niskiej ceglanej rudery stojącej w szeregu podobnie nędznych budynków w cieniu wielkiej, żółto-zielonej piramidy Rhazdarów. Quentyn zapukał dwa razy, jak mu kazano. Zza drzwi odpowiedział mu gruby głos, wypowiadający jakieś niezrozumiałe słowa w skundlonym języku Zatoki Niewolniczej, brzydkiej mieszance staroghiscarskiego i starovalyriańskiego.

— Wolność — odpowiedział książę w tej samej mowie.

Drzwi się otworzyły. Gerris wszedł pierwszy, dla bezpieczeństwa. Quentyn szedł tuż za nim, a Kolos na końcu. Pomieszczenie wypełniały gęste opary niebieskawego dymu.

Jego słodka woń nie mogła jednak zagłuszyć bardziej intensywnego odoru szczyn, kwaśnego wina i gnijącego mięsa. Sala była znacznie większa, niż wydawało się z zewnątrz, rozciągała się również na sąsiednie rudery. To, co z ulicy wyglądało na kilkanaście odrębnych budynków, w środku było jednym długim korytarzem.

O tej porze lokal był wypełniony w mniej niż połowie. Kilku gości obrzuciło Dornijczyków wrogimi lub zaciekawionymi spojrzeniami. Reszta tłoczyła się wokół zagłębienia ulokowanego na końcu sali. Dwaj nadzy mężczyźni walczyli w nim na noże, głośno dopingowani przez widzów.

Quentyn nigdzie nie widział ludzi, z którymi miał się tu spotkać. Wtem otworzyły się drzwi, których przedtem nie zauważył. Wyszła z nich zasuszona staruszka w ciemnoczerwonym *tokarze* obszytym maleńkimi złotymi czaszkami. Cerę miała białą jak mleko klaczy, a włosy tak rzadkie, że można było pod nimi dostrzec skórę czaszki.

— Dorne — odezwała się. — Ja Zahrina. Fioletowy Lotos. Chodźcie na dół, znajdziecie ich.

Przytrzymała drzwi i skinęła na gości, każąc im wejść.

Za drzwiami były drewniane schody, strome i kręte. Tym razem pierwszy szedł Kolos, a tyłów strzegł Gerris. Książę zdążał między nimi. *Piwnica pod piwnicą.* Zejście trwało długo. Było tu tak ciemno, że Quentyn musiał wymacywać drogę, żeby się nie potknąć. Gdy byli już prawie na miejscu, ser Archibald wydobył sztylet.

Znaleźli się w ceglanej krypcie, trzykrotnie większej od winnego szynku na górze. Pod ścianami, tak daleko, jak książę mógł sięgnąć wzrokiem, stały wielkie drewniane kadzie. Na haku tuż za drzwiami zawieszono czerwoną lampę, a na przewróconej beczce służącej jako stół paliła się czarna kopcąca świeca. To były jedyne tu źródła światła.

Caggo Trupobójca spacerował pod kadziami z winem. U jego pasa wisiał czarny *arakh*. Ładna Meris stała bez ruchu, ściskając w rękach kuszę. Jej oczy były zimne i martwe jak dwa szare kamienie. Denzo D'han zaryglował drzwi, gdy tylko Dornijczycy weszli do środka, a potem stanął pod nimi, zakładając ręce na piersi.

O jednego za dużo — pomyślał Quentyn.

Obdarty Książę siedział za stołem, ściskając w dłoniach kielich wina. W żółtym blasku świecy jego srebrnosiwe włosy nabierały niemal złotego koloru, lecz worki pod oczyma wydawały się wielkie jak juki. Miał na sobie płaszcz podróżny z brązowej wełny, a spod niego prześwitywała srebrzysta kolczuga. Czy znaczyło to zdradę, czy zwykłą rozwagę? *Stary najemnik to ostrożny najemnik.* Quentyn podszedł do stołu.

— Bez płaszcza wyglądasz inaczej, panie.

— Bez łachmaniarskiego stroju? — Pentoshijczyk wzruszył ramionami. — To nędzny ubiór... ale te strzępki tkaniny wypełniają wrogów strachem, a na polu bitwy widok łachmanów łopoczących na wietrze dodaje moim ludziom odwagi skuteczniej niż jakakolwiek chorągiew. Gdy zaś pragnę się przemieszczać niepostrzeżenie, wystarczy, że go zdejmę i natychmiast przestaję przyciągać uwagę. — Wskazał na krzesło ustawione po drugiej stronie stołu. — Siadaj. Jak rozumiem, jesteś księciem. Gdybym tylko o tym wiedział. Napijesz się? Zahrina oferuje również posiłki. Jej chleb jest czerstwy, a gulasz nie do opisania. Tłuszcz i sól z tylko paroma kawałkami mięsa. Mówi, że jest psie, ale wygląda mi raczej na szczurze. Tak czy inaczej, nie umrzesz od tego. Przekonałem się, że należy się wystrzegać tylko tych posiłków, które są kuszące. Truciciele zawsze wybierają najsmaczniejsze dania.

— Przyprowadziłeś troje ludzi — zauważył ser Gerris ostrym tonem. — Zgodziliśmy się na dwóch.

— Wspominaliście o dwóch mężczyznach. Meris nie jest mężczyzną. Meris, kochanie, rozepnij koszulę i pokaż mu.

— To nie będzie konieczne — sprzeciwił się Quentyn. Jeśli to, co słyszał, było prawdą, pod koszulą Ładna Meris miała tylko blizny pozostawione przez ludzi, którzy odcięli jej piersi. — Meris jest kobietą, zgadzam się. Ale i tak wypaczyłeś warunki.

— Obdarty i wypaczony, taki to ze mnie łotr. Trzeba przyznać, że troje przeciwko dwóm to niewielka przewaga, ale zawsze to coś. Na tym świecie człowiek musi się nauczyć wykorzystywać wszelkie dary, jakie zsyłają mu bogowie. Ta lekcja sporo mnie kosztowała i ofiaruję ci ją jako dowód dobrej wiary. — Ponownie wskazał na krzesło. — Siadaj i mów, co chcesz powiedzieć. Obiecuję, że nie każę cię zabić, dopóki cię nie wysłucham. Tyle przynajmniej mogę dla ciebie zrobić, jak książę dla księcia. Nazywasz się Quentyn, tak?

— Quentyn z rodu Martellów.

— Imię „Żaba" lepiej ci pasowało. Nie mam w zwyczaju pić z kłamcami i dezerterami, ale zaciekawiłeś mnie.

Quentyn usiadł. *Jedno niewłaściwe słowo i w pół uderzenia serca może dojść do rozlewu krwi.*

— Błagam o wybaczenie za ten podstęp. Do Zatoki Niewolniczej odpływały tylko te statki, które wynajęto, by zawiozły was na wojnę.

Obdarty Książę wzruszył ramionami.

— Każdy zdrajca ma swoją opowieść. Nie jesteście pierwszymi, którzy przysięgli nam służbę, wzięli pieniądze i zwiali. A każdy z nich miał jakieś powody. „Mój mały synek jest chory" albo „Żona przyprawia mi rogi" czy „Wszyscy w kompanii kazali mi ssać sobie kutasa". Ten ostatni chłopak był bardzo czarujący, ale to nie usprawiedliwia dezercji. Jeszcze inny powiedział mi, że żarcie było tak paskudne, iż musiał uciec, zanim się pochoruje. Uciąłem mu stopę, upiekłem ją i kazałem mu zjeść. A potem mianowałem go obozowym kucharzem. Posiłki zrobiły się zdecydowanie lepsze, a kiedy kontrakt mu się skończył, przedłużył go. Ale ty… kilku moich najlepszych ludzi siedzi w lochach królowej przez ten twój kłamliwy język, a wątpię, byś potrafił gotować.

— Jestem księciem Dorne — oznajmił Quentyn. — Miałem obowiązek wobec ojca i ludu. Zawarto tajny pakt małżeński.

— Słyszałem o tym. A kiedy srebrna królowa przeczytała twój stary dokument, padła ci w ramiona, tak?

— Nie — rzekła Ładna Meris.

— Nie? Ach, przypominam sobie. Twoja narzeczona odleciała na smoku. No cóż, kiedy wróci, pamiętaj zaprosić nas na ślub. Ludzie z kompanii z radością wypiją za twoje szczęście, a ja uwielbiam westeroskie wesela. Zwłaszcza pokładziny, ale… och, chwileczkę… — Zerknął na Denzo D'hana. — Denzo, chyba mi wspominałeś, że smocza królowa poślubiła jakiegoś Ghiscarczyka.

— To meereeński szlachcic. Bogaty.

Obdarty Książę ponownie skierował spojrzenie na Quentyna.

— Czy to może być prawda? Z pewnością nie? Co z twoim paktem małżeńskim?

— Wyśmiała go — oznajmiła Ładna Meris.

Daenerys się nie śmiała. Reszta Meereeńczyków mogła w nim widzieć zabawną ciekawostkę, podobną do wygnańca z Wysp Letnich, którego król Robert trzymał kiedyś w Królewskiej Przystani, ale królowa zawsze przemawiała do niego uprzejmie.

— Przybyliśmy za późno — wyznał.

— Szkoda, że nie zdezerterowaliście wcześniej. — Obdarty Książę pociągnął łyk wina. — A więc… nie będzie ślubu księcia Żaby. Czy właśnie dlatego skoczyłeś z powrotem do mnie? Czyżby trzech dzielnych dornijskich chłopaków postanowiło wypełnić kontrakty?

— Nie.

— To bardzo irytujące.

— Yurkhaz zo Yunzak nie żyje.

— To stare wieści. Widziałem jego śmierć. Biedak zobaczył smoka i potknął się, próbując uciekać. Potem nadepnęło na niego tysiąc najlepszych przyjaciół. Żółte Miasto z pewnością spłynęło łzami. Zaprosiłeś mnie tutaj, by wypić za jego pamięć?

— Nie. Czy Yunkijczycy wybrali nowego dowódcę?

— Rada panów nie może dojść do porozumienia. Największe poparcie miał Yezzan zo Qaggaz, ale teraz on również umarł. Mądrzy Panowie wprowadzili rotacyjne przywództwo. Dzisiaj naczelnym wodzem jest ten, którego twoi towarzysze z szeregów przezwali Pijanym Zdobywcą. Jutro zostanie nim Lord Tłusty Policzek.

— Królik — poprawiła go Meris. — Tłusty Policzek był wczoraj.

— Skoro tak mówisz, moja słodziutka. Nasi yunkijscy przyjaciele byli tak uprzejmi, że dali nam grafik. Będę musiał pilniej go przestudiować.

— To Yurkhaz zo Yunzak was wynajął.

— Podpisał kontrakt z nami w imieniu swego miasta. Właśnie.

— Meereen i Yunkai zawarły ze sobą pokój. Oblężenie ma się zakończyć, a armie zostaną rozpuszczone. Nie będzie bitwy, rzezi ani miasta do splądrowania.

— Życie jest pełne rozczarowań.

— Jak długo twoim zdaniem Yunkijczycy będą chcieli płacić żołd swym wolnym kompaniom?

Obdarty Książę pociągnął łyk wina.

— To nieprzyjemne pytanie. Ale takie już jest życie dla ludzi z wolnych kompanii. Jedna wojna się kończy, a druga zaczyna. Na szczęście, ktoś zawsze gdzieś z kimś walczy. Być może nawet tutaj. My siedzimy tu sobie i sączymy wino, a tymczasem Krwawobrody namawia naszych yunkijskich przyjaciół, by sprezentowali królowi Hizdahrowi kolejną głowę. Wyzwoleńcy i handlarze niewolników spoglądają nawzajem na swe gardła, ostrząc noże, Synowie Harpii knują spiski w swych piramidach, biała klacz przybywa tak samo po niewolników jak po możnowładców, nasi przyjaciele z Żółtego Miasta spoglądają na morze, a gdzieś na stepach smok zajada delikatne mięso Daenerys Targaryen. Kto rządzi dziś w Meereen? Kto będzie tu władał jutro? — Pentoshijczyk wzruszył ramionami. — Jedno jest pewne. Ktoś będzie potrzebował naszych mieczy.

— Ja ich potrzebuję. Dorne was wynajmie.

Obdarty Książę zerknął na Ładną Meris.

— Tej Żabie nie brak tupetu. Czy muszę jej o czymś przypomnieć? Mój książę, poprzednim kontraktem, który podpisaliśmy, podtarłeś sobie swój ładny różowy tyłeczek.

— Zapłacę wam dwa razy więcej niż Yunkijczycy.

— Złotem zaraz po podpisaniu kontraktu, tak?

— Pierwszą część, gdy dotrzemy do Volantis, a resztę, kiedy wrócę do Królewskiej Włóczni. Wyruszając w drogę, mieliśmy złoto, ale trudno by było je ukryć po wstąpieniu do kompanii, więc zostawiliśmy je w banku. Pokażę wam papiery.

— Ach, papiery. Ale zapłacisz nam podwójnie.

— Dwa razy więcej papierów — dodała Ładna Meris.

— Resztę otrzymacie w Dorne — zapewnił Quentyn. — Mój ojciec jest człowiekiem honoru. Jeśli przystawię do porozumienia swoją pieczęć, spełni jego warunki. Macie na to moje słowo.

Obdarty Książę dopił wino, odwrócił kielich i postawił go między nimi.

— Dobra. Sprawdźmy, czy dobrze to zrozumiałem. Znany kłamca i wiarołomca chce zawrzeć z nami kontrakt i płaci obietnicami. A czego od nas oczekuje? Czy moje Plewy na Wietrze mają rozbić Yunkai'i i złupić Żółte Miasto? Pokonać w bitwie dothracki *khalasar*? Eskortować cię do domu? A może wystarczy, jeśli przyprowadzimy ci do łoża królową Daenerys, chętną i wilgotną? Mów prawdę, książę Żabo. Czego chcesz ode mnie i moich ludzi?

— Chcę, żebyście pomogli mi ukraść smoka.

Caggo Trupobójca zachichotał. Ładna Meris rozciągnęła usta w bladym uśmieszku. Denzo D'han zagwizdał.

Obdarty Książę oparł się tylko wygodniej.

— Za smoka podwójna zapłata to za mało, książątko. Nawet żaba powinna o tym wiedzieć. Smoki są drogie. A ludzie, którzy płacą obietnicami, powinni mieć przynajmniej tyle rozsądku, by oferować więcej.

— Jeśli pragniesz potrójnej...

— Pragnę Pentos — przerwał mu Obdarty Książę.

GRYF ODRODZONY

Najpierw wysłał do ataku łuczników.

Czarny Balaq dowodził tysiącem uzbrojonych w łuki ludzi. W młodości Jon Connington podzielał pogardę, jaką większość rycerzy darzyła tę broń, ale na wygnaniu zmądrzał. Strzała była na swój sposób równie śmiercionośna jak miecz. Zażądał więc, by Bezdomny Harry Strickland podzielił oddział Balaqa na dziesięć kompanii i umieścił każdą na innym okręcie.

Sześć z tych okrętów trzymało się blisko siebie i zdołało wysadzić pasażerów na Przylądku Gniewu. Cztery pozostałe się spóźniały i choć Volanteńczycy zapewniali, że prędzej czy później się zjawią, Gryf był przekonany, że najprawdopodobniej zatonęły albo wylądowały w innym miejscu. Znaczyło to, że kompanii zostało sześciuset łuczników. Do tego zadania wystarczyło dwustu.

— Spróbują wysyłać kruki — ostrzegł Czarnego Balaqa Connington. — Strąćcie wszystkie ptaki, które odlecą z zamku.

— Zrobimy to — zapewnił Letniak.

Jedna trzecia jego ludzi używała kusz, a druga równie liczna grupa wykonanych z rogów i ścięgien refleksyjnych łuków wschodniego typu. Lepsze od nich były wielkie cisowe łuki, z jakich strzelali łucznicy westeroskiego pochodzenia, najlepsze zaś ogromne łuki z drewna złotego serca, jakimi mógł się pochwalić sam Balaq i pięćdziesięciu jego Letniaków. Tylko łuki ze smoczej kości miały większy zasięg. Wszyscy ludzie Balaqa, bez względu na to, jaką bronią się posługiwali, mieli jednak bystre oczy i byli doświadczonymi weteranami, którzy dowiedli swej wartości w setce bitew, wypadów i potyczek. Pod Gniazdem Gryfów potwierdzili ją po raz kolejny.

Zamek znajdował się na Przylądku Gniewu. Zbudowano go na wysokim wzniesieniu z ciemnoczerwonej skały, z trzech stron otoczonym wzburzonymi wodami Zatoki Rozbitków. Jedynej drogi dostępu strzegła wieża bramna, za którą leżała długa nieosłonięta grań zwana przez Conningtonów gardłem gryfa. Wejście na górę przez gardło mogło kosztować mnóstwo ofiar, ponieważ na grani atakujący byli narażeni na włócznie, strzały i kamienie obrońców z dwóch okrągłych wież ulokowanych po obu stronach głównej bramy. Gryf spodziewał się, że stracą stu ludzi, może nawet więcej.

Stracili czterech.

Pozwolono, by pole przed wieżą bramną porósł las, dzięki czemu ludzie Franklyna Flowersa mogli się ukrywać w chaszczach i zbliżyć się do niej na dwadzieścia jardów, nim wychynęli spomiędzy drzew z taranem, który wykonali w obozie. Trzask drewna uderzającego o drewno przywabił na szczyt wieży dwóch ludzi. Łucznicy Czarnego Balaqa ustrzelili obu, nim strażnicy skończyli pocierać rozespane oczy. Okazało się, że bramę zamknięto, ale jej nie zaryglowano. Ustąpiła przy drugim uderzeniu. Ludzie ser Franklyna pokonali już połowę gardła, nim we właściwym zamku zabrzmiał róg, ogłaszając alarm.

Pierwszy kruk zerwał się do lotu, gdy rzucono haki na

szczyt muru kurtynowego, drugi zaś parę chwil później. Żaden z ptaków nie zdążył przelecieć więcej niż sto jardów, nim strąciły je strzały. Strażnik stojący na murze rzucił na pierwszych wchodzących na górę ludzi wiadro z olejem, ale ponieważ nie miał czasu go zagrzać, naczynie wyrządziło więcej szkód niż jego zawartość. Wkrótce w kilku miejscach na szczycie muru rozległ się szczęk mieczy. Ludzie ze Złotej Kompanii przełazili między blankami i biegli szczytem muru, krzycząc: „Gryf! Gryf!". Starożytny okrzyk bojowy rodu Conningtonów z pewnością jeszcze bardziej zdezorientował obrońców.

Po kilkunastu minutach było po wszystkim. Gryf przejechał przez gardło na białym rumaku u boku Bezdomnego Harry'ego Stricklanda. Gdy zbliżyli się do zamku, zauważył, że z wieży maestera zerwał się do lotu trzeci kruk, ale natychmiast ustrzelił go sam Balaq.

— Żadnych wiadomości — powiedział Connington ser Franklynowi Flowersowi na dziedzińcu. Następnym, co wyleciało z wieży maestera, był sam maester. Machał rękami tak rozpaczliwie, że można było go wziąć za kolejnego ptaka.

To był koniec wszelkiego oporu. Pozostali zbrojni rzucili broń. Gniazdo Gryfów należało do niego. Jon Connington znowu był lordem.

— Ser Franklynie, sprawdź donżon i kuchnie — rozkazał. — Wykurz stamtąd wszystkich, których znajdziesz. Malo, zrób to samo z wieżą maestera i zbrojownią. Ser Brendelu, ty zajmij się stajnią, septem i koszarami. Przyprowadźcie wszystkich na dziedziniec. Postarajcie się nie zabijać nikogo, kto nie upiera się, że chce umrzeć. Pragniemy zdobyć przychylność krain burzy, a rzeź nie jest drogą do tego celu. Pamiętajcie zajrzeć za ołtarz Matki. Są za nim ukryte schody prowadzące do tajnej drogi ucieczki z zamku. Jest też drugie tajne wyjście, pod północnozachodnią wieżą. Prowadzi prosto na brzeg. Nie pozwólcie nikomu umknąć.

— Nie pozwolimy, panie — zapewnił Franklyn Flowers.

Wszyscy trzej oddalili się pośpiesznie. Connington odprowadził ich spojrzeniem, a potem skinął na Półmaestera.

— Haldonie, zajmij się ptaszarnią. Muszę dziś wieczorem wysłać kilka wiadomości.

— Miejmy nadzieję, że zostawili nam garstkę kruków.

Błyskawiczne zwycięstwo zaimponowało nawet Bezdomnemu Harry'emu.

— Nigdy bym nie pomyślał, że pójdzie tak łatwo — wyznał wielki kapitan, gdy weszli do wielkiej komnaty, by przyjrzeć się wyrzeźbionemu z drewna, pozłacanemu Gryfiemu Tronowi. Zasiadało na nim pięćdziesiąt pokoleń Conningtonów.

— Potem będzie trudniej. Udało się nam ich zaskoczyć, ale to nie potrwa wiecznie, nawet jeśli Czarny Balaq zestrzeli wszystkie kruki w królestwie.

Strickland przyjrzał się wyblakłym arrasom wiszącym na ścianach, łukom okien z ich niezliczonymi romboidalnymi szybkami z czerwonego i białego szkła oraz półkom na włócznie, miecze i młoty bojowe.

— Niech sobie nadchodzą. W tym zamku można się bronić przed dwudziestokrotnie liczniejszym przeciwnikiem, pod warunkiem że nie zabraknie nam zapasów. Mówisz, że jest tu tunel prowadzący nad morze?

— Do ukrytej zatoczki u podstawy góry, widocznej tylko podczas odpływu. — Connington nie miał jednak zamiaru czekać, aż „nadejdą". Gniazdo Gryfów było silnym, ale małym zamkiem, i dopóki w nim pozostaną, również będą się wydawać mali. W pobliżu znajdował się jednak inny zamek, nieporównanie większy i niezdobyty. *Jeśli go zdobędziemy, królestwo zadrży.* — Muszę cię przeprosić, wielki kapitanie. Pod septem jest pochowany mój pan ojciec. Upłynęło już zbyt wiele lat, odkąd ostatnio modliłem się za niego.

— Oczywiście, wasza lordowska mość.

Gdy jednak się rozstali, Jon Connington nie poszedł do septu, lecz skierował się na szczyt wschodniej wieży, najwyższej w Gnieździe Gryfów. Po drodze wspominał chwile, gdy wspinał się na nią poprzednio — sto razy z panem ojcem, który uwielbiał spoglądać z góry na szczyty, lasy oraz morze i cieszyć się myślą, że wszystko to należy do rodu Conningtonów, i raz, tylko raz, z Rhaegarem Targaryenem. Książę Rhaegar wracał z Dorne i zatrzymał się tu z eskortą na dwa tygodnie. *Był wtedy taki młody. Ja też miałem mniej lat niż teraz. Obaj byliśmy jeszcze chłopcami.* Na uczcie powitalnej książę wziął w ręce swą harfę o srebrnych strunach i zagrał dla nich. *Pieśń o miłości i zgubie* — wspominał Jon Connington. *Gdy odłożył instrument, wszystkie kobiety w komnacie płakały.* Mężczyźni oczywiście tego nie robili, a już na pewno nie ojciec Jona, który kochał tylko ziemię. Lord Armond Connington poświęcił cały wieczór na próby przekonania księcia, by opowiedział się po jego stronie w sporze z lordem Morrigenem.

Drzwi prowadzące na dach wieży zaklinowały się tak mocno, że było oczywiste, iż nikt ich nie otwierał od lat. Musiał oprzeć się o nie barkiem, by wreszcie ustąpiły. Gdy jednak Jon Connington wszedł na szczyt wieży, widok okazał się w pełni tak oszałamiający, jak to pamiętał: góra ze swymi wyrzeźbionymi przez wiatr skałami i wyszczerbionymi wieżyczkami skalnymi, morze na dole, podgryzające z łoskotem fal podstawy twierdzy niczym jakaś niestrudzona bestia, bezkresne mile nieba i obłoków oraz las ze swymi jesiennymi kolorami.

— Ziemie twojego ojca są piękne — rzekł wówczas książę Rhaegar, stojąc w tym samym miejscu, w którym Jon stał teraz.

— Pewnego dnia to wszystko będzie moje — odparł chłopak, którym był wtedy Gryf. *Jakby to mogło zaimponować księciu, który był dziedzicem całego królestwa, od Arbor aż po Mur.*

Rzeczywiście stał się potem lordem Gniazda Gryfów, choć tylko na kilka krótkich lat. Jon Connington władał stąd rozległymi ziemiami, ciągnącymi się przez wiele mil na zachód, północ i południe, tak samo jak jego ojciec i ojciec jego ojca przed nim. Ale oni nie stracili tych ziem. A on tak. *Zaszedłem zbyt wysoko, kochałem za mocno, pozwoliłem sobie na zbyt wiele. Próbowałem złapać gwiazdę, za daleko wyciągnąłem rękę i upadłem.*

Po Bitwie Dzwonów, gdy Aerys Targaryen pozbawił go tytułów i skazał na wygnanie w szalonym napadzie niewdzięczności i podejrzliwości, ziemie i tytuł lordowski pozostały przy rodzie Conningtonów. Przypadły jego kuzynowi, ser Ronaldowi, którego Jon mianował swym kasztelanem, gdy wyjeżdżał do Królewskiej Przystani, by towarzyszyć księciu Rhaegarowi. Po wojnie ruinę rodu Conningtonów zakończył Robert Baratheon. Kuzynowi Ronaldowi pozwolono zachować zamek i głowę, ale przestał być lordem i od tej pory znano go jedynie jako rycerza z Gniazda Gryfów. Odebrano mu też dziewięć dziesiątych ziem, by podzielić je między sąsiednich lordów, którzy poparli Roberta.

Ronald Connington umarł przed wielu laty. Obecny rycerz z Gniazda Gryfów, syn Ronalda Ronnet, wyruszył na wojnę i ponoć przebywał w dorzeczu. Tak było lepiej. Doświadczenie nauczyło Jona Conningtona, że ludzie walczą o rzeczy, które uważają za swoją własność, nawet jeśli zdobyli je drogą kradzieży. Nie podobała mu się myśl, że miałby uczcić swój powrót, zabijając kuzyna. To prawda, że ojciec Rudego Ronneta bez oporów wyciągnął korzyści z upadku lordowskiego krewniaka, ale jego syn był wówczas dzieckiem. Jon Connington nawet nie nienawidził zmarłego ser Ronalda tak silnie, jak można by się tego spodziewać. Wina leżała po jego stronie.

Utracił wszystko w Kamiennym Sepcie przez własną arogancję.

Robert Baratheon ukrywał się gdzieś w miasteczku, ranny i samotny. Jon Connington o tym wiedział, zdawał też sobie sprawę, że głowa Roberta zatknięta na włócznię w jednej chwili zakończyłaby bunt. Był młody i przepełniała go duma. Jak mogłoby być inaczej? Król Aerys mianował go namiestnikiem i powierzył mu armię, a on zamierzał dowieść, że zasługuje na okazane zaufanie i na miłość Rhaegara. Sam zabije zbuntowanego lorda i wyrąbie dla siebie miejsce we wszystkich kronikach Siedmiu Królestw.

Dlatego ruszył na Kamienny Sept, otoczył szczelnie miasteczko i rozpoczął poszukiwania. Jego rycerze chodzili od domu do domu, rozwalali wszystkie drzwi, zaglądali do każdej piwnicy. Kazał nawet swym ludziom czołgać się w kanałach, a mimo to Robert nadal mu się wymykał. Mieszczanie go ukrywali. Przenosili go z jednej tajnej kryjówki do drugiej, zawsze o krok przed ludźmi króla. Całe miasteczko było jednym wielkim gniazdem zdrajców. Na koniec ukryli uzurpatora w burdelu. Co z niego był za król, jeśli chował się za spódnicami kobiet? Poszukiwania się przeciągały, a tymczasem Eddard Stark i Hoster Tully nadciągali z armią buntowników. Nadeszły dzwony i bitwa, Robert wyszedł z burdelu z mieczem w dłoni i omal nie zabił Jona na schodach starego septu, któremu miasteczko zawdzięczało swą nazwę.

Przez długi czas Jon Connington powtarzał sobie, że to nie była jego wina, że zrobił wszystko, co leżało w ludzkich możliwościach. Jego żołnierze sprawdzili wszystkie dziury i rudery, ofiarował ułaskawienia i nagrody, brał zakładników i zawieszał ich we wronich klatkach, przysięgając, że nie dostaną nic do jedzenia i picia, dopóki mieszkańcy nie wydadzą mu Roberta. I wszystko to na nic.

— Sam Tywin Lannister nie mógłby zrobić nic więcej — oznajmił pewnej nocy Mylesowi Toyne'owi, podczas pierwszego roku wygnania.

— I tu właśnie się mylisz — odparł Czarne Serce. — Lord

Tywin nie zawracałby sobie głowy poszukiwaniami. Spaliłby miasteczko razem ze wszystkim, co w nim żyło. Mężczyznami i chłopcami, dziećmi u piersi, szlachetnymi rycerzami i świętymi septonami, świniami i kurwami, szczurami i buntownikami, bez wyjątku. A gdy ogień by dogasł, pozostawiając tylko popiół i węgielki, rozkazałby swym ludziom odnaleźć kości Roberta Baratheona. Potem, gdy Stark i Tully przybyliby ze swoją armią, zaoferowałby obu ułaskawienie, a oni by je przyjęli i wrócili do domu z podkulonymi ogonami.

Miał rację — pomyślał Jon Connington, wspierając się o blanki na wieży swych przodków. Pragnąłem chwały. *Zamierzałem zabić Roberta w uczciwej walce i nie chciałem, by zwano mnie rzeźnikiem. Dlatego uzurpator mi uciekł i powalił Rhaegara nad Tridentem.*

— Zawiodłem ojca — powiedział na głos. — Ale syna nie zawiodę.

Gdy Connington zszedł z wieży, jego ludzie zebrali już na dziedzińcu zamkowy garnizon i ocalałych prostaczków. Choć ser Ronnet rzeczywiście przebywał gdzieś daleko z Jaimem Lannisterem, nie wszystkie gryfy opuściły gniazdo. Wśród jeńców znajdowali się młodszy brat Ronneta Raymund, jego siostra Alynne oraz naturalny syn, wojowniczy rudowłosy chłopak zwany Ronaldem Stormem. Wszyscy przydadzą się jako zakładnicy, na wypadek gdyby Rudy Ronnet wrócił i spróbował odzyskać zamek ukradziony przez ojca. Connington kazał zamknąć ich pod strażą w zachodniej wieży. Dziewczyna rozpłakała się, słysząc te słowa, a bękart spróbował ugryźć stojącego najbliżej włócznika.

— Przestańcie oboje — warknął Jon. — Nie stanie się wam nic złego, chyba że Rudy Ronnet okaże się całkowitym głupcem.

Tylko kilku jeńców służyło w zamku w czasach, gdy Jon Connington był jego lordem: posiwiały sierżant ślepy na jedno oko, dwie praczki, stajenny, który w czasach buntu Roberta był jeszcze chłopcem, kucharka, która straszliwie utyła, zamkowy płatnerz. Podczas rejsu Gryf zapuścił brodę, po raz pierwszy od wielu lat. Ku jego zaskoczeniu wyrosła w przeważającej części ruda, choć tu i ówdzie pośród ognia widziało się popiół. Odziany w długą, czerwono-białą tunikę ozdobioną dwoma gryfami jego rodu, walczącymi, wyglądał na starszą, poważniejszą wersję młodego lorda, który był przyjacielem i towarzyszem księcia Rhaegara... ale ludzie z Gniazda Gryfów i tak patrzyli nań jak na obcego.

— Niektórzy z was mnie znają — zaczął. — Inni dopiero mnie poznają. — Jestem waszym prawowitym lordem i wróciłem z wygnania. Moi wrogowie mówili wam, że nie żyję. Jak widzicie, te opowieści były fałszywe. Służcie mi tak samo wiernie, jak służyliście mojemu kuzynowi, a nikomu z was nie stanie się krzywda.

Podchodzili do niego kolejno. Pytał każdego o imię, a potem kazał mu klęknąć i przysiąc wierność. Wszystko szło szybko. Żołnierze z garnizonu — tylko czterech przeżyło atak, stary sierżant i trzech chłopaków — położyli miecze u jego stóp. Nikt się nie opierał. Nikt nie zginął.

Nocą w wielkiej komnacie urządzono ucztę. Zwycięzcy raczyli się pieczystym i świeżymi rybami, popijając je mocnym czerwonym winem z zamkowych piwnic. Jon Connington zasiadał na Gryfim Tronie, dzieląc stół na podwyższeniu z Bezdomnym Harrym Stricklandem, Czarnym Balaqiem, Franklynem Flowersem oraz trojgiem młodych gryfiąt, które wzięli do niewoli. Dzieci wywodziły się z jego krwi i uważał, że powinien je poznać, ale kiedy bękart oznajmił: „Mój ojciec cię zabije", Connington uznał, że dowiedział się już wystarczająco wiele i kazał je odesłać do cel. Potem sam również się oddalił.

Haldon Półmaester nie przybył na ucztę. Lord Jon znalazł go w wieży maestera. Pochylał się nad stosem pergaminów, a ze wszystkich stron otaczały go rozłożone mapy.

— Próbujesz ustalić, gdzie może być reszta kompanii? — zapytał Connington.

— Gdybym tylko mógł, wasza lordowska mość.

Z Volon Therys wypłynęło dziesięć tysięcy ludzi, razem z bronią, końmi i słoniami. Tylko niespełna połowa tej liczby zdołała dotąd dotrzeć na wyznaczone miejsce, opustoszałe wybrzeże na skraju deszczowego lasu. Jon Connington świetnie znał te ziemie, ponieważ kiedyś należały do niego.

Jeszcze kilka lat temu z pewnością nie odważyłby się lądować na Przylądku Gniewu. Lordowie burzy byli głęboko lojalni wobec rodu Baratheonów oraz króla Roberta. Teraz jednak, gdy Roberta i jego brata Renly'ego zabito, wszystko się zmieniło. Stannis był surowym, zimnym człowiekiem i nie budziłby zbyt wielkiej lojalności, nawet gdyby nie przebywał na drugim końcu świata, a krainy burzy miały bardzo niewiele powodów, by kochać ród Lannisterów. Jon Connington miał tu też przyjaciół. *Niektórzy starsi lordowie będą mnie jeszcze pamiętać, a ich synowie o mnie słyszeli. Wszyscy też znają opowieść o Rhaegarze i jego małym synku, którego głowę roztrzaskano o zimny kamienny mur.*

Na szczęście okręt lorda Jona dotarł na miejsce jako jeden z pierwszych. Potem musieli tylko rozbić obóz i jak najszybciej zebrać wysiadających na brzeg ludzi, nim miejscowe paniątka zauważą grożące im niebezpieczeństwo. Złota Kompania dowiodła swej wartości. Nigdzie nie widziało się chaosu, jaki z pewnością opóźniłby marsz pośpiesznie zebranego zastępu rycerzy oraz miejscowego pospolitego ruszenia. To byli dziedzice Bittersteela. Dyscyplinę wyssali z mlekiem matki.

— Jutro o tej porze powinniśmy już mieć trzy zamki — oznajmił. Oddział, który zdobył Gniazdo Gryfów, stanowił jedną czwartą ich obecnych sił. Ser Tristan Rivers pomaszerował na Wronie Gniazdo, siedzibę rodu Morrigenów, a Laswell Peake na Deszczowy Dom, twierdzę Wylde'ów. Obaj prowadzili oddziały o mniej więcej tej samej liczebności. Reszta ludzi została w obozie, by strzec miejsca lądowania oraz księcia. Dowodził nimi volanteński płatnik kompanii, Gorys Edoryen. Jon miał nadzieję, że liczba jego ludzi nie przestanie rosnąć.

— Nadal mamy za mało koni.

— I ani jednego słonia — przypomniał mu Półmaester. Żadna z wielkich kog transportujących te zwierzęta nie dotarła jeszcze na miejsce. Ostatnio widzieli je w Lys, nim sztorm rozproszył połowę floty. — Konie można znaleźć w Westeros, a słonie…

— …nie mają znaczenia. — W walnej bitwie te ogromne zwierzęta z pewnością okazałyby się użyteczne, ale minie jeszcze sporo czasu, nim zgromadzą siły potrzebne, by stawić wrogom czoło w polu. — Czy te dokumenty powiedziały ci coś ważnego?

— Och, bardzo wiele, wasza lordowska mość. — Haldon uśmiechnął się półgębkiem. — Lannisterowie łatwo robią sobie wrogów, ale utrzymywanie przyjaciół sprawia im więcej trudności. Ich sojusz z Tyrellami słabnie, sądząc z tego, co tu wyczytałem. Królowa Cersei i królowa Margaery walczą o małego króla jak suki o kurzą kość. Obie oskarżono o zdradę i nierząd. Mace Tyrell porzucił oblężenie Końca Burzy, by pomaszerować na Królewską Przystań i uratować córkę. Zostawił tylko symboliczny oddział, mający uniemożliwić ludziom Stannisa opuszczenie zamku.

— Mów dalej — zażądał Connington, siadając.

— Na północy Lannisterowie polegają na Boltonach, a w dorzeczu na Freyach. Oba te rody od dawna słyną z okrucieństwa i skłonności do zdrady. Lord Stannis Baratheon nadal prowadzi otwartą rebelię, a żelaźni ludzie również obwołali króla na swych wyspach. Nikt nie wspomina o Dolinie, co sugeruje, że Arrynowie nie uczestniczą w żadnych walkach.

— A co z Dorne?

Dolina leżała daleko, Dorne zaś blisko.

— Młodszego syna księcia Dorana zaręczono z Myrcellą Baratheon. To by sugerowało, że Dornijczycy sprzymierzyli się z rodem Lannisterów. Niemniej trzymają armię na Szlaku Kości i drugą w Książęcym Wąwozie. Czekają...

— Czekają. — Connington zmarszczył brwi. — Na co?

— Bez Daenerys i jej smoków Dorne miało kluczowe znaczenie dla ich nadziei. — Napisz do Słonecznej Włóczni. Doran Martell musi się dowiedzieć, że syn jego siostry żyje i wrócił do ojczyzny, by odzyskać tron ojca.

— Jak każesz, wasza lordowska mość. — Półmaester zerknął na kolejny pergamin. — Nie moglibyśmy wybrać lepszej chwili. Ze wszystkich stron otaczają nas potencjalni przyjaciele i sojusznicy.

— Ale nie mamy smoków — zauważył Jon Connington. — Dlatego jeśli chcemy pozyskać tych sojuszników, musimy im coś zaoferować.

— Tradycyjnie proponuje się złoto i ziemie.

— Gdybyśmy tylko je mieli. Obietnice włości i złota mogą niektórym wystarczyć, ale Strickland i jego ludzie z pewnością zażądają najlepszych ziem i zamków, tych, które odebrano ich przodkom. Nie.

— Wasza lordowska mość ma do zaoferowania coś bardzo cennego — dodał Haldon Półmaester. — Rękę księcia Aegona. Sojusz małżeński przyciągnąłby pod nasze chorągwie któryś z wielkich rodów.

Narzeczona dla promiennego księcia. Jon Connington aż za dobrze pamiętał ślub Rhaegara. *Elia nie była go godna. Od samego początku była słaba i chorowita, a porody osłabiły ją dodatkowo.* Po przyjściu na świat księżniczki Rhaenys jej matka nie wstała z łoża przez pół roku, a narodziny księcia Aegona omal jej nie zabiły. Maesterzy powiedzieli potem księciu Rhaegarowi, że nie będzie już mogła mieć więcej dzieci.

— Daenerys Targaryen może jednak się zjawić któregoś

dnia — odpowiedział Półmaesterowi Connington. — Aegon musi pozostać wolny, by mógł ją poślubić.

— Wasza lordowska mość wie najlepiej — zgodził się Haldon. — W takim razie moglibyśmy zaproponować potencjalnym przyjaciołom nieco mniej wartą nagrodę.

— Co masz na myśli?

— Ciebie. Nie masz żony. Jesteś wielkim lordem, zachowałeś męskie siły i nie masz żadnych dziedziców poza tymi kuzynami, których właśnie uwięziłeś. Potomek starożytnego rodu, piękny warowny zamek i rozległe, bogate włości, które wdzięczny król po zwycięstwie z pewnością ci przywróci, a może nawet poszerzy. Okryłeś się sławą jako wojownik, a jako namiestnik króla Aegona będziesz przemawiał jego głosem i rządził królestwem w jego imieniu. Nie wątpię, że wielu ambitnych lordów z chęcią wydałoby córkę za takiego człowieka. Być może nawet książę Dorne.

Jon Connington odpowiedział na to przeciągłym zimnym spojrzeniem. Chwilami Półmaester irytował go prawie równie mocno jak ten okropny karzeł.

— Nie sądzę. — *Wzdłuż mojej kończyny skrada się śmierć. Nikt nie może się o tym dowiedzieć. Nawet żona.* Wstał. — Przygotuj list do księcia Dorana.

— Wedle rozkazu, wasza lordowska mość.

Jon Connington spał tej nocy w lordowskiej komnacie, w łożu należącym ongiś do jego ojca, pod zakurzonym baldachimem z czerwono-białego aksamitu. O świcie obudził go szum deszczu oraz nieśmiałe pukanie służącego, pragnącego zapytać, co nowy lord ma ochotę zjeść na śniadanie.

— Jaja na twardo, smażony chleb i fasolę. A do tego dzban wina. Najgorszego, jakie mamy w piwnicach.

— Naj... najgorszego wasza lordowska mość?

— Słyszałeś, co powiedziałem.

Gdy przyniesiono posiłek i wino, Connington zaryglował drzwi, wylał zawartość dzbanka do miski i zanurzył w niej rękę. Gdy lady Lemore obawiała się, że karzeł mógł się zarazić szarą łuszczycą, zaleciła mu kąpiele i namaczanie w occie, ale gdyby kazał sobie co rano przynosić dzban octu, wszystko by się wydało. Będzie mu musiało wystarczyć wino, a nie widział sensu w marnowaniu dobrego trunku. Paznokcie na wszystkich palcach oprócz kciuka zrobiły się już czarne, a na środkowym palcu szarość przeszła za drugi paliczek. Trzeba było je obciąć — pomyślał. *Ale jak wytłumaczyłbym brak dwóch palców?* Nie mógł pozwolić, by dowiedziano się o jego chorobie. To dziwne, ale ludzie, którzy z uśmiechem na twarzach ruszali do bitwy i stawiali czoło śmierci, by uratować towarzysza, w jedno uderzenie serca porzuciliby tego samego towarzysza, gdyby tylko się dowiedzieli, że ma szarą łuszczycę. *Trzeba było pozwolić, żeby cholerny karzeł się utopił.*

Później tego samego dnia, ubrawszy się i włożywszy rękawice, Jon Connington dokonał inspekcji zamku i wysłał wiadomość do Bezdomnego Harry'ego Stricklanda oraz pozostałych kapitanów, prosząc, by spotkali się z nim na naradzie wojennej. W samotni zebrało się dziewięć osób: Connington i Strickland, Haldon Półmaester, Czarny Balaq, ser Franklyn Flowers, Malo Jayn, ser Brendel Byrne, Dick Cole, i Lymond Pease. Półmaester przyniósł dobre wieści.

— Do obozu dotarła wiadomość od Marqa Mandrake'a. Volanteńczycy wysadzili go na brzeg z prawie pięciuset ludźmi. Okazało się, że znajdują się na Estermont. Zdobył Zielony Kamień.

Wyspa Estermont leżała nieopodal Przylądku Gniewu i nigdy nie była jednym z ich celów.

— Cholerni Volanteńczycy tak gorąco pragną się nas pozbyć, że wysadzają nas na pierwszym skrawku lądu, jaki zauważą — skwitował Franklyn Flowers. — Idę o zakład, że znajdziemy chłopaków rozproszonych na połowie cholernych Stopni.

— Razem z moimi słoniami — dodał grobowym głosem

Harry Strickland. Bezdomny Harry wyraźnie nie mógł się pogodzić z utratą tych zwierząt.

— Mandrake nie miał łuczników — zauważył Lymond Pease. — Wiemy, czy przed upadkiem Zielonego Kamienia wysłano stamtąd jakieś kruki?

— Przypuszczam, że tak — odparł Jon Connington. — Ale jakie wiadomości mogły przekazać? W najlepszym razie jakąś mętną relację o łupieżcach zza morza. — Przed odpłynięciem z Volon Therys polecił swym kapitanom nie rozwijać podczas pierwszych ataków żadnych chorągwi. Ani trójgłowego smoka księcia Aegona, ani jego własnych gryfów, ani sztandarów bojowych kompanii, złotych i ozdobionych czaszkami. Niech Lannisterowie podejrzewają Stannisa Baratheona, piratów ze Stopni, banitów z lasu albo kogokolwiek zechcą. Jeśli meldunki, które dotrą do Królewskiej Przystani, będą niejasne i pełne sprzeczności, to bardzo dobrze. Im później zareaguje Żelazny Tron, tym więcej czasu będą mieli na zebranie sił i zdobycie sojuszników. — Na Estermont powinny być statki. W końcu to wyspa. Haldonie, napisz do Mandrake'a, żeby zostawił na zamku garnizon i popłynął z resztą ludzi na Przylądek Gniewu. Niech zabierze ze sobą wszystkich szlachetnie urodzonych jeńców.

— Wedle rozkazu, wasza lordowska mość. Tak się składa, że ród Estermontów jest spokrewniony z oboma królami. Będą z nich dobrzy zakładnicy.

— I dostaniemy dobre okupy — dodał z radością w głosie Bezdomny Harry.

— Pora, byśmy wysłali po księcia Aegona — oznajmił lord Jon. — Za murami Gniazda Gryfów będzie bezpieczniejszy niż w obozie.

— Wyślę jeźdźca — odparł Franklyn Flowers. — Ale chłopakowi nie spodoba się myśl, że ma siedzieć w bezpiecznym schronieniu. Możesz być tego pewien. On pragnie być w samym centrum wydarzeń.

W jego wieku wszyscy byliśmy tacy sami — pomyślał lord Jon, wspominając młodość.

— Czy nadszedł już czas, by wznieść jego chorągiew? — zapytał Pease.

— Jeszcze nie. Niech w Królewskiej Przystani myślą, że to tylko wygnany lord wrócił do domu z garstką najemników, by odzyskać dziedzictwo. To świetnie znana opowieść. Napiszę nawet list do króla Tommena z prośbą o ułaskawienie i zwrot ziem oraz tytułów. Będą mieli się nad czym zastanawiać, a tymczasem my wyślemy potajemnie wiadomości do potencjalnych przyjaciół w krainach burzy i w Reach. A także do Dorne. — To był krok o kluczowym znaczeniu. Pomniejsi lordowie mogli się do nich przyłączyć, licząc na korzyści, ale tylko książę Dorne dysponował siłami potrzebnymi, by się przeciwstawić rodowi Lannisterów i jego sojusznikom. — W pierwszej kolejności musimy pozyskać Dorana Martella.

— Marne szanse — skwitował Strickland. — Dornijczyk boi się własnego cienia. Nie zalicza się do śmiałych ludzi.

Ty również nie.

— Książę Doran jest ostrożny, to prawda. Nie przyłączy się do nas, dopóki nie będzie przekonany, że zwyciężymy. Dlatego, by go przekonać, musimy zademonstrować swą siłę.

— Jeśli Peake'owi i Riversowi się uda, będziemy panować nad większą częścią Przylądka Gniewu — upierał się Strickland — Cztery zamki w cztery dni to wspaniały wynik, ale nadal dysponujemy tylko połową sił. Musimy zaczekać na resztę moich ludzi. Brakuje nam też koni i słoni. Powtarzam, że powinniśmy zaczekać. Zbierzmy siły i przeciągnijmy na swoją stronę kilku pomniejszych lordów. Dajmy Lysono Maarowi czas na rozesłanie szpiegów, by dowiedzieć się czegoś o naszych wrogach.

Connington obrzucił pulchnego wielkiego kapitana chłodnym spojrzeniem. *To nie jest Czarne Serce, Bittersteel ani*

Maelys. Woli czekać, aż wszystkie siedem piekieł zamarznie, niż narazić się na pęcherze.

— Nie przemierzyliśmy połowy świata po to, żeby czekać. Nasza najlepsza szansa, to uderzyć mocno i szybko, nim Królewska Przystań się zorientuje, kim jesteśmy. Zamierzam zdobyć Koniec Burzy. To niemal niezdobyta twierdza i ostatnia reduta Stannisa Baratheona na południu. Kiedy padnie, będziemy mieli bezpieczną bazę, do której w razie potrzeby będziemy się mogli wycofać. Zdobywając ją, dowiedziemy też swej siły.

Kapitanowie Złotej Kompanii wymienili spojrzenia.

— Jeśli Koniec Burzy nadal pozostaje w rękach ludzi wiernych Stannisowi, odbierzemy zamek jemu, nie Lannisterom — sprzeciwił się Brendel Byrne. — Nie lepiej byłoby sprzymierzyć się z nim przeciwko wspólnemu wrogowi?

— Stannis to brat Roberta. Obaj pochodzą z rodu, który obalił Targaryenów — przypomniał mu Jon Connington. — Co więcej, przebywa tysiące mil stąd i dowodzi już tylko niewielkimi siłami. Dzieli nas od niego całe królestwo. Potrzebowalibyśmy pół roku, by do niego dotrzeć, a ma nam do zaoferowania bardzo niewiele.

— Jeśli Koniec Burzy jest tak potężnym zamkiem, jak zamierzasz go zdobyć? — zapytał Malo.

— Fortelem.

— Powinniśmy zaczekać — powtórzył raz jeszcze Harry Strickland.

— Zaczekamy. — Jon Connington wstał. — Dziesięć dni. Ale nie dłużej. Tyle czasu potrzebujemy na przygotowania. Rankiem jedenastego dnia ruszamy na Koniec Burzy.

Książę dołączył do nich cztery dni później, na czele kolumny stu jeźdźców. Za nimi człapały trzy słonie. Chłopakowi towarzyszyła lady Lemore, ponownie przebrana w białe szaty septy. Przodem jechał ser Rolly Duckfield. Z ramion opadał mu biały jak śnieg płaszcz.

To wierny, godny zaufania człowiek — pomyślał Connington, spoglądając na zsiadającego z konia Kaczkę — *ale nie zasługuje na miejsce w Gwardii Królewskiej.* Zrobił, co mógł, by powstrzymać księcia przed daniem Duckfieldowi białego płaszcza, tłumacząc, że mogliby pozostawić ów zaszczyt dla sławnych wojowników, którzy dodaliby blasku ich sprawie, oraz młodszych synów wielkich lordów, których poparcia będą potrzebowali w nadchodzącej wojnie, ale chłopak nie dał się przekonać.

— Kaczka zginie za mnie, jeśli będzie trzeba — odparł. — To wszystko, czego wymagam od swych gwardzistów. Królobójca również jest sławnym wojownikiem i synem wielkiego lorda.

Przynajmniej udało mi się go przekonać, by pozostałe sześć miejsc zostawił nieobsadzonych. W przeciwnym razie Kaczka mógłby mieć za sobą sześć kaczątek, każde bardziej kompetentne od poprzedniego.

— Przyprowadźcie Jego Miłość do mojej samotni — rozkazał. — Natychmiast.

Książę Aegon Targaryen nie był jednak tak posłuszny, jak Młody Gryf. Minęła blisko godzina, nim wreszcie znalazł się w samotni. Towarzyszył mu Kaczka.

— Podoba mi się twój zamek, lordzie Connington — oznajmił.

Powiedział mi „Ziemie twojego ojca są piękne". Jego srebrzyste włosy powiewały na wietrze, a oczy były intensywnie fioletowe, ciemniejsze niż u tego chłopaka.

— Mnie również, Wasza Miłość. Usiądź, proszę. Ser Rolly, nie będziesz już nam potrzebny.

— Nie. Niech Kaczka zostanie. — Książę usiadł. — Rozmawiałem ze Stricklandem i Flowersem. Powiedzieli mi, że planujesz atak na Koniec Burzy.

Jon Connington ukrył wściekłość.

— Czy Bezdomny Harry próbował cię przekonać do jego odłożenia?

— Próbował — przyznał książę. — Ale bez skutku. Harry to stara baba, prawda? Masz słuszność, wasza lordowska mość. Chcę, żeby atak się odbył... ale z jedną zmianą. Sam go poprowadzę.

OFIAROWANIE

Ludzie królowej zbudowali stos na wioskowych błoniach. Wszędzie pokrywał je sięgający kolan śnieg. Odgarnęli go na bok, by odsłonić zamarznięty grunt i wyrąbać w nim dziury za pomocą toporów, łopat i kilofów. Wicher z zachodu wciąż nanosił nowy śnieg na zamarzniętą powierzchnię jezior.

— Nie musisz na to patrzeć — oznajmiła Aly Mormont.

— Nie muszę, ale będę.

Asha Greyjoy była córką krakena, nie jakąś rozpieszczoną panienką, niezdolną znieść widoku brzydoty.

Cały dzień był ciemny, zimny i głodny, podobnie jak poprzedni. Większość czasu spędziły na powierzchni mniejszego z jezior, drżąc z zimna przy dwóch przeręblach. W obleczonych w rękawice o jednym palcu dłoniach niezgrabnie ściskały linki. Jeszcze niedawno mogły liczyć na to, że złapią po jednej albo po dwie ryby, a ludzie z wilczego lasu, bardziej wprawieni w łowieniu ryb pod lodem, wyciągali po cztery albo po pięć. Dzisiaj Asha nie osiągnęła nic poza tym, że przemarzła do kości, a Aly wcale nie powiodło się lepiej. Minęły trzy dni, odkąd którejś z nich udało się złowić rybę.

— Ja nie zamierzam na to patrzeć — spróbowała raz jeszcze Niedźwiedzica.

Ciebie ludzie królowej nie chcą spalić.

— Idź więc. Masz moje słowo, że nie ucieknę. Dokąd miałabym pójść? Do Winterfell? — Asha roześmiała się w głos. — Słyszałam, że to tylko trzy dni jazdy.

Sześciu ludzi królowej wpychało dwa ogromne sosnowe pnie do dołów wykopanych przez sześciu innych. Asha nie musiała pytać, do czego mają służyć. Znała odpowiedź. *To będą słupy.* Wkrótce zapadnie noc i trzeba będzie nakarmić czerwonego boga. *To ofiara z krwi i ognia* — mówili ludzie królowej. *Złożona po to, by Pan Światła skierował na nas swe ogniste oko i rozpuścił ten po trzykroć przeklęty śnieg.*

— Pan Światła otacza nas swą opieką nawet w tej krainie strachu i ciemności — oznajmił ser Godry Farring ludziom, którzy przyglądali się, jak wbija się słupy w przeznaczone dla nich otwory.

— Co wasz południowy bóg może mieć wspólnego ze śniegiem? — zapytał Artos Flint. Jego czarną brodę pokrywała warstewka lodu. — Spadł na nas gniew starych bogów i to ich powinniśmy przebłagać.

— Tak jest — poparł go Wiadrowy Wull. — Czerwony Rahloo nic tu nie znaczy. W ten sposób tylko rozgniewacie starych bogów. Oni patrzą na nas ze swej wyspy.

Osada zagrodników była usytuowana między dwoma jeziorami. Większe z nich pokrywały małe lesiste wysepki, sterczące spod lodu niczym zamarznięte pięści utopionego olbrzyma. Na jednej z nich rosło czardrzewo, prastare i sękate, o pniu i konarach równie białych jak pokrywający ziemię śnieg. Osiem dni temu Asha wybrała się tam z Aly Mormont, by lepiej się przyjrzeć jego wąskim czerwonym oczom i krwawiącym ustom. *To tylko żywica* — powtarzała sobie Asha. *Czerwony sok płynący w drzewie.* Jej oczy nie dały się jednak przekonać. Zobaczyć znaczy uwierzyć, a one widziały zamarzniętą krew.

— To wy, ludzie z północy, ściągnęliście na nas te śniegi

— upierał się Corliss Penny. — Wy i wasze demoniczne drzewa. R'hllor nas ocali.

— R'hllor nas zgubi — sprzeciwił się Artos Flint.

Zaraza na wszystkich waszych bogów — pomyślała Asha Greyjoy.

Ser Godry Olbrzymobójca przyjrzał się słupom i popchnął jeden z nich, by się przekonać, czy jest prawidłowo osadzony.

— Dobrze. Dobrze. Nadadzą się. Ser Claytonie, przyprowadź ofiary.

Ser Clayton Suggs był silną prawą ręką Godry'ego. *Czy może raczej uschniętą ręką?* Asha nie lubiła ser Claytona. Farring sprawiał wrażenie żarliwego wyznawcy czerwonego boga, natomiast Suggs był po prostu okrutny. Widziała go przy nocnych ogniskach. Przyglądał się uważnie z rozchylonymi ustami i głodem w oczach. *To nie boga kocha, tylko płomienie* — skonkludowała. Gdy zapytała ser Justina, czy Suggs zawsze taki był, rycerz skrzywił się z niesmakiem.

— Na Smoczej Skale uprawiał hazard z oprawcami i pomagał im przesłuchiwać jeńców, zwłaszcza młode kobiety — odparł.

Asha nie była zaskoczona. Nie wątpiła, że spalenie jej sprawiłoby Suggsowi szczególną rozkosz. *Chyba że śnieżyce ustaną.*

Od dziewiętnastu dni znajdowali się trzy dni drogi od celu. *Deepwood Motte dzieli od Winterfell trzysta mil. W linii lotu kruka.* Ale oni nie byli krukami, a nawałnica nie chciała się skończyć. Co rano Asha budziła się z nadzieją, że zobaczy słońce, ale okazywało się, że czeka ją kolejny dzień śnieżycy. Zamieć pokryła wszystkie chaty i szałasy warstwą brudnego śniegu. Wkrótce zaspy zrobią się tak wysokie, że pochłoną również długi dom.

Nie mieli też nic do jedzenia poza padającymi końmi, złowionymi w jeziorze rybami — z każdym dniem było ich coraz mniej — oraz tym, co ich poszukiwacze zdołali znaleźć w zimnej martwej puszczy. Lwią część koniny zagarniali dla siebie królewscy rycerze i lordowie, a dla prostych ludzi zostawało bardzo niewiele. Nic dziwnego, że zaczęli jeść zmarłych towarzyszy.

Gdy Niedźwiedzica opowiedziała jej, że czterech ludzi Peasebury'ego przyłapano na tym, że ćwiartowali ciało zbrojnego nieżyjącego lorda Fella i wycinali sobie kotlety z jego ud i pośladków, podczas gdy przedramię piekło się na rożnie nad ogniskiem, Asha przeraziła się tak samo jak wszyscy, nie mogła jednak twierdzić, że to ją zaskoczyło. Mogłaby się założyć, że nie byli pierwszymi, którzy podczas tego straszliwego marszu poczuli smak ludzkiego mięsa. Po prostu ich pierwszych na tym złapano.

Czterej ludzie Peasebury'ego zapłacą za tę ucztę życiem. Tak rozkazał król. Ludzie królowej zapewniali też, że ich spalenie położy kres śnieżycy. Asha Greyjoy nie pokładała wiary w ich czerwonym bogu, modliła się jednak, by okazało się to prawdą. W przeciwnym razie zapłoną inne stosy i pragnienie ser Claytona Suggsa może się spełnić.

Ser Clayton pędził przed sobą czterech nagich ludożerców. Ręce związano im z tyłu rzemieniami. Najmłodszy z nich płakał, brnąc przez śnieg. Dwaj inni wpatrywali się w ziemię, jakby już nie żyli. Asha ze zdziwieniem zauważyła, że wyglądają zupełnie zwyczajnie. *To nie potwory* — uświadomiła sobie. *To tylko ludzie.*

Najstarszy z czterech był ich sierżantem. Tylko on zachował wolę walki. Obrzucał przekleństwami ludzi królowej, popędzających go włóczniami.

— Pierdolę was wszystkich i waszego czerwonego boga też — oznajmił. — Słyszysz mnie, Farring? Olbrzymobójco? Śmiałem się, kiedy twojego pierdolonego kuzyna szlag trafił, Godry. Jego też powinniśmy zjeść. Kiedy go piekli, pachniał smakowicie. Idę o zakład, że chłopak miał miękkie i delikatne mięso. Soczyste. — Uderzenie tępym końcem włóczni rzuciło sierżanta na kolana, ale go nie uciszyło. Wstał, wypluł krew i wybite zęby, a potem mówił dalej. — Kutas jest najsmaczniejszy, gdy już się upiecze nad ogniem. Mała tłusta kiełbaska. — Nie przestał gadać nawet, gdy zakuwano go w łańcuchy. — Corlissie Penny, chodź tutaj. Co to za nazwisko? Czy znaczy, że twoja matka bierze od klientów po grosiku? A ty, Suggs? Ty cholerny bękarcie…

Ser Clayton nie odezwał się ani słowem. Jednym szybkim cięciem otworzył gardło sierżanta i na pierś trysnęła krew.

Płaczący skazaniec zaczął zawodzić jeszcze głośniej. Jego ciało dygotało gwałtownie. Był taki chudy, że Asha mogła policzyć mu żebra.

— Nie — powtarzał. — Proszę, on nie żył, on nie żył, a my byli głodni, proszę…

— Sierżant był najsprytniejszy — powiedziała Asha Aly Mormont. — Celowo sprowokował Suggsa.

Zastanawiała się, czy ta sama sztuczka uda się po raz drugi, gdyby nadeszła kolej na nią.

Cztery ofiary przykuto do dwóch słupów, zwrócone plecami do siebie. Zwisały bezwładnie, trzech żywych mężczyzn i jeden martwy, gdy wyznawcy Pana Światła układali u ich stóp rozszczepione kłody i połamane gałęzie, a potem polali je olejem do lamp. Musieli się śpieszyć. Bez przerwy padał gęsty śnieg i drewno wkrótce zrobi się mokre.

— Gdzie jest król? — zapytał ser Corliss Penny.

Przed czterema dniami jeden z królewskich giermków zmarł z zimna i głodu. Chłopak nazywał się Bryen Farring i był kuzynem ser Godry'ego. Stannis Baratheon stał z posępną twarzą przy pogrzebowym stosie i patrzył, jak ciało giermka trawią płomienie. Potem wrócił do wieży strażniczej i od tej pory z niej nie wychodził… choć od czasu do czasu widywano Jego Miłość na dachu budowli. Jego sylwetka rysowała się na tle ogniska, które paliło się tam za dnia i w nocy. *Rozmawia ze swym czerwonym bogiem* — mówili niektórzy.

Wzywa lady Melisandre — zapewniali inni. Tak czy inaczej, Asha Greyjoy odnosiła wrażenie, że król jest zagubiony i prosi o pomoc.

— Canty, znajdź króla i powiedz mu, że wszystko gotowe — rozkazał ser Godry najbliżej stojącemu zbrojnemu.

— Król jest tutaj.

To był głos Richarda Horpe'a.

Na zbroję i kolczugę ser Richard narzucił wams z podszewką, ozdobiony trzema ćmami trupimi główkami w polu z popiołu i kości. Król Stannis szedł obok niego. Za nimi, usiłując dotrzymać im kroku, kuśtykał Arnolf Karstark, wsparty na lasce z tarninowego drewna. Lord Arnolf odnalazł ich przed ośmioma dniami. Przyprowadził ze sobą trzech wnuków, czterysta włóczni, czterdziestu łuczników, dwunastu konnych kopijników oraz maestera z klatką pełną kruków... ale zapasy miał tylko dla siebie.

Ashy wytłumaczono, że Karstark nie jest prawdziwym lordem, a tylko kasztelanem Karholdu na czas, gdy prawowity lord pozostaje w niewoli u Lannisterów. Był chudy, zgarbiony i krzywy, miał lewy bark o pół stopy wyżej od prawego. Miał też chudą szyję, szare, wiecznie przymrużone oczy i pożółkłe zęby. Tylko garstka białych włosów sprawiała, że nie można go było zwać łysym. Rozwidlona broda była w równym stopniu siwa i biała, ale zawsze potargana. Asha uważała, że jego uśmiechy mają w sobie coś kwaśnego. Jeśli jednak wierzyć pogłoskom, to Karstark miał otrzymać Winterfell, gdyby udało się je zdobyć. W jakiejś odległej przeszłości Karstarkowie oddzielili się od rodu Starków, a lord Arnolf był pierwszym chorążym Eddarda Starka, który poparł Stannisa.

O ile Asha wiedziała, Karstarkowie czcili starych bogów północy, tak samo jak Wullowie, Norreyowie, Flintowie i inne podgórskie klany. Zastanawiała się, czy to król zażądał, by lord Arnolf obejrzał palenie skazańców i na własne oczy ujrzał moc czerwonego boga.

Ujrzawszy Stannisa, dwaj przywiązani do pali mężczyźni zaczęli błagać o łaskę. Król słuchał ich w milczeniu, zaciskając szczęki.

— Możecie zaczynać — rzekł po chwili Godry'emu Farringowi.

Olbrzymobójca uniósł ręce.

— Panie Światła, wysłuchaj nas.

— Panie Światła, broń nas — zaśpiewali ludzie królowej. — Albowiem noc jest ciemna i pełna strachów.

Ser Godry wzniósł głowę ku ciemniejącemu niebu.

— Dziękujemy ci za słońce, które nas ogrzewa, i modlimy się, byś je nam zwrócił, o Panie, by oświetliło nam drogę wiodącą ku wrogom. — Płatki śniegu topniały na jego twarzy. — Dziękujemy ci za gwiazdy, które czuwają nad nami nocą, i modlimy się, byś zdarł ukrywającą je przed nami zasłonę i pozwolił nam znowu napawać się ich widokiem.

— Panie Światła, ochraniaj nas — wznosili błagania ludzie królowej — i powstrzymaj tę okrutną ciemność.

Ser Corliss Penny wystąpił z grupy, ściskając pochodnie w obu dłoniach. Zatoczył nimi krąg nad głową, by płomienie rozgorzały jaśniej. Jeden ze skazańców zaczął skomleć.

— R'hllorze — śpiewał ser Godry — oddajemy ci czterech złych ludzi. Z radosnymi i szczerymi sercami dajemy ich twym oczyszczającym ogniom, by wypaliły ciemność w ich duszach. Niech ich plugawe ciała spłoną i poczernieją, by duchy mogły wznieść się ku światłu, wolne i czyste. Przyjmij ich krew, o Panie, i stop lodowe łańcuchy skuwające twe sługi. Usłysz ich ból i daj siłę naszym mieczom, byśmy mogli przelać krew twych wrogów. Przyjmij tę ofiarę i wskaż nam drogę do Winterfell, byśmy mogli rozbić niewiernych.

— Panie Światła, przyjmij tę ofiarę — powtórzyło sto głosów. Ser Corliss przystawił pochodnię do pierwszego stosu, a potem wepchnął ją między gałęzie u podstawy drugiego.

W górę wzbiły się smużki dymu. Skazańcy zaczęli kasłać. Pojawiły się pierwsze płomienie, nieśmiałe jak młode panny, tańczące i przeskakujące z kłody na nogę. Po chwili oba stosy ogarnął ogień.

— On i tak nie żył — wrzasnął płaczący chłopak, gdy ogień polizał jego nogi. — Znaleźliśmy go martwego... proszę... my byli głodni...

Ogień dosięgnął jego jaj. Gdy włosy otaczające mu kutasa zapłonęły, błagania przerodziły się w przeciągły nieartykułowany krzyk.

Asha Greyjoy poczuła w gardle smak żółci. Na Żelaznych Wyspach nieraz widziała, jak kapłani jej ludu podrzynali gardła poddanym i oddawali ich ciała morzu ku czci Utopionego Boga. To było okrutne, ale nie mogło się równać z tym, co widziała teraz.

Zamknij oczy — powiedziała sobie. *Zakryj uszy. Odwróć się. Nie musisz tego oglądać.* Ludzie królowej śpiewali jakiś pean ku czci czerwonego R'hllora, ale krzyki zagłuszały ich słowa. Zadrżała, choć czuła na twarzy żar płomieni. W powietrzu unosił się dym oraz smród palonego mięsa. Jedno z ciał nadal szarpało się w rozgrzanych do czerwoności łańcuchach łączących je ze słupem.

Po pewnym czasie krzyki umilkły.

Król Stannis oddalił się bez słowa i wrócił do wieży. *Poszedł do swojego ogniska* — pomyślała Asha. *Wypatruje odpowiedzi w płomieniach.* Arnolf Karstark próbował pokuśtykać za nim, ale ser Richard Horpe złapał go za ramię i poprowadził w stronę długiego domu. Ludzie zaczęli się rozchodzić ku swym własnym ogniskom i skromnym kolacjom, które na nich czekały.

Podkradł się do niej Clayton Suggs.

— Czy żelaznej piździe spodobało się widowisko? — Jego oddech cuchnął *ale* i cebulą. *Ma świńskie oczka* — pomyślała Asha. I nic w tym dziwnego. Jego tarczę i opończę zdobił wizerunek skrzydlatej świni. — Tłum będzie jeszcze większy, kiedy to ty będziesz się smażyła na stosie — oznajmił, przysuwając twarz tak blisko, że widziała jego wągry.

Nie mylił się. Wilki nie darzyły jej miłością. Pochodziła z żelaznych ludzi i musiała odpowiedzieć za zbrodnie swych rodaków. Za Fosę Cailin, Deepwood Motte i Torrhen's Square, za stulecia łupiestwa na kamiennym brzegu i za wszystko, co uczynił Theon w Winterfell.

— Puść mnie, ser.

Każde spotkanie z Suggsem budziło w niej tęsknotę za toporkami. Asha biegłością w tańcu palców nie ustępowała żadnemu mężczyźnie z wysp. Najlepszy dowód, że nadal zachowała ich dziesięć. *Gdybym tylko mogła zatańczyć z ser Claytonem.* Niektórzy mężczyźni mieli twarze, które prosiły się o brodę. Fizjonomia Suggsa prosiła się o toporek wbity między oczy. Nie miała jednak broni, mogła więc jedynie spróbować się wyszarpnąć. Uzyskała tylko tyle, że ser Clayton ścisnął ją jeszcze mocniej. Jego urękawicznione palce wbijały się w jej ramiona niczym żelazne gwoździe.

— Lady Asha prosiła, żebyś ją puścił — odezwała się Aly Mormont. — Lepiej jej posłuchaj, ser. Ona nie jest przeznaczona na stos.

— Będzie — zapewnił Suggs. — Zbyt długo już tolerowaliśmy wśród nas tę czcicielkę demonów.

Puścił jednak Ashę. Niedźwiedzicy lepiej było nie prowokować bez potrzeby.

W tej właśnie chwili raczył się zjawić Justin Massey.

— Król ma inne plany wobec najcenniejszej ze swych jeńców — oznajmił ze swobodnym uśmiechem. Policzki poczerwieniały mu od mrozu.

— Król? Czy ty? — Suggs prychnął z pogardą. — Spiskuj, ile chcesz, Massey. I tak spłonie ze swą królewską krwią. W królewskiej krwi jest moc. Tak mówiła kobieta w czerwieni. Moc, która ucieszy naszego pana.

— R'hllor będzie musiał się zadowolić czterema ludźmi, których mu oddaliśmy.

— To były nisko urodzone pachołki. Ofiara godna żebraka. Taka hołota nie powstrzyma śniegu. Ale ona może.

— A jeśli ją spalicie i śnieg nie przestanie padać, kto będzie następny? Ja? — zapytała Niedźwiedzica.

Asha nie mogła już dłużej trzymać języka za zębami.

— A czemu by nie ser Clayton? Może R'hllorowi spodoba się jeden z jego wyznawców? Prawdziwy wierny, który nie przestanie wychwalać śpiewem swego boga, nawet gdy płomienie poliżą mu kutasa.

Ser Justin roześmiał się w głos. Suggs nie był zadowolony.

— Chichocz sobie, Massey. Zobaczymy, kto się będzie śmiał, kiedy śnieg nie przestanie padać.

Zerknął na trupy stojące pod palami, uśmiechnął się i podszedł do ser Godry'ego oraz innych ludzi królowej.

— Mój obrońco — rzekła Asha do Justina Masseya. Zasługiwał przynajmniej na tyle, bez względu na jego motywy. — Dziękuję za ratunek, ser.

— To nie przysporzy ci przyjaciół wśród ludzi królowej — ostrzegła go Niedźwiedzica. — Czyżbyś utracił wiarę w czerwonego R'hllora?

— Utraciłem wiarę w wiele rzeczy — odparł Massey. Jego oddech zamieniał się w powietrzu w jasną mgiełkę. — Ale nadal wierzę w kolację. Zechcecie mi towarzyszyć, panie?

Aly potrząsnęła głową.

— Nie mam apetytu.

— Ja też nie. Ale lepiej zmuś się do przełknięcia kawałka koniny, bo wkrótce pożałujesz, że tego nie zrobiłaś. Wyruszając z Deepwood Motte, mieliśmy osiemset koni. Wczoraj wieczorem naliczyłem sześćdziesiąt cztery.

To nie zaskoczyło Ashy. Prawie wszystkie wielkie rumaki padły, w tym również ten, który należał do Masseya. Większość mniejszych koni również nie przeżyła. Nawet kudłate szkapiny ludzi z północy ginęły z powodu braku paszy. Ale właściwie po co im konie? Stannis donikąd już nie maszerował. Słońca, księżyca i gwiazd nie widzieli od tak dawna, że Asha zaczęła się zastanawiać, czy nie były jedynie snem.

— Ja coś zjem.

Aly znowu potrząsnęła głową.

— Ja nie.

— Pozwól więc, bym ja zajął się lady Ashą — zaproponował ser Justin. — Masz moje słowo, że nie pozwolę jej uciec.

Niedźwiedzica mruknęła coś pod nosem na znak zgody, głucha na drwinę słyszalną w jego tonie. Rozstali się, Aly wróciła do namiotu, a Asha i Justin Massey poszli do długiego domu. Droga nie była daleka, ale zaspy głębokie, a wicher porywisty. Stopy kobiety przerodziły się w bryły lodu. Przy każdym kroku jej kostkę przeszywał ostry ból.

Długi dom, choć mały i nędzny, był największym budynkiem w wiosce. Dlatego lordowie i kapitanowie zagarnęli go dla siebie, natomiast Stannis wybrał na swą kwaterę kamienną wieżę strażniczą nad jeziorem. Pod drzwiami stali dwaj wartownicy, wsparci na długich włóczniach. Jeden z nich uniósł przed Masseyem przetłuszczoną płachtę wiszącą w wejściu. Ser Justin wprowadził Ashę do cudownie ciepłego wnętrza.

Po obu stronach sali ustawiono ławy i stoły. Miejsca starczało dla pięćdziesięciu ludzi… ale do środka wepchnęło się ich dwukrotnie więcej. Środkiem klepiska biegł wykop, w którym palił się ogień. W dachu nad nimi znajdowały się dziury wypuszczające dym. Wilki siedziały po jednej stronie wykopu, a południowi rycerze i lordowie po drugiej.

Asha pomyślała, że południowcy wyglądają żałośnie. Wychudli, mieli zapadnięte policzki, niektórzy byli bladzi i chorzy, inni zaś mieli czerwone, ogorzałe od wiatru twarze. W przeciwieństwie do nich ludzie z północy wyglądali zdrowo — rośli rumiani mężczyźni o gęstych, krzaczastych brodach, odziani w futra i żelazo. Oni również mogli marznąć i głodować, ale dzięki kudłatym konikom i niedźwiedzim łapom marsz sprawiał im mniej trudności.

Ściągnęła futrzane rękawice i skrzywiła się, poruszając palcami. Gdy na wpół odmrożone stopy rozgrzały się w cieple, jej nogi przeszył ból. Uciekając z wioski, zagrodnicy zostawili tu spore zapasy torfu, w przesyconym dymem powietrzu unosiła się więc jego intensywna woń. Asha strzepnęła z płaszcza śnieg i powiesiła go na kołku za drzwiami.

Ser Justin znalazł dla nich miejsce na ławie i przyniósł kolację dla dwojga — *ale* i płaty koniny, zwęglone na wierzchu, lecz czerwone w środku. Asha wypiła łyk i rzuciła się na mięso. Choć porcja była mniejsza niż poprzednim razem, i tak zaburczało jej w brzuchu, gdy poczuła zapach.

— Dziękuję, ser — rzekła, gdy krew i tłuszcz spływały jej po brodzie.

— Justinie. Nalegam.

Massey pokroił sobie mięso na kawałeczki i nadział jeden z nich na sztylet.

Niedaleko od nich Will Foxglove zapewniał otaczających go ludzi, że za trzy dni Stannis wznowi marsz na Winterfell. Usłyszał o tym z ust jednego ze stajennych opiekujących się królewskimi końmi.

— Jego Miłość ujrzał w ogniach zwycięstwo — zapewniał Foxglove. — Triumf, o którym jeszcze za tysiąc lat będzie się śpiewać pieśni zarówno w lordowskich zamkach, jak i w wieśniaczych chatach.

Justin Massey oderwał wzrok od koniny.

— Ostatniej nocy rejestr zimna sięgnął osiemdziesięciu ofiar. — Wyciągnął z zębów kawałek chrząstki i rzucił na klepisko. — Jeśli wymaszerujemy, będziemy ginąć setkami.

— A jeśli tu zostaniemy, tysiącami — zripostował ser Humfrey Clifton. — Wymaszerujemy albo zginiemy, mówię wam.

— Powiedziałbym raczej: „Wymaszerujemy i zginiemy". Jeśli nawet dotrzemy do Winterfell, co dalej? Jak mamy zdobyć zamek? Połowa naszych ludzi tak osłabła, że ledwie mogą iść. Każesz im wspinać się na mury? Budować wieże oblężnicze?

— Powinniśmy tu zaczekać na zmianę pogody — poparł go ser Ormund Wylde, stary rycerz, chudy jak szkielet i ostrożny z natury. Asha słyszała pogłoski, że część zbrojnych zakłada się o to, który z wielkich rycerzy i lordów umrze następny. Powszechnym faworytem był ser Ormund. *Ciekawe, ile pieniędzy stawiają na mnie?* — zastanawiała się Asha.

— Tutaj przynajmniej mamy schronienie — ciągnął Wylde — a w jeziorze są ryby.

— Za mało ryb, a za dużo rybaków — mruknął ponurym tonem lord Peasebury. Miał powody do niezadowolenia. To jego ludzi spalił przed chwilą ser Godry, a w tej sali siedzieli tacy, którzy zapewniali, że Peasebury z pewnością wiedział, co robili, a być może nawet uczestniczył w ich posiłkach.

— To prawda — burknął Ned Woods, jeden ze zwiadowców z Deepwood. Zwano go Beznosym Nedem, ponieważ dwie zimy temu stracił czubek nosa z powodu odmrożenia. Nikt z żyjących nie znał wilczego lasu lepiej od niego. Nawet najdumniejsi ze służących królowi lordów nauczyli się, że kiedy on mówi, lepiej go słuchać. — Znam te jeziora. Obleźliście je setkami, jak robaki trupa. Wycięliście tyle przerębli, że to cud, iż więcej waszych nie wpadło do wody. Koło wyspy są miejsca wyglądające jak ser nadgryziony przez szczury. — Potrząsnął głową. — Jeziora są wyczerpane. Wyłowiliście wszystkie ryby.

— Tym bardziej więc powinniśmy wymaszerować — upierał się Humfrey Clifton. — Jeśli pisana nam śmierć, lepiej zginąć z mieczem w dłoni.

Wczoraj i przedwczoraj wieczorem powtarzano te same argumenty. *Wymaszerujemy i zginiemy, zostaniemy i zginiemy albo wycofamy się i zginiemy.*

— Giń sobie, jak chcesz, Humfrey — odparł Justin Massey. — Ja tam wolę dożyć wiosny.

— Niektórzy mogliby to nazwać tchórzostwem — zauważył lord Peasebury.

— Lepiej być tchórzem niż kanibalem.

Peasebury wykrzywił twarz w nagłej furii.

— Ty...

— Śmierć zawsze towarzyszy wojnie, Justin. — W drzwiach stał ser Richard Horpe. Jego ciemne włosy były mokre od topniejącego śniegu. — Tym, którzy będą nam towarzyszyć, przypadnie udział w łupach zdobytych na Boltonie i jego bękarcie, a jeszcze większy w nieśmiertelnej chwale. Ci, którzy będą za słabi, by wymaszerować, będą musieli radzić sobie sami. Daję ci jednak słowo, że wyślemy wam prowiant, gdy tylko zdobędziemy Winterfell.

— Nie zdobędziecie go!

— Tak jest, zdobędziemy. — Zza stołu na podwyższeniu dobiegł chichot. Arnolf Karstark siedział tam ze swym synem Arthorem i trzema wnukami. Lord Arnolf podźwignął się niczym sęp wstający od padliny. Pokrytą starczymi plamami dłonią wsparł się na ramieniu syna. — Zdobędziemy je dla Neda i jego córki, tak jest, i dla Młodego Wilka, którego tak okrutnie zamordowano. Jeśli będzie trzeba, wskażę wam drogę, razem z synem i wnukami. Powiedziałem to Jego Dobrej Miłości królowi. Wymaszerujmy, a nim minie cykl księżyca, wszyscy będziemy się kąpać we krwi Freyów i Boltonów.

Rozległo się tupanie i walenie pięściami w blaty. Asha zauważyła, że entuzjazm okazują prawie wyłącznie ludzie z północy. Siedzący po drugiej stronie wykopu południowi lordowie zachowali milczenie.

Justin Massey zaczekał, aż rwetes ucichnie.

— Twa odwaga zasługuje na podziw, lordzie Karstark — rzekł wreszcie — ale odwagą nie skruszymy murów Winterfell. Powiedz mi, proszę, jak zamierzasz zdobyć zamek? Będziesz rzucał śnieżkami?

— Zetniemy drzewa, zrobimy tarany i rozbijemy bramy — odpowiedział jeden z wnuków lorda Arnolfa.

— I zginiecie.

— Zbudujemy wieże oblężnicze — dodał Arthor Karstark, młodszy syn lorda Arnolfa.

— I zginiecie, i zginiecie, i zginiecie. — Ser Justin wzniósł oczy ku niebu. — Bogowie bądźcie łaskawi, czy wszyscy Karstarkowie to szaleńcy?

— Bogowie? — powtórzył Richard Horpe. — Zapomniałeś się, Justin. Mamy tu tylko jednego boga. Nie wspominaj w tym towarzystwie o demonach. Tylko Pan Światła może nas uratować, nie sądzisz?

Wsparł dłoń na rękojeści miecza, jakby dla emfazy, ale ani na moment nie odrywał wzroku od twarzy Justina Masseya.

Ser Justin cofnął się przed jego spojrzeniem.

— Pan Światła, tak jest. Moja wiara jest równie głęboka jak twoja, świetnie o tym wiesz.

— To w twoją odwagę wątpię, Justin, nie w twoją wiarę. Odkąd wyruszyliśmy z Deepwood Motte, na każdym kroku przepowiadasz porażkę. Zastanawiam się, po czyjej właściwie stronie jesteś.

Na twarz Masseya wypełzł rumieniec.

— Nie będę tu siedział i słuchał obelg.

Zerwał mokry płaszcz z kołka tak gwałtownie, że Asha usłyszała trzask rozdzieranej tkaniny, ominął Horpe'a i wyszedł na zewnątrz. Do środka wpadł zimny powiew, unosząc popioły z wykopu. Płomienie rozjarzyły się nieco jaśniej.

Szybko pękł — pomyślała Asha. *Mój obrońca jest zrobiony z łoju.* Niemniej ser Justin był jednym z nielicznych, którzy mogliby się sprzeciwić, gdyby ludzie królowej postanowili ją spalić. Wstała, włożyła płaszcz i wyszła w śnieg za Masseyem.

Zgubiła drogę, nim zdążyła przejść dziesięć jardów. Widziała ognisko płonące na szczycie wieży strażniczej, słabą pomarańczową plamę blasku unoszącą się w powietrzu. Reszta wioski zniknęła. Asha została sama w białym milczącym świecie, brnęła przez sięgające jej ud zaspy.

— Justin? — zawołała. Nikt jej nie odpowiedział. Gdzieś po lewej zarżał koń. *Biedne zwierzę jest przerażone. Być może wie, że jutro je zjedzą na kolację.* Asha szczelniej owinęła się płaszczem.

Niepostrzeżenie dla siebie wróciła na wioskowe błonia. Pale z sośniny nadal stały. Poczerniały i zwęgliły się, ale nie spłonęły doszczętnie. Łańcuchy skuwające skazańców już ostygły, lecz nadal mocno trzymały trupy w żelaznych objęciach. Na głowie jednego z nich siedział kruk, wydziobując kawałki spalonego mięsa przylegające do osmalonej czaszki. Padający śnieg zakrył już popioły u podstawy stosu, sięgając martwemu mężczyźnie aż do kostek. *Starzy bogowie chcą go pochować* — pomyślała Asha. *To nie była ich robota.*

— Dobrze się przyjrzyj, pizdo. — Gruby głos Claytona Suggsa dobiegał zza jej pleców. — Jak już się upieczesz, też będziesz wyglądała tak ładnie. Powiedz mi, czy kałamarnice potrafią krzyczeć?

Boże moich ojców, jeśli słyszysz mnie teraz w swych podmorskich komnatach, ześlij mi choć jeden mały toporek. Utopiony Bóg nie odpowiedział. Rzadko to robił. Na tym polegał kłopot z bogami.

— Widziałeś ser Justina?

— Tego zarozumiałego głupca? Co ci po nim, pizdo? Jeśli chcesz się pierdolić, jestem lepszym mężczyzną od niego.

Znowu pizda? To dziwne, że mężczyźni tacy jak Suggs obrażali kobiety nazwą jedynego, co w nich cenili. Suggs był gorszy niż Średni Liddle. *On wypowiada to słowo z pasją.*

— Twój król kastruje ludzi za gwałt — przypomniała mu.

Ser Clayton zachichotał.

— Król prawie już oślepł od gapienia się w ogień. Nie bój

się, pizdo, nie zgwałcę cię. Musiałbym cię potem zabić, a wolę zobaczyć, jak płoniesz.

Znowu ten koń.

— Słyszałeś?

— Co miałem słyszeć?

— Konia. Nie, konie. Jest więcej niż jeden.

Odwróciła się, wytężając słuch. Śnieg dziwnie wpływał na dźwięki. Trudno było określić, z której strony dobiegało rżenie.

— Czy to jakaś sztuczka kałamarnic? Nie słyszę... — Suggs skrzywił się nagle. — Niech to szlag. Jeźdźcy.

Sięgnął po miecz. Dłonie w futrzanych rękawicach poruszały się niezgrabnie, ale w końcu udało mu się wyciągnąć oręż z pochwy.

Tymczasem jeźdźcy zdążyli do nich dotrzeć.

Wyłonili się ze śnieżycy jak oddział widm, wysocy mężczyźni dosiadający małych koników. W swych grubych futrach wydawali się jeszcze więksi niż w rzeczywistości. Miecze u ich pasów śpiewały cichą pieśń stali, grzechocząc w pochwach. Asha zauważyła topór przytwierdzony do siodła jednego z nich oraz bojowy młot na plecach drugiego. Mieli też tarcze, ale pokrył je śnieg i lód, zasłaniając herby. Choć spowijały ją warstwy wełny, futra i utwardzanej skóry, Asha czuła się naga. *Róg* — pomyślała. *Potrzebny mi róg, żeby podnieść alarm.*

— Ruszaj się, ty głupia pizdo — zawołał ser Clayton. — Biegnij ostrzec króla. Nadciąga lord Bolton.

Suggs mógł być okrutnikiem, ale nie brakowało mu odwagi. Ruszył przez śnieg z mieczem w dłoni, zajmując pozycję między jeźdźcami a wieżą króla. Ognisko na jej szczycie płonęło za jego plecami jak pomarańczowe oko jakiegoś niezwykłego boga.

– Kto jedzie? Stój! Stój!

Pierwszy z jeźdźców ściągnął wodze tuż przed nim. Za

nim podążali inni, może nawet dwudziestu. Asha nie miała czasu ich policzyć. W śnieżycy mogły się kryć setki dalszych, zmierzających tuż za nimi. Niewykluczone, że zbliżał się cały zastęp Roose'a Boltona, zamaskowany przez ciemność i padający śnieg. Ale ci ludzie…

Jest ich zbyt wielu na zwiadowców, a za mało na przednią straż. Co więcej, dwóch nosiło czarne płaszcze. *Nocna Straż* — uświadomiła sobie nagle.

— Kim jesteście? — zawołała.

— Przyjaciółmi — odpowiedział znany skądś głos. — Szukaliśmy was w Winterfell, ale znaleźliśmy tylko Wronojada Umbera bijącego w bębny i dmącego w rogi. Minęło trochę czasu, nim zdołaliśmy was odszukać.

Jeździec zeskoczył z siodła, położył kaptur i się pokłonił. Brodę miał tak gęstą i oblodzoną, że przez chwilę Asha nie mogła go poznać.

— Tris — powiedziała wreszcie.

— Pani. — Tristifer Botley opadł na jedno kolano. — Qarl Panienka też jest z nami. Roggon, Grymaśny Język, Palczak, Gawron… jest nas sześciu, wszyscy, którzy byli w stanie utrzymać się w siodle. Cromm umarł od ran.

— Co to ma znaczyć? — zapytał ser Clayton Suggs. — Jesteś jednym z jej ludzi? Jak się wydostaliście z lochów Deepwood?

Tris wstał i strzepnął śnieg z kolan.

— Sybelle Glover oferowano godziwy okup w zamian za naszą wolność i postanowiła go przyjąć w imieniu króla.

— Jaki okup? Kto zapłacił dobrymi pieniędzmi za morską hołotę?

— Ja, ser. — Mówiący podjechał bliżej na swym koniku. Był bardzo wysoki i chudy, a nogi miał tak długie, że zakrawało na cud, iż nie ciągnie nimi po ziemi. — Potrzebowałem silnej eskorty, by odprowadziła mnie bezpiecznie do króla, a lady Sybelle wolała mieć mniej gąb do wykarmienia. —

Twarz patykowatego mężczyzny zasłaniał szalik. Na głowie miał najdziwniejszy kapelusz, jaki Asha widziała od czasu, gdy ostatnio zawinęła do Tyrosh, pozbawioną ronda wieżę z jakiejś miękkiej tkaniny, przypominającą trzy cylindry zatknięte jeden na drugi. — Powiedziano mi, że znajdę tu króla Stannisa. Sprawa jest bardzo pilna. Muszę natychmiast z nim porozmawiać.

— A kim jesteś, na siedem śmierdzących piekieł?

Wysoki chudzielec zsunął się z gracją z konia, zdjął osobliwy kapelusz i się pokłonił.

— Mam zaszczyt zwać się Tycho Nestoris i jestem skromnym sługą Żelaznego Banku z Braavos.

Ze wszystkich niezwykłości, jakie mogły się wyłonić z mroku, ostatnim, czego spodziewałaby się Asha Greyjoy, był braavoski bankier. To było zbyt absurdalne. Nie mogła powstrzymać śmiechu.

— Król Stannis urządził swą siedzibę w wieży strażniczej. Jestem pewna, że ser Clayton z przyjemnością cię do niego zaprowadzi.

— To byłaby wielka uprzejmość. Czas jest nadzwyczaj ważny. — Bankier obrzucił ją chytrym spojrzeniem ciemnych oczu. — Jeśli się nie mylę, jesteś szlachetnie urodzoną damą. Lady Ashą z rodu Greyjoyów.

— Jestem Asha z rodu Greyjoyów, tak jest. Jeśli chodzi o to, czy jestem damą, opinie są podzielone.

Braavoski bankier się uśmiechnął.

— Przywieźliśmy dla ciebie dar. — Skinął na czekających za nim mężczyzn. — Spodziewaliśmy się znaleźć króla w Winterfell. Niestety, zamek zaatakowała ta sama śnieżyca. Pod murami spotkaliśmy Morsa Umbera z oddziałem zielonych chłopaków. Czekali na przybycie króla. Oto, co od niego otrzymaliśmy.

Dziewczyna i starzec — pomyślała Asha, gdy dwoje ludzi ciśnięto bezceremonialnie w śnieg u jej stóp. Dziewczyna drżała gwałtownie, mimo że nosiła futra. Gdyby tak się nie bała, mogłaby być ładna, choć czubek nosa miała czarny od odmrożenia. Starzec… jego nikt nie nazwałby przystojnym. Widywała strachy na wróble mające na sobie więcej ciała. Jego twarz wyglądała jak czaszka obciągnięta skórą, a włosy miał białe jak kość i brudne. Do tego śmierdział. Sam jego widok wypełnił Ashę odrazą.

Uniósł wzrok.

— Siostro. Widzisz, tym razem cię poznałem.

Serce Ashy opuściło jedno uderzenie.

— Theon?

Rozciągnął usta w czymś, co mogło być uśmiechem. Stracił połowę zębów, a połowa tych, które mu pozostały, była połamana i ukruszona.

— Theon — powtórzył. — Nazywam się Theon. Człowiek musi wiedzieć, jak ma na imię.

VICTARION

Morze było czarne, a księżyc srebrny, gdy Żelazna Flota rzuciła się na ofiarę.

Zgodnie z przepowiednią czarnego kapłana Moqorra ujrzeli statek w cieśninach między Wyspą Cedrów a pagórkowatymi okolicami Astaporu.

— Ghiscarski — zawołał Longwater Pyke z bocianiego gniazda. Victarion Greyjoy stał na kasztelu dziobowym, przyglądając się, jak żagiel galery rośnie. Po chwili widział już jej poruszające się wiosła oraz długi biały kilwater, lśniący w blasku księżyca niczym blizna na powierzchni morza.

To nie jest prawdziwy okręt wojenny — uświadomił sobie Victarion. *Wielka galera handlowa.* Będzie cennym łupem.

Skinął na swych kapitanów, rozkazując im rozpocząć pościg. Wtargną na pokład galery i zdobędą ją.

Jej kapitan zauważył już grożące mu niebezpieczeństwo. Zmienił kurs na zachodni, zmierzając ku Wyspie Cedrów. Być może liczył na to, że znajdzie schronienie w jakiejś ukrytej zatoczce albo zwabi ścigających na wyszczerbione skały ciągnące się wzdłuż północnowschodniego brzegu wyspy. Jego galera była jednak ciężko wyładowana, a żelaźni ludzie mieli wiatr po swojej stronie. „Żałoba" i „Żelazne Zwycięstwo" przecięły mu drogę ucieczki, a szybki „Krogulec" i zwrotny „Tancerz Palców" podążały tuż za nim. Nawet wtedy ghiscarski kapitan nie ściągnął flagi z masztu. Gdy „Lament" podpłynął do galery z lewej burty, łamiąc wszystkie wiosła, oba statki były już tak blisko nawiedzanych ruin Ghozai, że załogi słyszały jazgot małp, witających pierwszy blask jutrzenki ze szczytów rozpadających się piramid.

Galera nazywała się „Ghiscarski Świt". Tak powiedział jej kapitan, gdy przyprowadzono go do Victariona, zakutego w łańcuchy. Jej macierzystym portem było Nowe Ghis, a wracała tam przez Yunkai, po zawinięciu do Meereen. Mężczyzna nie mówił w żadnym porządnym języku. Znał tylko gardłowy ghiscarski, pełen warknięć i syków. Victarion Greyjoy nigdy w życiu nie słyszał brzydszej mowy. Moqorro tłumaczył słowa jeńca na język powszechny Westeros. Kapitan oznajmił, że wojnę o Meereen wygrano, smocza królowa nie żyje, a miastem włada obecnie Ghiscarczyk imieniem Hizdak.

Victarion kazał mu wyrwać język za kłamstwo. Moqorro zapewnił go, że Daenerys Targaryen żyje. Jego czerwony bóg R'hllor pokazał mu jej twarz w swych świętych płomieniach. Żelazny kapitan nienawidził kłamstw, rozkazał więc związać Ghiscarczykowi ręce i nogi, a potem wyrzucić go za burtę jako ofiarę dla Utopionego Boga.

— Twój czerwony bóg również otrzyma należną nagrodę — obiecał Moqorrowi — ale morza należą do Utopionego Boga.

— Nie ma innych bogów poza R'hllorem i Innym, którego imienia nie wolno wypowiadać.

Kapłan-czarnoksiężnik miał na sobie strój barwy posępnej czerni, urozmaiconej złotą nicią na kołnierzu, mankietach i obrąbku. Na pokładzie „Żelaznego Zwycięstwa" nie było czerwonej tkaniny, nie uchodziło jednak, by Moqorro nosił pokryte plamami od soli łachmany, które miał na sobie, gdy Nornik wyłowił go z morza. Dlatego Victarion rozkazał Tomowi Tidewoodowi uszyć kapłanowi nowe szaty z tego, co było pod ręką, a nawet oddał na ten cel kilka swoich tunik. Były czarne i złote, jako że herbem rodu Greyjoyów był złoty kraken w czarnym polu, widniejący również na chorągwiach i żaglach ich okrętów. Karmazynowo-szkarłatne stroje czerwonych kapłanów były żelaznym ludziom obce i Victarion liczył na to, że łatwiej zaakceptują Moqorra, jeśli wdzieje barwy Greyjoyów.

Ta nadzieja okazała się płonna. Obleczony w czerń od stóp do głów, kapłan o twarzy wytatuowanej w czerwonopomarańczowe płomienie wyglądał jeszcze bardziej złowieszczo. Ludzie omijali go szerokim łukiem, gdy tylko wyszedł na pokład, a do tego spluwali, kiedy padł na nich jego cień. Nawet Nornik, który wyłowił czerwonego kapłana z morza, nalegał, by Victarion oddał Moqorra Utopionemu Bogu.

Czarnoskóry mężczyzna znał jednak te brzegi lepiej niż żelaźni ludzie, wiedział też co nieco o tajemnicach smoków. *Wronie Oko ma swoich czarnoksiężników. Czemu miałbym być gorszy?* Jego czarny czarodziej był potężniejszy od trzech sług Eurona razem wziętych, nawet gdyby wrzucić ich do garnka i ugotować z nich zupę. Mokra Czupryna zapewne nie byłby zadowolony, ale Aeron ze swymi pobożnymi skrupułami był daleko stąd.

— „Ghiscarski Świt" to nie jest odpowiednia nazwa dla

okrętu Żelaznej Floty — oznajmił Victarion, zaciskając poparzoną dłoń w potężną pięść. — W nagrodę dla ciebie, czarodzieju, nadaję mu nazwę „Gniew Czerwonego Boga".

Moqorro pochylił głowę.

— Jak każesz, kapitanie.

Żelazna Flota znowu składała się z pięćdziesięciu czterech okrętów.

Następnego dnia spadł na nich nagły szkwał. Moqorro przewidział również i to. Gdy deszcz przesunął się dalej, okazało się, że trzy statki zniknęły. Victarion nie miał pojęcia, czy zatonęły, wpadły na mieliznę, czy po prostu zniosło je z kursu.

— Wiedzą, dokąd płyniemy — oznajmił załodze. — Jeśli mogą się utrzymać na wodzie, znajdą nas.

Żelazny kapitan nie miał zamiaru czekać na spóźnialskich. Jego narzeczoną zewsząd otaczali wrogowie. *Najpiękniejsza kobieta na świecie pilnie potrzebuje mojego topora.*

Co więcej, Moqorro zapewniał, że trzy okręty nie zatonęły. Co noc kapłan-czarnoksiężnik rozpalał ognisko na kasztelu dziobowym „Żelaznego Zwycięstwa", a potem chodził wokół płomieni, śpiewając modlitwy. W blasku ognia jego czarna skóra lśniła jak gładzony onyks. Były chwile, że Victarion mógłby przysiąc, iż płomienie na twarzy kapłana również tańczą, wyginają się i zlewają ze sobą, zmieniając kolor przy każdym ruchu głowy Moqorra.

— Czarny kapłan przywołuje przeciwko nam demony — poskarżył się jeden z wioślarzy. Kiedy doniesiono o tym Victarionowi, kazał wychłostać winnego, aż plecy spłynęły mu krwią od barków po pośladki. Dlatego, gdy Moqorro rzekł mu: „Twoje zbłąkane owieczki wrócą do trzody u brzegów wyspy zwanej Yaros", żelazny kapitan odparł: „Módl się, by tak się stało, kapłanie. W przeciwnym razie ty następny posmakujesz bicza".

Morze było niebieskie i zielone, a słońce gorzało na bezchmurnym błękitnym niebie, gdy Żelazna Flota dopadła drugą ofiarę, na wodach położonych na północny zachód od Astaporu.

Tym razem była to myrijska koga o nazwie „Gołębica", płynąca do Yunkai przez Nowe Ghis. Wiozła dywany, słodkie zielone wina i myrijskie koronki. Kapitan posiadał myrijskiego dalekowidza, w którym to, co odległe, wydawało się bliskie — dwie soczewki wprawione w serię mosiężnych rur, zręcznie połączonych ze sobą tak, że wsuwały się w siebie, aż dalekowidz robił się krótki jak sztylet. Victarion zagarnął ten skarb dla siebie, kodze zaś nadał nazwę „Dzierzba". Załogę postanowił zatrzymać dla okupu. To nie byli niewolnicy ani handlarze niewolników, lecz wolni Myrijczycy, doświadczeni żeglarze. Tacy ludzie byli warci spore sumy. „Gołębica" wypłynęła z Myr, nie przyniosła więc nowych wieści o Meereen ani Daenerys, a tylko stare meldunki o dothrackich jeźdźcach nad Rhoyne, wymaszerowaniu Złotej Kompanii oraz inne informacje, które Victarion już znał.

— Co widzisz? — zapytał po zmierzchu kapitan swego czarnego kapłana, gdy Moqorro stał przy nocnym ognisku. — Co czeka nas jutro? Znowu deszcz?

Victarion czuł w powietrzu zapach ulewy.

— Szare niebo i porywiste wichry — odparł Moqorro. — Nie będzie deszczu. Za nami są tygrysy. Przed nami czeka twój smok.

Twój smok. To spodobało się Victarionowi.

— Powiedz mi coś, o czym jeszcze nie wiem, kapłanie.

— Kapitan rozkazuje, ja słucham — odparł kapłan. Załoga przezwała go Czarnym Płomieniem. Twórcą tego przydomka był Steffar Jąkała, który nie potrafił wypowiedzieć imienia „Moqorro". Jak by go nie zwano, posiadał moc.

— Linia brzegowa biegnie tu z zachodu na wschód — poinformował Victariona. — W miejscu, gdzie skręci na północ, znajdziesz dwa kolejne zające. Szybkie i wielonożne.

Tak też się stało. Tym razem była to para galer, długich,

smukłych i prędkich. Pierwszy zauważył je Ralf Chromy, ale szybko prześcignęły „Niedolę" i „Ostatnią Szansę", Victarion wysłał więc za nimi swe trzy najszybsze statki: „Żelazne Skrzydło", „Krogulca" i „Pocałunek Krakena". Pościg trwał prawie cały dzień, ale w końcu żelaźni ludzie dokonali abordażu i zdobyli obie galery po krótkiej, ale brutalnej walce. Okazało się, że statki nie przewoziły ładunku. Płynęły do Nowego Ghis po zapasy i broń dla ghiscarskich legionów obozujących pod Meereen... a także po nowych ludzi, mających zastąpić tych, którzy umarli.

— Zabito ich w walce? — zapytał Victarion. Ludzie z galer zaprzeczyli. To były ofiary krwawej dyzenterii. Zwali ją białą klaczą. Podobnie jak kapitan „Ghiscarskiego Świtu", dowódcy obu galer powtórzyli kłamstwo o śmierci Daenerys Targaryen.

— Przekażcie jej ode mnie całusa w tym piekle, w którym ją znajdziecie — oznajmił Victarion. Potem zażądał, by dano mu topór i ściął obu głowy. Załogi również skazał na śmierć, oszczędzając tylko przykutych do wioseł niewolników. Osobiście uwolnił ich z łańcuchów i rzekł im, że od tej pory są wolnymi ludźmi i przypadnie im zaszczyt, o jakim marzył każdy chłopak na Żelaznych Wyspach — będą wiosłować dla Żelaznej Floty.

— Smocza królowa uwalnia niewolników i ja również — ogłosił.

Galerom nadał nazwy „Duch" i „Cień".

— Chcę, żeby wróciły zza grobu i straszyły Yunkijczyków — wytłumaczył nocą smagłej kobiecie, gdy już zażył z nią przyjemności. Stali się sobie bliscy i z każdym dniem ta bliskość rosła. — Spadniemy na nich jak piorun — zapewnił, szczypiąc ją w pierś. Zastanawiał się, czy tak właśnie czuł się jego brat Aeron, gdy przemawiał do niego Utopiony Bóg. Niemalże słyszał boski głos dobiegający z morskich głębin. *Dobrze mi się przysłużysz, mój kapitanie* — zdawały się mówić fale. *Po to właśnie cię stworzyłem.*

Niemniej nakarmi też czerwonego boga ognia, którego czcił Moqorro. Uzdrowiona przez kapłana ręka wyglądała obrzydliwie, od łokcia po koniuszki palców przypominała pieczoną wieprzowinę. Czasami, gdy Victarion zaciskał pięść, skóra pękała i buchał z niej dym, ale ręka była silniejsza niż kiedykolwiek dotąd.

— Są teraz ze mną dwaj bogowie — tłumaczył smagłej kobiecie. — Żaden wróg nie oprze się dwóm bogom.

Potem przetoczył ją na plecy i wziął po raz drugi.

Gdy z lewej burty pojawiły się klify Yaros, okazało się, że trzy zaginione statki czekają tam na nich, zgodnie z obietnicą Moqorra. Victarion w nagrodę dał kapłanowi złoty naszyjnik.

Musiał teraz zdecydować, czy zaryzykuje żeglugę przez cieśninę, czy też okrąży z Żelazną Flotą Yaros. Nadal ciążyło mu wspomnienie Pięknej Wyspy. Stannis Baratheon zaatakował Żelazną Flotę z północy i z południa, gdy byli uwięzieni w kanale między wyspą a lądem stałym, i to była najbardziej druzgocąca porażka Victariona w całej jego karierze. Opływając Yaros, straciłby jednak kilka cennych dni. Yunkai leżało bardzo blisko i ruch w cieśninie zapewne będzie intensywny, nie spodziewał się jednak napotkać yunkijskich okrętów wojennych, dopóki nie zbliżą się do Meereen.

Jak postąpiłby Wronie Oko? Zastanawiał się nad tym przez pewien czas, aż wreszcie dał znak kapitanom.

— Płyniemy przez cieśniny.

Nim Yaros zostało z tyłu, zdobyli jeszcze trzy statki. Wielka galeasa padła ofiarą Nornika i „Żałoby", a kupiecka galera Manfryda Merlyna z „Latawca". W ładowniach obu statków było pełno towarów — wina, jedwabiu, korzeni, cennego drewna i jeszcze cenniejszych pachnideł — ale najwartościowszy łup stanowiły one same. Później tego samego dnia „Siedem Czaszek" i „Zguba Poddanego" dopadły rybacki kecz. Stateczek był mały, powolny i obskurny, ledwie wart trudu abordażu. Victarion nie był zadowolony, słysząc, że potrzeba było dwóch jego okrętów, by go doścignąć. Niemniej to dzięki nim dowiedział się o powrocie czarnego smoka.

— Srebrna królowa odleciała — poinformował go szyper kecza. — Jej smok zabrał ją za Morze Dothraków.

— Gdzie jest to morze? — zapytał Victarion. — Przepłynę je z Żelazną Flotą i znajdę królową, gdziekolwiek może przebywać.

Rybak roześmiał się w głos.

— To warto by było zobaczyć. Morze Dothraków porasta trawa, głupcze.

Nie powinien był tego mówić. Żelazny kapitan złapał go za gardło poparzoną dłonią, uniósł nad pokład, oparł o maszt i ścisnął za gardło, aż twarz Yunkijczyka zrobiła się równie czarna jak duszące go palce. Mężczyzna szarpał się i wierzgał jeszcze przez chwilę, bezskutecznie próbując się wyrwać.

— Nikt, kto nazwał Victariona Greyjoya głupcem, nie pozostanie przy życiu, by potem się tym przechwalać.

Otworzył dłoń i bezwładne ciało rybaka spadło na pokład. Longwater Pyke i Tom Tidewood wyrzucili go za reling jako kolejną ofiarę dla Utopionego Boga.

— Wasz Utopiony Bóg to demon — oznajmił mu później Moqorro. — Jest tylko poddanym Innego, mrocznego boga, którego imienia nie wolno wypowiadać.

— Ostrożnie, kapłanie — ostrzegł go Victarion. — Na pokładzie tego okrętu nie brak pobożnych ludzi, którzy wyrwaliby ci język za podobne bluźnierstwa. Twój czerwony bóg otrzyma swą należność. Przysięgam. Moje słowo jest jak żelazo. Zapytaj moich ludzi.

Czarny kapłan pochylił głowę.

— Nie ma potrzeby. Pan Światła pokazał mi, ile jesteś wart, lordzie kapitanie. Co noc oglądam w swych ogniach chwałę, która cię czeka.

Te słowa wielce ucieszyły Victariona Greyjoya. Nocą opowiedział o tym smagłej kobiecie.

— Mój brat Balon był wielkim człowiekiem, ale ja dokonam tego, co jemu się nie udało. Żelazne Wyspy znowu będą wolne i powrócą dawne zwyczaje. Nawet Dagon nie zdołał tego osiągnąć. — Minęło już prawie sto lat, odkąd Dagon Greyjoy zasiadł na Tronie z Morskiego Kamienia, ale żelaźni ludzie nadal powtarzali opowieści o jego łupieżczych wyprawach i bitwach. W czasach Dagona Żelazny Tron zajmował stary król, kierujący swe zaropiałe oczy za wąskie morze, gdzie bękarty i wygnańcy planowali bunt. Dlatego lord Dagon pożeglował z Pyke, by uczynić morze zachodzącego słońca swoją własnością. — Złapał lwa za grzywę w jego jaskini i zawiązał w supły ogon wilkora, ale nawet Dagon nie mógł pokonać smoków. Ale ja zdobędę smoczą królową. Będzie dzieliła moje łoże i urodzi mi wielu silnych synów.

Liczebność Żelaznej Floty wzrosła do sześćdziesięciu okrętów.

Na północ od Yaros częściej widzieli obce żagle. Byli już bardzo blisko Yunkai, a między Żółtym Miastem a Meereen przy brzegu z pewnością roiło się od kupieckich statków i przewożących zapasy transportowców. Dlatego Victarion wypłynął z Żelazną Flotą na głębsze wody, skąd nie było widać lądu. Nawet tam napotykali jednak inne statki.

— Nikt nie może uciec, by ostrzec naszych wrogów — rozkazał żelazny kapitan. Tak też się stało.

Morze było zielone, a niebo szare rankiem, gdy „Żałoba", „Wojownicza Dziewka" i „Żelazne Zwycięstwo" Victariona zdobyły niewolniczą galerę z Yunkai na wodach położonych na północ od Żółtego Miasta. W ładowni znaleźli dwudziestu wyperfumowanych chłopców oraz osiemdziesiąt dziewcząt przeznaczonych do domów rozkoszy w Lys. Załoga nie spodziewała się niebezpieczeństwa tak bisko rodzinnych wód i żelaźni ludzie zdobyli galerę bez wysiłku. Dlatego Victarion nazwał ją „Chętną Panną".

Handlarzy niewolników kazał stracić, a potem wysłał ludzi pod pokład, by uwolnili wioślarzy.

— Od tej chwili pracujecie dla mnie. Wiosłujcie mocno, a będzie się wam powodziło. — Dziewczyny podzielił między swych kapitanów. — Lyseńczycy zrobiliby z was kurwy — oznajmił im. — Ale my was uratowaliśmy. Od tej chwili będziecie musiały służyć tylko jednemu mężczyźnie, zamiast wielu. Te, które zadowolą swych kapitanów, mogą zostać morskimi żonami. To zaszczytna pozycja.

Wyperfumowanych chłopców kazał zakuć w łańcuchy i wrzucić do morza. To były nienaturalne stworzenia i statek pachniał lepiej, odkąd się ich pozbyli.

Victarion wybrał dla siebie siedem najbardziej pociągających dziewczyn. Jedna miała rudozłote włosy i piegi na cyckach. Druga była wygolona na całym ciele. Trzecia miała brązowe oczy i włosy i była nieśmiała jak myszka. Czwarta miała największe cycki, jakie w życiu widział. Piąta była drobna, miała proste czarne włosy, złocistą skórę i oczy barwy bursztynu. Szósta była biała jak mleko i nosiła złote pierścienie w sutkach oraz w dolnych wargach, siódma zaś była czarna jak inkaust kałamarnicy. Handlarze niewolników z Yunkai nauczyli je sztuki siedmiu westchnień, ale nie o to chodziło Victarionowi. Smagła kobieta wystarczała, by zaspokoić jego pragnienia do chwili, gdy dotrze do Meereen i zdobędzie królową. Nikt nie potrzebował świec, gdy czekało na niego słońce.

Galerze nadał nazwę „Wrzask Handlarza Niewolników". Stała się sześćdziesiątym pierwszym okrętem Żelaznej Floty.

— Każdy zdobyty statek czyni nas silniejszymi — oznajmił swym żelaznym ludziom. — Ale od tej chwili będzie nam trudniej. Jutro albo pojutrze napotkamy ich okręty wojenne. Zbliżamy się do wód otaczających Meereen, gdzie czekają floty naszych wrogów. Spotkamy tam okręty ze wszystkich trzech Miast Niewolniczych, z Tolos, Elyrii i Nowego Ghis, a nawet z Qarthu. — Celowo przemilczał zielone galery z Nowego Volantis, które z pewnością płynęły już przez Zatokę Niewolniczą. — Handlarze niewolników są słabi. Widzieliście, jak przed nami uciekają, słyszeliście, jak piszczą, gdy odbieramy im życie. Każdy z was jest wart dwudziestu takich jak oni, albowiem tylko nas wykuto z żelaza. Pamiętajcie o tym, gdy znowu ujrzymy ich żagle. Nie dawajcie pardonu i nie oczekujcie go. Po cóż nam łaska? Jesteśmy żelaznymi ludźmi i czuwa nad nami dwóch bogów. Zagarniemy ich okręty, obrócimy wniwecz ich nadzieje i wypełnimy ich zatokę krwią.

— Jego słowa przywitano gromkim krzykiem. Kapitan odpowiedział krótkim skinieniem głowy. Jego twarz zamarła w złowrogim grymasie. Potem kazał przyprowadzić na pokład siedem wybranych przez siebie dziewcząt, najpiękniejszych ze wszystkich znalezionych na „Chętnej Pannie". Pocałował każdą w policzek i opowiedział im o zaszczycie, jaki je czeka, choć nie rozumiały jego słów. Później kazał wszystkie załadować na zdobyczny kecz, puścił go luźno na morze i podpalił.

— Tym darem z niewinności i piękna oddajemy cześć obu bogom — oznajmił, gdy okręty Żelaznej Floty mijały płonący stateczek. — Niech te dziewczęta narodzą się na nowo w świetle, niesplugawione przez żądze śmiertelników, albo niech zstąpią do podmorskich komnat Utopionego Boga, by ucztować, tańczyć i śmiać się, dopóki morza nie wyschną.

Victarionowi Greyjoyowi wydawało się, że pod koniec, nim płonący kecz pochłonęły fale, krzyki siedmiu ślicznotek przerodziły się w radosną pieśń. Potem nadszedł potężny wicher, który wypełnił ich żagle i poniósł ich na północ, na wschód i wreszcie znowu na północ, w stronę Meereen i jego piramid z wielobarwnych cegieł. *Na skrzydłach pieśni mknę ku tobie, Daenerys* — pomyślał żelazny kapitan.

Nocą po raz pierwszy wydobył smoczy róg, znaleziony przez Wronie Oko w dymiących ruinach wielkiej Valyrii. Był kręty, czarny i połyskliwy, miał sześć stóp długości od końca do końca i założono na niego obręcze z czerwonego złota oraz ciemnej valyriańskiej stali. *Piekielny róg Eurona.* Victarion przesunął dłonią wzdłuż niego. Róg był ciepły i gładki jak uda smagłej kobiety. Dostrzegał w jego błyszczącej powierzchni wypaczone odbicie własnego lica. W spajających go obręczach wyryto niezwykłe czarnoksięskie znaki. Moqorro zwał je „valyriańskimi hieroglifami".

Tyle Victarion sam wiedział.

— Ale co one mówią?

— Bardzo wiele. — Czarny kapłan wskazał na jedną ze złotych obręczy. — Tutaj widzimy imię rogu. „Jestem Władcą Smoków". Słyszałeś kiedyś jego dźwięk?

— Tylko raz. — Jeden z kundli jego brata zadął w róg na wiecu na Starej Wyk. To był prawdziwy potwór, ogromny mężczyzna o wygolonej głowie. Na potężnie umięśnionych ramionach miał obręcze ze złota, gagatu i nefrytu, a na piersi wytatuowano mu wielkiego jastrzębia. — Ten dźwięk... on parzył. Jakby moje kości płonęły i ogień trawił mi ciało od wewnątrz. Te napisy rozżarzyły się do czerwoności, a potem do białości. Ich widok sprawiał ból. Wydawało się, że dźwięk nigdy się nie skończy. Był jak jakiś przeciągły krzyk. Tysiąc krzyków połączonych w jeden.

— A co się stało z człowiekiem, który zadął w róg?

— Umarł. Miał potem pęcherze na ustach. Z ptaka również mu krwawiło. — Kapitan walnął się w pierś. — Mówię o jastrzębiu, miał go tutaj. Każde pióro ociekało krwią. Słyszałem, że w środku miał wszystko upieczone, ale to mogło być tylko gadanie.

— To prawda. — Moqorro obrócił róg w dłoniach, czytając litery na drugiej złotej obręczy. — Tu jest napisane: „Każdy śmiertelnik, który we mnie zadmie, przypłaci to życiem".

Victarion z goryczą pomyślał o zdradliwości braci. *Dary Eurona są zatrute.*

— Wronie Oko przysięgał, że ten róg uczyni smoki poddanymi mojej woli. Ale co mi z tego, jeśli ceną będzie śmierć?

— Twój brat nie zadął w róg osobiście. Ty również nie możesz tego uczynić. — Moqorro wskazał na stalową obręcz. — Tutaj. „Krew za ogień, ogień za krew". Nieważne, kto dmie w piekielny róg. Smoki przybędą do pana rogu. Musisz nim zawładnąć. To będzie wymagało krwi.

BRZYDKA DZIEWCZYNKA

Nocą w podziemiach świątyni zebrało się jedenaście sług Boga o Wielu Twarzach, więcej niż kiedykolwiek widziała tu naraz. Jedynie paniątko i grubas weszli frontowymi drzwiami, reszta przybyła tajnymi wejściami, przez tunele i ukryte korytarze. Wdziali swe czarno-białe szaty, ale gdy tylko zajęli miejsca, każdy położył kaptur, by odsłonić twarz, którą postanowił dziś nosić. Ich wysokie krzesła wyrzeźbiono z hebanu i czardrewna, jak drzwi świątyni na górze. Hebanowe krzesła miały z tyłu twarze z czardrewna, a krzesła z czardrewna hebanowe.

Jeden z pozostałych akolitów stał po drugiej stronie pokoju z dzbanem ciemnoczerwonego wina. Ona miała wodę. Gdy któryś ze sług chciał się napić, unosił oczy albo zginał palec, i któreś z nich napełniało mu kielich. Przez większość czasu jednak stali tylko, czekając na spojrzenia, które nie nadchodziły. *Jestem wykuta z kamienia* — przypomniała sobie. *Jestem posągiem, jak morscy lordowie stojący nad Kanałem Bohaterów.* Woda była ciężka, ale ona miała silne ramiona.

Kapłani mówili w języku Braavos, choć w pewnej chwili trzech z nich przez kilka minut rozmawiało z ożywieniem po starovalyriańsku. Dziewczynka rozumiała większość słów, ale mówili bardzo cicho i nie zawsze ich słyszała.

— Znam tego człowieka — rzekł w pewnej chwili kapłan o twarzy ofiary zarazy.

— Znam tego człowieka — powtórzył grubas, kiedy nalewała mu wody.

— Ja przyznam temu człowiekowi dar — oznajmił jednak przystojniak. — Nie znam go.

Później zezowaty albo ktoś inny powtórzył to samo.

Po trzech godzinach pełnych wina i słów kapłani sobie poszli... wszyscy poza miłym staruszkiem, bezdomną dziewczynką i tym, którego twarz naznaczyły ślady zarazy. Policzki miał pokryte sączącymi wrzodami, a włosy mu wypadały. Z jednego nozdrza skapywała krew, a w kącikach oczu utworzyły się strupy.

— Nasz brat pragnie z tobą porozmawiać, dziecko — oznajmił miły staruszek. — Usiądź, jeśli chcesz.

Spoczęła na krześle z czardrewna, ozdobionym hebanową twarzą. Krwawiące wrzody nie budziły w niej grozy. Zbyt długo mieszkała już w Domu Czerni i Bieli, by miała się bać fałszywej twarzy.

— Kim jesteś? — zapytał zarażony, gdy zostali sami.

— Nikim.

— Nieprawda. Jesteś Arya z rodu Starków, która przygryza wargę i nie potrafi kłamać.

— Byłam nią. Ale to się zmieniło.

— Po co tu jesteś?

— Żeby służyć. Żeby się uczyć. Żeby zmienić twarz.

— Najpierw zmień swe serce. Dar Boga o wielu Twarzach to nie dziecinna zabawka. Chciałabyś zabijać dla swoich celów, dla własnej przyjemności. Przeczysz temu?

Przygryzła wargę.

— Nie...

Uderzył ją.

Poczuła piekący ból w policzku, ale wiedziała, że na to zasłużyła.

— Dziękuję. — Jeśli będzie obrywać wystarczająco często, może przestanie przygryzać wargę. Arya to robiła, nie nocna wilczyca. — Przeczę temu.

— Kłamiesz. Czytam prawdę w twoich oczach. Masz oczy wilczycy i lubisz smak krwi.

Ser Gregor. Nie mogła powstrzymać tej myśli. *Dunsen, Raff Słodyczek, ser Ilyn, ser Meryn, królowa Cersei.* Gdyby się odezwała, musiałaby skłamać, a on by się zorientował. Dlatego milczała.

— Powiedziano mi, że byłaś kotem. Krążyłaś po zaułkach śmierdzących rybami, sprzedając sercówki i omułki. To małe życie, odpowiednie dla małego stworzenia, takiego jak ty. Poproś, a przywrócimy ci je. Pchaj taczkę, sprzedawaj sercówki i bądź zadowolona. Masz za miękkie serce, by stać się jedną z nas.

Chce mnie odesłać.

— Nie mam serca. Zamiast niego jest dziura. Zabiłam mnóstwo ludzi. Ciebie też mogłabym zabić, gdybym chciała.

— A czy to miałoby dla ciebie słodki smak?

Nie wiedziała, jak brzmi prawidłowa odpowiedź.

— Być może.

— W takim razie nie powinno cię tu być. W tym domu śmierć nie ma w sobie słodyczy. Nie jesteśmy wojownikami ani żołnierzami, czy zarozumiałymi zbirami przepełnionymi dumą. Nie zabijamy w służbie jakiegoś lorda ani nie po to, by wypełnić sakiewki albo połechtać swą próżność. Nigdy nie przyznajemy daru dla własnej przyjemności. Nie wybieramy też tych, których zabijamy. Jesteśmy tylko sługami Boga o Wielu Twarzach.

— *Valar dohaeris.*

Wszyscy muszą służyć.

— Znasz słowa, ale jesteś zbyt dumna, żeby służyć. Sługa musi być pokorny i posłuszny.

— Jestem posłuszna. I najpokorniejsza ze wszystkich.

Zachichotał.

— Jestem pewien, że będzie z ciebie prawdziwa bogini pokory. Ale czy potrafisz zapłacić cenę?

— A co to za cena?

— Ty jesteś ceną. Wszystko, co masz i co masz nadzieję kiedykolwiek mieć. Zabraliśmy ci oczy, a potem je oddaliśmy. Potem zabierzemy ci uszy i będziesz chodziła w ciszy. Zabierzemy ci nogi i będziesz pełzała. Nie będziesz niczyją córką, niczyją żoną, niczyją matką. Twoje imię będzie kłamstwem i nawet twarz, którą będziesz nosiła, może nie należeć do ciebie.

O mały włos nie przygryzła znowu wargi, ale powstrzymała się na czas. *Moja twarz jest ciemnym basenem, wszystko ukrywa, nic nie pokazuje.* Pomyślała o wszystkich imionach, jakie w życiu nosiła: Arry, Łasica, Gołąbek, Cat znad Kanałów. Pomyślała o głupiej dziewczynie z Winterfell zwanej Aryą o Końskim Pysku. Imiona nie miały znaczenia.

— Zapłacę tę cenę. Dajcie mi twarz.

— Na twarze trzeba zasłużyć.

— Powiedz mi jak.

— Przyznaj dar pewnemu człowiekowi. Potrafisz to zrobić?

— Co to za człowiek?

— Nie znasz go.

— Jest bardzo wielu ludzi, których nie znam.

— To jeden z nich. Nieznajomy. Nie kochasz go ani nie nienawidzisz. Nigdy go nie spotkałaś. Zabijesz go?

— Tak.

— W takim razie jutro znowu staniesz się Cat znad Kanałów. Noś jej twarz, patrz i bądź posłuszna. Przekonamy się, czy rzeczywiście jesteś godna, by służyć Bogu o Wielu Twarzach.

Następnego dnia wróciła więc do Brusca i jego córek,

mieszkających w domu nad kanałem. Brusco otworzył szeroko oczy na jej widok, a Brea westchnęła cicho.

— *Valar morghulis* — przywitała ich Cat.

— *Valar dohaeris* — odpowiedział Brusco.

Potem wszystko wyglądało tak, jakby nigdy ich nie opuściła.

Człowieka, którego musiała zabić, pierwszy raz zobaczyła późnym rankiem, gdy pchała taczkę brukowanymi ulicami obok Fioletowego Portu. Był stary, dobrze po pięćdziesiątce. *Żył już za długo* — próbowała przekonać samą siebie. *Dlaczego miałby dostać tyle lat, skoro mój ojciec miał tak mało?* Cat znad Kanałów nie miała ojca, zachowała więc milczenie.

— Sercówki, omułki, ostrygi — zawołała Cat, gdy przechodził obok. — Krewetki i tłuste zielone małże.

Uśmiechnęła się nawet do niego. Czasami to wystarczało, by przechodzień zatrzymał się i coś kupił. Postarzały mężczyzna nie odwzajemnił jednak uśmiechu. Łypnął tylko na nią spode łba i poszedł dalej. Wlazł w kałużę i ochlapał jej nogi.

Nic nie wie o uprzejmości — pomyślała, śledząc go spojrzeniem. *Twarz ma twardą i nieprzyjemną.* Nos postarzałego mężczyzny był cienki i ostro zakończony, usta wąskie, a oczy małe i blisko osadzone. Włosy mu posiwiały, ale mała, ostro zakończona bródka nadal była czarna. Cat pomyślała, że na pewno ją farbuje, i zadała sobie pytanie, dlaczego nie zrobi tego samego z włosami. Miał też krzywe plecy, jeden bark ulokowany wyżej od drugiego.

— To zły człowiek — oznajmiła wieczorem, wróciwszy do Domu Czerni i Bieli. — Ma okrutne usta, złe oczy i brodę łajdaka.

Miły staruszek zachichotał.

— To człowiek jak każdy inny. Ma w sobie światło i ciemność. Nie masz prawa go osądzać.

To ją zaskoczyło.

— Czy bogowie go osądzili?

— Niektórzy z nich, być może. Po cóż są bogowie, jeśli

nie po to, by osądzać ludzi? Ale Bóg o Wielu Twarzach nie waży na szalach ludzkich dusz. Przyznaje swój dar najlepszym i najgorszym po równo. W przeciwnym razie dobrzy ludzie żyliby wiecznie.

Następnego dnia, obserwując postarzałego mężczyznę zza taczki, Cat doszła do wniosku, że najgorsze są jego dłonie. Miał długie, kościste palce, zawsze pozostające w ruchu. Drapał się po brodzie, pociągał za ucho, bębnił w stół, ruszał nimi, ruszał i ruszał. *Jego ręce są jak dwa białe pająki.* Im dłużej im się przyglądała, tym bardziej ich nienawidziła.

— Za dużo rusza rękami — zameldowała wieczorem w świątyni. — Na pewno dręczy go strach. Dar przyniesie mu spokój.

— Dar wszystkim przynosi spokój.

— Kiedy go zabiję, spojrzy mi w oczy i podziękuje mi.

— Jeśli to zrobi, to będzie znaczyło, że zawiodłaś. Najlepiej by było, gdyby w ogóle cię nie zauważył.

Po kilku dniach obserwacji Cat doszła do wniosku, że postarzały mężczyzna jest jakiegoś rodzaju kupcem. Jego interesy miały coś wspólnego z morzem, choć nigdy nie widziała, by postawił nogę na pokładzie statku. Spędzał swe dni w jadłodajni nieopodal Fioletowego Portu, mając pod ręką kubek ze stygnącą zupą cebulową. Przerzucał papiery, przystawiał do nich pieczęcie i przemawiał ostrym tonem do szeregu kapitanów, armatorów i innych kupców. Nikt z nich najwyraźniej zbytnio go nie lubił.

Przynosili mu jednak pieniądze: skórzane sakiewki wypchane złotem i srebrem oraz kwadratowymi żelaznymi monetami bitymi w Braavos. Postarzały mężczyzna odliczał je uważnie, sortował i układał w równe stosy. Nigdy nie patrzył na monety, a tylko je gryzł, wkładając je do ust po tej stronie, po której jeszcze miał zęby. Od czasu do czasu obracał któryś pieniążek na blacie, wsłuchując się w jego dźwięk.

Policzywszy wszystkie monety i poczuwszy ich smak, postarzały mężczyzna pisał coś na papierze, przystawiał pieczęć i wręczał dokument kapitanowi. Albo ściskał mu dłoń i przesuwał monety z powrotem do niego. Kiedy to zrobił, drugi mężczyzna czerwieniał na twarzy z gniewu albo bladł ze strachu.

Cat nic nie rozumiała.

— Płacą mu złotem i srebrem, a on daje im tylko papiery. Czy są głupi?

— Niektórzy z nich, być może. Większość jest po prostu ostrożna. Niektórzy próbują go nabrać. Ale on nie należy do ludzi, których łatwo oszukać.

— Ale co on im sprzedaje?

— Wystawia im noty pokrycia. Obiecuje, że jeśli ich statki zatoną podczas sztormu albo padną ofiarą piratów, zwróci im wartość statku razem z ładunkiem.

— Czy to jakiś zakład?

— Coś w tym rodzaju. Zakład, który każdy kapitan chce przegrać.

— Tak, ale jeśli go wygrają…

— …stracą statek, a często nawet życie. Na morzu jest niebezpiecznie, szczególnie jesienią. Z pewnością wielu kapitanów tonących podczas sztormu znalazło choć małe pocieszenie w myśli o nocie pokrycia, którą zostawili w Braavos. W wiedzy, że wdowa i dzieci nie będą skazane na nędzę. — Na jego ustach wykwitł smutny uśmieszek. — Ale wystawić taką notę to jedno, a zrealizować ją to coś całkiem innego.

Cat zrozumiała. *Któryś z nich z pewnością go nienawidzi. Któryś z nich przyszedł do Domu Czerni i Bieli i modlił się o to, żeby bóg go zabrał.* Zastanawiała się, kto to był, ale miły staruszek nie chciał jej powiedzieć.

— Nie powinnaś się interesować takimi sprawami — rzekł. — Kim jesteś?

— Nikim.

— Ten, kto jest nikim, nie zadaje pytań. — Ujął jej dłonie. — Jeśli nie potrafisz tego zrobić, wystarczy, że to powiesz.

Nie ma w tym wstydu. Niektórzy są stworzeni do tego, by służyć Bogu o Wielu Twarzach, a inni nie. Powiedz tylko słowo, a uwolnimy cię od tego zadania.

— Zrobię to. Powiedziałam, że to zrobię, i dotrzymam słowa.

Ale jak? To było trudniejsze.

Miał strażników. Dwóch. Jeden był wysoki i chudy, a drugi niski i gruby. Łazili za nim wszędzie, od chwili, gdy rano opuścił dom, aż do powrotu po zmierzchu. Pilnowali, by nikt się do niego nie zbliżał. Pewnego razu jakiś pijak zatoczył się ku niemu, gdy postarzały mężczyzna wracał do domu, ale wysoki strażnik zastąpił mu drogę, popchnął go mocno i przewrócił na ziemię. W jadłodajni niski strażnik zawsze pierwszy kosztował zupę cebulową. Postarzały mężczyzna czekał, aż zupa wystygnie, nim pociągnął pierwszy łyk. Tyle czasu wystarczyło, by się upewnić, że strażnikowi nic się nie stało.

— On się boi — uświadomiła sobie. — Albo wie, że ktoś chce go zabić.

— Nie wie — zapewnił miły staruszek. — Ale podejrzewa.

— Strażnicy mu towarzyszą, nawet gdy idzie się załatwić — ciągnęła. — Ale on nie idzie z nimi. Wysoki jest szybszy. Zaczekam, aż pójdzie to zrobić, wejdę do jadłodajni i pchnę postarzałego mężczyznę sztyletem w oko.

— A co z drugim strażnikiem?

— Jest powolny i głupi. Jego też zabiję.

— Czy jesteś jakimś rzeźnikiem na polu bitwy, by zarzynać każdego, kto stanie ci na drodze?

— Nie.

— Mam taką nadzieję. Jesteś sługą Boga o Wielu Twarzach, a ci, którzy mu służą, przyznają dar tylko tym, których wybrano i naznaczono.

Zrozumiała. *Mam zabić tylko jego. Nikogo innego.*

Minęły jeszcze trzy dni obserwacji, nim wreszcie znalazła sposób. Potem poświęciła kolejny dzień na ćwiczenia z nożykiem. Rudy Roggo nauczył ją posługiwania się nim, ale odkąd zabrali jej oczy, nie ukradła ani jednej sakiewki. Chciała się upewnić, że nadal potrafi to robić. *Gładko i szybko, bez wahania* — powtarzała sobie, raz po raz wysuwając kozik z rękawa. Gdy już się upewniła, że pamięta, jak to się robi, naostrzyła nożyk na osełce, aż jego klinga lśniła srebrnoniebieskawo w blasku świecy. Druga część była trudniejsza, ale pomogła jej bezdomna dziewczynka.

— Jutro ofiaruję mu dar — oznajmiła przy śniadaniu.

— Bóg o Wielu Twarzach będzie zadowolony. — Miły staruszek wstał. — Dużo ludzi zna Cat znad Kanałów. Jeśli ktoś zobaczy, że to uczyniła, Brusco i jego córki mogą mieć kłopoty. Pora, byś dostała nową twarz.

Dziewczynka nie uśmiechnęła się, ale w głębi duszy była zadowolona. Raz już straciła Cat i czuła po niej żałobę. Nie chciała jej utracić znowu.

— Jak będę wyglądała?

— Będziesz brzydka. Kobiety będą odwracały wzrok na twój widok. Dzieci będą się na ciebie gapiły i pokazywały cię palcami. Silni mężczyźni będą się nad tobą litowali, a niektórzy mogą nawet uronić łzę. Nikt, kto cię zobaczy, szybko o tobie nie zapomni. Chodź.

Miły staruszek zdjął z haka żelazną latarnię i ruszył przed siebie, mijając czarny basen oraz szeregi milczących, pogrążonych w mroku bogów, aż wreszcie dotarł do schodów położonych z tyłu świątyni. Bezdomna dziewczynka ruszyła za nimi w dół. Nikt się nie odzywał. Jedynym słyszalnym dźwiękiem było ciche szuranie ich pantofli. Po osiemnastu stopniach dotarli do krypt. Pięć korytarzy o łukowatych sklepieniach rozchodziło się tam na wszystkie strony niczym palce dłoni. Schody były tu węższe i bardziej strome, ale dziewczynka chodziła nimi już tysiąc razy i przestała się ich bać. Dwadzieścia dwa kolejne stopnie i znaleźli się w dolnej piwnicy. Tunele były tu kręte i ciasne, szare robacze korytarze wydrążone w sercu skały. Jeden z nich zamknięto masywnymi żelaznymi drzwiami. Kapłan powiesił lampę na haku i wydobył spod szaty zdobny klucz.

Ramiona dziewczynki pokryła gęsia skórka. *Sanktuarium.* Schodzili jeszcze niżej, na trzeci poziom podziemi, do tajnych komnat, do których wolno było wchodzić tylko kapłanom.

Klucz zazgrzytał trzy razy, bardzo cicho, obracany w zamku przez miłego staruszka. Drzwi otworzyły się bezgłośnie na naoliwionych zawiasach. Za nimi były kolejne schody, wykute w litej skale. Kapłan zdjął lampę z haka i ruszył w dół. Dziewczynka podążała za światłem, licząc po drodze stopnie. *Cztery, pięć, sześć, siedem.* Żałowała, że nie wzięła swojego kijka. *Dziesięć, jedenaście, dwanaście.* Wiedziała, ile jest stopni między świątynią a pierwszym poziomem piwnicy, a ile między pierwszym a drugim, policzyła nawet stopnie na wąskich, krętych schodach wiodących na wieżyczkę oraz szczeble drewnianej drabiny prowadzącej do drzwi na wietrzny dach.

Tych schodów jednak nie znała. Dlatego były niebezpieczne. *Dwadzieścia jeden, dwadzieścia dwa, dwadzieścia trzy.* Miała wrażenie, że z każdym jej krokiem robi się nieco zimniej. Gdy liczba stopni przekroczyła trzydzieści, zrozumiała, że są nawet poniżej kanałów. *Trzydzieści trzy, trzydzieści cztery.* Jak głęboko będą musieli zejść?

Doliczyła do pięćdziesięciu czterech, gdy schody wreszcie się skończyły pod kolejnymi żelaznymi drzwiami. Te były otwarte. Miły staruszek pchnął je i wszedł do środka. Podążyła za nim. Grupę zamykała bezdomna dziewczynka. Ich kroki niosły się echem w ciemności. Miły staruszek uniósł lampę, rozsuwając jej osłony. Na ściany padło światło.

Spoglądał na nią tysiąc twarzy.

Wisiały na ścianach, przed nią i za nią, wysoko i nisko, wszędzie, dokąd spojrzała, w każdym miejscu, ku któremu się zwróciła. Widziała twarze stare i młode, blade i smagłe, gładkie i pomarszczone, piegowate i naznaczone bliznami, przystojne i brzydkie, twarze mężczyzn i kobiet, chłopców i dziewcząt, a nawet małych dzieci, twarze uśmiechnięte i zasępione, pełne chciwości, gniewu i żądzy, łyse i owłosione. *Maski* — powiedziała sobie. *To tylko maski.* Gdy jednak to pomyślała, natychmiast uświadomiła sobie, że to nieprawda. To były zdarte skóry.

— Boisz się ich, dziecko? — zapytał miły staruszek. — Jeszcze nie jest za późno, byś nas opuściła. Czy tego właśnie chcesz?

Arya przygryzła wargę. Nie wiedziała, czego chce. *Jeśli stąd odejdę, dokąd się udam?* Umyła już i rozebrała sto trupów, nie bała się tego, co martwe. *Przynoszą je tutaj i zdzierają im skórę z twarzy. No i co z tego?* Była nocną wilczycą, nie przestraszą jej kawałki skóry. *To tylko skórzane kaptury, nic więcej, nie wyrządzą mi krzywdy.*

— Zrób to — warknęła.

Poprowadził ją w głąb komnaty, mijając szereg wejść do bocznych korytarzy. Blask lampy oświetlał wszystkie po kolei. Jeden tunel był wypełniony ludzkimi kośćmi, jego sklepienie podpierały kolumny czaszek. Inny prowadził do krętych schodów wiodących jeszcze niżej. *Ile jest tych poziomów?* — zadała sobie pytanie. *Czy ciągną się w dół bez końca?*

— Usiądź — rozkazał kapłan. Usiadła. — A teraz zamknij oczy, dziecko. — Zamknęła je. — Będzie bolało — ostrzegł. — Ale za moc trzeba zapłacić bólem. Nie ruszaj się.

Nieruchoma jak kamień — pomyślała. Siedziała spokojnie. Cięcie było szybkie, nóż ostry. Dotyk metalu powinien być zimny, ale wydawał się ciepły. Czuła krew spływającą jej po twarzy, falującą czerwoną kurtynę opadającą na czoło, policzki i brodę. Zrozumiała, dlaczego kapłan kazał jej zamknąć oczy. Gdy fala dotknęła ust, dziewczynka poczuła smak soli i miedzi. Oblizała z drżeniem wargi.

— Przynieś mi twarz — rozkazał miły staruszek. Bezdomna dziewczynka nie odpowiedziała, ale można było usłyszeć szuranie jej pantofli na kamiennej posadzce. — Wypij to — polecił kapłan, wciskając jej w dłoń kubek. Zrobiła to natychmiast. Smak był bardzo cierpki, jakby ugryzła cytrynę. Tysiąc lat temu znała dziewczynkę, która uwielbiała cytrynowe ciastka. *Nie, to nie ja ją znałam, to była tylko Arya.*

— Komedianci zmieniają twarz za pomocą sztuczek — mówił miły staruszek — a czarodzieje używają uroków, tkając ze światła, cienia i pożądania iluzje, które oszukują oczy. Te sztuki również opanujesz, ale to, co robimy tutaj, sięga głębiej. Mądrzy ludzie potrafią przejrzeć sztuczki, a uroki rozpraszają się pod dociekliwym spojrzeniem, ale twarz, którą ty przywdziejesz, będzie tak samo prawdziwa i niezawodna jak ta, z którą się urodziłaś. Nie otwieraj oczu. — Poczuła, że musnął palcami jej włosy. — Siedź spokojnie. To będzie dziwne wrażenie. Może ci się zakręcić w głowie, ale nie wolno ci się ruszać.

Potem nadeszło pociągnięcie i cichy szelest, towarzyszący nakładaniu nowej twarzy na starą. Czoła dziewczynki dotknęła szorstka twarda skóra. Gdy jednak nasiąknęła krwią, zrobiła się miękka i elastyczna. Dziewczynka poczuła ciepło na policzkach. Serce zabiło jej szybciej w piersi i przez jedną długą chwilę nie mogła zaczerpnąć oddechu. Na jej gardle zacisnęły się twarde jak kamień dłonie. Dusiły ją. Uniosła ręce, by zaatakować pazurami napastnika, ale nikogo tam nie było. Wypełnił ją porażający strach. Usłyszała dźwięk, obrzydliwy chrzęst. Towarzyszył mu koszmarny ból. Unosiła się przed nią twarz, otyła, brodata i okrutna. Mężczyzna wykrzywiał usta z gniewu.

— Oddychaj, dziecko — rozległ się głos kapłana. — Wyduś z płuc strach. Strząśnij z siebie cienie. On nie żyje. Ona nie żyje. Jej ból się skończył. Oddychaj.

Zaczerpnęła z wysiłkiem głęboki oddech i uświadomiła sobie, że to prawda. Nikt jej nie dusił, nikt jej nie bił. Mimo to jej dłoń drżała, gdy uniosła ją ku twarzy. Drobiny skrzepłej krwi kruszyły się pod palcami, czarne w świetle lampy. Pomacała policzki, dotknęła oczu, prześledziła zarys żuchwy.

— Nadal mam tę samą twarz.

— Naprawdę? Jesteś pewna?

Czy rzeczywiście była pewna? Nie czuła żadnej zmiany, ale może tego nie dawało się poczuć. Przesunęła dłoń wzdłuż twarzy, z góry na dół, jak Jaqen H'ghar w Harrenhal. Kiedy on to zrobił, całe jego oblicze zafalowało i się zmieniło. Gdy ona to uczyniła, nic się nie wydarzyło.

— W dotyku jest taka sama.

— Dla ciebie — wyjaśnił kapłan. — Ale wygląda inaczej.

— Dla oczu innych nos i szczękę masz złamane — dodała bezdomna dziewczynka. — Jedna strona twojej twarzy jest wgłębiona w miejscu, gdzie złamano ci kość policzkową, a do tego brak ci połowy zębów.

Pomacała językiem wnętrze ust, ale nie wyczuła żadnych brakujących czy ukruszonych zębów. *Czary* — pomyślała. *Mam nową twarz. Brzydką i zmasakrowaną.*

— Przez pewien czas mogą cię dręczyć złe sny — ostrzegł miły staruszek. — Ojciec bił ją tak często i brutalnie, że nigdy nie była wolna od bólu i strachu, dopóki nie przyszła do nas.

— Zabiliście go?

— Prosiła o dar dla siebie, nie dla ojca.

Powinniście go zabić.

— Śmierć w końcu po niego przyszła, jak przychodzi po wszystkich — rzekł kapłan, najwyraźniej czytając w jej myślach. — A jutro musi przyjść po pewnego mężczyznę. — Uniósł lampę. — Pora stąd odejść.

Na razie. Gdy szli ku schodom, miała wrażenie, że śledzą ją puste oczodoły wiszących na ścianach twarzy. W pewnej chwili niemalże widziała, że oblicza poruszają ustami, szepcząc do siebie nawzajem mroczne słodkie tajemnice, zbyt cicho, by mogła usłyszeć ich słowa.

Nocą sen nie przychodził łatwo. Zaplątana w koce, miotała się to w tę, to w tamtą, lecz choć w zimnej izbie było ciemno, wszędzie dostrzegała twarze. *Nie mają oczu, ale mnie widzą.* Zauważyła na ścianie oblicze ojca. Obok wisiała jej pani matka, a pod spodem jej trzej bracia, jeden przy drugim. *Nie. To była jakaś inna dziewczynka. Ja jestem nikim, a moi jedyni bracia noszą czarno-białe szaty.* Tam jednak był minstrel w czerni, tam chłopiec stajenny, którego zabiła Igłą, tam pryszczaty giermek z gospody na skrzyżowaniu dróg, a tam wartownik, któremu poderżnęła gardło, gdy uciekali z Harrenhal. Łaskotek również wisiał na ścianie. Czarne dziury jego oczu kipiały złością. Na ten widok znowu poczuła w dłoni sztylet, który wbijała mu raz po raz w plecy.

Gdy wreszcie do Braavos przybył dzień, okazał się szary, ciemny i pochmurny. Dziewczynka liczyła na mgłę, ale bogowie zignorowali jej modlitwy. To zdarzało im się często. Dzień był chłodny, widoczność dobra, a wiatr nieprzyjemnie zimny. *Dobry dzień na śmierć* — pomyślała. Niespodziewanie wróciła jej modlitwa. *Ser Gregor, Dunsen, Raff Słodyczek, ser Ilyn, ser Meryn, królowa Cersei.* Wypowiedziała ich imiona całkowicie bezgłośnie. Była w Domu Czerni i Bieli i nigdy nie wiadomo, kto mógł jej słuchać.

W kryptach leżało pełno starych ubrań, zdjętych z tych, którzy przybyli do Domu Czerni i Bieli po łyk przynoszącej spokój wody ze świątynnego basenu. Można tam było znaleźć wszystko od żebraczych łachmanów aż po drogie jedwabie i aksamity. *Brzydka dziewczynka powinna się brzydko ubierać* — zdecydowała. Wybrała brudny brązowy płaszcz o wystrzępionym obrąbku, zieloną tunikę woniejącą rybą i stęchlizną oraz parę ciężkich buciorów. Na koniec schowała nożyk do rękawa.

Nie musiała się śpieszyć, postanowiła więc, że pójdzie do Fioletowego Portu okrężną drogą. Przeszła mostem na Wyspę Bogów. Cat znad Kanałów sprzedawała pod tutejszymi świątyniami małże i sercówki, gdy tylko córka Brusca, Talea, leżała w łóżku z powodu miesięcznej krwi. Na wpół spodziewała się, że ujrzy dziś Taleę, być może pod Labiryntem, gdzie wszystkie zapomniane bożki miały swe małe, smętne kaplice. To jednak była głupia myśl. Dzień był za chłodny, a do tego Talea nigdy nie lubiła wstawać tak wcześnie. Posąg Płaczącej Kobiety z Lys ronił srebrne łzy, gdy brzydka dziewczynka pod nim przechodziła. W Ogrodach Gelenei stało pozłacane drzewo wysokie na sto stóp. Jego liście wykonano z kutego srebra. Za szybami z barwionego szkła w drewnianym dworze Pana Harmonii migotało światło pochodni, ukazując pięćdziesiąt różnych rodzajów wielobarwnych motyli.

Dziewczynka przypomniała sobie, że Marynarska Żona oprowadzała ją kiedyś po mieście i opowiadała historie o jego niezwykłych bogach.

— To jest dom Wielkiego Pasterza. Trójgłowemu Triosowi przypadła tamta wieża z trzema mniejszymi wieżyczkami. Pierwsza głowa pożera umierających, a z trzeciej wychodzą narodzeni na nowo. Nie wiem, co robi druga. To są Kamienie Milczącego Boga, a to jest wejście do Labiryntu Twórcy Wzorca. Tylko ci, którzy potrafią przez niego przejść, mogą odnaleźć drogę do mądrości. Tak mówią kapłani Wzorca. Dalej, nad brzegiem kanału, stoi świątynia Czerwonego Byka Aquana. Co trzynasty dzień jego kapłani podrzynają gardło nieskalanie białemu cielcowi i dają żebrakom miseczki z krwią.

To najwyraźniej nie był jeden z tych dni. Schody świątyni Czerwonego Byka były puste. Boscy bracia, Semosh i Selloso, śnili w bliźniaczych świątyniach po przeciwnych stronach Czarnego Kanału, połączonych rzeźbionym kamiennym mostem. Dziewczynka przeszła po nim i skierowała się ku wybrzeżu. Następnie minęła Port Łachmaniarza i na wpół pogrążone w wodzie wieże Zatopionego Miasta.

Gdy przechodziła obok „Szczęśliwego Portu", wyszła

stamtąd grupka chwiejących się na nogach lyseńskich marynarzy, ale dziewczynka nie widziała żadnych kurew. Drzwi Statku były zamknięte na głucho. Komedianci z pewnością jeszcze spali. Dalej wzdłuż nabrzeża, obok ibbeńskiego statku wielorybniczego, zauważyła dawnego przyjaciela Cat, Tagganara, przerzucającego się piłką z Cassem, Królem Fok. Gdy zatrzymała się na chwilę, by popatrzeć i posłuchać, Tagganaro zerknął na nią bez rozpoznania, ale Casso szczeknął i pomachał płetwami. *Poznaje mnie* — pomyślała dziewczynka. *Albo poczuł zapach ryb.* Oddaliła się pośpiesznie.

Gdy dotarła do Fioletowego Fortu, postarzały mężczyzna siedział już za swym stolikiem w jadłodajni i przeliczał zawartość sakiewki, targując się jednocześnie z jakimś kapitanem. Wysoki, chudy strażnik stał tuż obok niego. Niski i gruby siedział przy drzwiach, skąd dobrze widział wszystkich, którzy wchodzili do środka. To nie miało znaczenia. Nie zamierzała tam wchodzić. Przysiadła na drewnianym palu odległym o dwadzieścia jardów od drzwi. Widmowe palce wichru szarpały jej płaszczem.

Nawet zimnego pochmurnego dnia, takiego jak dzisiaj, w porcie panował intensywny ruch. Widziała marynarzy wypatrujących kurew i kurwy poszukujące marynarzy. Dwóch zbirów w zdobnych wymiętych ubraniach podtrzymywało się nawzajem, zmierzając przed siebie pijackim krokiem. Obok niej przeszedł czerwony kapłan. Jego szkarłatno-karmazynowe szaty łopotały na wietrze.

Zbliżało się już południe, gdy wreszcie zobaczyła człowieka, na jakiego czekała, bogatego armatora, który już trzykrotnie zawierał umowę z postarzałym mężczyzną. Był wysoki, łysy i muskularny, miał na sobie gruby płaszcz z pięknego brązowego aksamitu obszyty futrem, a do tego brązowy skórzany pas ozdobiony srebrnymi księżycami i gwiazdami. Jedną nogę miał sztywną po jakimś wypadku. Szedł powoli, wspierając się na lasce.

Brzydka dziewczynka doszła do wniosku, że ten mężczyzna będzie w sam raz. Zeskoczyła z pala i pobiegła za nim. Po kilkunastu krokach znalazła się tuż za jego plecami. Nożyk był gotowy do akcji. Mężczyzna miał mieszek u pasa, po prawej stronie, ale przeszkadzał jej płaszcz. Przecięła aksamit, gładkim szybkim ruchem. Armator nic nie poczuł. Rudy Roggo uśmiechnąłby się na ten widok. Wsunęła rękę w rozcięcie, otworzyła mieszek palcem wskazującym, zaczerpnęła garść złota…

Wysoki mężczyzna się odwrócił.

— Co to…

Cofając rękę, zaplątała się w fałdy tkaniny. Monety posypały się na ziemię wokół ich stóp.

— Złodziejka!

Mężczyzna uniósł laskę, gotowy uderzyć dziewczynkę. Kopnęła go w chorą nogę, odsunęła się tanecznym krokiem, a gdy padł na ziemię, rzuciła się do ucieczki. Gdy mijała kobietę z dzieckiem, z jej palców posypały się kolejne monety, odbijając się od chodnika.

— Złodziejka, złodziejka — krzyczano za jej plecami. Brzuchaty oberżysta przechodzący obok niezgrabnie spróbował złapać ją za ramię, ale skręciła nagle, przemknęła obok śmiejącej się kurwy i wbiegła do najbliższego zaułka.

To Cat znad Kanałów znała te uliczki, ale brzydka dziewczynka wszystko pamiętała. Pobiegła w lewo, przeskoczyła niski murek, potem wąski kanał, a następnie wpadła przez otwarte drzwi do pełnego kurzu magazynu. Wszelkie odgłosy pościgu dawno już ucichły, ale lepiej się upewnić. Usiadła za skrzyniami i czekała, z rękami oplecionymi wokół kolan. Siedziała tam prawie godzinę, nim zdecydowała, że może bezpiecznie wyjść. Wdrapała się na ścianę budynku i ruszyła dalej dachami, docierając prawie do Kanału Bohaterów. Armator z pewnością pozbierał już monety i poszedł o lasce do jadłodajni. Być może właśnie pił z miski gorący rosół, skarżąc się postarzałemu mężczyźnie na brzydką dziewczynkę, która próbowała ukraść mu sakiewkę.

W Domu Czerni i Bieli czekał na nią miły staruszek. Siedział na brzegu świątynnego basenu. Brzydka dziewczynka usiadła obok niego i położyła monetę na krawędzi między nimi. Była złota. Po jednej jej stronie przedstawiono smoka, a po drugiej króla.

— Złoty smok z Westeros — zauważył miły staruszek. — Jak go zdobyłaś? Nie jesteśmy złodziejami.

— To nie była kradzież. Zabrałam jedną z jego monet, ale zostawiłam mu jedną z naszych.

Miły staruszek zrozumiał.

— A tą monetą, razem z innymi, które miał w mieszku, zapłacił pewnemu mężczyźnie. Wkrótce potem serce owego mężczyzny przestało bić. Czy tak właśnie było? To bardzo smutne. — Kapłan podniósł monetę i wrzucił ją do basenu. — Musisz się jeszcze bardzo wiele nauczyć, ale być może nie jesteś beznadziejnym przypadkiem.

Tej nocy oddali jej twarz Aryi Stark.

Przynieśli jej też szatę, miękką grubą szatę akolity, po jednej stronie czarną, a po drugiej białą.

— Masz ją nosić, kiedy będziesz tutaj, ale dowiedz się, że na razie nie będzie ci potrzebna. Jutro czeka na ciebie Izembaro. Zaczniesz pierwszą praktykę. Weź sobie jakieś ubranie z piwnicy. Miejska straż szuka brzydkiej dziewczynki kręcącej się niekiedy w Fioletowym Porcie, lepiej więc, byś dostała nową twarz. — Ujął w dłoń brodę dziewczynki i obrócił jej głowę w obie strony. — Myślę, że tym razem powinna być ładna. Ładna jak twoja własna. Kim jesteś, dziecko?

— Nikim — odpowiedziała.

CERSEI

Ostatniej nocy spędzonej w celi królowa nie mogła spać. Gdy tylko zamknęła oczy, jej głowę wypełniały przeczucia i wizje tego, co miało się wydarzyć jutro. *Będę miała strażników* — powtarzała sobie. *Nie dopuszczą do mnie tłumów. Nikomu nie pozwolą mnie dotknąć.* Wielki Wróbel obiecał jej przynajmniej tyle.

To jednak nie ukoiło jej strachu. Tego dnia, gdy Myrcella pożeglowała do Dorne, dnia głodowych zamieszek, złote płaszcze strzegły całej trasy przemarszu orszaku, lecz tłum zdołał się przedrzeć przez ich kordon. Starego grubego Wielkiego Septona rozerwano na strzępy, a Lollys Stokeworth zgwałcono pięćdziesiąt razy. Jeśli blade, głupie, tłuste babsko mogło tak podniecić te zwierzęta, nawet gdy było w pełni ubrane, o ile potężniejsze żądze wzbudzi królowa?

Cersei spacerowała po celi, niespokojna jak lwy trzymane w klatkach pod Casterly Rock, gdy była dzieckiem, dziedzictwo czasów jej dziadka. Drażnili się nawzajem z Jaimem, prowokując się do wejścia do środka. Pewnego razu zdobyła się na odwagę, wsunęła rękę między kraty i dotknęła jednej z wielkich płowych bestii. Zawsze była śmielsza od brata. Lew odwrócił łeb i skierował na nią wielkie złote ślepia. Potem polizał ją po palcach. Jego język był szorstki jak tarka, ale mimo to nie mogła cofnąć ręki. W końcu Jaime złapał ją za ramiona i odciągnął od klatki.

— Teraz ty — rzekła mu potem. — Pociągnij go za grzywę. No już.

Nie zrobił tego. To mnie powinni dać miecz, nie jemu.

Spacerowała po celi, bosa i drżąca, otulona cienkim kocem. Czekała na nadejście dnia. Wieczorem będzie po wszystkim. *Krótki spacer i wrócę do domu. Do Tommena i do swych komnat w Warowni Maegora.* Stryj jej powiedział, że tylko w ten sposób może się uratować. Ale czy rzeczywiście? Nie mogła mu ufać, podobnie jak nie ufała temu Wielkiemu Septonowi. *Nadal mogę odmówić. Mogę zapewnić o swej niewinności i postawić wszystko na proces.*

Nie mogła jednak pozwolić, by Wiara ją osądziła, jak zamierzała postąpić Margaery Tyrell. Małej róży mogło się to opłacić, ale Cersei miała niewielu przyjaciół wśród sept i wróbli otaczających tego nowego Wielkiego Septona. Jej jedyną nadzieją była próba walki.

Gdyby Jaime nie stracił ręki.

Ta droga wiodła jednak donikąd. Jej brat stracił prawą rękę, a potem sam zniknął gdzieś w dorzeczu z tą Brienne. Królowa musiała znaleźć innego obrońcę, bo w przeciwnym razie to, co ją dziś czekało, będzie najmniej ważnym z jej zmartwień. Wrogowie oskarżali ją o zdradę. Musi dotrzeć do Tommena, bez względu na koszty. *On mnie kocha. Nie odmówi własnej matce. Joff był uparty i nieobliczalny, ale Tommen to grzeczny mały chłopczyk, grzeczny mały król. Zrobi, co mu kazano.* Jeśli tu zostanie, będzie zgubiona. Tylko spacer pozwoli jej wrócić do Czerwonej Twierdzy. Wielki Wróbel był nieustępliwy, a ser Kevan nie chciał nawet ruszyć palcem, by mu się przeciwstawić.

— Nic złego mi się dzisiaj nie stanie — powiedziała na głos Cersei, gdy jej okna dotknęło pierwsze światło jutrzenki. — Tylko moja duma ucierpi.

Te słowa zabrzmiały jednak pusto w jej uszach. *Jaime może jeszcze przybyć.* Wyobraziła sobie, jak jej brat jedzie przez poranną mgłę, a jego złota zbroja lśni w blasku wschodzącego słońca. *Jaime, jeśli kiedykolwiek mnie kochałeś...*

Gdy przyszły po nią strażniczki, na czele orszaku zmierzały septa Unella, septa Moelle i septa Scolera. Towarzyszyły im cztery nowicjuszki i dwie milczące siostry. Na widok szarych szat tych ostatnich królową wypełniło nagłe przerażenie. *Po co tu przyszły? Czy mam umrzeć?* Milczące siostry zajmowały się trupami.

— Wielki Septon obiecał, że nie stanie mi się żadna krzywda.

— I tak będzie.

Septa Unella skinęła na nowicjuszki. Dziewczęta przyniosły ługowe mydło, miskę z ciepłą wodą, nożyce oraz długą brzytwę. Na widok stali królową przeszył dreszcz. *Chcą mnie ogolić. Dodatkowe upokorzenie, rodzynek do owsianki.* Nie będzie błagała. Nie sprawi im tej satysfakcji. *Jestem Cersei z rodu Lannisterów, lwica z Casterly Rock, prawowita władczyni Siedmiu Królestw i równie prawowita córka Tywina Lannistera.*

— Bierzcie się do dzieła — rzekła.

Starsza z dwóch milczących sióstr wzięła w ręce nożyce. Z pewnością miała wprawę w balwierskiej robocie. Jej zakon często czyścił trupy szlachetnie urodzonych poległych przed oddaniem ich rodzinie, a to oznaczało również przycinanie bród i strzyżenie włosów. Kobieta najpierw ścięła włosy na głowie. Cersei siedziała nieruchomo jak kamienny posąg, słuchając stukotu nożyc. Kosmyki złotych włosów spadały na podłogę. W celi nie pozwalano jej porządnie ich upiąć, ale nawet niemyte i nieuczesane lśniły jasno w promieniach słońca. *Moja korona* — pomyślała królowa. *Tamtą koronę mi zabrali, a teraz kradną również i tę.* Gdy już całe włosy leżały u stóp Cersei, jedna z nowicjuszek namydliła jej głowę, a milcząca siostra zgoliła szczecinę brzytwą.

Cersei miała nadzieję, że to już wszystko, ale nic z tego.

— Zdejmij koszulę, Wasza Miłość — rozkazała septa Unella.

— Tutaj? — zapytała królowa. — Po co?

— Trzeba cię wystrzyc.

Wystrzyc jak owcę — pomyślała. Ściągnęła koszulę przez głowę i rzuciła na podłogę.

— Róbcie, co chcecie.

Znowu przyszła kolej na mydło, ciepłą wodę i brzytwę. Zaczęły od włosów pod pachami, potem wzięły się za nogi, a na koniec za złoty puszek porastający jej wzgórek łonowy. Gdy milcząca siostra weszła między jej nogi z brzytwą w dłoni, Cersei wspomniała wszystkie chwile, gdy Jaime klęczał tam, gdzie ona uklękła teraz. Całował wewnętrzne powierzchnie jej ud, aż robiła się wilgotna. Jego pocałunki zawsze były ciepłe. Brzytwa była zimna jak lód.

Gdy było już po wszystkim, stała się tak naga i bezbronna, jak to tylko możliwe dla kobiety. *Nie zostawiły mi ani jednego włoska, za którym mogłabym się schować.* Z jej ust wyrwał się cichy śmieszek, gorzki i posępny.

— Czy Waszą Miłość to bawi? — zapytała septa Scolera.

— Nie, septo.

Ale pewnego dnia każę ci wyrwać język gorącymi szczypcami i to będzie cholernie śmieszne.

Jedna z nowicjuszek przyniosła królowej białą szatę, by miała się czym okryć, gdy będzie szła na dół po schodach i przechodziła przez sept. Wiernym, których mogła napotkać po drodze, należało oszczędzić widoku nagiego ciała. *Siedmiu zbawcie nas wszystkich, cóż za hipokryzja.*

— Czy będzie mi wolno włożyć sandały? — zapytała. — Ulice są brudne.

— Nie tak brudne jak twoje grzechy — odparła septa Moelle. — Jego Wielka Świątobliwość nakazał, byś ukazała się ludziom taka, jaką stworzyli cię bogowie. Czy miałaś na nogach sandały, wychodząc z łona pani matki?

— Nie, septo — była zmuszona przyznać królowa.

— Masz swoją odpowiedź.

Zabrzmiał dzwon. Długie więzienie królowej wreszcie się skończyło. Cersei otuliła się szczelniej szatą, ciesząc się z jej ciepła.

— No to chodźmy.

Na drugim końcu miasta czekał na nią syn. Im prędzej się stąd wydostanie, tym prędzej go zobaczy.

Gdy Cersei Lannister szła po schodach, szorstka powierzchnia kamiennych stopni drapała jej podeszwy stóp. Przybyła do Baelora w lektyce, jako królowa. Wychodziła stąd łysa i bosa. *Ale wychodzę. Tylko to się liczy.*

Dzwony na wieży śpiewały, wzywając całe miasto, by było świadkiem jej hańby. Wielki Sept Baelora wypełniał tłum wiernych, którzy przybyli na poranne nabożeństwo. Ich modlitwy odbijały się echem od kopuły, ale gdy pojawił się orszak królowej, nagle zapadła cisza. Tysiąc oczu śledziło ją, gdy szła głównym przejściem, mijając miejsce, gdzie złożono ciało jej pana ojca. Cersei szła przed siebie, nie patrząc na lewo ani na prawo. Jej bose stopy uderzały o zimną marmurową posadzkę. Czuła na sobie spojrzenia. Miała wrażenie, że Siedmiu również na nią patrzy zza swych ołtarzy.

W Komnacie Lamp czekało na nią dwunastu Synów Wojownika. Na plecach mieli tęczowe płaszcze, a kryształy zdobiące ich hełmy lśniły w blasku lamp. Srebrne płytowe zbroje mieli wypolerowane na wysoki połysk, ale Cersei wiedziała, że pod spodem wszyscy noszą włosienice. Na ich migdałowych tarczach widniał taki sam herb: kryształowy miecz świecący w ciemności, starożytny znak tych, których prostaczkowie zwali Mieczami.

Ich kapitan klęknął przed nią

— Być może Wasza Miłość mnie pamięta. Jestem ser Theodan Wierny. Jego Wielka Świątobliwość uczynił mnie dowódcą twojej eskorty. Wraz ze swymi braćmi przeprowadzę cię bezpiecznie przez miasto.

Cersei omiotła spojrzeniem twarze stojących za nim mężczyzn. Tak jest, był tam. Jej kuzyn Lancel, syn ser Kevana, który ongiś wyznawał jej swą miłość, ale potem doszedł do wniosku, że bogów kocha bardziej. *Jest z mojej krwi, a mimo to mnie zdradził.* Nie zapomni mu tego.

— Możesz wstać, ser Theodanie. Jestem gotowa.

Rycerz wstał, odwrócił się i uniósł rękę. Dwaj jego ludzie podeszli do olbrzymich drzwi i otworzyli je na zewnątrz. Cersei wyszła na świeże powietrze, mrugając w świetle słońca jak kret wygnany z nory.

Dął porywisty wiatr. Szata królowej uderzała jej o nogi. W porannym powietrzu unosiły się znajome odory Królewskiej Przystani. Wciągała przez nozdrza zapach kwaśnego wina, piekącego się chleba, gnijących ryb i kału, dymu, potu i końskich szczyn. Żaden kwiat nigdy nie pachniał tak słodko. Cersei zatrzymała się na szczycie marmurowych schodów. Synowie Wojownika ustawili się wokół niej.

Uświadomiła sobie nagle, że stała dokładnie w tym miejscu, gdy lordowi Eddardowi Starkowi ścięto głowę. *To nie miało się wydarzyć. Joff miał darować mu życie i wysłać go na Mur.* Najstarszy syn Starka zostałby lordem Winterfell, a Sansę zatrzymano by na dworze jako zakładniczkę. Varys i Littlefinger opracowali warunki, a Ned Stark zapomniał o swym drogocennym honorze i wyznał zdradę, by ocalić pustą głowę córki. *Znalazłabym dla Sansy dobrego męża. Jednego z Lannisterów. Nie Joffa, oczywiście, ale Lancel byłby w sam raz albo któryś z jego młodszych braci.* Przypomniała sobie, że Petyr Baelish proponował, iż sam poślubi dziewczynę, ale to oczywiście nie wchodziło w grę. Był stanowczo zbyt nisko urodzony. *Gdyby Joff postąpił, jak mu kazano, Winterfell nie ruszyłoby na wojnę, a ojciec poradziłby sobie z braćmi Roberta.*

Ale Joff kazał ściąć Starkowi głowę, a lord Slynt i ser Ilyn Payne pośpiesznie go posłuchali. *To było tam* — przypomniała sobie królowa, gapiąc się na miejsce egzekucji. Janos Slynt uniósł głowę Neda Starka za włosy, a jego krew ściekła na schody. Potem nie można już było się cofnąć.

Te wspomnienia wydawały się już bardzo odległe. Joffrey nie żył i wszyscy synowie Starka również. Nawet jej ojciec zginął. A ona znowu stała na schodach Wielkiego Septu, tyle że tym razem tłum gapił się na nią, nie na Eddarda Starka.

Na wielkim, wyłożonym marmurem placu było tak samo tłoczno jak w dzień śmierci lorda Eddarda. Dokądkolwiek spojrzała królowa, wszędzie widziała oczy. Tłum składał się w równym stopniu z mężczyzn i z kobiet. Niektórzy nieśli dzieci na barana. Żebracy i złodzieje, oberżyści i kupcy, garbarze, chłopcy stajenni i komedianci, kurwy niższego sortu — wszelkiego rodzaju hołota zeszła się, by obejrzeć poniżenie królowej. W tłum wmieszali się też Bracia Ubodzy, brudne, niegolone typy uzbrojone we włócznie i topory. Na powgniatane fragmenty zbroi płytowych, zardzewiałe kolczugi i popękane kurty włożyli opończe z samodziału, ufarbowane na biało i ozdobione siedmioramienną gwiazdą Wiary. Obdarta armia Wielkiego Wróbla.

Częścią jaźni nadal pragnęła, by Jaime nagle się zjawił i uratował ją przed upokorzeniem, nigdzie jednak nie widziała swego bliźniaka. Jej stryj również nie przyszedł. To nie zaskoczyło Cersei. Ser Kevan jasno wyraził swe stanowisko, gdy ostatnio ją odwiedził: wstyd Cersei nie może splamić honoru Casterly Rock. Nie będzie jej dziś towarzyszył żaden lew. Tej próbie musi stawić czoło sama.

Septa Unella stała po jej prawej stronie, septa Moelle po lewej, a septa Scolera z tyłu. Gdyby królowa się opierała albo próbowała ucieczki, trzy jędze zawloką ją z powrotem do celi i postarają się, by już nigdy jej nie opuściła.

Cersei uniosła głowę. Za placem, za morzem głodnych oczu, rozdziawionych ust i brudnych twarzy, w oddali piętrzyło się Wielkie Wzgórze Aegona. Wieże i blanki Czerwonej Twierdzy lśniły różowo w blasku wschodzącego słońca. *To niedaleko.* Gdy już dotrze do bramy, najgorsze będzie za nią. Odzyska syna. Dostanie też swego obrońcę. Stryj jej to obiecał. *Tommen na mnie czeka. Mój mały król. Mogę to zrobić. Muszę.*

Septa Unella wystąpiła z grupy.

— Stoi przed wami grzesznica — oznajmiła. — To Cersei z rodu Lannisterów, królowa wdowa, matka Jego Miłości króla Tommena, wdowa po Jego Miłości królu Robercie. Jest winna haniebnych kłamstw i czynów nierządnych.

Septa Moelle zajęła miejsce po prawej stronie królowej.

— Ta grzesznica wyznała swe winy, błagając o rozgrzeszenie i wybaczenie. Jego Wielka Świątobliwość nakazał jej dowieść swej skruchy, odrzucić wszelką dumę i wszelkie maski, zaprezentować się dobrym mieszkańcom tego miasta taką, jaką stworzyli ją bogowie.

— Owa grzesznica stoi teraz przed wami z pokorą w sercu, ostrzyżona z wszelkiego fałszu i sekretów, naga przed oczami bogów i ludzi, gotowa odbyć pokutny przemarsz — dokończyła septa Scolera.

Cersei miała rok, gdy umarł jej dziadek. Gdy tylko jej ojciec przejął władzę, natychmiast wygnał z Casterly Rock chciwą, nisko urodzoną metresę lorda Tytosa. Odebrano jej jedwabie i aksamity, którymi zasypywał ją kochanek, a także klejnoty, które wzięła sobie sama, a następnie kazano przejść nago ulicami Lannisportu, by cały zachód ujrzał, kim była naprawdę.

Choć Cersei była za mała, by mogła zobaczyć to widowisko na własne oczy, słyszała opowieści praczek i strażników, którzy wszystko widzieli. Mówili, że kobieta płakała i błagała o łaskę, rozpaczliwie czepiała się swych strojów, gdy kazano jej się rozebrać, bezskutecznie próbowała zasłaniać dłońmi piersi i srom, gdy kuśtykała naga i bosa przez ulice, zmierzając na wygnanie.

— Przedtem była próżna i zarozumiała — stwierdził jeden ze zbrojnych — tak butna, jakby zapomniała, że wywodzi się ze śmieci. Ale kiedy zdarliśmy z niej ubranie, okazała się zwyczajną kurwą.

Jeśli ser Kevan i Wielki Wróbel sądzili, że z nią będzie tak samo, bardzo się mylili. W jej żyłach płynęła krew lorda Tywina. *Jestem lwicą. Nie będę przed nimi pełzać.*

Królowa zrzuciła szatę.

Obnażyła się gładkim, nieśpiesznym ruchem, jakby przebywała w swych komnatach i rozbierała się do kąpieli, nie mając żadnych świadków poza służkami. Gdy jej skóry dotknął zimny wiatr, zadrżała gwałtownie. Potrzebowała całej siły woli, by nie zasłaniać się dłońmi jak kurwa dziadka. Zacisnęła pięści, wbijając paznokcie w wewnętrzną powierzchnię dłoni. Wszyscy wlepiali w nią głodne spojrzenia. Co jednak widzieli? *Jestem piękna* — powtarzała sobie. Ile razy powtarzał jej to Jaime? Nawet Robert to przyznawał, gdy przychodził zalany do łoża żony, by złożyć jej pijacki hołd swym kutasem.

Na Neda Starka patrzyli tak samo.

Musiała się ruszać. Naga, wygolona i bosa Cersei zeszła powoli po marmurowych schodach. Jej kończyny pokryła gęsia skórka. Unosiła wysoko brodę, jak przystało królowej. Eskorta otoczyła ją ze wszystkich stron. Bracia Ubodzy odpychali gapiów na boki, by utorować drogę przez tłum, natomiast Miecze otoczyły królową kordonem. Septa Unella, septa Scolera i septa Moelle szły za nią. Za nimi podążały nowicjuszki w białych szatach.

— Kurwa! — zawołał ktoś. To był kobiecy głos. Kobiety zawsze były okrutniejsze wobec innych kobiet.

Cersei zignorowała ją. *Czeka mnie więcej takich rzeczy, a nawet gorszych. Te kreatury nie znają w życiu słodszej radości niż szydzenie z tych, którzy stoją wyżej od nich.* Nie mogła ich uciszyć, musiała więc udawać, że ich nie słyszy. Ani nie widzi. Skupiła spojrzenie na Wielkim Wzgórzu Aegona, na wieżach Czerwonej Twierdzy migoczących w blasku słońca. Tam właśnie odnajdzie zbawienie, jeśli jej stryj dotrzyma umowy.

On tego chciał. On i Wielki Wróbel. Nie wątpię, że mała

róża też. Zgrzeszyłam i muszę za to odpokutować, muszę okryć się wstydem przed wszystkimi żebrakami w mieście. Myślą, że to złamie moją dumę, że to będzie mój koniec, ale się mylą.

Septa Unella i septa Moelle dotrzymywały jej kroku, a septa Scolera posuwała się za nimi, wymachując dzwonkiem.

— Wstyd — wołała stara jędza — wstyd grzesznicy, wstyd, wstyd.

Co pewien czas z prawej dobiegał drugi głos, tworzący z nią kontrapunkt.

— Bułki po trzy grosze, gorące bułki — wołał jakiś piekarczyk.

Marmur pod stopami królowej był zimny i śliski. Musiała stąpać ostrożnie, żeby się nie pośliznąć. Ich trasa biegła obok posągu Baelora Błogosławionego, który stał na swym cokole, wysoki i poważny. Jego twarz była uosobieniem dobrotliwości. Patrząc na niego, nikt by się nie domyślił, jakim był głupcem. Dynastia Targaryenów wydała zarówno złych, jak i dobrych królów, ale żadnego z nich nie umiłowano tak, jak Baelora, łagodnego, pobożnego króla-septona, który kochał prostaczków i bogów w równym stopniu, a mimo to uwięził swe siostry. To cud, że posąg nie rozsypał się na widok jej nagich cycków. Tyrion mawiał, że król Baelor panicznie bał się własnego kutasa. Pewnego razu wygnał też wszystkie kurwy z Królewskiej Przystani, przypomniała sobie. Historycy pisali, że modlił się za nie, gdy pędzono je przez miejskie bramy, ale nie chciał na nie spojrzeć.

— Nierządnica — wrzasnął ktoś. Znowu kobieta. Coś wyleciało z tłumu. Jakaś zgniła jarzyna, brązowa i ociekająca płynem. Przeleciała nad głową Cersei i rozprysnęła się u stóp jednego z Braci Ubogich. *Nie boję się. Jestem lwicą.* Szła przed siebie.

— Gorące bułki — krzyczał piekarczyk. — Kupujcie gorące bułki.

— Wstyd, wstyd, wstyd grzesznicy, wstyd, wstyd — śpiewała septa Scolera, machając dzwonkiem.

Bracia Ubodzy szli przodem, odpychając ludzi tarczami i osłaniając nimi wąską ścieżkę. Cersei szła tam, dokąd ją prowadzili, unosząc sztywno głowę i wpatrując się w dal. Z każdym krokiem zbliżała się do Czerwonej Twierdzy. Z każdym krokiem zbliżała się do syna i do zbawienia.

Wydawało się jej, że przejście przez plac trwa sto lat, ale wreszcie marmur pod jej stopami ustąpił miejsca brukowcom, a z obu stron otoczyły ich sklepy, stajnie i domy mieszkalne. Zaczęli schodzić ze Wzgórza Visenyi.

Szli teraz wolniej. Ulica była stroma i wąska, a tłum gęstszy. Bracia Ubodzy odpychali tych, którzy blokowali drogę, starając się przesunąć ich na bok, ale nie było tu miejsca, a ci, którzy stali z tyłu, popychali ich naprzód. Cersei cały czas unosiła głowę i w rezultacie wdepnęła w coś wilgotnego i śliskiego. Pośliznęła się. Mogłaby się przewrócić, ale septa Unella złapała ją za ramię i pomogła utrzymać równowagę.

— Wasza Miłość powinna patrzeć pod nogi.

— Tak, septo — odparła potulnym głosem, choć była wściekła i gotowa splunąć. Królowa szła przed siebie, odziana tylko w gęsią skórkę i dumę. Poszukała spojrzeniem Czerwonej Twierdzy, ale zasłoniły ją wysokie drewniane budynki po obu stronach ulicy.

— Wstyd, wstyd — śpiewała septa Scolera przy akompaniamencie dzwonka. Cersei spróbowała przyśpieszyć kroku, ale wkrótce wpadła na plecy idących przed nią Gwiazd i znowu musiała zwolnić. Przed nimi jakiś mężczyzna sprzedawał z wózka kawałki mięsa na patykach i orszak musiał zaczekać, aż Bracia Ubodzy usuną go z drogi. Cersei pomyślała, że mięso podejrzanie przypomina szczurze, ale jego zapach unosił się w powietrzu, a gdy ulicę wreszcie oczyszczono, połowa stojących wokół ludzi ogryzała pracowicie patyki z mięsem.

— Chcesz trochę, Wasza Miłość? — zawołał jakiś mężczyzna, wielki, potężnie umięśniony bydlak o świńskich oczkach, wielkim brzuszysku i krzaczastej czarnej brodzie przywodzącej jej na myśl Roberta. Gdy odwróciła się z niesmakiem, rzucił w nią na wpół upieczonym mięsem. Odbiło się od jej nogi i spadło na ulicę, zostawiając na udzie Cersei plamę tłuszczu i krwi.

Krzyki wydawały się tu głośniejsze niż na placu, być może dlatego, że tłum był bliżej. Najczęstszymi obelgami były „kurwa" i „grzesznica", słyszała też jednak, jak zwano ją „pizdą" i „zdrajczynią" albo oskarżano, że „jebała się z bratem". Od czasu do czasu ktoś wznosił też okrzyk na cześć Stannisa albo Margaery. Bruk pokrywały śmieci, a miejsca było tak mało, że królowa nie mogła nawet omijać kałuż. *Nikt nigdy nie umarł z powodu mokrych stóp* — powtarzała sobie. Chciała wierzyć, że kałuże składają się wyłącznie z deszczówki, choć końskie szczyny były równie prawdopodobne.

Z okien i balkonów leciały na nią kolejne resztki: gnijące owoce, wiadra piwa, jaja rozbijające się na ziemi pośród siarkowego smrodu. Ktoś rzucił zdechłego kota. Padlina przeleciała nad Braćmi Ubogimi i Synami Wojownika, a potem walnęła o bruk tak mocno, że rozpadła się na kawałki, obryzgując łydki Cersei wnętrznościami i czerwiami.

Królowa szła przed siebie. *Jestem ślepa i głucha, a oni to tylko robaki* — powtarzała sobie.

— Wstyd, wstyd — śpiewały septy.

— Kasztany, gorące pieczone kasztany — wołał handlarz.

— Królowa Pizda — oznajmił z powagą jakiś stojący na balkonie pijak, unosząc kielich w drwiącym toaście. — Wszyscy wypijmy za królewskie cycki!

Słowa to wiatr — pomyślała Cersei. *Słowa nie zrobią mi krzywdy.*

W połowie wysokości Wzgórza Visenyi królowa przewróciła się po raz pierwszy. Jej stopa poślizgnęła się na czymś, co mogło być kałem. Septa Unella pomogła jej wstać. Kolano Cersei krwawiło. W tłumie poniósł się ochrypły śmiech. Jakiś mężczyzna zawołał, że ją pocałuje i przestanie boleć. Cersei obejrzała się za siebie. Nadal widziała potężną kopułę i siedem kryształowych wież Wielkiego Septu Baelora na szczycie wzgórza. *Czy naprawdę przeszłam tylko tyle?* Gorszy, sto razy gorszy, był fakt, że straciła z oczu Czerwoną Twierdzę.

— Gdzie... gdzie...?

— Wasza Miłość. — Kapitan eskorty podszedł do niej. Cersei zapomniała jego imienia. — Musisz iść dalej. Tłum robi się niespokojny.

Tak — pomyślała. *Niespokojny.*

— Nie boję się...

— A powinnaś.

Złapał ją za ramię i pociągnął za sobą. Schodziła, utykając, ze wzgórza, w dół, ciągle w dół. Krzywiła się z bólu przy każdym kroku, pozwalając, by ją podtrzymywał. *To Jaime powinien być u mojego boku.* Wydobyłby swój złoty miecz i utorowałby drogę przez tłum, wycinając oczy każdemu, kto odważyłby się na nią spojrzeć.

Kamienie, po których szła, były popękane i nierówne. Ślizgała się na nich, a ich szorstka powierzchnia drażniła miękkie podeszwy jej stóp. Nagle jej pięta nadziała się na coś ostrego, kamień albo kawałek potłuczonego naczynia. Cersei krzyknęła z bólu.

— Prosiłam o sandały — warknęła na septę Unellę. — Mogłaś mi je dać, mogłaś zrobić przynajmniej tyle.

Rycerz ponownie szarpnął ją za ramię, jak jakąś dziewkę służebną. *Czy zapomniał, kim jestem?* Była królową Westeros i nie miał prawa tak ją traktować.

Zbliżali się do podstawy wzgórza. Stok stał się tu mniej stromy, a ulica szersza. Cersei znowu ujrzała szczyt Wielkiego Wzgórza Aegona i Czerwoną Twierdzę, lśniącą karmazynowym blaskiem w promieniach porannego słońca. *Muszę iść naprzód.* Wyrwała się ser Theodanowi.

— Nie musisz mnie ciągnąć, ser.

Wlokła się przed siebie, zostawiając na bruku krwawe ślady.

Szła przez błoto i gnój, potykała się i krwawiła, pokrywała ją gęsia skórka. Ze wszystkich stron otaczały ją głosy.

— Moja żona ma słodsze cycki — zawołał jakiś mężczyzna. Woźnica przeklinał Braci Ubogich, którzy kazali mu usunąć wóz z drogi.

— Wstyd, wstyd, wstyd grzesznicy — śpiewały septy.

— Popatrzcie na moją — zawołała do mężczyzn na dole kurwa stojąca w oknie burdelu, unosząc spódnicę. — Poznała o przeszło połowę mniej kutasów niż jej pizda.

Dzwony dźwięczały, dźwięczały, dźwięczały.

— To nie może być królowa — odezwał się jakiś chłopiec. — Ma cycki obwisłe jak moja mama.

To moja pokuta — powiedziała sobie Cersei. *Popełniłam straszliwe grzechy i muszę je odkupić. Wkrótce to się skończy, będę to miała za sobą i zapomnę o wszystkim.*

Królowa zaczęła widzieć znajome twarze. Łysy mężczyzna z krzaczastymi bokobrodami spoglądał na nią z dezaprobatą, zupełnie jak jej ojciec. Przez chwilę tak bardzo przypominał jej lorda Tywina, że aż się potknęła. Młoda dziewczyna, która siedziała pod fontanną, przemoczona do suchej nitki, spoglądała na nią oskarżycielskimi oczami Melary Hetherspoon. Widziała Neda Starka, a obok niego małą Sansę o kasztanowych włosach i kudłatego szarego psa, który mógł być jej wilkiem. Każde przepychające się przez tłum dziecko zmieniało się w jej brata Tyriona, uśmiechającego się do niej szyderczo, jak uśmiechał się do umierającego Joffreya. Joff też tam był, jej syn, jej pierworodny, jej piękny promienny chłopiec o złotych lokach i słodkim uśmiechu. Miał takie piękne usta i…

Wtedy właśnie przewróciła się po raz drugi.

Kiedy ją podnieśli, drżała jak liść.

— Proszę — mówiła. — Matka jest łaskawa. Wyznałam grzechy.

— Wyznałaś — potwierdziła septa Unella. — A teraz musisz za nie odpokutować.

— Już niedaleko — dodała septa Unella. — Widzisz? — Wyciągnęła rękę. — Musisz wejść na to wzgórze, to wszystko.

Na wzgórze. To wszystko. To była prawda. Dotarli do podstawy Wielkiego Wzgórza Aegona. Przed nimi był zamek.

— Kurwa — krzyknął ktoś.

— Jebała się z bratem — wtórował mu głos. — Plugastwo.

— Chcesz possać, Wasza Miłość?

Mężczyzna w rzeźnickim fartuchu wyciągnął kutasa ze spodni, uśmiechając się szeroko. Nic z tego nie miało znaczenia. Była już prawie w domu.

Ruszyła w górę.

Krzyki i szyderstwa były tu chyba jeszcze okrutniejsze. Jej trasa nie prowadziła przez Zapchlony Tyłek, jego mieszkańcy zebrali się więc na dolnym odcinku stoku Wielkiego Wzgórza Aegona, by obejrzeć przedstawienie. Twarze łypiące na nią zza zasłony tarcz i włóczni Braci Ubogich wydawały się wypaczone, monstrualne, ohydne. Wszędzie kręciły się świnie i nagie dzieci, kalecy żebracy i rzezimieszki roili się w tłumie niczym karaluchy. Widziała mężczyznę o spiłowanych zębach, stare jędze z wolami wielkimi jak ich głowy, kurwę z wielkim pasiastym wężem owiniętym wokół piersi i ramion, mężczyznę o czole i policzkach pokrytych otwartymi wrzodami, z których sączyła się szara ropa. Wszyscy uśmiechali się, oblizywali wargi i gwizdali na królową, która wlokła się w górę, a jej piersi kołysały się z wysiłku. Niektórzy wykrzykiwali obsceniczne propozycje, inni obelgi.

Słowa to wiatr — myślała. *Słowa nie zrobią mi krzywdy. Jestem piękna, jestem najpiękniejszą kobietą w całym Weste-*

ros. Tak mówi Jaime, a on z pewnością by mnie nie okłamał. Nawet Robert, on nigdy mnie nie kochał, ale widział, że jestem piękna i pragnął mnie.

Nie czuła się jednak piękna. Czuła się stara, zużyta, brudna i brzydka. Na brzuchu miała rozstępy po przebytych ciążach, a jej cycki nie były już tak jędrne jak w czasach, gdy była młodsza. Pozbawione podpory sukni robiły się obwisłe. *Nie trzeba się było na to godzić. Jestem ich królową, ale teraz zobaczyli, zobaczyli, zobaczyli. Nie można było do tego dopuścić.* W pięknej sukni i w koronie na głowie była królową. Naga, zakrwawiona i utykająca, była tylko kobietą. Niczym się nie różniła od ich żon, przypominała raczej ich matki niż ich ładne małe dziewicze córki. *Co ja zrobiłam?*

Coś szczypało ją w oczy, nie widziała wyraźnie. Nie mogła się rozpłakać, nie będzie płakać, nie pozwoli, by robaki zobaczyły jej łzy. Potarła oczy dłońmi. Nadszedł zimny powiew i zadrżała gwałtownie.

I nagle znowu ujrzała wiedźmę. Stała w tłumie, kołysząc obwisłymi cyckami. Miała zielonkawą, pokrytą brodawkami skórę i uśmiechała się szyderczo razem z całą resztą, a w jej żółtych zaropiałych oczach błyszczała złość.

„Królową będziesz — wysyczała — aż do chwili, gdy nadejdzie inna, młodsza i piękniejsza, która cię obali i odbierze ci wszystko, co ci drogie".

Potem nie mogła już powstrzymać łez. Spływały po policzkach królowej, parząc ją jak kwas. Cersei krzyknęła przeraźliwie, zakryła sutki jedną ręką, drugą zaś spróbowała zasłonić srom, a potem zerwała się do biegu. Przepchnęła się przez kordon Braci Ubogich i pobiegła w górę, pochylając się nisko. Potknęła się i upadła, później się podniosła i dziesięć jardów dalej znowu się przewróciła. Gdy odzyskała przytomność, wspinała się ku szczytowi na czworakach jak pies, a dobrzy mieszkańcy Królewskiej Przystani ustępowali jej drogi, śmiejąc się, drwiąc i bijąc brawo.

Wtem tłum rozproszył się i zniknął. Cersei ujrzała przed sobą zamkową bramę oraz szereg włóczników w złotych półhełmach i karmazynowych płaszczach. Usłyszała znajomy gruby głos wydającego rozkazy stryja i zobaczyła po obu stronach błyski bieli. Ser Boros Blount i ser Meryn Trant podeszli do niej w swych jasnych zbrojach płytowych i śnieżnobiałych płaszczach.

— Mój syn — wołała. — Gdzie jest mój syn? Gdzie jest Tommen?

— Tu go nie ma. Syn nigdy nie powinien być świadkiem wstydu matki — oznajmił ostrym tonem ser Kevan. — Okryjcie ją.

Jocelyn pochyliła się nad królową i okryła jej nagość miękkim czystym kocem z zielonej wełny. Na obie kobiety padł cień. Coś zasłoniło słońce. Cersei poczuła, że zimna stal wsunęła się pod nią, dwie potężne, zakute w zbroję ręce podźwignęły ją nad ziemię równie swobodnie, jak ona podnosiła Joffreya, kiedy był małym dzieciątkiem. *Olbrzym* — pomyślała oszołomiona, gdy niósł ją wielkim krokami ku wieży bramnej. Słyszała, że na bezbożnych pustkowiach położonych za Murem nadal można spotkać podobne istoty. *To tylko bajania. Czy śnię?*

Nie. Jej zbawca istniał naprawdę. Miał co najmniej osiem stóp wzrostu, nogi grube jak pnie drzew, pierś godną pociągowego konia i bary, których nie powstydziłby się wół. Nosił stalową zbroję płytową pociągniętą białą emalią, jasną jak nadzieje dziewicy, a pod spodem pozłacaną kolczugę. Jego twarz zakrywał hełm wielki. Z jego szczytu opadało siedem jedwabnych kit w tęczowych kolorach wiary. Powiewający na wietrze płaszcz spiął na ramionach złotymi siedmioramiennymi gwiazdami.

Biały płaszcz.

Ser Kevan dotrzymał słowa. Tommen, jej kochany mały chłopiec, uczynił obrońcę Cersei rycerzem Gwardii Królewskiej.

Nie zauważyła, skąd wziął się Qyburn. Nagle zjawił się obok, wyciągając nogi, by dotrzymać kroku jej obrońcy.

— To dobrze, że wróciłaś, Wasza Miłość — rzekł. — Czy przyznasz mi zaszczyt przedstawienia ci najnowszego Królewskiego Gwardzisty? Oto ser Robert Strong.

— Ser Robercie — wyszeptała Cersei, gdy weszli do bramy.

— Jeśli Wasza Miłość pozwoli, ser Robert złożył święte śluby milczenia — wyjaśnił Qyburn. — Poprzysiągł, że nie odezwie się ani słowem, dopóki wszyscy wrogowie Waszej Miłości nie zginą, a zło nie zostanie wygnane z królestwa.

Tak — pomyślała Cersei Lannister. *Och, tak.*

TYRION

Stos dokumentów był straszliwie wysoki. Tyrion spojrzał na nie z westchnieniem.

— Sądziłem, że jesteście kompanią braci. Czy tak właśnie bracia postępują między sobą? Co z zaufaniem? Przyjaźnią, wzajemną sympatią i głębokim przywiązaniem, jakie mogą poznać wyłącznie mężczyźni, którzy walczyli u swego boku i wspólnie przelewali krew?

— Wszystko w swoim czasie — odparł Brązowy Ben Plumm.

— Najpierw podpisz — dodał Kałamarz, ostrząc gęsie pióro.

Kasporio Sprytny dotknął rękojeści miecza.

— Jeśli masz ochotę przelać krew, z radością ci to umożliwię.

— To bardzo miło z twojej strony, ale chyba się wstrzymam — odparł Tyrion.

Kałamarz położył dokumenty przed Tyrionem i wręczył mu pióro.

— Tu masz inkaust. Ze Starego Volantis. Przetrwa tak samo długo jak czarny maesterski. Musisz tylko podpisać i przekazać dokumenty mnie. Ja zajmę się resztą.

Tyrion uśmiechnął się z przekąsem.

— A czy mogę je najpierw przeczytać?

— Jak sobie życzysz. Wszystkie są w zasadzie takie same, poza tymi na dole, ale do nich dojdziemy we właściwym czasie.

Och, jestem pewien, że dojdziemy. Większości ludzi wstąpienie do kompanii nic nie kosztowało, ale on nie zaliczał się do większości. Zanurzył gęsie pióro w kałamarzu, pochylił się nad dokumentem, znieruchomiał i uniósł wzrok.

— Wolicie, żebym się podpisał jako Yollo czy jako Hugor Hill?

Brązowy Ben przymrużył powieki.

— Wolisz, żebyśmy cię oddali spadkobiercom Yezzana, czy po prostu ucięli ci głowę?

Karzeł roześmiał się i napisał na pierwszym pergaminie: Tyrion z rodu Lannisterów. Podał dokument Kałamarzowi i przerzucił stertę kolejnych.

— Ile ich jest? Pięćdziesiąt? Sześćdziesiąt? Myślałem, że Drugich Synów jest pięciuset?

— W tej chwili pięciuset trzynastu — wyjaśnił Kałamarz. — Kiedy podpiszesz się w naszej księdze, zostaniesz pięćset czternastym.

— To znaczy, że tylko co dziesiąty otrzyma kwit? To nie wydaje się uczciwe. Myślałem, że w wolnych kompaniach wszyscy dzielą się wszystkim równo.

Podpisał drugi dokument.

Brązowy Ben zachichotał.

— Och, wszyscy się dzielą. Ale nie równo. Drudzy Synowie są jak rodzina…

— ...a w każdej rodzinie trafiają się kuzyni imbecyle. — Tyrion podpisał kolejny pergamin. Dokument zaszeleścił, gdy podsuwał go płatnikowi. — W trzewiach Casterly Rock są cele, w których mój pan ojciec trzymał najgorszych z naszych. — Zanurzył pióro w kałamarzu. *Tyrion z rodu Lannisterów*, naskrobał, obiecując wypłacić okazicielowi dokumentu sto złotych smoków. *Z każdym ruchem pióra staję się coraz biedniejszy... a przynajmniej stawałbym się, gdybym i tak nie był żebrakiem.* Pewnego dnia może pożałować, że podpisał te kwity. *Ale nie dzisiaj.* Dmuchnął na mokry inkaust, podsunął dokument płatnikowi i podpisał następny. I następny. I następny, i następny. — Muszę wam powiedzieć, że to mnie mocno ubodło — oznajmił im w przerwie między podpisami. — W Westeros uważa się, że słowo Lannistera ma wartość równą złotu.

Kałamarz wzruszył ramionami.

— Nie jesteśmy w Westeros. Po tej stronie wąskiego morza składamy obietnice na papierze. — Każdą podsuwaną mu kartę posypywał piaskiem, wchłaniającym nadmiar inkaustu. Następnie strzepywał dokumenty i odkładał je na bok. — O długach spisanych na wietrze ludzie często zapominają, tak?

— Nie my. — Tyrion podpisał kolejny kwit. I kolejny. Wpadł w rytm. — Lannister zawsze płaci swe długi.

Plumm zachichotał.

— Tak, ale słowo najemnika nie ma wartości.

Twoje z pewnością nie ma — pomyślał Tyrion. *I dzięki za to bogom.*

— To prawda, ale nie będę najemnikiem, dopóki nie podpiszę się w waszej księdze.

— Już niedługo — zapewnił Brązowy Ben. — Najpierw kwity.

— Tańczę tak szybko, jak mogę.

Miał ochotę się roześmiać, ale to zniszczyłoby grę. Plum

świetnie się bawił i Tyrion nie miał zamiaru go tego pozbawiać. *Niech mu się zdaje, że zgiąłem się wpół i pozwoliłem się wyruchać w dupę, a nadal będę mógł kupować stalowe miecze za pergaminowe smoki.* Jeśli wróci kiedyś do Westeros i odzyska dziedzictwo, będzie miał całe złoto Casterly Rock. To wystarczy, by spełnić wszelkie obietnice. A jeśli nie, no cóż, będzie martwy i jego nowi bracia będą mogli podetrzeć sobie dupę dokumentami. Być może niektórzy z nich zjawią się w Królewskiej Przystani z tymi świstkami w ręce, licząc na to, że przekonają jego słodką siostrę do wypłacenia obiecanych kwot. *Zgodziłbym się zostać karaluchem w sitowiu, byle tylko to zobaczyć.*

Mniej więcej w połowie stosu treść dokumentów się zmieniła. Kwity na sto smoków były przeznaczone dla sierżantów. Potem sumy nagle stały się większe. Tyrion obiecywał wypłacić okazicielowi każdego dokumentu po tysiąc złotych smoków. Potrząsnął głową, roześmiał się i podpisał.

— Jak będą wyglądały moje obowiązki w kompanii? — zapytał.

— Jesteś za brzydki, żeby Bokkoko mógł cię dupczyć — stwierdził Kasporio. — Ale może nadasz się na cel dla łuczników.

— Lepiej niż ci się zdaje — odparł Tyrion, odmawiając połknięcia przynęty. — Mały człowieczek z wielką tarczą może ich doprowadzić do szaleństwa. Tak mi kiedyś powiedział ktoś mądrzejszy ode mnie.

— Będziesz pracował z Kałamarzem — oznajmił Brązowy Ben Plumm.

— Będziesz pracował dla Kałamarza — poprawił go płatnik. — Prowadził księgi, liczył pieniądze, pisał listy i kontrakty.

— Z chęcią — zgodził się Tyrion. — Uwielbiam księgi.

— Co jeszcze mógłbyś robić? — zapytał z drwiną w głosie Kasporio. — Spójrz na siebie. Nie nadajesz się do walki.

— Kiedyś zarządzałem wszystkimi ściekami w Casterly Rock — odparł ze spokojem Tyrion. — Niektóre były zatkane od wielu lat, ale dzięki mnie wkrótce wszystkie spływały wesoło. — Ponownie zanurzył pióro w inkauście. Jeszcze kilkanaście dokumentów i będzie koniec. — Może mógłbym zarządzać waszymi markietankami. Nie chcemy, żeby nasi żołnierze się zatykali, prawda?

Ten żart nie rozśmieszył Brązowego Bena.

— Trzymaj się z dala od kurew — ostrzegł. — Większość ma francę, a wszystkie gadają. Nie jesteś pierwszym zbiegłym niewolnikiem, który wstąpił do kompanii, ale to nie znaczy, że musimy wszystkich zawiadamiać o twojej obecności. Nie chcę, żebyś się pokazywał tam, gdzie mogą cię zobaczyć. Siedź w namiocie, gdy tylko będziesz mógł, i sraj do wiadra. Przy latrynach jest zbyt wiele oczu. Nigdy też nie opuszczaj obozu bez mojego pozwolenia. Możemy cię odziać w stal giermka i udawać, że jesteś ciotą Joraha, ale niektórzy przejrzą tę maskę. Gdy już Meereen padnie i odpłyniemy do Westeros, będziesz mógł sobie do woli paradować w złoto-karmazynowych szatach. Ale do tego czasu…

— …będę siedział w norze cichutko jak myszka. Masz na to moje słowo. — *Tyrion z rodu Lannisterów*, podpisał się raz jeszcze, z pięknym zakrętasem. To był ostatni pergamin. Zostały jeszcze trzy dokumenty, inne od pozostałych. Spisano je na pięknym welinie i opatrzono nazwiskami. Dla Kasporia Sprytnego dziesięć tysięcy smoków. Tyle samo dla Kałamarza. Jego prawdziwe nazwisko najwyraźniej brzmiało Tybero Istarion. — Tybero? — zdziwił się Tyrion — To brzmi prawie jak lannisterskie imię. — Czyżbyś był jakimś dawno zaginionym kuzynem?

— Być może. Ja też zawsze płacę swe długi. Tego się oczekuje od płatnika. Podpisz.

Tyrion podpisał.

Ostatni kwit był przeznaczony dla Brązowego Bena. Spisano go na zwoju owczej skóry. *Sto tysięcy złotych smoków, pięćdziesiąt majątków o żyznej ziemi, zamek i tytuł lordowski. Proszę, proszę. Ten Plumm nie jest tani.* Tyrion podrapał się po bliźnie, zastanawiając się, czy powinien okazać oburzenie. Ten, kto kogoś dupczy, oczekuje paru pisków. Mógłby przeklinać, złorzeczyć, skarżyć się, że chcą go obrabować, odmawiać przez pewien czas złożenia podpisu, a wreszcie zgodzić się z niechęcią, nie zaprzestając protestów. Miał już jednak dość komedianctwa, skrzywił się więc tylko, podpisał i wręczył zwój Brązowemu Benowi.

— Rzeczywiście masz kutasa wielkiego jak w opowieściach — stwierdził. — Możesz mnie uważać za doszczętnie wyruchanego, lordzie Plumm.

Brązowy Ben dmuchnął na podpis.

— Cała przyjemność po mojej stronie, Krasnalu. A teraz uczynimy cię jednym z nas. Kałamarz, przynieś księgę.

Miała skórzaną oprawę i żelazne zawiasy. Była tak wielka, że można by jeść na niej kolację. Między ciężkimi deskami znajdowały się nazwiska i daty, sięgające wstecz ponad stulecie.

— Drudzy Synowie są jedną z najstarszych wolnych kompanii — pochwalił się Kałamarz, przewracając stronice. — To jest czwarta księga. Są w niej imiona wszystkich, którzy u nas służyli. Kiedy wstąpili, gdzie walczyli, jak długo z nami byli i w jaki sposób umarli. Wszystko to jest w księdze. Znajdziesz w niej sławne nazwiska, niektóre z nich z waszych Siedmiu Królestw. Aegor Rivers służył u nas rok, nim odszedł, by założyć Złotą Kompanię. Zwano go Bittersteelem. Jasny Książę, Aerion Targaryen, też był Drugim Synem. I Rodrik Stark, Wilk Wędrowiec, on również. Nie tym inkaustem. Pisz tym.

Otworzył nowy kałamarz i postawił go na stole.

— Czerwony? — zdziwił się Tyrion, unosząc głowę.

— To tradycja kompanii — wyjaśnił Kałamarz. — Były

czasy, gdy każdy nowy rekrut podpisywał się krwią, ale tak się składa, że krew jako inkaust jest do dupy.

— Lannisterowie kochają tradycję. Daj mi nóż.

Kałamarz uniósł brwi, wzruszył ramionami, wyciągnął sztylet z pochwy i wręczył go karłu rękojeścią naprzód. *To nadal boli. Cieszysz się, Półmaesterze?* — pomyślał Tyrion, kłując się w kciuk. Wycisnął do kałamarza dużą kroplę krwi, zamienił sztylet na świeże gęsie pióro i wielkimi zamaszystymi literami napisał: *Tyrion z rodu Lannisterów, lord Casterly Rock*, tuż poniżej znacznie skromniejszego podpisu Joraha Mormonta.

Zrobione. Karzeł zakołysał się na obozowym stołku.

— Czy to wszystko, czego ode mnie żądacie? Nie muszę złożyć przysięgi? Zabić niemowlęcia? Possać kapitanowi kutasa?

— Ssij sobie, co chcesz. — Kałamarz odwrócił księgę i posypał stronicę drobnym piaskiem. — Większości z nas wystarcza podpis, ale nie chciałbym rozczarować nowego towarzysza broni. Witaj w Drugich Synach, lordzie Tyrionie.

Lord Tyrion. Karłu spodobało się brzmienie tych słów. Drudzy Synowie mogli nie cieszyć się nieskazitelną reputacją Złotej Kompanii, ale w ciągu stuleci odnieśli sporo sławnych zwycięstw.

— Czy w kompanii służyli też inni lordowie?

— Wygnani lordowie — odparł Brązowy Ben. — Tacy jak ty, Krasnalu.

Tyrion zeskoczył ze stołka.

— Mój poprzedni brat był całkowicie niezadowalający. Mam nadzieję, że nowi bracia okażą się lepsi. Czy mogę teraz pójść po broń i zbroję?

— Chcesz też dostać świnię pod wierzch? — zapytał Kasporio.

— Nie wiedziałem, że twoja żona towarzyszy kompanii

— odciął się Tyrion. — To miło, że ją oferujesz, ale wolałbym konia.

Zbir poczerwieniał, ale Kałamarz roześmiał się w głos i nawet Brązowy Ben zachichotał cicho.

— Kałamarz, zaprowadź go do wozów. Może sobie wybrać broń, jaką zechce. Dziewczyna też. Daj jej hełm i jakąś kolczugę, a niektórzy mogą ją wziąć za chłopaka.

— Lordzie Tyrionie, chodź ze mną. — Kałamarz uchylił połę namiotu, pozwalając karłu wyjść na zewnątrz. — Każę Chwytakowi zaprowadzić cię do wozów. Weź swoją kobietę i spotkaj się z nim przy namiocie kucharza.

— To nie jest moja kobieta. Może powinieneś ją sobie wziąć. Ostatnio tylko ciągle śpi albo łypie na mnie ze złością.

— Powinieneś ją mocniej bić i częściej ruchać — poradził płatnik. — Przyprowadź ją albo nie, jak sobie chcesz. Chwytakowi będzie wszystko jedno. Przyjdź do mnie, jak już dostaniesz zbroję, to zabierzemy się za księgi.

— Jak każesz.

Grosik spała w kącie namiotu, zwinięta na cienkim sienniku pod stertą brudnej pościeli. Trącił ją czubkiem buta. Przetoczyła się, otworzyła oczy i ziewnęła.

— Hugor? Co się stało?

— Znowu mówimy, tak? — Lepsze to niż pełne urazy milczenie. *A wszystko to, bo porzuciliśmy psa i świnię. Uratowałem nas oboje z niewoli, można by pomyśleć, że należy mi się odrobina wdzięczności.* — Jeśli będziesz spała dłużej, ominie cię cała wojna.

— Smutno mi. — Znowu ziewnęła. — I jestem zmęczona. Bardzo zmęczona.

Zmęczona czy chora? Tyrion klęknął obok jej siennika.

— Pobladłaś.

Dotknął jej czoła. *Czy to upał, czy ma trochę gorączki?* Nie śmiał zapytać o to na głos. Nawet twardzi mężczyźni, jakimi byli Drudzy Synowie, bali się białej klaczy. Gdyby pomyśleli, że Grosik jest chora, wygnaliby ją bez chwili wahania. *Mogliby nawet oddać nas spadkobiercom Yezzana, zapominając o kwitach.*

— Podpisałem się w ich księdze. Na starą modłę, krwią. Jestem teraz Drugim Synem.

Grosik usiadła, pocierając zaspane oczy.

— A co ze mną? Czy też mogę się podpisać?

— Nie sądzę. Niektóre wolne kompanie przyjmują kobiety, ale… no cóż, w końcu nie zwą się Drugimi Córkami.

— Nie zwiemy się — poprawiła go. — Jeśli jesteś teraz jednym z nich, powinieneś mówić „my", nie „oni". Czy ktoś widział Śliczną Świnię? Kałamarz mówił, że o nią zapyta. Albo Zgryza? Słyszałeś coś o Zgryzie?

Tylko jeśli wierzyć Kasporiowi. Nie taki znowu sprytny zastępca Plumma zapewniał, że po obozie krąży dwóch yunkijskich łowców niewolników wypytujących o parę zbiegłych karłów. Jeden z nich miał według Kaspa długą włócznię, na którą nadział głowę psa. Podobne wieści z pewnością jednak nie skłonią Grosik do wstania z siennika.

— Nic nie słyszałem — skłamał. — Chodź. Musimy znaleźć dla ciebie jakąś zbroję.

Obrzuciła go nieufnym spojrzeniem.

— Zbroję? A po co?

— Mój stary nauczyciel walki rzekł mi kiedyś: „Nigdy nie stawaj do bitwy nagi, chłopcze". Uwierzyłem mu na słowo. Poza tym jestem teraz najemnikiem, a najemnik powinien mieć miecz. — Nadal nie chciała się ruszyć. Tyrion złapał ją za nadgarstek, pociągnął na nogi i rzucił jej w twarz naręcze strojów. — Ubierz się. Włóż płaszcz z kapturem i trzymaj głowę nisko. Mamy udawać parę chłopców, na wypadek gdyby łowcy niewolników patrzyli.

Gdy dwoje karłów w płaszczach z kapturami dotarło do namiotu kucharza, Chwytak czekał już na nich, żując kwaśny liść.

— Słyszałem, że macie dla nas walczyć — odezwał się sierżant. — W Meereen zleją się z wrażenia. Któreś z was zabiło kiedyś człowieka?

— Ja tak — odparł Tyrion. — Załatwiam ich jak muchy.

— Czym?

— Toporem, sztyletem, celną ripostą. Ale najgroźniejszy jestem z kuszą.

Chwytak podrapał się końcem haka po porośniętej szczeciną twarzy.

— Paskudna rzecz, kusza. Ilu ludzi z niej zabiłeś?

— Dziewięciu.

Lord Tywin z pewnością był co najmniej tyloma. Lord Casterly Rock, namiestnik zachodu, Tarcza Lannisportu, królewski namiestnik, mąż, brat, ojciec, ojciec i ojciec.

— Dziewięciu. — Chwytak prychnął i splunął czerwoną flegmą. Być może celował w stopy Tyriona, ale trafił we własne kolano. Najwyraźniej chciał w ten sposób wyrazić swe zdanie o podanej liczbie. Włożył w usta palce, pełne czerwonych plam od kwaśnego liścia, i zagwizdał. — Kem! Chodź tu, ty pierdolony szczylu. — Kem zjawił się biegiem. — Zaprowadź lorda i lady Krasnalów do wozów. Niech Młotek da im jakąś kompanijną stal.

— Może być zalany w sztok — ostrzegł Kem.

— To naszczaj mu na gębę. Wtedy się obudzi. — Chwytak zwrócił się ku Tyrionowi i Grosik. — Nigdy jeszcze nie mieliśmy tu cholernych karłów, ale chłopców nigdy nam nie brakuje. Synowie tej czy tamtej kurwy, mali durnie, którzy uciekli z domu w poszukiwaniu przygód, cioty, giermkowie i tak dalej. Część tego gówna, które nosili, może być dla was wystarczająco mała. Najpewniej będzie to gówno, które mieli na sobie, gdy ich zabito, ale wiem, że to nie przestraszy takich wojowniczych skurwieli jak wy? Dziewięciu, tak?

Potrząsnął głową i poszedł sobie.

Drudzy Synowie przechowywali broń w sześciu wozach

stojących w pobliżu środka obozu. Kem poprowadził ich tam, wywijając włócznią jak laską.

— Jak to się stało, że chłopak z Królewskiej Przystani trafił do wolnej kompanii? — zapytał Tyrion.

Młodzieniec obrzucił go podejrzliwym spojrzeniem.

— Kto ci powiedział, że jestem z Królewskiej Przystani?

— Nikt. — *Każde słowo płynące z twoich ust cuchnie Zapchlonym Tyłkiem.* — Zdradził cię bystry umysł. Mówią, że ludzie z Królewskiej Przystani są najsprytniejsi.

To go wyraźnie zaskoczyło.

— Kto tak mówi?

— Wszyscy.

Ja.

— Od kiedy?

Od chwili, gdy to wymyśliłem.

— Od wieków — skłamał. — Mój ojciec zawsze tak mawiał. Znałeś lorda Tywina, Kem?

— Był namiestnikiem. Kiedyś widziałem, jak wjeżdżał na wzgórze. Jego ludzie mieli czerwone płaszcze i małe lwy na hełmach. Podobały mi się te hełmy. — Zacisnął usta. — Ale namiestnika nie lubiłem. On złupił miasto. A potem rozbił nas nad Czarnym Nurtem.

— Byłeś tam?

— Ze Stannisem. Lord Tywin nadciągnął z duchem Renly'ego i uderzył na nas z flanki. Rzuciłem włócznię i uciekłem, ale gdy dotarłem do statku, cholerny rycerz zapytał: „Gdzie twoja włócznia, chłopcze? Nie potrzebujemy tu tchórzy.". Odpłynęli w dupę i zostawili mnie, razem z tysiącami innych. Potem usłyszałem, że twój ojciec wysyła tych, którzy walczyli po stronie Stannisa, na Mur. Dlatego zwiałem na drugi brzeg wąskiego morza i zaciągnąłem się do Drugich Synów.

— Tęsknisz za Królewską Przystanią?

— Trochę. Za tym chłopakiem, który był... był moim

przyjacielem. I za moim bratem, Kennetem, ale on zginął na moście z okrętów.

— Zbyt wielu dobrych ludzi straciło owego dnia życie.

Tyrion poczuł, że blizna swędzi go straszliwie. Podrapał ją paznokciem.

— I za jedzeniem — dodał smętnym głosem Kem.

— Za matczyną kuchnią?

— Tego, co gotowała moja matka, nie zjadłyby nawet szczury. Ale była taka garkuchnia. Nikt nie robił lepszej michy gulaszu. Był taki gęsty, że można w nim było postawić łyżkę, i pływały w nim kawałki tego i owego. Jadłeś kiedyś michę gulaszu, Półmężczyzno?

— Parę razy. Zawsze mówiłem, że to minstrelski gulasz.

— A dlaczego?

— Był taki smaczny, że aż chciało mi się śpiewać.

To spodobało się Kemowi.

— Minstrelski gulasz. Zażyczę go sobie, kiedy wrócę do Królewskiej Przystani. A za czym ty tęsknisz, Półmężczyzno?

Za Jaimem — pomyślał Tyrion. *Za Shae. Za Tyshą. Za moją żoną, tęsknię za żoną, której prawie nie znałem.*

— Za winem, kurwami i bogactwem — odparł. — Zwłaszcza za tym ostatnim. Za złoto można kupić wino i kurwy.

A także miecze i Kemów, którzy nimi władają.

— Czy to prawda, że nocniki w Casterly Rock są zrobione ze szczerego złota? — zainteresował się młodzieniec.

— Nie powinieneś wierzyć we wszystko, co słyszysz. Zwłaszcza gdy chodzi o Lannisterów.

— Mówią, że wszyscy Lannisterowie to podstępne węże.

— Węże? — Tyrion roześmiał się. — Właśnie słyszałeś odgłos mojego ojca pełzającego w grobie. — Jesteśmy lwami. Tak przynajmniej lubimy zapewniać. Ale to nie ma znaczenia, Kem. Czy nadepniesz na węża, czy na lwi ogon, i tak będziesz trupem.

Dotarli już do kompanijnej zbrojowni. Kowal zwany Młotkiem okazał się zbudowanym jak odmieniec wielkoludem, o lewym ramieniu dwukrotnie grubszym od prawego.

— Prawie cały czas jest pijany — poinformował karła Kem. — Brązowy Ben to toleruje, ale pewnego dnia znajdziemy sobie prawdziwego płatnerza. — Uczniem Młotka był żylasty rudowłosy młodzieniec zwany Gwoździem. *Oczywiście. Jakżeby inaczej?* — pomyślał Tyrion. Zgodnie z przewidywaniami Kema okazało się, że Młotek odsypia pijaństwo, ale Gwóźdź nie miał nic przeciwko temu, by dwoje karłów przerzuciło zawartość wozów.

— Prawie wszystko to gówniane żelazo — ostrzegł ich. — Ale możecie sobie wybrać, co chcecie.

Kryte dachami z wygiętych desek połączonych usztywnianą skórą wozy były załadowane starą bronią i zbrojami. Tyrion spojrzał na to wszystko z westchnieniem, wspominając lśniące szeregi mieczy, włóczni i halabard w zbrojowni Lannisterów ulokowanej w podziemiach Casterly Rock.

— To może chwilę potrwać — oznajmił.

— Jest tu porządna stal, jeśli zdołacie ją znaleźć — warknął ktoś grubym głosem. — Może i nie wygląda ładnie, ale zatrzyma uderzenie miecza.

Wysoki rycerz zszedł z wozu, odziany od stóp do głów w należącą do kompanii stal. Lewy nagolennik nie pasował do prawego, obojczyk pokrywały plamki rdzy, a nałokietniki ozdobiono niellowanymi kwiatami. Na prawej dłoni miał rękawicę z klepsydrowej stali, a na lewej zardzewiałą kolczą rękawicę bez palców. W sutki na napierśniku z zaznaczonymi mięśniami wprawiono żelazne kółka. Hełm wielki zdobiły baranie rogi, w tym jeden złamany.

Rycerz zdjął hełm i ujrzeli posiniaczoną twarz Joraha Mormonta.

W każdym calu wygląda na najemnika. Nie ma już w sobie nic ze złamanego nieszczęśnika, którego uwolniliśmy z klatki Yezzana — pomyślał Tyrion. Siniaki znacznie wyblakły, a opuchlizna prawie zeszła, Mormont więc niemalże znowu przypominał człowieka... choć nie do końca siebie. Nigdy się nie uwolni od maski demona, którą wypalono mu na prawym policzku na znak, że jest niebezpiecznym i nieposłusznym niewolnikiem. Ser Jorah nigdy nie zaliczał się do przystojnych mężczyzn, a piętno zmieniło jego twarz w coś przerażającego.

Tyrion uśmiechnął się szeroko.

— Wystarczy mi do szczęścia, jeśli będę ładniejszy od ciebie. — Spojrzał na Grosik. — Właź na tamten wóz. Ja zacznę od tego.

— Szybciej pójdzie, jeśli będziemy szukać razem. — Podniosła przerdzewiały półhełm i włożyła go sobie z chichotem na głowę. — Czy wyglądam groźnie?

Wyglądasz jak komediancka dziewczyna z garnkiem na łbie.

— To jest półhełm. Potrzebny ci hełm wielki.

Znalazł taki i wręczył go dziewczynie, zabierając jej półhełm.

— Jest za duży. — Głos Grosik odbijał się głuchym echem od stali. — Nic w nim nie widzę. — Zdjęła hełm i odrzuciła go na bok. — Co jest złego w półhełmie?

— Odsłania twarz. — Tyrion uszczypnął ją w nos. — Lubię patrzeć na twój nos. Nie chciałbym, żebyś go straciła.

— Podoba ci się mój nos? — zapytała, otwierając szeroko oczy.

Och, Siedmiu miejcie mnie w swojej opiece. Tyrion odwrócił się i zaczął grzebać w stosach starych zbroi leżących z tyłu wozu.

— A czy podobają ci się też inne moje części? — dopytywała się dziewczyna.

Być może chciała, by jej głos zabrzmiał figlarnie. Wyszło jednak smętnie.

— Wszystkie mi się podobają — zapewnił Tyrion, w nadziei, że to położy kres dyskusji na ten temat. — A moje własne jeszcze bardziej.

— Po co nam zbroja? Jesteśmy tylko komediantami. Udajemy, że walczymy.

— Potrafisz udawać bardzo dobrze — odparł Tyrion, oglądając ciężką kolczą koszulę, która wyglądała na nadgryzioną przez mole. *Jakie mole żywią się kolczugą?* — Udawanie trupa to jeden ze sposobów na przeżycie bitwy. Dobra zbroja to drugi. — *Ale obawiam się, że tu jest bardzo mało dobrych zbroi.* Nad Zielonymi Widłami walczył w niedobranych fragmentach zbroi znalezionych na wozach lorda Lefforda. W hełmie kubłowym ozdobionym szpicą wyglądał, jakby ktoś włożył mu na głowę wiadro pełne pomyj. Kompanijna stal była gorsza. Nie tylko stara i niedopasowana, lecz również powgniatana, pełna pęknięć i krucha. *Czy to zakrzepła krew, czy tylko rdza?* Powąchał plamę, ale nie mógł być pewny.

— Tu masz kuszę.

Grosik pokazała mu ją i Tyrion przyjrzał się broni.

— Nie mogę naciągać kuszy nogami. Są za krótkie. Lepsza dla mnie byłaby korba.

Prawdę mówiąc, nie chciał kuszy. Jej ładowanie trwało za długo. Nawet gdyby czaił się przy latrynie, czekając, aż jakiś nieprzyjaciel przyjdzie się wysrać, szanse, że zdąży wystrzelić więcej niż jeden bełt, były niewielkie.

Wziął w rękę morgensztern, zakręcił nim i odłożył. *Za ciężki.* Pominął młot bojowy — za długi — nabijaną ćwiekami maczugę — również za ciężka — oraz kilka mieczy, nim wreszcie znalazł sztylet, który mu się podobał, nieprzyjemnie wyglądający kawałek stali o trójkątnej klindze.

— To może się nadać — stwierdził. Klinga była nieco zardzewiała, ale to uczyni broń jeszcze groźniejszą. Znalazł odpowiednią pochwę z drewna i skóry i schował do niej sztylet.

— Mały miecz dla małego mężczyzny? — zażartowała Grosik.

— To jest sztylet. Zrobiono go dla dużego mężczyzny. Tyrion pokazał jej długi miecz. — To jest miecz. Spróbuj go podnieść.

Grosik zrobiła to, zamachnęła się i zmarszczyła brwi.

— Jest za ciężki.

— Stal waży więcej niż drewno. Ale jeśli tniesz tym przeciwnika w szyję, jego głowa raczej nie zmieni się w melon. — Wziął od niej miecz i przyjrzał mu się uważniej. — Tania stal. I wyszczerbiona. Widzisz, tutaj? Cofam to, co powiedziałem. Będziesz potrzebowała lepszej broni, żeby ścinać ludziom głowy.

— Nie chcę nikomu ścinać głów.

— I słusznie. Atakuj ich poniżej kolan. Łydka, ścięgna, kostka… nawet olbrzymy się przewracają, jeśli obetniesz im stopy. Kiedy już leżą, nie są większe od ciebie.

Grosik wyglądała, jakby miała się zaraz rozpłakać.

— W nocy śniło mi się, że mój brat wrócił do życia. Stawaliśmy w szranki przed jakimś wielkim lordem, dosiadając Zgryza i Ślicznej Świni, a ludzie rzucali nam róże. Byliśmy tacy szczęśliwi…

Tyrion ją spoliczkował.

Uderzenie było lekkie, zważywszy wszystko razem, tylko delikatne poruszenie nadgarstka, niewsparte poważną siłą. Nawet nie zostawiło śladu na jej twarzy. Ale i tak oczy zaszły jej łzami.

— Jeśli pragniesz snów, połóż się spać — rzekł jej. — Ale kiedy się obudzisz, nadal będziemy zbiegłymi niewolnikami pośrodku oblężenia. Zgryz nie żyje. Świnia najpewniej też. A teraz znajdź sobie jakąś zbroję, włóż ją i nie przejmuj się, gdzie cię uwiera. Komediancie przedstawienie się skończyło. Możesz walczyć, ukryć się albo zesrać ze strachu, jak sobie chcesz, ale cokolwiek postanowisz zrobić, zrobisz to obleczona w stal.

Grosik dotknęła uderzonego policzka.

— Nie trzeba było uciekać. Nie jesteśmy najemnikami. Nie umiemy walczyć na miecze. U Yezzana wcale nie było tak źle. Nie tak źle. Piastun czasami bywał okrutny, ale Yezzan nigdy. Byliśmy jego ulubieńcami. Jego... jego...

— Niewolnikami. Tego właśnie słowa szukasz.

— Niewolnikami — powtórzyła z rumieńcem na twarzy. — Ale specjalnymi niewolnikami. Jak Słodycz. Jego skarbami.

Jego zwierzątkami — pomyślał Tyrion. *Kochał nas tak bardzo, że wysłał nas na arenę, na pożarcie lwom.*

Grosik nie myliła się jednak całkowicie. Niewolnicy Yezzana żyli lepiej niż wielu wieśniaków w Siedmiu Królestwach, było też mniej prawdopodobne, że zimą umrą z głodu. Niewolnicy byli własnością, to prawda. Można ich było kupować i sprzedawać, piętnować i poddawać chłoście, właściciele mogli z nich czerpać cielesną przyjemność albo rozmnażać ich, by wyprodukować nowych niewolników. Pod tym względem nie różnili się od psów i koni. Ale większość lordów traktowała swe psy i konie całkiem przyzwoicie. Dumni ludzie mogli wykrzykiwać, że wolą zginąć wolni, niż żyć jako niewolnicy, ale duma była tania. Gdy stal uderzyła o krzemień, takich ludzi znajdowało się rzadko jak smocze zęby. W przeciwnym razie na świecie nie roiłoby się od niewolników. *Nigdy nie było niewolnika, który sam nie wybrałby sobie swego losu* — pomyślał karzeł. *Mógł to być wybór między niewolą a śmiercią, ale zawsze wybór.*

Tyrion Lannister nie uważał się za wyjątek. Z początku niewyparzony język kosztował go kilka pręg na plecach, szybko jednak opanował sztukę schlebiania Piastunowi i szlachetnemu Yezzanowi. Jorah Mormont opierał się dłużej i bardziej zawzięcie, ale z czasem postąpiłby tak samo.

A Grosik, no cóż...

Grosik szukała sobie nowego pana od dnia, gdy jej bratu Miedziakowi ucięto głowę. *Chce, żeby ktoś się nią opiekował i mówił jej, co ma robić.*

Postąpiłby jednak bardzo okrutnie, gdyby jej to powiedział.

— Specjalni niewolnicy Yezzana nie uciekli przed białą klaczą — rzekł więc. — Wszyscy nie żyją. Słodycz umarła pierwsza. — Brązowy Ben Plumm poinformował karła, że ich kolosalny pan dokonał żywota tego samego dnia, gdy od niego uciekli. Ani on, ani Kasporio i inni najemnicy, nie wiedzieli, co się stało z dziwolągami z jego menażerii, ale jeśli Śliczna Grosik potrzebowała kłamstw, by zapomnieć o swych tęsknotach, będzie ją okłamywał. — Jeśli pragniesz znowu zostać niewolnicą, po wojnie znajdę ci dobrego pana i sprzedam cię mu za tyle złota, że wystarczy mi na powrót do domu — obiecał. — Jakiegoś miłego Yunkijczyka, który da ci nowy ładny kołnierz ze złota, z małymi dzwoneczkami, które będą pobrzękiwały w rytm twoich kroków. Ale najpierw musimy przetrwać to, co się wydarzy. Nikt nie kupuje martwych komediantów.

— Ani martwych karłów — dodał Jorah Mormont. — Kiedy bitwa się skończy, wszyscy najpewniej będziemy karmić robaki. Yunkai'i przegrali tę wojnę, choć może minąć jeszcze trochę czasu, nim to sobie uświadomią. Meereen ma armię Nieskalanych, najlepszą piechotę na świecie. I Meereen ma smoki. Trzy, kiedy wróci królowa. A ona wróci. Musi wrócić. Natomiast po naszej stronie walczy czterdzieści yunkijskich paniątek, każde z własnym stadem kiepsko wytresowanych małp. Niewolnicy na szczudłach, niewolnicy w łańcuchach… może mają też oddziały ślepców i paralitycznych dzieci. Wcale bym się nie zdziwił.

— Och, wiem o tym — odparł Tyrion. — Drudzy Synowie znaleźli się po przegrywającej stronie. Muszą znowu przejść na drugą i to szybko. — Uśmiechnął się. — Zostaw to mnie.

NISZCZYCIEL KRÓLÓW

Dwaj spiskowcy, cień blady i ciemny, spotkali się w cichej zbrojowni na pierwszym piętrze Wielkiej Piramidy, pośród półek z włóczniami, kołczanów z bełtami i trofeów z zapomnianych bitew wiszących na ścianach.

— Dziś w nocy — oznajmił Skahaz mo Kandaq. Miał na sobie zszyty z kawałków płaszcz. Spod jego kaptura wyglądała mosiężna maska nietoperza wampira. — Wszyscy moi ludzie będą na miejscu. Hasło brzmi Groleo.

— Groleo. — *To odpowiednie hasło.* — Tak. To, co z nim uczyniono... byłeś na audiencji?

— Jako jeden z czterdziestu strażników. Wszyscy czekaliśmy, aż ten pusty tabard siedzący na tronie rozkaże powalić Krwawobrodego i całą resztę. Sądzisz, że Yunkai'i odważyliby się podarować Daenerys głowę jednego z jej zakładników?

Z pewnością nie — pomyślał Selmy.

— Hizdahr sprawiał wrażenie przygnębionego.

— Udawał. Jego krewnym, Loraqom, nic się nie stało. Widziałeś to. Yunkai'i odegrali przed nami komediancką farsę, a największym z komediantów był szlachetny Hizdahr. Nie chodziło im o Yurkhaza zo Yunzaka. Reszta handlarzy niewolników z chęcią sama by stratowała tego starego głupca. Chcieli dać Hizdahrowi pretekst do zabicia smoków.

Ser Barristan zastanawiał się nad tym przez chwilę.

— Myślisz, że by się ośmielił?

— Ośmielił się dokonać zamachu na własną królową. Czemu miałby oszczędzić jej pieszczoszki? Jeśli nie będziemy działać szybko, Hizdahr będzie się zastanawiał przez pewien czas, by udowodnić, że wcale się do tego nie śpieszy, a także dać Mądrym Panom szansę uwolnienia go od Wrony Burzy i brata krwi. Potem to zrobi. Chcą, by smoki zginęły przed przybyciem volanteńskiej floty.

Tak, to by się zgadzało. Barristanowi Selmy'emu nie spodobała się ta wizja.

— To się nie zdarzy. — Jego królowa była Matką Smoków. Nie pozwoli, by jej dzieciom stała się krzywda. — Godzina wilka. Najciemniejsza pora nocy, gdy cały świat śpi. — Pierwszy raz usłyszał te słowa od Tywina Lannistera pod murami Duskendale. *Dał mi dzień na uwolnienie Aerysa. Zapowiedział, że jeśli nie wrócę z królem o świcie, zdobędzie miasto stalą i ogniem. Wyruszyłem o godzinie wilka i o godzinie wilka wróciłem.* — Z pierwszym brzaskiem Szary Robak i jego Nieskalani zamkną bramy.

— Lepiej zaatakować o tej porze — zasugerował Skahaz. — Wyjdźmy z miasta, zalejmy szyki oblegających i rozbijmy Yunkai'i, nim wstaną z łóżek.

— Nie. — Obaj spierali się już o to. — Mamy pokój, podpisany i opatrzony pieczęcią przez Jej Miłość królową. Nie złamiemy go pierwsi. Po wyeliminowaniu Hizdahra utworzymy radę, która przejmie rządy i zażąda od Yunkai'i zwrotu zakładników oraz wycofania armii. Dopiero kiedy odmówią, będziemy mogli ich poinformować, że pokój złamano, i ruszyć na bitwę. Twój plan jest niehonorowy.

— A twój jest głupi — odparł Golony Łeb. — Nadeszła odpowiednia chwila. Nasi wyzwoleńcy są gotowi. I głodni.

Selmy wiedział, że to prawda. Symon Pręgowany Grzbiet z Wolnych Braci oraz Mollono Yos Dob z Twardych Tarcz palili się do walki, pragnęli dowieść swej wartości i zmyć krwią Yunkijczyków wszystkie krzywdy, jakie im wyrządzono. Tylko Marselen z Ludzi Matki podzielał wątpliwości ser Barristana.

— Rozmawialiśmy już o tym. Zgodziliśmy się, że zrobimy to po mojemu.

— Przystałem na to — przyznał z niechęcią Golony Łeb — ale to było przed śmiercią Groleo. Przed jego głową. Handlarze niewolników nie mają honoru.

— Ale my mamy — odparł ser Barristan.

Golony Łeb mruknął coś pod nosem po ghiscarsku.

— Jak sobie życzysz — rzekł na głos. — Ale obawiam się, że nim ta gra się skończy, pożałujemy twojego honoru, starcze. Co ze strażnikami Hizdahra?

— Podczas snu Jego Miłości strzeże dwóch ludzi. Jeden pod drzwiami sypialni, a drugi w środku, we wnęce sąsiadującej z komnatą. Dzisiaj będą to Khrazz i Stalowoskóry.

— Khrazz — poskarżył się Golony Łeb. — To mi się nie podoba.

— Nie musi dojść do rozlewu krwi — uspokajał go ser Barristan. — Chcę porozmawiać z Hizdahrem. Jeśli zrozumie, że nie zamierzamy go zabić, może rozkazać swym strażnikom się poddać.

— A jeśli tego nie zrobi? Hizdahr nie może uciec.

— Nie ucieknie.

Selmy nie bał się Khrazza, a tym bardziej Stalowoskórego. To byli tylko wojownicy z aren. Dawni niewolnicy składający się na straszliwą kolekcję Hizdahra byli co najwyżej przeciętnymi strażnikami osobistymi. Nie brakowało im szybkości, siły i gwałtowności, zdobyli też pewne umiejętności we władaniu bronią, ale krwawe igrzyska kiepsko przygotowywały do strzeżenia królów. Na arenie nadejście przeciwników zwiastowały rogi i bębny, a po wygranej walce zwycięzcom bandażowano rany. Mogli też wypić trochę makowego mleka na ból, wiedząc, że groźba minęła i do następnej walki mogą spokojnie pić, ucztować i zabawiać się z kurwami. Ale dla rycerza Gwardii Królewskiej tak naprawdę walka nigdy się nie kończyła. Groźby nadchodziły zewsząd i znikąd, o każdej porze dnia i nocy. Pojawienia się nieprzyjaciela nie poprzedzały trąby: wasale, słudzy, przyjaciele, bracia, synowie, a nawet żony, wszyscy mogli ukrywać pod płaszczami noże, a w sercach żądzę mordu. Na każdą godzinę walki Królewski Gwardzista poświęcał dziesięć tysięcy godzin na obserwację, czekanie i stanie bez słowa w cieniu. Wojownicy Hizdahra już czuli się niespokojni i znudzeni nowymi obowiązkami, a znudzeni ludzie robią się niedbali i reagują z opóźnieniem.

— Poradzę sobie z Khrazzem — zapewnił ser Barristan. — Tylko dopilnuj, bym nie musiał sobie radzić również z Mosiężnymi Bestiami.

— Bez obaw. Zakujemy Marghaza w łańcuchy, nim zdąży narobić kłopotów. Zapewniałem cię, że Mosiężne Bestie należą do mnie.

— Mówisz, że masz ludzi wśród Yunkijczyków?

— Donosicieli i szpiegów. Reznak ma więcej.

Reznakowi nie można ufać. Pachnie słodko, ale wywiera odrażające wrażenie.

— Ktoś musi uwolnić naszych zakładników. Jeśli ich nie odzyskamy, Yunkai'i wykorzystają ich przeciwko nam.

Skahaz prychnął pogardliwie przez otwory nosowe maski.

— Łatwo to powiedzieć. Trudniej wykonać. Niech handlarze niewolników grożą.

— A jeśli nie ograniczą się do gróźb?

— Tak bardzo by ci ich brakowało, starcze? Eunucha, dzikusa i najemnika?

Bohatera, Jhoga i Daaria.

— Jhogo jest bratem krwi królowej, krwią jej krwi. Razem przebyli Czerwone Pustkowia. Bohater to prawa ręka Szarego Robaka. A Daario… — *Ona go kocha.* Widział to w jej oczach, gdy patrzyła na najemnika, słyszał w jej głosie, kiedy o nim mówiła. — …to próżny i porywczy człowiek, ale jest bliski Jej Miłości. Musimy go uratować, zanim Wrony Burzy wezmą sprawy we własne ręce. Można to zrobić. Kiedyś wyprowadziłem bezpiecznie ojca królowej z Duskendale, gdzie uwięził go zbuntowany lord, ale…

— …nie mógłbyś poruszać się niepostrzeżenie wśród Yunkai'i. Każdy z nich zna już twoją twarz.

Mógłbym ją ukryć, tak samo jak ty — pomyślał Selmy,

wiedział jednak, że Golony Łeb ma rację. Duskendale wydarzyło się bardzo dawno temu. Był już za stary na bohaterskie czyny.

— W takim razie musimy znaleźć inny sposób. Innego wybawiciela. Kogoś znanego Yunkijczykom, kogoś, kogo obecność nie przyciągnie ich uwagi…

— Daario zwie cię ser Dziadkiem — przypomniał mu Skahaz. — Wolę nie mówić, jak nazywa mnie. Myślisz, że naraziłby dla nas swą skórę, gdybyśmy byli zakładnikami?

Mało prawdopodobne — pomyślał ser Barristan.

— Mógłby to zrobić — powiedział jednak na głos.

— Daario mógłby na nas naszczać, gdybyśmy się palili, ale poza tym nie liczyłbym na jego pomoc. Niech Wrony Burzy wybiorą sobie nowego kapitana, który będzie znał swoje miejsce. Jeśli królowa nie wróci, na świecie będzie jednego najemnika mniej. Kto będzie płakał?

— A gdy wróci?

— Będzie lała łzy, rwała włosy z głowy i przeklinała Yunkai'i. Nie nas. Naszych rąk nie splami krew. Będziesz mógł ją pocieszyć. Opowiedz jej jakąś historię o dawnych czasach, ona je lubi. Biedny Daario, jej dzielny kapitan… nigdy o nim nie zapomni, z pewnością… ale lepiej dla nas wszystkich, żeby zginął, tak? I dla Daenerys też.

Lepiej dla Daenerys i dla Westeros. Daenerys Targaryen kochała swego kapitana, ale to była dziewczyna w niej, nie królowa. *Książę Rhaegar kochał swą lady Lyannę i tysiące zginęły z tego powodu. Daemon Blackfyre kochał pierwszą Daenerys i wszczął bunt, gdy mu jej odmówiono. Bittersteel i Bloodraven obaj kochali Shierę Gwiazdę Morza i Siedem Królestw spłynęło krwią. Książę Ważek kochał Jenny ze Starych Kamieni tak bardzo, że wyrzekł się dla niej korony i Westeros zapłaciło daninę w trupach.* Wszyscy trzej synowie piątego Aegona ożenili się z miłości, sprzeciwiając się życzeniom ojca. A ponieważ ten niespodziewany monarcha sam posłuchał głosu serca, wybierając swą królową, pozwolił im postawić na swoim i w rezultacie zrobił sobie nieprzejednanych wrogów z tych, którzy mogli się stać jego szczerymi przyjaciółmi. Potem nastąpiły zdrady i zaburzenia, równie niezawodnie jak noc nadchodzi po dniu, i wszystko skończyło się w Summerhall czarami, ogniem i żałobą.

Miłość, jaką darzy Daaria, to trucizna. Działa wolniej niż ta w szarańczach, ale na koniec uśmierci ją równie niezawodnie.

— Jest jeszcze Jhogo — zauważył ser Barristan. — On i Bohater. Jej Miłość ceni ich obu.

— My też mamy zakładników — przypomniał mu Skahaz Golony Łeb. — Jeśli handlarze niewolników zabiją kogoś z naszych, my wykończymy kogoś z nich.

Przez chwilę ser Barristan nie wiedział, o kogo mu chodzi. Wreszcie zrozumiał.

— Mówisz o podczaszych królowej?

— O zakładnikach — nie ustępował Skahaz mo Kandaq. — Grazhar i Qezza są krewniakami Zielonej Gracji, Mezzara pochodzi z Merreqów, Kezmya z Pahlów, Azzak z Ghazeenów, a Bhakaz z Loraqów, rodu samego Hizdahra. Wszystko to synowie i córki piramid. Zhakowie, Quazzarowie, Uhlezowie, Hazkarowie, Dhazakowie, Yherizanowie, wszystko to dzieci Wielkich Panów.

— Niewinne dziewczęta i chłopcy o słodkich twarzach. — Ser Barristan poznał ich wszystkich, gdy służył królowej. Grazhara, który marzył o chwale, nieśmiałą Mezzarę, leniwego Miklaza, ładną i próżną Kezmyę, Qezzę o wielkich łagodnych oczach i głosie anioła, tancerza Dhazzara oraz całą resztę. — Dzieci.

— Dzieci harpii. Za krew trzeba zapłacić krwią.

— Tak powiedział Yunkijczyk, który przyniósł nam głowę Groleo.

— Nie mylił się.

— Nie pozwolę na to.

— Co za pożytek z zakładników, których nie można tknąć?

— Może udałoby się wymienić troje tych dzieci za Daaria, Bohatera i Jhoga — zasugerował ser Barristan. — Jej Miłość…

— …jest nieobecna. My dwaj musimy uczynić to, co konieczne. Wiesz, że mam rację.

— Książę Rhaegar miał dwoje dzieci — zaczął ser Barristan. — Rhaenys była małą dziewczynką, a Aegon jeszcze niemowlęciem. Gdy Tywin Lannister zdobył Królewską Przystań, jego ludzie zabili oboje. Owinął zakrwawione trupy w karmazynowe płaszcze i podarował je nowemu królowi. — *A co uczynił Robert, gdy je zobaczył? Czy się uśmiechnął?* Barristan Selmy został ciężko ranny pod Tridentem, ominął go więc widok daru lorda Tywina, ale często zadawał sobie to pytanie. *Gdybym zobaczył, jak się uśmiecha nad krwawymi strzępami dzieci Rhaegara, żadna armia na świecie nie powstrzymałaby mnie przed zabiciem go.* — Nie będę tolerował mordowania dzieci. Pogódź się z tym albo nie licz na moją pomoc.

Skahaz zachichotał.

— Uparty z ciebie starzec. Twoi chłopcy o słodkich twarzach wyrosną na kolejnych Synów Harpii. Możesz zabić ich teraz albo będziesz musiał zrobić to wtedy.

— Można odebrać człowiekowi życie za zło, które uczynił, ale nie za to, którego może się dopuścić w przyszłości.

Golony Łeb zdjął wiszący na ścianie topór, przyjrzał się mu i chrząknął.

— Niech i tak będzie. Hizdahrowi i naszym zakładnikom nic się nie stanie. Czy to cię zadowoli, ser Dziadku?

Nic w tej całej sprawie nie może mnie zadowolić.

— Będzie musiało. Godzina wilka. Pamiętaj.

— Z pewnością nie zapomnę, ser. — Mosiężny pysk nietoperza wampira był nieruchomy, ale ser Barristan wyczuwał ukryty pod maską uśmiech. — Kandaqowie długo czekali na tę noc.

Tego właśnie się obawiam. Jeśli król Hizdahr był niewinny, to, co dzisiaj uczynili, było zdradą. Jak jednak mógł nie być winny? Selmy słyszał, jak namawiał Daenerys do skosztowania zatrutych szarańczy i krzyczał do swoich ludzi, by zabili smoka. *Jeśli nie będziemy działać, Hizdahr zabije smoki i otworzy bramy przed wrogami królowej. Nie mamy wyboru.* Bez względu jednak na to, z której strony spojrzał na sprawę, stary rycerz nie potrafił się dopatrzyć w tym wszystkim honoru.

Reszta długiego dnia minęła mu w ślimaczym tempie.

Wiedział, że gdzieś w piramidzie król Hizdahr rozmawia z Reznakiem mo Reznakiem, Marghazem zo Loraqiem, Galazzą Galare i resztą swych meereeńskich doradców o tym, jak najlepiej odpowiedzieć na żądania Yunkai'i... ale Barristana Selmy'ego nie zapraszano już na takie narady. Nie musiał też strzec króla. Zajął się więc obchodem piramidy od szczytu aż po podstawę, by się upewnić, że wszyscy wartownicy są na posterunku. To mu zajęło większą część poranku. Popołudnie spędził ze swymi sierotami. Wziął nawet w ręce miecz i tarczę, by zapewnić kilku starszym chłopakom trudniejszą próbę.

Niektórzy z nich przygotowywali się do walki na arenach, gdy Daenerys Targaryen zdobyła Meereen i uwolniła ich z łańcuchów. Zaznajomili się z mieczem, włócznią i toporem, nim jeszcze zajął się nimi ser Barristan. Kilku mogło już być gotowych. *Na początek ten chłopak z Wysp Bazyliszkowych, Tumco Lho.* Był czarny jak maesterski inkaust, ale szybki i silny. Ser Barristan nie spotkał bardziej utalentowanego szermierza od czasów Jaimego Lannistera. I Larraq też. Bicz. Ser Barristan nie aprobował stylu walki chłopaka, ale nie sposób było wątpić w jego umiejętności. Larraqa czekały jeszcze lata pracy, nim opanuje prawdziwą rycerską broń, miecz, kopię i buzdygan, ale ze swym batem i trójzębem był śmiertelnie groźny. Stary rycerz ostrzegał go, że bicz na nic się nie zda w walce z zakutym w zbroję nieprzyjacielem... dopóki nie zobaczył, jak Larraq owija nim nogi przeciwnika, by obalić go na ziemię. *Nie jest jeszcze rycerzem, ale to groźny wojownik.*

Larraq i Tumco byli jego najlepszymi uczniami. Po nich był Lhazareńczyk zwany przez pozostałych chłopaków Krwawym Barankiem, choć ten miał na razie tylko gwałtowność, bez żadnej techniki. Być może bracia również, trzech nisko urodzonych Ghiscarczyków sprzedanych w niewolę za długi ojca.

W sumie sześciu. *Sześciu z dwudziestu siedmiu.* Selmy mógłby liczyć na więcej, ale sześciu to był dobry początek. Większość pozostałych chłopaków była młodsza i lepiej znała krosna, pługi oraz nocniki niż miecze i tarcze. Pracowali jednak ciężko i szybko się uczyli. Kilka lat giermkowania i będzie mógł dać swej królowej jeszcze sześciu rycerzy. Jeśli zaś chodzi o tych, którzy nigdy nie będą gotowi, no cóż, nie każdy chłopak urodził się na rycerza. *Królestwo potrzebuje również producentów świec, oberżystów i płatnerzy.* Było to prawdą w Meereen w takim samym stopniu, jak w Westeros.

Obserwując ich ćwiczenia, ser Barristan zastanawiał się, czy natychmiast nie pasować na rycerzy Tumca i Larraqa, a być może również Krwawego Baranka. Potrzeba rycerza, by uczynić kogoś rycerzem, a jeśli dziś w nocy coś pójdzie nie tak, rankiem może już nie żyć albo siedzieć w lochu. I kto wtedy pasuje giermków? Z drugiej strony, reputacja młodego rycerza opierała się w znacznej mierze na honorze człowieka, który uczynił go rycerzem. Jego chłopakom nie pomogłoby nawet w najmniejszym stopniu, gdyby ludzie się dowiedzieli, że zawdzięczają ostrogi zdrajcy. Równie dobrze mogliby wylądować w lochu razem z nim. *Zasługują na lepszy los* — zdecydował ser Barristan. *Lepsze długie życie jako giermek niż krótkie jako zbrukany rycerz.*

Gdy popołudnie przeszło w wieczór, rozkazał podopiecznym odłożyć miecze i tarcze, a potem zebrać się wokół. Opowiedział im o tym, co to znaczy być rycerzem.

— To honor czyni człowieka prawdziwym rycerzem, nie miecz — mówił. — Bez niego rycerz jest tylko zwykłym zabójcą. Lepiej zginąć z honorem, niż żyć bez niego.

Miał wrażenie, że chłopaki dziwnie na niego patrzą. Pewnego dnia zrozumieją.

Potem ser Barristan wrócił na szczyt piramidy i odnalazł Missandei. Dziewczynka pogrążyła się w lekturze, otoczona stosami zwojów i książek.

— Zostań dzisiaj na górze, dziecko — rzekł jej. — Cokolwiek się wydarzy, cokolwiek zobaczysz albo usłyszysz, nie opuszczaj komnat królowej.

— Ta osoba słyszy — odparła dziewczynka. — Ale czy może zapytać…

— Lepiej nie.

Ser Barristan wyszedł sam do ogrodu na tarasie. *Nie jestem do tego stworzony* — pomyślał, spoglądając na rozciągające się w dole miasto. Piramidy budziły się, jedna po drugiej, gdy na ulicach gęstniały cienie, zapalano lampy i pochodnie. *Spiski, podstępy, szepty, kłamstwa, tajemnice wewnątrz tajemnic, a ja w jakiś sposób stałem się częścią tego wszystkiego.*

Być może powinien już się do tego przyzwyczaić. W Czerwonej Twierdzy ludzie również mieli tajemnice. *Nawet Rhaegar.* Książę Smoczej Skały nigdy mu nie ufał w takim stopniu, jak Arthurowi Dayne'owi. Harrenhal stało się tego dowodem. *Rok fałszywej wiosny.*

Owo wspomnienie nadal zachowało gorzki smak. Stary lord Whent ogłosił turniej wkrótce po wizycie swego brata, ser Oswella Whenta z Gwardii Królewskiej. Król Aerys słuchał podszeptów Varysa i zrodziło się w nim przekonanie, że własny syn spiskuje przeciwko niemu, pragnąc pozbawić go tronu, i że turniej Whenta zorganizowano tylko po to, by dać Rhaegarowi pretekst do spotkania z tyloma wielkimi lordami, ilu tylko uda się zgromadzić. Od czasu Duskendale Aerys nie ruszał się ani na krok z Czerwonej Twierdzy, a mimo to niespodziewanie oznajmił, że wyruszy z księciem Rhaegarem do Harrenhal. Od tej chwili wszystko zaczęło iść źle.

Gdybym był lepszym rycerzem... gdybym wysadził księcia z siodła w tym ostatnim pojedynku, to ja wybierałbym królową miłości i piękna.

Rhaegar wybrał Lyannę Stark z Winterfell. Barristan Selmy obdarzyłby swą łaską kogoś innego. Nie królową, która była nieobecna. Nie Elię z Dorne, choć była dobra i miła, a gdyby ją wybrano, uniknięto by wielu wojen i nieszczęść. Jego wybranką byłaby młoda panna, która dopiero niedawno przybyła na dwór, jedna z dam do towarzystwa Elii... choć w porównaniu z Asharą Dayne dornijska księżna wyglądała jak kuchenna posługaczka.

Choć minęło już tak wiele lat, ser Barristan nadal pamiętał uśmiech Ashary i brzmienie jej śmiechu. Musiał tylko zamknąć oczy, by znowu zobaczyć jej długie, ciemne, opadające na ramiona włosy i te niesamowite fioletowe oczy. *Daenerys ma takie same.* Czasami, gdy królowa na niego spoglądała, miał wrażenie, że patrzy na córkę Ashary.

Ale córka Ashary urodziła się martwa i jego piękna pani wkrótce potem rzuciła się z wieży, oszalała z żałoby po utraconym dziecku i być może również po mężczyźnie, który pohańbił ją w Harrenhal. Zginęła, nie mając pojęcia, że ser Barristan ją kocha. *Skąd miałaby wiedzieć?* Był rycerzem Gwardii Królewskiej i ślubował celibat. Gdyby wyznał jej swoje uczucia, nie wynikłoby z tego nic dobrego. *Ale z milczenia też nie wynikło. Gdybym wysadził z siodła Rhaegara i ukoronował Asharę na królową miłości i piękna, czy mogłaby spojrzeć na mnie, zamiast na Starka?*

Nigdy się tego nie dowie. Ze wszystkich porażek, jakie w życiu poniósł, to wspomnienie prześladowało go najbardziej.

Niebo zasnuły chmury, a w mieście panował duszny, przytłaczający upał, w powietrzu unosiło się jednak coś, co sprawiało, że wzdłuż kręgosłupa ser Barristana przebiegały ciarki. *Deszcz* — pomyślał. *Zbiera się na burzę. Jeśli nie dzisiaj, to jutro.* Ser Barristan zadał sobie pytanie, czy dożyje jej nadejścia. *Jeśli Hizdahr ma swojego Pająka, jestem już trupem.* Gdyby do tego doszło, zamierzał zginąć tak, jak żył, z mieczem w dłoni.

Gdy na zachodzie, za żaglami okrętów krążących po Zatoce Niewolniczej, zgasł ostatni blask zmierzchu, ser Barristan wrócił do środka, wezwał dwóch służących i kazał im zagrzać wodę na kąpiel. Po ćwiczeniach z giermkami w popołudniowym upale czuł się brudny i zbrukany.

Woda okazała się zaledwie letnia, ale Selmy siedział długo w kąpieli, aż zrobiła się zimna, i wyszorował sobie skórę do czerwoności. Gdy wreszcie poczuł się tak czysty, jak to tylko możliwe, wstał, wytarł się i odział w biel. Pończochy, bielizna, jedwabna tunika, wyściełana kamizelka, wszystko to czysto uprane i wybielone. Na wierzch włożył zbroję, którą królowa dała mu w dowód uznania. Pięknie wykonana kolczuga była pozłacana i elastyczna jak dobrze wyprawiona skóra, płyty zaś pokryto emalią, twardą jak lód i białą niczym świeżo spadły śnieg. Po jednej stronie zawiesił u pasa sztylet, po drugiej zaś miecz w długiej pochwie z białej skóry ze złotymi sprzączkami. Na koniec zdjął z haka długi biały płaszcz i zapiął go na ramionach.

Hełm zostawił na miejscu. Wąska wizura ograniczała pole widzenia, a będzie musiał widzieć dobrze. Nocą w korytarzach piramidy panowała ciemność, a wrogowie mogli zaatakować ze wszystkich stron. Poza tym, choć zdobne smocze skrzydła na hełmie wyglądały pięknie, miecz albo topór zbyt łatwo mogłyby w nich ugrzęznąć. Zostawi hełm na następny turniej, jeśli Siedmiu pozwoli mu jeszcze w jakimś wystąpić.

Uzbrojony i zakuty w zbroję stary rycerz czekał w swym ciemnym pokoiku, sąsiadującym z apartamentami królowej.

Twarze wszystkich królów, którym służył i których zawiódł, unosiły się przed nim w ciemności, razem z twarzami braci, którzy służyli w Królewskiej Gwardii u jego boku. Zastanawiał się, jak wielu z nich zdecydowałoby się na to, co zamierzał teraz uczynić. *Niektórzy z pewnością. Ale nie wszyscy. Inni nie zawahaliby się powalić Golonego Łba jako zdrajcy.* Na dworze zaczęło padać. Ser Barristan siedział sam w ciemności i nasłuchiwał. *To brzmi jak łzy* — pomyślał. *Jak płacz umarłych królów.*

Wreszcie nadeszła pora, by iść.

Wielką Piramidę w Meereen zbudowano jako echo Wielkiej Piramidy w Ghis, której kolosalne ruiny zwiedzał kiedyś Lomas Obieżyświat. Podobnie jak jej starożytna poprzedniczka, której komnaty z czerwonego marmuru stały się teraz domem dla nietoperzy i pająków, meereeńska piramida miała trzydzieści trzy kondygnacje, ponieważ ta liczba była święta dla bogów Ghis. Ser Barristan ruszył sam w długą drogę na dół. Biały płaszcz powiewał za nim. Wybrał zejście dla służby, nie wspaniałe schody z żyłkowanego marmuru, lecz węższą, prostszą i bardziej stromą trasę ukrytą wewnątrz grubych ceglanych murów.

Dwanaście pięter niżej czekał na niego Golony Łeb. Grubo ciosaną twarz nadal skrywał za maską nietoperza wampira, którą nosił rano. Towarzyszyło mu sześć Mosiężnych Bestii. Wszystkie nosiły identyczne owadzie maski.

Szarańcze — uświadomił sobie Selmy.

— Groleo — powiedział.

— Groleo — odpowiedziała jedna z Mosiężnych Bestii.

— Mam więcej szarańczy, jeśli ich potrzebujesz — oznajmił Skahaz.

— Sześć powinno wystarczyć. Co z ludźmi pod drzwiami?

— Należą do mnie. Nie będziesz miał z nimi kłopotów.

Ser Barristan złapał Skahaza za ramię.

— Unikajcie przelewu krwi, jeśli to tylko będzie możliwe. Jutro zwołamy radę i powiemy miastu, co i dlaczego uczyniliśmy.

— Skoro tak mówisz. Życzę ci szczęścia, starcze.

Golony Łeb poszedł swoją drogą. Ser Barristan znowu ruszył w dół, a Mosiężne Bestie podążyły za nim.

Komnaty króla kryły się w samym sercu piramidy, na szesnastym i siedemnastym poziomie. Dotarłszy na tę wysokość, Selmy przekonał się, że drzwi prowadzące do wewnętrznej części piramidy zamknięto na łańcuch. Na straży stały dwie Mosiężne Bestie. Pod kapturami zszytych z kawałków materiału płaszczów ukrywały się maski szczura i byka.

— Groleo — rzekł ser Barristan.

— Groleo — odpowiedział byk. — Trzeci korytarz po prawej.

Szczur otworzył łańcuch. Ser Barristan i jego eskorta weszli do wąskiego, oświetlonego pochodniami, przeznaczonego dla służby korytarza z czerwonej i czarnej cegły. Ich kroki odbijały się echem od podłogi. Minęli dwa korytarze i skręcili w trzeci.

Pod rzeźbionymi drewnianymi drzwiami królewskich komnat stał Stalowoskóry, młody wojownik z aren, którego jeszcze nie zaliczano do najlepszych. Jego policzki i czoło pokrywały zdobne tatuaże barwy zielonej i czarnej — czarnoksięskie znaki z dawnej Valyrii, mające ponoć czynić jego ciało i skórę twardymi jak stal. Podobne symbole miał na piersi i ramionach, jak dotąd jednak nie sprawdzono, czy rzeczywiście potrafią zatrzymać miecz albo topór.

Nawet bez tych znaków Stalowoskóry wyglądałby groźnie. Szczupły, żylasty młodzieniec przerastał ser Barristana o pół stopy.

— Kto idzie? — zawołał, unosząc w bok halabardę, by zagrodzić im drogę. Ujrzawszy ser Barristana i mosiężne szarańcze, opuścił broń. — Witaj, stary rycerzu.

— Jeśli król raczy pozwolić, muszę z nim zamienić kilka słów.

— Godzina jest późna.

— Godzina jest późna, ale potrzeba pilna.

— Mogę zapytać. — Stalowoskóry uderzył tępym końcem halabardy o drzwi. Otworzył się wizjer. Pojawiło się oko dziecka. Zza drzwi dobiegł dziecinny głos. Stalowoskóry odpowiedział. Ser Barristan usłyszał, że odsunięto ciężką antabę. Drzwi się otworzyły.

— Tylko ty — oznajmił Stalowoskóry. — Bestie zaczekają pod drzwiami.

— Jak sobie życzysz.

Ser Barristan skinął głową do szarańczy. Jeden z zamaskowanych mężczyzn odpowiedział takim samym gestem i Selmy wszedł do środka.

Ciemne, pozbawione okien komnaty, w których zamieszkał król, ze wszystkich stron otaczały grube na osiem stóp ceglane mury. Pomieszczenia były wielkie i luksusowo urządzone. Wysokie sufity podtrzymywały potężne belki z czarnej dębiny. Na podłogach leżały jedwabne dywany z Qarthu, na ścianach zaś wisiały bezcenne arrasy, starożytne i bardzo wyblakłe. Wyobrażono na nich chwałę Starego Imperium Ghis. Na największym przedstawiono niedobitki pokonanej valyriańskiej armii. Jeńców przeprowadzano pod jarzmem i zakładano im łańcuchy. Łuku prowadzącego do królewskiej sypialni strzegła para kochanków z drewna sandałowego, pięknie rzeźbionych, gładzonych i naoliwionych. Ser Barristan uważał, że rzeźby są wstrętne, choć zapewne miały wyglądać podniecająco. *Im prędzej opuścimy to miejsce, tym lepiej.*

Jedynym źródłem światła był tu żelazny piecyk koksowy. Obok niego stało dwoje podczaszych królowej, Draqaz i Qezza.

— Miklaz poszedł obudzić króla — oznajmiła dziewczynka. — Przynieść ci wina, ser?

— Nie, dziękuję.

— Możesz usiąść — odezwał się Draqaz, wskazując na ławę.

— Wolę stać.

Usłyszał głosy dobiegające z sypialni. Jeden z nich należał do króla.

Minęło parę długich chwil, nim wreszcie król Hizdahr zo Loraq, Czternasty Tego Szlachetnego Imienia, wyszedł z sypialni, ziewając i zawiązując szarfę szlafroka. Szatę z zielonego atłasu bogato obszyto perłami i srebrną nicią. Pod spodem król był zupełnie nagi. To dobrze. Nadzy ludzie czuli się bezbronni i w związku z tym byli mniej skłonni do aktów samobójczego heroizmu.

— Ser Barristanie. — Hizdahr znowu ziewnął. — Która godzina? Czy są jakieś wieści o mojej słodkiej królowej?

— Żadnych, Wasza Miłość.

— Wasza Wspaniałość — poprawił go Hizdahr z westchnieniem. — Choć o tej godzinie bardziej odpowiednia byłaby „Wasza Senność". — Król podszedł do kredensu, by napełnić sobie kielich, ale w dzbanie została tylko resztka wina. Przez jego twarz przemknął wyraz irytacji. — Miklazie, wina. Natychmiast.

— Tak, Wasza Czcigodność.

— Weź ze sobą Draqaza. Jeden dzban złotego arborskiego i jeden tego słodkiego czerwonego. Tylko nie te nasze żółte szczyny. Kiedy znowu zobaczę, że mam pusty dzban, twoje ładne różowe policzki mogą się zapoznać z rózgą. — Chłopiec oddalił się biegiem i król ponownie spojrzał na Selmy'ego. — Śniło mi się, że znalazłeś Daenerys.

— Sny czasami kłamią, Wasza Miłość.

— „Wasza Promienność" byłaby w porządku. Co sprowadza cię do mnie o tak późnej porze, ser? Jakieś problemy w mieście?

— W Meereen panuje spokój.

— Naprawdę? — Hizdahr miał zdziwioną minę. — Co więc cię sprowadza?

— Chciałem ci zadać pytanie. Wasza Wspaniałość, czy jesteś Harpią?

Kielich wypadł z palców Hizdahra, odbił się jeden raz i potoczył po dywanie.

— Co... dlaczego... jak śmiesz...

— Czy to ty podałeś truciznę, Wasza Wspaniałość?

Król Hizdahr cofnął się o krok.

— Mówisz o szarańczach? To... to był Dornijczyk. Quentyn, tak zwany książę. Zapytaj Reznaka, jeśli wątpisz w moje słowa.

— Czy masz na to jakieś dowody? A może ma je Reznak?

— Nie. W przeciwnym razie kazałbym aresztować wszystkich trzech. Być może i tak powinienem to zrobić. Nie wątpię, że Marghaz zmusi ich do przyznania się. Wszyscy Dornijczycy to truciciele. Reznak mówił, że oddają cześć wężom.

— Oni jedzą węże — odparł ser Barristan. — To była twoja arena, twoja loża i twoje miejsca. Słodkie wino, miękkie poduszki, figi, melony i szarańcze w miodzie. Zapewniłeś to wszystko. Zachęcałeś Jej Miłość, żeby spróbowała szarańczy, ale sam nie zjadłeś ani jednej.

— Nie... ostre przyprawy mi szkodzą. Była moją żoną. Moją królową. Dlaczego miałbym chcieć ją otruć?

Powiedział „była". Uważa, że Daenerys nie żyje.

— Tylko ty możesz odpowiedzieć na to pytanie, Wasza Wspaniałość. Może chciałeś ją zastąpić inną kobietą? — Ser Barristan wskazał głową na dziewczynę wyglądającą nieśmiało z sypialni. — Na przykład tą.

Król rozejrzał się wkoło jak szaleniec.

— Ją? Ona nie ma znaczenia. To tylko niewolnica. — Uniósł ręce nad głowę. — Źle się wyraziłem. Nie niewolnica.

Wolna kobieta. Nauczona sprawiania przyjemności. Nawet król ma potrzeby… a ona… to nie twój interes, ser. Nigdy nie skrzywdziłbym Daenerys. Nigdy.

— Namawiałeś ją, żeby spróbowała szarańczy. Słyszałem to.

— Myślałem, że mogą jej smakować. — Hizdahr cofnął się o kolejny krok. — Były ostre i słodkie jednocześnie.

— Ostre, słodkie i zatrute. Słyszałem na własne uszy, jak rozkazałeś ludziom na arenie zabić Drogona. Krzyczałeś do nich.

Hizdahr oblizał wargi.

— Bestia pożerała ciało Barseny. Smoki żywią się ludźmi. On zabijał, palił…

— …palił ludzi, którzy chcieli skrzywdzić twoją królową. Zapewne to byli Synowie Harpii. Twoi przyjaciele.

— Nie moi.

— Tak twierdzisz, a przecież, kiedy im rozkazałeś, by przestali zabijać, posłuchali cię. Dlaczego mieliby tak postąpić, gdybyś nie był jednym z nich?

Hizdahr potrząsnął głową. Tym razem nie odpowiedział.

— Powiedz prawdę — ciągnął ser Barristan. — Czy ją kiedyś kochałeś, choć trochę? Czy może pożądałeś tylko korony?

— Pożądałem? Śmiesz mi mówić o żądzy? — Król wykrzywił usta w gniewnym grymasie. — Pożądałem korony, to prawda… ale nawet nie w połowie tak bardzo, jak ona pożądała swego najemnika. Może to jej wspaniały kapitan chciał ją otruć za to, że go odsunęła. A gdybym ja również zjadł jego szarańcze, to tym lepiej.

— Daario jest zabójcą, ale nie trucicielem. — Barristan zbliżył się do króla. — Czy jesteś Harpią? — Tym razem wsparł dłoń na rękojeści miecza. — Powiedz prawdę, a obiecuję, że będziesz miał szybką, czystą śmierć.

— Pozwalasz sobie na zbyt wiele, ser — odparł Hizdahr.

— Mam już dosyć tych pytań i ciebie również. Zwalniam cię ze służby. Opuść natychmiast Meereen, a daruję ci życie.

— Jeśli nie jesteś Harpią, podaj mi jej imię.

Ser Barristan wyciągnął miecz z pochwy. Klinga zalśniła w blasku piecyka, jej ostrze stało się linią pomarańczowego blasku.

Hizdahr rzucił się do ucieczki.

— Khrazz! — wrzasnął, biegnąc do sypialni. — Khrazz! Khrazz!

Ser Barristan usłyszał po lewej odgłos otwierających się drzwi. Odwrócił się akurat na czas, by zobaczyć wyłaniającego się zza arrasu Khrazza. Wojownik nie ocknął się jeszcze w pełni i poruszał się powoli, ale trzymał w ręce swą ulubioną broń — dothracki *arakh*, długi i zakrzywiony. *Arakh* służył do cięcia, stworzono go z myślą o zadawaniu głębokich ran z końskiego grzbietu. *To śmiercionośna broń w walce z półnagim przeciwnikiem, czy to na arenie, czy na polu bitwy.* Jednakże podczas walki z bliska, w zamkniętej przestrzeni, długość arakha będzie tylko zawadą, a do tego Barristan Selmy miał na sobie pełną zbroję.

— Przyszedłem po Hizdahra — oznajmił rycerz. — Rzuć stal i usuń się na bok, a nie stanie ci się nic złego.

Khrazz ryknął śmiechem.

— Zjem twoje serce, starcze.

Obaj mężczyźni mieli zbliżony wzrost, ale Khrazz był dwa kamienie cięższy i czterdzieści lat młodszy. Miał bladą skórę i martwe oczy, a od jego czoła aż po kark biegła grzywa najeżonych, rudo-czarnych włosów.

— No to ruszaj — rzekł Barristan Śmiały.

Khrazz ruszył.

Po raz pierwszy, odkąd zaczął się dzień, Selmy czuł pewność. *Oto, do czego mnie stworzono* — pomyślał. *Taniec, słodka pieśń stali, miecz w dłoni i nieprzyjaciel naprzeciwko.*

Khrazz był szybki, nieprawdopodobnie szybki. Ser Barristan nigdy nie walczył z szybszym przeciwnikiem. W potężnych dłoniach wojownika *arakh* przerodził się w zamazaną plamę przecinającą ze świstem powietrze, stalową burzę, która zdawała się atakować starego rycerza z trzech stron jednocześnie. Większość cięć wyprowadzał na głowę. Khrazz nie był głupi. Selmy nie miał hełmu i był narażony na atak głównie powyżej szyi.

Ser Barristan ze spokojem blokował uderzenia. Jego miecz za każdym razem napotykał *arakh* i odbijał go w bok. Klingi dźwięczały raz po raz. Ser Barristan się cofał. Kącikiem oka widział podczaszych, gapiących się na walkę oczami wielkimi i białymi jak jaja na twardo. Khrazz zaklął i w ostatniej chwili zmienił atak na głowę w skierowane na dół cięcie. Pierwszy raz udało mu się przebić przez zasłonę starego rycerza, ale *arakh* zazgrzytał bezsilnie o biały stalowy nagolennik. Kontratak Selmy'ego odnalazł lewy bark przeciwnika. Miecz przeciął cienkie płótno i wbił się w ciało pod spodem. Żółta tunika przybrała kolor różowy, a potem czerwony.

— Tylko tchórze odziewają się w żelazo — oznajmił Khrazz, krążąc wokół przeciwnika. Na arenach nikt nie nosił zbroi. Tłumy przychodziły tam, by zobaczyć krew: śmierć, okaleczenie i krzyki bólu, muzykę szkarłatnego piasku.

Ser Barristan krążył razem z nim.

— Ten tchórz cię zabije, ser.

Khrazz nie był rycerzem, ale odwagą zasłużył na uprzejmość. Nie umiał jednak walczyć z przeciwnikiem w zbroi. Ser Barristan czytał to w jego oczach: zwątpienie, niepewność, początki strachu. Wojownik ponowił atak, tym razem krzycząc głośno, jakby mógł zabić przeciwnika dźwiękiem, jeśli stal nie była w stanie tego dokonać. *Arakh* ciął nisko, wysoko i znowu nisko.

Selmy zablokował atak skierowany na głowę i pozwolił, by zbroja zatrzymała pozostałe. W tej samej chwili jego miecz rozciął policzek Khrazza od ucha aż po usta, a potem zostawił czerwoną szramę na piersi. Z ran wojownika popłynęła krew. To tylko rozwścieczyło go jeszcze bardziej. Złapał wolną ręką piecyk i przewrócił go. Pod stopy Selmy'ego posypały się gorące węgielki. Ser Barristan przeskoczył nad nimi. Khrazz ciął go w rękę i trafił, ale *arakh* rozbił tylko twardą emalię i odbił się od stali.

— Na arenie straciłbyś już rękę, starcze.

— Nie jesteśmy na arenie.

— Zdejmij zbroję!

— Jeszcze możesz odrzucić broń. Poddaj się.

— Giń — warknął Khrazz... ale gdy unosił *arakh*, zahaczył czubkiem broni o jeden z arrasów. Broń uwięzła. To właśnie była szansa, której potrzebował ser Barristan. Rozciął przeciwnikowi brzuch, sparował cios uwolnionego *arakha* i zakończył walkę szybkim pchnięciem w serce. W tej samej chwili wnętrzności wojownika wyśliznęły się na zewnątrz na podobieństwo pokrytych tłuszczem węgorzy.

Krew i trzewia splamiły jedwabne dywany króla. Selmy cofnął się o krok. Połowę długości jego miecza pokrywała krew. Tu i ówdzie dywany zaczynały się tlić od rozsypanych węgielków. Stary rycerz słyszał łkanie biednej Qezzy.

— Nie bój się — rzekł. — Nie pragnę cię skrzywdzić, dziecko. Przyszedłem tu po króla.

Wytarł miecz o zasłonę i ruszył ostrożnie do sypialni. Znalazł tam Hizdahra zo Loraqa, Czternastego Tego Szlachetnego Imienia, ukrywającego się za zasłoną i jęczącego ze strachu.

— Oszczędź mnie — błagał król. — Nie chcę umierać.

— Niewielu chce. Niemniej wszyscy muszą umrzeć. — Ser Barristan schował miecz, złapał Hizdahra za rękę i podniósł go na nogi. — Chodź. Odprowadzę cię do celi. — Mosiężne Bestie z pewnością rozbroiły już Stalowoskórego. — Pozostaniesz w więzieniu do chwili powrotu królowej. Jeśli nie udowodni ci się winy, nie stanie ci się nic złego. Daję ci na to słowo rycerza.

Złapał króla za ramię i wyprowadził go z sypialni. Dziwnie kręciło mu się w głowie, prawie jakby był pijany. *Byłem królewskim gwardzistą. Kim jestem teraz?*

Miklaz i Draqaz wrócili z winem dla Hizdahra. Stali w otwartych drzwiach, przyciskając dzbany do piersi, i gapili się na zwłoki Khrazza. Qezza nie przestawała płakać, ale Jezhene próbowała ją pocieszać. Tuliła młodszą dziewczynkę i głaskała ją po włosach. Kilkoro innych podczaszych stało z tyłu, przyglądając się temu.

— Wasza Czcigodność — odezwał się Miklaz — szlachetny Reznak mo Reznak kazał ci p... powiedzieć, żebyś szedł natychmiast.

Chłopak zwracał się do króla, jakby ser Barristana nie było w komnacie, a na dywanie nie leżał trup, powoli zabarwiający krwią jedwab na czerwono. *Skahaz miał zatrzymać Reznaka, dopóki nie będziemy pewni jego lojalności. Czyżby coś poszło źle?*

— Dokąd? — zapytał chłopaka ser Barristan. — Dokąd ma iść Jego Miłość?

— Na zewnątrz. — Wydawało się, że Miklaz dopiero teraz zauważył starego rycerza. — Na zewnątrz, ser. Na t... taras. Żeby zobaczyć.

— Co zobaczyć?

— S... s... smoki. Ktoś je wypuścił, ser.

Siedmiu zbawcie nas wszystkich — pomyślał stary rycerz.

POSKROMICIEL SMOKÓW

Noc skradała się powoli na czarnych stopach. Godzina nietoperza przeszła w godzinę węgorza, a godzina węgorza w godzinę duchów. Książę leżał w łożu i gapił się w sufit, śnił na jawie, wspominał, wyobrażał sobie, miotał się pod płócienną narzutą, jego umysł wypełniały gorączkowe myśli o ogniu i krwi.

Na koniec, utraciwszy nadzieję na sen, Quentyn Martell poszedł do swej samotni, nalał sobie kielich wina i wypił go po ciemku. Smak trunku był słodką pociechą dla jego języka, zapalił więc świecę i nalał sobie drugi. *Wino pomoże mi zasnąć* — powiedział sobie, choć wiedział, że to kłamstwo.

Przez długi czas gapił się na świece, a potem odstawił kielich i rozpostarł dłoń nad płomieniem. Potrzebował całej swej siły woli, by opuścić rękę, aż ogień dotknął ciała. Potem cofnął ją natychmiast z krzykiem bólu.

— Quentynie, oszalałeś?

Nie, tylko się boję. Nie chcę spłonąć.

— Gerris.

— Słyszałem, że wstałeś.

— Nie mogłem zasnąć.

— I poparzenia mają ci w tym pomóc? Lepsza mogłaby być odrobina makowego mleka i kołysanka. Albo, jeszcze lepiej, mógłbym cię zaprowadzić do Świątyni Gracji i znaleźć ci dziewczynę.

— Chciałeś powiedzieć kurwę.

— Nazywają je Gracjami. Mają różne kolory. Tylko czerwone się pierdolą. — Gerris usiadł za stołem naprzeciwko niego. — Septy u nas w domu powinny też przyjąć ten zwyczaj, jeśli mnie o to pytasz. Zauważyłeś, że stare septy zawsze wyglądają jak suszone śliwki? Takie są skutki życia w cnocie.

Quentyn zerknął na taras, gdzie między drzewami panowała gęsta ciemność. Słyszał cichy szmer spadającej wody.

— Czy to deszcz? Twoje kurwy na pewno sobie poszły.

— Nie wszystkie. W ogrodach są małe altany. Czekają tam co noc, aż wreszcie jakiś mężczyzna je sobie wybierze. Te, których taki zaszczyt nie spotka, muszą tam czekać aż do wschodu słońca, czując się samotne i zaniedbane. Moglibyśmy je pocieszyć.

— Chciałeś powiedzieć, że one mogłyby pocieszyć mnie.

— To też.

— Nie takiego rodzaju pocieszenia potrzebuję.

— Nie zgadzam się. Daenerys Targaryen nie jest jedyną kobietą na świecie. Chcesz umrzeć jako prawiczek?

Quentyn w ogóle nie chciał umierać. *Pragnę wrócić do Yronwood, pocałować obie twoje siostry, ożenić się z Gwyneth Yronwood, patrzeć, jak wyrasta na piękność i mieć z nią dziecko. Pragnę startować w turniejach, polować z psami i z sokołami, odwiedzić matkę w Norvos, przeczytać kilka z tych książek, które przysyła mi ojciec. Pragnę, by Cletus, Will i maester Kedry wrócili do życia.*

— Myślisz, że Daenerys byłaby zadowolona, gdyby usłyszała, że spałem z jakąś kurwą?

— Bardzo możliwe. Mężczyźni mogą lubić dziewice, ale kobiety wolą mężczyzn, którzy wiedzą, jak się zachować w łożu. To jest jak szermierka. Trzeba ćwiczyć, żeby osiągnąć biegłość.

Ten docinek był bolesny. Quentyn nigdy nie czuł się chłopcem bardziej niż w chwili, gdy stał przed Daenerys Targaryen, błagając o jej rękę. Myśl o spaniu z nią przerażała go prawie tak samo jak jej smoki. Co, jeśli nie potrafi jej zadowolić?

— Daenerys ma faworyta — bronił się. — Ojciec nie przysłał mnie tu po to, bym zabawiał królową w sypialni. Wiesz, w jakim celu przybyliśmy.

— Nie możesz się z nią ożenić. Ona już ma męża.

— Nie kocha Hizdahra zo Loraqa.

— Co ma miłość do małżeństwa? Książę powinien wiedzieć lepiej. Twój ojciec ponoć ożenił się z miłości. I ile radości z tego miał?

Bardzo niewiele. Doran Martell i jego norvoshijska żona połowę czasu, gdy byli małżeństwem, przeżyli osobno, a drugą połowę spędzili na kłótniach. To był jedyny pochopny postępek w życiu ojca Quentyna, jedyny wypadek, gdy posłuchał głosu serca zamiast rozumu i gorzko tego pożałował.

— Ryzyko nie zawsze wiedzie ku zgubie — nie ustępował Quentyn. — To mój obowiązek. Moje przeznaczenie. — *Podobno jesteś moim przyjacielem, Gerris. Dlaczego musisz drwić z moich nadziei? Mam już wystarczająco wiele wątpliwości. Nie musisz dolewać oliwy do ognia mojego strachu.* — To będzie moja wielka przygoda.

— Wielkie przygody nieraz kończą się śmiercią.

Nie mylił się. Opowieści mówiły również i o tym. Bohater rusza w drogę z przyjaciółmi i towarzyszami, stawia czoło niebezpieczeństwom i wraca do domu zwycięski. Ale niektórzy z jego przyjaciół nie wracają. *Ale bohater nigdy nie ginie. Muszę się stać bohaterem.*

— Potrzebuję tylko odwagi. Chcesz, by Dorne zapamiętało mnie jako pokonanego?

— Dorne o żadnym z nas nie będzie pamiętać zbyt długo.

Quentyn possał oparzoną dłoń.

— Dorne pamięta o Aegonie i jego siostrach. O smokach nie zapomina się tak łatwo. O Daenerys również nie zapomni.

— Zapomni, jeśli zginęła.

— Ona żyje. — *Musi żyć.* — Zgubiła się, ale mogę ją znaleźć.

A gdy to się stanie, spojrzy na mnie tak, jak patrzy na swego najemnika. Muszę udowodnić, że jestem jej godny.

— Chcesz polecieć na smoku?

— Jeżdżę konno od szóstego roku życia.

— I kilka razy zleciałeś z siodła.

— To mnie nie powstrzymało przed wspięciem się na nie z powrotem.

— Ale nigdy nie spadłeś na ziemię z wysokości tysiąca stóp — zauważył Gerris. — Poza tym, konie rzadko zamieniają jeźdźców w stosy przypalonych kości i popiołu.

Wiem, że to niebezpieczne.

— Nie chcę już więcej o tym słuchać. Możesz odejść. Znajdź sobie statek i uciekaj do domu, Gerris.

Książę wstał, zdmuchnął świecę i wrócił do przepoconej pościeli. *Trzeba było pocałować którąś z bliźniaczek Drinkwater albo nawet obie. Trzeba było je pocałować, dopóki mogłem to zrobić. Trzeba było popłynąć do Norvos, zobaczyć się z matką i obejrzeć miejsce, gdzie się urodziła, by wiedziała, że o niej nie zapomniałem.* Słyszał szum padającego deszczu uderzającego o cegły.

Gdy nadeszła godzina wilka, z nieba lały się już miarowo zimne gęste strugi. Wyłożone cegłami ulice Meereen wkrótce obrócą się w rzeki. Trzej Dornijczycy zjedli w poprzedzającym świt chłodzie śniadanie — prosty posiłek złożony z owoców, chleba i sera, popitych kozim mlekiem. Gdy Gerris chciał sobie nalać kielich wina, Quentyn go powstrzymał.

— Żadnych trunków. Czas na picie nadejdzie później.

— Miejmy nadzieję — odparł Gerris.

Kolos wyjrzał na taras.

— Wiedziałem, że będzie lało — poskarżył się z przygnębieniem w głosie. — Nocą bolały mnie kości, jak zawsze przed deszczem. Smokom to się nie spodoba. Woda i ogień nie mieszają się ze sobą, to fakt. Zapalisz sobie ładne ognisko i grzejesz się przy nim, aż nagle z nieba zaczyna lać deszcz, a nim minie chwila, drewno moknie i ogień gaśnie.

Gerris zachichotał.

— Smoki nie są z drewna, Arch.

— Niektóre są. Stary król Aegon, ten kobieciarz, zbudował drewniane smoki, żeby nas podbić. Ale to skończyło się źle.

Dzisiaj może być podobnie — pomyślał książę. Szaleństwa i klęski Aegona Niegodnego nie obchodziły go zbytnio, był jednak pełen wątpliwości i złych przeczuć. Od wysilonych żarcików przyjaciół tylko rozbolała go głowa. *Nic nie rozumieją. Mogą być Dornijczykami, ale ja jestem Dorne. Za wiele lat, gdy już umrę, wszystko to stanie się pieśnią, którą będzie się o mnie śpiewać.* Nagle wstał.

— Już czas.

Jego przyjaciele również się podnieśli. Ser Archibald dopił kozie mleko i otarł płyn z górnej wargi grzbietem potężnej dłoni.

— Przyniosę komedianckie stroje.

Po chwili wrócił z naręczem, które dostali od Obdartego Księcia podczas drugiego spotkania. Pod trzema długimi, zszytymi z małych kwadracików tkaniny płaszczami z kapturami ukrywały się trzy pałki, trzy krótkie miecze i trzy maski z polerowanego mosiądzu. Byk, lew i małpa.

Wszystko, czego potrzeba, by stać się Mosiężną Bestią.

— Mogą zapytać o hasło — ostrzegł Obdarty Książę, wręczając im stroje. — Ono brzmi „pies".

— Jesteś tego pewien? — zapytał Gerris.

— W wystarczającym stopniu, by postawić na to życie.

— W jaki sposób poznałeś ich hasło?

— Spotkaliśmy kilka Mosiężnych Bestii i Meris zapytała je miło. Książę powinien wiedzieć, że takich pytań się nie zadaje, Dornijczyku. W Pentos mawiamy: „Nigdy nie pytaj, z czego zrobiono pasztet. Po prostu go jedz".

Po prostu go jedz. Pewnie jest w tym odrobina mądrości — pomyślał Quentyn.

— Ja będę bykiem — oznajmił Arch.

Quentyn wręczył mu maskę byka.

— Dla mnie lew.

— To znaczy, że ja muszę być małpą. — Gerris uniósł maskę do twarzy. — Jak się w tym oddycha?

— Po prostu ją włóż.

Quentyn nie miał nastroju do żartów.

W zawiniątku znajdował się również bicz — paskudny rzemień przytwierdzony do rączki z mosiądzu i kości, tak mocny, że mógłby zedrzeć skórę z wołu.

— A to po co? — zapytał Arch.

— Daenerys użyła bicza, by poskromić czarną bestię. — Quentyn zwinął bat i zawiesił go sobie u pasa. — Arch, weź też swój młot. Może się nam przydać.

Nocą niełatwo było się dostać do Wielkiej Piramidy w Meereen. O zachodzie słońca ryglowano drzwi, które pozostawały zamknięte aż do świtu. Przy każdym wejściu stali wartownicy, strażnicy patrolowali też najniżej położony taras, skąd mogli spoglądać z góry na ulicę. Przedtem ci strażnicy byli Nieskalanymi. Teraz zastąpiły ich Mosiężne Bestie. Quentyn miał nadzieję, że to wszystko zmieni.

O wschodzie słońca była zmiana warty, ale gdy trzej Dornijczycy ruszyli na dół schodami dla służby, do świtu zostało jeszcze pół godziny. Ściany zbudowano z cegieł pięćdziesięciu różnych kolorów, ale w półmroku wszystkie wydawały się szare, do chwili, gdy dotknęło ich światło pochodni trzymanej w ręce przez Gerrisa. Podczas długiej drogi nie spotkali nikogo. Słyszeli jedynie szuranie swych stóp o wytarte ceglane stopnie.

Główna brama piramidy prowadziła na centralny plac Meereen, ale Dornijczycy ruszyli ku bocznej furcie wychodzącej na zaułek. Z tego wyjścia korzystali w dawnych czasach niewolnicy wykonujący polecenia swych panów, nisko urodzeni oraz kupcy przynoszący swe towary.

Drzwi wykonane z litego brązu zamknięto na masywną żelazną zasuwę. Stały przed nimi dwie Mosiężne Bestie uzbrojone w pałki, włócznie i krótkie miecze. Polerowany mosiądz masek — szczura i lisa — lśnił w blasku pochodni. Quentyn skinął na Kolosa, nakazując mu zostać w cieniu, a potem podszedł z Gerrisem do wartowników.

— Przyszliście za wcześnie — zauważył lis.

Quentyn wzruszył ramionami.

— Jak chcecie, to sobie pójdziemy. Możecie tu stać za nas.

Wiedział, że nie mówi jak rodowity Ghiscarczyk, ale połowa Mosiężnych Bestii to byli wyzwoleni niewolnicy pochodzący z najrozmaitszych stron, jego akcent nie przyciągnął więc uwagi.

— W dupę z tym — mruknął szczur.

— Podaj dzisiejsze hasło — zażądał lis.

— Pies — odparł Dornijczyk.

Dwie Mosiężne Bestie wymieniły spojrzenia. Przez trzy długie uderzenia serca Quentyn bał się, że coś pójdzie nie tak, że Ładna Meris i Obdarty Książę z jakiegoś powodu odkryli błędne hasło. Wreszcie lis chrząknął.

— A więc pies — odparł. — Drzwi należą do was.

Kiedy się oddalili, książę znowu zaczął oddychać.

Nie mieli wiele czasu. Wkrótce z pewnością zjawią się prawdziwi zmiennicy.

— Arch — zawołał Quentyn. Kolos wyszedł z ukrycia. Jego maska byka lśniła w blasku pochodni. — Rygiel. Szybko.

Żelazna antaba była gruba i ciężka, ale dobrze naoliwiona. Ser Archibald podniósł ją bez trudu i postawił na podłodze. Książę otworzył drzwi i Gerris wyszedł na zewnątrz, machając pochodnią.

— Dawaj go tu. Tylko się pośpiesz.

Rzeźnicki wóz stał na zewnątrz, czekał w zaułku. Woźnica smagnął muła i wjechał do środka. Żelazne obręcze kół stukały głośno o cegły. Na wozie leżała poćwiartowana tusza wołu oraz dwie zabite owce. Sześcioro ludzi weszło do środka na piechotę. Pięciu miało na sobie płaszcze i maski Mosiężnych Bestii, ale Ładna Meris nie zawracała sobie głowy przebraniem.

— Gdzie wasz pan? — zapytał ją Quentyn.

— Ja nie mam pana — odparła kobieta — ale jeśli chodzi ci o księcia, czeka w pobliżu z pięćdziesięcioma ludźmi. Wyprowadź swojego smoka, a dostarczy cię w bezpieczne miejsce, zgodnie z obietnicą. Tutaj dowodzi Caggo.

Ser Archibald obrzucił wóz kwaśnym spojrzeniem.

— Czy smok się na nim zmieści? — zapytał.

— Powinien. Dwa woły się zmieściły. — Trupobójca miał na sobie strój Mosiężnej Bestii. Pomarszczoną, naznaczoną bliznami twarz skrywał za maską kobry, ale zdradzał go znajomy czarny *arakh* wiszący u pasa. — Powiedziano nam, że te bestie są mniejsze od potwora królowej.

— W lochu rosły wolniej. — Księgi, które czytał Quentyn, sugerowały, że to samo wydarzyło się w Siedmiu Królestwach. Żaden ze smoków hodowanych w Smoczej Jamie w Królewskiej Przystani nawet się nie zbliżył do rozmiarów, jakie osiągnęły Vhagar czy Meraxes, nie wspominając już o Czarnym Strachu, potworze króla Aegona. — Czy macie dosyć łańcuchów?

— Ile smoków masz? — zapytała Ładna Meris. — Pod mięsem leży tyle łańcuchów, że wystarczy dla dziesięciu.

— Bardzo dobrze. — Quentynowi zawróciło się w głowie. Nic z tego nie wydawało się do końca realne. W jednej chwili odnosił wrażenie, że to gra, w następnej zaś, że jakiś koszmar, jak zły sen, w którym otwierał ciemne drzwi, wiedząc, że po drugiej stronie czekają groza i śmierć, ale nie był w stanie się przed tym powstrzymać. Dłonie miał śliskie od potu.

— Przed drzwiami lochu będą kolejni strażnicy — zauważył, wycierając ręce o spodnie.

— Wiemy — zapewnił Gerris.

— Musimy być na to przygotowani.

— Jesteśmy — odpowiedział Arch.

Quentyna złapał ból brzucha. Poczuł nagłą potrzebę opróżnienia kiszek, ale nie śmiał się teraz oddalać.

— A więc tędy.

Chyba nigdy dotąd nie czuł się tak bardzo jak mały chłopiec. Mimo to podążyli za nim: Gerris i Kolos, Meris, Caggo i reszta Plew na Wietrze. Dwaj najemnicy wyjęli ukryte gdzieś na wozie kusze.

Za stajniami pierwszy poziom Wielkiej Piramidy stawał się labiryntem, ale Quentyn Martell szedł już tędy z królową i pamiętał drogę. Przeszli pod trzema wielkimi ceglanymi łukami, a potem ruszyli w dół po stromej kamiennej rampie, mijając lochy, izby tortur oraz parę głębokich kamiennych cystern. Ich kroki odbijały się od ścian głuchym echem, a rzeźnicki wóz posuwał się za nimi z łoskotem. Kolos zerwał pochodnię ze ściany i ruszył przodem.

Wreszcie pojawiły się przed nimi potężne dwuskrzydłowe drzwi z żelaza, przerdzewiałe, złowrogie i zamknięte na łańcuch o ogniwach grubości ramienia mężczyzny. Wielkość i grubość tych drzwi wystarczyła, by Quentyn Martell zwątpił w mądrość swego planu. Co gorsza, oba skrzydła wyraźnie wgniotło od środka coś, co próbowało się wydostać. Grube żelazo w trzech miejscach pękło i się rozszczepiło, a górny róg lewego skrzydła wyglądał na częściowo stopiony.

Drzwi strzegły cztery Mosiężne Bestie. Trzech mężczyzn miało włócznie, a czwarty, sierżant, krótki miecz oraz sztylet. Jego maskę ukształtowano na podobieństwo głowy bazyliszka. Trzej pozostali nosili maski owadów.

To szarańcze — uświadomił sobie Quentyn.

— Pies — powiedział.

Sierżant zesztywniał.

To wystarczyło, by Quentyn Martell uświadomił sobie, że coś poszło nie tak.

— Brać ich — wychrypiał, gdy bazyliszek sięgnął po miecz.

Sierżant był szybki, ale Kolos szybszy. Rzucił pochodnią w najbliższą szarańczę, sięgnął za siebie i wydobył młot. Bazyliszek ledwie zdążył wydobyć miecz z pochwy, gdy kolec młota wbił mu się w skroń, przebijając cienki metal maski oraz ciało i kość ukryte pod spodem. Mężczyzna przesunął się pół kroku w bok. Potem kolana się pod nim ugięły i zwalił się na podłogę. Jego ciało drżało groteskowo.

Quentyn gapił się na to jak zahipnotyzowany. W brzuchu poczuł nagle poruszenie. Jego miecz nie opuścił jeszcze pochwy. Nawet po niego nie sięgnął. Wlepił spojrzenie w konającego przed nim sierżanta. Leżąca na podłodze pochodnia dogasała, skwiercząc. Wszystkie cienie kołysały się w monstrualnej parodii drgawek umierającego. Książę nie zauważył wymierzonej weń włóczni szarańczy. Gerris uderzył Quentyna ciałem, odpychając go na bok. Grot włóczni ledwie musnął policzek lwiego hełmu. Mimo to uderzenie było tak mocne, że maska omal nie spadła. *Włócznia przebiłaby mi gardło* — pomyślał oszołomiony książę.

Gerris zaklął, gdy szarańcze go zaatakowały. Quentyn usłyszał tupot biegnących. Z cieni wypadli najemnicy. Jeden z wartowników zerknął na nich. To wystarczyło, by Gerris podszedł bliżej i wbił sztych miecza pod jego maskę, przeszywając gardło przeciwnika. W piersi drugiej szarańczy pojawił się bełt wystrzelony z kuszy.

Ostatni wartownik rzucił włócznię.

— Poddaję się. Poddaję.

— Nie. Giniesz. — Caggo ściął mu głowę jednym ciosem *arakha*. Valyriańska stal przecięła ciało, kość i chrząstkę łatwo jak łój. — Za dużo hałasu — poskarżył się. — Każdy, kto ma uszy, musiał to usłyszeć.

— Pies — odezwał się Quentyn. — Powiedziano nam, że dzisiejsze hasło brzmi „pies". Dlaczego nie chcieli nas przepuścić? Powiedziano nam…

— Powiedziano ci, że twój plan to szaleństwo — odparła Ładna Meris. — Zapomniałeś? Zrób to, co przyszedłeś tu zrobić.

Smoki — pomyślał książę Quentyn. *Tak jest. Przyszliśmy tu po smoki.* Chciało mu się wymiotować. *Co właściwie tu robię? Ojcze, dlaczego? Czterech ludzi zginęło w cztery uderzenia serca. I po co?*

— Ogień i krew — wyszeptał. — Krew i ogień. — Krew

gromadziła się u jego stóp, wsiąkając w ceglaną podłogę. Ogień był za tymi drzwiami. — Łańcuchy... nie mamy klucza...

— Ja mam — oznajmił Arch i zamachnął się z całej siły młotem. Gdy uderzył w zamek, posypały się iskry. Za piątym uderzeniem zamek pękł i łańcuchy spadły na podłogę z brzękiem tak głośnym, że Quentyn był pewien, iż usłyszała go połowa piramidy.

— Przyprowadźcie wóz.

Po nakarmieniu smoki staną się bardziej potulne. *Niech się nażrą przypalonej baraniny.*

Archibald Yronwood złapał za żelazne drzwi i otworzył je. Zardzewiałe zawiasy zaskrzypiały przeraźliwie, z pewnością budząc wszystkich, którzy mogli przespać rozbicie zamka. Ze środka buchnęła fala ciepła, przesycona odorem popiołu, siarki i spalonego mięsa.

Za drzwiami panowała ciemność. Posępny, nieprzenikniony mrok, który wydawał się żywy, groźny i głodny. Quentyn wyczuwał, że wewnątrz coś się kryje. Czeka cierpliwie. *Wojowniku, daj mi odwagę* — modlił się. Nie chciał tego robić, ale nie widział innego wyjścia. Po cóż Daenerys pokazywałaby mi smoki, gdyby nie chciała, bym dowiódł jej swojej wartości? Gerris wręczył mu pochodnię i książę wszedł do środka.

Ten zielony to Rhaegal, a ten biały Viserion — przypomniał sobie. *Wołaj je po imieniu, rozkazuj im, przemawiaj spokojnie, ale stanowczo. Zapanuj nad nimi, jak Daenerys zapanowała nad Drogonem na arenie.* Dziewczyna była sama, miała na sobie tylko parę kawałków jedwabiu, ale nie czuła strachu. *Nie mogę się bać. Jej się udało i mnie również może.* Najważniejsze, to nie okazywać strachu. *Zwierzęta potrafią zwęszyć strach, a smoki...* Co właściwie o nich wiedział? *A co ludzie w ogóle wiedzą o smokach? Nie było ich na świecie od z górą stulecia.*

Krawędź wykopu była tuż przed nim. Quentyn ruszył ostrożnie naprzód, poruszając pochodnią z boku na bok. Ściany, podłoga i sufit pochłaniały jej światło. *Są przypalone* — uświadomił sobie. *Poczerniałe cegły obracające się w popiół.* Z każdym krokiem wokół robiło się cieplej. Zaczął się pocić.

Nagle ujrzał przed sobą dwoje oczu.

Miały barwę brązu, jaśniejszą niż polerowane tarcze, i gorzały własnym ciepłem, przesłonięte przez obłoki dymu buchające ze smoczych nozdrzy. Blask pochodni Quentyna padł na ciemnozielone łuski barwy mchu w głębokiej puszczy o zmierzchu, na chwilę przed dogaśnięciem resztek światła dnia. Wtem smok otworzył paszczę i na zewnątrz wydostały się żar oraz światło. Za barierą ostrych czarnych zębów Quentyn zauważył blask gorejącego pieca, śpiący ogień stukrotnie jaśniejszy od jego pochodni. Głowa smoka była większa od końskiej, a jego szyja ciągnęła się bez końca, rozwijając się na podobieństwo wielkiego zielonego węża, gdy łeb się unosił, aż wreszcie gorejące spiżowe oczy spojrzały na niego z góry.

Zielone — pomyślał książę. *Jego łuski są zielone.*

— Rhaegal — rzekł. Głos uwiązł mu w gardle i na zewnątrz wydostał się tylko załamujący się charkot. *Żaba. Znowu zmieniam się w Żabę.* — Żarcie — wychrypiał. — Przynieście żarcie.

Kolos go usłyszał. Złapał owcę za dwie nogi, podniósł ją z wozu, odwrócił się i cisnął martwe zwierzę do wykopu.

Rhaegal złapał owcę w locie. Odwrócił błyskawicznie głowę i z jego paszczy trysnęła włócznia płomienia, skłębiona burza pomarańczowożółtego ognia, poprzeszywana żyłkami zieleni. Martwe zwierzę zaczęło się palić. Nim spadło na cegły, zacisnęły się na nim smocze zęby. Ciało nadal otaczał nimb płomieni. Quentyn poczuł odór płonącej wełny i siarki. Smoczy smród.

— Myślałem, że są dwa — odezwał się Kolos.

Viserion. Tak. Gdzie jest Viserion? Książę opuścił pochodnię, by rozjaśnić panujący w wykopie mrok. Widział zielonego smoka rozszarpującego ciało owcy. Jego długi ogon poruszał się z boku na bok. Na szyi miał gruby żelazny kołnierz, z którego zwisał trzystopowy kawałek urwanego łańcucha. Pośród poczerniałych kości walały się połamane ogniwa — kawałki częściowo stopionego metalu. *Kiedy poprzednio odwiedziłem to miejsce, Rhaegal był przykuty do ściany, ale Viserion wisiał na suficie* — przypomniał sobie książę. Quentyn cofnął się, uniósł pochodnię i spojrzał w górę.

Przez chwilę widział tylko poczerniałe łuki cegieł przypalonych przez smoczy ogień. Jego spojrzenie przyciągnęła strużka osypującego się na ziemię popiołu, zdradzająca ruch. Coś bladego, na wpół ukrytego, budzącego się do życia. *Zrobił sobie jamę* — zrozumiał książę. *Jaskinię ukrytą w cegłach.* Fundamenty Wielkiej Piramidy musiały być grube i potężne, by utrzymać ciężar ogromnego budynku. Nawet wewnętrzne ściany były trzy razy grubsze niż mur kurtynowy zamku. Viserion jednak zdołał wykopać w nich norę, ogniem i pazurami, dziurę tak wielką, że mógł w niej spać.

A my właśnie go obudziliśmy. Zobaczył coś, co wyglądało jak wielki biały wąż rozwijający się wewnątrz ściany w miejscu, gdzie się zakrzywiała, by przejść w sufit. Na dół posypało się więcej popiołu, spadło też trochę rozsypujących się cegieł. Wąż przerodził się w szyję i ogon. Potem pojawiła się rogata głowa smoka. Jego oczy gorzały w ciemności niczym złote węgle. Przeciągnął z grzechotem skrzydła.

Z głowy Quentyna umknęły wszelkie plany. Słyszał, jak Caggo Trupobójca krzyczy do najemników. *Łańcuchy, każe im iść po łańcuchy* — pomyślał dornijski książę. Plan przewidywał, że nakarmią bestie i założą im łańcuchy, gdy już smoki zapadną w sen. Tak właśnie zrobiła to królowa. Jednemu z nich, a jeśli się uda, to obu.

— Więcej mięsa — rozkazał Quentyn. *Gdy bestie się najedzą, zrobią się ospałe.* Widział, jak robiono to z wężami w Dorne, ale tutaj, z tymi potworami…

— Przynieście… przynieście…

Viserion oderwał się od sufitu, szeroko rozpościerając blade skrzydła. Wiszący mu na szyi fragment łańcucha kołysał się szaleńczo. Jego płomień rozświetlił loch, bladozłota włócznia przeszyta nitkami czerwieni i oranżu. W cuchnącym powietrzu unosiły się chmury gorącego popiołu i siarki, wzbijane w górę przez białe skrzydła.

Quentyna złapała za ramię czyjaś dłoń. Pochodnia wypadła mu z rąk, odbiła się od podłogi i potoczyła do wykopu, nie przestając płonąć. Książę ujrzał przed sobą oblicze mosiężnej małpy. *Gerris.*

— Quent, to się nie uda. One są za dzikie…

Smok wylądował między Dornijczykami a drzwiami z rykiem, który skłoniłby do ucieczki sto lwów. Bestia kiwała głową z boku na bok, przyglądając się intruzom — Dornijczykom, Plewom na Wietrze i Caggowi. Najdłużej wpatrywała się w Ładną Meris, węsząc. *Dlatego, że to kobieta* — uświadomił sobie Quentyn. *Wie o tym. Szuka Daenerys. Pragnie zobaczyć matkę i zastanawia się, dlaczego jej tu nie ma.*

Wyrwał się z uścisku Gerrisa.

— Viserion — zawołał. *Ten biały to Viserion.* Przez pół uderzenia serca bał się, że mu się pomyliło. — Viserion — powtórzył, sięgając po zawieszony u pasa bicz. *Poskromiła czarną bestię biczem. Muszę zrobić to samo.*

Smok wiedział, jak ma na imię. Odwrócił głowę i na trzy długie uderzenia serca zatrzymał spojrzenie na dornijskim księciu. Za czarnymi lśniącymi sztyletami jego zębów płonęły blade ognie. Jego oczy były jeziorami stopionego złota, a z nozdrzy buchał dym.

— Leżeć — rozkazał Quentyn. Nagle kaszlnął raz, a potem drugi.

W powietrzu unosiły się gęste kłęby dymu. Dławił go odór siarki.

Viserion utracił zainteresowanie. Ponownie zwrócił się ku Plewom na Wietrze i polazł ku drzwiom. Być może czuł odór krwi zabitych strażników albo mięsa na rzeźnickim wozie. Albo po prostu ujrzał przed sobą otwartą drogę.

Quentyn usłyszał krzyki najemników. Caggo domagał się łańcuchów, a Ładna Meris rozkazywała komuś krzykiem usunąć się na bok. Na ziemi smok poruszał się niezgrabnie, jak człowiek sunący na czworakach. Był jednak tak szybki, że dornijski książę nie wierzył własnym oczom. Gdy Plewy na Wietrze spóźniały się z zejściem mu z drogi, Viserion ryknął raz jeszcze. Quentyn usłyszał grzechot łańcuchów i głuchy brzęk kuszy.

— Nie — zawołał. — Nie, nie róbcie tego, nie.

Było już jednak za późno. *Co za głupiec* — zdążył pomyśleć, nim bełt odbił się od szyi Viseriona i zniknął w mroku. Ciągnęła się za nim linia ognia — smocza krew lśniąca złotoczerwonym blaskiem.

Gdy kusznik sięgał po drugi bełt, smocze zęby zacisnęły się na jego szyi. Mężczyzna nosił maskę Mosiężnej Bestii, straszliwe oblicze tygrysa. Odrzucił kuszę, próbując rozewrzeć zęby Viseriona i nagle z tygrysiej paszczy trysnął ogień. Smok odgryzł kawał ciała, większą część szyi najemnika, i przełknął go. Płonący trup padł na podłogę.

Pozostałe Plewy na Wietrze cofały się szybko. Nawet Ładnej Meris zabrakło odwagi. Viserion poruszał rogatą głową, przenosząc spojrzenie z najemników na zdobycz i z powrotem. Po chwili zapomniał o nich i wyciągnął szyję, by odgryźć kolejny kęs z ciała zabitego. Tym razem dolną część nogi.

Quentyn rozwinął bicz.

— Viserion! — zawołał znowu, tym razem głośniej. Może mu się udać, uda mu się, po to właśnie ojciec wysłał go na koniec świata, a on go nie zawiedzie. — VISERION!

Strzelił z bicza. Trzask odbił się echem od poczerniałych ścian.

Smok uniósł jasną głowę. Przymrużył powieki wielkich złotych oczu. Z jego nozdrzy uniosły się smużki dymu.

— Leżeć — rozkazał książę. *Nie mogę pozwolić, by zwęszył mój strach.* — Leżeć, leżeć, leżeć.

Uniósł bicz i smagnął smoka po pysku. Viserion syknął.

Wtem w Quentyna uderzył gorący podmuch. Usłyszał łopot skórzastych skrzydeł, w powietrze uniosły się popioły i węgielki, a od przypalonych poczerniałych ścian odbił się echem monstrualny ryk. Książę słyszał szalone krzyki przyjaciół. Gerris raz po raz wykrzykiwał jego imię, a Kolos ryczał:

— Za tobą, za tobą, za tobą!

Quentyn odwrócił się i uniósł rękę, by osłonić oczy przed podmuchem gorącym jak żar buchający z pieca. *Rhaegal* — przypomniał sobie. *Ten zielony to Rhaegal.*

Gdy uniósł bicz, zobaczył, że rzemień płonie. Jego ręka również. I całe ciało.

Ojej — pomyślał. A potem zaczął krzyczeć.

JON

— Niech sobie umierają — stwierdziła królowa Selyse.

Takiej właśnie odpowiedzi spodziewał się Jon Snow. *Ta królowa nigdy jeszcze mnie nie rozczarowała.* To jednak nie złagodziło ciosu.

— Wasza Miłość — nie ustępował — w Hardhome ludzie tysiącami mrą z głodu. Jest wśród nich wiele kobiet…

— …i dzieci, tak. To bardzo smutne. — Królowa przytuliła córkę i pocałowała ją w policzek. *Ten, którego nie naznaczyła szara łuszczyca* — nie omieszkał zauważyć Jon. —

Przykro nam z powodu tych najmłodszych, oczywiście, ale musimy być rozsądni. Nie mamy dla nich żywności, a małe dzieci nie pomogą mojemu mężowi w jego wojnach. Lepiej niech narodzą się na nowo w świetle.

To był bardziej elegancki sposób, by powiedzieć „pozwólmy im umrzeć".

W komnacie panował tłok. Księżniczka Shireen stała obok krzesła matki, a Plama siedział ze skrzyżowanymi nogami u jej stóp. Za królową rysowała się sylwetka ser Axella Florenta. Melisandre z Asshai stała bliżej ognia, rubin na szyi kapłanki pulsował z każdym jej oddechem. Kobiecie w czerwieni również towarzyszyła świta — giermek Devan Seaworth oraz dwaj ze strażników zostawionych jej przez Stannisa.

Rycerze w lśniących zbrojach będący obrońcami królowej Selyse stali w szeregu pod ścianami: ser Malegorn, ser Benethon, ser Narbert, ser Patrek, ser Dorden, ser Brus. Ponieważ w Czarnym Zamku pojawiło się mnóstwo krwiożerczych dzikich, Selyse za dnia i w nocy chciała mieć przy sobie swe zaprzysiężone tarcze. Tormunda Zabójcę Olbrzyma bardzo to rozbawiło.

— Boi się, że ktoś ją porwie, tak? Mam nadzieję, że jej nie powiedziałeś, jak wielkiego mam członka, Jonie Snow. To każdą by przestraszyło. Zawsze chciałem mieć kobietę z wąsami — zawołał z głośnym śmiechem.

Teraz by się nie śmiał.

Jon zmarnował już tu wystarczająco wiele czasu.

— Przepraszam, że zawracałem głowę Waszej Miłości. Nocna Straż zajmie się tą sprawą.

Nozdrza królowej rozszerzyły się nagle.

— Nadal zamierzasz jechać do Hardhome. Potrafię to wyczytać z twojej twarzy. Powiedziałam, żeby sobie umierali, a ty nadal upierasz się przy tym szaleństwie. Nie próbuj temu przeczyć.

— Muszę czynić to, co uważam za słuszne. Z całym szacunkiem, Wasza Miłość, Mur należy do mnie i ta decyzja również.

— To prawda — przyznała Selyse — ale odpowiesz za nią po powrocie króla. Obawiam się, że za inne swe decyzje również. Widzę jednak, że jesteś głuchy na głos rozsądku. Czyń, co musisz uczynić.

— Lordzie Snow, kto będzie dowodził tym wypadem? — zapytał ser Malegorn.

— Zgłaszasz się na ochotnika, ser?

— Czy wyglądam na aż tak wielkiego głupca?

Plama zerwał się nagle na nogi.

— Ja będę dowodził! — Jego dzwonki zabrzęczały wesoło. — Pomaszerujemy w morskie głębiny i wrócimy stamtąd. W podmorskiej krainie będziemy jeździli na morskich konikach i syreny zadmą w muszle, by oznajmić nasze przybycie, tra-la-lem.

Wszyscy się roześmiali. Nawet królowa Selyse pozwoliła sobie na drobny uśmieszek. Jona to nie śmieszyło.

— Nie prosiłbym swoich ludzi o coś, czego sam nie byłbym gotowy uczynić. Ja poprowadzę wyprawę.

— Cóż za odwaga — stwierdziła królowa. — Aprobujemy to. Z pewnością jakiś bard ułoży o tobie wzruszającą pieśń, a my będziemy mieli roztropniejszego lorda dowódcę. — Popiła łyk wina. — Porozmawiajmy o innych sprawach. Axellu, bądź tak łaskawy i przyprowadź króla dzikich.

— Natychmiast, Wasza Miłość. — Ser Axell wyszedł i po chwili wrócił z Gerrickiem Królewskim Potomkiem.

— Gerrick z rodu Rudobrodego, król dzikich — przedstawił go.

Gerrick był wysokim mężczyzną o długich nogach i szerokich barach. Królowa najwyraźniej dała mu stare szaty Stannisa. Dzikiego wykąpano i wyczesano, odziano go w zielone aksamity i gronostajową półpelerynę, jego długie rude włosy umyto, a ognistą brodę przystrzyżono i ukształtowano. Wyglądał zupełnie jak południowy lord. *Mógłby się zjawić w sali tronowej w Królewskiej Przystani i nikt by nawet nie mrugnął* — pomyślał Jon.

— Gerrick jest prawowitym królem dzikich — oznajmiła królowa. — Wywodzi się w nieprzerwanej męskiej linii od ich wielkiego króla Raymuna Rudobrodego, podczas gdy uzurpator Mance Rayder był synem prostej kobiety i jednego z waszych czarnych braci.

Nieprawda — mógłby powiedzieć Jon. *Gerrick jest potomkiem młodszego brata Raymuna.* Dla wolnych ludzi równie dobrze mógłby się wywodzić od jego konia. *Nic nie wiedzą, Ygritte. A co gorsza, nie chcą się nauczyć.*

— Gerrick łaskawie zgodził się oddać rękę swej najstarszej córki mojemu ukochanemu Axellowi, by Pan Światła złączył ich świętym węzłem małżeńskim — ciągnęła królowa Selyse. — Jego pozostałe córki wyjdą za mąż razem z nią. Druga za ser Brusa Bucklera, a najmłodsza za ser Malegorna z Czerwonego Stawu.

— Panowie. — Jon pochylił głowę, kłaniając się wymienionym rycerzom. — Życzę wam małżeńskiego szczęścia.

— W podmorskiej krainie ludzie żenią się z rybami. — Plama odtańczył krótki taniec. — Tak jest, tak jest, tak jest.

Królowa Selyse znowu pociągnęła nosem.

— Cztery śluby można urządzić równie łatwo jak trzy. Pora już rozstrzygnąć sprawę Val. Postanowiłam, że dziewczyna poślubi mojego wiernego i szlachetnego rycerza, ser Patreka z Królewskiej Góry.

— A czy Val o tym powiedziano, Wasza Miłość? — zapytał Jon. — Wśród wolnych ludzi, gdy mężczyzna pragnie kobiety, kradnie ją, dowodząc w ten sposób swej siły, sprytu oraz odwagi. Zalotnikowi grozi poważne pobicie, jeśli złapią go kuzyni kobiety, i jeszcze gorszy los, gdy ona sama uzna go za niegodnego.

— To barbarzyński zwyczaj — stwierdził Axell Florent.

Ser Patrek zachichotał tylko.

— Żaden mężczyzna nigdy nie miał powodu kwestionować mojej odwagi. I żadna kobieta nigdy go nie znajdzie.

Królowa Selyse wydęła usta.

— Lordzie Snow, ponieważ lady Val nie zna naszych zwyczajów, przyślij ją proszę do mnie, bym mogła ją zapoznać z obowiązkami szlachetnej damy wobec jej pana męża.

To na pewno uda się świetnie. Jon zadał sobie pytanie, czy królowa nadal tak bardzo chciałaby wydać Val za jednego ze swoich rycerzy, gdyby wiedziała, co dziewczyna sądzi o księżniczce Shireen.

— Jak sobie życzysz — odparł — choć, jeśli mogę być szczery…

— Nie, nie sądzę. Pozwalam ci odejść.

Jon Snow opadł na jedno kolano, pochylił głowę i wyszedł.

Zszedł na dół, pokonując po dwa stopnie przy każdym kroku, kiwając po drodze głową do strażników. Jej Miłość ustawiła ludzi na każdym pomoście, by bronili jej przed krwiożerczymi dzikimi. W połowie drogi usłyszał dobiegający z góry głos.

— Jonie Snow.

Jon się odwrócił.

— Lady Melisandre.

— Musimy porozmawiać.

— Musimy? — *Nie sądzę.* — Pani, wzywają mnie obowiązki.

— Właśnie o tych obowiązkach pragnę z tobą pomówić. — Ruszyła na dół, zamiatając schody obrąbkiem szkarłatnych spódnic. — Gdzie twój wilkor?

— Śpi w moich komnatach. Jej Miłość nie pozwala przyprowadzać Ducha przed swe oblicze. Twierdzi, że księżniczka się go boi. A ja obawiam się go wypuścić, dopóki są tu Borroq i jego dzik. — Zmiennoskóry miał wyruszyć z Sorenem Rozbijaczem Tarcz do Kamiennych Drzwi, gdy tylko wrócą wozy, które odwiozły klan Obdzieracza Fok do Zielonej Warty. Do tej chwili Borroq będzie mieszkał w jednym ze starożytnych grobowców przy zamkowym cmentarzu. Towarzystwo dawno zmarłych najwyraźniej odpowiadało mu bardziej niż towarzystwo żywych, a jego świnia czuła się zadowolona, ryjąc wśród grobów z dala od innych zwierząt. — Ten zwierz jest wielki jak byk, a kły ma długie jak miecze. Duch zaatakowałby go, gdybym puścił go wolno, i jedno ze zwierząt nie przeżyłoby tego spotkania. Albo i oba.

— Borroq to najmniejsze z twoich zmartwień. Ta wyprawa...

— Gdybyś powiedziała słówko, królowa mogłaby zmienić zdanie.

— Selyse ma rację, lordzie Snow. Niech sobie umierają. Nie zdołasz ich uratować. Straciłeś wszystkie statki...

— Zostało mi sześć. To więcej niż połowa floty.

— Straciłeś wszystkie. Ani jeden człowiek nie wróci. Widziałam to w ogniach.

— Zdarzało się już, że twoje ognie kłamały.

— Przyznaję, że popełniłam błędy, ale...

— Szara dziewczyna na ledwie żywym koniu. Sztylety w ciemności. Obiecany książę zrodzony pośród dymu i soli. Mam wrażenie, że popełniałaś same błędy, pani. Gdzie jest Stannis? Co z Grzechoczącą Koszulą i jego włóczniczkami? Gdzie jest moja siostra?

— Otrzymasz odpowiedzi na wszystkie te pytania. Patrz w niebo, lordzie Snow. A gdy odpowiedzi nadejdą, wyślij po mnie. Zima już prawie nadeszła. Jestem twoją jedyną nadzieją.

— Nadzieją głupca.

Jon odwrócił się i odszedł.

Po dziedzińcu krążył Skóra.

— Przybył Toregg — oznajmił, gdy Jon wyszedł z wieży.
— Jego ojciec osiedlił swych ludzi w Dębowej Tarczy i wróci

po południu z osiemdziesięcioma wojownikami. Co miała do powiedzenia brodata królowa?

— Jej Miłość nam nie pomoże.

— Jest zbyt zajęta wyskubywaniem włosów z podbródka, tak? — Skóra splunął. — Nieważne. Ludzie Tormunda i nasi wystarczą.

Wystarczą, by dotrzeć na miejsce, być może. Jon Snow martwił się głównie o podróż powrotną. Ich marsz będą spowalniały tysiące wolnych ludzi, często chorych i wygłodzonych. *Ludzka rzeka, płynąca wolniej niż rzeka lodu.* To uczyni ich podatnymi na atak. *Martwe stwory w lesie. Martwe stwory w wodzie.*

— Ilu ludzi by wystarczyło? — zapytał Skórę. — Stu? Dwustu? Pięciuset? Tysiąc? — *Powinienem zabrać więcej, czy raczej mniej?* Mniej liczny oddział mógłby szybciej dotrzeć do Hardhome… ale jaki pożytek z mieczy bez żywności? Matka Kret i jej ludzie jedli już własnych zmarłych. Żeby ich nakarmić, musiałby zabrać wozy i zwierzęta pociągowe: konie, woły i psy. Zamiast przemknąć przez puszczę, będą musieli przez nią pełznąć. — Zostało jeszcze wiele spraw do rozstrzygnięcia. Roześlij wiadomości, że chcę, by wszyscy ważni ludzie zebrali się w Sali Tarcz z początkiem wieczornej wachty. Do tego czasu Tormund powinien wrócić. Gdzie mogę znaleźć Toregga?

— Najpewniej z małym potworem. Słyszałem, że spodobała mu się jedna z jego mamek.

Spodobała mu się Val. Jej siostra była królową, czemu by nie ona też? Tormund pragnął kiedyś obwołać się królem za Murem, ale Mance go pokonał. Toregg Wysoki mógł marzyć o tym samym. *Lepszy on niż Gerrick Królewski Potomek.*

— Dajmy im spokój — zdecydował Jon. — Pogadam z Toreggiem później. — Zerknął na widoczny za Wieżą Królewską Mur. Był matowobiały, a niebo nad nim jeszcze jaśniejsze. *Idzie na śnieg.* — Módlmy się, żeby nie było kolejnej śnieżycy.

Pod zbrojownią straż pełnili drżący z zimna Mully i Pchła.

— Czy nie powinniście schować się w środku przed wiatrem? — zapytał Jon.

— To byłoby słodkie, lordzie dowódco — przyznał Fulk Pchła — ale twój wilk nie ma dziś ochoty na towarzystwo.

— Próbował mnie ugryźć — poparł go Mully. — Naprawdę.

— Duch? — zapytał wstrząśnięty Jon.

— Tak, chyba że wasza lordowska mość ma drugiego białego wilka. Nigdy go nie widziałem w takim nastroju, panie. Zupełnie zdziczał.

Mully się nie mylił. Jon przekonał się o tym sam, gdy wszedł do środka. Wielki biały wilkor nie chciał leżeć spokojnie. Krążył od jednego do drugiego końca zbrojowni, mijając po drodze zimną kuźnię.

— Spokój, Duch — zawołał. — Siad. Siad, Duch, siad.

Wyciągnął do niego rękę. Wilk zjeżył sierść i odsłonił kły. *To przez tego cholernego dzika. Nawet tutaj Duch czuje jego smród.*

Kruk Mormonta również był podekscytowany.

— *Snow* — krzyczał bez przerwy ptak. — *Snow, Snow, Snow.*

Jon go spłoszył, kazał Atłasowi rozpalić ogień, a potem wysłał go po Bowena Marsha i Othella Yarwycka.

— Przynieś też dzban grzanego wina.

— Trzy kubki, panie?

— Sześć. Mully'emu i Pchle przyda się coś ciepłego. Tobie też.

Po wyjściu Atłasa Jon usiadł i znowu spojrzał na mapy krainy położonej na północ od Muru. Najprostsza droga prowadząca do Hardhome biegła brzegiem morza... ze Wschodniej Strażnicy. Nad morzem las był rzadszy, pełno tam było równin, pofałdowanych wzgórz i słonych bagien. A gdy nadchodziły jesienne sztormy, na ogół przynosiły deszcz ze śniegiem, grad albo zamarzający deszcz zamiast śniegu. *We Wschodniej Strażnicy są olbrzymy. Skóra mówi, że niektóre z nich zgodzą się nam pomóc.* Droga z Czarnego Zamku była trudniejsza, wiodła przez samo serce nawiedzanego lasu. *Jeśli pod Murem warstwa śniegu jest tak gruba, dalej na północ musi być znacznie gorzej.*

Do środka wszedł Marsh, pociągając nosem. Za nim podążał skwaszony Yarwyck.

— Znowu śnieżyca — oznajmił ten drugi. — Jak mamy pracować przy takiej pogodzie? Potrzebuję więcej budowniczych.

— Wykorzystaj wolnych ludzi — poradził Jon.

Yarwyck potrząsnął głową.

— Więcej z nimi kłopotu, niż to warte. Są niedbali, nieostrożni, leniwi... nie przeczę, że zdarzają się wśród nich dobrzy cieśle, ale prawie nie mają murarzy, a o kowalach nie ma co marzyć. Może i są silni, ale nie słuchają poleceń. A my musimy zamienić wszystkie te ruiny z powrotem w forty. Tego nie da się zrobić, wasza lordowska mość. Mówię prawdę. Nie da się tego zrobić.

— Musi się dać — odparł Jon. — W przeciwnym razie będą mieszkać w ruinach.

Lord potrzebował wokół siebie ludzi, na których mógł polegać, że będą mu szczerze doradzać. Marsh i Yarwyck nie byli lizusami, to dobrze... ale bardzo rzadko okazywali się pomocni. Coraz częściej łapał się na tym, że z góry wie, co powiedzą.

Zwłaszcza gdy sprawa dotyczyła wolnych ludzi. Ich dezaprobata sięgała szpiku kości. Gdy Jon oddał Kamienne Drzwi Sorenowi Rozbijaczowi Tarcz, Yarwyck skarżył się, że fort jest zbyt izolowany. Skąd będą wiedzieli, co kombinuje Soren pośród tych wzgórz? A kiedy lord dowódca przekazał Dębową Tarczę Tormundowi Zabójcy Olbrzyma, natomiast Bramę Królowej Mornie Białej Masce, Marsh zauważył, że Czarny Zamek będzie teraz miał po obu stronach wrogów, którzy z łatwością będą mogli ich odciąć od reszty Muru. Jeśli zaś chodzi o Borroqa, Othell Yarwyck zapewniał, że w lasach na północ od Kamiennych Drzwi roi się od dzików. Skąd mogą mieć pewność, że zmiennoskóry nie stworzy własnej świńskiej armii?

W Szronowym Wzgórzu i Szronowej Bramie nadal nie było garnizonów, Jon zapytał więc swoich towarzyszy, któremu z pozostałych wodzów dzikich ich zdaniem powinien je przekazać.

— Mamy Brogga, Gavina Kupca, Wielkiego Morsa... Tormund mówił, że Howd Wędrowiec podróżuje samotnie, ale są jeszcze Harle Łowca, Harle Przystojny, Ślepy Doss... Ygon Stary Ojciec ma swoich zwolenników, ale większość z nich to jego synowie i wnuki. Ma osiemnaście żon, z czego połowę ukradł na wyprawach łupieżczych. Którego z nich...

— Żadnego — przerwał mu Bowen Marsh. — Znam wszystkich tych ludzi z ich czynów. Powinniśmy założyć im pętle na szyje, nie oddawać im zamków.

— Zaiste — poparł go Othell Yarwyck. — Zły, gorszy albo najgorszy to bardzo kiepski wybór. Wasza lordowska mość równie dobrze mógłby nam pokazać stado wilków i zapytać, który z nich ma nam rozedrzeć gardła.

W sprawie Hardhome wyglądało to tak samo. Atłas nalał wszystkim wina, a Jon opowiedział gościom o audiencji u królowej. Marsh wysłuchał go z uwagą, ignorując wino, Yarwyck zaś wypił jeden kielich, a potem drugi. Gdy jednak Jon skończył, lord zarządca oznajmił:

— Jej Miłość jest mądra. Niech sobie umierają.

Jon wyprostował się na krześle.

— Czy to jedyna rada, jaką masz mi do zaoferowania, panie? Tormund prowadzi osiemdziesięciu ludzi. Ilu powinniśmy wysłać? Czy mamy poprosić o pomoc olbrzymów? Włóczniczki z Długiego Kurhanu? Jeśli będą nam towarzyszyły kobiety, to może uspokoić ludzi Matki Kret.

— Wyślij więc kobiety. Wyślij olbrzymów. Wyślij dzieci u piersi. Czy to właśnie pragniesz usłyszeć, wasza lordowska mość? — Bowen Marsh potarł bliznę zdobytą na Moście Czaszek. — Wyślij ich wszystkich. Im więcej stracimy, tym mniej gąb będziemy mieli do wykarmienia.

Yarwyck nie był bardziej pomocny.

— Jeśli trzeba uratować dzikich z Hardhome, niech zrobią to inni dzicy. Tormund zna drogę. Jeśli wierzyć jego słowom, mógłby wszystkich uratować sam ze swym wielkim członkiem.

To było bez sensu — pomyślał Jon. *Bez sensu, bez pożytku, bez nadziei.*

— Dziękuję wam za rady, panowie.

Atłas pomógł im wdziać płaszcze. Gdy przechodzili przez zbrojownię, Duch ich obwąchał, jeżąc sierść i unosząc ogon. *Moi bracia.* Nocna Straż potrzebowała przywódców obdarzonych mądrością maestera Aemona, wiedzą Samwella Tarly'ego, odwagą Qhorina Półrękiego, upartą siłą Starego Niedźwiedzia i współczuciem Donala Noye'a. Ale zamiast tego miała ich.

Na dworze sypał już gęsty śnieg.

— Wiatr wieje z południa — zauważył Yarwyck. — Niesie śnieg prosto na Mur. Widzisz?

Miał rację. Jon zauważył, że śnieg zasypał serpentynowe schody aż do pierwszego pomostu, a drewniane drzwi lodowych cel oraz magazynów zniknęły pod ścianą bieli.

— Ilu ludzi mamy w lodowych celach? — zapytał Bowena Marsha.

— Czterech żywych i dwóch umarłych.

Trupy. Jon niemalże o nich zapomniał. Miał nadzieję dowiedzieć się czegoś dzięki sprowadzonym z gaju czardrzew ciałom, ale trupy uparcie pozostawały martwe.

— Będziemy musieli odkopać te cele.

— Dziesięciu zarządców z łopatami powinno sobie z tym poradzić — odparł Marsh.

— Wykorzystajcie też Wun Wuna.

— Jak każesz.

Dziesięciu zarządców i jeden olbrzym szybko uporało się z zaspami, ale nawet gdy już oczyszczono drzwi, Jon nadal nie był zadowolony.

— Rano cele znów będą zasypane. Lepiej przenieśmy więźniów, zanim się uduszą.

— Karstarka też, panie? — zapytał Fulk Pchła. — Nie mógłby sobie tu marznąć do wiosny?

— Gdybyśmy tylko mogli go zostawić. — Cregan Karstark ostatnio zaczął wyć nocami i rzucać zamarzniętym kałem w tych, którzy przychodzili go karmić. To nie wzbudzało sympatii strażników. — Zabierzcie go do Wieży Lorda Dowódcy. Krypta powinna się nadać.

Choć dawna siedziba Starego Niedźwiedzia częściowo się zawaliła, będzie miał cieplej niż w lodowych celach. Drugi poziom piwnic był niemal nietknięty.

Cregan kopał strażników, gdy weszli do celi, szarpał się i wyrywał, a nawet próbował gryźć. Zimno go jednak osłabiło, a ludzie Jona byli więksi, młodsi i silniejsi. Choć nie przestawał się opierać, wywlekli go z celi i pociągnęli przez sięgający ud śnieg do nowego domu.

— A co mamy zrobić z twoimi trupami, lordzie dowódco? — zapytał Marsh, gdy żywych więźniów już przeniesiono.

— Zostawcie je.

Jeśli śnieg zasypie ciała, to bardzo dobrze. Prędzej czy później z pewnością będzie musiał je spalić, ale na razie pozostaną w celach, zakute w żelazne łańcuchy. To, w połączeniu z faktem, że były martwe, powinno zapewnić, że nie wyrządzą szkód.

Tormund Zabójca Olbrzyma bezbłędnie wyliczył chwilę

przybycia. Wpadł na dziedziniec ze swymi ludźmi, gdy odgarnięto już cały śnieg. Zjawiło się tylko pięćdziesięciu, nie osiemdziesięciu, jak obiecał Skórze Toregg, ale Tormunda nie darmo przezwano Samochwałą. Dziki miał twarz czerwoną od zimna i głośno domagał się rogu *ale* oraz czegoś ciepłego do jedzenia. W jego brodzie i wąsach lśniły kawałki lodu.

Ktoś zdążył już opowiedzieć Piorunowej Pięści o Gerricku Królewskim Potomku i jego nowym tytule.

— Król dzikich? — ryknął Tormund. — Ha! Chyba raczej król mojej włochatej dupy!

— Ma bardzo królewski wygląd — zauważył Jon.

— Ma małego czerwonego kutasa, żeby pasował do rudych włosów, to wszystko. Raymun Rudobrody i jego synowie zginęli nad Długim Jeziorem dzięki waszym cholernym Starkom i Pijanemu Olbrzymowi. Ale nie najmłodszy brat. Zastanawiałeś się kiedyś, skąd wziął się przydomek „Czerwony Stróż"? — Tormund uśmiechnął się, odsłaniając szczerbate uzębienie. — On pierwszy uciekł z bitwy. Potem ułożono o tym pieśń i minstrel musiał znaleźć jakiś rym do „tchórz". — Tormund otarł nos. — Jeśli rycerze waszej królowej pragną tych jego dziewczyn, nie będę ich im żałował.

— *Dziewczyn* — zaskrzeczał kruk Mormonta. — *Dziewczyn, dziewczyn.*

Tormund znowu roześmiał się w głos.

— To ci dopiero rozsądny ptak. Ile za niego chcesz, Snow? Dałem ci syna, mógłbyś więc oddać mi chociaż cholernego ptaka.

— Chętnie bym to zrobił — odparł Jon — ale ty byś go pewnie zjadł.

To również sprowokowało atak gromkiego śmiechu.

— *Zjadł* — mruknął kruk ponurym tonem, łopocząc czarnymi skrzydłami. — *Ziarno? Ziarno? Ziarno?*

— Musimy porozmawiać o wyprawie — podjął lord dowódca. — Chcę, żebyśmy w Sali Tarcz zaprezentowali to samo stanowisko. Musimy... — przerwał, gdy Mully wsadził nos do środka, by oznajmić, że Clydas przyniósł list. — Powiedz mu, żeby zostawił go tobie. Przeczytam go później.

— Jak każesz, panie, ale... Clydas dziwnie wygląda... jest bardziej biały niż różowy, jeśli rozumiesz, co mam ma myśli... i drży.

— Czarne skrzydła, czarne słowa — mruknął Tormund. — Czy nie tak mawiają klękacze?

— Mówimy też: „Puść krew na zziębnięcie, ale nakarm gorączkę" — odparł Jon. — Mówimy: „Nigdy nie pij z Dornijczykami, gdy księżyc jest w pełni". Mamy bardzo wiele powiedzeń.

Mully również musiał dodać swoje dwa grosze.

— Moja babcia staruszka zawsze powtarzała: „Letni przyjaciele stopnieją jak letnie śniegi, ale zimowi przyjaciele są przyjaciółmi na zawsze".

— Myślę, że na razie wystarczy nam mądrości — skwitował Jon Snow. — Bądź tak uprzejmy i wpuść Clydasa.

Mully się nie mylił. Stary zarządca drżał. Twarz miał białą jak pokrywający ziemię śnieg.

— To głupie, lordzie dowódco, ale... boję się tego listu. Widzisz?

Jedyne słowo napisane poza zwojem brzmiało „Bękart". Nie „Lord Snow", „Jon Snow" czy „Lord dowódca". Po prostu „Bękart". List zapieczętowano plamą twardego różowego wosku.

— Miałeś rację, że natychmiast do mnie przyszedłeś — rzekł Jon. *Miałeś rację, że się bałeś.* Złamał pieczęć, rozprostował pergamin i zaczął czytać.

Twój fałszywy król nie żyje, bękarcie. Rozbito go w siedmiodniowej bitwie razem z całym zastępem. Mam jego magiczny miecz. Powiedz jego czerwonej kurwie.

Przyjaciele twojego fałszywego króla nie żyją. Ich głowy zatknięto na murach Winterfell. Przybądź je zobaczyć, bękarcie. Twój fałszywy król kłamał i ty także. Powiedziałeś światu, że spaliłeś króla za Murem, ale wysłałeś go do Winterfell, by ukradł moją żonę.

Chcę ją odzyskać. Jeśli pragniesz dostać Mance'a Raydera, przybądź po niego. Zawiesiłem go w klatce, by cała północ mogła ujrzeć dowód twoich kłamstw. W klatce jest zimno, ale zrobiłem mu płaszcz ze skór sześciu kurew, które przybyły z nim do Winterfell.

Chcę dostać moją żonę. Chcę dostać królową fałszywego króla. Jego córkę i jego czerwoną wiedźmę. Chcę dostać jego dziką księżniczkę. Chcę dostać jego małego księcia, dziecko dzikiego. Chcę też mojego Fetora. Przyślij mi ich, bękarcie, a nie będę więcej niepokoił ciebie ani twoich czarnych wron. Jeśli ich zatrzymasz, wytnę twoje bękarcie serce i zjem je.

Podpis brzmiał:

Ramsay Bolton
Prawowity lord Winterfell

— Snow? — zapytał Tormund Zabójca Olbrzyma. — Wyglądasz, jakby z tego listu wytoczyła się zakrwawiona głowa twojego ojca.

Jon Snow nie odpowiedział mu natychmiast.

— Mully, pomóż Clydasowi wrócić do komnat. Noc jest ciemna, a ścieżki będą śliskie od śniegu. Atłas, pójdź z nimi. — Wręczył list Tormundowi Zabójcy Olbrzyma. — Masz, zobacz sam.

Dziki popatrzył z powątpiewaniem na list i zwrócił go Jonowi.

— Wygląda paskudnie… ale Tormund Piorunowa Pięść ma lepsze rzeczy do roboty, niż uczyć się rozumieć mowę papierów. One nigdy nie mają do powiedzenia nic dobrego, prawda?

— Rzadko — przyznał Jon Snow. *Czarne skrzydła, czarne słowa.* Być może te stare powiedzenia kryły w sobie więcej prawdy, niż mu się zdawało.

— Przysłał go Ramsay Snow. Przeczytam ci, co napisał.

Kiedy skończył, Tormund zagwizdał.

— Ha. Przesrana sprawa, bez dwóch zdań. O co chodzi z tym Mance'em? Ma go w klatce, tak? Jak to możliwe, kiedy setki ludzi widziały, że wasza czerwona wiedźma go spaliła?

To był Grzechocząca Koszula — omal nie powiedział Jon. *To były czary. Zwała to urokiem.*

— Melisandre… powiedziała „patrz w niebo". — Odłożył list. — Kruk podczas śnieżycy. Widziała to.

A gdy odpowiedzi nadejdą, wyślij po mnie.

— Wszystko to może być jeden bukłak kłamstw. — Tormund podrapał się po brodzie. — Gdybym miał dobre gęsie pióro i kałamarz maesterskiego inkaustu, mógłbym napisać, że mój członek jest długi i gruby jak moja ręka, ale to by nie znaczyło, że to prawda.

— Ma Światłonoścę. Mówi o głowach na murach Winterfell. Wie o włóczniczkach. Zna ich liczbę. — *Wie o Mansie Rayderze.* — Nie. Jest w tym prawda.

— Nie powiem ci, że się mylisz. Co zamierzasz w tej sprawie uczynić, wrono?

Jon zgiął palce prawej dłoni. *Nocna Straż nie opowiada się po niczyjej stronie.* Zacisnął pięść i znowu ją otworzył. *To, co proponujesz, równa się zdradzie.* Pomyślał o Robbie, o płatach śniegu topniejących w jego włosach. *Zabij chłopca i pozwól się narodzić mężczyźnie.* Pomyślał o Branie wspinającym się na wieżę z małpią zręcznością. O zanoszącym się śmiechem Rickonie. O Sansie głaszczącej Damę po futrze i śpiewającej do siebie. *Nic nie wiesz, Jonie Snow.* Pomyślał o Aryi, o jej włosach splątanych jak ptasie gniazdo. *Zrobiłem mu płaszcz ze skór sześciu kurew, które przybyły z nim do Winterfell... chcę dostać moją żonę... chcę dostać moją żonę...*

— Chyba będziemy musieli zmienić plany — stwierdził Jon Snow.

Potem rozmawiali prawie dwie godziny.

Gdy nadeszła pora zmiany warty, Fulka i Mully'ego zastąpili pod drzwiami zbrojowni Koń i Rory.

— Chodźcie ze mną — rozkazał im lord dowódca, gdy nadszedł czas. Duch również chciał z nimi iść, ale Jon złapał go za sierść i wepchnął z powrotem do środka. Wśród tych, którzy zbiorą się w Sali Tarcz, mógł być też Borroq. Ostatnie, czego w tej chwili potrzebował, to atak jego wilka na odyńca należącego do zmiennoskórego.

Sala Tarcz była jedną z najstarszych części Czarnego Zamku. Długa wietrzna komnata jadalna miała mury z ciemnego kamienia, a jej dębowe krokwie z upływem stuleci poczerniały od dymu. W czasach gdy Nocna Straż była znacznie liczniejsza, na ścianach wisiały tu szeregi barwnych drewnianych tarcz. Wówczas, tak samo jak obecnie, tradycja wymagała, by rycerz przywdziewający czerń wyrzekał się swego herbu, zamieniając go na pozbawioną ozdób czarną tarczę bractwa. Odrzucone z tego powodu tarcze wieszano w sali.

Setki rycerzy znaczyły setki tarcz. Ściany Sali Tarcz zdobiły jastrzębie i orły, smoki i gryfy, słońca i jelenie, wilki i wiwerny, mantykory, byki, drzewa i kwiaty, harfy, włócznie, kraby i krakeny, lwy czerwone, złote i w szachownicę, sowy, baranki, panny i trytony, ogiery, gwiazdy, wiadra i sprzączki, ludzie obdarci ze skóry, powieszeni i płonący, topory, miecze, żółwie, jednorożce, niedźwiedzie, gęsie pióra, pająki, węże i skorpiony, a także setki innych herbów w najprzeróżniejszych kolorach, o jakich nie śniło się żadnej tęczy.

Po śmierci rycerza zdejmowano jednak tarczę, by mogła mu towarzyszyć na stosie albo w grobie, a z upływem stuleci czerń przywdziewało coraz mniej rycerzy. Wreszcie nadszedł czas, gdy nie miało już sensu, by rycerze z Czarnego Zamku spożywali posiłki osobno, i Sala Tarcz opustoszała. W ostatnim stuleciu korzystano z niej rzadko. Jako komnata jadalna miała wiele wad — była ciemna, brudna i wietrzna, zimą trudno było ją ogrzać, w jej piwnicach roiło się od szczurów, a potężne drewniane krokwie były nadgryzione przez robaki i obwieszone pajęczynami.

Była jednak wystarczająco wielka i długa, by pomieścić dwustu ludzi, a nawet o połowę więcej, jeśli się ścisną. Gdy Jon i Tormund weszli do środka, po sali poniósł się szmer przypominający brzęczenie podrażnionych os. Sądząc po tym, jak niewiele czerni widział, dzicy byli tu pięciokrotnie liczniejsi od wron. Na ścianach został tylko niespełna tuzin tarcz, smętnych i poszarzałych. Farba na nich wyblakła, a w drewnie pojawiły się długie szczeliny. W żelaznych uchwytach na ścianach zapalono jednak nowe pochodnie, Jon rozkazał też przynieść ławy i stoły. Maester Aemon mówił mu kiedyś, że ludzie, którzy wygodnie siedzą, chętniej słuchają, a ci, którzy stoją, są bardziej skłonni krzyczeć.

U końca sali znajdowało się zapadające się podwyższenie. Jon wszedł na nie z Tormundem Zabójcą Olbrzyma u boku, a potem uniósł ręce, nakazując zebranym się uciszyć. Osy zabrzęczały jeszcze głośniej. Tormund uniósł róg do ust i zadął. Dźwięk odbił się echem od krokwi. Wszyscy umilkli.

— Wezwałem was tutaj, by przygotować plany odsieczy dla Hardhome — zaczął Jon Snow. — Utknęły tam tysiące wolnych ludzi. Wszyscy głodują i docierają też do nas meldunki o martwych stworach w lesie. — Po lewej widział Marsha i Yarwycka. Othella otaczali jego budowniczowie, Bowenowi zaś towarzyszyli Wick Strugany Patyk, Leworęczny Lew i Alf z Runnymudd. Po prawej ze skrzyżowanymi na piersi rękami siedział Soren Rozbijacz Tarcz. Dalej Jon zauważył Gavina Kupca i Harle'a Przystojnego, którzy szeptali coś do siebie. Ygon Stary Ojciec siedział między swoimi żonami, a Howd Wędrowiec był sam. Borroq opierał się o ścianę w ciemnym kącie. Jego dzika na szczęście nigdzie nie było. — Statki, które wysłałem z odsieczą Matce Kret i jej ludziom, zostały zniszczone przez sztormy. Musimy wysłać im pomoc drogą lądową, na miarę naszych możliwości. — Jon zauważył, że przyszli również dwaj rycerze królowej Selyse. Ser Narbert i ser Benethon stali przy drzwiach wejściowych. Nie zjawił się jednak nikt więcej z ludzi królowej. — Miałem nadzieję, że sam poprowadzę ten wypad i przyprowadzę za mur tylu wolnych ludzi, ilu tylko przeżyje podróż. — Spojrzenie Jona przyciągnął błysk czerwieni w głębi sali. Przyszła lady Melisandre. — Dowiedziałem się jednak, że nie będę mógł wyruszyć do Hardhome. Wyprawą będzie dowodził Tormund Zabójca Olbrzyma. Znacie go wszyscy. Obiecałem dać mu tylu ludzi, ilu będzie potrzebował.

— A gdzie ty wtedy będziesz, wrono? — zagrzmiał Borroq. — Schowasz się bezpiecznie w Czarnym Zamku ze swoim białym psem?

— Nie. Ja pojadę na południe.

Jon przeczytał im list napisany przez Ramsaya Snowa.

W Sali Tarcz zapanowało szaleństwo. Wszyscy zerwali się na nogi, potrząsając pięściami. *Nici z uspokajającej mocy wygodnych ław.* Ludzie wyciągali miecze, tłukli toporami o tarcze. Jon Snow zerknął na Tormunda. Zabójca Olbrzyma ponownie zadął w róg, dwukrotnie dłużej i głośniej niż za pierwszym razem.

— Nocna Straż nie opowiada się po niczyjej stronie w wojnach Siedmiu Królestw — przypomniał zebranym Jon, gdy zapanowało coś przypominającego spokój. — Nie jest naszym zadaniem walka z Bękartem Boltona, pomszczenie Stannisa Baratheona, obrona wdowy po nim i jego córki. Ten potwór, który szyje płaszcze ze skór zdartych z kobiet, poprzysiągł, że wytnie mi serce, i zamierzam sprawić, by odpowiedział za swe słowa... ale nie będę prosił moich braci o złamanie ślubów. Nocna Straż ruszy do Hardhome. Pojadę do Winterfell sam, chyba że... — Jon przerwał. — ...znajdzie się tu ktoś, kto zechce mi towarzyszyć.

Odpowiedział mu ryk tak głośny, jak tylko mógł na to liczyć. Tumult był tak przeraźliwy, że ze ściany spadły dwie stare tarcze. Soren Rozbijacz Tarcz zerwał się na nogi, a razem z nim Wędrowiec, Toregg Wysoki, Brogg, Harle Łowca i Harle Przystojny, Ygon Stary Ojciec, Ślepy Doss, a nawet Wielki Mors. *Mam swoje miecze* — pomyślał Jon. *Idziemy po ciebie, Bękarcie.*

Zauważył, że Yarwyck i Marsh wymknęli się z sali, a ich ludzie razem z nimi. To nie miało znaczenia. Nie potrzebował ich. Nie chciał ich. *Nikt nie będzie mógł powiedzieć, że zmusiłem braci do złamania ślubów. Jeśli to rzeczywiście wiarołomstwo, tylko ja jestem mu winien.* Nagle Tormund walnął go w plecy, uśmiechając się od ucha do ucha.

— Dobra przemowa, wrono. A teraz przynieś miód. Spraw, by należeli do ciebie, a potem daj im się napić. Tak to się robi. Jeszcze zrobimy z ciebie dzikiego, chłopcze. Ha!

— Wyślę po *ale* — odparł Jon z roztargnieniem w głosie. Uświadomił sobie, że Melisandre wyszła, a razem z nią rycerze królowej. *Trzeba było najpierw pójść do Selyse. Ma prawo się dowiedzieć, że jej pan mąż nie żyje.*

— Muszę cię przeprosić. Ty ich upij.

— Ha! Z tym zadaniem świetnie sobie poradzę, wrono. Ruszaj!

Jon wyszedł z Sali Tarcz. Koń i Rory podążyli za nim. *Po spotkaniu z królową powinienem porozmawiać z Melisandre. Jeśli potrafiła wypatrzyć kruka w zamieci, znajdzie też dla mnie Ramsaya Snow.* Nagle usłyszał krzyki... a także ryk tak głośny, że zdawał się wstrząsać samymi fundamentami Muru.

— To w Wieży Hardina, panie — zameldował Koń. Być może chciał powiedzieć coś więcej, ale zagłuszył go wrzask.

Val — pomyślał w pierwszej chwili Jon. To jednak nie była kobieta. *To był krzyk konającego mężczyzny.* Zerwał się do biegu. Koń i Rory popędzili za nim.

— Czy to upiory? — zapytał ten ostatni. Jon zadał sobie pytanie, czy jego trupy mogły się wyrwać z łańcuchów.

Gdy dotarli do Wieży Hardina, krzyki już ucichły, ale Wun Weg Wun Dar Wun nie przestawał ryczeć. Olbrzym kiwał okrwawionym trupem, trzymając go za nogę, jak Arya robiła ze swą lalką, kiedy była mała. Wywijała nią niczym morgensztemem, gdy tylko zagroziły jej jarzyny. *Ale Arya nigdy nie rozrywała lalek na strzępy.* Prawa ręka zabitego leżała w odległości kilku jardów. Śnieg pod nią robił się czerwony.

— Puść go — zawołał Jon. — Wun Wun, puść go.

Olbrzym nie usłyszał go albo nie zrozumiał. On również krwawił. Miał na brzuchu i na ramieniu rany od miecza. Raz po raz uderzał martwym rycerzem o szary kamienny mur wieży, aż wreszcie głowa zabitego zmieniła się w czerwoną miazgę przypominającą letni melon. Jego płaszcz powiewał w zimnym powietrzu. Uszyto go z białej wełny obszytej srebrnogłowiem i ozdobionej niebieskimi gwiazdkami. Krew i kawałki kości bryzgały na wszystkie strony.

Z sąsiednich wież wypadali ludzie z północy, dzicy, ludzie królowej...

— Sformujcie kordon — rozkazał swym braciom Jon. — Nie dopuszczajcie nikogo, ale zwłaszcza ludzi królowej.

Zabitym był ser Patrek z Królewskiej Góry. Z jego głowy prawie nic nie zostało, ale herb miał prawie tak samo charakterystyczny jak twarz. Jon nie chciał ryzykować, że ser Malegorn, ser Brus albo inni rycerze królowej spróbują pomścić towarzysza.

Wun Weg Wun Dar Wun zawył po raz kolejny, a potem szarpnął i pociągnął za drugą rękę ser Patreka. Kończyna się urwała. Trysnęła jaskrawoczerwona krew. *Jak dziecko wyrywające płatki stokrotki* — pomyślał Jon.

— Skóra, porozmawiaj z nim, uspokój go. W starym języku, on rozumie stary język. Reszta niech się cofnie. Schowajcie stal, straszycie go. — Czy nie widzieli, że olbrzym jest ranny? Jon musi położyć temu kres, bo inaczej zginie więcej ludzi. Nie mieli pojęcia, jak silny jest Wun Wun. *Róg, potrzebny mi róg.* Zobaczył błysk stali i zwrócił się w jego kierunku.

— Schowajcie broń! — krzyknął. — Wick, zabieraj...

Chciał powiedzieć „ten nóż", ale Wick Strugany Patyk ciął go w gardło i słowa przerodziły się w chrząknięcie. Jon zdążył się cofnąć i ostrze tylko drasnęło mu szyję. *Zranił mnie.* Dotknął dłonią szyi i poczuł wypływającą między palcami krew.

— Dlaczego?

— W imię Straży.

Wick ciął po raz drugi. Tym razem Jon złapał go za nadgarstek i wykręcił mu rękę. Sztylet wysunął się z palców. Patykowaty zarządca cofnął się, unosząc dłonie, jakby chciał powiedzieć: „Nie ja, to nie byłem ja". Ludzie krzyczeli. Jon sięgnął po Długi Pazur, ale jego palce zrobiły się sztywne i niezgrabne. Z jakiegoś powodu nie był w stanie wyciągnąć miecza z pochwy.

Nagle zjawił się przed nim Bowen Marsh. Łzy spływały mu po policzkach.

— W imię Straży.

Pchnął Jona w brzuch. Gdy cofnął rękę, sztylet został na miejscu.

Jon osunął się na kolana. Sięgnął po rękojeść sztyletu i wyszarpnął go. Rana dymiła w zimnym nocnym powietrzu.

— Duch — wyszeptał. Zalał go ból. *Zadajesz cios ostrym końcem.* Gdy trzeci sztylet wbił się między łopatkami, chrząknął i zwalił się twarzą w śnieg. Nie poczuł czwartego noża. Tylko zimno...

NAMIESTNIK KRÓLOWEJ

Dornijski książę umierał trzy dni.

Ostatnie drżące tchnienie wydał w posępnym, poprzedzającym świt mroku, gdy z ciemnego nieba lał zimny deszcz, zamieniający w rzeki ceglane ulice starego miasta. Ulewa ugasiła najgorsze pożary, ale z tlących się ruin piramidy Hazkarów nadal unosiły się smużki dymu, a wielka czarna piramida Yherizanów, w której Rhaegal urządził swe leże, majaczyła w półmroku niczym wielka gruba kobieta przyozdobiona żarzącymi się pomarańczowym blaskiem klejnotami.

Być może bogowie nie są jednak głusi — pomyślał ser Barristan, przyglądając się tym odległym węgielkom. *Gdyby nie deszcz, pożary mogłyby już pochłonąć całe Meereen.*

Nigdzie nie widział samych smoków, ale przecież nie spodziewał się ich ujrzeć. Smoki nie lubiły deszczu. Na wschodnim horyzoncie pojawiła się cienka czerwona kreska. Wkrótce powinno wzejść słońce. Selmy'emu ten widok przypominał pierwszą krew sączącą się z rany. Przy głębokich cięciach często krew pojawiała się przed bólem.

Stał przed balustradą na najwyższym piętrze Wielkiej Piramidy i przeszukiwał wzrokiem niebo, jak robił to co rano, wiedząc, że świt musi nadejść, i mając nadzieję, że królowa zjawi się razem z nim. *Nie opuściła nas. Nigdy by nie porzuciła swego ludu* — powtarzał sobie, słuchając rzężenia konającego księcia dobiegającego z komnat królowej.

Ser Barristan wszedł do środka. Z jego białego płaszcza skapywała deszczówka, a buty zostawiały mokre ślady na podłodze i dywanach. Na jego rozkaz Quentyna Martella położono w łożu królowej. Był rycerzem, a do tego księciem Dorne. Uprzejmość nakazywała pozwolić mu umrzeć w łożu, do którego zmierzał przez pół świata. Całe posłanie się zniszczyło — prześcieradła, kołdry, poduszki i materac cuchnęły krwią oraz dymem, ale ser Barristan był przekonany, że Daenerys mu wybaczy.

Missandei siedziała przy umierającym. Towarzyszyła księciu dniem i nocą, spełniała wszelkie pragnienia, jakie był w stanie wyrazić, podawała mu wodę i makowe mleko, gdy tylko miał siłę pić, słuchała nielicznych udręczonych słów, jakie wyszeptywał od czasu do czasu, czytała mu, kiedy się uspokajał, spała na krześle przy łożu. Ser Barristan prosił o pomoc niektórych podczaszych królowej, ale nawet najśmielsi z nich nie mogli znieść widoku spalonego człowieka. Niebieskie Gracje nie przyszły, mimo że posyłał po nie cztery razy. Być może biała klacz uniosła już ostatnie z nich.

Maleńka naathańska skryba uniosła głowę, kiedy się zbliżył.

— Czcigodny rycerzu, książę już nie czuje bólu. Jego dornijscy bogowie zabrali go do domu. Widzisz? Uśmiecha się.

Skąd wiesz? Nie ma ust. Lepiej by było, gdyby smoki go pożarły. To przynajmniej byłoby szybkie. A to… *Śmierć od ognia jest straszna. Nic dziwnego, że połowę piekieł wypełniają płomienie.*

— Zakryj go.

Missandei przykryła narzutą twarz księcia.

— Co z nim zrobimy, ser? Jest bardzo daleko od domu.

— Dopilnuję, by odesłano go do Dorne. — *Ale w jakiej postaci? Jako popioły?* To oznaczałoby więcej ognia, a ser Barristan nie był w stanie przełknąć takiej perspektywy. Trzeba będzie usunąć ciało z kości. *Chrząszcze, nie gotowanie.* W domu zajęłyby się tym milczące siostry, ale to była Zatoka Niewolnicza. Od najbliższej milczącej siostry dzieliło ich dziesięć tysięcy mil. — Połóż się spać, dziecko. We własnym łóżku.

— Jeśli ta osoba może być tak śmiała, ty powinieneś uczynić to samo, ser. Nie przespałeś całej nocy.

Nie zdarzyło mi się to od wielu lat, dziecko. Od czasów Tridentu. Wielki maester Pycelle powiedział mu kiedyś, że starzy ludzie nie potrzebują tyle snu, co młodzi, chodziło jednak o coś więcej. Osiągnął wiek, w którym bał się zamknąć oczy, w obawie, że już ich nie otworzy. Inni mogli pragnąć umrzeć w łóżku podczas snu, ale to nie była śmierć godna rycerza Gwardii Królewskiej.

— Noce są za długie — wyjaśnił dziewczynce — a poza tym zawsze miałem bardzo wiele roboty. I tutaj, i w Siedmiu Królestwach. Zrobiłaś już wystarczająco wiele, dziecko. Idź się przespać.

A jeśli bogowie są łaskawi, nie przyśnią ci się smoki.

Kiedy dziewczynka sobie poszła, stary rycerz uniósł narzutę, by po raz ostatni przyjrzeć się twarzy Quentyna Martella. Temu, co z niej pozostało. Ogień strawił tak znaczną część ciała księcia, że było widać kości czaszki. Jego oczy były jeziorkami ropy. *Powinien był zostać w Dorne. Powinien był pozostać żabą. Nie wszyscy są stworzeni do tańca ze smokami.* Zakrył twarz chłopaka i zadał sobie pytanie, czy ktoś zrobi to samo dla jego królowej, czy też jej ciało będzie leżało niepochowane pośród wysokich traw Morza Dothraków, wpatrując się niewidzącymi oczyma w niebo, aż wreszcie zostaną tylko kości.

— Nie — powiedział na głos. — Daenerys nie zginęła. Jechała na tym smoku. Widziałem to na dwoje własnych oczu.

Powtarzał to sobie już sto razy… ale z każdym mijającym dniem trudniej mu było uwierzyć we własne słowa. *Jej włosy płonęły. To również widziałem. Paliła się... a nawet jeśli nie zauważyłem, by spadła, setki ludzi przysięgają, że to widzieli.*

Do miasta niepostrzeżenie przybył dzień. Choć deszcz nadal lał, wschodnie niebo rozjaśnił blady blask. Razem ze słońcem zjawił się Golony Łeb. Skahaz miał na sobie znajomy strój złożony z czarnej plisowanej spódniczki, nagolenników oraz napierśnika z zaznaczonymi mięśniami. Mosiężna maska, którą miał pod pachą, była jednak nowa — głowa wilka z wywalonym ozorem.

— A więc głupiec umarł, tak? — zapytał zamiast powitania.

— Książę Quentyn skonał przed nadejściem świtu. — Selmy nie zdziwił się, że Skahaz o tym wie. W piramidzie wieści rozchodziły się szybko. — Czy rada już się zebrała?

— Wszyscy czekają na namiestnika.

Nie jestem namiestnikiem — pragnęła zawołać część jego jaźni. *Jestem tylko prostym rycerzem. Obrońcą królowej. Nigdy tego nie pragnąłem.* Ale królowa zaginęła, a króla zakuto w łańcuchy i ktoś musiał sprawować rządy, ser Barristan nie ufał zaś Golonemu Łbu.

— Czy mamy jakieś wieści od Zielonej Gracji?

— Jeszcze nie wróciła do miasta.

Skahaz sprzeciwiał się wysłaniu kapłanki. Galazza Galare również nie paliła się do tego zadania. Zgodziła się go podjąć dla dobra pokoju, ale upierała się, że do pertraktacji z Mądrymi Panami lepiej nadaje się Hizdahr zo Loraq. Ser Barristan nie ustępował jednak łatwo, w końcu więc Zielona Gracja pochyliła głowę i przysięgła, że zrobi, co będzie mogła.

— Jak mają się sprawy w mieście? — zapytał Golonego Łba Selmy.

— Wszystkie bramy zamknięto i zaryglowano, jak rozkazałeś. Polujemy na najemników i Yunkai'i pozostałych w mieście. Tych, których złapiemy, wyganiamy za bramy albo aresztujemy. Większość jednak się ukrywa. Z pewnością wewnątrz piramid. Nieskalani obsadzili mury i wieże, gotowi odeprzeć atak. Na placu zebrało się dwustu szlachetnie urodzonych. Stoją w deszczu, odziani w *tokary*, i wrzaskiem domagają się audiencji. Domagają się uwolnienia Hizdahra i mojej śmierci. Chcą też, byś zabił te smoki. Ktoś im powiedział, że rycerze dobrze sobie z tym radzą. Ludzie nadal wydobywają trupy z piramidy Hazkarów. Wielcy Panowie z rodów Yherizanów i Uhlezów oddali swe piramidy smokom.

Ser Barristan wiedział już to wszystko.

— Ile było dziś ofiar? — zapytał, obawiając się odpowiedzi.

— Dwadzieścia dziewięć.

— Dwadzieścia dziewięć?

Było gorzej, niż sobie wyobrażał. Synowie Harpii wznowili swą wojnę cieni przed dwoma dniami. Pierwszej nocy doszło do trzech morderstw, drugiej do dziewięciu. Trzeciej liczba osiągnęła dwadzieścia dziewięć…

— Do południa może ich być więcej niż trzydzieści. Czemu tak poszarzałeś, starcze? Czego się spodziewałeś? Harpia pragnie uwolnienia Hizdahra. Dlatego wysłała swych synów na ulice z nożami w dłoniach. Wszyscy zabici to wyzwoleńcy albo golone łby, jak poprzednio. Jeden był moją Mosiężną Bestią. Znak harpii narysowano kredą pod ciałami albo wydrapano na murach. Towarzyszyły im też napisy. „Smoki muszą zginąć". „Harghaz Bohater". Widziano też „Śmierć Daenerys", choć deszcz zmył słowa.

— Podatek od krwi…

— Dwieście dziewięćdziesiąt sztuk złota od każdej piramidy, tak jest — poskarżył się Skahaz. — Zbierzemy go… ale utrata garści monet z pewnością nie powstrzyma ręki Harpii. Tylko krew może to zrobić.

— Ciągle to powtarzasz. — *Znowu chodzi o zakładników. Zabije wszystkich, jeśli mu na to pozwolę.* — Słyszałem to już sto razy. Nie.

— Namiestnik królowej — mruknął z niesmakiem Skahaz. — Taki namiestnik bardziej by pasował do starej baby, słabej i pomarszczonej. Modlę się, by Daenerys szybko do nas wróciła. — Zakrył twarz maską wilka. — Twoja rada z pewnością się niecierpliwi.

— To rada królowej, nie moja.

Selmy zamienił mokry płaszcz na suchy, przypiął pas z mieczem i ruszył z Golonym Łbem na dół.

W komnacie audiencyjnej nie było dziś błagalników. Choć

ser Barristan przybrał tytuł namiestnika, nie śmiał ich przyjmować pod nieobecność królowej, nie pozwolił też na to Skahazowi mo Kandaqowi. Na rozkaz starego rycerza usunięto groteskowe smocze trony Hizdahra, Selmy nie kazał jednak przynieść z powrotem prostej ławy, którą lubiła królowa. Zamiast tego pośrodku komnaty ustawiono wielki okrągły stół, otoczony krzesłami o wysokich oparciach. Siedzący na nich ludzie mogli rozmawiać ze sobą jak równi z równymi.

Wszyscy wstali, gdy ser Barristan zszedł z marmurowych schodów razem ze Skahazem Golonym Łbem. Był obecny Marselen z Ludzi Matki oraz Symon Pręgowany Grzbiet dowodzący Wolnymi Braćmi. Twarde Tarcze wybrały nowego dowódcę, czarnoskórego Letniaka zwanego Talem Toraqiem. Ich poprzedniego kapitana, Mollono Yos Doba, zabrała biała klacz. Nieskalanych reprezentował Szary Robak w towarzystwie trzech sierżantów w spiczastych hełmach. W imieniu Wron Burzy przybyli dwaj doświadczeni najemnicy, łucznik imieniem Jokin oraz skwaszony, naznaczony bliznami topornik znany po prostu jako Wdowiec. Obaj wspólnie dowodzili kompanią pod nieobecność Daario Naharisa. Większość *khalasaru* królowej wyruszyła z Aggiem i Rakharem szukać Daenerys na Morzu Dothraków, ale Rommo, zezowaty *jaqqa rhan* o krzywych nogach, zjawił się, by przemówić w imieniu jeźdźców, którzy pozostali w mieście.

Naprzeciwko ser Barristana zasiadali czterej byli strażnicy króla Hizdahra, Goghor Gigant, Belaquo Łamignat, Camarron od Rachuby i Cętkowany Kot. Selmy nalegał, by ich uwzględnić, pomimo sprzeciwów Skahaza Golonego Łba. Pomogli kiedyś Daenerys Targaryen zdobyć miasto i nie powinno się o tym zapominać. Mogli być zabójcami i krwiożerczymi bestiami, ale na swój sposób dochowali wierności... królowi Hizdahrowi, tak jest, ale również królowej.

Ostatni zjawił się Silny Belwas.

Eunuch spojrzał śmierci w twarz, tak blisko, że mógłby ją

pocałować w usta. To odcisnęło na nim piętno. Stracił na wadze może ze dwa kamienie, a ciemnobrązowa skóra, ongiś mocno opięta na potężnej piersi i brzuchu, zwisała luźno niczym szata za duża o trzy numery. Kroczył powoli i odrobinę niepewnie.

Mimo to jego widok uradował serce starego rycerza. Ser Barristan przemierzył świat z Silnym Belwasem i wiedział, że może na nim polegać, gdyby trzeba było wydobyć miecze.

— Belwasie, cieszymy się, że mogłeś do nas dołączyć.

— Białobrody. — Belwas się uśmiechnął. — Gdzie wątróbka z cebulą? Silny Belwas nie jest już taki silny jak kiedyś, musi jeść, żeby znowu zrobić się duży. Silny Belwas przez nich zachorował. Ktoś musi umrzeć.

Ktoś umrze. I zapewne nie skończy się na jednym.

— Usiądź, przyjacielu. — Belwas usiadł i skrzyżował ramiona na piersi. — Quentyn Martell umarł dziś rano, tuż przed świtem — oznajmił ser Barristan.

— Smoczy jeździec — stwierdził ze śmiechem Wdowiec.

— Moim zdaniem głupiec — dodał Symon Pręgowany Grzbiet.

Nie, po prostu chłopak. Ser Barristan nie zapomniał o szaleństwach własnej młodości.

— Nie mówmy źle o zmarłych. Książę zapłacił straszliwą cenę za swój uczynek.

— A co z pozostałymi Dornijczykami? — zapytał Tal Toraq.

— Na razie pozostają w więzieniu. — Żaden z nich nie stawiał oporu. Gdy przybyły Mosiężne Bestie, Archibald Yronwood tulił dymiące przypalone ciało księcia w ramionach. Świadczyły o tym jego poparzone dłonie. Próbował zgasić nimi płomienie, które ogarnęły Quentyna Martella. Gerris Drinkwater stał przy nich z mieczem w dłoni, ale rzucił broń, ujrzawszy szarańcze. — Siedzą w tej samej celi.

— Niech zawisną na tej samej szubienicy — zażądał Symon Pręgowany Grzbiet. — Wypuścili do miasta dwa smoki.

— Otwórzmy areny i dajmy im miecze — zaproponował Cętkowany Kot. — Zabiję obu i całe Meereen będzie wykrzykiwało moje imię.

— Areny pozostaną zamknięte — oznajmił Selmy. — Krew i hałas zwabiłyby smoki.

— Być może wszystkie trzy — zasugerował Marselen. — Czarna bestia raz już przyleciała. Czemu by nie znowu? Tym razem z królową.

Albo bez niej. Ser Barristan nie wątpił, że gdyby Drogon przyleciał do Meereen bez Daenerys na grzbiecie całe miasto eksplodowałoby krwią i płomieniem. Ludzie siedzący za tym stołem wkrótce wyciągnęliby sztylety i rzucili się na siebie. Daenerys Targaryen mogła być młodą dziewczyną, ale tylko ona trzymała ich razem.

— Jej Miłość wróci, kiedy wróci — oznajmił ser Barristan. — Zapędziliśmy tysiąc owiec na Arenę Daznaka, Arenę Ghrazza wypełniliśmy wołami, a Złotą Arenę zwierzętami zgromadzonymi przez Hizdahra zo Loraqa na igrzyska. — Do tej pory oba smoki okazywały, że wolą baraninę, wracając na Arenę Daznaka, gdy tylko poczuły się głodne. Jeśli nawet któryś polował na ludzi, w mieście lub poza nim, Barristan nic o tym nie słyszał. Jedynymi Meereeńczykami zabitymi przez smoki od śmierci Harghaza Bohatera byli właściciele niewolników na tyle głupi, że próbowali się sprzeciwiać, gdy Rhaegal wybrał szczyt Piramidy Hazkarów na swe leże. — Mamy do omówienia też inne pilne sprawy. Wysłałem Zieloną Grację do Yunkijczyków, by uzgodniła warunki zwolnienia zakładników. Spodziewam się, że około południa wróci z odpowiedzią.

— Ze słowami — odparł Wdowiec. — Wrony Burzy znają Yunkai'i. Ich języki to robaki, które wiją się to w tę, to w tamtą. Zielona Gracja wróci ze słowami robaków, nie z kapitanem.

— Jeśli namiestnik królowej raczy pamiętać, Mądrzy Panowie mają również naszego Bohatera — odezwał się Szary Robak. — A także władcę koni Jhoga, brata krwi królowej.

— Krew jej krwi — zgodził się Rommo. — Trzeba go uwolnić. Wymaga tego honor *khalasaru.*

— Uczynimy to — zapewnił ser Barristan. — Ale najpierw musimy sprawdzić czy Zielona Gracja zdoła osiągnąć…

— Zielona Gracja nic nie osiągnie. Niewykluczone, że właśnie w tej chwili spiskuje z Yunkai'i przeciwko nam. Mówisz o warunkach? O uzgodnieniu warunków? A co to za warunki?

— Okup — odparł ser Barristan. — Tyle złota, ile ważą zakładnicy.

— Mądrzy Panowie nie potrzebują naszego złota, ser — odparł Marselen. — Wszyscy z nich są bogatsi od waszych westeroskich lordów.

— Ale ich najemnicy go potrzebują. Cóż dla nich znaczą zakładnicy? Jeśli Yunkijczycy odmówią, to wbije nóż między nich a ich najemnych żołnierzy. — *Taką przynajmniej mam nadzieję.* To Missandei zasugerowała mu ten plan. Sam nigdy by nie wpadł na taki pomysł. W Królewskiej Przystani wręczanie łapówek było domeną Littlefingera, natomiast sianiem niezgody między wrogami korony zajmował się lord Varys. Obowiązki ser Barristana były prostsze. *Missandei ma tylko jedenaście lat, a mimo to jest sprytniejsza od połowy obecnych tu mężczyzn i mądrzejsza od wszystkich.* — Poleciłem Zielonej Gracji przedstawić tę ofertę dopiero wtedy, gdy zjawią się wszyscy yunkijscy dowódcy.

— I tak ją odrzucą — zapewnił Symon Pręgowany Grzbiet. — Powiedzą, że chcą śmierci smoków i zwrócenia tronu królowi.

— Modlę się o to, byś nie miał racji.

Ale obawiam się, że ją masz.

— Twoi bogowie są daleko stąd, ser Dziadku — stwierdził Wdowiec. — Nie sądzę, by słyszeli twe modlitwy. A gdy już Yunkai'i odeślą staruchę, by splunęła ci w twarz, co będzie wtedy?

— Ogień i krew — odpowiedział Barristan Selmy cichym, bardzo cichym głosem.

Przez dłuższą chwilę nikt się nie odzywał.

— To lepsze niż wątróbka z cebulą — stwierdził Silny Belwas, klepiąc się po brzuchu.

— Złamiesz pokój Hizdahra, starcze? — zapytał Skahaz Golony Łeb, przyglądając się ser Barristanowi zza szpar maski.

— Rozwalę go na drobne kawałeczki. — Kiedyś, dawno temu, pewien książę nazwał go Barristanem Śmiałym. — Zbudowaliśmy stos na szczycie piramidy, gdzie kiedyś stała harpia. Jeśli nadejdzie czas, a modlę się, by tak się nie stało, zapalimy go. Ogień będzie dla was sygnałem do otwarcia bram i ruszenia do ataku. Każdy z was będzie miał rolę do odegrania, wszyscy więc musicie cały czas być gotowi, za dnia i w nocy. Zniszczymy wrogów albo zginiemy. — Uniósł rękę, by dać znak czekającym giermkom. — Kazałem przygotować mapy ukazujące rozmieszczenie sił nieprzyjaciela, jego obozów, linii oblężniczych i trebuszy. Jeśli zdołamy rozbić handlarzy niewolników, najemnicy ich porzucą. Wiem, że macie pytania i wątpliwości. Wygłoście je teraz. Po odejściu od stołu wszyscy musimy być zgodni i zdeterminowani.

— W takim razie lepiej każ przynieść jadło i napoje — zasugerował Symon Pręgowany Grzbiet. — To chwilę potrwa.

Narada zajęła im resztę poranku i większą część popołudnia. Kapitanowie i dowódcy kłócili się nad mapami jak przekupki nad wiadrem krabów. Słabe i silne punkty, gdzie najlepiej rozmieścić ich małą kompanię łuczników, czy słonie lepiej wykorzystać do przełamania yunkijskich szeregów, czy zostawić w odwodzie, komu przypadnie zaszczyt poprowadzenia pierwszego ataku, czy konnicę lepiej rozmieścić na skrzydłach, czy w przedniej straży.

Ser Barristan pozwalał każdemu wypowiedzieć swe zdanie. Tal Toraq uważał, że po przebiciu się przez linie nieprzyjaciela powinni natychmiast pomaszerować na Yunkai, ponieważ Żółte Miasto było niemal bez obrony. Yunkai'i nie będą mieli innego wyboru jak zwinąć oblężenie i ruszyć w pościg za nimi. Cętkowany Kot chciał rzucić wyzwanie nieprzyjacielowi, zażądać, by wyznaczył reprezentanta, który stanie z nim do pojedynku. Silnemu Belwasowi spodobał się ten pomysł, ale eunuch uważał, że to on powinien walczyć, a nie Kot. Camarron od Rachuby zaproponował, by zdobyli okręty cumujące u brzegu rzeki, a potem popłynęli Skahazadhanem i wysadzili trzystu wojowników z aren na tyłach Yunkai'i. Wszyscy się zgadzali, że ich najlepszymi żołnierzami są Nieskalani, ale każdy miał inne zdanie w sprawie ich rozmieszczenia. Wdowiec chciał wykorzystać eunuchów jako żelazną pięść, która zmiażdży serce yunkijskiej obrony. Marselen uważał, że powinni się znaleźć na jednym z końców szeregu, by uniemożliwić nieprzyjacielowi oskrzydlenie ich. Symon Pręgowany Grzbiet wolałby podzielić ich na trzy grupy, które wzmocnią trzy kompanie wyzwoleńców. Zapewniał, że jego Wolni Bracia są odważni i skorzy do walki, ale obawiał się, że bez wsparcia Nieskalanych jego zielonym żołnierzom zabraknie dyscypliny niezbędnej, by stawić czoło doświadczonym najemnikom. Szary Robak powiedział tylko, że Nieskalani wykonają rozkazy i zrobią wszystko, czego się od nich zażąda.

Gdy dyskusje, debaty i decyzje były już za nimi, Symon Pręgowany Grzbiet zgłosił jeszcze jedną, końcową uwagę.

— Gdy byłem niewolnikiem w Yunkai, pomagałem swemu panu targować się z wolnymi kompaniami i zajmowałem się wypłacaniem im żołdu. Znam najemników i wiem, że Yunkai'i z pewnością nie są w stanie zapłacić im tyle, by byli skłonni stawić czoło smoczemu ogniowi. Dlatego pytam cię… jeśli pokój się załamie i zacznie się bitwa, czy smoki przybędą? Czy przyłączą się do walki?

Przybędą — mógłby powiedzieć ser Barristan. *Zwabi je hałas, krzyki i wrzaski, zapach krwi. To je przyciągnie na pole bitwy, tak samo jak ryk na Arenie Daznaka przyciągnął Drogona na szkarłatny piasek. Ale kiedy się zjawią, czy potrafią odróżnić od siebie obie strony?* Z jakiegoś powodu w to wątpił.

— Smoki zrobią to, co zechcą — rzekł jednak tylko. — Jeśli nadlecą, być może cień ich skrzydeł wystarczy, by pozbawić handlarzy niewolników odwagi i skłonić ich do ucieczki.

Podziękował wszystkim i kazał im odejść.

Szary Robak został jeszcze w komnacie, gdy pozostali ją opuścili.

— Te osoby będą gotowe, gdy zapłonie ogień sygnalny. Ale namiestnik z pewnością wie, że jeśli zaatakujemy, Yunkai'i zabiją zakładników.

— Zrobię wszystko, co będę mógł, by temu zapobiec, przyjacielu. Mam… pewien pomysł. Wybacz, ale muszę cię teraz przeprosić. Już najwyższy czas, by Dornijczycy się dowiedzieli, że ich książę nie żyje.

Szary Robak pochylił głowę.

— Ta osoba słucha.

Ser Barristan zabrał ze sobą do lochów dwóch swych nowo pasowanych rycerzy. Zdarzało się, że żałoba i poczucie winy popychało dobrych ludzi do szaleństwa, a Archibald Yronwood i Gerris Drinkwater nie byli bez winy w sprawie śmierci przyjaciela. Gdy jednak dotarł do celi, kazał Tumowi i Krwawemu Barankowi zaczekać na zewnątrz i sam poszedł zawiadomić Dornijczyków, że agonia ich księcia dobiegła końca.

Ser Archibald, ten wielki i łysy, nie miał nic do powiedzenia. Siedział na skraju pryczy, wpatrując się w obandażowane dłonie. Ser Gerris walnął pięścią w ścianę.

— Mówiłem mu, że to szaleństwo. Błagałem, żebyśmy

wracali do domu. Ta suka, twoja królowa, nie chciała mieć z nim nic wspólnego. Każdy by to zauważył. Przemierzył cały świat, by ofiarować jej swą miłość i wierność, a ona wyśmiała go przy wszystkich.

— Daenerys się nie śmiała — odparł Selmy. — Wiedziałbyś o tym, gdybyś ją znał.

— Wzgardziła nim. Ofiarował jej serce, a ona cisnęła mu je w twarz i poszła się pierdolić ze swoim najemnikiem.

— Lepiej powściągnij swój język, ser. — Stary rycerz nie lubił Gerrisa Drinkwatera i nie zamierzał mu pozwolić oczerniać Daenerys. — Książę Quentyn zginął z własnej winy, a także z waszej.

— Naszej? A na czym polega nasza wina, ser? Quentyn był naszym przyjacielem, to prawda. Mógłbyś też powiedzieć, że miał w sobie coś z głupca, ale wszyscy marzyciele to głupcy. Przede wszystkim jednak był naszym księciem. Byliśmy mu winni posłuszeństwo.

Barristan Selmy nie mógł zaprzeczyć prawdziwości tych słów. Większą część życia poświęcił na wykonywanie rozkazów pijaków i szaleńców.

— Przybył za późno.

— Ofiarował jej serce — powtórzył ser Gerris.

— Potrzebowała mieczy, nie serc.

— Dałby jej też włócznie Dorne.

— Gdybyż tylko to zrobił. — Nikt bardziej od Barristana Selmy'ego nie pragnął, by Daenerys łaskawie spojrzała na dornijskiego księcia. — Ale przybył za późno, a to szaleństwo... opłacił najemników, wypuścił do miasta dwa smoki... to było szaleństwo, a nawet coś gorszego. To była zdrada.

— Uczynił to z miłości do królowej Daenerys — upierał się Gerris Drinkwater. — Pragnął dowieść, że jest godny jej ręki.

Stary rycerz usłyszał już wystarczająco wiele.

— Książę Quentyn uczynił to dla Dorne. Masz mnie za jakiegoś zniedołężniałego dziadka? Spędziłem całe życie wśród królów, królowych i książąt. Słoneczna Włócznia pragnie ruszyć na wojnę przeciwko Żelaznemu Tronowi. Nie, nie próbuj temu przeczyć. Doran Martell nie jest człowiekiem, który zwołałby włócznie, nie mając nadziei na zwycięstwo. To obowiązek sprowadził tu księcia Quentyna. Obowiązek, honor, żądza chwały… ale nie miłość. Quentyn przybył po smoki, nie dla Daenerys.

— Nie znałeś go, ser. On…

— On nie żyje, Drink. — Yronwood wstał. — Słowa nie przywołają go z powrotem. Cletus i Will również nie żyją. Dlatego zamknij tę cholerną gębę, nim wsadzę ci w nią pięść. — Potężnie zbudowany rycerz spojrzał na Selmy'ego. — Co zamierzasz z nami zrobić?

— Skahaz Golony Łeb chce was powiesić. Zabiliście czterech jego ludzi. Czterech ludzi królowej. Dwaj z nich byli wyzwoleńcami, którzy towarzyszyli Jej Miłości od Astaporu.

Yronwood nie sprawiał wrażenia zaskoczonego.

— Ludzie zwierzęta, tak jest. Ja zabiłem tylko jednego, tego z głową bazyliszka. Resztę załatwili najemnicy. Ale to nie ma znaczenia, wiem o tym.

— Broniliśmy Quentyna — odezwał się Drinkwater. — Nie…

— Bądź cicho, Drink. On o tym wie. — Wysoki rycerz ponownie zwrócił się do ser Barristana. — Gdybyś zamierzał nas powiesić, nie potrzebowałbyś tu przychodzić. A więc nie o to chodzi, tak?

— Tak. — *Nie jest taki głupi, jak mogłoby się zdawać.* — Bardziej mi się przydacie żywi niż martwi. Jeśli zgodzicie się mi służyć, znajdę potem statek, który odwiezie was do Dorne. Oddacie kości Quentyna jego panu ojcu.

— Dlaczego to zawsze muszą być statki? — poskarżył się ser Archibald ze skwaszoną miną. — Ale ktoś musi odwieźć Quenta do domu. O co pragniesz nas prosić, ser?

— O wasze miecze.

— Masz tysiące mieczy.

— Wyzwoleńcy królowej jeszcze nie poznali smaku krwi. Najemnikom nie ufam. Nieskalani to odważni żołnierze... ale nie są wojownikami. Nie są rycerzami... — przerwał. — Co się wydarzyło, gdy próbowaliście ukraść smoki? Opowiedzcie mi.

Dornijczycy wymienili spojrzenia.

— Quentyn zapewnił Obdartego Księcia, że potrafi nad nimi zapanować — odparł Drinkwater. — Mówił, że ma to we krwi. W jego żyłach płynęła krew Targaryenów.

— Krew smoka.

— Tak. Najemnicy mieli nam pomóc zakuć smoki w łańcuchy, żebyśmy mogli przetransportować je do portu.

— Szmaciarz załatwił statek — dodał Yronwood. — Duży, na wypadek gdyby udało się nam schwytać oba smoki. — Spojrzał na swe obandażowane dłonie. — Ale gdy tylko weszliśmy do środka, stało się oczywiste, że to nie może się udać. Smoki były zbyt dzikie. Łańcuchy... wszędzie leżały kawałki zerwanych łańcuchów, naprawdę potężnych. Ogniwa wielkości twojej głowy mieszały się z połamanymi i rozszczepionymi kośćmi. A Quent, niech Siedmiu go zbawi, wyglądał, jakby miał się zesrać w bieliznę. Caggo i Meris nie byli ślepi, oni również to widzieli. A potem jeden z kuszników wystrzelił. Może od początku chcieli zabić smoki i tylko wykorzystali nas, by się do nich dostać? Z Obdartusem nigdy nic nie wiadomo. Tak czy inaczej, to nie było mądre. Bełt tylko rozgniewał smoki, a już od początku nie były w za dobrym nastroju. I wtedy... wtedy zrobiło się paskudnie.

— A Plewy na Wietrze zwiały — dodał ser Gerris. — Quent krzyczał, ogarnęły go płomienie, a oni się ulotnili. Caggo, Ładna Meris, wszyscy poza zabitym.

— A czego się spodziewałeś, Drink? Kot zabija myszy, świnia tarza się w gównie, a najemnik ucieka, kiedy jest najbardziej potrzebny. Nie można mieć do nich pretensji. To leży w ich naturze.

— On się nie myli — przyznał ser Barristan. — A co książę Quentyn obiecał Obdartemu Księciu w zamian za tę pomoc?

Nie odpowiedzieli mu. Ser Gerris patrzył na ser Archibalda, a ser Archibald na swe dłonie, podłogę i drzwi.

— Pentos — skonkludował namiestnik królowej. — Obiecał mu Pentos. Powiedzcie to. Wasze słowa nie mogą już pomóc ani zaszkodzić księciu Quentynowi.

— Tak — przyznał z niezadowoleniem ser Archibald. — To było Pentos. Obaj postawili znaki na papierze.

To może stwarzać nam szansę.

— Nadal mamy w lochach Plewy na Wietrze. Tych fałszywych dezerterów.

— Pamiętam — rzekł Yronwood. — Hungerford, Straw i cała reszta. Niektórzy z nich nie są tacy źli, jak na najemników. Inni, no cóż, niewykluczone, że odrobina śmierci by im nie zaszkodziła. Co z nimi?

— Zamierzam ich odesłać Obdartemu Księciu. I was razem z nimi. Będziecie dwoma ludźmi pośród tysięcy. Wasza obecność w yunkijskich obozach powinna pozostać niezauważona. Chcę, żebyście przekazali mu wiadomość. Powiedzcie, że to ja was przysłałem i że przemawiam w imieniu królowej. Powiedzcie, że spełnimy jego warunek, jeśli dostarczy nam zakładników, całych i zdrowych.

Ser Archibald się skrzywił.

— Szmatowaty prędzej odda nas obu Ładnej Meris. Nie zrobi tego.

— Czemu nie? Zadanie jest proste. — *W porównaniu z kradzieżą smoków.* — Kiedyś wyprowadziłem z Duskendale ojca królowej.

— To było w Westeros — zauważył Gerris Drinkwater.

— A to jest Meereen.

— Arch nie może nawet utrzymać miecza w dłoniach.

— Nie powinien być do tego zmuszony. Będziecie mieli ze sobą najemników, chyba że błędnie oceniam ich dowódcę.

Gerris Drinkwater odgarnął z czoła kosmyki usianych jasnymi prążkami włosów.

— Czy możemy dostać chwilę czasu, by omówić to między sobą?

— Nie — odparł Selmy.

— Zrobię to — zgodził się ser Archibald. — Pod warunkiem że nie będę musiał wsiadać na żadne cholerne łodzie. Drink również to zrobi. — Uśmiechnął się. — Jeszcze o tym nie wie, ale to zrobi.

Sprawa była załatwiona.

A przynajmniej jej łatwa część — pomyślał Barristan Selmy podczas długiej wspinaczki z powrotem na szczyt piramidy. Tę trudną zostawił Dornijczykom. Jego dziadek byłby przerażony. Dornijczycy byli rycerzami, przynajmniej z nazwy, choć tylko Yronwood sprawiał wrażenie, że ma w sobie prawdziwą stal. Drinkwater miał jedynie przystojną twarz, obrotny język i ładne włosy.

Gdy stary rycerz wrócił do komnat królowej położonych na szczycie piramidy, ciało księcia Quentyna już zabrano. Sześcioro młodych podczaszych oddawało się jakiejś dziecinnej zabawie. Siedzieli w kręgu na podłodze, kręcąc leżącym na podłodze sztyletem. Kiedy nóż się zatrzymał, obcinali kosmyk włosów temu, na kogo wskazało ostrze. Ser Barristan bawił się w coś podobnego z kuzynami, gdy był chłopcem w Żniwnym Dworze… choć, o ile sobie przypomniał, w Westeros gra uwzględniała również pocałunki.

— Bhakazie — zawołał. — Przynieś mi kielich wina, jeśli łaska. Grazharze, Azzaku, drzwi należą do was. Spodziewam się Zielonej Gracji. Wpuśćcie ją, gdy tylko się zjawi. Poza tym nie chcę, żeby mi przeszkadzano.

Azzak wstał.

— Jak każesz, lordzie namiestniku.

Ser Barristan wyszedł na taras. Deszcz przestał padać, choć opadające ku Zatoce Niewolniczej słońce ciągle kryło się za zasłoną ciemnoszarych chmur. Z poczerniałych ruin Piramidy Hazdarów nadal wznosiło się kilka smużek dymu, tańczących na wietrze niczym wstążki. Daleko na wschodzie, za miejskimi murami, widział jasne skrzydła poruszające się nad odległymi wzgórzami. *Viserion.* Być może polował albo po prostu chciał sobie polatać. Namiestnik zastanawiał się, gdzie jest Rhaegal. Jak dotąd zielony smok okazał się groźniejszy od białego.

Gdy Bhakaz przyniósł mu wino, stary rycerz pociągnął długi łyk i wysłał chłopca po wodę. Kilka kielichów mogłoby pomóc mu zasnąć, ale będzie potrzebował trzeźwego umysłu, gdy Galazza Galare wróci po negocjacjach z nieprzyjacielem. Dlatego pił mocno rozwodnione wino i czekał, podczas gdy świat wokół niego powoli ciemniał. Był straszliwie zmęczony i dręczyły go wątpliwości. Dornijczycy, Hizdahr, Reznak, atak… czy postępował słusznie? Czy robił to, czego chciałaby Daenerys? *Nie stworzono mnie do tego.* Zdarzało się, że gwardziści królewscy służyli swym królom jako namiestnicy. Czytał o takich przypadkach w Białej Księdze. Teraz zadawał sobie pytanie, czy czuli się tak samo zagubieni i zbici z tropu jak on teraz.

— Lordzie namiestniku. — Grazhar stał w drzwiach z małą świeczką w dłoni. — Przyszła Zielona Gracja. Prosiłeś, by cię o tym zawiadomić.

— Wpuść ją. I zapal kilka świec.

Galazzie Galare towarzyszyły cztery Różowe Gracje. Kapłankę zdawała się otaczać aura mądrości i godności. Ser Barristan nie mógł jej nie podziwiać. *To silna kobieta i była dla Daenerys wierną przyjaciółką.*

— Lordzie namiestniku — przywitała go. Jej twarz zasłaniały migotliwe zielone welony. — Czy mogę usiąść? Te kości są stare i znużone.

— Grazharze, krzesło dla Zielonej Gracji. — Różowe Gracje stanęły za starszą kapłanką ze spuszczonym wzrokiem i dłońmi splecionymi przed sobą. — Czy mogę posłać po coś dla ciebie? — zapytał Selmy.

— To byłoby bardzo miło z twojej strony, ser Barristanie. Zaschło mi w gardle od mówienia. Może jakiś sok?

— Jak sobie życzysz. — Skinął na Kezmyę i kazał jej przynieść kapłance puchar cytrynowego soku osłodzonego miodem. Kapłanka musiała unieść zasłony, by go wypić, i ten widok przypomniał Selmy'emu, jaka jest stara. *Co najmniej dwadzieścia lat starsza ode mnie.* — Wiem, że gdyby królowa tu była, podziękowałaby razem ze mną za wszystko, co dla nas uczyniłaś.

— Jej Wspaniałość zawsze była bardzo łaskawa. — Galazza Galare dopiła sok i opuściła zasłonę. — Czy masz jakieś wieści o naszej słodkiej królowej?

— Jak dotąd żadnych.

— Będę się za nią modliła. A co z królem Hizdahrem, jeśli mogę być tak śmiała? Czy będzie mi wolno spotkać się z Jego Promiennością?

— Wkrótce, mam nadzieję. Zapewniam, że nic mu się nie stało.

— Cieszę się, że to słyszę. Mądrzy Panowie z Yunkai pytali o niego. Nie zdziwi cię wiadomość, że pragną, by szlachetnemu Hizdahrowi natychmiast zwrócono prawowitą pozycję.

— Tak się stanie, jeśli uda się dowieść, że nie próbował zabić naszej królowej. Do tej pory Meereen będzie władała radą lojalnych i sprawiedliwych. Jest w niej miejsce i dla ciebie. Wiem, że wszyscy możemy się od ciebie wiele nauczyć, Wasza Dobrotliwość. Potrzebujemy twej mądrości.

— Obawiam się, że schlebiasz mi pustymi uprzejmościami, lordzie namiestniku — odparła Zielona Gracja. — Jeśli naprawdę uważasz mnie za mądrą, wysłuchaj mnie teraz. Uwolnij szlachetnego Hizdahra i zwróć mu tron.

— Tylko królowa może to zrobić.

Zielona Gracja westchnęła pod welonami.

— Pokój, który z takim wysiłkiem staraliśmy się wykuć, umyka jak liść na jesiennym wietrze. Nadeszły straszliwe dni. Śmierć jeździ po naszych ulicach na białej klaczy z po trzykroć przeklętego Astaporu. Na niebie krążą smoki pożerające dzieci. Setki ludzi wsiadają na statki, by odpłynąć do Yunkai, do Tolos albo do Qarthu, wszędzie, gdzie tylko zechcą ich przyjąć. Piramida Hazkarów zamieniła się w dymiące ruiny i wielu ludzi z tego starożytnego rodu leży martwych pod poczerniałymi kamieniami. Piramidy Uhlezów i Yherizanów stały się legowiskami potworów, a ich panowie są bezdomnymi żebrakami. Mój lud utracił wszelką nadzieję i zwrócił się przeciwko samym bogom, oddając się pijaństwu i cudzołóstwu.

— A także morderstwom. Tej nocy Synowie Harpii zabili trzydziestu ludzi.

— Słyszę to z wielkim żalem. To kolejny powód, by uwolnić szlachetnego Hizdahra zo Loraqa, który położy kres podobnym zabójstwom.

A jak tego dokona, jeśli sam nie jest Harpią?

— Jej Miłość oddała swą rękę szlachetnemu Hizdahrowi zo Loraqowi, uczyniła go swym królem i małżonkiem. Zgodziła się spełnić jego błagania i przywrócić śmiertelną sztukę. W zamian za to dał jej zatrute szarańcze.

— W zamian za to dał jej pokój. Nie odrzucaj go, ser. Pokój to bezcenna perła. Hizdahr jest Loraqiem. Nigdy nie skalałby rąk trucizną.

— Skąd możesz mieć pewność?

Chyba że znasz imię truciciela.

— Tak mi powiedzieli bogowie Ghis.

— Moi bogowie to Siedmiu, a oni milczą w tej sprawie. Wasza Mądrość, czy przedstawiłaś moją propozycję?

— Wszystkim możnowładcom i dowódcom z Yunkai,

jak rozkazałeś... ale obawiam się, że nie spodoba ci się ich odpowiedź.

— Odmówili?

— Tak. Powiedziano mi, że żadna ilość złota nie kupi wolności waszym ludziom. Może to uczynić jedynie krew smoków.

Ser Barristan spodziewał się takiej odpowiedzi, choć miał nadzieję usłyszeć inną. Zacisnął usta.

— Wiem, że nie takie słowa pragnąłeś usłyszeć — ciągnęła Galazza Galare. — Ale osobiście rozumiem ich. Smoki to przerażające bestie. Yunkai'i boją się ich... i nie możesz zaprzeczyć, że mają powód. Nasze kroniki mówią o władcach smoków ze straszliwej Valyrii i o zagładzie, jaką ściągnęli na lud Starego Ghis. Nawet twoja młoda królowa, słodka Daenerys, która zwała się Matką Smoków... widzieliśmy, jak spłonęła owego dnia na arenie... nawet ona nie była bezpieczna przed smoczym gniewem.

— Jej Miłość nie... ona...

— ...nie żyje. Niech bogowie przyznają jej słodki sen. — Pod jej welonami zalśniły łzy. — Niech jej smoki również zginą.

Selmy szukał właściwej odpowiedzi, gdy nagle usłyszał ciężkie kroki. Drzwi otworzyły się gwałtownie i do środka wpadł Skahaz mo Kandaq. Za nim szły cztery Mosiężne Bestie. Grazhar próbował zagrodzić im drogę, ale Golony Łeb odepchnął brutalnie chłopca.

Ser Barristan natychmiast zerwał się na nogi.

— Co się stało?

— Trebusze — warknął Skahaz. — Wszystkie sześć.

Galazza Galare również wstała.

— Tak właśnie Yunkai odpowiadają na twoje propozycje, ser. Ostrzegałam, że nie spodoba ci się ich odpowiedź.

A więc wybrali wojnę. Niech i tak będzie. Ser Barristan poczuł dziwną ulgę. Wojnę rozumiał.

— Jeśli wydaje im się, że złamią Meereen, rzucając kamieniami...

— To nie kamienie. — Głos starej kobiety był pełen żalu i strachu. — To trupy.

DAENERYS

Wzgórze było kamienną wyspą w morzu zieleni.

Zejście z niego zajęło Dany połowę ranka. Gdy dotarła do podstawy wzniesienia, była zdyszana. Mięśnie ją bolały i czuła się, jakby miała początki gorączki. Dłonie pokaleczyła sobie na skałach do krwi. *Ale i tak wyglądają lepiej niż przedtem* — pomyślała, skubiąc pęknięty pęcherz. Skóra na nich była różowa i lekko bolesna, a ze szczelin w wewnętrznych powierzchniach rąk sączył się mleczny płyn. Niemniej oparzenia się goiły.

Z dołu wzgórze wydawało się większe. Dany przezwała je Smoczą Skałą, na pamiątkę starożytnej cytadeli, w której się urodziła. Tamtej Smoczej Skały nie pamiętała, ale tej z pewnością prędko nie zapomni. Dolną część jego zboczy porastała stepowa trawa oraz ciernistе krzewy, powyżej zaś ku niebu piętrzyła się stroma, naga, wyszczerbiona skała. Tam, pośród pękniętych głazów, ostrych jak brzytwy grani i skalnych iglic, kryła się płytka jaskinia, w której Drogon urządził swe leże. Gdy Dany po raz pierwszy ujrzała wzgórze, uświadomiła sobie, że mieszkał tam przez dość długi czas. W powietrzu unosił się zapach popiołu, wszystkie skały i drzewa w zasięgu wzroku były przypalone i poczerniałe, a na ziemi walały się zwęglone, połamane kości. Dla niego jednak był to dom.

Dany wiedziała, na czym polega wabik domu.

Przed dwoma dniami, wspiąwszy się na skalną iglicę, zauważyła na południu wodę, wąską strużkę, która zalśniła przez krótką chwilę w blasku zachodzącego słońca. *To strumyk* — zdecydowała. Mały, ale z pewnością zaprowadzi ją do większego, ten wpadnie do jakiejś małej rzeki, a wszystkie rzeki w tej części świata były wasalami potężnego Skahazadhanu. Gdy odnajdzie Skahazadhan, będzie mogła ruszyć wzdłuż niego do Zatoki Niewolniczej.

Szczerze mówiąc, wolałaby wrócić do Meereen na smoku, ale tego pragnienia Drogon najwyraźniej nie podzielał.

Smoczy władcy dawnej Valyrii panowali nad swoimi wierzchowcami za pomocą wiążących zaklęć i czarodziejskich rogów. Daenerys miała tylko słowa i bicz. Gdy dosiadała smoka, często czuła się, jakby znowu uczyła się jeździć konno. Gdy chłostała swą srebrzystą klacz w prawy bok, zwierzę skręcało w lewo. Podstawowym instynktem konia była ucieczka od niebezpieczeństwa. Kiedy smagała biczem prawy bok Drogona, smok zwracał się w prawo. Jego pierwszym odruchem był atak. Ani słowa, ani bicz nie mogły go skłonić do zawrócenia, jeśli nie miał na to ochoty. Bat raczej go irytował, niż sprawiał mu ból. Jego łuski stały się twardsze od rogu.

Bez względu na to, jak daleko odleciał za dnia, o zachodzie słońca jakiś instynkt przywoływał go z powrotem do domu, na Smoczą Skałę. *To jego dom, nie mój.* Jej dom był w Meereen, u boku męża i kochanka. Z pewnością tam właśnie powinna wrócić.

Muszę po prostu iść naprzód. Jeśli spojrzę za siebie, zginę.

Towarzyszyły jej wspomnienia. Chmury widziane z góry. Mknące po stepie konie, małe jak mrówki. Srebrny księżyc, tak blisko, że wydawało się jej, iż mogłaby go dotknąć. Błękitne rzeki lśniące w blasku słońca. Na grzbiecie Drogona czuła się cała. Pod niebem troski tego świata nie były w stanie jej dotknąć. Jak mogła się tego wyrzec?

Nadszedł już jednak czas. Dziewczyna mogła spędzać życie na zabawach, ale ona była już dorosłą kobietą, królową, żoną i matką tysięcy dzieci, które jej potrzebowały. Drogon ugiął się przed biczem i ona również musi to zrobić. Musi znowu włożyć koronę, wrócić na hebanową ławę i w ramiona szlachetnego męża.

Hizdahra od letnich pocałunków.

Dziś rano słońce prażyło mocno, a niebo było błękitne i bezchmurne. To dobrze. Ubranie Dany zmieniło się już właściwie w łachmany i słabo chroniło przed zimnem. Podczas szalonej ucieczki z Meereen zgubiła jeden sandał. Drugi zostawiła w jaskini Drogona, woląc chodzić boso niż w jednym bucie. *Tokar* i welon pozostawiła na arenie, a płócienna koszulka nie była przystosowana do upalnych dni i zimnych nocy Morza Dothraków. Pokryły ją plamy od potu, trawy i ziemi, Dany oderwała też pasek z obrąbka, żeby zabandażować łydkę. *Jestem obdarta i wygłodzona, ale jeśli nadal będzie ciepło, nie zamarznę* — pomyślała.

Była sama, a przez większość czasu również marzła i cierpiała głód... lecz mimo to czuła się tu dziwnie szczęśliwa. *Odrobina bólu, pusty brzuch, zimne noce... co to ma za znaczenie, kiedy może się latać? Zrobiłabym to wszystko raz jeszcze.*

Powtarzała sobie, że Jhiqui i Irri czekają na nią na szczycie piramidy w Meereen, razem z Missandei i wszystkimi małymi paziami. Przyniosą jej posiłki i będzie mogła wykąpać się w basenie pod drzewem hebanowca. Dobrze byłoby znowu się poczuć czystą. Dany nie potrzebowała lustra, by wiedzieć, że jest brudna.

Była też głodna. Pewnego ranka znalazła trochę dzikiej cebuli rosnącej w połowie wysokości południowego stoku, a później tego samego dnia liściaste czerwonawe warzywo, które mogło być jakimś rodzajem kapusty. Czymkolwiek było, nie pochorowała się od niego. Poza tymi roślinami oraz jedną rybą, którą złapała w karmionej przez źródło sadzawce pod jaskinią Drogona, zadowalała się resztkami po smoku. Na przypalonych kościach pozostawały kawałki dymiącego mięsa, w połowie zwęglonego i w połowie surowego. Wiedziała, że potrzebuje czegoś więcej. Pewnego dnia kopnęła bokiem bosej stopy pękniętą owczą czaszkę i strąciła ją ze szczytu wzgórza. Patrząc, jak czaszka stacza się ze stromego stoku ku morzu traw, Dany uświadomiła sobie, że musi pójść za nią.

Szła w szybkim tempie przez wysoką trawę. Grunt pod jej stopami był ciepły. Trawa dorównywała jej wysokością. *Nie wydawała się tak wysoka, kiedy siedziałam na swojej srebrzystej i jechałam u boku mojego słońca i gwiazd na czele jego* khalasaru. Po drodze stukała się biczem w udo. On i łachmany, które miała na grzbiecie, były wszystkim, co zabrała z Meereen.

Choć królestwo, przez które wędrowała, było zielone, nie była to intensywna, głęboka zieleń lata. Nawet tutaj jesień dawała się już odczuć. Wkrótce po niej nadejdzie zima. Trawa była bledsza, niż pamiętała to Dany, jasna niezdrowa zieleń na granicy przejścia w żółć. A potem nadejdzie brąz. Trawa obumierała.

Daenerys Targaryen znała Morze Dothraków, wielki ocean trawy ciągnący się od Puszczy Qohorskiej aż do Matki Gór i Macicy Świata. Pierwszy raz zobaczyła je, gdy była jeszcze młodą dziewczyną, świeżo poślubioną *khalowi* Drogo, i jechała do Vaes Dothrak, gdzie miano ją zaprezentować staruchom z *dosh khaleen*. Na widok ciągnącej się przed nią bez końca trawy zaparło jej dech. *Niebo było błękitne, trawa zielona, a ja pełna nadziei.* Towarzyszył jej wówczas ser Jorah, jej stary dobry niedźwiedź. Opiekowały się nią Irri, Jhiqui i Doreah, nocami był z nią jej „słońce i gwiazdy”, a w jej łonie rosło dziecko. *Rhaego. Miałam dać mu na imię Rhaego. Staruchy z* dosh khaleen *powiedziały, że będzie rumakiem, który przemierzy świat.* Nie czuła się równie szczęśliwa od czasów ledwie pamiętanych dni w Braavos, gdy mieszkała w domu z czerwonymi drzwiami.

Ale na czerwonym pustkowiu wszystkie radości Dany obróciły się w popiół. Jej słońce i gwiazdy spadł z konia, *maegi* Mirri Maz Duur zamordowała Rhaega w łonie matki, a ona własnymi rękami udusiła pustą skorupę, jaka pozostała z *khala* Drogo. Potem jego wielki *khalasar* się rozpadł. Ko Pono ogłosił się *khalem* Pono. Wielu jeźdźców podążyło za nim i liczni niewolnicy również. Ko Jhaqo ogłosił się *khalem* Jhaqo i zabrał ze sobą jeszcze więcej ludzi. Mago, jego brat krwi, zgwałcił i zamordował Eroeh, dziewczynę, którą Daenerys kiedyś przed nim uratowała. Tylko narodziny jej smoków pośród dymu i ognia pogrzebowego stosu *khala* Drogo ocaliły samą Dany przed zawleczeniem do Vaes Dothrak, gdzie spędziłaby resztę życia wśród staruch z *dosh khaleen*.

Ogień spalił mi włosy, ale poza tym mnie nie tknął. Na Arenie Daznaka było tak samo. Tyle przynajmniej pamiętała, choć większość tego, co się wtedy wydarzyło, skrywała mgła. *Tak wielu ludzi. Krzyczeli i się przepychali.* Pamiętała stające dęba konie i melony sypiące się z przewróconego wozu. Z dołu nadleciała włócznia, a za nią podążył deszcz bełtów. Jeden pocisk przemknął tak blisko Dany, że musnął jej policzek. Inne odbijały się od łusek Drogona, grzęzły w lukach między nimi albo przebijały błony skrzydeł. Pamiętała, że smok szarpał się pod nią gwałtownie, drżąc pod wpływem uderzeń, gdy trzymała się rozpaczliwie łusek na jego grzbiecie. Z ran buchał dym. Widziała, jak jeden z bełtów stanął nagle w płomieniach. Drugi spadł, strząśnięty przez rytmiczne uderzenia skrzydeł. Zauważyła na dole spowitych płomieniami ludzi, którzy wirowali w szaleńczym tańcu, unosząc ręce nad głowę. Kobieta w zielonym *tokarze* sięgnęła po płaczące dziecko i wzięła je w ramiona, by osłonić przed ogniem. Dany wyraźnie widziała kolor stroju, ale nie jej twarz. Ludzie deptali po niej, gdy leżała na cegłach. Niektórzy płonęli.

Potem wszystko to zblakło, dźwięki ucichły, ludzie się skurczyli, a włócznie i strzały zostały z tyłu. Drogon wzniósł się ku niebu. Wzlatywał coraz wyżej, nad piramidy i areny, rozpościerał szeroko skrzydła, by pochwycić ciepłe prądy bijące od rozgrzanych słońcem cegieł miasta. *Nawet jeśli spadnę i się zabiję, i tak będzie warto* — pomyślała wtedy.

Polecieli na północ, za rzekę. Drogon mknął na podziurawionych, wystrzępionych skrzydłach przez chmury, przemykające obok niczym chorągwie armii duchów. Dany zauważyła brzeg Zatoki Niewolniczej oraz starą valyriańską drogę biegnącą wzdłuż niego przez piaski i pustkowia, a potem znikającą na zachodzie. *Droga do domu.* Potem na dole nie było już nic poza falującą na wietrze trawą.

Czy od tego pierwszego lotu minęło już tysiąc lat? Czasami odnosiła takie wrażenie.

Słońce grzało coraz goręcej, wspinając się na niebo. Wkrótce Dany rozbolała głowa. Włosy jej odrastały, ale powoli.

— Potrzebny mi kapelusz — powiedziała na głos. Na szczycie Smoczej Skały próbowała upleść takie nakrycie głowy z trawy. Gdy była z Drogiem, widziała, jak robiły to Dothraczki, ale albo używała nieodpowiedniej trawy, albo po prostu brakowało jej umiejętności. Kolejne kapelusze rozpadały się jej w dłoniach. *Spróbuj raz jeszcze* — powtarzała sobie. *Następnym razem pójdzie ci lepiej. Jesteś krwią smoka, potrafisz zrobić kapelusz.* Nie dawała za wygraną, ale ostatnia próba nie była bardziej udana od pierwszej.

Gdy Dany znalazła zauważony z góry strumień, było już popołudnie. To była strużka, rzeczułka, potoczek nie szerszy od jej ręki… a jej ręce stawały się coraz chudsze z każdym dniem spędzonym na Smoczej Skale. Nabrała garść wody i spryskała sobie twarz. Gdy zanurzyła dłonie w strumyku, dotknęła kostkami mułu na jego dnie. Wolałaby czystszą i chłodniejszą wodę… nie, jeśli miała wyrazić życzenie, wolałaby ratunek.

Nadal trzymała się nadziei, że ktoś będzie jej szukał. Ser Barristan mógł wyruszyć na poszukiwania. Był pierwszym z jej Gwardii Królowej i poprzysiągł bronić jej życia nawet za cenę własnego. Jej bracia krwi świetnie znali Morze Dothraków, a ich życie było związane z jej życiem. Również jej mąż, szlachetny Hizdahr zo Loraq, może wysłać poszukiwaczy. A Daario... Dany wyobraziła sobie, jak jedzie ku niej przez wysoką trawę. Uśmiechał się, a jego złoty ząb lśnił w dogasających promieniach zachodzącego słońca.

Ale Daaria oddano Yunkai'i jako zakładnika, by zapewnić, że yunkijskim dowódcom nie stanie się nic złego. *Daaria i Bohatera, Jhoga i Groleo, a także troje kuzynów Hizdahra.* Wszyscy zakładnicy z pewnością odzyskali już wolność. Ale...

Zadała sobie pytanie, czy miecze jej kapitana nadal wiszą na ścianie nad łóżkiem, czekając na jego powrót. *Zostawię dziewczyny z tobą* — rzekł jej. — *Strzeż ich do mojego powrotu, ukochana.* Zastanawiała się, czy Yunkai'i wiedzą, ile znaczy dla niej jej kapitan. Zapytała o to ser Barristana tego popołudnia, gdy wysyłali najemników.

— Na pewno słyszeli plotki — odpowiedział stary rycerz. — Naharis mógł się nawet przechwalać... hm... wielkim... uznaniem... Waszej Miłości. Wybacz, ale skromność nie należy do cnót kapitana. Jest bardzo dumny ze... swych umiejętności szermierczych.

Chciałeś powiedzieć, że przechwala się, iż spał ze mną. Daario z pewnością nie mógł być aż tak głupi, by pysznić się tym wśród wrogów. *To nieważne. Yunkai'i na pewno maszerują już do domu.* Po to właśnie uczyniła to wszystko. Dla pokoju.

Spojrzała w kierunku, z którego przyszła, na Smoczą Skałę wznoszącą się nad stepem niczym zaciśnięta pięść. *Wydaje się, że jest tak blisko. Szłam całymi godzinami, a nadal mam wrażenie, że wystarczy wyciągnąć rękę, żeby jej dotknąć.* Nie było jeszcze za późno, by wrócić. W sadzawce przy jaskini Drogona były ryby. Pierwszego dnia jedną złapała, może uda się jej złowić więcej. Będą też resztki, kawałki mięsa pozostałe na przypalonych kościach zabitych przez Drogona zwierząt.

Nie — powiedziała sobie. *Jeśli spojrzę za siebie, zginę.* Mogłaby przeżyć wiele lat pośród spalonych słońcem skał, za dnia latając na Drogonie, co wieczór ogryzać pozostawione przez niego kości i patrzeć, jak morze traw zmienia kolor ze złotego na pomarańczowy, ale nie do takiego życia się zrodziła. Dlatego znowu odwróciła się plecami do odległego wzgórza i zamknęła uszy na pieśń lotu oraz wolności śpiewaną przez wiatr na skalnych graniach. Strumyk płynął na południe południowy wschód, o ile potrafiła to określić. Szła jego brzegiem. *Zaprowadź mnie do rzeki, nie proszę o nic więcej. Zaprowadź mnie do rzeki. Resztę zrobię sama.*

Godziny mijały powoli. Strumyk skręcał to w tę, to w tamtą, a Dany szła wzdłuż niego, wybijając biczem rytm na udzie. Starała się nie myśleć o tym, jak długą drogę ma do pokonania, o bólu głowy i pustym brzuchu. *Jeden krok. Potem drugi. Po nim trzeci. I czwarty.* Cóż innego mogła zrobić?

Na jej morzu było spokojnie. Kiedy wiał wiatr, trawy szumiały, ich źdźbła ocierały się o siebie, szepcząc w języku zrozumiałym tylko dla bogów. Od czasu do czasu słyszała bulgotanie opływającego kamień strumyka. Błoto mlaskało jej między palcami. Wokół brzęczały owady, leniwe ważki, błyszczące zielone osy i gryzące meszki, tak małe, że ledwie je było widać. Oganiała się od nich od niechcenia, gdy usiadły na jej ramionach. Raz ujrzała pijącego ze strumyka szczura, ale zwierzę umknęło na jej widok, kryjąc się w wysokiej trawie. Czasami słyszała śpiew ptaków. Burczało jej wtedy w brzuchu, ale nie miała sieci, by je złapać, a do tej pory nie znalazła żadnych gniazd. *Kiedyś marzyłam o lataniu* — pomyślała. *A teraz, kiedy już latałam, marzę o kradzieży jajek.* Roześmiała się.

— Ludzie są szaleni, a bogowie jeszcze bardziej — oznajmiła trawie. Ta zaszumiała na znak zgody.

Trzy razy w ciągu dnia widziała Drogona. Raz znajdował się tak daleko, że równie dobrze mógłby być orłem muskającym krawędź odległych chmur. Dany potrafiła jednak rozpoznać jego sylwetkę, nawet gdy był jedynie punkcikiem. Za drugim razem jego czarne skrzydła przesłoniły słońce i świat pociemniał. Ostatni raz przeleciał prosto nad nią, tak blisko, że słyszała łopot skrzydeł. Przez pół uderzenia serca bała się, że na nią poluje, ale on poleciał dalej, nie zwracając na nią uwagi, i zniknął gdzieś na wschodzie. *I dobrze* — pomyślała.

Wieczór niemal ją zaskoczył. Gdy słońce złociło odległe wieżyce Smoczej Skały, Dany wpadła na niski kamienny murek, skruszony i porośnięty zielskiem. Może był kiedyś częścią jakiejś świątyni albo dworu miejscowego lorda. Za nim znajdowały się dalsze ruiny — stara studnia oraz szereg kręgów w trawie, znaczących miejsca, gdzie ongiś stały chaty. Doszła do wniosku, że z pewnością zbudowano je z błota i słomy, ale przez długie lata wiatr i deszcz zniszczyły je całkowicie. Przed zachodem słońca Dany znalazła osiem, ale mogło być ich więcej, ukrytych gdzieś w trawie.

Kamienny mur oparł się upływowi czasu lepiej niż cała reszta. Choć w żadnym punkcie nie miał więcej niż trzy stopy wysokości, miejsce, w którym spotykał się z drugim, niższym, zapewniało pewną osłonę przed żywiołami, a noc nadchodziła szybko. Dany wcisnęła się w kąt i zrobiła sobie coś w rodzaju gniazda, wyrywając garści porastającej ruiny trawy. Czuła się bardzo zmęczona, a na obu stopach miała świeże pęcherze, w tym również dwa identyczne na małych palcach. *To na pewno przez mój sposób chodzenia* — pomyślała, chichocząc.

Gdy świat pociemniał, położyła się i zamknęła oczy, ale sen nie chciał nadejść. Noc była zimna, ziemia twarda, a w brzuchu miała pustkę. Myślała o Meereen, o Daariu, swym ukochanym, o Hizdahrze, swym mężu, o Irri, Jhiqui i słodkiej Missandei, o ser Barristanie, Reznaku i Skahazie Golonym Łbie. *Czy obawiają się, że nie żyję? Odleciałam na grzbiecie smoka. Czy myślą, że mnie pożarł?* Zadała sobie pytanie, czy Hizdahr nadal jest królem. Zawdzięczał koronę Dany, czy zachowa ją pod jej nieobecność? *Pragnął śmierci Drogona. Słyszałam go. Krzyczał: „Zabijcie go. Zabijcie bestię", a jego twarz gorzała pożądaniem.* Silny Belwas osunął się na kolana i wymiotował z drżeniem. *Trucizna. To na pewno była trucizna. Szarańcze w miodzie. Hizdahr zachęcał mnie do ich spróbowania, ale Belwas pożarł wszystkie.* Uczyniła Hizdahra swoim królem, wzięła go do łoża, otworzyła dla niego areny. Nie miał powodu pragnąć jej śmierci. Ale kto jeszcze mógłby to być? Reznak, jej perfumowany seneszal? Yunkai'i? Synowie Harpii?

W oddali zawył wilk. Jego głos sprawił, że poczuła się samotna i smutna, ale nie zaspokoił jej głodu. Gdy nad stepem wzeszedł księżyc, Dany wreszcie zapadła w niespokojny sen.

Nadeszły sny. Wszelkie zmartwienia odpłynęły daleko, wszystkie bóle również. Zdawało jej się, że wznosi się ku niebu. Znowu latała, wirowała, śmiała się i tańczyła, a gwiazdy zataczały kręgi wokół niej, wyszeptując tajemnice do jej ucha.

— Żeby dotrzeć na północ, trzeba zmierzać na południe. Żeby znaleźć się na zachodzie, powinno się podążać na wschód. Żeby iść naprzód, należy się cofać, a żeby dotknąć światła, musi się przejść przez cień.

— Quaithe? — zawołała Dany. — Gdzie jesteś, Quaithe?

Nagle ją ujrzała. *Jej maska jest utkana z blasku gwiazd.*

— Pamiętaj, kim jesteś, Daenerys — wyszeptały gwiazdy kobiecym głosem. — Smoki to wiedzą. A ty?

Rankiem obudziła się sztywna i obolała. Po jej rękach, nogach i twarzy łaziły mrówki. Gdy zdała sobie z tego sprawę, rozrzuciła nogą brązowe źdźbła wyschniętej trawy, z których zrobiła sobie posłanie oraz koc, a potem wstała z wysiłkiem.

Jej skórę pokrywały ukąszenia, małe grudki, swędzące i zaczerwienione. *Skąd się wzięły te wszystkie mrówki?* Dany strzepnęła je z rąk, nóg i brzucha. Przesunęła dłonią po porośniętej krótką szczeciną głowie. Tam również miała mrówki. Jedna zeszła jej na kark. Strąciła wszystkie i rozdeptała bosymi stopami. Było ich tak wiele…

Okazało się, że mrowisko znajduje się po drugiej stronie muru. Zastanawiała się, jak mrówki dały radę przeleźć na drugą stronę i ją odnaleźć. Ten kamienny murek musiał się im wydawać wielki jak Mur w Westeros. *Największy Mur na świecie* — mawiał z dumą jej brat, jakby sam go zbudował.

Viserys opowiadał jej historie o rycerzach tak biednych, że nie mieli dachu nad głową i musieli sypiać pod żywopłotami rosnącymi wzdłuż traktów w Siedmiu Królestwach. Dany oddałaby bardzo wiele za porządny gęsty żywopłot. *Najlepiej taki bez mrowiska.*

Słońce dopiero wschodziło. Na kobaltowym niebie świeciło jeszcze kilka jasnych gwiazd. *Być może jedna z nich to* khal *Drogo. Siedzi na swym ognistym ogierze w krainie nocy i uśmiecha się do mnie z góry.* Nadal widziała stąd górującą nad stepem Smoczą Skałę. *Wydaje się taka bliska. Dzieli mnie od niej już wiele mil, ale wygląda tak, jakbym mogła tam wrócić w godzinę.* Miała ochotę położyć się, zamknąć oczy i oddać się snowi. *Nie. Muszę iść przed siebie. Struga. Muszę iść brzegiem strugi.*

Poświęciła chwilę na zorientowanie się, gdzie jest. Nie byłoby dobrze, gdyby skręciła w niewłaściwą stronę i straciła z oczu strumień.

— To mój przyjaciel — powiedziała na głos. — Jeśli będę się trzymała blisko przyjaciela, nie zabłądzę.

Gdyby się ośmieliła, spałaby nad wodą, ale nocą do wodopoju przychodziły zwierzęta. Widziała ich tropy. Dla wilka albo lwa byłaby marnym posiłkiem, ale nawet marny posiłek jest lepszy niż żaden.

Gdy już się upewniła, z której strony jest południe, zaczęła liczyć kroki. Strumyk pojawił się przy ósmym. Dany złożyła dłonie, by napić się wody. Bolał ją od niej brzuch, ale lepszy ból brzucha niż pragnienie. Nie miała nic innego do picia poza poranną rosą błyszczącą na wysokiej trawie, a do jedzenia zupełnie nic, chyba że chciałaby żuć samą trawę. *Mogłabym spróbować mrówek.* Tymi małymi, żółtymi nie naje się zbytnio, ale w trawie były też większe, czerwone.

— Zabłądziłam na morzu — rzekła na głos, kuśtykając wzdłuż krętej rzeczułki — może więc znajdę trochę krabów albo piękną tłustą rybę.

Uderzała się lekko biczem w udo *stuk*, *stuk*, *stuk*. Krok po kroku, aż strumyk zaprowadzi ją do domu.

Tuż po południu znalazła rosnący nad strumykiem krzak o powykręcanych gałęziach porośniętych twardymi zielonymi jagodami. Dany przyjrzała się im podejrzliwie, a potem zerwała jedną i zaczęła ją skubać. Owoc był twardy i cierpki. Pozostawiał gorzki posmak, który wydawał się jej znajomy.

— W *khalasarze* używali takich jagód do przyprawiania pieczeni — zdecydowała. Zaburczało jej w brzuchu. Zaczęła zrywać jagody obiema rękami i wkładać je do ust.

Po godzinie żołądek rozbolał ją tak bardzo, że nie mogła iść dalej. Resztę dnia spędziła, wymiotując zielonym śluzem. *Jeśli tu zostanę, umrę. Może już umieram.* Czy koński bóg Dothraków wyłoni się z traw i zabierze ją do swego *khalasaru*, żeby mogła jeździć po krainie nocy razem z *khalem* Drogo? W Westeros zmarłych Targaryenów oddawano płomieniom, ale kto tutaj zapali dla niej stos? *Moje ciało stanie się pokarmem dla wilków i wron* — pomyślała ze smutkiem. *A moją macicę zjedzą robaki.* Skierowała spojrzenie na Smoczą Skałę. Wydawała się mniejsza niż przedtem. Widziała dym buchający z rzeźbionego wiatrem szczytu. *Drogon wrócił z łowów.*

Gdy nadszedł zachód słońca, kucała wśród trawy, jęcząc z bólu. Każdy stolec był luźniejszy od poprzedniego i śmierdział paskudniej. Gdy wzeszedł księżyc, srała już brązową wodą. Im więcej piła, tym obficiej ją wydalała i tym bardziej była spragniona. To kazało jej poczołgać się do strumienia, by wypić więcej wody. Gdy Dany wreszcie zamknęła oczy, nie wiedziała, czy wystarczy jej sił, by je otworzyć.

Przyśnił się jej nieżyjący brat.

Viserys wyglądał tak samo jak wtedy, gdy widziała go po raz ostatni. Usta wykrzywiał w grymasie bólu, włosy miał spalone, a twarz poczerniałą i dymiącą w miejscach, gdzie stopione złoto spłynęło po czole i policzkach, wnikając do oczu.

— Ty nie żyjesz — stwierdziła Dany.

Zamordowano mnie. Mimo że nie poruszał wargami, słyszała jego głos, szepczący w jej uchu. *Nie opłakiwałaś mnie siostro. Ciężko jest umrzeć, gdy nikt cię nie opłakuje.*

— Kiedyś cię kochałam.

Kiedyś. W jego głosie było tyle goryczy, że aż zadrżała. *Miałaś zostać moją żoną, urodzić mi dzieci o srebrnych włosach i fioletowych oczach, zapewnić przetrwanie czystej krwi smoka. Opiekowałem się tobą. Ode mnie dowiedziałaś się, kim jesteś. Karmiłem cię. Sprzedałem koronę naszej matki, by cię wykarmić.*

— Zadawałeś mi ból. Bałam się ciebie.

Tylko wtedy, gdy obudziłaś smoka. Kochałem cię.

— Sprzedałeś mnie. Zdradziłeś.

Nie. To ty mnie zdradziłaś. Zwróciłaś się przeciwko mnie, przeciwko własnej krwi. Oszukali mnie. Twój koński mąż i jego śmierdzące dzikusy. To byli oszuści i kłamcy. Obiecali mi złotą koronę, a dostałem od nich to. Dotknął stopionego złota spływającego mu po twarzy. Z jego palca popłynęła smużka dymu.

— Mogłeś dostać swoją koronę — odparła Dany. — Mój słońce i gwiazdy zdobyłby ją dla ciebie, gdybyś tylko zaczekał.

Czekałem już wystarczająco długo. Czekałem całe życie. Byłem ich królem, ich prawowitym władcą. Śmiali się ze mnie.

— Trzeba było zostać w Pentos z magistrem Illyriem. *Khal* Drogo musiał przedstawić mnie *dosh khaleen*, ale nie było konieczne, byś jechał z nami. To była twoja decyzja. Twój błąd.

Chcesz obudzić smoka, mała głupia kurwo? Khalasar *Droga należał do mnie. Kupiłem go od niego. Sto tysięcy wyjców. Zapłaciłem za nich twoim dziewictwem.*

— Nie potrafiłeś tego zrozumieć. Dothrakowie nie kupują ani nie sprzedają. Wręczają dary i otrzymują je. Gdybyś zaczekał…

Czekałem. Na koronę, na tron, na ciebie. Przez wszystkie te lata, a w nagrodę otrzymałem tylko garniec stopionego złota. Dlaczego dali ci smocze jaja? Powinny należeć do mnie. Gdybym miał smoka, zademonstrowałbym całemu światu znaczenie naszych słów. Viserys zaczął się śmiać, aż dymiąca żuchwa odpadła mu od twarzy. Z jego ust popłynęły krew i stopione złoto.

Gdy obudziła się zdyszana, uda miała pokryte krwią.

Przez chwilę nie uświadamiała sobie, co to jest. Świat dopiero zaczynał jaśnieć, a wysoka trawa szeleściła cicho na wietrze. *Nie, proszę, chcę jeszcze chwilę pospać. Jestem taka zmęczona.* Spróbowała znowu zagrzebać się w stercie trawy, którą dla siebie zerwała przed zaśnięciem. Niektóre źdźbła były wilgotne. Czyżby znowu padało? Usiadła, bojąc się, że zanieczyściła się przez sen. Uniosła palce do twarzy i poczuła zapach krwi. *Czy umieram?* Potem zobaczyła blady sierp księżyca, unoszący się wysoko nad trawą, i uświadomiła sobie, że to tylko jej miesięczna krew.

Gdyby nie była taka chora i przerażona, mogłaby poczuć ulgę. Zaczęła drżeć gwałtownie. Wytarła palce o ziemię i wzięła garść trawy, by wytrzeć się między nogami. *Smok nie płacze.* Krwawiła, ale to była tylko kobieca krew. *Ale księżyc nadal jest sierpem. Jak to możliwe?* Spróbowała sobie przypomnieć, kiedy ostatnio krwawiła. W ostatnią pełnię?

Poprzednią? Jeszcze poprzednią? *Nie, to nie mogło być aż tak dawno.*

— Jestem krwią smoka — oznajmiła na głos trawom.

Kiedyś nią byłaś — odpowiedziały jej szeptem. *Ale potem zakułaś swe smoki w ciemnym lochu.*

— Drogon zabił małą dziewczynkę. Nazywała się... nazywała się... — Dany nie mogła sobie przypomnieć imienia dziecka. Zasmuciło ją to tak bardzo, że rozpłakałaby się, gdyby ogień nie wypalił wszystkich jej łez. — Ja nigdy nie będę miała dziewczynki. Byłam Matką Smoków.

Tak — wyszeptały trawy. *Ale potem zwróciłaś się przeciwko swoim dzieciom.*

Stopy miała obolałe i pokryte pęcherzami, a w brzuchu pustkę. Odnosiła też wrażenie, że jego ból jeszcze się nasilił. Miała tam pełno wijących się węży, gryzących jej jelita. Wzięła w drżące dłonie garść błota zmieszanego z wodą. W południe będzie letnia, ale o zimnym świcie była niemal chłodna i pomogła jej otworzyć oczy. Obmyła sobie twarz i zobaczyła, że ma na udach świeżą krew. Jej plamy pokrywały również wystrzępiony rąbek koszulki. Przeraziła się, widząc tak wiele czerwieni. *Miesięczna krew, to tylko moja miesięczna krew.* Nie pamiętała jednak, by kiedykolwiek krwawiła tak intensywnie. *Może to przez wodę?* Jeśli tak, była zgubiona. Musiała ją pić albo umrze z pragnienia.

— Idź — rozkazała sobie. — Idź wzdłuż strumienia, a trafisz nad Skahazadhan. Tam znajdzie cię Daario.

Potrzebowała jednak całej swej siły, by się podnieść, a potem mogła tylko stać bez ruchu, krwawiąc i drżąc z gorączki. Uniosła spojrzenie ku pustemu błękitnemu niebu i przymrużyła powieki, spoglądając na słońce. *Minęła już połowa poranka* — uświadomiła sobie z trwogą. Kazała sobie postąpić krok, a potem drugi, i po chwili znowu szła wzdłuż małego strumyka.

Dzień stawał się coraz gorętszy. Słońce ogrzewało jej

głowę i resztki spalonych włosów, a pod stopami pluskała woda. Szła strumieniem. Jak długo już to trwało? Miękki brązowy muł chłodził jej stopy i łagodził ból sprawiany przez pęcherze. *Muszę iść, wszystko jedno przez wodę, czy po brzegu. Woda płynie w dół. Strumyk zaprowadzi mnie do rzeki, a rzeka do domu.*

To jednak nie było prawdą.

Meereen nie było jej domem i nigdy się nim nie stanie. To było miasto niezwykłych ludzi, oddających cześć dziwnym bogom i mających jeszcze dziwniejsze włosy, handlarzy niewolników owiniętych w bogato obszyte tokary, miasto, gdzie kapłanki oddawały się kurestwu, rzeź była sztuką, a psy uważano za przysmak. Meereen zawsze pozostanie miastem harpii, a Daenerys nie mogła stać się harpią.

To niemożliwe — rzekła jej trawa grubym głosem Joraha Mormonta. *Ostrzegałem cię, Wasza Miłość. Powiedziałem ci, zostaw to miasto w spokoju. Twoja wojna czeka na ciebie w Westeros.*

Jego głos był zaledwie szeptem, ale Dany odnosiła wrażenie, że Mormont idzie tuż za nią. *Mój niedźwiedź* — pomyślała. *Mój stary słodki niedźwiedź, który mnie kochał i zdradził.* Tak bardzo za nim tęskniła. Pragnęła ujrzeć jego brzydką twarz, objąć go i przytulić się do jego piersi, wiedziała jednak, że jeśli się odwróci, ser Jorah zniknie.

— To sen — powiedziała sobie. — Śnię na jawie, śnię, idąc. Jestem sama i zagubiona.

Zagubiona, ponieważ zostałaś w miejscu, w którym nie powinnaś się znaleźć — wyszeptał cicho jak wiatr. *Sama, ponieważ mnie odesłałaś.*

— Zdradziłeś mnie. Szpiegowałeś mnie w zamian za złoto.

W zamian za powrót do domu. To wszystko, czego kiedykolwiek pragnąłem.

— I mnie. Mnie również pożądałaś.

Dany nieraz widziała to w jego oczach.

To prawda — wyszeptały ze smutkiem trawy.

— Pocałowałeś mnie. Nie pozwoliłam ci na to, ale i tak to zrobiłeś. Sprzedałeś mnie moim wrogom, ale pocałowałeś mnie szczerze.

Dawałem ci dobre rady. Powiedziałem ci: „Zachowaj swe włócznie i miecze dla Siedmiu Królestw. Zostaw Meereen Meereeńczykom i pomaszeruj na zachód...". Ale ty nie chciałaś mnie słuchać.

— Musiałam zdobyć Meereen, bo inaczej moje dzieci umarłyby z głodu po drodze. — Dany nadal widziała ślad z trupów, jaki zostawiła za sobą na czerwonym pustkowiu. Nie chciała już nigdy oglądać takiego widoku. — Musiałam zdobyć Meereen, żeby wykarmić swych ludzi.

Zdobyłaś je, ale potem tam zostałaś.

— Żeby być królową.

Jesteś królową — odparł jej niedźwiedź. W Westeros.

— To bardzo daleko — poskarżyła się. — Czułam się zmęczona, Jorahu. Miałam już dość wojny. Pragnęłam odpoczynku, chciałam się śmiać, sadzić drzewa i patrzeć, jak rosną. Jestem tylko młodą dziewczyną.

Nie. Jesteś krwią smoka. Szept był coraz słabszy, jakby ser Jorah zostawał z tyłu. *Smoki nie sadzą drzew. Pamiętaj o tym. Pamiętaj, kim jesteś, do czego się zrodziłaś. Pamiętaj swoją dewizę.*

— Ogień i krew — powiedziała Daenerys kołyszącym się na wietrze trawom.

Kamień omsknął się pod jej nogą. Opadła na jedno kolano i krzyknęła z bólu, wbrew rozsądkowi mając nadzieję, że jej niedźwiedź ją podniesie. Obejrzała się, by poszukać go wzrokiem, ale zobaczyła tylko brązowy strumyk... i trawę, nadal kołyszącą się lekko. *To wiatr* — powiedziała sobie. *Wiatr kołysze źdźbłami trawy.* Ale nie było wiatru. Słońce wisiało nad jej głową, dzień był upalny i bezwietrzny. W powietrzu unosiły się roje meszek, a nad strumieniem mknęła ważka, skręcająca to tu, to tam. A trawa poruszała się bez powodu.

Dany wsadziła dłoń do wody, wymacała kamień wielkości swojej pięści i wyciągnęła go z mułu. To była mizerna broń, ale lepsze to niż pusta ręka. Kącikiem oka zauważyła, że trawa znowu się poruszyła, tym razem po prawej. Zakołysała się i pochyliła nisko, jakby kłaniała się królowi. Nigdzie jednak nie było żadnego króla. Świat był zielony i milczał. Świat był żółty i umierał. *Powinnam wstać* — powiedziała sobie. *Muszę iść. Muszę podążać wzdłuż strumienia.*

Z trawy dobiegło ciche pobrzękiwanie.

Dzwoneczki — pomyślała Dany. Uśmiechnęła się, wspominając *khala* Drogo, jej słońce i gwiazdy, oraz dzwoneczki, które wplatał sobie we włosy. *Kiedy słońce wzejdzie na zachodzie i zajdzie na wschodzie, kiedy wyschną morza, a wiatr będzie przenosił góry jak liście. Kiedy moje łono znowu się poruszy i urodzę żywe dziecko. Wtedy wróci do mnie* khal *Drogo.*

Nie wydarzyła się jednak żadna z tych rzeczy. *Dzwoneczki* — pomyślała znowu. Znaleźli ją jej bracia krwi.

— Aggo — wyszeptała. — Jhogo. Rakharo. Może towarzyszył im również Daario?

Zielone morze się rozstąpiło. Pojawił się jeździec. Warkocz miał czarny i lśniący, skórę ciemną jak polerowana miedź, a oczy kształtu gorzkich migdałów. W jego włosach śpiewały dzwoneczki. Miał pas medalionowy i malowaną kamizelkę. Z jednej strony u jego pasa wisiał *arakh*, a z drugiej bicz. Do siodła przytroczył łuk myśliwski i kołczan pełen strzał.

Samotny jeździec. Zwiadowca. Posuwał się przed *khalasarem*, by odnaleźć zwierzynę i dobrą zieloną trawę, a także wywęszyć wrogów, gdziekolwiek mogli się ukrywać. Jeśli znajdzie Dany, zabije ją, zgwałci albo zrobi z niej niewolnicę. W najlepszym przypadku odeśle ją do staruch z *dosh khaleen*, gdzie powinny się udawać dobre *khaleesi* po śmierci swych *khali*.

Nie zauważył jej jednak. Zasłoniła ją trawa, a on kierował spojrzenie gdzie indziej. Spojrzała w tamtym kierunku i zobaczyła lecący cień z rozpostartymi skrzydłami. Smok był odległy o milę, ale zwiadowca zamarł w bezruchu, aż jego koń zarżał ze strachu. Potem ocknął się nagle, jak wyrwany ze snu, zawrócił wierzchowca i ruszył cwałem przez wysoką trawę w kierunku, z którego przybył.

Dany śledziła go spojrzeniem. Gdy tętent kopyt już ucichł, zaczęła krzyczeć. Nie przestawała wołać, aż ochrypła... i Drogon przyleciał. Z nozdrzy buchały mu smużki dymu. Trawy pochylały się przed nim. Wskoczyła mu na grzbiet. Cuchnęła krwią, potem i strachem, ale nic z tego nie miało znaczenia.

— Żeby iść naprzód, muszę się cofać — rzekła na głos. Zacisnęła gołe nogi na szyi smoka i trąciła go stopą. Drogon wzleciał ku niebu. Zgubiła bicz, posłużyła się więc rękami i nogami, żeby skierować smoka na północ północny wschód, skąd przybył zwiadowca. Drogon słuchał jej bez oporów. Być może zwęszył strach jeźdźca.

Po kilkunastu uderzeniach serca wyprzedzili cwałującego przez trawę Dothraka. Po obu stronach Dany dostrzegała miejsca, gdzie wypalona trawa zmieniła się w popiół. *Drogon już tu był* — uświadomiła sobie. Ślady jego łowów pokrywały zielone morze traw na podobieństwo łańcucha szarych wysepek.

Pod nimi pojawiło się ogromne stado koni. Byli tam też jeźdźcy, co najmniej dwudziestu, ale wszyscy uciekli na widok smoka. Konie również zerwały się do biegu, gdy padł na nie czarny cień. Pędziły przed siebie, aż ich boki zrobiły się białe od piany... ale choć były szybkie, nie umiały latać. Wkrótce jeden z nich zaczął zostawać z tyłu. Smok opadł na niego z rykiem i w jednej chwili biedne zwierzę ogarnęły płomienie. Mimo to nie przestawało biec, kwicząc przy każdym kroku, aż wreszcie Drogon wylądował na nim, łamiąc mu kręgosłup. Dany ze wszystkich sił trzymała się smoczej szyi, żeby nie zlecieć.

Zdobycz była za ciężka, by Drogon mógł ją zanieść do legowiska, pożarł więc ją na miejscu, rozszarpując przypalone mięso. Trawa wokół nich płonęła, w powietrzu unosił się gęsty dym oraz odór spalonego końskiego włosia. Wygłodzona Dany zsunęła się z grzbietu smoka i jadła razem z nim, odrywając poparzonymi dłońmi kawałki dymiącego mięsa. *W Meereen byłam królową, nosiłam jedwabie i jadłam faszerowane daktyle oraz jagnięcinę w miodzie* — przypomniała sobie. *Co by pomyślał mój szlachetny mąż, gdyby zobaczył mnie w tej chwili?* Hizdahr z pewnością byłby przerażony. Ale Daario…

Daario by się roześmiał, odkroiłby sobie *arakhem* kawał koniny i kucnąłby obok Dany, żeby go zjeść.

Gdy niebo na zachodzie nabrało koloru krwawego siniaka, Dany usłyszała tętent zbliżających się koni. Podniosła się, wytarła dłonie o wystrzępioną koszulkę i stanęła obok smoka.

Tak właśnie znalazł ją *khal* Jhaqo, gdy z kłębów dymu wyłoniło się pięćdziesięciu konnych wojowników.

EPILOG

— Nie jestem zdrajcą — zapewnił rycerz z Gniazda Gryfów. — Wiernie służę królowi Tommenowi i tobie.

Jego słowom towarzyszyło miarowe *kap*, *kap*, *kap*. Śnieg na jego płaszczu topniał i woda gromadziła się na podłodze. W Nocnej Przystani śnieg sypał przez większą część nocy, pokrywając ulice sięgającą kostek warstwą. Ser Kevan Lannister otulił się szczelniej płaszczem.

— Tak mówisz, ser, ale słowa to wiatr.

— Pozwól więc, bym mieczem dowiódł ich prawdziwości. — Długie rude włosy i broda Ronneta Conningtona lśniły w świetle pochodni. — Wyślij mnie do boju przeciwko stryjowi, a przyniosę ci jego głowę i głowę tego fałszywego smoka też.

Lannisterscy włócznicy noszący karmazynowe płaszcze i ozdobione lwami półhełmy stali pod zachodnią ścianą sali tronowej. Spod przeciwległej ściany spoglądali na nich strażnicy Tyrellów w zielonych płaszczach. Salę tronową wypełniał łatwo zauważalny chłód. Choć ani królowa Cersei, ani królowa Margaery nie były obecne, ich wspomnienie zatruwało powietrze jak duchy podczas uczty.

Za stołem zasiadało pięciu członków królewskiej małej rady. Za nimi stał Żelazny Tron, przycupnięty jak jakaś ogromna bestia. Jego zadziory, pazury i ostrza spowijał cień. Kevan Lannister wyczuwał go za swymi plecami jako swędzenie między łopatkami. Łatwo było sobie wyobrazić, że stary król Aerys siedzi na nim i łypie na nich z góry, krwawiąc z jakiegoś nowego skaleczenia. Dziś jednak tron był pusty. Kevan nie widział powodów, by przyprowadzać Tommena. Lepiej niech chłopiec zostanie z matką. Tylko Siedmiu wiedziało, ile czasu będą mogli spędzić razem przed procesem Cersei... i być może jej egzekucją.

— We właściwym czasie policzymy się z twoim stryjem i jego podrabianym chłopakiem — mówił Mace Tyrell. Nowy królewski namiestnik zasiadał na dębowym tronie wyrzeźbionym na kształt ręki. Ten absurdalny przejaw próżności jego lordowska mość kazał wykonać tego samego dnia, gdy ser Kevan zgodził się przyznać mu tytuł, którego pożądał. — Zaczekasz tutaj do chwili, gdy będziemy gotowi do wymarszu. Później otrzymasz szansę udowodnienia swej lojalności.

Ser Kevan nie miał nic przeciwko temu rozwiązaniu.

— Odprowadźcie ser Ronneta do jego komnat.

I dopilnujcie, żeby tam został. Tego nie musiał mówić na głos. Bez względu na swe zapewnienia, rycerz z Gniazda Gryfów nadal był podejrzany. Najemnikami, którzy wylądowali na południu, dowodził ponoć jego krewniak.

Gdy echa kroków Conningtona ucichły, wielki maester Pycelle pokręcił z namaszczeniem głową.

— Jego stryj stał kiedyś w tym samym miejscu, w którym on stanął teraz, i zapewnił króla Aerysa, że przyniesie mu głowę Roberta Baratheona.

Tak właśnie się dzieje, gdy człowiek osiąga wiek Pycelle'a. Wszystko, co widzi albo słyszy, przypomina mu coś, co widział bądź słyszał, kiedy był młodszy.

— Ilu ludzi wróciło do miasta z ser Ronnetem? — zapytał ser Kevan.

— Dwudziestu — odparł lord Randyll Tarly. — Większość z nich to dawni ludzie Gregora Clegane'a. Twój bratanek Jaime oddał ich Connigtonowi. Idę o zakład, że chciał się ich pozbyć. Nim minął dzień od ich przybycia do Stawu Dziewic, jeden z nich zamordował człowieka, a innego oskarżono o gwałt. Pierwszego musiałem powiesić, a drugiego wykastrować. Gdyby to zależało ode mnie, wysłałbym wszystkich do Nocnej Straży i Conningtona razem z nimi. Miejscem dla takiej hołoty jest Mur.

— Pies upodabnia się do swego pana — oznajmił Mace Tyrell. — Zgadzam się, że w czarnych płaszczach byłoby im do twarzy. Nie będę tolerował takich ludzi w straży miejskiej.

Szeregi złotych płaszczy powiększyło stu jego zbrojnych z Wysogrodu i jego lordowska mość najwyraźniej nie chciał, by dodano do niej dla równowagi trochę ludzi z zachodu.

Im więcej mu daję, tym więcej się domaga. Kevan Lannister zaczynał rozumieć, dlaczego Cersei tak bardzo nie lubiła Tyrellów. To jednak nie był moment na sprowokowanie otwartej kłótni. Zarówno Randyll Tarly, jak i Mace Tyrell przyprowadzili do Królewskiej Przystani swe armie, natomiast większa część sił rodu Lannisterów nadal pozostawała w dorzeczu i szybko topniała.

— Ludzie Góry zawsze byli wojownikami — stwierdził pojednawczym tonem — a my możemy potrzebować wszystkich mieczy przeciwko najemnikom. Jeśli to rzeczywiście Złota Kompania, jak zapewniają szeptacze Qyburna...

— Zwij ich, jak chcesz — przerwał mu Randyll Tarly. — To tylko zwykli awanturnicy.

— Być może — przyznał ser Kevan. — Ale im dłużej będziemy ich ignorować, tym silniejsi się staną. Przygotowaliśmy mapę zaatakowanych przez nich miejsc. Wielki maesterze?

Mapa była piękna, namalowana maesterską ręką na płachcie najlepszego welinu, tak wielka, że pokrywała cały stół.

— Tutaj. — Pycelle wskazał pokrytą starczymi plamami dłonią na punkt na mapie. Spod rękawa jego szaty wysunęło się przedramię i zwisająca z niego fałda bladego ciała. — Tutaj i tutaj. Wzdłuż całego wybrzeża i na wyspach. Tarth, Stopnie, nawet Estermont. A teraz docierają do nas meldunki, że Connington maszeruje na Koniec Burzy.

— O ile to rzeczywiście Jon Connington — wtrącił Randyll Tarly.

— Koniec Burzy — mruknął ze złością Mace Tyrell. — Nie poradzi sobie z tym zamkiem, choćby był samym Aegonem Zdobywcą. A nawet jeśli mu się uda, co z tego? Zamek należy teraz do Stannisa. Co nas obchodzi, jeśli przejdzie od jednego pretendenta do drugiego? Odbijemy go po udowodnieniu niewinności mojej córki.

Jak możesz go odbić, jeśli nie potrafiłeś go zdobyć?

— Rozumiem, wasza lordowska mość, ale...

Tyrell nie pozwolił mu dokończyć.

— Oskarżenia wysunięte pod adresem mojej córki to ohydne kłamstwa. Pytam po raz kolejny, dlaczego musimy kontynuować tę komediancką farsę? Niech król Tommen ogłosi, że moja córka jest niewinna, ser. Połóżmy temu kres raz na zawsze.

Jeśli tak zrobimy, Margaery aż po kres życia nie uwolni się od szeptów.

— Nikt nie wątpi w niewinność twojej córki, wasza lordowska mość — skłamał ser Kevan — ale Jego Wielka Świątobliwość upiera się przy procesie.

Lord Randyll prychnął pogardliwie.

— Czym się staliśmy, jeśli królowie i wielcy lordowie muszą tańczyć w rytm ćwierkania wróbli?

— Ze wszystkich stron otaczają nas wrogowie, lordzie Tarly — przypomniał mu ser Kevan. — Na północy Stannis, na zachodzie żelaźni ludzie, a na południu najemnicy. Jeśli sprzeciwimy się Wielkiemu Septonowi, krew spłynie również rynsztokami Królewskiej Przystani. Jeśli pobożni ludzie uznają, że sprzeciwiamy się bogom, może ich to popchnąć w ramiona któregoś z uzurpatorów.

Mace Tyrell nie dał się przekonać.

— Gdy tylko Paxter Redwyne oczyści morza z żelaznych ludzi, moi synowie odzyskają Wyspy Tarczowe. Stannisa zniszczą śniegi albo Bolton. Jeśli zaś chodzi o Conningtona…

— O ile to rzeczywiście on — odezwał się lord Randyll.

— …jeśli zaś chodzi o Conningtona — powtórzył Tyrell — w jakich bitwach zwyciężył, byśmy musieli się go obawiać? W Kamiennym Sepcie mógł położyć kres buntowi Roberta. Ale przegrał. Zawsze przegrywał, tak samo jak Złota Kompania. Niektórzy mogą się do nich przyłączyć, tak jest. Królestwu wyjdzie na zdrowie, jeśli pozbędzie się takich głupców.

Ser Kevan chciałby podzielać jego pewność. Słabo znał Jona Conningtona. Był on dumnym młodzieńcem, najbardziej krnąbrnym z grupy nieopierzonych lordów, którzy zgromadzili się wokół księcia Rhaegara Targaryena, rywalizując o jego względy. *Był arogancki, ale zdolny i pełen energii.* To wszystko, a także umiejętność władania bronią, spowodowało, że Obłąkany Król Aerys mianował go namiestnikiem. Bierność starego lorda Merryweathera pozwoliła, by bunt się zakorzenił i rozszerzył. Dlatego Aerys chciał, by zastąpił go ktoś młody i pełen wigoru, kto dorówna młodości i wigorowi

Roberta. „Za wcześnie" — oznajmił lord Tywin Lannister, gdy do Casterly Rock dotarły wieści o królewskiej decyzji. „Connington jest za młody, zbyt śmiały i zanadto pożąda chwały".

Bitwa Dzwonów dowiodła prawdziwości tych słów. Ser Kevan spodziewał się, że Aerys nie będzie miał potem innego wyboru jak ponownie wezwać Tywina... ale zamiast tego Obłąkany Król zwrócił się do lordów Chelsteda oraz Rossarta. Zapłacił za to życiem i koroną. *Ale to wszystko wydarzyło się dawno temu. Jeśli to rzeczywiście Jon Connington, będzie teraz zupełnie innym człowiekiem. Starszym, twardszym, bardziej doświadczonym... i niebezpieczniejszym.*

— Connington ma coś więcej niż Złotą Kompanię. Ma ponoć pretendenta z rodu Targaryenów.

— To tylko podrabiany chłopak — skwitował Randyll Tarly.

— Może i tak. Albo i nie. — Kevan Lannister był tutaj, w tej komnacie, gdy Tywin położył ciała dzieci księcia Rhaegara u stóp Żelaznego Tronu, owinięte w karmazynowe płaszcze. W dziewczynce można było rozpoznać księżniczkę Rhaenys, ale chłopiec... *pozbawiona twarzy miazga z kości, mózgu i krwi oraz kilku kosmyków włosów. Nikt z nas nie przyglądał się zbyt uważnie.* Tywin powiedział, że to książę Aegon, i uwierzyliśmy mu na słowo. — Słyszeliśmy też napływające ze wschodu opowieści o Daenerys Zrodzonej w Burzy. W jej pochodzenie nikt nie może wątpić.

— Jest tak samo szalona jak jej ojciec — oznajmił Mace Tyrell.

Ten sam ojciec, którego Wysogród i ród Tyrellów popierały aż do gorzkiego końca, a nawet znacznie dłużej.

— Może być szalona — przyznał ser Kevan — ale na zachód napływa tyle dymu, że na wschodzie z pewnością płonie jakiś ogień.

Wielki maester Pycelle pokiwał głową.

— Smoki. Do Starego Miasta dotarły te same opowieści. Srebrnowłosa królowa, która ma trzy smoki.

— Na drugim końcu świata — zauważył Mace Tyrell. — Królowa Zatoki Niewolniczej, tak jest. Może ją sobie zatrzymać.

— W tej sprawie zgadzamy się ze sobą — rzekł ser Kevan. — Ale w żyłach tej dziewczyny płynie krew Aegona Zdobywcy i nie sądzę, by była zadowolona, na zawsze pozostając w Meereen. Jeśli dotrze do naszych brzegów, by połączyć siły z lordem Conningtonem i tym jego księciem, podrabianym czy nie… musimy bezzwłocznie zniszczyć Conningtona i jego pretendenta, nim Daenerys Zrodzona w Burzy zdąży dotrzeć za zachód.

Mace Tyrell założył ręce na piersi.

— To właśnie zamierzam uczynić, ser. Po procesach.

— Najemnicy walczą za pieniądze — obwieścił wielki maester Pycelle. — Jeśli zaoferujemy im wystarczająco wiele złota, może zgodzą się wydać nam lorda Conningtona i pretendenta.

— Gdybyśmy tylko mieli złoto — odrzekł ser Harys Swyft. — Niestety, szlachetni panowie, nasz skarbiec wypełniają jedynie szczury i karaluchy. Znowu napisałem do myrijskich bankierów. Jeśli zgodzą się pokryć długi korony wobec Braavosów i udzielić nam nowej pożyczki, być może nie będziemy musieli podnosić podatków. W przeciwnym razie…

— Magistrzy z Pentos również niekiedy pożyczają pieniądze — zauważył ser Kevan. — Popróbuj szczęścia u nich. — Szansa na pomoc Pentoshijczyków była jeszcze mniejsza niż w przypadku myrijskich wekslarzy, musieli jednak podjąć próbę. Jeśli nie znajdą nowego źródła pieniędzy albo nie przekonają Braavosów do złagodzenia stanowiska, może być zmuszony spłacać długi korony lannisterskim złotem. Nie śmie wprowadzać nowych podatków w chwili, gdy w Siedmiu Królestwach roi się od buntowników. Połowa lordów w królestwie nie odróżniała podatków od tyranii i w jedno uderzenie serca uciekłaby do najbliższego uzurpatora, jeśli pozwoliłoby im to zaoszczędzić choć przyciętego miedziaka. — Jeśli to się nie uda, możesz być zmuszony popłynąć do Braavos, by osobiście pertraktować z Żelaznym Bankiem.

Ser Harys skulił się trwożnie.

— Czy to konieczne?

— Jesteś starszym nad monetą — zauważył ostrym tonem lord Randyll.

— To prawda. — Kosmyk białych włosów wyrastający na końcu podbródka Swyfta zakołysał się z oburzenia. — Czy muszę ci przypominać, wasza lordowska mość, że to nie ja jestem winien tych kłopotów? Co więcej, nie wszyscy z nas mieli okazję wypełnić swój skarbiec łupami ze Stawu Dziewic i Smoczej Skały.

— Nie podobają mi się twoje insynuacje, Swyft — obruszył się Mace Tyrell. — Zapewniam, że na Smoczej Skale nie znaleziono żadnych bogactw. Ludzie mojego syna przeszukali każdy cal tej okropnej, wilgotnej wyspy i nie znaleźli ani jednego klejnotu czy kawałka złota. Nie natrafili też na żaden ślad legendarnego składu smoczych jaj.

Kevan Lannister widział Smoczą Skałę na własne oczy i bardzo wątpił, by Loras Tyrell przeszukał każdy cal tej starożytnej twierdzy. W końcu zbudowali ją Valyrianie, a wszystkie ich dzieła śmierdziały czarami. Ser Loras był też młody i skłonny do pochopnych sądów, a do tego został poważnie ranny podczas zdobywania zamku. Lepiej jednak nie przypominać Tyrellowi, że jego ulubiony syn jest omylny.

— Gdyby na Smoczej Skale były bogactwa, Stannis by je znalazł — skwitował. — Przejdźmy do następnych spraw, szlachetni panowie. Jak może pamiętacie, musimy osądzić dwie królowe oskarżone o zdradę stanu. Bratanica powiedziała mi, że wybiera próbę walki. Będzie jej bronił ser Robert Strong.

— Milczący olbrzym.

Lord Randyll skrzywił się z niezadowoleniem.

— Powiedz mi, ser, skąd się wziął ten człowiek? — Zażądał Mace Tyrell. — Dlaczego nigdy przedtem nie słyszeliśmy jego nazwiska? Nie odzywa się, nie pokazuje twarzy i nigdy nie widziano go bez zbroi. Czy mamy pewność, że jest rycerzem?

Nie mamy nawet pewności, czy żyje. Meryn Trant zapewniał, że Strong nic nie je ani nie pije, a Boros Blount posunął się nawet do tego, że oznajmił, iż nigdy nie widział, by milczący rycerz korzystał z wychodka. *Po co miałby to robić? Umarli nie srają.* Kevan Lannister podejrzewał, kto może się w rzeczywistości kryć pod lśniącą białą zbroją ser Roberta. Mace Tyrell i Randyll Tarly z pewnością podzielali te podejrzenia. Twarz ukryta pod hełmem Stronga musiała jednak na razie pozostać tajemnicą. Milczący olbrzym był jedyną nadzieją jego bratanicy. *Módlmy się, by rzeczywiście okazał się taki groźny, na jakiego wygląda.*

Mace Tyrell najwyraźniej jednak nie widział nic poza groźbą dla własnej córki.

— Jego Miłość mianował ser Roberta gwardzistą królewskim — przypomniał mu ser Kevan. — Qyburn również za niego ręczy. Tak czy owak, wszyscy potrzebujemy zwycięstwa ser Roberta. Jeśli moją bratanicę uznają za winną zdrady, podważy to prawowitość jej dzieci. A jeśli Tommen przestanie być królem, Margaery przestanie być królową. — Pozwolił Tyrellowi zastanawiać się chwilę nad tymi słowami. — Cokolwiek mogła uczynić Cersei, nadal pozostaje córką Casterly Rock i wywodzi się z mojej krwi. Nie pozwolę, by zginęła śmiercią zdrajczyni, ale dopilnowałem, by wyrwano jej kły. Odesłałem wszystkich jej strażników i zastąpiłem swoimi ludźmi. Zamiast dawnych dam dworu będą jej od tej chwili towarzyszyć septa i trzy nowicjuszki, wybrane przez Wielkiego Septona. Nie będzie już miała głosu w rządzeniu królestwem ani w edukacji Tommena. Po zakończeniu procesu zamierzam odesłać ją do Casterly Rock i dopilnować, by tam pozostała. Niech to wam wystarczy.

Resztę pozostawił niewypowiedzianą. Cersei była nieodwracalnie splamiona, nigdy już nie będzie mogła sprawować władzy. Każdy piekarczyk i żebrak w mieście był świadkiem jej wstydu, wszystkie dziwki i garbarze od Zapchlonego Tyłka aż po Szczynową Wodę widzieli jej nagość, ich chciwe spojrzenia przesuwały się po jej piersiach, brzuchu i kobiecych częściach. Żadna królowa nie mogłaby po czymś takim zachować władzy. W złocie, jedwabiach i szmaragdach Cersei była monarchinią, kimś bliskim bogini; naga stała się jedynie starzejącą się kobietą z rozstępami na brzuchu i cyckami, które robiły się już obwisłe... i wszystkie złośliwe jędze w tłumie z radością zwracały uwagę swych mężów i kochanków na ten fakt. *Lepiej żyć we wstydzie, niż zginąć dumną* — powiedział sobie ser Kevan.

— Moja bratanica nie spowoduje już więcej kłopotów — zapewnił Mace'a Tyrella. — Masz na to moje słowo, wasza lordowska mość.

Tyrell skinął z niechęcią głową.

— Skoro tak mówisz. Moja Margaery woli, by osądziła ją Wiara. W ten sposób całe królestwo stanie się świadkiem jej niewinności.

Jeśli twoja córka rzeczywiście jest taka niewinna, jak próbujesz nas przekonać, dlaczego wasza armia musi być obecna w chwili, gdy stawi czoło swym oskarżycielom? — mógłby zapytać ser Kevan.

— Mam nadzieję, że stanie się to wkrótce — rzekł jednak tylko, a potem spojrzał na wielkiego maestera Pycelle'a. — Czy jest coś jeszcze?

Wielki maester spojrzał w swe papiery.

— Powinniśmy rozstrzygnąć sprawę spadku po Rosbym. Zgłosiło się sześciu pretendentów...

— Tym możemy się zająć później. Co jeszcze?

— Musimy się przygotować na przyjęcie księżniczki Myrcelli.

— Takie są skutki konszachtów z Dornijczykami — poskarżył się Mace Tyrell. — Z pewnością możemy znaleźć dla dziewczynki lepszą partię?

Na przykład twojego syna Willasa? Ją oszpecił jeden Dornijczyk, a jego okaleczył drugi.

— Nie wątpię w to — odparł ser Kevan — ale mamy już pod dostatkiem wrogów nawet bez obrażania Dorne. Jeśli Doran Martell postanowi połączyć swe siły z Conningtonem i poprzeć jego podrabianego smoka, sytuacja może się stać bardzo nieprzyjemna.

— Może zdołamy przekonać naszych dornijskich przyjaciół, żeby policzyli się z lordem Conningtonem — odezwał się ser Harys Swyft z nerwowym chichotem. — To oszczędziłoby nam mnóstwo krwi i kłopotów.

— Z pewnością — zgodził się ser Kevan ze znużeniem w głosie. *Pora już to kończyć.* — Dziękuję, szlachetni panowie. Spotkamy się za pięć dni. Po procesie Cersei.

— Skoro tak mówisz. Niech Wojownik da siłę rękom ser Roberta — odparł z niechęcią w głosie Mace Tyrell i pochylił lekko podbródek, żegnając lorda regenta najpłytszym z możliwych ukłonów. Zawsze jednak było to coś i ser Kevan Lannister poczuł satysfakcję.

Randyll Tarly opuścił komnatę ze swym seniorem. Włócznicy w zielonych płaszczach szli tuż za nimi. *Prawdziwym zagrożeniem jest Tarly* — pomyślał ser Kevan, odprowadzając ich wzrokiem. *To człowiek o wąskich horyzontach, ale sprytny i obdarzony żelazną wolą, a do tego najlepszy żołnierz, jakim może się pochwalić Reach. Jak jednak mogę go przeciągnąć na naszą stronę?*

— Lord Tyrell nie darzy mnie miłością — poskarżył się ponurym tonem wielki maester Pycelle, gdy namiestnik już wyszedł. — Ta sprawa miesięcznej herbaty... nigdy bym o tym nie wspomniał, gdyby królowa wdowa mi nie kazała! Jeśli lord regent raczy, spałbym spokojniej, gdybyś użyczył mi kilku swych strażników.

— Lord Tyrell mógłby się poczuć urażony.

Ser Harys Swyft pociągnął się za wąską bródkę.

— Mnie też przydaliby się strażnicy. Czasy są niebezpieczne.

To prawda — pomyślał Kevan Lannister. *A Pycelle nie jest jedynym członkiem rady, którego nasz namiestnik chętnie by zastąpił.* Mace Tyrell miał własnego kandydata na lorda skarbnika. Był nim jego stryj, lord seneszal Wysogrodu, zwany Garthem Sprośnym. *Ostatnie, czego potrzebuję, to jeszcze jeden Tyrell w małej radzie.* I tak już nie miał przewagi liczebnej. Ser Harys był ojcem żony ser Kevana, a na Pycelle'a również mógł liczyć, ale Tarly poprzysiągł wierność Wysogrodowi, podobnie jak Paxter Redwyne, lord admirał i starszy nad okrętami, który obecnie okrążał ze swą flotą Dorne, by policzyć się z żelaznymi ludźmi Eurona Greyjoya. Gdy Redwyne wróci do Królewskiej Przystani, w radzie będzie trzech ludzi Lannisterów i trzech ludzi Tyrellów.

Siódme miejsce przypadnie Dornijce, która obecnie odprowadzała Myrcellę do domu. *Lady Nym. Nie jest prawdziwą damą, jeśli choć połowa raportów Qyburna mówi prawdę.* Bękarcia córka Czerwonej Żmii, niemal tak samo osławiona jak jej ojciec, postanowiła upomnieć się o miejsce w radzie, przez krótką chwilę zajmowane przez samego księcia Oberyna. Ser Kevan nie uznał jeszcze za stosowne zawiadomić Mace'a Tyrella o jej spodziewanym przybyciu. Wiedział, że namiestnik się nie ucieszy. *To Littlefingera potrzebujemy. Petyr Baelish miał dar wyczarowywania smoków z powietrza.*

— Wynajmij ludzi Góry — zasugerował ser Kevan. — Rudy Ronnet nie będzie ich już potrzebował.

Nie sądził, by Mace Tyrell okazał się aż tak nieostrożny, by próbować zamordować Pycelle'a albo Swyfta, ale jeśli dzięki strażnikom poczują się pewniej, niech ich sobie mają.

Trzej mężczyźni wspólnie opuścili salę tronową. Śnieg tańczył po zewnętrznym dziedzińcu niczym zamknięta w klatce bestia próbująca się wyrwać na wolność.

— Pamiętasz podobne zimno? — zapytał ser Harys.

— Nie powinniśmy rozmawiać o zimnie wtedy, gdy na nim stoimy — poskarżył się wielki maester Pycelle i ruszył powoli przez dziedziniec, zmierzając ku swoim komnatom.

Dwaj pozostali mężczyźni stali jeszcze przez chwilę na schodach sali tronowej.

— Nie pokładam zbyt wielkiej wiary w myrijskich bankierach — odezwał się ser Kevan. — Lepiej przygotuj się na podróż do Braavos.

Ser Harys nie sprawiał wrażenia zbyt zadowolonego z tej perspektywy.

— Jeśli będę musiał. Powtarzam jednak, że to nie ja jestem winien tych kłopotów.

— Masz rację. To Cersei zdecydowała, że Żelazny Bank może zaczekać na pieniądze. Czy mam ją wysłać do Braavos?

Ser Harys zamrugał.

— Jej Miłość... to... to...

— To był żart — uratował go ser Kevan. — Raczej kiepski. Znajdź sobie jakiś ciepły kominek. Ja zamierzam uczynić to samo.

Wciągnął rękawice i ruszył przez dziedziniec, pochylając się pod wiatr. Płaszcz łopotał i tańczył za jego plecami.

Suchą fosę otaczającą Warownię Maegora wypełniała trzystopowa warstwa śniegu. Żelazne szpikulce błyszczały od szronu. Jedyna droga do warowni prowadziła przez most zwodzony. Na jego końcu zawsze pełnił straż rycerz Gwardii Królewskiej. Dziś wieczorem ta służba przypadła ser Merynowi Trantowi. Balon Swann polował w Dorne na wyjętego spod prawa rycerza zwanego Ciemną Gwiazdą, Loras Tyrell został ciężko ranny na Smoczej Skale, a Jaime zniknął w dorzeczu, w Królewskiej Przystani zostały więc tylko cztery Białe Miecze. Co więcej, ser Kevan wtrącił Osmunda Kettleblacka — i jego brata Osfryda — do lochu kilka godzin po tym, jak Cersei wyznała, że wzięła sobie obu mężczyzn za kochanków. Młodocianego króla i jego rodzinę chronili tylko Trant, słabowity Boros Blount oraz Robert Strong, niemy potwór Qyburna.

Będę musiał znaleźć jakieś nowe miecze do Gwardii Królewskiej. Tommen powinien mieć wokół siebie siedmiu dobrych rycerzy. W przeszłości służba w Gwardii Królewskiej była dożywotnia, ale Joffrey mimo to zdymisjonował ser Barristana Selmy'ego, by zrobić miejsce dla swego psa, Sandora Clegane'a. Kevan postanowił wykorzystać ten precedens. *Mógłbym dać biały płaszcz Lancelowi* — pomyślał. *Znajdzie w tym więcej honoru niż w Synach Wojownika.*

Kevan Lannister powiesił mokry od śniegu płaszcz w samotni, ściągnął buty i kazał służącemu przynieść świeżych drew.

— Przydałby się też kubek grzanego wina — dodał, siadając przy kominku. — Zajmij się tym.

Ogień wkrótce przegnał ziąb, a kubek wina rozgrzał wnętrzności ser Kevana. Zrobił się jednak od niego senny, nie odważył się więc wypić drugiego. Jego dzień bynajmniej się jeszcze nie skończył. Miał raporty do przeczytania i listy do napisania. *Muszę też zjeść kolację z Cersei i z królem.* Dzięki bogom po pokutnym spacerze jego bratanica zrobiła się pokorna i posłuszna. Przydzielone jej nowicjuszki meldowały, że jedną trzecią każdego dnia spędza w towarzystwie syna, drugą część poświęca modlitwie, a ostatnią na kąpiel. Kąpała się cztery albo pięć razy dziennie, szorowała ciało szczotkami z końskiego włosia i mocnym ługowym mydłem, jakby chciała zdrapać sobie skórę.

Nigdy nie zmyje zmazy, choćby nie wiem jak się starała.

Ser Kevan wspomniał dziewczynę, jaką ongiś była, tak bardzo psotną i pełną życia. A gdy zakwitła, ach… czy kiedykolwiek żyła panna równie słodka dla oczu? *Ilu ludzi mogłoby jeszcze żyć, gdyby Aerys zgodził się wydać ją za Rhaegara?* Cersei mogłaby dać księciu synów, których pragnął. Wydałaby na świat lwy o fioletowych oczach i srebrnych grzywach… a mając taką żonę, Rhaegar mógłby nawet nie spojrzeć na Lyannę Stark. Pamiętał, że dziewczyna z północy cechowała się dziką urodą, ale nawet najjaśniejsza pochodnia nie mogła się mierzyć ze wschodzącym słońcem.

Nie miało jednak sensu rozmyślać o przegranych bitwach i drogach, których nie wybrano. To była przywara znużonych życiem starców. Rhaegar poślubił Elię z Dorne, Lyanna Stark umarła, Robert Baratheon wziął sobie za żonę Cersei i oto, co z tego wynikło. A dzisiejszej nocy jego własna droga zaprowadzi go do komnat bratanicy, gdzie będzie musiał stawić jej czoło.

Nie mam powodu czuć się winny — powiedział sobie ser Kevan. *Tywin z pewnością by to zrozumiał. To jego córka okryła wstydem nasze nazwisko, nie ja. To, co uczyniłem, uczyniłem dla dobra rodu Lannisterów.*

W końcu jego brat kiedyś postąpił tak samo. W ostatnich latach swego życia, po śmierci ich matki, ojciec wziął sobie na kochankę ładną córkę producenta świec. Nie było niczym niezwykłym, że owdowiały lord utrzymywał dziewczynę z ludu, by grzała mu łoże… ale lord Tytos wkrótce zaczął sadzać ją obok siebie w komnacie, zasypywać ją darami i zaszczytami, a nawet pytać o zdanie w kwestiach politycznych. Nim minął rok, zwalniała służących, rozkazywała domowym rycerzom, a nawet przemawiała w imieniu jego lordowskiej mości, gdy był niedysponowany. Stała się tak wpływowa, że w Lannisporcie mawiano, iż każdy, kto chce, by wysłuchano jego petycji, powinien przed nią klęknąć i przemówić głośno do jej podołka… albowiem ucho Tytosa Lannistera znajdowało się między nogami jego pani. Posunęła się nawet do tego, że nosiła klejnoty ich matki.

Aż wreszcie pewnego dnia serce ich pana ojca pękło w piersi, gdy wspinał się na schody wiodące do łoża kochanki. Wszyscy pochlebcy, którzy zwali się jej przyjaciółmi i zabiegali o jej względy, opuścili ją w mgnieniu oka, gdy Tywin kazał ją rozebrać do naga i przeprowadzić przez Lannisport aż do portu, jak zwykłą kurwę. Choć nikt jej nie dotknął, spacer położył kres jej władzy. Z pewnością Tywinowi nigdy się nie śniło, że taki sam los czeka jego złotą córkę.

— To musiało się stać — mruknął ser Kevan nad resztką wina. Trzeba było ugłaskać Jego Wielką Świątobliwość. Tommen będzie potrzebował poparcia Wiary w nadchodzących bitwach. A Cersei… złote dziecko wyrosło na próżną, głupią i chciwą kobietę. Gdyby pozwolono jej nadal sprawować rządy, zgubiłaby Tommena tak, jak zrobiła to z Joffreyem.

Wiatr się wzmagał, trzęsąc okiennicami. Ser Kevan podniósł się z wysiłkiem. Pora stawić czoło lwicy w jej jaskini. *Wyrwaliśmy jej pazury. Ale Jaime…* Nie, o tym nie będzie rozmyślał.

Wdział stary, znoszony wams, na wypadek gdyby bratanica znowu postanowiła chlusnąć mu w twarz kielichem wina, pas z mieczem zostawił jednak zawieszony na oparciu krzesła. Tylko rycerzom Gwardii Królewskiej wolno było nosić broń w obecności Tommena.

Gdy ser Kevan wszedł do królewskich komnat, młodocianego króla i jego matki strzegł ser Boros Blount. Rycerz miał na sobie białą zbroję łuskową oraz półhełm. Nie wyglądał za dobrze. Ostatnio wyraźnie przytył w brzuchu i na twarzy, a jego cera zrobiła się niezdrowa. Wspierał się też o ścianę za swymi plecami, jakby zachowanie pozycji stojącej kosztowało go zbyt wiele wysiłku.

Kolację przyniosły trzy nowicjuszki, czyste dziewczęta z dobrych rodzin, między dwunastym a szesnastym rokiem życia. W białych, miękkich, wełnianych szatach jedna wydawała się bardziej niewinna i bezgrzeszna od drugiej. Wielki Septon upierał się jednak, że żadna dziewczyna nie może spędzić na służbie królowej więcej niż siedem dni, żeby Cersei ich nie zepsuła. Zajmowały się jej garderobą, przygotowywały kąpiele, nalewały jej wina i rankiem zmieniały pościel. Co noc któraś z nich dzieliła z królową łoże, by się upewnić, że Cersei nie będzie miała innego towarzystwa, a pozostałe dwie spały w sąsiedniej komnacie z opiekującą się nimi septą.

Przed oblicze króla zaprowadziła go wysoka chuda dziewczyna o naznaczonej dziobami twarzy. Gdy wszedł do środka, Cersei wstała i pocałowała go lekko w policzek.

— Drogi stryjku, bardzo się cieszę, że zgodziłeś się zjeść z nami kolację.

Królowa była ubrana skromnie jak matrona, w ciemnobrązową suknię zapiętą aż pod szyję i zieloną opończę z kapturem zakrywającym wygoloną głowę. *Przedtem pyszniłaby się łysiną, nosząc na niej złotą koronę.*

— Usiądź, proszę — rzekła. — Napijesz się wina?

— Jeden kielich.

Usiadł, nadal pełen nieufności.

Piegowata nowicjuszka nalała mu grzanego wina z korzeniami.

— Tommen mówi, że lord Tyrell zamierza odbudować Wieżę Namiestnika — odezwała się Cersei.

Ser Kevan skinął głową.

— Zapewnia, że nowa wieża będzie dwukrotnie wyższa od tej, którą spaliłaś.

Cersei roześmiała się gardłowo.

— Długie kopie, wysokie wieże… czy lord Tyrell chce nam dać coś do zrozumienia?

Uśmiechnął się. *To dobrze, że nadal umie się śmiać.* Zapytał, czy ma wszystko, czego jej potrzeba.

— Dobrze o mnie dbają — odparła królowa. — Dziewczyny są słodkie, a dobre septy pilnują, bym odmawiała modlitwy. Ale gdy już udowodnię, że jestem niewinna, chciałabym, żeby wróciła do mnie Taena Merryweather. Mogłaby też przywieźć na dwór syna. Tommen potrzebuje towarzystwa innych chłopców, szlachetnie urodzonych kolegów.

To była rozsądna prośba. Ser Kevan nie widział powodu, by się na nią nie zgodzić. Może uczynić młodego Merryweathera swoim podopiecznym, podczas gdy Taena pojedzie z Cersei do Casterly Rock.

— Wyślę po nią po procesie — obiecał.

Kolacja zaczęła się od wołowego rosołu z jęczmieniem. Potem podano parę przepiórek i pieczonego szczupaka długości prawie trzech stóp, a do tego rzepę, grzyby i mnóstwo gorącego chleba z masłem. Ser Boros kosztował każdego posiłku stawianego przed królem. To było upokarzające zadanie dla królewskiego gwardzisty, ale być może Blounta nie było już stać na nic więcej… było to też rozsądne, biorąc pod uwagę, jak zginął brat Tommena.

Kevan Lannister od dawna nie widział króla w tak dobrym nastroju. Od zupy aż po deser Tommen opowiadał radośnie o czynach swoich kotków, karmiąc je kawałkami szczupaka z królewskiego talerza.

— Nocą pod oknem znowu był niedobry kot — poinformował w pewnej chwili Kevana. — Ale ser Łowca syknął na niego i kot uciekł po dachach.

— Niedobry kot? — powtórzył ser Kevan z rozbawieniem w głosie. *To słodki chłopiec.*

— Stary czarny kocur z rozdartym uchem — wyjaśniła Cersei. — Jest brudny i wredny. Kiedyś podrapał Joffa w rękę. — Skrzywiła się. — Wiem, że koty tępią szczury, ale ten… atakował nawet kruki w ptaszarni.

— Poproszę szczurołapów, żeby zastawili na niego pułapkę. — Ser Kevan nie pamiętał, by kiedykolwiek widział bratanicę tak cichą, spokojną i potulną. *Tak będzie lepiej.* Poczuł też jednak smutek. *Jej ogień zgasł, a kiedyś płonęła tak jasno.*

— Nie zapytałaś o brata — zauważył, gdy czekali na ciastka z kremem. Król lubił je najbardziej.

Cersei uniosła brodę. Jej zielone oczy zalśniły w blasku świec.

— Jaime? Masz o nim jakieś wieści?

— Żadnych. Cersei, chyba musisz się przygotować…

— Gdyby nie żył, wiedziałabym o tym. Razem przybyliśmy na świat, stryju. Nie odszedłby beze mnie. — Wypiła łyk wina. — Tyrion może opuścić świat, kiedy zechce. O nim pewnie też nie masz żadnych wieści?

— Nikt ostatnio nie próbował nam sprzedać głowy karła.

Skinęła głową.

— Stryju, czy mogę cię o coś zapytać?

— Pytaj, o co zechcesz.

— Twoja żona… czy zamierzasz sprowadzić ją na dwór?

— Nie. — Dorna miała łagodny charakter i czuła się dobrze tylko w domu, gdzie otaczali ją przyjaciele i krewni. Była dobrą matką dla ich dzieci, marzyła o wnukach, modliła się siedem razy dziennie, kochała szycie i kwiaty. W Królewskiej Przystani czułaby się jak jeden z kotków Tommena w jaskini żmij. — Moja pani żona nie lubi podróży. Jej miejscem jest Lannisport.

— Mądra jest kobieta, która zna swoje miejsce.

Nie spodobało mu się brzmienie tych słów.

— Powiedz, co masz na myśli.

— Mam wrażenie, że już powiedziałam.

Cersei uniosła kielich i piegowata dziewczyna znowu jej nalała. Pojawiły się ciastka z kremem i rozmowa przybrała spokojniejszy obrót. Dopiero gdy ser Boros odprowadził Tommena i jego kotki do królewskiej sypialni, wrócili do tematu nadchodzącego procesu.

— Bracia Osneya nie będą się biernie przyglądali jego śmierci — ostrzegła Kevana Cersei.

— Nie liczyłem na to. Dlatego obu kazałem aresztować.

To ją zaskoczyło.

— Za jaką zbrodnię?

— Cudzołożenie z królową. Jego Wielka Świątobliwość powiedział, że przyznałaś się do spania z obydwoma. Zapomniałaś o tym?

Jej twarz poczerwieniała.

— Nie. Co z nimi zrobisz?

— Jeśli przyznają się do winy, trafią na Mur. W przeciwnym razie mogą się zmierzyć z ser Robertem. Tego typu ludzi nie powinno się wynosić tak wysoko.

Cersei pochyliła głowę.

— Błędnie ich oceniłam.

— Mam wrażenie, że błędnie oceniłaś bardzo wielu ludzi.

Mógłby powiedzieć coś więcej, ale do komnaty wróciła ciemnowłosa nowicjuszka o pucołowatych policzkach.

— Lordzie regencie, pani, przepraszam, że wam przerywam, ale na dole czeka jakiś chłopak. Wielki maester Pycelle prosi lorda regenta o natychmiastowe przybycie.

Czarne skrzydła, czarne słowa — pomyślał Kevan. *Czyżby Koniec Burzy padł? A może to wiadomość z północy, od Boltona?*

— Może to wieści o Jaimem — odezwała się królowa.

Był tylko jeden sposób, żeby to sprawdzić. Ser Kevan wstał.

— Wybacz mi, proszę.

Przed wyjściem opadł jeszcze na jedno kolano i pocałował bratanicę w rękę. Jeśli milczący olbrzym ją zawiedzie, to może być ostatni pocałunek w jej życiu.

Posłaniec był ośmio- może dziewięcioletnim chłopcem, opatulonym w futro tak szczelnie, że wyglądał jak niedźwiedziątko. Trant nie wpuścił go do Warowni Maegora i kazał mu czekać na moście.

— Znajdź sobie jakiś kominek, chłopcze — powiedział

ser Kevan, wciskając mu do ręki grosik. — Sam trafię do ptaszarni.

Śnieg wreszcie przestał sypać. Za zasłoną poszarpanych chmur unosił się księżyc w pełni, wielki i biały jak kula śnieżna. Gwiazdy lśniły zimnym odległym blaskiem. Gdy ser Kevan szedł przez wewnętrzny dziedziniec, zamek wydawał mu się obcym miejscem, gdzie wszystkim wieżom i donżonom wyrosły zęby z lodu, a znajome ścieżki zniknęły pod białą narzutą. W pewnej chwili sopel długości włóczni spadł i rozpryskał się pod jego stopami. *Jesień w Królewskiej Przystani* — pomyślał przygnębiony. *Ciekawe, jak wygląda na Murze?*

Drzwi otworzyła mu chuda posługaczka odziana w obszytą futrem szatę, stanowczo dla niej za dużą. Ser Kevan strzepnął śnieg z butów, zdjął płaszcz i rzucił go jej.

— Wielki maester na mnie czeka — oznajmił. Dziewczyna skinęła głową, poważna i milcząca, a potem wskazała na schody.

Komnaty Pycelle'a znajdowały się pod ptaszarnią. W przestronnych pomieszczeniach pełno było półek z ziołami, maściami i eliksirami oraz regałów zapchanych księgami i zwojami. Ser Kevan zawsze uważał, że jest w nich nieprzyjemnie ciepło. Ale nie dzisiaj. Gdy znalazł się za drzwiami, natychmiast poczuł chłód. Na kominku zostały tylko czarny popiół i dogasające węgielki. Tu i ówdzie paliło się kilka świec tworzących wyspy słabego blasku.

Reszta kryła się w cieniu... pomijając otwarte okno, za którym widział lśniące w świetle księżyca kryształki lodu unoszące się na wietrze. Na oknie siedział wielki kruk, strosząc jasne pióra. Kevan Lannister nigdy jeszcze nie widział tak olbrzymiego. Był większy od najokazalszego sokoła w Casterly Rock, a nawet od największych sów. Padający śnieg tańczył wokół ptaka, a blask księżyca nadawał mu srebrną barwę.

Nie srebrną. Białą. Ten ptak jest biały.

Białe kruki z Cytadeli nie przenosiły wiadomości jak ich czarni kuzynowie. Wysyłano je ze Starego Miasta tylko w jednym celu: żeby obwieścić nadejście nowej pory.

— Zima — rzekł ser Kevan. To słowo zamieniło się w powietrzu w białą parę. Odwrócił się od okna.

I nagle coś uderzyło go w pierś, wnikając między żebra, twarde jak pięść olbrzyma. Uderzenie odebrało mu dech. Zatoczył się do tyłu. Biały kruk zerwał się do lotu, uderzając skrzydłami w głowę ser Kevana. Mężczyzna w połowie usiadł na ławeczce w oknie wykuszowym, a w połowie osunął się na nią. *Co... kto...* Bełt wbił mu się w pierś niemal po pierzysko. *Nie. Nie. Tak właśnie zginął mój brat.* Z rany wypływała krew.

— Pycelle — wyszeptał zdziwiony. — Pomóż mi... ktoś...

I wtedy go zobaczył. Wielki maester Pycelle siedział przy stole, wspierając głowę na wielkim, oprawnym w skórę tomie leżącym przed nim. *Śpi* — pomyślał Kevan, ale potem zamrugał i zobaczył głęboką czerwoną ranę na pokrytej starczymi plamami czaszce i krew, która zbierała się pod spodem, plamiąc stronice księgi. Wokół świecy walały się kawałki kości i mózgu, wyspy w jeziorze stopionego wosku.

Prosił o strażników — pomyślał ser Kevan. *Trzeba było mu ich dać.* Czyżby Cersei jednak miała rację? Czy to była robota jego bratanka?

— Tyrion? — zawołał. — Gdzie...?

— Daleko stąd — odparł znajomy skądś głos.

Mężczyzna stał w kałuży cienia pod regałem. Był tłusty, bladolicy i przygarbiony, a w miękkich wypudrowanych dłoniach ściskał kuszę. Na nogach nosił jedwabne pantofle.

— Varys?

Eunuch odłożył kuszę.

— Ser Kevanie, wybacz mi, jeśli potrafisz. Nie żywię do

ciebie urazy. Nie uczyniłem tego ze złej woli, ale dla królestwa. Dla dzieci.

Ja też mam dzieci. I żonę. Och, Dorno. Zalał go ból. Zamknął oczy i otworzył je znowu.

— W zamku… w zamku są lannisterscy strażnicy.

— Ale w tej komnacie na szczęście ich nie ma. To sprawia mi ból, panie. Nie zasługujesz na to, by umrzeć samotnie w taką zimną, ciemną noc. Jest wielu takich jak ty… dobrych ludzi, którzy służą złej sprawie… ale ty byłeś groźny, mogłeś zniweczyć świetną robotę, jaką wykonała królowa, pogodzić Wysogród z Casterly Rock, związać Wiarę ze swym małym królem i zjednoczyć Siedem Królestw pod władzą Tommena. Dlatego…

Do środka wpadł zimny powiew. Ser Kevan zadrżał gwałtownie.

— Zimno ci, panie? — zapytał Varys. — Wybacz. Wielki maester zanieczyścił się w chwili śmierci. Smród był tak obrzydliwy, że myślałem, że się zakrztuszę.

Ser Kevan spróbował wstać, ale siły go zawiodły. Nie czuł nóg.

— Pomyślałem sobie, że kusza będzie odpowiednia. Dzieliłeś z lordem Tywinem tak wiele, czemu również nie to? Twoja bratanica pomyśli, że zamordowali cię Tyrellowie, być może w zmowie z Krasnalem. Tyrellowie będą podejrzewać ją. Ktoś gdzieś znajdzie jakiś sposób, by oskarżyć Dornijczyków. Niepewność, podziały i nieufność strawią grunt pod stopami waszego młodocianego króla, podczas gdy sztandar Aegona powiewa już nad Końcem Burzy, a lordowie królestwa zbierają się wokół niego.

— Aegona? — Przez chwilę nic nie rozumiał. Potem sobie przypomniał. Niemowlę owinięte w karmazynowy płaszcz, tkanina splamiona jego krwią i mózgiem. — Nie żyje. On nie żyje.

— Nieprawda. — Głos eunucha nagle przybrał głębszą tonację. — Jest tutaj. Aegona przygotowywano do sprawowania władzy, odkąd nauczył się chodzić. Uczono go władania bronią, jak przystoi przyszłemu rycerzowi, ale jego edukacja nie zakończyła się na tym. Czyta i pisze, zna kilka języków, uczył się historii, prawa i poezji. Septa wprowadzała go w tajemnice Wiary od chwili, gdy dorósł wystarczająco, by je zrozumieć. Mieszkał wśród rybaków, pracował rękami, pływał w rzekach, naprawiał sieci i nauczył się też prać własne ubranie, gdy to konieczne. Potrafi łowić ryby, gotować i opatrywać rany, wie, co to znaczy być głodnym, ściganym i czuć strach. Tommena nauczono, że władza to jego prawo. Aegon wie, że to obowiązek, że dla króla najważniejszy musi być jego lud, że władca żyje i panuje dla swych poddanych.

Kevan Lannister spróbował krzyknąć... zawołać strażników, żonę, brata... ale nie zdołał wydobyć z siebie ani słowa. Z ust płynęła mu krew. Zadrżał gwałtownie.

— Wybacz. — Varys załamał ręce. — Wiem, że cierpisz, ale stoję tu jak jakaś głupia stara baba. Pora z tym skończyć.

Eunuch wydął wargi i zagwizdał cicho.

Skóra ser Kevana była zimna jak lód. Przy każdym wysilonym oddechu jego ciało przeszywał ból. Ujrzał jakiś ruch, usłyszał ciche szuranie pantofli na kamiennej posadzce. Z plamy ciemności wyłoniło się dziecko, blady chłopiec w wystrzępionej szacie, dziewięcio- najwyżej dziesięcioletni. Zza krzesła wielkiego maestera wysunął się następny. Była tu też dziewczynka, która otworzyła przed nim drzwi. Otoczyły go kręgiem, sześcioro bladolicych dzieci o ciemnych oczach, chłopcy i dziewczynki.

W dłoniach ściskały sztylety.

DODATEK

W WESTEROS

MŁODOCIANY KRÓL

TOMMEN BARATHEON, Pierwszy Tego Imienia, król Andalów, Rhoynarów i Pierwszych Ludzi, władca Siedmiu Królestw, ośmioletni chłopiec

— jego żona, KRÓLOWA MARGAERY z rodu Tyrellów, trzykrotnie zaślubiona, dwukrotnie owdowiała, oskarżona o zdradę stanu i więziona w Wielkim Sepcie Baelora

— jej damy do towarzystwa oraz kuzynki, MEGGA, ALLA i ELINOR TYRELL, oskarżone o nierząd

— narzeczony Elinor, ALYN AMBROSE, giermek

— jego matka, CERSEI z rodu Lannisterów, królowa wdowa, pani Casterly Rock, oskarżona o zdradę stanu i więziona w Wielkim Sepcie Baelora

— jego rodzeństwo:
— jego starszy brat, {KRÓL JOFFREY I BARATHEON}, otruty na własnym weselu
— jego starsza siostra, KSIĘŻNICZKA MYRCELLA BARATHEON, dziewięcioletnia dziewczynka, podopieczna księcia Dorana Martella ze Słonecznej Włóczni, zaręczona z jego synem Trystane'em
— jego kotki, SER ŁOWCA, LADY WĄSIK, BUCIK
— jego stryjowie:
— SER JAIME LANNISTER, zwany KRÓLOBÓJCĄ, bliźniaczy brat królowej Cersei, lord dowódca Gwardii Królewskiej
— TYRION LANNISTER, zwany KRASNALEM, karzeł, oskarżony i skazany za królobójstwo i zabójstwo krewnych
— jego inni krewni:
— jego dziadek {TYWIN LANNISTER}, lord Casterly Rock, namiestnik zachodu, namiestnik królewski, zamordowany w wychodku przez swego syna Tyriona
— jego stryjeczny dziadek, SER KEVAN LANNISTER, lord regent i protektor królestwa, żona Dorna Swyft
— ich dzieci:
— SER LANCEL LANNISTER, rycerz Świętego Zakonu Synów Wojownika
— {WILLEM}, bliźniaczy brat Martyna, zamordowany w Riverrun
— MARTYN, bliźniaczy brat Willema, giermek
— JANEI, trzyletnia dziewczynka
— jego cioteczna babka, GENNA LANNISTER, mąż ser Emmon Frey
— ich dzieci:
— {SER CLEOS FREY}, zabity przez banitów
— jego syn, SER TYWIN FREY, zwany TY'EM

— jego syn, WILLEM FREY, giermek
— SER LYONEL FREY, drugi syn lady Genny
— {TION FREY}, giermek, zamordowany w Riverrun
— WALDER FREY, zwany CZERWONYM WALDEREM, paź w Casterly Rock
— jego stryjeczny dziadek, {SER TYGETT LANNISTER}, żona Darlessa Marbrand
— ich dzieci:
— TYREK LANNISTER, giermek, zaginiony podczas głodowych zamieszek w Królewskiej Przystani
— LADY ERMESANDE HAYFORD, młodociana żona Tyreka
— jego stryjeczny dziadek, GERION LANNISTER, zaginiony na morzu
— JOY HILL, jego bękarcia córka

— mała rada króla Tommena:
— SER KEVAN LANNISTER, lord regent
— LORD MACE TYRELL, namiestnik królewski
— WIELKI MAESTER PYCELLE, doradca i uzdrowiciel
— SER JAIME LANNISTER, lord dowódca Gwardii Królewskiej
— LORD PAXTER REDWYNE, wielki admirał i starszy nad okrętami
— QYBURN, zhańbiony maester, uważany za nekromantę, starszy nad szeptaczami

— dawna mała rada królowej Cersei:
— {LORD GYLES ROSBY}, lord skarbnik i starszy nad monetą, zmarł na kaszel
— LORD ORTON MERRYWEATHER, najwyższy sędzia i starszy nad prawami, uciekł do Długiego Stołu po aresztowaniu królowej Cersei

— AURANE WATERS, bękart z Driftmarku, wielki admirał i starszy nad okrętami, uciekł na morze z królewską flotą po aresztowaniu królowej Cersei
— Gwardia Królewska króla Tommena:
— SER JAIME LANNISTER, lord dowódca
— SER MERYN TRANT
— SER BOROS BLOUNT, usunięty, a potem przywrócony
— SER BALON SWANN, w Dorne z księżniczką Myrcellą
— SER OSMUND KETTLEBLACK
— SER LORAS TYRELL, Rycerz Kwiatów
— {SER ARYS OAKHEART}, zabity w Dorne

— dwór Tommena w Królewskiej Przystani:
— KSIĘŻYCOWY CHŁOPIEC, królewski błazen i trefniś
— PATE, ośmiolatek służący jako chłopiec do bicia króla Tommena
— ORMOND ZE STAREGO MIASTA, królewski harfiarz i bard
— SER OSFRYD KETTLEBLACK, brat ser Osmunda i ser Osfreya, kapitan Straży Miejskiej
— NOHO DIMITTIS, przedstawiciel Żelaznego Banku z Braavos
— {SER GREGOR CLEGANE}, zwany GÓRĄ KTÓRA JEŹDZI, zmarł z powodu zatrutej rany
— RENNIFER LONGWATERS, główny podklucznik w lochach Czerwonej Twierdzy

— domniemani kochankowie królowej Margaery:
— WAT, minstrel, każący się zwać BŁĘKITNYM BARDEM, więzień doprowadzony do obłędu przez tortury

— {HAMISH HARFIARZ}, postarzały minstrel, zmarł w więzieniu
— SER MARK MULLENDORE, który stracił małpkę i pół ręki w bitwie nad Żelaznym Nurtem
— SER TALLAD, zwany WYSOKIM, SER LAMBERT TURNBERRY, SER BAYARD NORCROSS, SER HUGH CLIFTON
— JALABHAR XHO, książę Doliny Czerwonych Kwiatów, wygnaniec z Wysp Letnich
— SER HORAS REDWYNE, uznany za niewinnego i uwolniony
— SER HOBBER REDWYNE, uznany za niewinnego i uwolniony

— najważniejszy oskarżyciel królowej Cersei
— SER OSNEY KETTLEBLACK, brat ser Osmunda i ser Osfryda, uwięziony przez Wiarę

— ludzie Wiary:
— WIELKI SEPTON, Ojciec Wiernych, Głos Siedmiu na Ziemi, słabowity starzec
— SEPTA UNELLA, SEPTA MOELLE, SEPTA SCOLERA, strażniczki królowej
— SEPTON TORBERT, SEPTON RAYNARD, SEPTON LUCEON, SEPTON OLLIDOR, z Najpobożniejszych
— SEPTA AGLANTINE, SEPTA HELICENT, służące Siedmiu w Wielkim Sepcie Baelora
— SER THEODAN WELLS, zwany SER THEODANEM WIERNYM, pobożny dowódca Synów Wojownika
— „wróble", najpokorniejsi z ludzi, cechujący się gwałtowną pobożnością

— ludzie z Królewskiej Przystani
  — CHATAYA, właścicielka drogiego burdelu
    — ALAYAYA, jej córka
    — DANCY, MAREI, dwie z dziewczyn Chatai
  — TOBHO MOTT, mistrz płatnerski

— lordowie z krain korony, zaprzysiężeni Żelaznemu Tronowi
  — RENFRED RYKKER, lord Duskendale
    — SER RUFUS LEEK, jednonogi rycerz w jego służbie, kasztelan Brunatnego Fortu w Duskendale
  — {TANDA STOKEWORTH}, pani Stokeworth, zmarła z powodu złamanego biodra
    — jej najstarsza córka, {FALYSE}, zmarła w ciemnicy, krzycząc z bólu
      — {SER BALMAN BYRCH}, mąż lady Falyse, zabity w pojedynku
    — jej młodsza córka, LOLLYS, słaba na umyśle, pani Stokeworth
      — jej nowo narodzony syn, TYRION TANNER, dziecko stu ojców
      — jej mąż, SER BRONN ZNAD CZARNEGO NURTU, najemnik, który został rycerzem
    — MAESTER FRENKEN, na służbie w Stokeworth

Na chorągwi króla Tommena widnieje jeleń w koronie, herb Baratheonów, czarny na złotym tle, oraz lew Lannisterów, złoty na karmazynowym tle, walczące.

KRÓL NA MURZE

STANNIS BARATHEON, Pierwszy Tego Imienia, drugi syn lorda Steffona Baratheona i lady Cassany z rodu Estermontów, lord Smoczej Skały, tytułujący się królem Westeros

— z królem Stannisem w Czarnym Zamku:
— LADY MELISANDRE Z ASSHAI, zwana KOBIETĄ W CZERWIENI, kapłanka R'hllora, Pana Światła
— jego rycerze i zaprzysiężeni ludzie:
— SER RICHARD HORPE, jego prawa ręka
— SER GODRY FARRING, zwany OLBRZYMOBÓJCĄ
— SER JUSTIN MASSEY
— LORD ROBIN PEASEBURY
— LORD HARWOOD FELL
— SER CLAYTON SUGGS, SER CORLISS PEN-

NY, ludzie królowej i gorliwi wyznawcy Pana Światła

— SER WILLIAM FOXGLOVE, SER HUMFREY CLIFTON, SER ORMUND WYLDE, SER HARYS COBB, rycerze

— jego giermkowie, DEVAN SEAWORTH i BRYEN FARRING

— jego jeniec, MANCE RAYDER, król za Murem

— synek Raydera, „książę dzikich"

— mamka chłopca, GOŹDZIK, dzika dziewczyna

— synek Goździk, „plugastwo", spłodzony przez ojca dziewczyny {CRASTERA}

— We Wschodniej Strażnicy

— KRÓLOWA SELYSE z rodu Florentów, jego żona

— KSIĘŻNICZKA SHIREEN, ich córka, jedenastoletnia dziewczyna

— PLAMA, wytatuowany błazen Shireen

— jej stryj, SER AXELL FLORENT, najważniejszy z ludzi królowej, każący się tytułować jej namiestnikiem

— jej rycerze i zaprzysiężeni ludzie, SER NARBERT GRANDISON, SER BENETHON SCALES, SER PATREK Z KRÓLEWSKIEJ GÓRY, SER DORDEN PONURY, SER MALEGORN Z CZERWONEGO STAWU, SER LAMBERT WHITEWATER, SER PERKIN FOLLARD, SER BRUS BUCKLER

— SER DAVOS SEAWORTH, lord Deszczowego Lasu, admirał wąskiego morza i królewski namiestnik, zwany CEBULOWYM RYCERZEM

— SALLADHAR SAAN z Lys, pirat i morski najemnik, kapitan „Valyrianina" oraz dowódca floty galer

— TYCHO NESTORIS, emisariusz Żelaznego Banku z Braavos

Stannis wybrał sobie na herb gorejące serce Pana Światła — czerwone serce otoczone pomarańczowymi płomieniami na żółtym polu. W jego centrum umieszczono czarnego jelenia w koronie, herb rodu Baratheonów.

KRÓL WYSP I PÓŁNOCY

Greyjoyowie z Pyke utrzymują, że pochodzą od Szarego Króla z Ery Herosów. Legenda mówi, że Szary Król władał samym morzem i wziął sobie za żonę syrenę. Aegon Smok położył kres rodowi ostatniego króla Żelaznych Wysp, ale pozwolił żelaznym ludziom wskrzesić pradawny zwyczaj i wybrać tego, który będzie nimi władał. Ich wybór padł na lorda Vickona Greyjoya z Pyke. Herbem Greyjoyów jest złoty kraken na czarnym polu. Ich dewiza brzmi *My Nie Siejemy.*

EURON GREYJOY, Trzeci Tego Imienia od Czasów Szarego Króla, król Żelaznych Wysp i północy, Król Morza i Skały, Syn Morskiego Wichru, Lord Kosiarz Pyke, kapitan „Ciszy", zwany WRONIM OKIEM

— jego starszy brat, {BALON}, Dziewiąty Tego Imienia od Czasów Szarego Króla, zabity podczas upadku z mostu

— LADY ALANNYS z rodu Harlawów, wdowa po Balonie
— ich dzieci:
— {RODRIK}, zabity podczas pierwszego buntu Balona
— {MARON}, zabity podczas pierwszego buntu Balona
— ASHA, kapitan „Czarnego Wichru" i zdobywczyni Deepwood Motte, mąż Erik Ironmaker
— THEON, zwany przez ludzi z północy THEONEM SPRZEDAWCZYKIEM, więzień w Dreadfort
— jego młodszy brat, VICTARION, lord kapitan Żelaznej Floty, kapitan „Żelaznego Zwycięstwa".
— jego najmłodszy brat, AERON, zwany MOKRĄ CZUPRYNĄ, kapłan Utopionego Boga
— jego kapitanowie i zaprzysiężeni ludzie:
— TORWOLD BRĄZOWY ZĄB, JON MYRE MAŁA GĘBA, RODRIK WOLNO URODZONY, RUDY WIOŚLARZ, LEWORĘCZNY LUCAS CODD, QUELLON HUMBLE, HARREN PÓŁSIWY, KEMMETT PYKE BĘKART, QARL PODDANY, KAMIENNA RĘKA, RALF PASTERZ, RALF Z LORDSPORTU
— ludzie z jego załogi:
— {CRAGORN}, który zadął w piekielny róg i umarł
— jego lordowie chorążowie:
— ERIK IRONMAKER, zwany ERIKIEM ROZBIJACZEM KOWADEŁ i ERIKIEM SPRAWIEDLIWYM, lord namiestnik Żelaznych Wysp, kasztelan Pyke, starzec, ongiś sławny, żona Asha Greyjoy
— lordowie z Pyke:
— GERMUND BOTLEY, lord Lordsportu

— WALDON WYNCH, lord Iron Holt
— lordowie ze Starej Wyk:
— DUNSTAN DRUMM, lord Starej Wyk
— NORNE GOODBROTHER z Shatterstone
— STONEHOUSE
— lordowie z Wielkiej Wyk:
— GOROLD GOODBROTHER, lord Hammerhorn
— TRISTON FARWYND, lord Przylądka Foczych Skór
— SPARR
— MELDRED MERLYN, lord Pebbleton
— lordowie z Orkmont:
— ALYN ORKWOOD, ZWANY ORKWOODEM Z ORKMONT
— LORD BALON TAWNEY
— lordowie z Saltcliffe:
— LORD DONNOR SALTCLIFFE
— LORD SUNDERLY
— lordowie z Harlaw:
— RODRIK HARLAW, zwany CZYTACZEM, lord Harlaw, lord Dziesięciu Wież, Harlaw z Harlaw
— SIGFRYD HARLAW, zwany SIGFRYDEM SREBRNOWŁOSYM, jego stryjeczny dziadek, pan Dworu Harlawów
— HOTHO HARLAW, zwany HOTHEM GARBUSEM, z Wieży Przebłysków, kuzyn
— BOREMUND HARLAW, zwany BOREMUNDEM BŁĘKITNYM, pan Pagórka Piekielnicy, kuzyn
— lordowie mniejszych wysp i skał:
— GYLBERT FARWYND, lord Samotnego Światła
— zdobywcy spośród żelaznych ludzi:
— na Tarczowych Wyspach:

— ANDRIK NIEUŚMIECHNIĘTY, lord Południowej Tarczy
— NUTE BALWIERZ, lord Dębowej Tarczy
— MARON VOLMARK, lord Zielonej Tarczy
— SER HARRAS HARLAW, lord Szarej Tarczy, rycerz z Szarych Ogrodów
— w Fosie Cailin:
— RALF KENNING, kapitan i dowódca
— ADRACK HUMBLE, jednoręki
— DAGON CODD, który nie poddaje się nikomu
— w Torrhen's Square:
— DAGMER, zwany ROZCIĘTĄ GĘBĄ, kapitan „Pijącego Pianę".
— w Deepwood Motte:
— ASHA GREYJOY, córka krakena, kapitan „Czarnego Wichru"
— jej kochanek, QARL PANIENKA, wojownik
— jej były kochanek, TRISTIFER BOTLEY, dziedzic Lordsportu, pozbawiony praw
— jej ludzie: ROGGON RDZAWOBRODY, GRYMAŚNY JĘZYK, ROLFE KARZEŁ, LORREN DŁUGI TOPÓR, GAWRON, SZEŚCIOPALCY HARL, DRZEMIĄCY DALE, EARL HARLAW, CROMM, HAGEN RÓG i jego piękna rudowłosa córka
— jej kuzyn, QUENTON GREYJOY
— jej kuzyn, DAGON GREYJOY, zwany DAGONEM PIJAKIEM

INNE RODY, DUŻE I MAŁE

RÓD ARRYNÓW

Arrynowie pochodzą od królów Góry i Doliny. Ich herbem jest księżyc i sokół, białe na jasnobłękitnym tle. Ród Arrynów nie wziął udziału w wojnie pięciu królów. Dewiza Arrynów brzmi *Wysoko Jak Honor*.

ROBERT ARRYN, lord Orlego Gniazda, Obrońca Doliny, chorowity ośmioletni chłopiec, zwany SŁOWICZKIEM
— jego matka, {LADY LYSA} z rodu Tullych, wdowa po lordzie Jonie Arrynie, zginęła wypchnięta przez Księżycowe Drzwi
— jego opiekun, PETYR BAELISH, zwany LITTLEFINGEREM, lord Harrenhal, najwyższy lord Tridentu, lord protektor Doliny
— ALAYNE STONE, naturalna córka lorda Petyra, trzynastoletnia dziewczyna, w rzeczywistości Sansa Stark

— SER LOTHOR BRUNE, najemnik w służbie lorda Petyra, kapitan straży Orlego Gniazda
— OSWELL, posiwiały zbrojny w służbie lorda Petyra, zwany niekiedy KETTLEBLACKIEM
— SER SHADRICK Z CIENISTEGO WĄWOZU, zwany SZALONĄ MYSZĄ, wędrowny rycerz służący lordowi Petyrowi
— SER BYRON PIĘKNY, SER MORGARTH WESOŁY, wędrowni rycerze służący lordowi Petyrowi
— jego służba i domownicy:
— MAESTER COLEMON, doradca, uzdrowiciel i nauczyciel
— MORD, brutalny strażnik więzienny ze złotymi zębami
— GRETCHEN, MADDY i MELA, służące
— jego chorążowie, lordowie Góry i Doliny:
— YOHN ROYCE, zwany SPIŻOWYM YOHNEM, lord Runestone,
— jego syn, SER ANDAR, dziedzic Runestone
— LORD NESTOR ROYCE, wielki zarządca Doliny i kasztelan Księżycowych Bram
— jego syn i dziedzic, SER ALBAR
— jego córka, MYRANDA, zwana RANDĄ, wdowa, ale prawie nieużywana
— MYA STONE, bękarcia córka króla Roberta
— LYONEL CORBRAY, lord Heart's Home
— SER LYN CORBRAY, jego brat, posiadacz sławnego miecza zwanego Smętną Damą
— SER LUCAS CORBRAY, jego młodszy brat
— TRISTON SUNDERLAND, lord Trzech Siostr
— GODRIC BORRELL, lord Słodkiej Siostry
— ROLLAND LONGTHORPE, lord Długiej Siostry

— ALESANDOR TORRENT, lord Małej Siostry
— ANYA WAYNWOOD, pani Żelaznych Dębów
— SER MORTON, jej najstarszy syn i dziedzic
— SER DONNEL, rycerz Krwawej Bramy
— WALLACE, jej najmłodszy syn
— HAROLD HARDYNG, jej podopieczny, giermek, często zwany HARRYM DZIEDZICEM
— SER SYMOND TEMPLETON, rycerz z Dziewięciu Gwiazd
— JON LYNDERLY, lord Snakewood
— EDMUND WAXLEY, rycerz z Wickenden
— GEROLD GRAFTON, lord Gulltown
— {EON HUNTER}, lord Longbow Hall, niedawno zmarły
— SER GILWOOD, najstarszy syn i dziedzic lorda Eona, zwany obecnie MŁODYM LORDEM HUNTEREM
— SER EUSTACE, drugi syn lorda Eona
— SER HARLAN, najmłodszy syn lorda Eona
— domownicy Młodego Lorda Huntera:
— MAESTER WILLAMEN, doradca, uzdrowiciel, nauczyciel
— HORTON REDFORT, lord Redfort, trzykrotnie żonaty
— SER JASPER, SER CREIGHTON, SER JON, jego synowie
— SER MYCHEL, jego najmłodszy syn, niedawno pasowany na rycerza, żona Ysilla Royce z Runestone
— BENEDAR BELMORE, lord Silnej Pieśni
— wodzowie klanów z Gór Księżycowych:
— SHAGGA, SYN DOLFA, Z KAMIENNYCH WRON, obecnie herszt bandy w królewskim lesie
— TIMETT, SYN TIMETTA, ZE SPALONYCH

— CHELLA, CÓRKA CHEYKA, Z CZARNYCH USZU
— CRAWN, SYN CALORA, Z KSIĘŻYCOWYCH BRACI

Dewiza Arrynów brzmi *Wysoko jak Honor*.

RÓD BARATHEONÓW

Najmłodszy z Wielkich Rodów, zrodzony podczas Podboju. Jego założyciel, Orys Baratheon, był jakoby bękarcim bratem Aegona Smoka. Orys szybko awansował i stał się jednym z najbardziej wojowniczych dowódców Aegona. Gdy pokonał i zabił Argilaca Aroganckiego, Aegon przyznał mu w nagrodę zamek Argilaca, jego ziemie i córkę. Orys poślubił dziewczynę oraz przyjął chorągiew, tytuły i dewizę jej rodu.

W 283 roku po Podboju Aegona, Robert z rodu Baratheonów, lord Końca Burzy, obalił Obłąkanego Króla, Aerysa II Targaryena, i zdobył Żelazny Tron. Jego prawa do tronu wywodziły się od babki, córki króla Aegona V Targaryena, choć Robert wolał mówić, że zawdzięcza tron swemu młotowi.

{ROBERT BARATHEON}, Pierwszy Tego Imienia, król

Andalów, Rhoynarów i Pierwszych Ludzi, władca Siedmiu Królestw i protektor królestwa, zabity przez dzika
— jego żona, KRÓLOWA CERSEI z rodu Lannisterów
— ich dzieci:
  — {KRÓL JOFFREY BARATHEON}, Pierwszy Tego Imienia, zamordowany na swym weselu
  — KSIĘŻNICZKA MYRCELLA, podopieczna w Słonecznej Włóczni, zaręczona z księciem Trystane'em Martellem
  — KRÓL TOMMEN BARATHEON, Pierwszy Tego Imienia
— jego bracia:
  — STANNIS BARATHEON, zbuntowany lord Smoczej Skały i pretendent do Żelaznego Tronu
    — jego córka, SHIREEN, jedenastoletnia dziewczynka
  — {RENLY BARATHEON}, zbuntowany lord Końca Burzy i pretendent do Żelaznego Tronu, zamordowany w Końcu Burzy pośrodku swej armii
— jego bękarcie dzieci:
  — MYA STONE, dziewiętnastoletnia dziewczyna, służy lordowi Nestorowi Royce'owi z Księżycowych Bram
  — GENDRY, banita w dorzeczu, nieświadomy swego pochodzenia
  — EDRIC STORM, uznany bękart, syn lady Deleny z rodu Florentów, ukrywa się w Lys
    — SER ANDREW ESTERMONT, jego kuzyn i opiekun
    — jego strażnicy i opiekunowie:
      — SER GERALD GOWER, LEWYS zwany RYBACZKĄ, SER TRISTON Z TALLY HILL, OMER BLACKBERRY
  — {BARRA}, jego bękarcia córka z kurwą z Kró-

lewskiej Przystani, zabita na rozkaz wdowy po nim

— jego inni krewni:

— jego stryjeczny dziadek, SER ELDON ESTERMONT, lord Zielonego Kamienia

— jego kuzyn, SER AEMON ESTERMONT, syn Eldona

— jego kuzyn, SER ALYN ESTERMONT, syn Aemona

— jego kuzyn, SER LOMAS ESTERMONT, syn Eldona

— jego kuzyn, SER ANDREW ESTERMONT, syn Lomasa

— chorążowie zaprzysiężeni Końcowi Burzy, lordowie burzy:

— DAVOS SEAWORTH, lord Deszczowego Lasu, admirał wąskiego morza i namiestnik królewski

— jego żona. MARYA, córka cieśli

— ich synowie, {DALE, ALLARD, MATTHOS, MARIC}, zabici w bitwie na Czarnym Nurcie

— ich syn, DEVAN, giermek króla Stannisa

— ich synowie, STANNIS i STEFFON

— SER GILBERT FARRING, kasztelan Końca Burzy

— jego syn, BRYEN, giermek króla Stannisa

— jego kuzyn, SER GODRY FARRING, zwany OLBRZYMOBÓJCĄ

— ELWOOD MEADOWS, lord Twierdzy Traw, seneszal Końca Burzy

— SELWYN TARTH, zwany GWIAZDĄ WIECZORNĄ, lord Tarthu

— jego córka, BRIENNE, DZIEWICA Z TAR-

THU, zwana też BRIENNE ŚLICZNOTKĄ albo PIĘKNĄ
— jej giermek, PODRICK PAYNE, dziesięcioletni chłopak
— SER RONNET CONNINGTON, zwany RUDYM RONNETEM, rycerz z Gniazda Gryfów
— jego młodsze rodzeństwo, RAYMUND i ALYNNE
— jego bękarci syn, RONALD STORM
— jego kuzyn, JON CONNINGTON, przez pewien czas lord Końca Burzy i namiestnik królewski, wygnany przez Aerysa II Targaryena, uważany za zmarłego z pijaństwa
— LESTER MORRIGEN, lord Wroniego Gniazda
— jego brat i dziedzic, SER RICHARD MORRIGEN
— jego brat {SER GUYARD MORRIGEN, zwany GUYARDEM ZIELONYM}, zabity w bitwie na Czarnym Nurcie
— ARSTAN SELMY, lord Żniwnego Dworu
— jego stryjeczny dziadek, SER BARRISTAN SELMY
— CASPER WYLDE, lord Deszczowego Domu
— jego stryj, SER ORMUND WYLDE, postarzały rycerz
— HARWOOD FELL, lord Felwood
— HUGH GRANDISON, zwany SIWOBRODYM, lord Grandview
— SEBASTION ERROL, lord Haystack Hall
— CLIFFORD SWANN, lord Kamiennego Hełmu
— BERIC DONDARRION, lord Czarnej Przystani, zwany LORDEM BŁYSKAWICĄ, banita w dorzeczu, często zabijany i obecnie uważany za zmarłego

— {BRYCE CARON}, lord Nocnej Pieśni, zabity przez ser Philipa Foote'a na Czarnym Nurcie
  — jego zabójca, SER PHILIP FOOTE, jednooki rycerz, lord Nocnej Pieśni
  — jego brat przyrodni z nieprawego łoża, SER ROLLAND STORM, zwany BĘKARTEM Z NOCNEJ PIEŚNI, pretendent do tytułu lorda Nocnej Pieśni
— ROBIN PEASEBURY, lord Poddingfield
— MARY MERTYNS, pani Mglistego Lasu
— RALPH BUCKLER, lord Spiżowej Bramy
  — jego kuzyn, SER BRUS BUCKLER

Herbem Baratheonów jest jeleń w koronie, czarny na złotym tle. Ich dewiza brzmi *Nasza Jest Furia*.

RÓD FREYÓW

Freyowie są chorążymi rodu Tullych, lecz nie zawsze pilnie wypełniali swe obowiązki. Po wybuchu wojny pięciu królów Robb Stark zdobył poparcie lorda Waldera, przysięgając poślubić jedną z jego córek albo wnuczek. Gdy zamiast tego ożenił się z lady Jeyne Westerling, Freyowie, działając w porozumieniu z Roose'em Boltonem, zamordowali Młodego Wilka oraz jego zwolenników podczas uczty weselnej znanej potem jako Krwawe Gody.

WALDER FREY, lord Przeprawy
— po pierwszej żonie {LADY PERRZE z rodu Royce'ów}:
— {SER STEVRON FREY}, zmarły po bitwie pod Oxcross
— SER EMMON FREY, jego drugi syn
— SER AENYS FREY, dowodzący siłami Freyów na północy

— syn Aenysa, AEGON ZRODZONY Z KRWI, człowiek wyjęty spod prawa
— syn Aenysa, RHAEGAR, wysłannik do Białego Portu
— PERRIANE, jego najstarsza córka, mąż ser Leslyn Haigh
— po drugiej żonie, {LADY CYRENNIE z rodu Swanów}:
— SER JARED FREY, wysłannik do Białego Portu
— SEPTON LUCEON, jego piąty syn
— po trzeciej żonie {LADY AMAREI z rodu Crakehallów}:
— SER HOSTEEN FREY, sławny rycerz
— LYTHENE, jego druga córka, mąż lord Lucias Vypren
— SYMOND FREY, jego siódmy syn, liczykrupa, wysłannik do Białego Portu
— SER DANWELL FREY, jego ósmy syn
— {MERRETT FREY}, jego dziewiąty syn, powieszony w Starych Kamieniach
— córka Merretta, WALDA, zwana GRUBĄ WALDĄ, mąż Roose Bolton, lord Dreadfort
— syn Merretta, WALDER, zwany MAŁYM WALDEREM, ośmioletni giermek służący Ramsayowi Boltonowi
— {SER GEREMY FREY}, jego dziesiąty syn, utonął
— SER RAYMUND FREY, jego jedenasty syn
— po czwartej żonie {LADY ALYSSIE z rodu Blackwoodów}:
— LOTHAR FREY, jego dwunasty syn, zwany KULAWYM LOTHAREM
— SER JAMMOS FREY, jego trzynasty syn
— syn Jammosa, WALDER, zwany DUŻYM

WALDEREM, ośmioletni giermek służący Ramsayowi Boltonowi

— SER WHALEN FREY, jego czternasty syn

— MORYA, jego trzecia córka, mąż ser Flement Brax

— TYTA, jego czwarta córka, zwana TYTĄ DZIEWICĄ

— po piątej żonie, {LADY SARYI z rodu Whentów}:

— bez potomstwa

— po szóstej żonie, {LADY BETHANY z rodu Rosbych}:

— SER PERWYN FREY, jego piętnasty syn

— {SER BENFREY FREY}, jego szesnasty syn, zmarł z powodu rany otrzymanej na Krwawych Godach

— MAESTER WILLAMEN, jego siedemnasty syn, na służbie w Longbow Hall

— OLYVAR FREY, jego osiemnasty syn, dawniej giermek służący Robbowi Starkowi

— ROSLIN, jego piąta córka, poślubiła Edmure'a Tully'ego na Krwawych Godach, spodziewa się jego dziecka

— po siódmej żonie, {LADY ANNARZE z rodu Farringów}:

— ARWYN, jego szósta córka, czternastoletnia panna

— WENDEL, jego dziewiętnasty syn, paź w Seagardzie

— COLMAR, jego dwudziesty syn, jedenastoletni chłopiec obiecany Wierze

— WALTYR, zwany TYREM, jego dwudziesty pierwszy syn, dziesięcioletni chłopiec

— ELMAR, jego dwudziesty drugi i ostatni syn, dziewięcioletni chłopiec, przez krótką chwilę zaręczony z Aryą Stark

— SHIREI, jego siódma córka i najmłodsze dziecko, siedmioletnia dziewczynka

— jego ósma żona, LADY JOYEUSE, z rodu Erenfordów

— obecnie spodziewa się dziecka

— naturalne dzieci lorda Waldera z rozmaitymi matkami:

— WALDER RIVERS, zwany WALDEREM BĘKARTEM

— MAESTER MELWYS, na służbie w Rosby

— JEYNE RIVERS, MARTYN RIVERS, RYGER RIVERS, RONEL RIVERS, MELLARA RIVERS i inne

RÓD LANNISTERÓW

Lannisterowie z Casterly Rock pozostają najważniejszą siłą wspierającą pretensje króla Tommena do Żelaznego Tronu. Chełpią się pochodzeniem od Lanna Sprytnego, legendarnego przechery z Ery Herosów. Złoto Casterly Rock i Złotego Zęba uczyniło z nich najbogatszy z wielkich rodów. Ich herbem jest złoty lew na karmazynowym polu, a dewiza brzmi *Słuchajcie Mojego Ryku!*

{TYWIN LANNISTER}, lord Casterly Rock, Tarcza Lannisportu, namiestnik zachodu, namiestnik królewski, zamordowany w wychodku przez karłowatego syna
- — dzieci lorda Tywina:
  - — CERSEI, bliźniacza siostra Jaimego, wdowa po królu Robercie I, uwięziona w Wielkim Sepcie Baelora

— SER JAIME, bliźniaczy brat Cersei, zwany KRÓLOBÓJCĄ, lord dowódca Gwardii Królewskiej
  — jego giermkowie, JOSMYN PECKLEDON, GARRETT PAEGE, LEW PIPER
  — SER ILYN PAYNE, rycerz bez języka, mianowany królewskim katem
  — SER RONNET CONINGTON, zwany RUDYM RONNETEM, rycerz z Gniazda Gryfów, wysłany do Stawu Dziewic z więźniem
  — SER ADDAM MARBRAND, SER FLEMENT BRAX, SER ALYN STACKSPEAR, SER STEFFON SWYFT, SER HUMFREY SWYFT, SER LYLE CRAKEHALL zwany SILNYM DZIKIEM, SER JON BETTLEY zwany BEZBRODYM JONEM, rycerze służący w zastępie ser Jaimego w Riverrun
  — TYRION, zwany KRASNALEM, karzeł i zabójca krewnych, wygnaniec zbiegły za wąskie morze

— jego domownicy w Casterly Rock:
  — MAESTER CREYLEN, uzdrowiciel, nauczyciel i doradca
  — VYLARR, kapitan straży
  — SER BENEDICT BROOM, dowódca zbrojnych
  — WAT BIAŁOZĘBY, minstrel

— rodzeństwo lorda Tywina i jego potomkowie:
  — SER KEVAN LANNISTER, żona Dorna z rodu Swyftów
  — LADY GENNA, mąż ser Emmon Frey, obecnie lord Riverrun
    — najstarszy syn Genny, {SER CLEOS FREY}, żona Jeyne z rodu Darrych, zabity przez banitów

— najstarszy syn Cleosa, SER TYWIN FREY, zwany TY'EM, obecnie dziedzic Riverrun
— drugi syn Cleosa, WILLEM FREY, giermek
— młodsi synowie Genny, SER LYONEL FREY, {TION FREY}, WALDER FREY, zwany CZERWONYM WALDEREM
— {SER TYGETT LANNISTER}, zmarły na francę
— TYREK, syn Tygetta, zaginiony, prawdopodobnie zmarły
— LADY ERMESANDE HAYFORD, młodociana żona Tyreka
— {GERION LANNISTER}, zaginiony na morzu
— JOY HILL, bękarcia córka Geriona, jedenastoletnia dziewczynka

— inni bliscy kuzyni lorda Tywina:
— {SER STAFFORD LANNISTER}, kuzyn i brat żony lorda Tywina, zabity w bitwie pod Oxcross
— CERENNA i MYRIELLE, córki Stafforda
— SER DAVEN LANNISTER, syn Stafforda
— SER DAMION LANNISTER, kuzyn, żona lady Shiera Crakehall
— ich syn, SER LUCION
— ich córka, LANNA, mąż lord Antario Jast
— LADY MARGOT, kuzynka, mąż lord Titus Peake

— chorążowie i zaprzysiężeni ludzie, lordowie zachodu:
— DAMON MARBRAND, lord Ashemarku
— ROLAND CRAKEHALL, lord Crakehall
— SEBASTON FARMAN, lord Pięknej Wyspy
— TYTOS BRAX, lord Hornvale

— QUENTEN BANEFORT, lord Banefort
— SER HARYS SWYFT, dobry ojciec ser Kevana Lannistera
— REGENARD ESTREN, lord Wyndhall
— GAWEN WESTERLING, lord Turni
— LORD SELMOND STACKSPEAR
— TERRENCE KENNING, lord Kayce
— LORD ANTARIO JAST
— LORD ROBIN MORELAND
— LADY ALYSANNE LEFFORD
— LEWYS LYDDEN, lord Głębokiej Jaskini
— LORD PHILIP PLUMM
— LORD GARRISON PRESTER
— SER LORENT LORCH, rycerz na włościach
— SER GARTH GREENFIELD, rycerz na włościach
— SER LYMOND VIKARY, rycerz na włościach
— SER RAYNARD RUTTIGER, rycerz na włościach
— SER MANFRYD YEW, rycerz na włościach
— SER TYBOLT HETHERSPOON, rycerz na włościach

RÓD MARTELLÓW

Dorne jako ostatnie z Siedmiu Królestw poprzysięgło wierność Żelaznemu Tronowi. Krew, obyczaje, geografia i historia różnią je od pozostałych królestw. Gdy wybuchła wojna pięciu królów, Dorne nie przyłączyło się do niej. Po zaręczynach Myrcelli Baratheon z księciem Trystane'em Słoneczna Włócznia poparła króla Joffreya. Na sztandarze Martellów widnieje czerwone słońce przebite złotą włócznią. Ich dewiza brzmi *Niezachwiani, Nieugięci, Niezłomni.*

DORAN NYMEROS MARTELL, lord Słonecznej Włóczni, książę Dorne
— jego żona, MELLARIO z Wolnego Miasta Norvos
— ich dzieci:
— KSIĘŻNICZKA ARIANNE, dziedziczka Słonecznej Włóczni

— KSIĄŻĘ QUENTYN, niedawno pasowany na rycerza, wychowywany w Yronwood
— KSIĄŻĘ TRYSTANE, zaręczony z Myrcellą Baratheon
— SER GASCOYNE Z ZIELONEJ KRWI, jego zaprzysiężona tarcza
— jego rodzeństwo:
— {KSIĘŻNA ELIA}, zgwałcona i zamordowana podczas splądrowania Królewskiej Przystani
— jej córka, {RHAENYS TARGARYEN}, zamordowana podczas splądrowania Królewskiej Przystani
— jej syn {AEGON TARGARYEN}, niemowlę zamordowane podczas splądrowania Królewskiej Przystani
— {KSIĄŻĘ OBERYN, zwany CZERWONĄ ŻMIJĄ}, zabity przez ser Gregora Clegane'a podczas próby walki
— jego faworyta, ELLARIA SAND, naturalna córka lorda Harmena Ullera
— jego nieślubne córki, ŻMIJOWE BĘKARCICE
— OBARA, córka Oberyna z kurwą ze Starego Miasta
— NYMERIA, zwana LADY NYM, jego córka ze szlachcianką ze Starego Volantis
— TYENE, jego córka z septą
— SARELLA, jego córka z kobietą będącą kapitanem statku kupieckiego z Wysp Letnich
— ELIA, jego córka z Ellarią Sand
— OBELLA, jego córka z Ellarią Sand
— DOREA, jego córka z Ellarią Sand
— LOREZA, jego córka z Ellarią Sand

— dwór księcia Dorana
— w Wodnych Ogrodach:
— AREO HOTAH z Norvos, kapitan straży
— MAESTER CALEOTTE, doradca, uzdrowiciel i nauczyciel
— w Słonecznej Włóczni:
— MAESTER MYLES, doradca, uzdrowiciel i nauczyciel
— RICASSO, seneszal, stary i ślepy
— SER MANFREY MARTELL, kasztelan Słonecznej Włóczni
— LADY ALYSE LADYBRIGHT, lord skarbnik

— jego podopieczna, KSIĘŻNICZKA MYRCELLA BARATHEON, zaręczona z księciem Trystane'em
— jej zaprzysiężona tarcza, {SER ARYS OAKHEART}, zabity przez Areo Hotaha
— jej służąca i towarzyszka, ROSAMUND LANNISTER, daleka kuzynka

— jego chorążowie, lordowie Dorne:
— ANDERS YRONWOOD, lord Yronwood, strażnik Szlaku Kości, Królewska Krew
— YNYS, jego najstarsza córka, mąż Ryon Allyrion
— SER CLETUS, jego syn i dziedzic
— GWYNETH, jego najmłodsza córka, dwunastoletnia dziewczynka
— HARMEN ULLER, lord Hellholtu
— DELONNE ALLYRION, pani Bożejłaski
— RYON ALLYRION, jej syn i dziedzic
— DAGOS MANWOODY, lord Królewskiego Grobu

— LARRA BLACKMONT, pani Blackmont
— NYMELLA TOLAND, pani Wzgórza Duchów
— QUENTYN QORGYLE, lord Piaskowca
— SER DEZIEL DALT, rycerz z Cytrynowego Lasu
— FRANKLYN FOWLER, lord Skyreach, zwany STARYM JASTRZĘBIEM, strażnik Książęcego Wąwozu
— SER SYMON SANTAGAR, rycerz z Cętkowanego Lasu
— EDRIC DAYNE, lord Starfall, giermek
— TREBOR JORDAYNE, lord Tor
— TREMOND GARGALEN, lord Słonego Brzegu
— DAERON VAITH, lord Czerwonych Wydm

RÓD STARKÓW

Starkowie wywodzą swe pochodzenie od Brandona Budowniczego i Królów Zimy. Od tysiącleci władali w Winterfell jako królowie północy, aż wreszcie Torrhen Stark, Król, Który Klęknął, postanowił poprzysiąc wierność Aegonowi Smokowi, zamiast stawić mu czoło w bitwie. Kiedy król Joffrey nakazał stracić lorda Eddarda Starka, ludzie z północy wypowiedzieli wierność Żelaznemu Tronowi i ogłosili syna lorda Eddarda, Robba, królem północy. Podczas wojny pięciu królów Robb zwyciężył we wszystkich bitwach, ale został zdradzony i zamordowany przez Freyów i Boltonów w Bliźniakach, na weselu swego wuja.

{ROBB STARK}, król północy i król Tridentu, lord Winterfell, zwany MŁODYM WILKIEM, zamordowany na Krwawych Godach

— {SZARY WICHER}, jego wilkor, zabity na Krwawych Godach

— jego rodzeni bracia i siostry:

— SANSA, jego siostra, mąż Tyrion z rodu Lannisterów

— {DAMA}, jej wilkorzyca, zabita w zamku Darry

— ARYA, jedenastoletnia dziewczynka, zaginiona i uważana za zmarłą

— NYMERIA, jej wilkorzyca, grasująca w dorzeczu

— BRANDON, zwany BRANEM, kaleki dziewięcioletni chłopiec, dziedzic Winterfell, uważany za zmarłego

— LATO, jego wilkor

— RICKON, czteroletni chłopiec, uważany za zmarłego

— KUDŁACZ, jego wilkor, czarny i agresywny

— OSHA, dzika kobieta, ongiś wzięta do niewoli i służąca w Winterfell

— jego przyrodni bękarci brat, JON SNOW, z Nocnej Straży

— DUCH, wilkor Jona, biały i niemy

— jego inni krewni:

— jego stryj, BENJEN STARK, pierwszy zwiadowca Nocnej Straży, zaginiony za Murem, uważany za zmarłego

— jego ciotka {LYSA ARRYN}, pani Orlego Gniazda

— jej syn, ROBERT ARRYN, lord Orlego Gniazda i Obrońca Doliny, chorowity chłopiec

— jego wuj, EDMURE TULLY, lord Riverrun, wzięty do niewoli na Krwawych Godach

— LADY ROSLIN z rodu Freyów, żona Edmure'a, w zaawansowanej ciąży
— jego wujeczny dziadek, SER BRYNDEN TULLY, zwany BLACKFISHEM, dawniej kasztelan Riverrun, obecnie ścigany zbieg

— chorążowie Winterfell, lordowie północy:
— JON UMBER, zwany GREATJONEM, lord Ostatniego Domostwa, jeniec w Bliźniakach
— {JON, zwany SMALLJONEM}, najstarszy syn i dziedzic Greatjona, zabity na Krwawych Godach
— MORS, zwany WRONOJADEM, stryj Greatjona, kasztelan Ostatniego Domostwa
— HOTHER, zwany KURWISTRACHEM, stryj Greatjona, również kasztelan Ostatniego Domostwa
— {CLEY CERWYN}, lord Cerwyn, zabity w Winterfell
— JONELLE, jego siostra, trzydziestodwuletnia panna
— ROOSE BOLTON, lord Dreadfort
— {DOMERIC}, jego dziedzic, zmarły na chorobę brzucha
— WALTON, zwany NAGOLENNIKIEM, jego kapitan
— RAMSAY, jego naturalny syn, zwany BĘKARTEM BOLTONA, lord Hornwood
— WALDER FREY i WALDER FREY, zwani DUŻYM WALDEREM i MAŁYM WALDEREM, giermkowie Ramsaya
— BEN OD KOŚCI, psiarczyk z Dreadfort

— {FETOR}, zbrojny słynący z obrzydliwego zapachu, zabity, gdy udawał Ramsaya
— Chłopaki Bękarta, zbrojni Ramsaya:
— ŻÓŁTA KUŚKA, DAMON ZATAŃCZ ZE MNĄ, LUTON, SKWASZONY ALYN, OBDZIERACZ, CHRZĄKACZ
— {RICKARD KARSTARK}, lord Karholdu, ścięty przez Młodego Wilka za zamordowanie jeńców
— {EDDARD}, jego syn, zabity w Szepczącym Lesie
— {TORRHEN}, jego syn, zabity w Szepczącym Lesie
— HARRION, jego syn, jeniec w Stawie Dziewic
— ALYS, jego córka, piętnastoletnia dziewczyna
— jego stryj, ARNOLF, kasztelan Karholdu
— CREGAN, starszy syn Arnolfa
— ARTHOR, młodszy syn Arnolfa
— WYMAN MANDERLY, lord Białego Portu, straszliwie gruby
— SER WYLIS MANDERLY, jego najstarszy syn i dziedzic, bardzo gruby, jeniec w Harrenhal
— żona Wylisa, LEONA, z rodu Woolfieldów
— WYNAFRYD, ich najstarsza córka
— WYLLA, ich młodsza córka
— {SER WENDEL MANDERLY}, jego drugi syn, zabity na Krwawych Godach
— SER MARLON MANDERLY, jego kuzyn, dowódca garnizonu w Białym Porcie
— MAESTER THEOMORE, doradca, nauczyciel, uzdrowiciel
— WEX, dwunastoletni chłopak, dawniej giermek Theona Greyjoya, niemy

— SER BARTIMUS, stary rycerz, jednonogi, jednooki i często pijany, kasztelan Wilczego Barłogu

— GARTH, strażnik więzienny i kat

— jego topór, LADY LU

— THERRY, młody klucznik

— MAEGE MORMONT, pani Niedźwiedziej Wyspy, Niedźwiedzica

— {DACEY}, jej najstarsza córka, zabita na Krwawych Godach

— ALYSANE, jej córka, młoda Niedźwiedzica

— LYRA, JORELLE, LYANNA, jej młodsze córki

— {JEOR MORMONT}, jej brat, lord dowódca Nocnej Straży, zabity przez własnych ludzi

— SER JORAH MORMONT, jego syn, wygnaniec

— HOWLAND REED, lord Strażnicy nad Szarą Wodą, wyspiarz

— jego żona, JYANA, z wyspiarzy

— ich dzieci:

— MEERA, młoda łowczyni

— JOJEN, chłopak pobłogosławiony zielonym wzrokiem

— GALBART GLOVER, pan Deepwood Motte, nieżonaty

— ROBETT GLOVER, jego brat i dziedzic

— żona Robetta, SYBELLE, z rodu Locke'ów

— BENJICOT BRANCH, BEZNOSY NED WOODS, ludzie z wilczego lasu, zaprzysiężeni Deepwood Motte

— {SER HELMAN TALLHART}, pan Torrhen's Square, zabity pod Duskendale

— {BENFRED}, jego syn i dziedzic, zabity przez żelaznych ludzi na Kamiennym Brzegu
— EDDARA, jego córka, jeniec w Torrhen's Square
— {LEOBALD}, jego brat, zabity w Winterfell
— żona Leobalda, BERENA, z rodu Hornwoodów, jeniec w Torrhen's Square
— ich synowie, BRANDON i BEREN, również jeńcy w Torrhen's Square
— RODRIK RYSWELL, lord Strumieniska
— BARBREY DUSTIN, jego córka, pani Barrowton, wdowa po lordzie Willamie Dustinie
— HARWOOD STOUT, jej lennik, drobny lord w Barrowton
— {BETHANY BOLTON}, jego córka, druga żona lorda Roose'a Boltona, zmarła na gorączkę
— ROGER RYSWELL, RICKARD RYSWELL, ROOSE RYSWELL, jego kłótliwi kuzyni i chorążowie
— LYESSA FLINT, pani Wdowiej Strażnicy
— ONDREW LOCKE, lord Starego Zamku, starzec

— wodzowie górskich klanów:
— HUGO WULL, zwany WIADROWYM albo WULLEM
— BRANDON NORREY, zwany NORREYEM
— BRANDON NORREY Młodszy, jego syn
— TORREN LIDDLE, zwany LIDDLE'EM
— DUNCAN LIDDLE, jego najstarszy syn, zwany WIELKIM LIDDLE'EM, człowiek z Nocnej Straży
— MORGAN LIDDLE, jego drugi syn, zwany ŚREDNIM LIDDLE'EM

— RICKARD LIDDLE, jego trzeci syn, zwany MAŁYM LIDDLE'EM

— TORGHEN FLINT z Pierwszych Flintów, zwany FLINTEM albo STARYM FLINTEM

— CZARNY DONNEL FLINT, jego syn i dziedzic

— ARTOS FLINT, jego drugi syn, przyrodni brat Czarnego Donnela

Na chorągwi Starków widnieje szary wilkor biegnący po białym lodowym polu. Ich dewiza brzmi *Nadchodzi Zima*.

RÓD TULLYCH

Lord Edmyn Tully z Riverrun jako jeden z pierwszych lordów dorzecza poprzysiągł wierność Aegonowi Zdobywcy. Zwycięski Aegon nagrodził go, czyniąc Tullych seniorami całego dorzecza. Herbem Tullych jest skaczący pstrąg, srebrny na polu pokrytym czerwono-niebieskimi zmarszczkami. Ich dewiza brzmi *Rodzina, Obowiązek, Honor*.

EDMURE TULLY, lord Riverrun, wzięty do niewoli na swym ślubie, jeniec Freyów

— jego żona, LADY ROSLIN z rodu Freyów, spodziewa się dziecka

— jego siostra, {LADY CATELYN STARK}, wdowa po lordzie Eddardzie Starku z Winterfell, zabita na Krwawych Godach

— jego siostra {LADY LYSA ARRYN}, wdowa po

lordzie Jonie Arrynie z Doliny, wypchnięta przez Księżycowe Drzwi w Orlim Gnieździe

— jego stryj, SER BRYNDEN TULLY, zwany BLACKFISHEM, dawniej kasztelan w Riverrun, obecnie banita

— jego domownicy w Riverrun:
  — MAESTER VYMAN, doradca, uzdrowiciel i nauczyciel
  — SER DESMOND GRELL, dowódca zbrojnych
  — SER ROBIN RYGER, kapitan straży
    — DŁUGI LEW, ELWOOD, DELP, strażnicy
  — UTHERYDES WAYN, zarządca Riverrun

— jego chorążowie, lordowie Tridentu:
  — TYTOS BLACKWOOD, lord Raventree Hall
    — BRYNDEN, jego najstarszy syn i dziedzic
    — {LUCAS}, jego drugi syn, zabity na Krwawych Godach
    — HOSTER, jego trzeci syn, mól książkowy
    — EDMUND i ALYN, jego młodsi synowie
    — BETHANY, jego córka, ośmioletnia dziewczynka
    — {ROBERT}, jego najmłodszy syn, zmarł na biegunkę
  — JONOS BRACKEN, lord Kamiennego Płotu
    — BARBARA, JAYNE, CATELYN, BESS, ALYSANNE, jego pięć córek
    — HILDY, markietanka
  — JASON MALLISTER, lord Seagardu, więzień we własnym zamku
    — PATREK, jego syn, uwięziony razem z ojcem
    — SER DENYS MALLISTER, stryj lorda Jasona, człowiek z Nocnej Straży
  — CLEMENT PIPER, lord Zamku Pinkmaiden

— jego syn i dziedzic, SER MARQ PIPER, wzięty do niewoli na Krwawych Godach
— KARYL VANCE, lord Wayfarer's Rest
— NORBERT VANCE, ślepy lord Atranty
— THEOMAR SMALLWOOD, lord Żołędziowego Dworu
— WILLIAM MOOTON, lord Stawu Dziewic
— ELEANOR, jego córka i dziedziczka, trzynastoletnia dziewczyna, mąż Dickon Tarly z Horn Hill
— SHELLA WHENT, wydziedziczona pani Harrenhal
— SER HALMON PAEGE
— LORD LYMOND GOODBROOK

RÓD TYRELLÓW

Tyrellowie zdobyli znaczenie jako namiestnicy królów Reach, choć zapewniają, że pochodzą od Gartha Zielonorękiego, króla ogrodnika Pierwszych Ludzi. Gdy ostatni król z rodu Gardenerów zginął na Polu Ognia, jego namiestnik Harlen Tyrell poddał Wysogród Aegonowi Zdobywcy. Aegon przyznał mu zamek oraz panowanie nad Reach. Mace Tyrell na początku wojny pięciu królów poparł Renly'ego Baratheona i oddał mu rękę swej córki Margaery. Po śmierci Renly'ego Wysogród zawarł sojusz z rodem Lannisterów, a Margaery została zaręczona z królem Joffreyem.

MACE TYRELL, lord Wysogrodu, namiestnik południa, Obrońca Pogranicza i Wielki Marszałek Reach
— jego żona, LADY ALERIE z rodu Hightowerów ze Starego Miasta

— ich dzieci:
— WILLAS, ich najstarszy syn, dziedzic Wysogrodu
— SER GARLAN, zwany DZIELNYM, ich drugi syn, niedawno mianowany lordem Jasnej Wody
— jego żona, LADY LEONETTE z rodu Fossowayów
— SER LORAS, Rycerz Kwiatów, ich najmłodszy syn, zaprzysiężony brat z Gwardii Królewskiej ranny na Smoczej Skale
— MARGAERY, ich córka, dwukrotnie zamężna i dwukrotnie owdowiała
— towarzyszki i damy dworu Margaery:
— jej kuzynki, MEGGA, ALLA i ELINOR TYRELL
— narzeczony Elinor, ALYN AMBROSE, giermek
— LADY ALYSANNE BULWER, LADY ALYCE GRACEFORD, LADY TAENA MERRYWEATHER, MEREDYTH CRANE zwana MERRY, SEPTA NYSTERICA, jej towarzyszki
— jego owdowiała matka, LADY OLENNA z rodu Redwyne'ów, zwana KRÓLOWĄ CIERNI
— jego siostry:
— LADY MINA, mąż Paxter Redwyne, lord Arbor
— jej syn, SER HORAS REDWYNE, noszący przezwisko HORROR
— jej syn, SER HOBBER REDWYNE, noszący przezwisko BOBER
— jej córka, DESMERA REDWYNE, szesnastoletnia dziewczyna
— LADY JANNA, mąż ser Jon Fossoway
— jego stryjowie:

— jego stryj, GARTH TYRELL, zwany SPROŚNYM, lord seneszal Wysogrodu
  — bękarci synowie Gartha, GARSE i GARRETT FLOWERS
— jego stryj, SER MORYN TYRELL, lord dowódca Straży Miejskiej Starego Miasta
— jego stryj, MAESTER GORMON, służy w Cytadeli

— domownicy Mace'a w Wysogrodzie:
  — MAESTER LOMYS, doradca, uzdrowiciel i nauczyciel
  — IGON VYRWEL, kapitan straży
  — SER VORTIMER CRANE, dowódca zbrojnych
  — BUTTERBUMPS, błazen i trefniś, straszliwie otyły

— jego chorążowie, lordowie Reach:
  — RANDYLL TARLY, lord Horn Hill, dowodzący armią króla Tommena nad Tridentem
  — PAXTER REDWYNE, lord Arbor
    — SER HORAS i SER HOBBER, jego bliźniaczy synowie
    — uzdrowiciel lorda Paxtera, MAESTER BALLABAR
  — ARWYN OAKHEART, pani Starego Dębu
  — MATHIS ROWAN, lord Goldengrove
  — LEYTON HIGHTOWER, głos Starego Miasta, lord Portu
  — HUMFREY HEWETT, lord Dębowej Tarczy
    — FALIA FLOWERS, jego bękarcia córka
  — OSBERT SERRY, lord Południowej Tarczy
  — GUTHOR GRIMM, lord Szarej Tarczy
  — MORIBALD CHESTER, lord Zielonej Tarczy

— ORTON MERRYWEATHER, lord Długiego Stołu
— LADY TAENA, jego żona, kobieta z Myr
— RUSSELL, jej syn, sześcioletni chłopiec
— LORD ARTHUR AMBROSE
— LORENT CASWELL, lord Gorzkiego Mostu

— jego rycerze i zaprzysiężeni ludzie:
— SER JON FOSSOWAY, z Fossowayów pieczętujących się zielonym jabłkiem
— SER TANTON FOSSOWAY, z Fossowayów pieczętujących się czerwonym jabłkiem

Herbem Tyrellów jest złota róża na trawiastozielonym polu. Ich dewiza brzmi *Zbieramy siły*.

ZAPRZYSIĘŻENI BRACIA Z NOCNEJ STRAŻY

JON SNOW, bękart z Winterfell, dziewięćset dziewięćdziesiąty ósmy lord dowódca Nocnej Straży
— DUCH, jego biały wilkor
— jego zarządca, EDDISON TOLLETT, zwany EDDEM CIERPIĘTNIKIEM

— w Czarnym Zamku
— MAESTER AEMON (TARGARYEN), uzdrowiciel i doradca, studwuletni ślepiec
— zarządca Aemona, CLYDAS
— zarządca Aemona, SAMWELL TARLY, grubas i mól książkowy
— BOWEN MARSH, lord zarządca
— TRZYPALCY HOBB, zarządca i główny kucharz

— {DONAL NOYE}, jednoręki płatnerz i kowal, zabity pod bramą przez Maga Mocarnego

— OWEN, zwany PRZYGŁUPEM, TIM SPLĄTANY JĘZYK, MULLY, CUGEN, DONNEL HILL, zwany SŁODKIM DONNELEM, LEWORĘCZNY LEW, JEREN, TY, DANNEL, WICK STRUGANY PATYK, zarządcy

— OTHELL YARWYCK, pierwszy budowniczy

— ZAPASOWY BUT, HALDER, ALBETT, BARYŁA, ALF z RUNNYMUDD, budowniczowie

— SEPTON CELLADOR, zapijaczony duchowny

— CZARNY JACK BULWER, pierwszy zwiadowca

— DYWEN, KEDGE BIAŁE OKO, BEDWYCK, zwany GIGANTEM, MATTHAR, GARTH SZARE PIÓRO, ULMER Z KRÓLEWSKIEGO LASU, ELRON, GARRETT ZIELONA WŁÓCZNIA, FULK PCHŁA, PYPAR, zwany PYPEM, GRENN, zwany ŻUBREM, BERNARR, zwany CZARNYM BERNARREM, TIM STONE, RORY, BRODATY BEN, TOM BARLEYCORN, GOADY WIELKI LIDDLE, LUKE Z DŁUGIEGO MIASTA, WŁOCHATY HAL, zwiadowcy

— SKÓRA, dziki, który został wroną

— SER ALLISER THORNE, były dowódca zbrojnych

— LORD JANOS SLYNT, były dowódca Straży Miejskiej w Królewskiej Przystani, przez krótki czas lord Harrenhal

— ŻELAZNY EMMETT, dawniej ze Wschodniej Strażnicy, dowódca zbrojnych

— HARETH, zwany KONIEM, bliźniaki AR-

RON i EMRICK, ATŁAS, SKOCZEK, rekruci w trakcie szkolenia

— w Wieży Cieni
  — SER DENYS MALLISTER, dowódca
    — jego zarządca i giermek, WALLACE MASSEY
    — MAESTER MULLIN, uzdrowiciel i doradca
    — {QHORIN PÓŁRĘKI, GIERMEK DALBRIDGE, EGGEN}, zwiadowcy zabici za Murem
    — KAMIENNY WĄŻ, zwiadowca zaginiony w Wąwozie Pisków, dokąd wyruszył bez konia

— we Wschodniej Strażnicy
  — COTTER PYKE, bękart z Żelaznych Wysp, dowódca
    — MAESTER HARMUNE, uzdrowiciel i doradca
    — MORSKI OBDARTUS, kapitan „Kosa"
    — SER GLENDON HEWETT, dowódca zbrojnych
    — SER MAYNARD HOLT, kapitan „Szpona"
    — RUSS BARLEYCORN, kapitan „Wrony Burzy"

DZICY albo WOLNI LUDZIE

MANCE RAYDER, król za Murem, jeniec w Czarnym Zamku
- jego żona {DALLA}, zmarła przy porodzie
- ich nowo narodzony syn, zrodzony w walce, któremu jeszcze nie nadano imienia
  - VAL, młodsza siostra Dalli, „księżniczka dzikich", jeniec w Czarnym Zamku
    - {JARL}, kochanek Val, zginął wskutek upadku
- jego kapitanowie, wodzowie i łupieżcy:
  - LORD KOŚCI, drwiąco przezywany GRZECHOCZĄCĄ KOSZULĄ, rabuś i wódz hufca wojowników, jeniec w Czarnym Zamku
    - {YGRITTE}, młoda włóczniczka z jego hufca, kochanka Jona Snow, zabita podczas ataku na Czarny Zamek

— RIK, zwany DŁUGĄ WŁÓCZNIĄ, członek jego hufca

— RAGWYLE, LENYL, członkowie jego hufca

— TORMUND, Król Miodu z Rumianego Dworu, zwany ZABÓJCĄ OLBRZYMA, SAMOCHWAŁĄ, DMĄCYM W RÓG, ŁAMACZEM LODU, PIORUNOWĄ PIĘŚCIĄ, MĘŻEM NIEDŹWIEDZIC, MÓWIĄCYM Z BOGAMI i OJCEM ZASTĘPÓW

— synowie Tormunda, TOREGG WYSOKI, TORWYND POTULNY, DORMUND i DRYN, jego córka MUNDA

— PŁACZKA, zwany PŁACZĄCYM CZŁOWIEKIEM, osławiony łupieżca i wódz hufca wojowników

— {HARMA, zwana PSIM ŁBEM}, zabita pod Murem

— HALLECK, jej brat

— {STYR}, magnar Thennu, zabity podczas ataku na Czarny Zamek

— SIGORN, syn Styra, nowy magnar Thennu

— VARAMYR, zwany SZEŚĆ SKÓR, zmiennoskóry i warg, zwany w dzieciństwie BRYŁĄ

— JEDNOOKI, SPRYCIARA, SKRADACZ, jego wilki

— jego brat {BARYŁA}, zabity przez psa

— OSET, włóczniczka, twarda i brzydka

— {GŁÓG, GRISELLA}, zmiennoskóre, dawno nieżyjące

— BORROQ, zwany DZIKIEM, zmiennoskóry budzący powszechny strach

— GERRICK KRÓLEWSKI POTOMEK, z krwi Raymuna Rudobrodego

— jego trzy córki

— SOREN ROZBIJACZ TARCZ, sławny wojownik
— MORNA BIAŁA MASKA, wiedźma-wojowniczka
— YGON STARY OJCIEC, wódz klanu mający osiemnaście żon
— WIELKI MORS, wódz z Lodowego Brzegu
— MATKA KRET, leśna wiedźma parająca się prorokowaniem
— BROGG, GAVIN KUPIEC, HARLE ŁOWCA, HARLE PRZYSTOJNY, HOWD WĘDROWIEC, ŚLEPY DOSS, KYLEG DREWNIANE UCHO, DEVYN OBDZIERACZ FOK, wodzowie wolnych ludzi
— {ORELL, zwany ORELLEM ORŁEM}, zmiennoskóry zabity przez Jona Snow w Wąwozie Pisków
— {MAG MAR TUN DOH WEG zwany MAGIEM MOCARNYM}, olbrzym zabity przez Donala Noye'a pod bramą Czarnego Zamku
— WUN WEG WUN DAR WUN, zwany WUN WUNEM, olbrzym
— JARZĘBINA, OSTROKRZEW, WIEWIÓRKA, WIERZBA WIEDŹMIE OKO, FRENYA, MIRT, włóczniczki, w niewoli na Murze

ZA MUREM

— w nawiedzanym lesie
  — BRANDON STARK, zwany Branem, książę Winterfell i dziedzic północy, kaleki dziewięcioletni chłopiec
    — jego towarzysze i obrońcy:
      — MEERA REED, szesnastoletnia dziewczyna, córka lorda Howlanda Reeda ze Strażnicy nad Szarą Wodą
      — JOJEN REED, jej brat, trzynastoletni chłopiec, przeklęty zielonym wzrokiem
      — HODOR, słaby na umyśle chłopak wzrostu siedmiu stóp
    — jego przewodnik, ZIMNORĘKI, odziany w czerń, być może ongiś człowiek z Nocnej Straży, obecnie tajemnica

— w Twierdzy Crastera
  — zdrajcy, niegdyś ludzie z Nocnej Straży:
    — DIRK, który zamordował Crastera
    — OLLO OBCIĘTA RĘKA, który zabił Starego Niedźwiedzia, Jeora Mormonta
    — GARTH Z GREENAWAY, MAWNEY, GRUBBS, ALAN Z ROSBY, byli zwiadowcy
    — KARL SZPOTAWA STOPA, OSS SIEROTA, MAMROCZĄCY BILL, byli zarządcy

— w jaskiniach pod pustym wzgórzem
  — TRÓJOKA WRONA, zwany też OSTATNIM ZIELONYM JASNOWIDZEM, czarodziej i chodzący w snach, ongiś człowiek z Nocnej Straży imieniem BRYNDEN, obecnie raczej drzewo niż człowiek
  — dzieci lasu, ci, którzy śpiewają pieśń Ziemi, ostatni z ich wymierającej rasy:
    — LIŚĆ, POPIÓŁ, ŁUSKA, CZARNY NÓŻ, ŚNIEŻNOWŁOSA, WĘGIELEK

W ESSOS
ZA WĄSKIM MORZEM

W BRAAVOS

FERREGO ANTARYON, morski lord Braavos, chory i tracący siły
— QARRO VOLENTIN, Pierwszy Miecz Braavos, jego obrońca
— BELLEGERE OTHERYS, zwana CZARNĄ PERŁĄ, kurtyzana pochodząca od królowej piratów o tym samym nazwisku
— ZAKWEFIONA DAMA, KRÓLOWA MERLINGÓW, CIEŃ KSIĘŻYCA, CÓRKA ZMIERZCHU, SŁOWIK, POETKA, sławne kurtyzany
— MIŁY STARUSZEK i BEZDOMNA DZIEWCZYNKA, słudzy Boga o Wielu Twarzach w Domu Czerni i Bieli
— UMMA, świątynna kucharka

— PRZYSTOJNIAK, GRUBAS, PANIĄTKO, SROGOLICY, ZEZOWATY, GŁODOMÓR, sekretni słudzy Tego o Wielu Twarzach

— ARYA z rodu Starków, nowicjuszka służąca w Domu Czerni i Bieli, znana też jako ARRY, NAN, ŁASICA, GOŁĄBEK, SOLA i CAT ZNAD KANAŁÓW

— BRUSCO, sprzedawca ryb

— jego córki, TALEA i BREA

— MERALYN, zwana MERRY, właścicielka „Szczęśliwego Portu", burdelu położonego nieopodal Portu Łachmaniarza

— MARYNARSKA ŻONA, kurwa ze „Szczęśliwego Portu"

— LANNA, jej córka, młoda kurwa

— RUDY ROGGO, GYLORO DOTHARE, GYLENO DOTHARE, skryba zwany PIÓREM, COSSOMO CZARODZIEJ, klienci „Szczęśliwego Portu"

— TAGGANARO, portowy złodziej

— CASSO, KRÓL FOK, jego tresowana foka

— S'VRONE, portowa kurwa o morderczych skłonnościach

— PIJANA CÓRKA, kurwa o niepewnym usposobieniu

W STARYM VOLANTIS

panujący triarchowie:

— MALAQUO MAEGYR, triarcha Volantis, tygrys

— DONIPHOS PAENYMION, triarcha Volantis, słoń

— NYESSOS VHASSAR, triarcha Volantis, słoń

ludzie z Volantis:

— BENERRO, wielki kapłan R'hllora, Pana Światła

  — jego prawa ręka. MOQORRO, kapłan R'hllora

— WDOWA Z PORTU, bogata wyzwolenica z miasta, zwana również KURWĄ VOGARRA

  — jej dzielni obrońcy, DZIECI WDOWY

— GROSIK, karłowata komediantka

  — jej świnia, ŚLICZNA ŚWINIA

  — jej pies, ZGRYZ

— {MIEDZIAK}, brat Grosik, karłowaty komediant, zamordowany i pozbawiony głowy

— ALIOS QHAEDAR, kandydat na triarchę
— PARQUELLO VAELAROS, kandydat na triarchę
— BELICHO STAEGONE, kandydat na triarchę
— GRAZDAN MO ERAZ, wysłannik z Yunkai

W ZATOCE NIEWOLNICZEJ

— W Yunkai, Żółtym Mieście
- — YURKHAZ ZO YUZNAK, naczelny wódz Armii i Sojuszy Yunkai, handlarz niewolników i postarzały szlachcic najczystszego pochodzenia
- — YEZZAN ZO QAGGAZ, drwiąco przezwany ŻÓŁTYM WIELORYBEM, monstrualnie otyły, chory i straszliwie bogaty
  - — PIASTUN, jego nadzorca niewolników
  - — SŁODYCZ, niewolnik hermafrodyta, jego skarb
  - — BLIZNA, sierżant i żołnierz-niewolnik
  - — MORGO, żołnierz-niewolnik
- — MORGHAZ ZO ZHERZYN, szlachcic, często nietrzeźwy, drwiąco przezwany PIJANYM ZDOBYWCĄ
- — GORZHAK ZO ERAZ, szlachcic i handlarz niewolników, drwiąco przezwany BUDYNIOWĄ GĘBĄ

— FAEZHAR ZO FAEZ, szlachcic i handlarz niewolników, znany jako KRÓLIK
— GHAZDOR ZO AHLAQ, szlachcic i handlarz niewolników, drwiąco przezwany LORDEM TŁUSTYM POLICZKIEM
— PAEZHAR ZO MYRAQ, szlachcic niskiego wzrostu, drwiąco przezwany GOŁĄBKIEM
— CHEZDHAR ZO RHAEZN, MAEZON ZO RHAEZN, GRAZDHAN ZO RHAEZN, drwiąco przezwani LORDAMI BRZĘKACZAMI
— RYDWANNIK, TRESER, PERFUMOWANY BOHATER, szlachcice i handlarze niewolników

— w Astaporze, Czerwonym Mieście:
— CLEON WIELKI, zwany KRÓLEM RZEŹNIKIEM
— CLEON II, jego następca, panował osiem dni
— KRÓL MORDERCA, balwierz, poderżnął gardło Cleonowi II, by ukraść jego tron
— KRÓLOWA KURWA, konkubina króla Cleona II, ogłosiła się władczynią po jego śmierci

KRÓLOWA ZA WODĄ

DAENERYS TARGARYEN, Pierwsza Tego Imienia, królowa Meereen, królowa Andalów, Rhoynarów i Pierwszych Ludzi, władczyni Siedmiu Królestw, *khaleesi* Wielkiego Morza Traw, zwana DAENERYS ZRODZONĄ W BURZY, NIESPALONĄ i MATKĄ SMOKÓW

— jej smoki, DROGON, VISERION, RHAEGAL

— jej brat, {RHAEGAR}, książę Smoczej Skały, zabity przez Roberta Baratheona nad Tridentem

— córka Rhaegara {RHAENYS}, zamordowana podczas splądrowania Królewskiej Przystani

— syn Rhaegara {AEGON}, niemowlę zamordowane podczas splądrowania Królewskiej Przystani

— jej brat, {VISERYS}, Trzeci Tego Imienia, zwany ŻEBRACZYM KRÓLEM, ukoronowany płynnym złotem

— jej pan mąż, {DROGO}, *khal* Dothraków, zmarł z powodu zakażonej rany

— ich martwo urodzony syn, {RHAEGO} zabity w macicy matki przez *maegi* Mirri Maz Duur

— jej obrońcy:
— SER BARRISTAN SELMY, zwany BARRISTANEM ŚMIAŁYM, lord dowódca Gwardii Królowej
— jego chłopaki, giermkowie uczący się na rycerzy:
— TUMCO LHO, z Wysp Bazyliszkowych
— LARRAQ, zwany BICZEM, z Meereen
— KRWAWY BARANEK, lhazareński wyzwoleniec
— CHŁOPAKI, trzej ghiscarscy bracia
— SILNY BELWAS, eunuch, dawniej niewolnik walczący na arenach
— jej dothraccy bracia krwi:
— JHOGO, bicz, krew jej krwi
— AGGO, łuk, krew jej krwi
— RAKHARO, *arakh*, krew jej krwi

— jej kapitanowie i dowódcy:
— DAARIO NAHARIS, ekstrawagancki tyroshijski najemnik, dowódca wolnej kompanii Wron Burzy
— BEN PLUMM, zwany BRĄZOWYM BENEM, najemnik mieszanej krwi, dowódca wolnej kompanii Drugich Synów
— SZARY ROBAK, eunuch, dowódca Nieskalanych, kompanii pieszych eunuchów
— BOHATER, kapitan Nieskalanych, jego prawa ręka
— TWARDA TARCZA, Nieskalany włócznik
— MOLLONO YOS DOB, dowódca TWARDYCH TARCZ, kompanii wyzwoleńców
— SYMON PRĘGOWANY GRZBIET, dowódca WOLNYCH BRACI, kompanii wyzwoleńców

— MARSELEN, dowódca LUDZI MATKI, kompanii wyzwoleńców
— GROLEO z Pentos, dawniej kapitan wielkiej kogi „Saduleon", obecnie admirał bez floty
— ROMMO, *jaqqa rhan* Dothraków

— jej meereeński dwór:
— REZNAK MO REZNAK, jej seneszal, łysy i uniżony
— SKAHAZ MO KANDAQ, zwany GOLONYM ŁBEM, golący głowę dowódca Mosiężnych Bestii, jej straży miejskiej

— jej dwórki i służące:
— IRRI i JHIQUI, młode Dothraczki
— MISSANDEI, naathańska skryba i tłumaczka
— GRAZHAR, QEZZA, MEZZARA, KEZMYA, AZZAK, BHAKAZ, MIKLAZ, DHAZZAR, DRAQAZ, JHEZANE, dzieci z meereeńskich piramid, służące jej w charakterze paziów i podczaszych

— ludzie z Meereen, wysoko i nisko urodzeni:
— GALAZZA GALARE, Zielona Gracja, wielka kapłanka w świątyni Gracji
— GRAZDAM ZO GALARE, jej kuzyn, szlachcic
— HIZDAHR ZO LORAQ, bogaty meereeński szlachcic ze starożytnego rodu
— MARGHAZ ZO LORAQ, jego kuzyn
— RYLONA RHEE, wyzwolenica i harfistka
— {HAZZEA}, córka wieśniaka, czteroletnia dziewczynka
— GOGHOR GIGANT, KHRAZZ, BELAQUO ŁAMIGNAT, CAMARRON OD RACHUBY, NIEUSTRASZONY ITHOKE, CĘTKOWANY KOT, BARSENA CZARNOWŁOSA, STALOWOSKÓRY,

wojownicy walczący na arenach i wyzwoleni niewolnicy

— jej niepewni sojusznicy, fałszywi przyjaciele i znani wrogowie:
  — SER JORAH MORMONT, dawniej lord Wyspy Niedźwiedziej
  — {MIRRI MAZ DUUR}, kapłanka i *maegi*, służąca Wielkiemu Pasterzowi z Lhazaru
  — XARO XHOAN DAXOS, magnat handlowy z Qarthu
  — QUAITHE, nosząca maskę władczyni cieni z Asshai
  — ILLYRIO MOPATIS, magister z Wolnego Miasta Pentos, który zaaranżował jej małżeństwo z *khalem* Drogo
  — CLEON WIELKI, król-rzeźnik z Astaporu

— zalotnicy ubiegający się o królową
  — w Zatoce Niewolniczej:
    — DAARIO NAHARIS, poprzednio z Tyrosh, najemnik i kapitan Wron Burzy
    — HIZDAHR ZO LORAQ, bogaty meereeński szlachcic
    — SKAHAZ MO KANDAQ, zwany GOLONYM ŁBEM, pomniejszy szlachcic z Meereen
    — CLEON WIELKI, król-rzeźnik z Astaporu

  — w Volantis:
    — KSIĄŻĘ QUENTYN MARTELL, najstarszy syn Dorana Martella, lorda Słonecznej Włóczni i księcia Dorne
      — jego zaprzysiężeni obrońcy i towarzysze:
        — {SER CLETUS YRONWOOD}, dziedzic Yronwood, zabity przez korsarzy

— SER ARCHIBALD YRONWOOD, kuzyn Cletusa, zwany KOLOSEM
— SER GERRIS DRINKWATER
— {SER WILLIAM WELLS}, zabity przez korsarzy
— {MAESTER KEDRY}, zabity przez korsarzy

— na Rhoyne:
— MŁODY GRYF, niebieskowłosy chłopak w wieku osiemnastu lat
— jego przybrany ojciec, GRYF, najemnik, ongiś służący w Złotej Kompanii
— jego towarzysze, nauczyciele i obrońcy:
— SER ROLLY DUCKFIELD, zwany KACZKĄ, rycerz
— SEPTA LEMORE, kobieta służąca Wierze
— HALDON, zwany PÓŁMAESTEREM, jego nauczyciel
— YANDRY, kapitan „Nieśmiałej Panny"
— YSILLA, jego żona

— na morzu:
— VICTARION GREYJOY, lord kapitan Żelaznej Floty, zwany ŻELAZNYM KAPITANEM
— jego nałożnica, smagła kobieta bez języka, dar od Eurona Wroniego Oka
— jego uzdrowiciel, MAESTER KERWIN, poprzednio z Zielonej Tarczy, dar od Eurona Wroniego Oka
— jego załoga z „Żelaznego Zwycięstwa":
— WULFE JEDNOUCHY, RAGNOR PYKE, LONGWATER PYKE, TOM TIDEWOOD, BURTON HUMBLE, QUELLON HUMBLE, STEFFAR JĄKAŁA

— jego kapitanowie:

— RODRIK SPARR, zwany NORNIKIEM, kapitan „Żałoby"

— RUDY RALF STONEHOUSE, kapitan „Rudego Błazna"

— MAFRYD MERLYN, kapitan „Latawca"

— RALF CHROMY, kapitan „Lorda Quellona"

— TOM CODD, zwany BEZKRWISTYM TOMEM, kapitan „Lamentu"

— DAEGON SHEPHERD, zwany CZARNYM PASTERZEM, kapitan „Sztyletu"

Targaryenowie są krwią smoka, pochodzą od potężnych możnowładców starożytnych Włości Valyriańskich. O ich dziedzictwie świadczą oczy barwy liliowej, fiołkowej bądź indygo oraz srebrnozłote włosy. Dla zachowania czystości krwi w rodzie Targaryenów brat często żenił się z siostrą, kuzyn z kuzynką, stryj z bratanicą. Założyciel dynastii, Aegon Zdobywca, wziął sobie za żony obie siostry i z obiema spłodził synów. Na chorągwi Targaryenów widnieje trójgłowy smok, czerwony na czarnym tle. Głowy symbolizują Aegona i jego siostry. Dewiza Targaryenów brzmi *Ogień i krew.*

NAJEMNICY
MĘŻCZYŹNI I KOBIETY
Z WOLNYCH KOMPANII

ZŁOTA KOMPANIA, dziesięć tysięcy ludzi, niepewna lojalność

— BEZDOMNY HARRY STRICKLAND, wielki kapitan

— WATKYN, jego giermek i podczaszy

— {SER MYLES TOYNE zwany CZARNYM SERCEM}, zmarły przed czterema laty, poprzedni wielki kapitan

— CZARNY BALAQ, białowłosy Letniak, dowódca łuczników kompanii

— LYSONO MAAR, najemnik, poprzednio z Wolnego Miasta Lys, kapitan szpiegów kompanii

— GORYS EDORYEN, najemnik, poprzednio z Wolnego Miasta Volantis, płatnik kompanii

— SER FRANKLYN FLOWERS, Bękart z Cider Hall, najemnik z Reach
— SER MARQ MANDRAKE, wygnaniec, zbiegły niewolnik, naznaczony francą
— SER LASWELL PEAKE, wygnany lord
— jego bracia, TORMAN i PYKEWOOD
— SER TRISTAN RIVERS, bękart, banita, wygnaniec
— CASPOR HILL, HUMFREY STONE, MALO JAYN, DICK COLE, WILL COLE, LORIMAS MUDD, JON LOTHSTON, LYMOND PEASE, SER BRENDEL BYRNE, DUNCAN STRONG, DENYS STRONG, ŁAŃCUCH, MŁODY JOHN MUDD, sierżanci kompanii
— {SER AEGOR RIVERS, zwany BITTERSTEELEM}, bękarci syn króla Aegona IV Targaryena, założyciel kompanii
— {MAELYS I BLACKFYRE, zwany MAELYSEM MONSTRUALNYM}, wielki kapitan kompanii, pretendent do Żelaznego Tronu Westeros, członek Bandy Dziewięciu, zabity podczas wojny dziewięciogroszowych królów

PLEWY NA WIETRZE, dwa tysiące konnicy i piechoty, zaprzysiężone Yunkai
— OBDARTY KSIĄŻĘ, dawniej szlachcic z Wolnego Miasta Pentos, kapitan i założyciel
— CAGGO, zwany TRUPOBÓJCĄ, jego prawa ręka
— DENZO D'HAN, bard-wojownik, jego lewa ręka
— HUGH HUNGERFORD, sierżant, były płatnik kompanii, stracił trzy palce za kradzież
— SER ORSON STONE, SER LUCIFER LONG, WILL Z LASU, DICK STRAW, RYŻY JACK, najemnicy z Westeros

— ŁADNA MERIS, oprawca kompanii
— KSIĄŻKA, volanteński szermierz słynący z miłości do czytania
— FASOLA, kusznik, poprzednio z Myr
— STARY KOŚCISTY BILL, ogorzały Letniak
— MYRIO MYRAKIS, najemnik, poprzednio z Pentos

KOMPANIA KOTA, trzy tysiące ludzi, zaprzysiężona Yunkai
— KRWAWOBRODY, kapitan i dowódca

DŁUGIE KOPIE, ośmiuset jeźdźców, zaprzysiężone Yunkai
— GYLO RHEGAN, kapitan i dowódca

DRUDZY SYNOWIE, pięciuset jeźdźców, zaprzysiężeni królowej Daenerys
— BRĄZOWY BEN PLUMM, kapitan i dowódca
— KASPORIO, zwany KASPORIEM SPRYTNYM, zbir, zastępca dowódcy
— TYBERO ISTARION, zwany KAŁAMARZEM, płatnik kompanii
— MŁOTEK, zapijaczony kowal i płatnerz
— jego uczeń, zwany GWOŹDZIEM
— CHWYTAK, sierżant, jednoręki
— KEM, młody najemnik, z Zapchlonego Tyłka
— BOKKOKO, topornik słynący z biegłości w walce
— UHLAN, sierżant kompanii

WRONY BURZY, pięciuset jeźdźców, zaprzysiężone królowej Daenerys
— DAARIO NAHARIS, kapitan i dowódca
— WDOWIEC, jego zastępca
— JOKIN, dowódca łuczników kompanii

PODZIĘKOWANIA

Poprzednią książkę piekielnie trudno było napisać. Ta była ciężka jak siedem piekieł. Ponownie wyrażam wdzięczność swym wytrwałym redaktorom i pracownikom wydawnictwa: Jane Johnson i Joy Chamberlain z Voyager oraz Scottowi Shannonowi, Nicie Taublib i Anne Groell z Bantam. Ich wyrozumiałość, dobry humor i mądre rady pomogły mi w najtrudniejszych chwilach i nigdy nie przestanę być wdzięczny za ich cierpliwość.

Dziękuję też moim równie cierpliwym i bezgranicznie wyrozumiałym agentom, Chrisowi Lottsowi, Vince'owi Gerardisowi, cudownej Kay McCauley i niedawno zmarłemu Ralphowi Vicinanzie. Ralph, żałuję, że nie mogę z tobą dzielić tego dnia.

Jestem też wdzięczny Stephenowi Boucherowi, wędrownemu Australijczykowi, który pomaga mi w utrzymaniu na chodzie mojego komputera, gdy tylko wpada do Santa Fe na śniadanie z burrito i boczkiem z papryką jalapeño.

Prywatnie podziękowania należą się moim drogim przyjaciołom, Melindzie Snodgrass i Danielowi Abrahamowi za ich zachętę i wsparcie, mojej webmasterce Pati Nagle za dbanie o mój zakątek Internetu oraz zdumiewającej Rai Golden za posiłki, rysunki i niezawodnie dobry humor, rozjaśniający nawet najmroczniejsze dni w Terrapin Station. Nawet jeśli próbowała ukraść mojego kota.

Choć potrzebowałem wiele czasu, by zatańczyć ten taniec, z pewnością trwałoby to dwa razy dłużej bez pomocy mojego wiernego — i zgryźliwego — pomagiera i niekiedy również towarzysza podróży, Ty'a Francka, który zajmuje się moim komputerem pod nieobecność Stephena, nie wpuszcza szalejących wirtualnych tłumów przez moje wirtualne drzwi, załatwia moje sprawy, prowadzi kartotekę, parzy kawę, robi, co trzeba, i żąda dziesięć tysięcy dolarów za wymianę żarówki, a przy tym wszystkim w środy sam pisze świetne książki.

Na koniec, choć z pewnością nie są najmniej ważne, zachowałem wyrazy miłości i wdzięczności dla mojej żony, Parris, która odtańczyła ze mną każdy krok tego tańca. Kocham cię, Phipps.

George R.R. Martin
13 maja 2011 r.

Północ

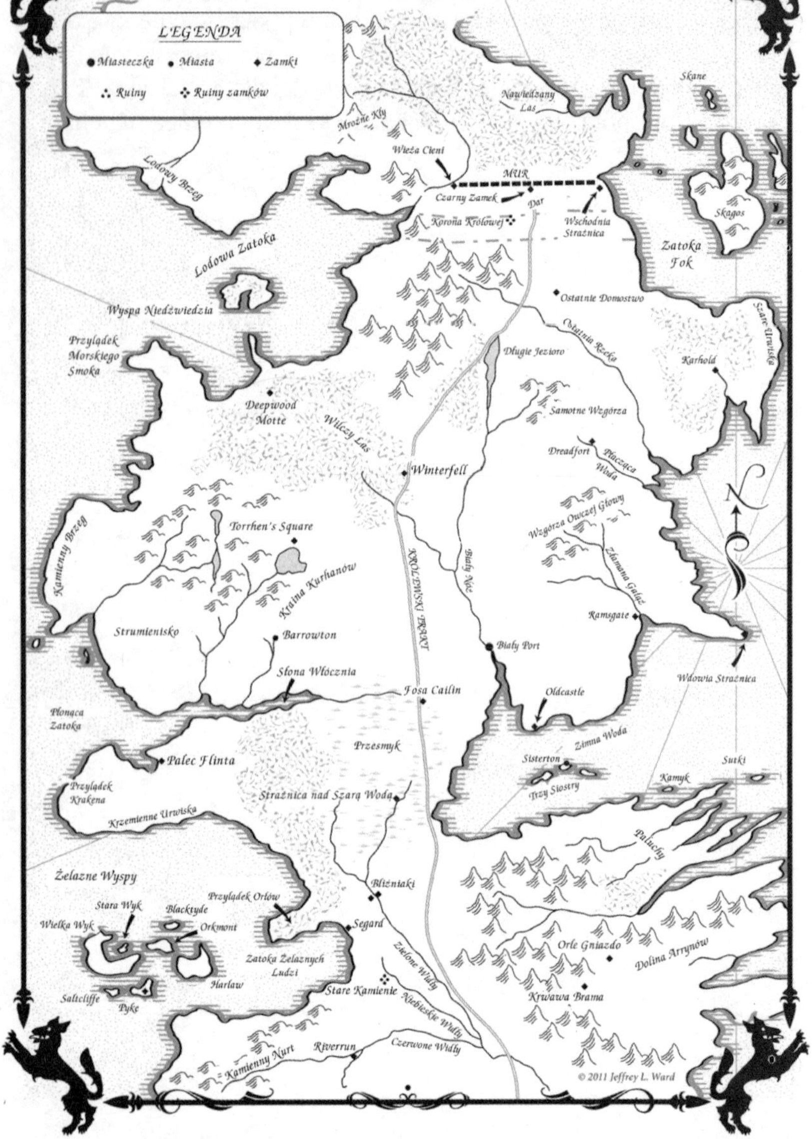

LEGENDA
Miasteczka
Miasta
Zamki
Ruiny
Ruiny zamków
Nawiedzany Las
Skane
Mroźne Kły
Wieża Cieni
Lodowy Brzeg
MUR
Czarny Zamek
Dar
Korona Królowej
Wschodnia Strażnica
Skagos
Zatoka Fok
Lodowa Zatoka
Wyspa Niedźwiedzia
Ostatnie Domostwo
Ostatnia Rzeka
Szare Urwiska
Przylądek Morskiego Smoka
Długie Jezioro
Karhold
Deepwood Motte
Wilczy Las
Samotne Wzgórza
Dreadfort
Płacząca Woda
Winterfell
Wzgórza Owczej Głowy
Kamienny Brzeg
Torrhen's Square
Kraina Kurhanów
Królewski Trakt
Biały Nóż
Złamana Gałąź
Ramsgate
Strumienisko
Barrowton
Biały Port
Wdowia Strażnica
Słona Włócznia
Fosa Cailin
Oldcastle
Płonąca Zatoka
Zimna Woda
Przesmyk
Palec Flinta
Sisterton
Sutki
Kamyk
Trzy Siostry
Przylądek Krakena
Strażnica nad Szarą Wodą
Krzemienne Urwiska
Paluchy
Żelazne Wyspy
Bliźniaki
Przylądek Orłów
Stara Wyk
Blacktyde
Wielka Wyk
Orkmont
Segard
Orle Gniazdo
Dolina Arrynów
Zatoka Żelaznych Ludzi
Zielone Widły
Harlaw
Krwawa Brama
Saltcliffe
Pyke
Stare Kamienie
Niebieskie Widły
Riverrun
Czerwone Widły
Kamienny Nurt
© 2011 Jeffrey L. Ward

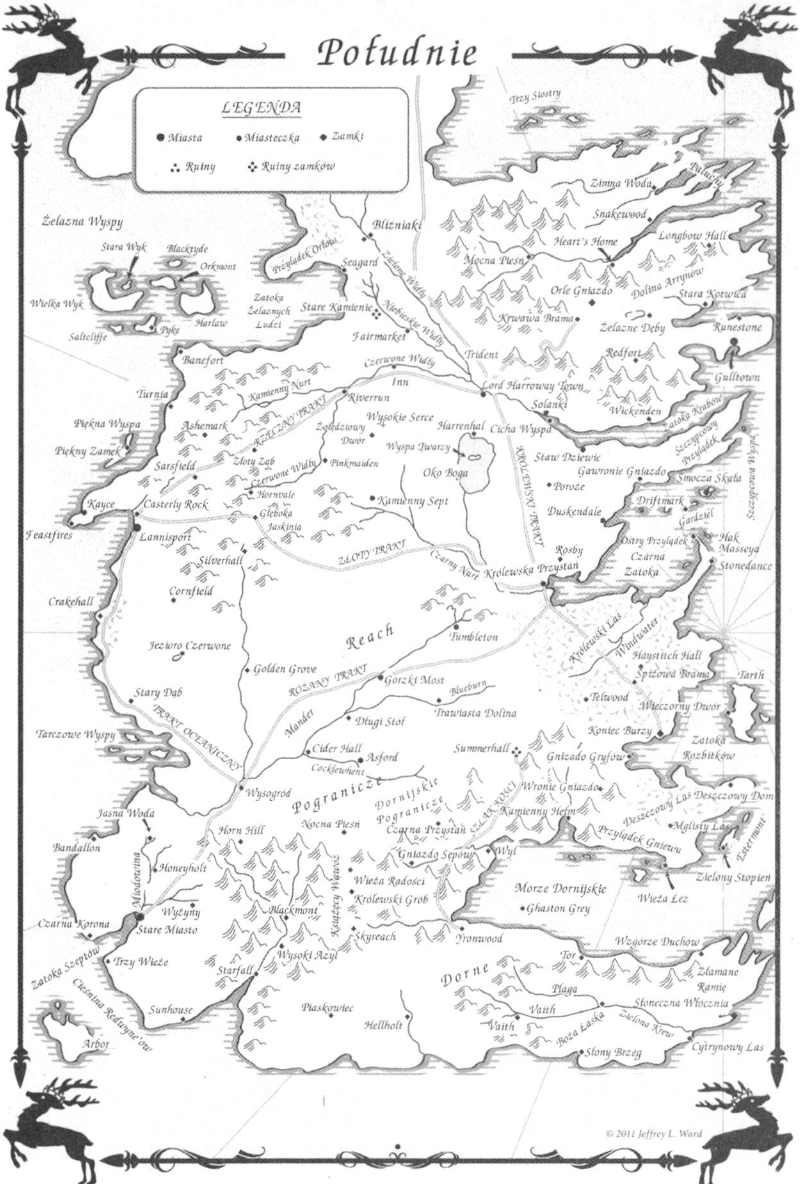
Południe
LEGENDA
Miasta
Miasteczka
Zamki
Ruiny
Ruiny zamków
Trzy Siostry
Paluchy
Zimna Woda
Snakewood
Longbow Hall
Heart's Home
Mocna Pieśń
Orle Gniazdo
Dolina Arrynów
Stara Kotwica
Krwawa Brama
Żelazne Dęby
Runestone
Redfort
Gulltown
Wickenden
Solanki
Lord Harroway Town
Trident
Bliźniaki
Przylądek Orłów
Seagard
Zielone Widły
Niebieskie Widły
Żelazna Wyspy
Stara Wyk
Blacktyde
Orkmont
Wielka Wyk
Harlaw
Pyke
Saltcliffe
Zatoka Żelaznych Ludzi
Stare Kamienie
Fairmarket
Czerwone Widły
Inn
Banefort
Turnia
Kamienny Nurt
Riverrun
Wysokie Serce
Harrenhal
Cicha Wyspa
Piękna Wyspa
Ashemark
Rzeczny Trakt
Żołędziowy Dwór
Wyspa Twarzy
Oko Boga
Królewski Trakt
Staw Dziewic
Piękny Zamek
Sarsfield
Złoty Ząb
Czerwone Widły
Pinkmaiden
Gawronie Gniazdo
Zatoka Krabów
Szczypcowy Przylądek
Poroże
Smocza Skała
Szczypcowa Wyspa
Hornvale
Kamienny Sept
Driftmark
Kayce
Casterly Rock
Głęboka Jaskinia
Duskendale
Gardziel
Feastfires
Lannisport
Ostry Przylądek
Hak Masseya
Złoty Trakt
Rosby
Czarny Nurt
Królewska Przystań
Czarna Zatoka
Stonedance
Silverhall
Cornfield
Crakehall
Reach
Tumbleton
Królewski Las
Windwater
Haystitch Hall
Spiżowa Brama
Tarth
Jezioro Czerwone
Golden Grove
Różany Trakt
Gorzki Most
Blueburn
Telwood
Stary Dąb
Trawiasta Dolina
Wieczorny Dwór
Trakt Oceaniczny
Mander
Długi Stół
Koniec Burzy
Tarczowe Wyspy
Cider Hall
Asford
Summerhall
Gnizado Gryfów
Zatoka Rozbitków
Cocklewhent
Wysogród
Pogranicze
Dornijskie Pogranicze
Szlak Kości
Wronie Gniazdo
Deszczowy Las
Deszczowy Dom
Jasna Woda
Horn Hill
Nocna Pieśń
Czarna Przystań
Kamienny Hełm
Mglisty Las
Estermont
Przylądek Gniewu
Bandallon
Miodowina
Honeyholt
Gniazdo Sępów
Wyl
Zielony Stopień
Morze Dornijskie
Wieża Radości
Ghaston Grey
Wieża Łez
Książęcy Wąwóz
Królewski Grób
Czarna Korona
Wyżyny
Blackmont
Stare Miasto
Skyreach
Yronwood
Wzgórze Duchów
Zatoka Szeptów
Trzy Wieże
Wysoki Azyl
Tor
Starfall
Dorne
Złamane Ramię
Plaga
Słoneczna Włócznia
Piaskowiec
Vaith
Cieśnina Redwyne'ów
Sunhouse
Hellholt
Vaith
Boża Łaska
Zielona Krew
Arbor
Słony Brzeg
Cytrynowy Las
© 2011 Jeffrey L. Ward

CYKL *PIEŚŃ LODU I OGNIA*

ZYSK I S-KA
WYDAWNICTWO